Thomas Perry

Nightlife

Traducción de Camila Batlles Vinn

Argentina • Chile • Colombia • España
Estados Unidos • México • Uruguay • Venezuela

Título original: *Nightlife*
Editor original: Ballantine Books, New York
Traducción: Camila Batlles Vinn

Aribau, 142, pral. – 08036 Barcelona
www.umbrieleditores.com

ISBN: 978-84-89367-55-5
Depósito legal: B. 650 - 2009

Fotocomposición: Ediciones Urano, S.A.
Impreso por Romanyà Valls, S.A. – Verdaguer, 1 – 08786 Capellades (Barcelona)

Impreso en España – *Printed in Spain*

Para Jo, Alix e Isabel

1

Tanya se colocó frente al espejo de cuerpo entero que había en el dormitorio y se cepilló el pelo. Observó a la otra chica, en otra habitación, luciendo la misma falda y *top* nuevos de color azul, utilizando la mano izquierda en lugar de la derecha para cepillar su largo cabello rubio hasta hacer que reluciera. Tanya siempre había disfrutado en secreto con la existencia de la otra bonita joven que vivía en la habitación más allá del cristal, como un pez en un acuario. Le encantaba la idea de una segunda chica que vivía una segunda vida.

En Wheatfield, de niña, a veces Tanya había girado el tocador de su madre para que el espejo quedara situado frente al de cuerpo entero que había en la puerta del armario ropero. Podía crear una larga hilera de otras jóvenes, y levantar las piernas en un paso de baile como las Rockettes, las más próximas tan grandes como ella, y las otras progresivamente más pequeñas conforme la hilera se prolongaba hacia el infinito.

Tanya se había vestido a veces con la ropa de su madre, para transformar a la niña del espejo. En ocasiones era una cría que gozaba de una vida placentera, que se sentía amada y cuidada, una niña guapa que tenía todo cuanto podía desear.

Inventaba cosas que la niña en el espejo podía decir, y las ensayaba, susurrándolas para que nadie oyera a la joven del espejo. Ponía caras distantes, de leve desaprobación, sabiendo que al verlas la gente se disgustaba y trataba de hallar la forma de complacerla. Ensayaba también expresiones destinadas a recompensar, abriendo los ojos y la boca en una sonrisa de gratitud que excluía toda posibilidad de unos pensamientos más sombríos, sin reprimir ni ocultar nada. A veces, cuando hacía eso, Tanya añadía una risa como remate, no una risita breve y forzada, sino una alegre carcajada que daba a sus ojos una expresión chispeante y ponía de realce su blanca dentadura.

La atractiva voz masculina electrónica del sistema de alarma anunció: «Puerta de la cocina». Dennis ya estaba en casa. Había llegado el momento. Tanya dejó de cepillarse el pelo, guardó el cepillo en su bolso, palpó el mango del otro objeto, lo asió con fuerza durante unos segundos y luego lo soltó.

Oyó el sonido de las recias suelas de cuero de Dennis sobre el pavimento de pizarra de la cocina. No le oyó arrojar su maletín al suelo, por lo que supuso que lo había depositado con cuidado. Había vuelto a traer su ordenador portátil a casa. Iba a pasar el resto de la tarde trabajando.

—¿Tanya? —Dennis se hallaba ahora en la sala de estar.

—Estoy aquí arriba —respondió Tanya dejando el bolso junto al tocador.

Tanya dedicó los próximos quince segundos a analizar a Dennis, examinándolo mentalmente desde todos los ángulos, calibrándolo. Las mujeres decían siempre que los hombres tenían un caparazón externo duro pero que en el fondo eran dulces y vulnerables, pero Tanya opinaba justamente lo contrario. Tenían una capa exterior dúctil, que podías estrujar, pero cuando empezabas a estrujarla notabas la dureza que se ocultaba debajo, como hueso. Tanya había estrujado a Dennis mucho en poco tiempo, y empezaba a sentir la dureza. Dennis estaba a punto de empezar a decirle que no, a negarle cosas. Quizás incluso la criticara cuando llegaran las facturas y viera lo que Tanya había gastado. Sí, había llegado el momento.

Los pesados zapatones de Dennis resonaron en la escalera alfombrada mientras se dirigía al dormitorio. Tanya vio en su imaginación cada paso que daba en la escalera, aunque sólo llevaba un mes con Dennis Poole, el cual, aparte de una semana, lo habían pasado en hoteles. Empezó a enumerar sus defectos. No le gustaba su risa. Era una risotada breve y aguda que hacía que su voz ascendiera una octava, como el rebuzno de un asno. A veces Tanya se había levantado de la tumbona junto a él y se había zambullido en la piscina del hotel para refrescarse la piel tostada por el sol, y al ascender de nuevo a la superficie había visto a Dennis contemplando a otras mujeres en traje de baño. Dennis siempre daba a los camareros una propina del quince por ciento, ni un centavo más, y se ufanaba de ello porque demostraba que sabía calcular mentalmente. No era un amante sincero en lo referente a sus sentimientos. Fingía querer a Tanya y estar pendiente de ella, pero lo hacía por motivos prácticos. Se esforzaba en complacerla, pero no como Tanya habría deseado. No era un hombre incapaz de contenerse porque estaba embobado con una mujer. Simplemente es esmeraba en satisfacerla lo suficiente para conservarla.

Dennis estaba en el umbral de la puerta. Cuando Tanya se volvió para mirarlo, lo hizo con absoluto desapego. Dennis era un hombre de cuarenta y dos años con el vientre fláccido y una incipiente calvicie, que se ganaba la vida vendiendo equipos informáticos a otros hombres como él. No era nadie. Tanya esbozó una sonrisa cautivadora, lo abrazó y lo besó lenta, lánguidamente.

—Hola, vaquero —musitó Tanya.

Dennis se rió tal como Tanya había supuesto que haría.

—No me costaría nada acostumbrarme a volver a casa y encontrarte esperándome —comentó Dennis. Parecía más serio—. Me alegro de que estés aquí, pero por otra razón. Tenemos que hablar de algunas cosas.

—De acuerdo, hablemos. ¿Pero no quieres ponerte cómodo antes? Supongo que estarás cansado después de haber pasado todo el día en ese despacho. —Tanya conocía ese tono de voz. Cualquiera habría adivinado que Dennis se disponía a mostrarse tacaño con ella, a quejarse del dinero. Tanya se apartó un poco y añadió—: Debes de estar incómodo con ese traje. ¿Por qué no te cambias, te relajas y te das un baño? —Tanya fijó la vista en la corbata de Dennis mientras se la aflojaba en lugar de mirarle a los ojos—. Quizá me dé un baño contigo.

—Buena idea. —Dennis se quitó el traje y la corbata mientras Tanya entraba en el baño y abría el grifo. Accionó también el mando que producía burbujas del inmenso jacuzzi.

Dennis Poole estaba desnudo, y rodeó a Tanya con el brazo. Ella toleró su abrazo durante unos segundos, tras lo cual se soltó y murmuró con tono seductor:

—Espera.

Tanya regresó al dormitorio y se encaminó hacia el tocador, donde había dejado su bolso. Esperó hasta oír a Dennis cerrar el grifo del agua, de modo que lo único que se oía era el burbujeo. Luego entró sigilosamente en el baño.

Dennis yacía en la bañera con la cabeza apoyada en una toalla doblada, con una expresión absorta y distante mientras las burbujas le masajeaban la piel. Tanya abrió el bolso, sacó la pistola, la sostuvo a un palmo de la cabeza de Dennis y apretó el gatillo. El seco y potente disparo reverberó entre las paredes alicatadas y resonó en los oídos de la homicida. Ésta se volvió de espaldas al cadáver, mientras la sangre teñía el agua de rojo, y dejó de ser Tanya Starling.

2

Los zapatos con suela de goma de Hugo Poole apenas hacían ruido mientras caminaba por la acera junto a la verja del CBS Studio Center, tras pasar los estudios de sonido de camino hacia Radford Street desde Ventura Boulevard. Nunca se le habría ocurrido concertar una cita nocturna en el Valle, lejos del cine situado en el centro de la ciudad que utilizaba como despacho, pero había comprobado que en muchos casos merecía la pena hacer pequeñas concesiones con tal de averiguar lo que pretendía la otra parte. No existía una medida de precaución que siempre diera resultado, y lo menos efectivo era no arriesgarse nunca. Cuando la cautela se volvía predecible, se convertía en el mayor de los riesgos.

No obstante, él habría preferido quedarse aquí. Le gustaba estar cerca de unos estudios de televisión, porque esos complejos solían hallarse en los itinerarios de personas que oían voces diciéndoles que Dios deseaba que castigaran a algunos actores. Eso garantizaba que hubiera siempre una nutrida colección de seguratas dispuestos a arrojarse sobre el primero que hiciera un movimiento sospechoso. Habría preferido encontrarse con Steve Rao aquí, junto a la verja, bajo los focos de seguridad.

Siguió caminando junto a la verja, avanzando hacia las manzanas débilmente alumbradas y bordeadas de eucaliptos junto al inmenso parking, y se detuvo en Valleyheart Street. Atravesó la calle hacia la valla de alambre del ayuntamiento y observó el lugar donde el cauce de hormigón del arroyo Tujunga se unía al cauce de hormigón del río Los Ángeles. En esa calurosa noche de estío, la única agua era la que provenía de los aspersores que regaban el césped, un chorrito continuo que fluía por una zanja de un palmo de profundidad que cualquiera podía atravesar y que se extendía por el centro de cada cauce. Durante la época de lluvias ese lugar se convertía en la confluencia de dos turbulentos y turbios torrentes que se precipitaban a cincuenta kilómetros por hora y desembocaban en el Pacífico.

Hugo miró a la izquierda, al puente desde el que se divisaba una espléndida vista del río, hacia la verja de hierro de Laurel Canyon que estaba diseñada para que pareciese un gigantesco sapo. A esas horas a nadie le apetecía dar un paso sobre un cauce de hormigón. Esperó a que su reloj marcara la hora convenida. Luego sacó la llave que había recibido por correo, abrió el candado de la verja sobre el torrente y entró. Los hombres de Steve Rao habían arrancado el candado municipal y habían instalado el suyo, tras lo cual le habían enviado la llave para abrirlo. Hugo tardó unos momentos en cerrar la verja. Sacó del bolsillo su propio candado y lo colocó en la verja. Introdujo la llave de Rao en el candado de éste, arrojó ambos objetos colina abajo en dirección de los matorrales y siguió adelante.

Descendió por la pendiente de grava que el municipio había construido para que los operarios de mantenimiento pudieran bajar una vez al año a retirar los matojos secos y los carros de la compra del cauce de hormigón antes de las lluvias. Al llegar abajo, avanzó unos pasos sobre el pavimento del río y se detuvo para mirar a su alrededor. Oyó el sonido distante de los coches que circulaban por la autopista de Ventura a unas manzanas de allí, y el rumor constante de agua que chorreaba a través de un sumidero y se deslizaba sobre el muro a pocos pasos de donde él se encontraba.

Sus ojos se adaptaron a la oscuridad y vislumbró cuatro siluetas situadas al otro lado del arroyo. Las siluetas se aproximaron, y él trató de identificar el cuerpo bajo y rechoncho de Steve Rao, pero no lo consiguió.

El individuo que se adelantó a los otros era demasiado alto para ser el tal Steve.

—¿Qué haces aquí? —preguntó la voz. Era joven, con cierto dejo *spanglish*.

Era una pregunta absurda. Cualquiera que Steve Rao hubiera enviado sabría qué estaba haciendo Hugo allí.

—No he venido para causaros daño —respondió—. Es cuanto precisáis saber sobre mí.

Las cabezas de las cuatro figuras se volvieron unas hacia otras y se pusieron a cuchichear unos instantes. Hugo se preparó, esperando que los cuatro se separaran. De pronto sintió un contundente golpe en el cráneo que hizo que viera las estrellas y que ladeara la cabeza. Al volverse vio dos nuevas siluetas en el preciso momento en que se abalanzaban sobre él. La cabeza de Hugo se inclinó violentamente hacia atrás y su columna vertebral se tensó al tiempo que los dos individuos le molían a golpes y le derribaban sobre el suelo de hormigón.

Al parecer esperaban que se rindiera, pero en lugar de ello él empezó a utilizar sus rodillas mientras forcejeaba con ellos. Trataron de inmovilizarlo sobre el pavimento, pero Poole luchó en silencio y pacientemente, logrando primero separarlos y luego volviendo el torso para propinar un codazo a uno de ellos en la cara. Oyó un chasquido, un alarido de dolor, y sintió que su adversario caía al suelo. Hugo rodó hacia el otro lado para agarrar a su otro atacante, asestándole un golpe con la palma de la mano que hizo que la parte posterior de la cabeza del individuo rebotara en el suelo. El tipo se quedó inmóvil.

Se puso en pie, sorteando los dos cuerpos que yacían inertes. Los otros cuatro habían avanzado hasta mitad de camino del cauce de hormigón, pero se detuvieron al otro lado de la pequeña zanja llena de agua que les separaba de Hugo.

Poole agachó la cabeza para arremeter contra el tipo que había hablado antes. Tras dudar unos instantes el joven miró a sus compañeros, que no parecían dispuestos a echarle una mano. Los otros retrocedieron, no de Hugo sino de su colega, como si quisieran disociarse de la suerte que le aguardaba, como si no quisieran compartirla. Cuando Poole atravesó la zanja de un salto, el joven dio media vuelta y recorrió unos treinta metros a la carrera antes de volverse para comprobar si estaba a salvo.

Los otros tres interpretaron su huida como permiso para darse también a la fuga. Echaron a correr hacia el muro situado al otro lado, donde las sombras eran más densas, y desaparecieron río abajo en la oscuridad. Hugo se volvió y comprobó que los dos individuos postrados en el suelo se estaban recuperando rápidamente. Uno ayudó al otro a levantarse y se alejaron renqueando por la pendiente de grava hacia la calle.

Se detuvo unos momentos en la penumbra del cauce de hormigón para recobrar el resuello. La pernera derecha de su pantalón tenía un pequeño desgarrón a la altura de la rodilla; sintió que el codo de su americana estaba húmedo y al mirar vio que tenía una mancha de sangre de la nariz del primer tipo que le había atacado. Hugo suspiró: esto se estaba convirtiendo en una irritante velada, y aún era temprano.

En esos momentos distinguió otra luz. Comenzó como una vaga impresión en su mente de que había unas nubes que se alejaban de la luna. Luego la luz se intensificó y la impresión cambió. La luz parecía provenir del cauce. El muro frente a Hugo comenzó a relucir y de pronto la luz se dividió en dos círculos más pequeños y precisos.

Aparecieron unos faros al doblar un recodo en el cauce que se dirigían hacia él. Hugo pensó que quizá fuera un coche de la policía, o la patrulla que se dedicaba a a atrapar a los coyotes que utilizaban los cauces de hormigón para atravesar la ciudad de noche. En cualquier caso, lo mejor era quedarse quieto. Especialmente si se trataba de Steve Rao.

Poole observó mientras el vehículo fantasmal se aproximaba, el resplandor de sus faros intensificándose hasta que se detuvo junto a él. Cuando la luz de los faros dejaron de enfocarlo, vio que era un Hummer de color negro con las lunas tintadas. La persona que ocupaba el asiento del copiloto utilizó una potente linterna para iluminar los muros del cauce, los arbustos y los posibles escondrijos más arriba, al nivel de la calle.

La linterna se apagó, la puerta del copiloto se abrió y un hombre corpulento con el pelo oscuro y ondulado se apeó del vehículo. Vestía una chaqueta ligera de sport negra y un pantalón de un color que parecía gris casi negro. Al apearse el conductor, Hugo observó que debajo de la chaqueta llevaba una americana. Seguramente las prendas tenían como propósito ocultar armas de fuego. El conductor se colocó de espaldas a la puerta del Hummer, vigilando, mientras el otro individuo se acercaba a Hugo.

—¿Es usted el señor Poole? —preguntó el tipo.

—Sí.

—¿Quiere hacer el favor de levantar los brazos?

Obedeció, separando las piernas para que el otro le registrara. Esperó con la vista fija en el infinito, mientras el hombre le palpaba con destreza todo el cuerpo.

—Muchas gracias, señor —dijo éste retrocediendo unos pasos.

—Usted es un policía fuera de servicio, ¿no es así? —le preguntó Hugo.

El otro no lo negó.

—Soy amigo de Steve.

Hugo asintió con la cabeza y vio al conductor abrir la puerta trasera del Hummer. Steve Rao estaba sentado en el borde del asiento. Lucía unos vaqueros negros, una camiseta también negra y una cazadora oscura, como si se dispusiera a perpetrar un robo. Sus zapatos eran medio claros y medio oscuros, como el calzado de jugar a los bolos. Se deslizó hacia el otro extremo del asiento posterior del Hummer y se instaló cómodamente, sonriendo.

Rao parecía sentirse orgulloso de sí mismo; en sus ojos y sus dientes se reflejaba la lejana luz proveniente de arriba.

—Hugo, amigo mío. Gracias por venir. Espero no haberte importunado.

—¿Has visto lo ocurrido?

Steve Rao le miró muy serio.

—No he tenido nada que ver en ello, te lo juro.

—Eso supuse —respondió Hugo.

—Es tremendo —dijo Steve—. Esto ni siquiera es un territorio de bandas. La ciudad tiene que hacer algo para remediarlo.

—Enviaré una carta al *Times*.

El otro sonrió de nuevo.

—Sigues siendo bastante peligroso. Aún eres capaz de defenderte contra esos chicos.

Hugo no sonrió.

Steve Rao señaló a los dos hombres situados junto a su Hummer negro.

—Esos dos tipos son mi solución contra esas tonterías. No me verás revolcándome sobre un cochambroso pavimento sacudiendo a una pandilla de chavales. He aprendido la lección.

—Para ser sincero, Steve, esta noche estoy empezando a perder la paciencia. ¿Por qué querías que nos viéramos en un lugar como este?

—Porque es seguro.

—Un lugar seguro es la esquina de Ventura y Laurel Canyon, donde puedes beber una taza de café en Du Par's —replicó Hugo—. ¿Qué quieres?

Steve Rao echó a andar. Hugo le siguió durante unos sesenta metros y se detuvo. Al darse cuenta, el otro se detuvo también.

—Como sabes, llevo bastante tiempo rodando por estos mundos —dijo.

—Hace unos cinco años que te vengo observando —respondió Poole.

—Y no he estado precisamente cruzado de brazos.

—Eso también lo he observado.

—He estado muy ocupado, hablando con gente, haciendo tratos, haciendo amistades.

—No tienes un pelo de tonto —comentó Hugo.

—Me ha ido bien. Me he convertido en alguien importante. —No dejaba de ser curioso que un hombre que Hugo Poole calculaba que medía un metro cincuenta de estatura dijera eso—. Ha llegado el momento de hacer también un trato contigo —añadió Steve mirándole hoscamente—. Ya lo he aplazado demasiado tiempo.

—Te escucho.

—Quiero que me des diez mil al mes.

—¿A cambio de qué?

—De que puedas hacer lo que desees. Para no tener que preocuparte. Podrás seguir así el resto de tu vida, como hasta ahora, sin que nadie te moleste.

—Ahora mismo no me molesta nadie.

Steve Rao se detuvo y señaló el Hummer, donde estaban sentados los dos policías fuera de servicio.

—¿Ves a esos tipos?

Hugo emitió el segundo suspiro de esa noche.

—¿Cuántos años tienes, Steve?

—Veinticuatro.

—Cuando uno es joven y acaba de salir del cascarón, debería tener en cuenta la posibilidad de que las personas que llevan un tiempo rodando por estos mundos no son todas imbéciles.

—¿A qué te refieres?

—Deberías echar un vistazo a tu alrededor y preguntarte: ¿Qué es lo que la gente hace que da resultado? ¿Qué es lo que no hacen, por más que parezca obvio que deberían hacerlo? ¿Y por qué?

Steve Rao miró de nuevo a Hugo con hosquedad y siguió andando.

—Mucha gente lo hace. Hace cien años que le gente vende protección.

—Pandillas callejeras. Destrozan unas cuantas tiendas de ultramarinos coreanas, un par de pequeños establecimientos de bebidas alcohólicas. Piden lo suficiente para que al propietario le resulte más barato que instalar una nueva vitrina. El juego dura unos meses, hasta que los miembros de la pandilla acaban en la cárcel por otro delito o muertos. Las personas adultas no hacen eso en Los Ángeles. Y no utilizaban a policías fuera de servicio como guardaespaldas.

—¿Por qué me dices esas chorradas? —Steve empezaba a sentir un calor alrededor del cuello que se transformaba rápidamente en ira—. ¡Son chorradas! La mitad de las estrellas del rock en esta ciudad contratan a policías para que les acompañen a todas partes.

—Te lo digo porque quiero hacerte un gran favor —respondió Hugo—. Eso está muy bien en el caso de músicos. Los policías tienen que ir armados cuando están fuera de servicio, de modo que nadie cuestiona nada.

—En efecto —replicó Steve—. De modo que ni se te ocurra tratar de escabullirte de esto. Estoy blindado. Si alguien dispara cerca de donde me encuentro, mis policías lo dejarán como un colador. Ellos me protegen. Nadie puede tocarme.

—No dudo que así sea —dijo Hugo—. ¿Pero qué puedes hacerle tú a otra persona?

—Lo que quiera —contestó Steve, aunque no parecía muy convencido.

—Los policías fuera de servicio procurarán impedir que alguien te mate —continuó Poole—, como hacen con las estrellas del rock. Pero no permiten ni siquiera a las estrellas más grandes del rock que se carguen a otra persona.

—Tenemos un acuerdo.

—Ellos te entienden a ti mejor que tú a ellos.

—Son míos. Los he comprado.

—Pagas dinero a unos policías para que se mantengan a cierta distancia de ti. Te ven hacer tratos, oyen lo que dices. Cuando hayan visto y oído lo suficiente, te arrestarán a ti y a todas las personas que hacen tratos contigo.

—No digas chorradas.

—Steve, esos tíos conocen el sistema. Saben que si se meten en un lío, tú no podrás hacer nada por ellos. Las únicas personas que pueden ayudarles son otros policías. —Hugo se detuvo—. No vas a cobrar ningún dinero de nadie, Steve, porque no puedes lastimar a nadie delante de dos policías. Sería tu ruina.

—Hugo, siempre oí decir que eras el tío más listo de Los Ángeles. Pero esto es patético —dijo Steve sacando una pequeña pistola semiautomática de su chaqueta. No apuntó a Hugo con el arma, sólo se la colocó en la cintura—. Quiero tus diez mil mañana a las cinco, y luego una vez al mes. No te retrases.

—Pregúntame cómo adiviné que eran policías.

—De acuerdo. ¿Cómo lo adivinaste?

—Utilizan micrófonos —respondió—. Hasta la vista, Steve. —Hugo echó a andar por el cauce de hormigón, alejándose tranquilamente de Steve Rao.

—No consiento que te largues y me dejes plantado —dijo Steve—. Espera a que yo me marche. —Su voz sonaba tensa y ronca, como si tuviera la garganta seca.

Poole siguió adelante, caminando con paso ágil como hacía siempre en la calle, con la cabeza alta, los ojos fijos al frente y mirando a su alrededor de refilón. Había decidido que era mejor no regresar a la calle por la misma ruta que había utilizado para venir aquí, de modo que siguió avanzando durante lo que calculó que serían unas dos manzanas hasta llegar a la siguiente rampa construida para los operarios de mantenimiento. En lo alto del camino tuvo que saltar una valla de tela metálica de dos metros y medio de altura, lo cual le jorobó, pero puesto que ya se había destrozado el traje, la cosa no tenía mayor importancia.

Saltó la valla, aterrizó en el suelo y regresó a Radford. Cuando salía de la calle oscura y silenciosa para dirigirse hacia Ventura Boulevard, oyó cuatro disparos sucesivos, seguidos por otros siete. Parecían proceder del río. Mientras seguía avanzando, pensó en los once disparos. Once era un mal número para Steve Rao. Los cargadores de las pistolas como la de Steve no contenían más de diez balas.

3

Hugo aparcó frente al bar Hundred Proof y dio disimuladamente un billete de veinte dólares al guardia de seguridad que estaba en la puerta a cambio de que protegiera su coche de la grúa. La tropa de indeseables que frecuentaba el Hundred Proof a altas horas de la noche mantenía alejados a los artistas especializados en robar coches. Mientras caminaba por Sheldrake Avenue hacia el Empire Theater, presentaba un aspecto respetable pero cansado, como el barman de un club nocturno con riñas intermitentes. Quería cambiarse de ropa. Después de darse una ducha y de ponerse una camisa limpia y otro traje, se sentiría como nuevo. Hugo no llevaba nunca corbata, porque durante sus años de formación había presenciado una pelea en la que un hombre había sido estrangulado con su nudo Windsor.

Pasó debajo de la grande y ornada marquesina que anunciaba que el EMPIRE THEATER ESTABA CERRADO POR REFORMAS. Pasó al lado del mural con un grupo de bellezas de los años veinte en bañador y se detuvo junto a la taquilla. Oteó con cuidado el panorama de Sheldrake Avenue. Poole no se limitó a mirar, sino que se tomó su tiempo, achicando los ojos para distinguir con nitidez y la máxima definición las siluetas distantes. Cuando pensó que había demostrado más aguante que cualquiera que quisiera despistarlo doblando la esquina rápidamente o cambiando de acera, se volvió y permaneció unos instantes de espaldas contra la puerta para cerciorarse de que no le habían seguido. Nadie le había seguido. Hugo abrió la puerta del cine, entró, la cerró y tiró del pomo para asegurarse de haberla cerrado bien.

Luego se volvió. El tenue resplandor rosáceo dentro de la vitrina de las golosinas le permitió ver los apliques de yeso dorado y los viejos murales de mujeres que parecían medio ninfas y medio estrellas de cine descendiendo de antiguas limusinas. Detrás de ellas había unos focos cuyos haces estaban orientados hacia el cielo. Hugo oyó un ruido y atravesó el vestíbulo hacia la escalera alfombrada que conducía al anfiteatro.

—Buenas noches, Hugo.

Otto Collins y Mike García aparecieron en el vestíbulo. Habían realizado su ronda nocturna, encendiendo las luces y abriendo las puertas interiores.

—Hola, chicos —respondió. No olvidaba que la forma más fácil de que alguien le matara era sobornar a esos dos para hacerlo ahí, en el cine, pero les había observado atentamente y los había absuelto por esta noche. Cada noche buscaba en ellos algún signo que indicara que iban a traicionarlo.

Poole no buscaba un tic nervioso o un labio superior risueño y sudoroso. Otto y Mike eran hombres hechos y derechos. Trabajaban para él y mostraban el debido autodominio. Lo que Hugo buscaba era lo contrario: un excesivo autocontrol. Lo había observado en hombres serios cuando se disponían a cometer algún acto arriesgado. Hugo sabía que el día que fuera a morir Mike y Otto se mostrarían fríos y distantes.

Él sabía que tenía fama de ser muy perspicaz, un mito que resultaba útil cultivar. Tan sólo era previsor, pero para muchos ese rasgo le convertía en clarividente. Hugo subió por la escalera alfombrada, pasó frente a una puerta que decía CABINA DE PROYECCIÓN, abrió una puerta de madera que parecía formar parte de la pared con paneles y entró.

Se dirigió a su mesa de trabajo y se sentó, tras lo cual miró su reloj. Le había llevado cuarenta y cinco minutos regresar del Valle, y dedujo que había pasado el tiempo suficiente. Consultó la guía telefónica que había en una esquina de su mesa, descolgó el teléfono y llamó a la comisaría de North Hollywood.

—Soy G. David Hunter —dijo—. Un abogado contratado por Steven Rao, R-A-O. No se ha presentado a la cita que habíamos fijado esta tarde. ¿Puede decirme si le han arrestado? —Después de escuchar unos instantes, Hugo preguntó—: ¿Que han disparado contra él? ¿Dice que está muerto? Es increíble. ¿Cuándo ha ocurrido? —Tras escuchar unos segundos más, añadió—: Gracias. Tendrá noticias mías dentro de poco. ¿El cadáver? No estoy seguro. Debo hablar con la familia. Ya le llamaré. Buenas noches.

Se repantigó en su silla, clavó la vista en la pared y pensó en los acontecimientos de esa noche. Suponía que tenía que esperar alguna represalia de los dos policías que se habían cargado a Steve Rao. Eran lo suficientemente inteligentes para saber por qué Rao había disparado contra ellos. Comprendió que tenía que aplazar algunos de los negocios con los que había prosperado —apoderarse de pequeñas cantidades de mercancía de los contenedores en el puerto y sustituirlas por piedras para no alterar el peso, hacer que unas mujeres se hicieran pasar por prostitutas para que Otto y Mike asumieran el papel de agentes de la brigada antivicio y confiscaran los billeteros del personal para sisarles el dinero.

Se devanó los sesos en busca de ideas que presentaran menos riesgo. Hacía poco había visto un programa de televisión en el que un grupo de gente de clase media hacía cola cargados con unos objetos antiguos para que un equipo de anticuarios los tasaran. Hugo había observado que algunos objetos de aspecto modesto eran tasados a unos precios muy elevados.

También había observado que en casi todos los casos, cuanto más maltrecho y desvencijado fuera el objeto, más lo valoraban los expertos. Le había fascinado la forma en que se expresaban los anticuarios. Por viejo y trasnochado que fuera el objeto que tasaba, el experto siempre se refería a «los coleccionistas» de ese tipo de objeto.

Poole estaba convencido de que podía ganar dinero con ese hallazgo. ¿Cómo no iba a sacar dinero a unas personas que estaban dispuestas a cargar con un aparador de más de doscientos kilos hasta un estudio de televisión y hacer cola durante horas para que un tío con un acento falso lo examinara?

Alguien llamó a la puerta. Hugo se agachó automáticamente y se desplazó hacia la izquierda, donde el archivero de acero lleno de libros y papeles detendría una bala. Miró el Colt Commander 45 que tenía pegado con cinta adhesiva a la parte posterior del archivero para cuando llegara el fatídico día. Era posible que la inoportuna muerte de Steve Rao hubiera disgustado a alguien. Hugo esperó unos momentos, pero nadie derribó la puerta de un puntapié.

—¿Quién es? —preguntó

—Soy yo, Otto.

—Pasa.

—Tienes una llamada en el teléfono de abajo, Hugo. Es una mujer que dice ser tu tía.

Observó a Otto achicando los ojos durante unos instantes, luego se levantó y se dirigió apresuradamente hacia la escalera. No era frecuente que alguien llamara al teléfono del Empire Theater, y durante el día no solía haber nadie para responder el teléfono. Cuando Hugo, Otto y Mike estaban ahí, por lo general dormían.

Se encaminó hacia el pequeño despacho en el vestíbulo, junto al mostrador de golosinas, y descolgó el teléfono.

—Habla Hugo Poole. —Al cabo de unos instantes dijo—: Hola, tía Ellen. ¿Cómo estás? ¿Qué? ¿Dennis? Vaya por Dios. —Cerró los ojos y escuchó durante unos segundos. Luego se restregó la frente—. Lo siento mucho, tía Ellen. Jamás supuse que eso podía ocurrirle a Dennis.

4

Joe Pitt alzó la vista y contempló la araña. Varios centenares de piezas de cristal con forma de lágrima, como pendientes de diamantes, colgaban sobre él; la luz que reflejaban era blanca con unos destellos multicolores. Ahí arriba parecía el cielo.

Luego bajó la vista y la fijó en la superficie de fieltro verde de la mesa, recogió sus cartas y las examinó. Aquí abajo no parecía el cielo. El tres de tréboles, el seis de diamantes, el cuatro de picas, el diez de diamantes, el nueve de corazones.

Joe observó cómo sus cuatro oponentes recogían sus cartas. El gesto revelador de Jerry Whang consistía en que siempre pestañeaba una vez cuando tenía una buena mano. Era como si cerrara los postigos de su mente, porque cuando volvía a abrir los ojos, no revelaba nada más. Sólo ese breve pestañeo.

Stella Korb recogió sus cartas y asumió una expresión de fastidio. Hoy le habían administrado una inyección de botox para inmovilizar los músculos debajo del maquillaje, pero ello no había alterado sus ojos. El tipo nuevo al que Pitt llamaba para sí el Chico, que tenía la repugnante costumbre de llevar su gorra de béisbol puesta incluso dentro de un local, mostraba la misma expresión de idiota después de ver sus cartas.

Delores Harkness abrió sus cartas con el pulgar, las cerró de nuevo para echar un vistazo a su alrededor, y volvió a abrirlas para asegurarse de que había visto lo que había visto.

Abrió con una ficha de veinticinco dólares, afanándose pacientemente en que los demás siguieran jugando tanto tiempo como fuera posible antes de empezar a asesinar a los últimos optimistas. Y consiguió su propósito, haciendo que los otros arrojaran una ficha, hasta que le tocó el turno a Joe Pitt. Éste depositó sus cartas en la mesa.

—Que os divirtáis —dijo—. Me largo.

Billy, el que repartía las cartas, recogió las de Pitt.

—Hasta luego, Joe.

Pitt se levantó y se abrió paso entre los grupos de jugadores hacia la puerta de entrada del club de naipes. Salió, olfateó el aire nocturno, miró a su alrededor y aguzó el oído. Más allá del otro extremo del aparcamiento vio los faros de los coches que circulaban por la autopista y oyó el rechinar de los neumáticos sobre la calzada. Por una vez había conseguido perder todo el dinero que se había fijado esa noche sin acercarse a la ventanilla del cajero con una tarjeta de crédito. Suponía que era una victoria a medias, como sufrir un accidente de tráfico y que el coche quedara lo suficientemente indemne para llevarlo hasta casa. ¿Por qué no se sentía mejor?

Joe contempló la zona del enorme aparcamiento donde había dejado su coche y presintió que algo iba mal. Movió la mano derecha automáticamente para palpar su costado izquierdo, un gesto tan habitual que la mayoría de observadores no se habría percatado. Aún estaba autorizado a portar su pistola en una cartuchera colgada del hombro debajo de su chaqueta deportiva: durante el resto de su vida existiría la posibilidad de que alguien que le había conocido durante los veinte años que había ejercido de investigador para la fiscalía del distrito intentara matarlo.

Pitt se desabrochó la chaqueta y avanzó unos pasos, alejándose de las potentes luces del casino. Tenía costumbre de prestar atención a las sensaciones vagas, y cuando presentía una amenaza se encaraba con ella.

Había forjado su reputación resolviendo asesinatos, y lo había conseguido encarándose con cualquier cosa que le produjera mala espina. Los despachos cerraban los fines de semana, pero cada día del calendario el asesino era un asesino, y Joe iba a su encuentro. Cualquier sospechoso que no lo hubiera comprendido se había visto en una grave situación. Quien le perseguía no era una entidad teórica llamada el Estado de California, sino Joe Pitt.

Eligió una hilera de coches aparcados tres espacios a la izquierda del suyo, y echó a andar por el pasillo. Tardó unos momentos en divisar las cabezas dentro del coche aparcado junto al suyo. A medida que se aproximaba cambió su ángulo de visión, y vio más detalles: había un hombre sentado en el asiento del conductor, y otro en el asiento trasero. Quizá se tratara de un tipo rico con chofer, o quizá fuera un método práctico de colocar a dos tiradores para que le dispararan.

Joe se detuvo junto a un coche, fingió abrirlo y luego se agachó. Sin enderezarse, se deslizó entre los coches aparcados hasta llegar al coche en el que estaban los dos hombres. Se incorporó detrás del pasajero, empuñando la pistola junto a la ventanilla abierta.

El pasajero lo miró y dijo:

—Hola, Joe.

—Hola, Hugo —respondió asiendo la pistola con fuerza.

—¿Conoces a mi amigo Otto?

—Por supuesto. ¿Cómo estás, Otto? Enhorabuena por lo rápido que te han soltado.

—Gracias —dijo Otto—. Me alegro de haber salido. ¿Y tú cómo estás?

—Muy bien, gracias. ¿Qué ocurre, Hugo?

Hugo Poole le miró.

—Tengo que hablar contigo. Si te sientes más seguro dentro del casino, enviaré a Otto para que nos busque un lugar privado.

—No te tengo miedo. Pero no me interesa lo que tengas que decirme —contestó Joe guardándose la pistola.

—Te reportaría un buen dinero.

—Ya tengo dinero, gracias.

—Tienes debilidad por las mujeres y un problema con el juego, y nadie tiene suficiente dinero para esos dos caprichos. Tres individuos se me han acercado durante el pasado año para venderme esa información. Sólo le pagué al primero, pero lo recordé. No tenemos tiempo para andarnos con tonterías. Esta noche, cuando comprendí que te necesitaba, supe dónde encontrarte.

—El juego no es un problema. Es el hecho de perder. ¿Para qué me necesitas?

—¿Quieres hacer el favor de entrar para que podamos hablar? Con nosotros estás a salvo.

Hugo Poole le abrió la puerta y le hizo sitio en el asiento trasero. Tras vacilar unos instantes, Joe subió. Otto Collins condujo el coche y salió a la calle.

—Sé que algunas veces, cuando he necesitado información, tú conseguiste milagrosamente que alguien me la facilitara —dijo Pitt—. Yo encontré la solución a algo que me tenía desconcertado, y tú obtuviste… lo que obtuviste. Eso quizá hizo que olvidara añadir tu nombre a una lista de peligros contra la sociedad. Pero la vida ya no es la misma.

—Tú eres el mismo, yo soy el mismo. ¿Qué ha cambiado?

—Me he retirado de la fiscalía del distrito. Ya no tengo nada que ver con ella. No puedo influir en el resultado de una investigación. Sea lo que sea que quieras de mí, no puedo dártelo.

—Ahora eres un detective privado. Te has hecho famoso.

—Todo el mundo tiene que hacer algo. Pero no hago nada por dinero que pueda enviarme a la cárcel.

—Ya lo supongo. No vivirías lo suficiente para ponerte a la cola del rancho. Si fuera algo ilegal, no te haría perder el tiempo —dijo Poole.

—¿Qué es lo que quieres?

—Mi primo Dennis murió ayer tiroteado en Portland.

—¿Por qué motivo? ¿Trabajaba para ti?

—No. Nunca ha trabajado para mí. Hacía cuatro o cinco años que no le veía.

—¿En qué andaba metido?

Hugo arrugó el ceño.

—En nada. Dennis no andaba metido en nada. Vendía ordenadores.

Pitt lo miró impasible.

—Dennis era un comerciante legal. Tenía una tienda y un almacén en Portland, y vendía artículos de informática al por mayor en Internet. Era un buen comerciante. Ganaba dinero. Quiero averiguar por qué mataron a un tipo como él.

—¿Eso es lo que quieres? ¿Que averigüe qué ocurrió?

Poole alzó las manos.

—No puedo dejarlo en manos de una pandilla de policías cretinos en Oregón. Necesito a alguien que sepa de qué va el asunto.

—Portland no es una ciudad pequeña, Hugo. Tienen agentes de homicidios capaces de encargarse de una investigación —dijo Pitt—. Y no creo que un forastero tenga muchas probabilidades de descubrir algo que ellos no sean capaces de descubrir. Es su ciudad.

—No es su ciudad lo que me preocupa. Necesito a alguien capaz de hacer las conexiones entre lo que ocurrió allí y lo que ocurre aquí.

Pitt escrutó el rostro de Hugo.

—¿Crees que el asesinato de tu primo tiene algo que ver contigo?

—Es posible que Dennis tuviera enemigos. Quizás estuviera metido en algo que yo ignoro. Pero hasta que alguien demuestre eso, el único motivo que tenía alguien para matar a Dennis era que estaba emparentado conmigo.

—¿Qué crees que puedo hacer por ti?

—Volar a Portland. Los policías de todo el país te conocen, y los casos que resolviste cuando trabajabas como investigador para la fiscalía del distrito. Al oír tu nombre creerán que puedes ayudarles a averiguar quién mató a Dennis. Eso es lo que quiero que hagas. Te pagaré mucho dinero.

Pitt lo miró sin pestañear.

—¿Y si resulta que el asesinato de tu primo está relacionado contigo? No me interesa que me pagues para ir allí e impedir que una investigación policial se centre en ti.

—No se trata de eso. Puedo protegerme a mí mismo sin tu ayuda. Si la investigación empieza a apuntar hacia Los Ángeles, podrás decirles dónde deben investigar. Aunque todo apunte hacia mí.

—Entonces tendrás que renunciar a tus chanchullos —respondió Pitt—. ¿O ya has empezado a recortar tus operaciones?

—Esta noche ataré unos cabos sueltos para que puedas ir a por ese tipo sin tropezar conmigo. Me apartaré de tu camino.

—Si me meto en eso, no voy a señalar a un tipo para que tú le mates.

—Quiero que ayudes a la policía a dar con el asesino, el verdadero, no un desgraciado al que le cuelguen el sambenito. Si haces eso para mí, habrás cumplido con tu deber.

—¿Cuánto me ofreces?

—Cien mil más gastos si estás dispuesto a esforzarte. Y otros cien mil cuando atrapen a ese tipo.

—Debes de sentirte muy culpable.

—Si no quieres aceptar el trabajo porque es mi dinero, dilo claramente.

—No, soy como un médico —respondió Joe—. Si tienes un soplo cardíaco, me esmeraré hasta resolver el problema o hasta que se agote tu cuenta corriente.

5

Joe Pitt siguió a la sargento Catherine Hobbes por el camino de acceso a la casa que había pertenecido a Dennis Poole. No pudo evitar contemplar a la policía durante más tiempo de lo estrictamente necesario. Joe calculó que Catherine tenía unos treinta años, aunque era difícil de asegurar. Tenía un cuerpo menudo, redondeado y atlético, pero trataba de disimular sus curvas con un traje pantalón gris de corte masculino y endurecer los rasgos de su bonito rostro recogiéndose el pelo rubio rojizo en un moño y apenas utilizando maquillaje. Pitt la observó traspasar la cinta que decía POLICÍA, NO PASAR, subir los peldaños que conducían a la puerta de entrada, donde hizo caso omiso de la voluminosa pegatina que decía ESCENA DEL CRIMEN, NO PASAR, y abrir la puerta.

—Bonita casa —comentó Joe.

—Detesto este tipo de casa. Es pretenciosa, demasiado grande para el terreno que ocupa y todo lo que contiene está destinado a ser admirado, no utilizado.

—No iba a pedirle que se instalara en ella conmigo —dijo Pitt—. Sólo me refería a que tiene aspecto de cara.

A ella le había sorprendido comprobar que Pitt tenía rasgos muy agradables, y ojos perspicaces e inteligentes. Pero su atractivo no la seducía. Pitt se expresaba con la familiaridad que significaba que era consciente de la ventaja que tenía con las mujeres.

Joe Pitt la irritaba, pero Catherine estaba decidida a mostrarse cortés con él. Había recibido órdenes, y no estaba dispuesta a tener problemas por el mero hecho de que él fuera arrogante. Si lograba tolerarlo el tiempo suficiente, podría averiguar algo. Pitt era un investigador muy conocido que, en sus buenos tiempos, había resuelto numerosos asesinatos. Si Catherine tenía que soportar comentarios jocosos para averiguar lo que él sabía, estaba dispuesta a hacerlo.

—Aquí no hay señal de que hayan forzado la entrada. Las otras puertas están cerradas por dentro.

Pitt miró a su alrededor. Como una concesión al lluvioso clima de Portland había un pequeño vestíbulo con el suelo de mármol negro y blanco y un banco de madera alargado para cambiarse las botas, una percha junto a éste y un paragüero. Más allá arrancaba la gruesa moqueta, y todo lo que se veía era de color beis o blanco.

—¿Dónde le tirotearon?

—Arriba, en la habitación principal. Se la mostraré. —Catherine se encaminó hacia la larga escalera recta y subieron hasta llegar al descansillo.

Pitt entró en el dormitorio de Dennis Poole, que era lo suficientemente grande para contener cuatro dormitorios. Observó la decoración. En la pared había un televisor de plasma de unos dos metros de ancho, y debajo, sobre un aparador, un reproductor de vídeo y otro de deuvedés. Había una amplia mesa con un ordenador y otros accesorios más sofisticados de lo que nadie pudiera necesitar. Había estantes que contenían tantos libros y revistas que le recordaron que no había visto un solo libro abajo. La cama era como el gigantesco lecho de un buen hotel.

—¿Se había endeudado para permitirse todos estos caprichos?

—No hemos hallado aún ninguna deuda. Teniendo en cuenta sus ingresos, la casa no es tan lujosa —respondió la policía—. Poole la adquirió aproximadamente un año después de su divorcio, cuando tenía veintiocho años. De eso hace catorce. Vivía solo, y ganaba entre trescientos y cuatrocientos mil dólares al año. No hay indicios de que tuviera aficiones caras, ni rastro de drogas en su sangre o en la casa, ni que fuera adicto al juego.

—¿Falta algo?

—Vivía solo, de modo que no hemos hablado con nadie que pueda saberlo. No hay señales de polvo en algún lugar del que pudieran haber retirado un objeto, ni marcas en la pared de cuadros u otras cosas que pudieran haberse llevado. Recorrimos la casa con un par de empleados de su oficina, y ninguno recordó haber visto que faltara algo. —Hobbes miró a Pitt con el rabillo del ojo—. Quizá pueda decírmelo usted. —La sargento se arrepintió al instante de haberlo dicho.

Él miró a su alrededor como si no la hubiera oído.

—¿Dónde estaba el cadáver?

—En la bañera. —Hobbes condujo a Pitt al cuarto de baño. Era también muy espacioso, con una bañera gigantesca de color negro y una ducha cerrada por una mampara de cristal con tres grifos en un lado y un asiento de pizarra adosado a la pared. La mayor parte de las superficies estaba cubierta con el polvo que utilizaba la policía para recoger huellas dactilares—. Le dispararon a la cabeza.

Pitt contempló la bañera, tras lo cual acercó la cara para examinar las manchas de sangre en la pared sobre ella.

—¿Está segura de que no se suicidó?

—No hallaron la pistola con el cadáver. Y el ángulo del disparo descarta esa tesis.

—¿En qué sentido?

—Así —respondió la sargento Hobbes señalándose la cabeza con el índice—. ¿Lo ve? El ángulo es demasiado elevado. No es posible que alzara la pistola hasta ese punto y apuntara hacia abajo, ¿y por qué iba a hacerlo?

Joe asintió con la cabeza y siguió inspeccionando el cuarto de baño, examinando la ducha y los lavabos sin tocar nada.

—¿Estaba Poole dándose un baño o le metieron en la bañera para no ponerlo todo perdido?

—Estaba desnudo. En la bañera había jabón y tenía la cabeza apoyada en una toalla a modo de almohada.

Pitt salió del baño y examinó de nuevo el dormitorio.

—Deduzco que no han encontrado nada en el resto de la casa.

—Es como lo que ha visto al subir aquí. Da la impresión de que nadie utilizaba las habitaciones. Sofás blancos en los que parece que nadie se sentaba, mesas con la superficie de cristal en las que no hay una sola huella. La cocina es espléndida, pero el frigorífico apenas contiene nada aparte de bebidas. Poole desayunaba, comía y cenaba fuera de casa.

—Todo indica que vivía aquí arriba.

—Eso creo —respondió Hobbes—. En el televisor se pueden ver unos doscientos cincuenta canales, cincuenta de ellos de deportes. Poole podía pasarse el día aquí arriba mirando un partido tras otro, sin tener que bajar salvo para ir en busca de más cerveza.

—¿Quién quitaba el polvo de los sofás blancos y limpiaba las ventanas?

—Tenía un contrato con Mighty Maids. Es una empresa que emplea a un equipo de mujeres que van a una casa, la limpian de arriba abajo y se marchan. Así fue como hallaron el cadáver. El equipo de limpiadoras venía dos veces a la semana durante las horas en que Poole solía estar en la oficina. Tenían una llave, pero también tienen una coartada, personas que las vieron limpiando otras casas hacia la hora en que Poole fue asesinado. Las limpiadoras se presentaron ayer y lo encontraron.

Joe se detuvo en el centro de la habitación y se volvió lentamente, observando cada detalle.

—¿Ha reconstruido la secuencia?

Catherine asintió con la cabeza.

—Poole se marchó del despacho antes de lo habitual, pero como era el jefe no tuvo que explicar a nadie el motivo. Ese día lucía un traje gris oscuro. Llegó a casa a las cuatro, dejó el maletín en la cocina y subió aquí. Se quitó el traje y la corbata y los colgó ahí. —La sargento se acercó al gigantesco armario ropero y abrió la puerta para que Pitt contemplara la ordenada hilera de pantalones y chaquetas que colgaban en él. Al menos cuatro trajes eran de distintos tonos de gris—. Los hemos enviado al laboratorio, como es natural. Luego arrojó la camisa, los calcetines y la ropa interior al cesto de la ropa sucia, entró en el baño, abrió los grifos de la bañera y se metió en ella.

—¿De modo que lo hizo todo voluntariamente, sin que nadie le forzara?

—El cadáver no presentaba rasguños o contusiones que indicaran que hubiera forcejeado con su atacante, ni había charcos de agua alrededor de la bañera cuando lo encontraron las limpiadoras. Es probable que el asesino entrara sigilosamente, se acercara al señor Poole por detrás, sosteniendo la pistola a un palmo de su cabeza, y disparara una vez. El orificio de entrada está detrás de la oreja derecha. Los vecinos que viven a ambos lados de la casa y al otro lado de la calle aún no habían regresado del trabajo, y nadie en el barrio recuerda haber oído un disparo.

—¿Cree que el asesino pretendió en un principio que pareciera un suicidio?

—Sí, pero lo estropeó todo. Quizás el señor Poole le oyó acercarse en el último momento y trató de defenderse. Quizás el asesino se impacientó y disparó antes de lo previsto.

—¿La pistola pertenecía a Poole? ¿Tenía una pistola que ha desaparecido?

—No tenía ningún arma de fuego registrada a su nombre.

Pitt bajó la vista y se miró los pies.

—Esto no va a ser fácil.

—Estoy de acuerdo —respondió ella—. Todo indica que el señor Poole era un hombre seguro de sí mismo y rico. No tenía enemigos, al menos según la gente que le conocía. Había vuelto de unas vacaciones hacía un par de semanas, y sus empleados en la oficina dicen que parecía contento y relajado.

—¿Y las mujeres?

—¿A qué se refiere?

—¿Le gustaban las mujeres? ¿Alguna en particular?

—Esa es una de las cosas que me choca. Los agentes que recogieron las pruebas indiciarias hallaron unos cabellos rubios, largos y lisos. Había dos en el traje de Poole, unos cuantos en la alfombra aquí y uno en un albornoz. Las limpiadoras del equipo de Mighty Maids son todas morenas.

—¿Trabajaba alguna rubia en su empresa?

—Dos, pero los cabellos no coinciden con los suyos. Nadie recuerda haber visto a Poole con una rubia últimamente. No tenía parientes femeninos que vivieran en la ciudad, y su madre dice que ninguna tiene el pelo rubio, largo y liso.

—Esa mujer rubia es la pista más prometedora que he oído —comentó Pitt—. Quizás estaba casada. Eso daría a Poole una razón para tratar de mantener la relación en secreto, y un buen móvil para que el marido le asesinara.

—Nos hemos centrado en esa mujer, pero aún no hemos hallado nada. Por otra parte, tenemos un elemento extraño que apareció de forma inopinada.

—¿Cuál?

—Usted.

—No me siento como un elemento extraño.

Catherine Hobbes se encogió de hombros.

—Mi jefe me ordenó que cooperara con un experto de Los Ángeles, un ex investigador de la fiscalía del distrito, que nos ayudaría a resolver el caso. Consulté sus datos en Google y encontré muchos artículos sobre usted, principalmente en el *Los Angeles Times*, aunque también en revistas nacionales. Incluidas unas fotos suyas.

—¿Encontró algo interesante?

—Se jubiló de la fiscalía del distrito, honrosamente, según dicen, y actualmente gana una barbaridad al año trabajando de investigador privado. Al enterarme de eso, pensé en invitarlo a cenar a mi casa y presentarle a mis padres. Hablé con mi jefe y averigüé que trabaja para el primo de Poole.

—¿Y perdió interés?

—Digamos que la naturaleza de mi interés cambió.

—No tiene por qué —replicó Pitt—. No he venido para hacer nada ilegal, y es verdad que gano una barbaridad.

—Trabaja para un delincuente —dijo Hobbes—. Unos labios que han besado el culo de Hugo Poole jamás me besarán a mí.

—¿En el culo?

—En ninguna parte.

Joe Pitt asintió.

—¿De modo que aquí cuando un delincuente conocido te pide que investigues el asesinato de un pariente, tienes que negarte?

—No consultamos con él. Cuando ocurre un asesinato vamos a por el asesino, independientemente de que alguien nos lo pida o no. —Catherine dio a Pitt una palmadita en el brazo con fingida simpatía y añadió—: No es usted, Joe. Soy yo. No me gusta que alguien acepte dinero de un delincuente para mantenerlo al margen de una investigación de asesinato.

—No me contrataron para que hiciera eso —contestó Pitt—. Hugo Poole está de acuerdo con usted. Cree que el asesinato es una represalia por algo que él hizo en Los Ángeles. Si usted decide seguir esa pista, Hugo tratará de ayudarla. Pero no es lo que ocurrió.

—¿Cómo lo sabe?

—Si fuese una represalia, no tratarían de que pareciese un suicidio. Se lo habrían cargado de la forma más sádica y espeluznante, para asegurarse de que Hugo comprendiera el motivo.

Joe Pitt se paseó por la habitación, examinando diversas cosas.

—Han limpiado esta habitación. Hace un rato le pregunté si faltaba algo, y usted respondió que lo ignoraba. Ahora lo sé. Falta un cierto desorden.

—Poole no era una persona desordenada —respondió Hobbes—. Cada habitación en el piso de abajo parece el escaparate de unos grandes almacenes.

—Porque no vivía abajo. Vivía aquí arriba. Pero aquí no hay nada fuera de lugar. Sé que no parecería la habitación de unos estudiantes universitarios, pero cuando Poole murió la habitación tampoco tenía este aspecto. La han dejado inmaculada. La única persona que debió hacerlo es el asesino.

—¿Cree que el asesino se molestó en repasar toda la habitación limpiando las huellas dactilares y recogiendo alguna fibra?

—Sí —respondió Pitt—. Pero no creo que el asesino quisiera que no halláramos sus huellas dactilares. Creo que quiso eliminar todo rastro de una mujer rubia. El asesino entró y disparó contra Poole, una sola vez, sin que forcejearan. Después, pudo haberse marchado sin exponerse demasiado a dejar algún rastro de su persona. Pero en lugar de ello decidió limpiar la suite, recogerlo todo, pasar el aspirador por las alfombras. No se fijó en unos cabellos rubios en el suelo y adheridos a la ropa de Poole.

—Esos cabellos rubios en el traje de Poole no significan que alguien limpiara la habitación. Quizá fueran los únicos que había.

—Usted dijo que todas las limpiadoras de Mighty Maids eran

morenas, y que venían a limpiar toda la casa dos veces a la semana. Eso supone varias horas de trabajo duro, buena parte del mismo arrodilladas en el suelo. ¿Dónde están las fibras de sus uniformes? ¿Dónde están los cabellos negros?

—Dios —exclamó Hobbes. Maldita sea, Pitt tenía razón—. ¿De modo que el móvil era esa mujer?

—Es posible. Quizás otro hombre se presentó aquí para llevársela, o para secuestrarla.

—Tengo que encontrar a esa chica.

6

La chica sentía cierta tristeza, pero a la vez satisfacción. Le había sacado el máximo partido a Dennis Poole, de modo que no se sentía decepcionada consigo misma. Estaba orgullosa por haber superado su timidez y temor en el bar del hotel en Aspen, y por haber sido quien había roto el hielo. Eso de por sí ya era un logro. Se había sentido atraída por Dennis, por su cuerpo alto y un tanto desgarbado, las ropas que lucía que parecían recién estrenadas, como si nunca llevara otro atuendo durante todo el año que un traje de calle. La chica se había sentado en una pequeña mesa en el bar, junto a la ventana que daba a las montañas, y había fingido sorpresa al comprobar que Dennis ocupaba una mesa contigua.

—Qué cielo tan maravilloso —había dicho ella—. Me encanta el color del cielo al atardecer.

¿Cómo no iba a responder Dennis a ese comentario?

Después de hablar con él durante unos minutos, la joven había comprobado que sabía casi al instante qué decirle y cómo decirlo. Nunca habían pasado más de unos instantes en que había dudado de sí misma. Había escuchado a Dennis con atención, empezando a acumular un pequeño tesoro de datos sobre quién era y lo que le gustaba, y luego se había transformado en la mujer que Dennis quería. Dennis era el propietario de un pequeño y aburrido negocio y estaba de vacaciones, de modo que se había convertido en la compañera perfecta. Ella era la chica alegre y vivaz que se mostraba siempre contenta, con una risa fácil y espontánea, siempre dispuesta a visitar otro lugar para averiguar qué había allí.

Dennis le había caído bien —ella había fingido encontrarlo más interesante de lo que era, más apuesto de lo que era— y al cabo de unos días había comprendido que le gustaba. Al pensar en él ahora la joven sintió que le echaba de menos. Recordó las noches despejadas y frescas de principios de verano, cuando salían a la terraza de la suite que ocupaba Dennis para contemplar las estrellas y parecía como si hubiera tres veces más de las habituales.

Mientras la joven conducía por la autopista suavemente sinuosa dijo en voz alta a la imagen de Dennis:

—Al menos lo pasamos bien.

La chica sintió que su rostro mostraba la expresión apropiada al decir eso y la mantuvo durante unos momentos, bajando la visera del coche para mirarse en el espejo.

Perfecto. Los labios carnosos fruncidos en un mohín, los ojos azules y chispeantes nostálgicos e inteligentes. La joven corrigió ligeramente la frase. «Al menos nos divertimos.» La forma en que sus dientes pequeños y blancos tocaron el labio inferior al decir «divertimos» quedaba genial.

Alzó la visera y fijó de nuevo la vista en la carretera. El pelo oscuro que lucía la hacía parecer más seria de lo que había parecido como Tanya, demasiado sofisticada para teñir su pelo de rubio platino. Le gustaban los reflejos cobrizos.

Hoy se sentía estupendamente. El hecho de dirigirse hacia el sur, alejándose de la lluvia hacia un clima más cálido, lleno de sol y flores, era prometedor. Había ahorrado suficiente dinero durante el mes que había pasado con Dennis Poole para sentirse feliz durante un tiempo. En cuanto lo había conocido, la joven había empezado a señalar objetos caros y vistosos en los escaparates de las tiendas expresando en voz alta su deseo de poseerlos. Se había mostrado entusiasmada cuando Dennis se los había comprado, y le había recompensado con afecto.

A veces le dejaba durante un rato para bajar al *spa* o a la piscina del hotel, y le pedía que le diera dinero para propinas o para tomarse unas copas. En un par de ocasiones le había quitado dinero de su billetero mientras él dormía. Cuando Dennis le había propuesto que fuera a visitarlo a su casa en Portland, ella se había presentado con una sola maleta, se había dejado convencer para quedarse más tiempo y había obtenido permiso de Dennis para comprarse la ropa que necesitara utilizando una de sus tarjetas de crédito. Dennis había sido una experiencia satisfactoria, pero ya se había acabado.

¿En quién se convertiría ahora? El hecho de ser morena la hacía sentirse discreta, reservada, aristocrática. Su nuevo talante debía de ser un tanto anticuado, incluso bíblico, pero anglosajón, no una santa católica ni perteneciente a un falso linaje francés. Sarah era un buen nombre, o Rebecca. No, ambos eran demasiado corrientes. Rachel. Era un nombre excelente.

A la joven siempre le habían gustado los nombres como los que ostentaban las personas ricas, pero no demasiado rimbombantes. Había evitado adoptar un apellido que fuera también el nombre de una compañía: sería complicado hacerse pasar por una Ford o una Pillsbury. La chica reflexionó sobre su nueva identidad durante unos minutos, y decidió que tuviera raíces en Nueva Inglaterra. Quizás el nombre de un lugar. ¿Stamford? No. Sturbridge. Sonaba bien: Rachel Sturbridge, ¿cómo está usted?

Rachel Sturbridge condujo hacia el sur y empezó a preguntarse dónde le convenía parar. San Francisco era la próxima ciudad de la que había oído hablar por la que pasaría, de modo que decidió detenerse allí para ver si le gustaba. Condujo durante buena parte de la noche y llegó a la ciudad a las tres de la mañana. Aparcó el coche en un gigantesco aparcamiento cerca de Union Square, bajó la cuesta hacia la plaza y dio un paseo contemplando los inmensos edificios, las silenciosas e iluminadas entradas de los hoteles y los escaparates oscuros de las tiendas. Le encantaba contemplar una ciudad a altas horas de la noche, cuando el trajín superficial, las multitudes y los atascos de tráfico habían desaparecido. Decidió quedarse. Luego regresó al aparcamiento y se echó a dormir en el asiento trasero del coche hasta que la gente empezó a arrancar los vehículos junto al suyo y a abandonar el lugar.

Por la mañana, Rachel, identificándose como Tanya Starling, alquiló una pequeña casa amueblada, y añadió al contrato de arrendamiento el nombre de la compañera de cuarto de Tanya, Rachel Sturbridge. Esa tarde alquiló un apartado de correos a nombre de las dos, tras lo cual insertó un anuncio clasificado bajo un nombre comercial ficticio en el *Chronicle*. El anuncio decía que Rachel Sturbridge y T. Starling tenían un negocio llamado Aspectos Singulares e indicaba el apartado de correos como dirección. A continuación se dirigió al ayuntamiento y adquirió una licencia comercial para Aspectos Singulares, que según escribió en el formulario editaba «un catálogo de venta por correo de estilos de vida alternativos». Le complació el hecho de que la descripción no tuviera el menor sentido.

Antes de que los bancos cerraran a las seis, Rachel consiguió abrir una cuenta corriente a nombre de Aspectos Singulares con las dos mujeres como signatarias y un depósito de cuatro mil dólares. Durante los dos días siguientes, al término de la jornada, Rachel realizó otro depósito bancario. Cuando la cuenta alcanzó los doce mil dólares, solicitó una tarjeta de crédito comercial a nombre de Aspectos Singulares. Coqueteó un poco con el gerente que estaba de servicio, un joven llamado Bill, el cual aceptó su solicitud sin hacer preguntas embarazosas.

Hacía tres días que Dennis Poole había muerto. Esa noche, de regreso a casa, Rachel compró los periódicos de Portland en un quiosco de prensa en busca de algún artículo sobre la investigación policial, pero no encontró ninguno. Sólo una pequeña nota necrológica que decía que la muerte de Dennis Poole había sido declarada un homicidio. Puesto que no mencionaba a ninguna mujer, Rachel dedujo que significaba que su papel en el episodio había concluido, y decidió que en el futuro sólo recordaría los aspectos positivos.

A la mañana siguiente, Rachel fue a una copistería y adquirió un paquete de diez folios de papel blanco y grueso con un alto contenido en fibra de algodón y un cedé virgen. Pagó en el mostrador, alquiló un ordenador y entró en una página web que había encontrado en cierta ocasión. Era una página abierta por los fans de Renee Stipple Penrose dedicada a todos los aspectos de la vida de la actriz. Había fotografías de la casa de sus padres en Barnstable, Connecticut, incluyendo algunas tomadas por una cámara a través de las ventanas, unas fotos de su escuela primaria y su instituto y, debido a la polémica sobre su auténtica fecha de nacimiento, una imagen clara y nítida de su certificado de nacimiento.

Rachel escaneó la imagen y eliminó los nombres y fechas originales sin alterar las firmas o los sellos. Copió en el cedé el certificado de nacimiento para utilizarlo en el futuro, y lo guardó en su bolso. Acto seguido seleccionó un tipo de letra semejante, rellenó el impreso para registrar el nacimiento de Rachel Martha Sturbridge veinticinco años atrás, e imprimió el nuevo certificado en uno de los folios con aspecto de documento oficial.

Rachel aún tenía el carné de conducir que había obtenido en Illinois como Tanya Starling. Buscó un tipo de letra semejante, tecleó su nuevo nombre unas cuantas veces y lo imprimió en una hoja de papel blanco delgado.

Esa noche, cuando estaba en su casa, eliminó pacientemente el viejo nombre del carné de conducir con una hoja de afeitar. Tomó la hoja impresa con el nombre de Rachel Martha Sturbridge, cortó una tira estrecha con el nombre, y la colocó sobre el hueco que había creado con la hoja de afeitar en el carné y utilizó una gota de pegamento para pegarla. Por la mañana, cuando el pegamento estaba seco, colocó una hoja plastificada sobre la parte delantera del carné y la recortó con cuidado.

Dos días más tarde Rachel se dirigió a la jefatura de tráfico, mostró su carné de conducir de Illinois y su certificado de nacimiento, se sometió a un examen escrito y obtuvo un nuevo carné de conducir a nombre de Rachel Martha Sturbridge. Se sentía tan satisfecha que de camino a casa se hizo socia del Automóvil Club y solicitó un carné de biblioteca.

Rachel dejó que transcurriera una semana antes de insertar un anuncio clasificado en el *Chronicle* y vender el coche de Tanya Starling por quince mil dólares. Depositó el cheque en la cuenta de Aspectos Singulares para que Rachel Sturbridge pudiera extender cheques y sacar dinero de esa cuenta. Luego adquirió un Nissan de seis años de antigüedad por cinco mil dólares en efectivo. Todo el proceso de cambiar de nombre era como observar una vela arder e irse consumiendo y utilizar su llama para encender una nueva antes de que se apagara.

Tras realizar el cambio, había llegado el momento de pensar en el futuro. Rachel tenía que tratar de incrementar sus ahorros. Su objetivo era que algún día sería rica, y sabía que aunque eso sólo era el comienzo del proceso, su progreso consistiría en centenares de pequeñas decisiones. De momento, tenía que controlar sus gastos y dedicar buena parte del tiempo a encontrar al próximo hombre.

Ella siempre había pensado que el hombre idóneo quería una mujer que asistiera al teatro, a conciertos y a exposiciones de arte, y empezó a leer la sección de acontecimientos culturales del periódico y a comprar billetes para asistir a ellos. Mientras estaba allí, buscaba entre la multitud a un hombre que no estuviera acompañado por una mujer. A Rachel le gustaba salir, pero aunque viera el tipo de hombre que pudiera convenirle en el vestíbulo antes de que comenzara la función o el concierto —o, las más de las veces, notara que un hombre la observaba con insistencia— el acontecimiento era inminente y ambos tenían que buscar sus respectivos asientos, que a veces se hallaban muy separados, y las luces se apagaban. En ocasiones, cuando Rachel veía a algún hombre que parecía prometer, incluso se quedaba en el vestíbulo después de la función para darle la oportunidad de localizarla. Pero eso nunca sucedía.

A veces, por la noche, se acercaba a la chica del espejo y la ayudaba a transformarse en Rachel Sturbridge. Para sus incursiones en el mundo cultural había desarrollado una expresión de gran concentración que demostraba sus conocimientos artísticos. Si escuchaba una obra de música clásica la expresión incluía un gesto de satisfacción con la cabeza o una mirada un tanto preocupada, como si estuviera comparando la interpretación con una partitura invisible. Pero su mejor expresión era una expresión serena, reposada, que resultaba al mismo tiempo benevolente y altanera, la expresión habitual de una reina justa.

Rachel decidió probar los restaurantes caros que había en los alrededores de Union Square. Una noche se sentó en la barra de Postrio para tomarse un martini antes de cenar, depositando su chaqueta en el taburete junto a ella. El bar le gustaba porque constituía una larga y estrecha antesala, por la que todos los clientes tenían que pasar de camino a la escalera que conducía al restaurante situado en el piso inferior. En un extremo del bar había una parrilla, donde tres cocineros trabajaban procurando esquivar las llamas debajo de una inmensa campana de cobre, y donde había algunos reservados junto a la pared en los que los clientes degustaban versiones informales de la comida que servían abajo. La puerta de vaivén al otro lado del bar daba al vestíbulo del hotel Prescott, y cada pocos minutos entraban nuevos clientes. Rachel observó a gente que entraba en busca de un hombre solo y tras descartar a varios, vio uno que le pareció perfecto.

Rachel sonrió para sus adentros mientras se bebía su martini, sintiendo la helada copa en sus labios y luego el fuego del vodka entonándola mientras se deslizaba por su garganta. Fingió no haberle visto. Tras detenerse unos momentos para hablar con el *maître*, el hombre entró en el bar.

Rachel se volvió y alzó la cabeza, asumiendo su nuevo y señorial talante. El hombre era alto y lucía una chaqueta de sport azul marino y un pantalón gris. Era uno de los uniformes que llevaban todos los hombres cuando no trabajaban. A la mayoría de mujeres les habría costado calibrarlo, pero Rachel Sturbridge se había convertido en una experta a la hora de juzgar a un hombre. La chaqueta tenía un corte impecable, la lana del tejido era excelente y la corbata era cara y de buen gusto. El desconocido había entrado a través de la puerta de vaivén, no por la entrada de la calle, por lo que sin duda se alojaba en el hotel. Los zapatos y el reloj eran los indicadores más fiables, pero Rachel no alcanzó a verlos debido a la tenue luz del bar. El hombre echó un vistazo a su alrededor, buscando un asiento en la barra.

Rachel le miró.

—Aquí no hay nadie sentado —dijo indicando el taburete junto a ella. Tomó su chaqueta y la colocó en su regazo.

—¿Seguro que no le importa?

—Por supuesto —respondió Rachel—. Siéntese.

El hombre sonrió, se sentó y dijo:

—Gracias. Si espera a alguien con quien ha quedado citada, me levantaré en cuanto llegue esa persona.

—No es necesario —contestó ella—. Estoy sola.

El hombre pidió un whisky de malta Macallan, lo cual demostraba su buen gusto, pero quería uno de doce años en lugar de dieciocho, lo que significaba que no pretendía darse aires.

—¿Me permite que la invite a otro martini? —preguntó volviéndose hacia ella.

—No, gracias —respondió Rachel—. Acabo de empezar a tomarme este.

Decidió que él era probablemente el tipo de hombre que le gustaría a Rachel Sturbridge. Era alto y de aspecto viril, con un talante simpático pero educado, y no se había inclinado hacia Rachel para charlar con ella, como solían hacer algunos hombres cuando conocían a una mujer atractiva.

El tipo bebió su whisky con la vista fija al frente. Rachel intuyó que si quería conversar con alguien como él, tendría que darle a entender que deseaba hacerlo.

—Me gusta este sitio, es muy agradable, ¿no cree?

El hombre pareció ligeramente sorprendido, como si no estuviera seguro de que la pregunta iba dirigida a él. Cuando se volvió y Rachel le miró a los ojos, pareció complacido.

—Hasta ahora, me gusta mucho. No había estado nunca, pero me han hablado muy bien de él. —El hombre miró su reloj, un gesto que le produjo a Rachel Sturbridge dos sensaciones contrapuestas. La posibilidad de que él se estuviera aburriendo hizo que la chica sintiera un vacío en la boca del estómago, pero al ver el reloj que llevaba, un Patek Philippe que costaba unos seis mil dólares, se animó enseguida. Se sintió muy aliviada cuando el desconocido añadió—: El restaurante está atestado. No he reservado mesa, pero me han asegurado que tratarán de darme una. Son las nueve. Confío en que alguien anule su reserva.

En esto el joven *maître* se acercó a Rachel.

—Su mesa está preparada, señorita Sturbridge —dijo.

Rachel sonrió como si dispensara favores.

—Venga —dijo—. Puede compartir mi mesa.

El hombre se mostró encantado.

—Muchas gracias.

El *maître* regresó a su podio y la jefa de sala llegó en el preciso momento en que Rachel y su acompañante se disponían a bajarse de los taburetes contiguos. Rachel observó como él se bajaba rápidamente, se apartaba y le ofrecía la mano para evitar que se cayera. Ambos dejaron sus copas casi intactas, pero la jefa de sala hizo una seña imperceptible a un camarero, que se apresuró a recoger las bebidas y les siguió.

El comedor situado en el piso inferior estaba iluminado por apliques en forma de cuencos en el techo, y la luz se reflejaba en los relucientes manteles de lino. Bajo la luz, el desconocido parecía más atractivo pero algo más mayor, y Rachel calculó que debía de tener unos cincuenta años en lugar de cuarenta, como había pensado en un principio. Mientras se instalaban en una mesa situada en el otro extremo de la sala, ella sostuvo su polvera en la palma de la mano para comprobar si la luz la favorecía, pero enseguida constató que el maquillaje le daba buen color y que su flamante pelo castaño tenía un aspecto lustroso tal como deseaba. A continuación guardó la polvera en su bolso.

—Me llamo David Larson —dijo el hombre—, y te agradezco tu amable invitación. Me hubiera dado de tortas por no haber hecho una reserva, pero ahora me alegro. Quizá no vuelva a reservar nunca una mesa.

Rachel detectó un leve acento, pero no pudo identificarlo. ¿Sureño?

Le complació que David Larson fuera un hombre lo bastante seguro de sí como para elogiarla de forma exagerada, y la forma en que sus ojos azules transmitían sinceridad sin el menor atisbo de turbación. Decidió alentarle.

—Me llamo Rachel Sturbridge, y estoy encantada de tu compañía. —Pronunció sus palabras con condescendiente facilidad, como una actriz atravesando la alfombra roja antes de un estreno cinematográfico para hablar ante las cámaras.

—Generalmente pido a mi asistente que haga todas las reservas desde casa —dijo Larson—, pero esta vez apenas tuve tiempo. Tuve que echar unas cosas en la maleta y dirigirme apresuradamente al aeropuerto.

—¿Dónde está tu «casa»?

—En Austin —respondió Larson—. ¿Y la tuya?

—En estos momentos vivo en San Francisco —contestó Rachel—. Llevo poco tiempo aquí. —Si Larson era de Austin, lo más prudente era que fingiera ser oriunda del nordeste—. Provengo de Connecticut.

Tuvieron que dedicar cierta atención a la carta, porque el camarero se había acercado a su mesa. Larson pidió salmón y Rachel decidió hacerle el primer cumplido pidiendo el mismo entrante, la misma ensalada.

Larson pidió una buena botella de vino sin consultar con Rachel, lo cual la había obligado a aceptar el hecho de que hubiera pedido un vino caro. Ese gesto le gustó. Cuando el camarero volvió a alejarse, Larson preguntó:

—¿Qué te ha traído a San Francisco?

—Negocios —respondió la joven.

—¿A qué te dedicas?

Rachel dedicó medio segundo a pensar que debía haber dicho que estaba de vacaciones. Estaba claro que Larson era un hombre de negocios y ella tendría que hablar de un tema que su compañero de mesa conocía bien. Lo único que podía hacer ahora era procurar mostrarse sensata.

—Quiero lanzar una revista. Este es un buen lugar para hacerlo. Hay muchas personas con talento artístico dispuestas a trabajar por poco dinero confiando en que si la revista despega, ellos también lo harán. Hay muchos buenos profesionales que solían trabajar para compañías de Internet que se han ido al traste. También excelentes impresores.

—¿Y los alquileres?

—Son caros, pero no tanto como en Nueva York, y puedo trabajar durante mucho tiempo desde mi apartamento y mi apartado de correos antes de expandir mi negocio —respondió Rachel.

—Es evidente que tienes un sentido práctico de los negocios —comentó Larson—. Y de eso sé un poco. ¿Cómo se llama tu revista?

—Voy a llamarla *Aspectos Singulares*. Tratará de estilos de vida alternativos.

—¿Eso qué quiere decir?

—Nada y todo. A los norteamericanos les encanta pensar que son especiales. Cada uno de ellos, sin excepción, por conformista que sea, quiere creer que es un inconformista, un innovador. La gente compra lo que desea creer, y el estilo de vida es todo. De modo que puedo ofrecerles ropa, muebles, casas, música, libros, películas, arte, comida, relaciones, asegurándoles que eso es lo que les conviene. No es muy difícil hacer que las personas compren una versión atractiva de sí mismas, puesto que ya se gustan.

—¿Y crees que San Francisco es un buen lugar para hacerlo?

—No sólo es un buen lugar —respondió Rachel—, sino el mejor. Las tendencias más revolucionarias han salido de San Francisco más que de ninguna otra parte. Fue aquí donde se concentró la mayor parte de beatniks en los cincuenta. Prácticamente todo el movimiento hippy de los sesenta se generó en la esquina de Haight y Ashbury. La pasión por la gastronomía provino de restaurantes como Chez Panisse en Berkeley en los setenta. La revolución informática surgió de aquí en los ochenta. Es una ola tras otra. No sólo los observadores de tendencias están dispuestos a pagar por lo más novedoso que salga de aquí, sino que los anunciantes están dispuestos a pagar por formar parte de la próxima ola antes de que salga de aquí.

Larson se echó a reír.

—Esto es genial. Me gusta lo que dices, y creo que tienes muchos números para triunfar. —Larson la observó durante unos momentos—. Creo que es la mejor idea que he oído en este viaje.

Rachel vio la oportunidad de dirigir la conversación hacia Larson.

—¿Has oído otras? —preguntó.

—Desde luego —respondió Larson—. Me siento tan cómodo charlando contigo, que he olvidado que apenas nos conocemos.

Larson sacó su billetero —Ella vislumbró un buen puñado de billetes verdes y una tarjeta platinum—, sacó una tarjeta de visita y se la pasó.

La tarjeta ostentaba un logotipo con un par de Longhorns* y la dirección comercial en Austin de Empresas David Larson. Rachel hizo ademán de devolvérsela, pero Larson dijo:

—No, quédatela.

Rachel guardó la tarjeta en su bolso.

—¿En qué consisten las empresas David Larson?

—Me dedico a las inversiones.

—¿En qué?

—Principalmente compañías jóvenes, que acaban de empezar. Cualquier empresa en la que pueda valorar el producto, el mercado, la competencia y los costes. He venido para entrevistarme con una gente y oír sus propuestas.

Rachel Sturbridge dejó correr el tema para comprobar si Larson resultaba un pelmazo que sólo sabía hablar de negocios. Pero éste se puso a hablar sobre otros restaurantes que conocía en Bay Area, una exposición de pintura que quería visitar antes de marcharse y un libro que había leído en el avión.

Rachel maldijo en silencio al camarero cuando trajo la cuenta. No había tenido suficiente tiempo. Cuando trató de coger la factura, Larson apoyó su enorme mano sobre la bandejita, cubriéndola.

—Por favor, ya sé que eres el tipo de persona que no necesita que nadie la invite, pero te agradecería que me lo permitieras. Me has hecho un gran favor dejando que compartiera tu mesa, y es lo menos que puedo hacer.

—De acuerdo. —Cuando el camarero recogió la tarjeta de Larson y se marchó, Rachel añadió—: Gracias.

A partir de ese momento ella fingió no prestar atención a la cuenta, pero había comprobado que la forma en que las personas tratan a quienes les sirven es un buen indicador de algunos rasgos desagradables. Se disculpó para ir al lavabo en el momento oportuno y al pasar junto a Larson miró sobre su hombro. Era generoso con las propinas. Cuando regresó, dijo:

* Variedad de ganado vacuno típico de Texas. *(N. de la T.)*

—Me gustaría invitarte a una copa. Hay un lugar aquí cerca muy tranquilo.

Larson parecía sorprendido.

—Acepto encantado —dijo levantándose—. ¿Muy cerca?

—A unos sesenta metros.

Echaron a caminar por la calle hasta el bar del hotel Pan Pacific, cuya entrada daba al gigantesco vestíbulo de mármol blanco. Se sentaron a una mesa y pidieron unas copas.

—Te he dado mi tarjeta de visita —dijo Larson—. ¿Has mandado imprimir ya las tuyas?

—No —contestó Rachel—. Aún no he contratado a mi diseñador, y quiero asegurarme de que todo ofrezca un aspecto impecable.

Larson sacó otra tarjeta y un bolígrafo y los depositó en la mesa ante Rachel.

—Entonces anota un número donde pueda localizarte.

Tras dudar unos instantes, ella escribió el número de teléfono de su casa. Ambos se tomaron sus copas, pero antes de que las hubieran apurado, Rachel dijo:

—Tengo que madrugar para entrevistarme con un fotógrafo y examinar su catálogo.

Larson paró un un taxi frente al hotel y la joven regresó a su casa satisfecha por haber elegido el momento preciso para despedirse y estimular el interés de Larson.

Al día siguiente Rachel se levantó temprano y se acercó a un quiosco de prensa en Market Street para comprar el *Oregonian* de Portland, tras lo cual se tomó un café y un bollo mientras lo examinaba en busca de más información sobre Dennis Poole. No encontró ninguna referencia a éste y regresó a casa andando y sintiéndose aliviada. Encendió el televisor para oír los informativos de la mañana mientras leía el *San Francisco Chronicle*, pero no se molestó en apagarlo cuando las noticias fueron sustituidas por unos refritos de una seria cómica. A las once el teléfono sonó por primera vez. Nadie tenía su número excepto David Larson, por lo que Rachel se apresuró a silenciar el televisor antes de atender la llamada, sonriendo para sí.

—Aspectos Singulares —dijo.

La segunda cena con David fue en el restaurante del Ritz-Carlton en Nob Hill, y la velada transcurrió incluso mejor que la primera para Rachel Sturbridge. Después de que les sirvieran los entrantes, David dijo:

—He estado pensando en lo me dijiste y quisiera adquirir la mitad de la participación en tu revista.

Rachel sonrió y meneó la cabeza.

—La revista aún no existe. ¿Cómo voy a venderla?

—Por eso te hago la oferta ahora. Apuesto a que tendrás tanto éxito que más tarde será demasiado cara para que la compre. Yo aportaré capital y mis conocimientos comerciales, y tú aportarás la idea, el talento y el esfuerzo. Es un buen comienzo para una compañía.

—Es muy halagador —respondió Rachel—, pero no nos precipitemos.

—¿Por qué quieres demorarlo?

—Voy a pedir cincuenta mil millones de dólares, y quiero darte tiempo para reunir ese dinero.

David se echó a reír y le tomó una mano.

—Vale —dijo—. Por eso estoy dispuesto a apostar por ti. Quería hacerte la oferta antes de partir para Austin, pero eso no significa que necesite que me respondas antes.

—¿Cuándo regresas?

David parecía turbado, como si el tema le disgustara.

—El viernes. Por más que me fastidie, tengo una reunión esa tarde y ya la he pospuesto una vez.

—Eso es dentro de dos días.

—Uno, en realidad. Me marcho el viernes a primera hora de la mañana.

—¿Es muy importante esa reunión?

—Me temo que sí. Es con personas que vienen de Nueva York y de Londres.

Rachel no podía dejar que David se marchara de ese modo. Sabía que lo había pasado bien con ella, que le había hecho mella.

Pero era un hombre rico de cincuenta y tantos años. Había conocido a muchas mujeres atractivas y probablemente conocía a unas cuantas más cada mes. Rachel no había tenido tiempo de alcanzar el punto en que no se disiparía de la memoria de David junto con las demás mujeres. Tenía que hacer algo rápidamente.

—Entonces no tienes más remedio que irte. ¿Pero me permites que mañana te invite a una cena de despedida?

David la miró sorprendido.

—Gracias. Me encantaría. Pero eso suena demasiado definitivo. Tú y yo vamos a ser socios en cuanto consiga reunir esos cincuenta mil millones.

La tercera cena fue en el Fairmont. En cuanto atravesaron el vestíbulo, con su techo alto y abovedado y sus columnas de mármol, él pareció relajarse. La conversación discurrió en un ambiente cómodo y distendido. David le contó algunos episodios de su niñez en Texas, sus colaboradores profesionales, sus amigos. Cuando el camarero les preguntó si deseaban algo más, Rachel respondió:

—No, gracias.

—¿Quiere que carguen la cuenta a su habitación? —preguntó el camarero.

—Sí —contestó Rachel.

David la miró a los ojos y ella se encogió de hombros.

—Vaya, te he descubierto mis intenciones.

—¿Te alojas aquí? —inquirió David.

—Cuando reservé la mesa aproveché para reservar también una suite. La vista desde las habitaciones superiores es una de las mejores de la ciudad. Pensé que sería una bonita forma de asegurarme que no me olvides en cuanto regresaras a Texas.

—Eso no es probable —respondió David.

Rachel se había preparado de antemano para una noche de tener que cerrar los ojos y apretar los dientes, pero se llevó una agradable sorpresa. David era un amante gentil y considerado, con un carácter detallista y agradecido que hizo que ella se sintiera menos cohibida. Cuando no hacían el amor, él se comportaba como un compañero alegre y afectuoso.

Esa noche, cuando David se quedó dormido, Rachel permaneció despierta pensando en la mejor forma de sacarle provecho. Había tenido la prudencia de resistir la tentación de venderle la mitad de la participación en su revista imaginaria. Había estado a punto de ceder. David parecía acostumbrado a inversiones arriesgadas y probablemente la habría perdonado cuando Rachel simulara tratar de lanzar una revista que no había resultado rentable. Pero Rachel podía permitirse el lujo de dejar su apuesta sobre la mesa. Empezaba a pensar que quizá la forma de conseguir dinero era por el procedimiento utilizado por muchas mujeres. Quizá debería casarse.

A la mañana siguiente se despidieron en la habitación. David pidió un taxi por teléfono para que le llevara al Prescott para recoger sus cosas y luego al aeropuerto. Rachel tomó otro taxi para regresar a casa. Pegó la tarjeta de visita de David en su frigorífico con un imán y esperó.

Al tercer día llegó un paquete por FedEx. Contenía una cajita de terciopelo. Al abrirla, vio un colgante de oro blanco con un diamante de gran tamaño. La cajita de terciopelo decía Van Cleef & Arpels, pero eso era sólo la caja. Rachel quitó la pantalla de la lámpara para leer y sostuvo el diamante junto a la bombilla. Comprobó que era una piedra excelente, de unos tres quilates, y muy brillante. A David debía de haberle costado al menos diez mil dólares, posiblemente mucho más.

El hecho de contemplar la luz reflejada en las facetas del diamante hizo que se sintiera afortunada. Probablemente había sido peligroso iniciar una relación con otro hombre poco después de Dennis Poole, pero nadie parecía estar buscándola, de modo que Rachel había empezado a buscar a otro hombre.

Era difícil ganarse la vida con los hombres. Lo único que pretendían todos era sexo. Lo cual hacía que fuera fácil atraerlos y sacarles algo de dinero, pero no resultaba necesariamente fácil controlarlos. Se ponían celosos y vigilaban todos tus movimientos, y a veces el sexo era un engorro. Al menos con David no era desagradable ni especialmente complicado. Rachel tomó la tarjeta del frigorífico, se acercó al teléfono y marcó el número privado que David había anotado en el dorso. Cuando éste respondió, Rachel dijo:

—No cabe duda de que sabes captar la atención de una chica.

Una semana más tarde David regresó a San Francisco. Llamó a Rachel desde el aeropuerto, la recogió en su casa y se dirigieron en coche a un hotel en Carmel que consistía en un grupo de lujosos bungalows situados sobre un boscoso acantilado junto al mar. Después de cenar en el restaurante del edificio central, viendo cómo las olas rompían sobre las rocas a sus pies, volvieron por el sendero entre los pinos a su bungalow y se sentaron en el sofá delante de la chimenea de piedra, escuchando el crepitar de las llamas.

Al cabo de un rato, David dijo:

—He pensado mucho en ti.

—Me alegro —respondió Rachel inclinándose hacia él y besándolo suavemente.

—He estado tratando de hallar el medio de ayudarte a poner en marcha tu revista.

—Eres un encanto. —Rachel lo besó de nuevo.

—Mientras lo hacía, averigüé un par de cosas que hizo que me picara la curiosidad.

—¿Qué tipo de cosas? —Rachel se volvió en el sofá hacia David, sintiendo que se le erizaban los pelos de la cabeza. No era exactamente temor, sino una intensa mezcla de curiosidad e impaciencia.

—Me dijiste que no te habías casado nunca.

—Así es.

—Me pregunto si te has cambiado el nombre.

—¿Has contratado a alguien para investigarme? —preguntó Rachel sin apartar los ojos del rostro de David.

Él sonrió.

—Te ruego que no te enfades conmigo. Es normal cuando piensas invertir en un negocio. Tengo una cuenta con la Agencia Averill en Dallas. Cada vez que decido realizar una inversión para financiar el lanzamiento de una compañía nueva investigan a los participantes en el negocio, para cerciorarse de que ninguno tiene un rabo y una horca. Es lo mismo que pedir a tu mecánico que eche un vistazo a un coche que vas a comprar.

Rachel se inclinó hacia delante fijando los ojos en los de David.

—¿Y?

—Como puedes suponer, no encontraron ningún problema, porque no existe ninguno. Pero les costó averiguar algunos datos sobre ti. Me informaron que o te habías casado en algún momento de tu vida y habías olvidado decírmelo, o quizá habías solicitado un cambio de nombre.

Rachel le miró con frialdad, sintiendo el deseo de hacerle sufrir.

—Rachel Sturbridge no es el nombre con el que nací. Mi familia era rica y respetada, pero sólo tenía buen aspecto por fuera. Por dentro, no era un grupo de gente al que uno querría pertenecer. No había amor. —Rachel se detuvo como esforzándose valientemente en reprimir sus emociones—. Lo que había era mucha crueldad. Cuando me hice mayor pasé varios años tratando de superar el trauma, y siguiendo el consejo de mi psicoterapeuta, rompí toda relación con mi familia. Pero para liberarme de ellos por completo tenía que cambiar de nombre, y eso hice. Eres la única persona a la que le he contado esto.

David parecía avergonzado por haber metido la pata.

—Lo siento, Rachel. Me interesas tanto que quería averiguar todo cuanto pudiera sobre ti.

Rachel se levantó.

—Te lo ruego —dijo David horrorizado—. Jamás imaginé que el hecho de comentártelo te traería malos recuerdos. Quédate junto a mí.

—Estoy cansada y voy a acostarme. Hablaremos por la mañana.

Al sacar el equipaje del coche David había colocado las maletas de ambos en uno de los dormitorios. Rachel entró en esa habitación, trasladó su maleta a otra y cerró la puerta suavemente.

Cuando se despertó a la mañana siguiente, Rachel comprendió que iban a ocurrir dos cosas. Una era que David Larson iba a comprarle un regalo importante. La otra era que ella iba a regresar a San Francisco. Rachel entró en el baño, se colocó delante del espejo y trató de recobrar la compostura.

—Estoy destrozada —dijo a la otra joven en el espejo. Pronunció la frase perfectamente. La utilizaría.

Durante el tiempo que David había estado en Austin, Rachel se había sentido excesivamente segura en la consolidación de su relación con él. Había forjado planes para ambos a muchos años vista. Había imaginado a David y a ella pasando una temporada en Europa, quizás en las islas griegas, que según las fotografías en las revistas parecían maravillosas y soleadas, o en Provenza, que en los artículos parecía como si existiera única y exclusivamente para halagar el paladar de gente como Rachel con sus productos culinarios y sus vinos. Estaba segura de que David había acumulado dinero suficiente. Suponía que la única razón por la que seguía viajando en busca de nuevas inversiones era que no tenía nada mejor que hacer hasta que había conocido a Rachel Sturbridge. La joven había estado convencida de poder ofrecerle unos años maravillosos. Pero eso fue antes de que David la traicionara.

Se observó en el espejo mientras volvía a decir:

—Estoy destrozada.

Lo decía en serio. David había ordenado a sus estúpidos detectives privados que indagaran en su vida en busca de algo que la incriminara, y Rachel había tenido suerte de que no hallaran nada. Había sido un acto frío y calculado. Los hombres siempre querían que hicieras cosas impulsivas y arriesgadas porque la pasión que sentías por ellos era demasiado intensa para resistirte. Querían que confiaras en ellos por completo, sin ocultarles nada para protegerte. Pero luego, cuando tu cuerpo y tu alma pasaban a ser unos objetos que les pertenecían, en lugar de algo que deseaban, te anunciaban que se reservaban el derecho de mostrarse suspicaces y cautelosos con respecto a ti.

Cuando David llamó a la puerta y le preguntó si quería desayunar con él, ella respondió a través de la puerta cerrada:

—No, desayuna sin mí.

Rachel pasó una hora afanándose metódicamente en ponerse guapa. El verano después de cumplir dieciséis años había asistido a una escuela de esteticistas, donde había aprendido algo de cosmética y peluquería antes de dejar de pagar una de las cuotas del cursillo. Pero los trucos más valiosos los había aprendido muchos años antes, durante la interminable serie de concursos de belleza en los que su madre la había inscrito desde que Rachel tenía cuatro años. Había nacido con una bonita piel y unas facciones menudas y simétricas, y sabía utilizar con destreza un pincel, un perfilador de ojos y el rímel.

Ella sabía vestirse porque se miraba con ojos duros y críticos. Era otra de las cosas que había aprendido de los concursos de belleza. Rachel se observaba como lo haría uno de los jueces, sin sentimentalismos ni misericordia. Sabía poner de relieve lo mejor de su figura y ocultar los defectos. Se probó los tres vestidos que había traído, eligió el que proporcionaría a David el recuerdo más persistente de su cuerpo y se calzó unos zapatos con tacón de aguja.

Hizo la maleta, la colocó de pie sobre sus ruedas y alargó el mango. Luego se dirigió al cuarto de estar, se sentó en el pequeño sofá, encendió el televisor y esperó. David regresó aproximadamente al cabo de una hora.

Cuando abrió la puerta y la vio, Rachel comprendió que había logrado causarle el efecto que se había propuesto. David se detuvo en la puerta y la contempló unos momentos, tras lo cual respiró hondo un par de veces y se encaminó hacia ella.

—Tengo que hablar contigo, Rachel —dijo—. Lo lamento profundamente. Jamás imaginé que iba a herir tus sentimientos o recordarte algo que pudiera causarte dolor.

Rachel alzó la cabeza y le miró. Sus ojos eran fríos, como si le mirara desde muy lejos.

—Te he traído una cosa —dijo David. Sacó el estuche de una joya del bolsillo de la chaqueta y se lo ofreció—. Te ruego que me perdones.

Ver otro estuche de una joya irritó a Rachel, en parte porque indicaba que David la consideraba tan infantil como para dejarse apaciguar con un regalo, y en parte porque deseaba lo que contenía ese estuche. Su expresión no cambió.

—Te he esperado aquí porque pensé que debía decir algo con el fin de aclarar las cosas. Si recuerdas bien, nunca te pedí que invirtieras en mi negocio.

—Jamás pretendí insinuar…

—Por favor, déjame terminar. No me llevará mucho rato. —Rachel lo miró furiosa, obligándole a guardar silencio durante unos instantes antes de proseguir—. Desde mi punto de vista, la nuestra era una relación puramente personal. Nunca te ofrecí nada ni te pedí nada. Cuando me hiciste unas preguntas sobre mi negocio no dudé en responderlas. Cuando me propusiste invertir dinero en él, rechacé reiteradamente tu dinero. No obstante, hiciste que esos detectives me investigaran. Pues bien, con eso has dado al traste con nuestra relación. Me marcho. Quiero que rompas mi número telefónico y olvides mi dirección.

—Pero Rachel… —David trató de sentarse junto a ella pero Rachel se apartó y se puso en pie. Él extendió sus manos—. ¿No podemos hablar?

—No. Si quieres hacer algo por mí ordena a tus detectives que destruyan todo lo que tengan en sus archivos sobre mí. Aparte de eso, no me interesa lo que puedas hacer o decir. —Dio media vuelta, se dirigió hacia el dormitorio, asió el mango de su maleta y la arrastró hasta la puerta sobre sus ruedas.

David Larson se levantó con aspecto disgustado.

—Por favor, no te vayas, Rachel. He cometido un gran error. Quiero resarcirte por ello. —Cuando David alzó los brazos en un gesto de súplica, observó que sostenía el estuche de terciopelo en la mano y se lo ofreció a Rachel—. Esto es para ti. Al menos, míralo.

—No quiero. Adiós.

La joven abrió la puerta, sacó su maleta a rastras y dejó que la puerta se cerrara tras ella. Bajó la escalera, echó a andar por el camino pavimentado hacia el bungalow principal y pidió al conserje que llamara un taxi.

Durante el largo trayecto a San Francisco Rachel analizó lo que había hecho, y decidió que no había tenido más remedio que dejar a David Larson. No podía seguir con David después de que éste hiciera que la investigaran. De haberse quedado con él, David habría ordenado a los detectives que continuaran con sus indagaciones. Era muy posible que descubrieran que ella había sido anteriormente Tanya Starling e incluso que había conocido a Dennis Poole. Aparte, era un poco tarde para dejar que David invirtiera en su revista imaginaria y luego hacer que el dinero desapareciera debido a unos gastos imaginarios. Ahora que los detectives habían entrado en escena, Rachel no podía seguir con David ni siquiera para obtener de él regalos y apoyo financiero.

Su única opción había sido cortar toda relación con él. La paradoja era que el hecho de que David hubiera ordenado que la investigaran había inducido a Rachel a desear matarlo, y lo único que se lo había impedido era que David había ordenado a unos detectives que la investigaran. Antes de que su cadáver se enfriara, los detectives se habrían apresurado a entregar a la policía el expediente sobre Rachel.

Al día siguiente, a la una de la tarde, llamaron a la puerta de su casa. La joven miró por la ventana para decidir si debía abrir o no, y vio que se trataba de un empleado de Federal Express. Fue a abrir, firmó el albarán de entrega de un grueso sobre y entró en casa para abrirlo.

El sobre contenía tres objetos. El primero era el informe mecanografiado que David Larson había recibido de la agencia de Detectives Averill en Dallas, Texas, diciendo que no habían hallado muchos datos referentes a Rachel Sturbridge. El segundo era una carpeta, que decía AGENCIA AVERILL: CONFIDENCIAL. En la portada había una etiqueta que decía *Sturbridge, Rachel* y contenía unos veinte folios de notas escritas a mano describiendo el escaso éxito de las pesquisas, unos informes bancarios sobre Rachel Sturbridge que apenas habían arrojado información alguna, una copia de su licencia comercial y unas fotografías. Había unas fotos de Rachel entrando y saliendo de su casa, junto con algunos primeros planos de su rostro realizados a partir de unas ampliaciones de unas fotografías tomadas de lejos.

El tercer objeto que contenía el paquete era una nota de David Larson que decía: «Me pediste que destruyera los informes sobre ti. Estas son las únicas copias. Te ruego aceptes mis disculpas. David».

Rachel rebuscó en los cajones de la cocina hasta encontrar unas cerillas. Llevó la nota, la carpeta y el informe hasta el pequeño rectángulo de hormigón situado junto a los escalones de su jardín trasero y encendió una pequeña hoguera. Contempló cada objeto mientras lo añadía a las llamas.

Los detectives habían dejado de investigarla, y Rachel observó cómo ardía la recopilación de informes incriminatorios, folio tras folio. Estaba convencida de que David se sentía contrito y apenado por lo ocurrido y no sospechaba de ella. Pero eso no bastaba. Rachel contempló la casa alquilada y luego la ciudad que yacía a los pies de la colina. Tomó una rama para remover las cenizas y asegurarse de que no quedara ni un fragmento de papel. Luego decidió que tenía que desaparecer.

7

El vídeo era granuloso, las imágenes estaban distorsionadas y los colores parecían apagados. Había sido tomado por la videocámara instalada en el pasillo del hotel. La imagen estaba plasmada desde el techo. Una pareja de pelo canoso caminaba por el pasillo, pasando debajo de la videocámara, hacia los ascensores. Al cabo de unos segundos aparecía un hombre caminando desde donde se encontraban los ascensores.

—Es él. Es mi primo, Dennis —dijo Hugo.

Una mujer rubia y delgada se acercó a Dennis cuando éste se detenía ante su habitación en el hotel.

—Observe el pelo —dijo la sargento Hobbes.

—El largo coincide —respondió Joe Pitt.

En el monitor vieron a Dennis sacar la tarjeta de acceso de su billetero. La mujer estaba frente a Dennis, hablando con él, esperando que éste insertase la tarjeta en la cerradura y girara el pomo. Hugo esperó impaciente a que la chica mostrara su rostro. Dennis abrió la puerta para dejar que la joven le precediera.

—¡Maldita sea, vuélvete! —exclamó Hugo—. ¡Vuélvete de una vez!

La chica se volvió un poco para entrar y la sargento Hobbes congeló la cinta. La imagen de la mujer rubia se detuvo, oscilando levemente mientras una banda de interferencia parasitaria ascendía desde abajo de la pantalla, desaparecía y luego reaparecía en la parte inferior. La joven tenía un rostro atractivo pero no singular, dotado de unas facciones menudas y armoniosas. Parecía ser una de esas mujeres con las cejas y pestañas de color claro, de forma que sus ojos desaparecían en su rostro hasta que se maquillaba cada mañana.

La sargento Hobbes se volvió para mirar a Hugo.

—¿Y bien, señor Poole? ¿Había visto antes a esa mujer?

—No, nunca. —Hugo Poole mantenía la vista fija en la joven con el ceño fruncido.

—¿Cómo consiguieron esta cinta? —preguntó Joe.

—Dennis Poole estuvo de vacaciones hasta dos semanas antes de morir —respondió Hobbes—. Los resguardos de sus tarjetas de crédito nos indicaron el hotel en Aspen donde se había alojado. Pedimos al hotel los vídeos de seguridad y fuimos a echarles un vistazo. Los vídeos tomados al principio de la estancia de Poole en el hotel habían sido borrados, pero algunos de los posteriores se conservaban. Me temo que este es el más nítido.

—¿Han averiguado la identidad de la mujer? —inquirió Pitt.

—Se llama Tanya Starling. Se registró en el hotel dos días antes de que llegara Poole. Tres días después de que éste llegara, la chica anuló su habitación y se mudó a la Poole.

—¿Les facilitó el hotel las señas de la joven?

—Sí —respondió Hobbes—. Un apartamento en Chicago. Nadie respondía al teléfono, de modo que pedimos a la policía de Chicago que averiguara si la chica había cambiado el número, pero había anulado el contrato con la telefónica. La policía habló con la compañía que administra esos apartamentos y comprobaron que la joven lo había abandonado antes de partir para Colorado. No había dejado ninguna dirección a la que mandarle el correo.

—¿El apartamento sigue desocupado?

—Desgraciadamente, no. Es un apartamento elegante situado en un rascacielos con una espléndida vista del lago, y había una lista de espera. Lo limpiaron y pintaron de nuevo en cuanto la chica lo desalojó y a los pocos días entraron unos nuevos inquilinos. Ya no existe la menor posibilidad de encontrar sus huellas.

Hugo rompió el silencio.

—Hay algo que no encaja —dijo.

Catherine frunció el ceño.

—¿Qué es lo que no encaja, señor Poole?

—Sé que no le caigo bien, pero trato de decirle algo sobre mi primo.

—Deduzco que yo tampoco le caigo bien, pero le escucho.

—Se trata de esa chica.

—¿A qué se refiere?

—No es el tipo de chica que Dennis frecuentaba. Tenía cuarenta y dos años y era un *friki* de la informática. Tenía una risa estúpida, era alto y desgarbado, con unos pies enormes y estrecho de hombros. No hablaba de ningún tema que pudiera interesar a las mujeres.

—Eso describe a un millón de tipos —dijo Joe—, la mayoría de los cuales están casados. Si la chica se le acercó, fue porque le interesaba.

—Es demasiado atractiva —declaró Hugo—. Las mujeres con las que solía verle pertenecían al mismo eslabón de la cadena alimentaria que Dennis. Esa chica debería ser gorda con una dentadura horrible.

Catherine observó a Hugo.

—¿Qué cree que ocurrió? ¿Piensa que esa chica era una prostituta?

—Lo dudo. Estuvo con él durante tres semanas —respondió Hugo—. Dennis podría haber muerto arruinado y seguir debiéndole dinero.

—Es lo que yo pensé —dijo Hobbes—. Por otra parte, la policía de Chicago habría recabado esa información. Quizá la chica estuviera soltera y dispuesta a pasar por alto los defectos de Dennis. El hecho de que él gastara mucho dinero con ella debió de halagarla. La chica estaba también de vacaciones, una circunstancia que hace que la gente relaje un poco sus normas y principios. Es posible que no le importara salir con un tipo como su primo en un lugar de vacaciones aunque jamás lo haría en casa.

—De acuerdo —dijo Hugo—. A veces los tipos como Dennis tienen un golpe de suerte. Pero es imposible que una mujer como esa pasara más de una noche con él a menos que se sintiera atraída por otra cosa aparte de Dennis.

—Vale, confieso que ambos me han convencido —terció Pitt—. Había un motivo oculto por el que la chica se quedó con él. ¿Pero qué era? Si abandonó su elegante apartamento en Chicago para trasladarse a Colorado, quizás estuviera ocultándose. Quizá Dennis fue asesinado por alguien que iba a por la chica.

—¿Se refieren a un antiguo novio o a un marido celoso? —preguntó Hugo—. ¿Mi primo fue asesinado por un marido celoso?

—Quizás explique por qué la chica se fue a vivir con él —respondió Catherine—. Cuando una mujer vive con alguien que sufraga todos los gastos es difícil localizarla. Por otra pare, quizá fue la chica quien lo asesinó.

—¿Han averiguado qué ha sido del dinero de Dennis? —preguntó Pitt.

—Aún no —contestó Hobbes—. Había cargado a su tarjeta de crédito unas compras en unas joyerías y unas tiendas de ropa de mujer. Por un valor aproximado de veinte mil dólares.

—¿Está seguro que fue Dennis quien hizo esas compras? —insistió Pitt.

—En esas fechas estaba vivo —respondió la sargento—. Y no denunció la pérdida de ninguna tarjeta de crédito.

— Apuesto por la ley de probabilidades —dijo Pitt.

—¿A qué te refieres? —preguntó Hugo.

—Cuando ha ocurrido un asesinato y una mujer ha desaparecido —respondió Pitt—, no es porque ella fuera la asesina. Por lo general, cuando la encuentras resulta que es la segunda víctima.

—Gracias por haber venido a Portland para cooperar con nosotros, señor Poole —dijo Catherine mientras extraía la cinta de la videograbadora—. Estoy segura de que el señor Pitt le informará de cualquier novedad que averigüemos. —Tras estas palabras, la sargento salió de la sala de interrogatorios.

Media hora más tarde, Catherine Hobbes se hallaba sola en la sala de interrogatorios, sentada frente al monitor, mirando la cinta en que aparecían Hugo, Joe y ella observando la cinta de seguridad del hotel. Estudió las reacciones de ambos hombres a todo lo que vieron y dijeron. Luego llegó a la parte que ella había estado esperando: la imagen de ella misma al salir de la habitación.

Hobbes observó a Hugo al levantarse y mirar a Pitt.

—¿Qué diablos le has hecho a esa policía?

Pitt precedió a Poole hasta la puerta y la abrió.

—He estado trabajando para ti.

—Suponía que yo no le caería bien. Pero es contigo con quien está cabreada. No sé lo que le has hecho, pero deja de hacerlo o procura esmerarte.

Catherine observó en el monitor a los dos hombres salir de la habitación. Si alguno tenía algo revelador que decir sobre el asesinato de Dennis Poole, no habían sido tan estúpidos como para decirlo en la comisaría de Portland.

8

Rachel Sturbridge vacío la bolsa del aspirador en el contenedor de basura delante de la casa que había alquilado. Luego entró, se enfundó unos guantes de goma desechables y recorrió por última vez su casa con un frasco de limpiacristales y un rollo de toallitas de papel. Se detuvo frente a la ventana que daba al norte. Entre dos edificios de apartamentos alcanzaba a divisar los elevados edificios de oficinas en Market Street. Rachel se apartó, roció el cristal con el limpiacristales y lo limpió de nuevo. Era importante asegurarse de no haber pasado por alto ninguna superficie lisa como el cristal de una ventana.

Roció y limpió todas las manecillas, los pomos y cerrojos de las puertas. Luego limpió todas las superficies lisas donde podía haber dejado sus huellas dactilares durante las últimas semanas. Si David Larson había mentido al decir que había ordenado a sus detectives que dejaran de investigarla, lo menos que podía hacer ella era negarles el regalo de sus huellas dactilares.

Rachel echó un último vistazo a los muebles que la señora Halloran, la casera, le había proporcionado junto con la casa, en busca de algunos cabellos que pudiera haber dejado sobre un cojín. Escribió «Eve Halloran» en un sobre, metió la llave de la casa en él y lo dejó sobre la repisa de la chimenea. Luego tomó su maleta, salió y oprimió el botón que cerraba la puerta. Una vez fuera de la casa y montada en su coche, Rachel se quitó los delgados guantes de goma.

A mediodía Rachel circulaba por la autopista 101, en dirección al sur, dejando atrás la ciudad. San Francisco la había decepcionado profundamente y la joven deseaba alejarse cuanto antes de allí, pero no tenía ningún destino en mente. Hoy tenía la impresión de que el mundo era un lugar frío y traicionero, y lo único que le apetecía era seguir avanzando.

Durante unas horas, mientras conducía, pensó en el chasco que se había llevado con David Larson. Era un estúpido, que no tenía ni idea del maravilloso futuro que había echado a perder al traicionar la confianza de Rachel Sturbridge. Merecía morir, y a Rachel le enojaba haberse visto obligada a dejarlo irse de rositas. No era justo.

Cuando empezó a sentir hambre, Rachel miró el reloj del salpicadero y vio que eran las cinco de la tarde. Se detuvo en un restaurante en Pismo Beach y contempló la autopista mientras comía, lamentándose de no alcanzar a ver el océano.

Luego llenó el depósito de gasolina y prosiguió hasta la frontera del condado de Los Ángeles antes de detenerse de nuevo. Encontró un hotel junto a la autopista de Ventura, en el sector occidental del Valle de San Fernando, y se registró con su tarjeta de crédito de Rachel Sturbridge. Cuando se despertó a la mañana siguiente, se dio una ducha, desayunó, se vistió y pagó la cuenta en efectivo. Había llegado el momento de protegerse de cualquier problema que David Larson pudiera haberle causado.

Era preciso permanecer en el anonimato durante un tiempo, mientras descansaba y decidía lo que iba a hacer, y el anodino sector en el que se había detenido parecía el lugar idóneo. A Rachel Los Ángeles le parecía un lugar anodino, vasto y monótono. Una mujer joven de clase media podía pasar inadvertida durante mucho tiempo si prestaba atención y no cometía ninguna imprudencia. Rachel alquiló un apartamento en Woodland Hills, no lejos del centro comercial de Topanga Canyon, pagó el alquiler del primer mes, el último mes y una fianza en efectivo.

Rachel se dirigió a una copistería, al igual que había hecho en San Francisco, alquiló un ordenador y una impresora y sacó el cedé en el que había almacenado el certificado de nacimiento en blanco. Durante el largo trayecto desde San Francisco había pensado en utilizar el nombre de Veronica, pero la chica que la atendió era bonita y dinámica y lucía una etiqueta que decía «Nancy Gonzales, vendedora». El nombre de Nancy era alegre, y fue el que Rachel eligió. Rellenó el documento en blanco con el nombre de Nancy Mills.

Luego compró un kit para teñirse el pelo, volvió a teñirse de rubia y acudió a una peluquería para cortárselo. Antes, cuando era Rachel Sturbridge, lo había llevado largo y suelto, así que ahora convenía que se lo cortara. El pelo largo le daba cierta ventaja con los hombres, pero Nancy había decidido que era preferible no atraer a más hombres durante un tiempo. De regreso a casa, entró en una óptica situada en un centro comercial y adquirió unas lentillas de contacto no graduadas de distintos colores de ojos.

Dos días más tarde, cuando se dirigió a la jefatura de tráfico para solicitar un nuevo permiso de conducir, se puso las lentillas de contacto marrones, de modo que en la fotografía aparecía con los ojos castaños y una melena hasta los hombros castaño claro. Nancy pensó que tenía un aspecto corriente e insignificante, que era justamente lo que pretendía.

Vendió el coche de Rachel Sturbridge a través de *Pennysaver* a una mujer a la que le dijo que necesitaba dinero para saldar la deuda de una tarjeta de crédito. Puesto que podía ir a restaurantes, cines e incluso tiendas de ultramarinos desde su apartamento, Nancy decidió que de momento no necesitaba un coche. Nancy Mills necesitaba paz, anonimato y soledad. Se sentía desilusionada tras su experiencia con David Larson y no tenía el menor deseo de frecuentar lugares donde los hombres pudieran acercarse para charlar con ella, así que evitó los gimnasios, restaurantes con bares y otros lugares donde anteriormente solía acudir en busca de hombres.

Después de su primera semana en Los Ángeles, Tanya Starling y Rachel Sturbridge habían pasado a la historia. Nancy Mills era casi invisible. Decidió esperar hasta comprobar si algún contratiempo inoportuno la había seguido desde San Francisco.

9

Catherine Hobbes y Joe Pitt atravesaron el pasillo de la comisaría de San Francisco, observando los números sobre las puertas hasta llegar a la 219.

La puerta estaba abierta y Catherine entró. Había varias mesas en la habitación, donde unos policías de paisano miraban las pantallas de unos ordenadores o hablaban por teléfono. Catherine se acercó a un grupo de tres policías que estaban inclinados sobre una mesa, mirando un expediente abierto sobre la misma.

—Busco al detective Crowley —dijo Catherine.

—Yo soy Crowley. Bienvenida a San Francisco —dijo un hombre alto, delgado y calvo al tiempo que se incorporaba y le tendía una mano—. ¿Es usted la sargento Hobbes?

Catherine sonrió y le estrechó la mano. Crowley miró sobre el hombro de Catherine con gesto expectante y ésta se acordó de Joe Pitt.

—Le presento al señor Pitt, que está llevando a cabo una investigación para la familia de la víctima. ¿Le importa hablar con los dos?

El detective Crowley negó con la cabeza, tras lo cual alargó el brazo, casi rozando el hombro de Catherine, y estrechó la mano de Pitt con entusiasmo.

—En absoluto. Conozco al señor Pitt desde hace cien años. ¿Cómo estás, Joe?

—No me quejo, Doug —respondió Pitt—. Tengo entendido que habéis hallado el coche de Tanya Starling.

—En todo caso hemos averiguado dónde se encuentra. Aún no lo hemos confiscado. Tanya Starling lo vendió unos cuatro días después de que ustedes le perdieran la pista en Portland. Puso un anuncio en el *Chronicle*. El hombre que lo adquirió se llama —Crowley tomó un informe escrito y lo examinó— Harold Willis. Lo compró por quince mil dólares.

—¿Era un precio justo? —inquirió Pitt.

—Aproximadamente lo máximo que podía pedir por él, de modo que Tanya Starling hizo un buen negocio. No se deshizo de él con prisas.

—¿Y reconoció Harold Willis las fotografías de Tanya Starling que le envié? —preguntó Catherine.

—Sí. Dijo estar seguro de que era ella. Tanya lo acompañó a dar una vuelta en el coche para que Willis comprobara que estaba en buen estado, tomó su cheque y le deseó suerte. Eso llevó unas dos horas, de modo que Willis tuvo tiempo más que suficiente para verla bien.

—¿Dónde se produjo la venta? —preguntó Hobbes—. ¿En casa de Tanya?

—No. En el anuncio que puso sólo había un número de teléfono. Tanya llamó a Willis y llevó el coche a su casa. —Crowley añadió, como anticipándose a la siguiente pregunta—: Estuvo sola con él durante todo el rato. Nadie la secuestró ni obligó a hacer nada bajo amenaza. De haber tenido problemas, Tanya pudo habérselo contado a Willis o haber acudido a una comisaría.

—¿Y la cuenta bancaria en la que Tanya depositó el cheque? —inquirió Pitt—. ¿Has averiguado algo al respecto?

—Era una cuenta comercial en el Regal Bank. —Crowley entregó a Pitt una hoja de papel—. Aquí está la dirección de la oficina donde Tanya ingresó el cheque, el número de cuenta y la dirección de su casa.

—Genial —respondió Pitt—. Gracias.

Hobbes alargó un brazo sin inmutarse y tomó la hoja de papel de manos de Joe Pitt.

—Podía ser mejor —dijo Crowley—. Fuimos a visitarla y comprobamos que se había mudado de nuevo. Había firmado un contrato de arrendamiento de una casa junto con una compañera llamada Rachel Sturbridge. Pagaron tres meses de alquiler por adelantado, según la dueña, una tal señora Eve Halloran. Dice que ambas abandonaron la casa hace aproximadamente una semana. La fecha es imprecisa porque se fueron sin comunicárselo.

—¿Tuvo Tanya algún trabajo mientras estuvo aquí? —preguntó Hobbes.

—No estoy seguro —respondió Crowley—. Las dos mujeres insertaron un anuncio clasificado en el periódico y sacaron una licencia para un negocio llamado Aspectos Singulares. En el anuncio ofrecían un boletín de noticias. Si se trataba de una tienda, no se quedaron el tiempo suficiente para abrirla.

—¿Cree usted que era una tienda?

—No lo sé. Eso supuse. Pero me someto a su criterio, sargento Hobbes. ¿No cree que pudiera tratarse de una tienda de ropa de mujer? En cualquier caso, al cabo de menos de un mes, cerraron la cuenta en el banco y se marcharon.

—Eso es lo que debemos averiguar —dijo Hobbes—. ¿Adónde se fueron?

—Aún no sabemos nada al respecto —respondió Crowley—. Ninguna de las dos dejó una dirección en la oficina de correos o a su casera a la que enviar el correo. Antes de marcharse, cerraron la cuenta en el Regal Bank, de modo que ahí tampoco hay nada. Es posible que hallaran un lugar cercano y agradable, como San Mateo o Richmond, al que trasladarse. Pero también podrían estar en China.

—En cualquier caso, Tanya Sturbridge no parece correr ningún peligro, y desde luego no está muerta —dijo Hobbes—. Pero sigue siendo nuestro único testigo potencial sobre el motivo por el que Dennis Poole fue asesinado.

—¿Adquirió Tanya otro coche antes de marcharse? —preguntó Pitt.

—No. Rachel Sturbridge tiene coche, y quizá partieron en él. —Crowley entregó a Pitt un papel—. Aquí están los datos de la jefatura de tráfico. Un Nissan Maxima negro de seis años de antigüedad. También consta la matrícula y el número de identificación. Está registrado a la dirección de la casa que alquilaron aquí. De modo que hasta que Tanya llegue al lugar al que se dirige y lo registre a una dirección que podamos localizar, no sabremos dónde se encuentra. Si sigue en el estado, probablemente no hará ese trámite hasta el año que viene.

—Tennos presentes, ¿de acuerdo, Doug?

—Desde luego —respondió Crowley—. Cuando consigamos algo más, os lo haré saber.

—Muchas gracias, detective Crowley. Aquí tiene mi tarjeta. Figuran los números de mi línea directa, la oficina de homicidios, mi móvil y mi casa. Le agradecería que me llamara, a cualquier hora del día.

—Por supuesto —respondió Crowley.

Hobbes y Pitt salieron de la comisaría, y Pitt condujo el coche de alquiler hasta la casa en la que habían vivido Tanya Starling y Rachel Sturbridge. En cuando Pitt encontró un espacio para aparcar el coche al pie de la larga y empinada calle, Catherine descendió y echó a andar. Pitt cerró el coche y se apresuró para alcanzarla. Cuando lo consiguió, estaba jadeando.

—¿Qué le preocupa? —le preguntó Pitt.

Catherine avanzó con paso rápido, adelantándose un poco a Pitt para que éste no observara su expresión de inquietud.

—Nada.

—Venga —dijo Pitt—, va a provocarme un ataque cardíaco obligándome a subir la colina a esta velocidad. Algo la preocupa.

Ella se detuvo y le miró.

—No somos novios para que usted me ayude cada vez que algo me inquiete. Soy una sargento que trabaja en un caso de homicidio. Su papel no consiste en ahondar en mis sensibilidades femeninas para aplacar mis inquietudes. Está aquí sólo porque mi jefe pensó que podría contribuir al progreso de esta investigación. Una opinión que no comparto.

—Se trata de Crowley, ¿no es así?

—No me diga que es cosa de mi imaginación.

—No lo haré. Pero...

—Tampoco me interesa que me diga que no es culpa de Crowley porque se conocen desde hace veinte años, o porque Crowley es demasiado mayor para acostumbrarse a ver mujeres en homicidios, o porque los dos son de California y yo no.

—De acuerdo —dijo Pitt—. Pero es absurdo que se enoje conmigo.

—No estoy enojada con usted.

—Ni con Crowley.

—No estoy enojada. Soy una mujer policía, estoy acostumbrada a que me ignoren y cosas peores. Busco el número de la casa.

—De acuerdo —respondió Pitt. La siguió a lo largo de media manzana, hasta que llegaron a una casa estrecha de una planta.

Subieron los escalones de la fachada y Hobbes llamó al timbre, tras lo cual aguardó unos instantes hasta que alguien descorrió el cerrojo y abrió la puerta. Al abrirse ésta vieron a una mujer de unos sesenta años con el pelo teñido de rojo que lucía unos vaqueros con unas rodilleras cosidas en ellos.

—¿Es usted la señora Halloran?

—Les estaba esperando —respondió la mujer—. Acabo de limpiar. Pasen, pero no toquen ninguna superficie de madera. Todo lo demás está seco.

Hobbes y Pitt entraron. Los muebles en la pequeña sala de estar habían sido agrupados en el centro de la habitación, sobre el suelo de madera dura, y cubiertos con una amplia lona. La mujer apartó la lona para descubrir tres sillas.

—Usted debe de ser la sargento Hobbes.

—En efecto —respondió Catherine—. Él es el señor Pitt. Es un investigador privado que coopera con nosotros en este caso.

La señora Halloran reparó en que Joe Pitt era bien parecido, y de una edad más próxima a la suya que a la de Hobbes.

—Este es el único sitio en el que nos podemos sentar en estos momentos —dijo la mujer sentándose en una silla sin apartar los ojos de Pitt—. ¿Ha dicho usted «caso»? ¿Tanya Starling está involucrada en un caso?

—La estamos buscando para hacerle unas preguntas. Un hombre que Tanya conoció en Portland ha sido víctima de un asesinato.

—¿Cómo se llamaba?

—Dennis Poole.

—Dios mío —dijo la señora Halloran—. No me extraña que esa chica se marchara tan apresuradamente. ¿Creen que ella lo mató o que corra peligro?

Catherine Hobbes dejó que aflorara en parte su frustración al responder:

—Sólo queremos hablar con ella. Tanya lo conocía, y queremos averiguar todo cuanto pueda decirnos. Tanya abandonó Portland, por lo que no hemos podido hablar con ella. —Catherine sacó una fotografía de su carpeta—. ¿Puede identificar a la mujer de esta fotografía?

La señora Halloran sostuvo la fotografía a cierta distancia de su rostro, después de lo cual la acercó a sus ojos y luego volvió a apartarla.

—Sí. Parece Tanya. Pero deberían tratar de obtener una fotografía más clara. Esta es muy borrosa.

—Está copiada de una cinta de vídeo. ¿Hablaba con ella con frecuencia?

—Cuando le alquilé esta casa, charlamos un rato. Me dijo que procedía de Chicago. ¿Era mentira?

—No —contestó la sargento—. Su última dirección permanente era en Chicago. Creemos que su estancia en Portland fue muy breve.

—Eso tiene sentido. No llevaba mucho equipaje. Su compañera de cuarto aún no había llegado.

—¿Cómo se llamaba su compañera de cuarto?

—Rachel Sturbridge.

—¿Qué aspecto tenía?

—No llegué a conocerla. Tanya me dijo que llegaría dentro de unos días. Dejé que Tanya firmara el contrato de arrendamiento y añadiera el nombre de Rachel, pero fue Tanya quien pagó el primer alquiler y la fianza por adelantado de su dinero, y quien firmó con sus iniciales en el contrato aceptando todas las cláusulas, de modo que en esos momentos mi inquilina era ella. Supuse que más tarde conocería a la otra. Pero por lo general, cuando alquilas una vivienda a gente joven, conviene mantenerte al margen. De lo contrario te arriesgas a convertirte en una segunda madre para ellos. Y más vale no saber ciertas cosas.

—¿Y tampoco vio a Rachel cuando se marcharon?

—No. No me informaron de ello por adelantado, y de haberlo hecho... No sé, quizá habría venido para cerciorarme de que no dejaban la puerta abierta o se llevaban algún objeto, pero no lo hicieron. Dejaron todo en orden. Más tarde, cuando Tanya me llamó para comunicarme que se habían marchado, me dijo que podía alquilar la casa de inmediato. Le pregunté si quería que le enviara el dinero sobrante a su nueva dirección, pero me dijo que me guardara el dinero por la molestia de haber tenido que alquilar la casa dos veces seguidas.

—Muy considerado por su parte —comentó la sargento Hobbes—. ¿Recuerda la fecha en que la llamó?

—Veamos —respondió la señora Halloran—, debió de ser hace una semana.

—¿Le dijo Tanya desde dónde llamaba?

—No lo creo. Tenía prisa, y dijo que me llamaba para informarme que habían desalojado la casa y que tenía que irse. No quise entretenerla por teléfono.

—Aquí tiene mi tarjeta, señora Halloran —dijo Catherine—. Tenemos mucho interés en hablar con Tanya, de modo que si vuelve a tener noticias de ella, o recuerda algo que pueda ayudarnos, le agradecería que se pusiera en contacto conmigo. Puede llamarme a cobro revertido. De hecho, añadiré el número de teléfono de mi casa para que pueda localizarme en cualquier momento. —La sargento anotó el número.

La señora Halloran tomó la tarjeta, la miró y la guardó en el bolsillo de sus vaqueros.

—De acuerdo —dijo.

—Gracias.

En cuanto se hubieron alejado de la casa lo suficiente para que la señora Halloran no les oyera, Joe preguntó:

—¿Tiene la misma sensación que yo?

—Sí. Tanya sabe que alguien anda buscándola y no quiere que la encuentren.

—Esta Rachel quizá la esté ayudando a dar esquinazo al tipo que mató a Dennis Poole... Si utilizan el coche de Rachel y pagan por lo que compran con la tarjeta de ésta, a ese tipo le costará encontrar a Tanya.

—Pero a nosotros, no —respondió Catherine—. Después de lo que hemos averiguado sobre Rachel tenemos dos oportunidades de dar en la diana. Cuando hallemos a una, daremos con la otra.

10

Nancy Mills había comprobado que sus paseos por Topanga Plaza la relajaban. Había grupos de ancianos que realizaban caminatas para conservar el tono muscular cada mañana antes de que las tiendas abrieran. Atravesaban el centro comercial de punta a punta, subían por la escalera mecánica, que a esas horas no funcionaba, hasta los pisos superiores y se paseaban junto a las balaustradas. Nancy no se esforzaba tanto, pero había empezado a utilizar también ese lugar para hacer ejercicio, sorteando a la multitud cuando las tiendas abrían.

La chica no se daba un atracón de compras cada dos por tres como habían hecho Tanya Starling y Rachel Sturbridge en un par de ocasiones. Nancy conservaba todavía toda la ropa nueva que había comprado en Aspen, Portland y San Francisco, y en esos momentos sus actividades eran demasiado simples para requerir un extenso guardarropa. Pero le gustaba mirar los escaparates de las boutiques.

Era jueves por la mañana. Los fines de semana el centro comercial solía estar excesivamente abarrotado, pero los jueves era un día perfecto. Nancy se hallaba en Bloomingdale's tratando de decidir qué frasco de sales de baño olía mejor cuando se percató de un hombre junto al mostrador contiguo que la observaba. Debía de tener treinta y pocos años, iba bien vestido y arreglado. Lucía una chaqueta de sport oscura y unos zapatos italianos lustrosos. Nancy supuso que era el gerente de la planta o vendedor de una de las marcas de cosmética, pero desde donde se encontraba no alcanzaba a ver si llevaba una etiqueta con su nombre sin mirarlo descaradamente. El trabajo de esa gente consistía en parte en tratar de ayudar y mostrarse amable con los clientes, de modo que Nancy no le dio importancia.

Las vendedoras detrás de los mostradores se mostraban afanosas de atender a los clientes porque los jueves por la mañana no había mucho movimiento, de modo que una se acercó enseguida a Nancy para venderle las sales de baño mientras otra trataba de tentarla mostrándole el resto de la línea de productos de la firma. La chica resistió la tentación y pagó en efectivo, como hacía siempre. Mientras una de las dependientas le entregaba el cambio y la otra guardaba el recibo dentro de la bolsa, Nancy se percató de que el hombre no se había marchado.

Nancy se volvió, le miró a los ojos y tuvo una angustiosa sensación al preguntarse si le conocía, seguida de otra no menos desagradable cuando trató de sostener su sonrisa. Era una sonrisa entre tímida y esperanzada. Contenía incluso cierto aire confidencial, como si ambos compartieran un secreto. El tipo tenía un aspecto decididamente familiar. ¿Era posible que Nancy le conociera?

Nancy se volvió, irritada. Deseaba decir en voz alta: «No le miro porque me atraiga, sino porque he sentido que alguien me observaba con insistencia». Nancy tomó su bolsa, dio media vuelta y salió de nuevo al centro comercial. Después de pasar junto a las primeras tiendas, experimentó una desagradable sensación. Se detuvo y contempló el escaparate de la siguiente tienda, tras lo cual se volvió rápidamente y echó a andar hacia el otro extremo del centro.

Nancy no se había equivocado. Ahí estaba otra vez ese tipo, un hombre elegantemente vestido, siguiéndola como un tímido adolescente. La joven pensó que debería sentirse halagada por la atención, pero la insistencia de ese individuo era preocupante: Nancy se había cortado el pelo, se lo había teñido de un castaño corriente y vulgar y lucía un atuendo no destinado a llamar la atención. Al parecer lo único que había logrado era atraer a tipos que se comportaban de forma torpe e inquietante.

Se volvió de nuevo, con el fin de volver a darle esquinazo, pero el hombre se había aproximado a ella y cuando Nancy se dio la vuelta se topó con él cara a cara.

—Lo siento —dijo el hombre—. Estaba casi convencido de haberla reconocido y quise asegurarme. Soy…

—No creo que nos conozcamos —replicó Nancy avanzando un paso.

—¿No me recuerda del Regal Bank? ¿En San Francisco?

Nancy se paró en seco. Ahora recordaba quién era ese tipo.

—La ayudé a abrir la cuenta comercial en el banco. Me llamo Bill Thayer. Soy el director de la sucursal.

—Ya le recuerdo —dijo Nancy—. ¿Qué le ha traído hasta aquí?

—Tengo familia aquí. He venido a visitarlos. ¿Y usted? ¿Ha expandido su negocio al área de Los Ángeles? Recuerdo el nombre de su compañía, Aspectos Singulares, ¿no es así?

El hombre no parecía saber que ella había cerrado la cuenta. Nancy pensó que tenía que andarse con pies de plomo porque si a ese tipo le picaba la curiosidad, cuando regresara a la oficina podía ponerse a indagar.

—No, decidimos que San Francisco no nos convenía y se nos ocurrió montar el negocio aquí. Bien, me alegro de haberle visto. —Nancy se alejó unos pasos.

—Espere, señorita Starling.

Nancy se detuvo. Esto era espantoso. Había olvidado que para abrir la cuenta en San Francisco había adoptado el nombre de Tanya Starling para poder cobrar el cheque de Tanya Starling de la antigua cuenta en Chicago. Ese tal Bill Thayer aún no lo sabía, pero poseía la suficiente información para destruirla. La había visto en este centro comercial en Woodland Hills, a pocas manzanas de donde vivía Nancy.

—Me gustaría invitarla a cenar esta noche —dijo Bill Thayer.

—Se lo agradezco, Bill —respondió Nancy—, pero esta noche no puedo.

—Comprendo que es un tanto repentino, pero como estaré pocos días aquí decidí arriesgarme.

Nancy tenía miedo: temía estar con él y temía dejar que se marchara. Sabía que lo de la cena era imposible. Él iría a casa de sus padres y les diría que esa noche no le esperaran para cenar porque tenía una cita. A menos que sus padres estuvieran en estado comatoso, uno de ellos le preguntaría: «¿Cómo se llama la chica?» Thayer les explicaría quién era y dónde la había visto.

—Pero ahora mismo no tengo nada que hacer —dijo Nancy sonriendo—. Si quiere, podemos tomarnos un café.

—Perfecto —contestó Thayer.

—¿Tiene coche?

—No puedes moverte por Los Ángeles sin coche. Alquilé uno en el aeropuerto.

—Entonces iremos en su coche. Hay un sitio estupendo en Topanga, al sur de la autopista.

Salieron del centro comercial y se dirigieron hacia el aparcamiento. El coche que Thayer había alquilado estaba aparcado a unos cien metros, casi aislado de los otros vehículos. Al verlo Nancy se llevó una sorpresa. Era un Cadillac que le pareció inmenso.

—Caramba, ¿lleva a sus padres de paseo en coche cuando viene a visitarlos?

—Rara vez —respondió Thayer—. Opinan que he perdido facultades desde que conduzco en el norte y no se fían de mí. He alquilado un coche grande para llevar en él a los clientes. Siempre que vengo a Los Ángeles trato de ver a unos cuantos clientes.

Thayer condujo por la autopista de Topanga hacia el sur, hasta que Nancy dijo:

—Siga adelante. Está algo más lejos, en dirección a Malibú.

—¿A la izquierda o a la derecha?

—A la derecha. Mire, allí hay un pequeño parque. ¿Le parece que nos detengamos unos minutos?

—De acuerdo —respondió Thayer no muy convencido—. Como quiera.

Thayer salió de la carretera y se detuvo en el arcén junto a una arboleda en la que habían instaladas unas mesas de picnic.

La joven se apeó del coche con el bolso sobre el hombro.

—He estado buscando un lugar agradable donde dar una pequeña fiesta. Quizá podría organizar un picnic aquí.

Thayer daba la sensación de que no sabía qué hacer. Se bajó del coche lentamente, escudriñando el terreno antes de dar un paso, como si temiera ensuciarse los zapatos.

—Vamos —dijo Nancy—. Echemos un vistazo —añadió tomándole de la mano y echando a andar entre los árboles.

Thayer parecía un tanto indeciso, pero accedió a dar un paseo con ella por la arboleda. Pasaron frente a las mesas de picnic y unos contenedores de basura. Nancy le soltó la mano y se alejó unos pasos para mover con gesto de desaprobación una mesa de picnic instalada en una superficie irregular. Thayer prosiguió, adelantándose un poco a la joven.

Nancy miró su reloj. Eran casi las diez y media. No era extraño que no hubiera nadie ahí a esas horas de la mañana, pero alguien podía llegar dentro de poco para montar un picnic en aquel lugar. Nancy se volvió para contemplar la carretera. No vio ningún coche circulando por ella, ni oyó ninguno que se aproximara. Aún no había nadie por aquellos parajes. Tenía que hacerlo ahora. Nancy dejó que Thayer se alejara unos metros mientras ella metía la mano en el bolso.

De pronto Thayer se detuvo y se volvió hacia ella.

—¿Qué busca? —preguntó.

Nancy le sonrió alegremente.

—Mi cámara. Quiero tomar un par de fotografías para compararlo con otros lugares.

Thayer se volvió y siguió andando.

Nancy Mills tomó la pistola, la sacó del bolso y la sostuvo con firmeza contra su muslo mientras se apresuraba para alcanzar a Thayer. Se volvió para echar un último vistazo y aguzó el oído por si oía acercarse algún coche. Luego alzó la pistola y le pegó un tiro en el cráneo a Bill Thayer.

La cabeza del hombre se inclinó bruscamente hacia delante como si asintiera y su cuerpo cayó de bruces al suelo. Nancy se agachó junto a él para quitarle el billetero del bolsillo posterior y luego dio la vuelta al cadáver para coger las llaves del coche del bolsillo delantero.

A continuación se levantó, se encaminó tranquilamente hacia el coche, lo arrancó y regresó por la ruta por la que habían venido Thayer y ella, por el norte de Topanga Canyon. Aparcó el coche en el parking del centro comercial, limpió el volante y las manecillas de las puertas con una de las toallitas antibacterianas embebidas en alcohol que llevaba en el bolso, recogió la bolsa que contenía las sales de baño y se marchó.

Nancy pensó en los acontecimientos de aquella mañana mientras se dirigía de regreso a su apartamento. No había querido lastimar a Bill Thayer, pero éste le había obligado a hacerlo. No tenía ningún derecho a seguir importunándola. ¿Cómo se le había ocurrido abordarla de esa forma?

Por supuesto, sabía lo que había pensado Thayer. Al ver a la mujer que conocía como Tanya Starling, probablemente se había sentido excitado. La conocía superficialmente. Era la dueña de un pequeño negocio y él era el director de una sucursal bancaria. No sólo podía Tanya estar segura de que Thayer era un hombre respetable, sino también poderoso. Podía aumentar su límite crediticio y conseguir que le concedieran préstamos. También podía complicarle la vida, poniéndole todo tipo de obstáculos. Thayer era un hombre tímido y reservado que le había causado tan escasa impresión el día que lo había conocido que cuando lo había visto en el centro comercial, a pocos pasos de ella, ni siquiera lo había reconocido. Pero Thayer había ejercido su poder sobre Nancy, siguiéndola en la tienda, obligándola a detenerse y hablar con él, impidiéndole que se fuera y luego forzándola a ir a tomar un café con él. Ella no había tenido más remedio que quitárselo de encima.

Cuando Nancy llegó a casa, se enfundó los guantes de goma que utilizaba para fregar los platos y se sentó a la mesa de la cocina. Era demasiado arriesgado conservar las tarjetas de crédito, pero cuando Nancy lo había matado Thayer llevaba también encima casi mil dólares en efectivo.

Mucha gente portaba más dinero de lo habitual cuando viajaba, pero esto era mejor de lo que Nancy había supuesto. Sacó el dinero, envolvió el billetero en una toallita de papel para disimular su forma y lo arrojó en una bolsa de basura opaca.

Nancy sentía en el fondo de su mente una sensación casi física que aún no se había convertido en un pensamiento coherente, una sensación placentera, casi excitante.

Había sentido una imperiosa necesidad de poner fin al terror que la atenazaba. Cuando por fin había podido sacar la pistola y le había pegado un tiro a Thayer en la cabeza, había experimentado casi una sensación de liberación. Cuando había dejado el coche alquilado por Thayer en el aparcamiento del centro comercial y se había alejado con la bolsa de Bloomingdale's, había notado que sonreía.

Nancy no se había atrevido a reconocerlo todavía, pero había echado en falta la excitación que le procuraban los hombres. Añoraba la tensión de observar y esperar a que apareciera el hombre adecuado, y luego el esmero y el cálculo de atraerlo hacia ella. Había echado de menos la emoción de la fase siguiente, el período cargado de nerviosismo y ansiedad de coquetear y especular, seguido por el prolongado juego de divulgar y ocultar, contenerse y sucumbir. Lo que más había añorado era el periodo amable y apacible que se producía a continuación, cuando se sentía segura del amor de ese hombre y se deleitaba con sus atenciones y suntuosos regalos.

Nancy había empezado a percatarse del curioso hecho de que también le gustaban los aspectos negativos. Cuando Dennis había empezado a decepcionarla, el resentimiento y la ira la habían hecho sentirse poderosa, peligrosa y limpia, no como una víctima sino como un juez y un vengador. La ira que se había acumulado en su interior la había hecho sentirse pletórica de energía y decidida a llevar a cabo su propósito. El disparo había sido el mejor clímax a la relación.

Ella había disfrutado matando a Dennis. La ruptura con David Larson se lo había demostrado claramente. Cuando David la había traicionado, Nancy había gozado enfureciéndose, rechazándolo y castigándolo. El hecho de verlo hundido le había ofrecido la oportunidad de comprender lo hermosa y deseable que podía ser. Pero eso no bastaba. La joven se lamentaba de no haberlo matado.

Por la noche Nancy sacó la bolsa de basura que contenía el billetero y la arrojó al fondo del contenedor situado detrás del edificio de apartamentos a tres manzanas del suyo. La pistola seguía en su bolso. Sería absurdo desembarazarse de la pistola justo cuando empezaba a gozar utilizándola.

11

—¿Hola? ¿Señora Halloran?

Eve Halloran no estaba segura, pero la voz de la mujer joven le hizo pensar que quizá fuera quien imaginaba.

—Soy Tanya Starling. Siento mucho molestarla, pero quería saber si alguien ha tratado de ponerse en contacto conmigo desde que me marché, o ha preguntado por mí. ¿La ha llamado un hombre llamado David?

—No, querida —respondió la señora Halloran sin poder apenas disimular su excitación—. No me ha llamado nadie con ese nombre. Pero hace unos días recibí la visita de unos policías. —La señora Halloran se detuvo, esperando una reacción.

—¿La policía? ¿Por qué? ¿Qué querían?

Eve Halloran gozó manteniendo a Tanya sobre ascuas, demorando su respuesta y atormentándola, pero no podía ocultar esa información. Era demasiado dramática, demasiado deliciosa.

—Eran dos, un hombre y una mujer. Vinieron de Portland, Oregón. Me explicaron... no sé cómo decírselo... que un amigo de usted había sido víctima de un crimen. Al parecer había sido asesinado.

—¿Quién?

—Creo que dijeron Dennis Poole.

—¡Dios mío! ¿Dennis Poole?

—Sí. —Eve se sintió mejor. La última exclamación contenía la emoción que esperaba de la joven. ¿Qué otra cosa podía haber sido ese Dennis Poole sino el amante de Tanya?—. Lo lamento mucho, querida. Detesto habérselo comunicado de esa forma, pero no había más remedio.

—Es increíble. ¿Cómo es posible que lo hayan asesinado? Dennis era un hombre adorable. No tenía enemigos. ¿Fue un robo? —En la voz de Tanya no había lágrimas. Eve Halloran detectó la tensión en su garganta, el tono más agudo de lo habitual.

—No me lo dijeron, pero no creo que fuera un robo —contestó Eve Halloran. A continuación cedió a un impulso poco generoso—. Precisamente querían hablar con usted de eso. —Eve se sintió un poco culpable por haber ocultado hasta el momento la siguiente parte de lo que le habían dicho, pero seguía picándole la curiosidad—. Al parecer creen que usted sabe algo sobre lo ocurrido. Dijeron que usted se había marchado poco después de que ese hombre fuera asesinado.

—¿Se refiere a que piensan que yo tuve algo que ver con la muerte de Dennis?

Estaba claro. Tal como Eve Halloran había supuesto. Ahora ya no le importó tener que decir lo siguiente:

—No, no, querida. Dijeron que usted no era sospechosa. Lo dijeron tajantemente. No me refería a nada de eso. Ha sido una estupidez por mi parte. Debí aclarárselo desde el principio.

—Me siento abrumada. Una no imagina que algo así puede ocurrirle a alguien que conoce.

—¿Eran muy amigos usted y ese hombre? —inquirió Eve Halloran afanosamente.

—Es increíble.

Esa respuesta no satisfizo a Eve. De hecho, era un intento de evadir el tema.

—¿Era su novio?

—No.

La señora Halloran esperó, pero Tanya no añadió nada más.

—Es muy triste. Lo siento.

Eve Halloran empezaba a cansarse de la conversación. Había confiado en que Tanya le revelara un torrente de detalles íntimos, pero la había decepcionado repetidamente.

—¿Le dijeron los policías si querían que me pusiera en contacto con ellos? —preguntó Tanya—. ¿Dejaron un número de teléfono?

—Veré si consigo encontrarlo —contestó la señora Halloran con tono hosco. Esta conversación había resultado francamente decepcionante, y el hecho de no tener ninguna excusa para prolongarla la hacía sentirse aun más frustrada. Eve había pegado la tarjeta con cinta adhesiva a la pared encima del teléfono, pero permaneció durante treinta segundos apoyada contra el fregadero de la cocina con los brazos cruzados. Quería hacer esperar a Tanya. La joven demostraba bastante cara dura para ser una antigua inquilina, llamándola a esas horas de la noche y esperando que Eve le hiciera de tablón de anuncios—. ¿Tanya? ¿Sigue al teléfono?

—Sí.

—¿Tiene un lápiz?

—Sí.

—La mujer es la sargento Catherine Hobbes. Pertenece a la brigada de homicidios. —La señora Halloran añadió ese dato con cierta malicia. Leyó en voz alta los diversos números de teléfono y las señas de la comisaría, lentamente y con claridad, para prolongar la sensación de sentirse importante mientras Tanya apuntaba en silencio cada palabra, probablemente con mano temblorosa. Cuando Eve hubo recitado todos los datos que figuraban en la tarjeta, preguntó—: ¿Lo ha anotado todo?

—Sí, gracias. Llamaré a esa policía.

—¿Ha pensado en contratar a un abogado? —preguntó Eve.

—No. Acabo de enterarme de la noticia.

—Por lo que tengo entendido, el momento de pensar en abogados no es después de haber hablado con la policía, sino antes —dijo Eve con tono decididamente malévolo.

—Lo pensaré.

—No deje de hacerlo.

—Gracias, señora Halloran.

—De nada. —Eve estuvo a punto de meter la pata informando a Tanya de que iba a comunicar a la policía que había hablado con ella, pero se dio cuenta de que la joven había colgado.

Nancy se detuvo junto a la hilera de teléfonos públicos en Topanga Plaza, contemplando el espacio en el que se hallaban los restaurantes de comida rápida. Luego bajó la vista y miró el pequeño cuaderno que había comprado en la papelería antes de realizar esa llamada, y releyó los números telefónicos de la policía que iba a por ella. El nombre le preocupaba: no había imaginado que sería una mujer.

12

Catherine Hobbes estaba sentada a su mesa en la oficina de homicidios. Acababa de realizar una larga lista de llamadas telefónicas que no la habían satisfecho. Estaba resultando muy complicado dar con el paradero de Tanya Starling. Su pasado no ofrecía ningún dato útil, era imposible hallar a su familia o su biografía. El apartamento que había ocupado en Chicago constituía una barrera insuperable: no había nada visible más allá del mismo. Nueve años atrás un hombre llamado Carl Nelson había alquilado el apartamento bajo su nombre. Tanya Starling no figuraba en el contrato de arrendamiento. En cierto momento, durante esos años, Tanya se había mudado al apartamento, y Nelson lo había abandonado, dejándoselo a la joven. Los contables de Nelson habían seguido pagando el alquiler hasta abril, cuando ella había dejado el apartamento.

Pero parecía como si la existencia de Tanya hubiera comenzado en ese apartamento. Habían pasado su nombre por la base de datos para comprobar si tenía antecedentes penales, pero no habían hallado nada. Tenía un permiso de conducir de Illinois, y había indicado el apartamento como su dirección permanente. Ninguno de los Starling que Catherine había encontrado en la guía telefónica de Illinois habían oído siquiera hablar de Tanya.

Hobbes alzó la vista y vio a Joe Pitt en la puerta.

—Pase, Joe —dijo Catherine levantándose—. Le invito a un café.

—¿De veras? —preguntó Joe.

—Sí.

—Me siento halagado.

Catherine pasó frente a él y se encaminó hacia la sala de descanso, metió un dólar en la máquina de café y observó cómo el vasito de cartón caía en el espacio correspondiente y un chorro de líquido negro y caliente lo llenaba. Después de entregar a Pitt su café, Hobbes se compró otro. Luego atravesó el pasillo hasta la sala de conferencias, asomó la cabeza y sostuvo la puerta abierta.

—Tenemos que hablar —dijo.

Pitt entró tras ella.

—¿Tiene alguna novedad?

La sargento Hobbes se sentó a la mesa y empezó a beberse el café a sorbos.

—Sí. Quería hablar con usted a solas. El haberlo tenido aquí cooperando en la investigación ha sido una oportunidad principalmente positiva. Me ha sido muy útil, y he tratado de aprender de su experiencia.

—¿Pero?

—Pero ha llegado el momento de dejar que se vaya.

—¿Ah, sí?

—Sí. Usted me ha ayudado a aclarar una buena parte de ese caso en mi mente, ahorrándome mucho tiempo. Estoy convencida de que esto no tiene nada que ver con Hugo Poole. Asimismo, el hecho de tener a una persona actuando como el representante de Poole en esta investigación no nos ayudará cuando tengamos que comparecer ante el tribunal para obtener una condena. De modo que es preferible que se marche.

—Entiendo.

—No parece sorprendido.

—No lo estoy. ¿Lo sabe Mike?

—¿Mike Farber? ¿Mi jefe?

—Sí.

—Esta mañana le dije lo que pensaba hacer.

—¿Y se mostró de acuerdo?

—Convino en que era mi caso y que yo tenía derecho a tomar esa decisión. La tomé yo, no Mike Farber.

—Entonces procuraré pasarme por su despacho para despedirme de él antes de irme. Le deseo suerte en este caso y, después de observar cómo trabaja, estoy seguro de que lo resolverá. —Pitt extendió la mano y Hobbes se la estrechó—. Hasta la vista —dijo él sonriendo, tras lo cual salió del despacho y cerró la puerta.

Catherine permaneció unos minutos sentada a la mesa, bebiéndose el café y pensando. Sabía que esta decisión había sido inevitable y acertada, y se sentía aliviada de que todo hubiera discurrido sin mayores problemas. Por otra parte se sentía un tanto disgustada, aunque no sabía muy bien por qué.

La sargento reconoció que eso no era del todo cierto. Durante la investigación había empezado a olvidar la imposición que Joe Pitt representaba, y se había acostumbrado a tener a su lado a alguien con quien podía comentar el caso, no sólo otro policía que tenía una docena de casos en los que pensar, o un superior que debía atender a un sinfín de detalles administrativos. Catherine había podido hablar con Pitt de forma telegráfica, y éste había comprendido perfectamente a qué se refería. Había puesto a prueba sus ideas exponiéndolas a Pitt y había escuchado las que éste había propuesto.

Catherine trató de analizar sus sentimientos. Cuando Mike Farber la había llamado a su despacho para decirle que iba a trabajar en un caso de asesinato con Joe Pitt, ella se había sentido ofendida. Si su jefe creía que era tan incompetente e inexperta que necesitaba la ayuda de un jubilado de fuera de la ciudad, quizá fuera preferible que abandonara la brigada de homicidios. Al cabo de unos momentos, cuando la sargento había averiguado quién era Joe Pitt, se había preguntado cómo no iba a interpretarlo como un insulto contra su sexo. ¿Habría designado Mike Farber a uno de los hombres para que hiciera de guía turístico a un potentado de visita? No, tenía que ser una mujer, un bonito rostro para complacer al visitante, y puesto que el visitante era tan importante, todas las azafatas tenían que ser atractivas. Joe Pitt resolvería el caso.

Catherine había puesto a prueba a Joe —incluso atormentándolo un poco—, y había comprobado que no era tan impresentable como había supuesto. Había llegado a sentirse cómoda en su presencia. ¿Pero por qué no lo expresaba claramente? Pitt le había gustado, se había sentido atraída por él. Quizá fuera eso lo peor de Joe. Catherine no podía seguir trabajando con él.

La sargento se levantó de la mesa, llevó su café a la sala de descanso, lo arrojó por el fregadero y regresó a su mesa en la oficina de homicidios.

Su teléfono empezó a sonar. Quizá fuera la llamada que esperaba. Quizá fuera Tanya Starling.

—Homicidios. Hobbes.

—Hola, Hobbes. Soy Doug Crowley, de San Francisco. ¿Se ha puesto Tanya Starling en contacto con vosotros?

—Aún no. —Hobbes apenas se había apartado de su mesa durante todo el rato—. La señora Halloran dijo que Tanya le prometió llamar, pero por lo visto no tiene ninguna prisa en hacerlo.

—Pues yo tengo algo que quizá sea útil. La jefatura de tráfico ha averiguado algo sobre su compañera de cuarto, Rachel Sturbridge.

—¿De qué se trata? —preguntó Catherine. Se sentó en el borde de su silla y acercó el bloc de notas.

—Su coche. Ha vendido su coche.

—¿Ella también? ¿Las dos vendieron su coche? ¿Cuándo y dónde lo vendió?

—En Los Ángeles, hace unas dos semanas. La nueva propietaria acaba de registrarlo en la jefatura. Ya estaba registrado en California, de modo que no pensó que tuviera que hacerlo de inmediato, que no la multarían por ello. Se llama Wanda Achison y vive en una zona residencial llamada Westlake Village.

—¿Ha hablado alguien con ella?

—Yo mismo la llamé tan pronto como recibimos esa información. Parecía consternada, porque temía que el coche fuera robado y que se lo confiscáramos. Pero al cabo de unos minutos se calmó.

—¿Se lo compró a Rachel personalmente? ¿Sin intermediarios ni concesionarios?

—Sí. Rachel puso un anuncio en un periódico local de compraventa de objetos de segunda mano, la señorita Achison llamó al número indicado y Rachel condujo el coche a su casa para que ésta comprobara que estaba en buen estado. La señorita Achison dijo que la joven rondaba los treinta años, tenía el pelo largo y oscuro, medía aproximadamente un metro sesenta y cinco de estatura y pesaba entre cincuenta y dos y cincuenta y cinco kilos. Rachel le dijo que vendía el coche para pagar una deuda de la tarjeta de crédito.

—Eso no sería raro en personas que quieren montar un negocio. ¿Conservaba la señorita Achison las señas y el número de teléfono?

—No, pero en el periódico sí. Era un motel, y no había constancia de que Rachel Sturbridge se hubiese alojado allí. Supuse que debió de ser Tanya quien había firmado el registro del hotel, pero tampoco tenían constancia de su estancia allí. Debe de haber una tercera persona.

—Es posible —respondió Catherine—. ¿Puede darme la dirección y el número de teléfono de Wanda Achison?

Crowley leyó los datos por teléfono y Hobbes los anotó.

—Gracias, detective Crowley.

—De nada. —Crowley suspiró—. ¿Irán Joe y usted allí para entrevistarla?

—Joe ya no participa en la investigación.

—¿Ah, no? ¿Puedo preguntar por qué?

—Sí. Joe ha colaborado con nosotros, nos ha procurado una información gracias a la cual hemos eliminado algunos cabos sueltos. Es obvio que no necesita que yo certifique su buen hacer. Pero creo que un investigador privado está fuera de lugar en un caso de homicidio.

—Joe siempre me ha caído bien, y me alegré de verle —dijo Crowley—. Pero coincido con usted.

—Le agradezco su ayuda —dijo Catherine.

—De nada. Si necesita algo más de nosotros en San Francisco no deje de decírmelo.

—De acuerdo.

La sargento colgó y tomó la fotografía de Tanya Starling que habían hecho a partir del vídeo de vigilancia. La cámara había captado su imagen de lado, entrando en la habitación del hotel de Dennis Poole. Catherine Hobbes contempló el rostro. Tanya era simplemente una mujer de facciones menudas, de cerca de treinta años, que mostraba una expresión serena. En esos instantes se había apartado el pelo rubio que había ocultado sus rasgos durante buena parte de la cinta, de forma que todo su rostro era visible. Los contornos eran lo suficientemente imprecisos para impedir que el ojo del observador enfocara con más nitidez una imagen que nunca sería más clara. El pelo rubio y lustroso llamaba más la atención que su cara.

Abrió el archivo y examinó las listas de otros organismos que habían colaborado en este caso. Encontró el número telefónico que buscaba y llamó a la jefatura de tráfico de Illinois para solicitar formalmente la fotografía del permiso de conducir de Tanya Starling. Había esperado el tiempo suficiente para que Tanya apareciera o respondiera a sus indagaciones. Había llegado el momento de ir a por ella.

Catherine reflexionó unos momentos. Crowley había dicho que el coche de Rachel estaba registrado en California, lo que significaba que la conductora también debía de estarlo. Catherine marcó el número de la jefatura de tráfico de California y solicitó la fotografía del permiso de conducir de Rachel Sturbridge.

13

Nancy Mills estaba en su pequeño apartamento, mirando por la ventana. Eran las ocho y media, una hora de la tarde que hacía que sintiera deseos de abrir la puerta y salir. Veía el cielo a través de la ventana que daba al oeste. Comenzaba a adoptar esa hermosa tonalidad, la parte inferior roja, la del centro un azul algo más oscuro que la del cielo diurno, pero al alzar la vista, el cielo se oscurecía mostrando una parte superior de color añil, tachonado de unas cuantas estrellas.

Le pareció oír la voz de su madre llamándola. Era la hora de la tarde en que siempre entraba en casa después de jugar, con la ropa manchada y tierra adherida a sus piernecitas desnudas y cubiertas de sudor. Nancy detestaba tener que regresar a casa cuando el aire estaba rebosante de promesas y expectativas. Iban a ocurrir cosas importantes. Sabía que eran cosas buenas, maravillas y placeres que los adultos se reservaban para ellos.

Nancy solía dejar que el cielo se oscureciera demasiado antes de regresar a casa, por lo que echaba a correr por la calle. Recordaba el sonido y la sensación que experimentaba cuando respirando trabajosamente, hacía que sus zapatillas deportivas resonaran sobre el escalón inferior del porche delantero, abría la puerta con mosquitera y entraba en el cuarto de estar.

Su madre y su novio de turno estaban ya en el dormitorio, preparándose. La piel de su progenitora mostraba un aspecto rosado y húmedo después de la ducha, y los apretados tirantes de su sujetador se le clavaban en la espalda. Ejecutaba una especie de baile mientras trataba de subirse los pantys sobre las caderas. Si la niña llegaba puntualmente al anochecer, su madre se mostraba de buen humor. La resaca y los remordimientos matutinos quedaban eliminados por la siesta después de comer y pensaba en la velada para adultos que tenía reservada.

El baño estaba lleno de vapor. Nancy recordaba al novio de su madre tomando la toalla del lavabo para limpiar el espejo y observar cómo la hoja de afeitar se deslizaba sobre su hirsuta barbilla, dejando un surco en la crema de afeitar blanca, rosado e irritado pero sin pelo, sus labios fruncidos y torcidos a un lado para presentar una piel tensa bajo la maquinilla de afeitar, la cual pese a su nombre no tenía nada de segura,* pues le producía unos pequeños cortes que le obligaban a pegar unos trocitos de papel higiénico para restañar la sangre roja.

Esta noche era un recuerdo veraniego debido al cielo estival que lucía fuera. El hombre del recuerdo era otro, porque había habido muchos. Constituían al mismo tiempo una colección y una progresión, los más agradables y jóvenes formaban parte de los recuerdos precoces, los más mayores de los posteriores, cuando el cuerpo de su madre había empezado a engordar y su piel a tornarse fláccida y arrugada. Cada hombre era el mismo en todos los aspectos más llamativos —el alcohol y los gritos—, pero diferían en pequeños detalles, cómo la cantidad y el color del pelo, o sus nombres.

El novio empezaba a arreglarse, tras lo cual se impacientaba y enojaba hasta que la madre de Nancy estaba lista para salir. La mujer se encaminaba vestida con sus pantys y su sujetador al otro dormitorio que había transformado en un armario ropero, donde se probaba todos los vestidos delante de un espejo de cuerpo entero con un marco para colgarlo en la pared, pero que estaba apoyado sobre una silla, ligeramente inclinado.

Cada noche el proceso de probarse vestidos se repetía varias veces. Su madre elegía un vestido, se lo ponía, entraba en el baño para maquillarse y cepillarse el pelo y de pronto descubría un fallo invisible en la forma en que el vestido le sentaba, y volvía a quitárselo. Los pendientes, el collar y los zapatos hacían juego con el vestido, de modo que también se despojaba de ellos. Luego se ponía otro vestido, con el mismo resultado. Por fin anunciaba que estaba lista

* En inglés, *safety razor*. *(N. de la T.)*

y salía, mostrándose impaciente por marcharse, como si el retraso fuera culpa de otra persona.

La niña miraba a su madre asombrada. Todo indicaba que no iban a parecerse. Su progenitora era bajita, con ojos azules y grandes y una piel cremosa. La niña era alta y huesuda, con la tez pálida y el pelo lacio. Su madre la miraba antes de salir y decía como de pasada:

—Cierra la puerta. Y no abras a nadie.

Su madre y el novio de ésta salían y se detenían en el porche hasta que la mujer oía el clic de la cerradura, tras lo cual se subían al coche. Por lo general no regresaban hasta poco antes del amanecer. La niña se quedaba sola en casa, sintiéndose desgraciada mientras el cielo se oscurecía y se hacía más denso.

Con frecuencia oía voces en el silencio de la noche cuando algunas personas pasaban frente a la casa. A veces eran voces jóvenes, incluso de su edad. La niña estaba obligada a quedarse en casa, acostada en su cama en la oscuridad, escuchando, mientras su madre y el novio de ésta estaban fuera haciendo cosas y sabiendo cosas que ella ignoraba.

A veces se levantaba y entraba en la habitación de su madre para contemplar los diversos trofeos que había ganado en los concursos de belleza infantiles. Ella los guardaba en su habitación, para que la niña no los rompiera ni los tocara pues si lo hacía podían oxidarse. Su madre los llamaba «mis trofeos,» como el dueño de un perro de competición.

Nancy Mills había permanecido encerrada en ese apartamento cada noche desde hacía varias semanas. Había tenido que bregar con un problema procedente de San Francisco, pero el que Bill Thayer viniera aquí para visitar a sus padres y se encontrara con ella había sido una de esas raras casualidades. El hecho de que hubiera ocurrido una vez parecía demostrar que no podía ocurrir una segunda vez. Era demasiado improbable. Además, era por la noche. Había menos personas por la calle y la oscuridad impediría que la reconociesen. Mientras Nancy se paseaba arriba y abajo por la habitación, tomó su bolso. Al percatarse de ello, se dio permiso a sí misma y se encaminó hacia la puerta. Salió y cerró tras ella.

La joven no sabía adónde iba, pero no importaba. Había permanecido prácticamente oculta desde que había llegado aquí, sin salir nunca por las noches, sin salir apenas de día salvo para ir al centro comercial, y hacía varios días que no había abandonado el apartamento. Se sentía como si tuviera una cuerda alrededor del pecho que la apretaba tanto que apenas podía respirar. En cuanto salió a la calle, la cuerda se aflojó. El tibio aire nocturno llenó sus pulmones.

Nancy se dirigió andando hacia el centro comercial, utilizó un teléfono público para pedir un taxi y esperó frente a Macy's. Dijo que quería que ir La Ciénaga Boulevard en Hollywood. Cuando el telefonista le pregunto el número del edificio, Nancy dijo que no lo sabía. Cuando el telefonista le preguntó el nombre del cruce más cercano, Nancy tampoco lo sabía, de modo que dijo Sunset. El telefonista dijo que el taxi llegaría dentro de unos quince minutos. Nancy echó un vistazo a su alrededor y empezó a sentirse aburrida e incómoda esperando sola frente a la tienda, de modo que rebuscó en su bolso y encontró el cuaderno en el que había anotado los números de teléfono de la mujer policía.

Marcó pausadamente el número de casa y esperó, con los ojos cerrados para concentrarse.

—¿Sí?

—Hola —dijo Nancy—. Quisiera hablar con Catherine Hobbes.

—Yo soy Catherine Hobbes. —Era una voz atiplada y femenina. Semejante a la de una maestra. Nancy no sabía muy bien qué había esperado, pero esto no, desde luego.

—Hola. Me llamo Tanya Starling. La señora Halloran me dijo que usted había pasado por el apartamento en San Francisco para hablar conmigo, pero Rachel y yo ya nos habíamos marchado.

—Sí —respondió Hobbes.

Su voz tenía un tono tentativo, casi preocupado. Tanya supuso que probablemente trataba de poner en marcha una grabadora u oprimir un botón para indicar a alguien que rastreara la llamada. Tenía que apresurarse.

—He intentado localizarla —dijo Hobbes—. Queremos hacerle unas preguntas. La señora Halloran no tenía sus señas. ¿Dónde vive actualmente?

—Estoy aún de viaje por carretera. Me detuve para pernoctar en un motel y cuando vacié el bolso para ordenarlo, encontré el papel en el que había anotado su número y comprendí que debía llamarla.

—En ese caso dígame el lugar exacto donde se encuentra.

—En el sur de California, junto a una autopista en un pequeño motel. No conozco la dirección exacta. Mañana parto para Nueva York, pero aún no sé dónde me alojaré.

—Preste atención. Quiero que se dirija a la comisaría más cercana. Dé mi número al agente que la atienda. Me trasladaré en avión hasta allí para hablar con usted.

—Esta noche es imposible. ¿Por qué no me hace las preguntas ahora? Mi memoria no mejorará si permanezco en vela toda la noche esperándola.

—Trato de ayudarla, Tanya. Pero tiene que cooperar, y tiene que decirme la verdad.

—Yo la llamé, ¿recuerda?

—Sé que tiene miedo. Lo cual es comprensible en estos momentos. Tuvo una relación con Dennis Poole y lo asesinaron.

—¿Insinúa que tuve algo que ver con eso?

—No lo sé. Alguien lo mató, y es posible que vayan también a por usted. Quiero oír su versión de la historia. Quiero saber todo cuanto pueda decirme sobre Dennis Poole. Quiero saber por qué decidió marcharse de Portland justo después del asesinato.

—Esto es una estupidez. Trato de ser educada con usted, de devolverle la llamada, de aclarar las cosas y olvidar el asunto. Rachel y yo habíamos planeado desde hacía un año trasladarnos a San Francisco y montar un negocio. No huyo de nada. Ni siquiera sabía lo que le había ocurrido a Dennis hasta que hablé con la señora Halloran. Fue ella quien me lo contó.

—Necesito entrevistarme con usted, Tanya. La policía las busca a usted y a Rachel para interrogarlas en una investigación de asesinato. No parece darse cuenta de la gravedad de su situación.

—Por supuesto que me doy cuenta —replicó Tanya—. Por eso la llamé, para que pueda tachar mi nombre de la lista y centrarse en alguien que sepa algo.

—Creo que no lo entiende. Aun suponiendo que diga la verdad y no oculte ninguna información sobre la muerte de Dennis Poole, pueden acusarla de huir para evitar ser juzgada, por obstrucción de la justicia y otros quince cargos. Son cargos muy graves, por los que podría ir a la cárcel. Yo puedo hacer que eso no ocurra si hace lo que le pido.

—Lo haré si me pide algo que pueda hacer. Estoy a más de mil kilómetros de donde se encuentra, viajando en dirección opuesta, con muy poco dinero. No puedo dejar todo lo que poseo en el coche y aparcarlo en un parking público mientras la espero en una comisaría.

—Escuche con atención. Al margen de dónde se encuentre, está hablando por teléfono. Pida a la operadora que la conecte con la policía local. Diga a la policía que ha hablado conmigo sobre presentarse para ser interrogada con respecto al caso de Dennis Poole. Ellos la localizarán, la llevarán a la comisaría y guardarán su coche y sus pertenencias en un lugar seguro. Deles el papel con mi número y ellos me llamarán. A partir de ahí yo me ocuparé de todo. ¿De acuerdo?

—Lo que me pide no es razonable. Trata de meterme en la cárcel.

—Trato de meterla en una comisaría para poder hablar con usted. Si huye porque otra persona mató a Dennis Poole y tiene miedo, la policía la protegerá. Yo me encargaré de ello. Si huye porque teme a la policía, deje de preocuparse por eso. Es mucho mejor presentarse voluntariamente. Les pediré que no la encierren en una celda.

—Ya se lo he dicho, no huyo de nada. Me dirijo a algún lugar donde establecerme y seguir adelante con mi vida.

—Este es un desvío que va a tener que hacer más pronto o más tarde.

Nancy se detuvo, sin saber qué decir. Por fin respondió:

—Yo... creo que no debo hacer eso sin un abogado.

—Muy bien. Si quiere, puede tener un abogado presente antes de responder a ninguna pregunta. Le conseguiré un abogado. Pero tiene que hacer lo que le digo, Tanya.

—Déjeme pensarlo.

—¿Durante cuánto tiempo?

—No lo sé.

—Tanya, la policía la está buscando, no sólo aquí sino por todo el país. Ahora mismo nadie sabe por qué no se ha presentado voluntariamente, por lo que deducen que es peligrosa. Si se presenta voluntariamente, nadie le hará daño. Si no lo hace, es difícil predecir lo que puede suceder. Vaya a hablar con un abogado y pídale que la acompañe cuando se entregue. ¿Tanya?

Ella no respondió.

—¿Tanya? Por favor.

La joven pensó que era mucho mejor ser Nancy Mills, que había salido a dar una vuelta en una noche estival en el sur de California. Se sentía demasiado inquieta para seguir hablando por teléfono. Depositó el auricular sobre el soporte y colgó. La suave y tibia brisa le rozó la oreja contra la que había sostenido el teléfono, acariciándosela. Era libre, y no iba a comprometer su libertad. Al ver el taxi aproximándose a la fachada del edificio, Nancy agitó la mano y se dirigió apresuradamente hacia él.

Se subió al taxi, bajó un poco la ventanilla y contempló afanosamente los edificios y las personas que circulaban por la calle hasta que llegó a Sunset.

Cuando el taxista la dejó en Sunset y La Ciénaga, Nancy echó a andar. Pasó frente a la gigantesca estructura con falso aspecto destartalado del House of Blues y de varios restaurantes. No le apetecía entrar en un restaurante elegante y estar rodeada de mesas ocupadas por hombres y mujeres con sus respectivas parejas. Lo que necesitaba era el bar de un hotel. Sabía que había un par de hoteles en el Strip con unos *nightclubs* famosos, de modo que decidió localizarlos.

Nancy avanzó por la acera debajo de inmensos carteles luminosos de la gente guapa que trabajaba en el cine. Unas pinturas de mujeres gigantescas cubrían los costados de ladrillo de inmensos edificios de oficinas.

El aire seco estaba cargado de electricidad, como si dentro de poco fuera a alcanzar el pico del voltaje y empezara a emitir chispas. Los coches circulaban pegados unos a otros por Sunset, avanzando en breves oleadas. Nancy sintió que la miraban, no un solo hombre sino muchos que sabía que se ocultaban detrás del resplandor de los faros o más allá de las lunas tintadas. Sabía que cuando uno de ellos la miraba, la estaba calibrando, para comprobar si era Alguien, o quizá la mujer que andaba buscando. El breve escrutinio duraba sólo el tiempo que la imagen de Nancy tardaba en desplazarse del parabrisas al retrovisor, pero de inmediato comenzaba a observarla el hombre que ocupaba el coche siguiente.

La excitación de Nancy se intensificó hasta que llegó al hotel Standard. Era un edificio bajo, de sólo tres plantas. Nancy entró en el vestíbulo, tratando de verlo todo pero tratando al mismo tiempo de dar la impresión de que sabía adónde iba. Vio a dos guardias de seguridad —esto era Sunset Boulevard y podía entrar cualquier tipo de persona de la calle— y les sonrió al pasar frente al mostrador de recepción. Había una joven con un rostro pálido y atractivo y una lustrosa cabellera negra y lacia que estaba encargada de echar un vistazo a la gente que entraba, y detrás de su cabeza había un panel de cristal verdoso semejante a un gigantesco acuario, donde otra chica que estaba desnuda descabezaba un sueñecito sobre un colchón inflable transparente, de forma que parecía estar flotando.

Era el tipo de lugar que Nancy había imaginado. El hecho de haberlo localizado era señal de que no había perdido sus dotes mágicas. Mientras se hallaba en su pequeño y asfixiante apartamento, la joven había concebido tan sólo una sensación de lo que deseaba sentir, y qué tipo de lugar la haría sentirse así, tras lo cual se había dirigido hacia él. Había continuado adelante hasta encontrarse en el bar de la azotea.

De camino hacia el lavabo, observó a las otras mujeres que estaban de pie junto a la barra larga y curvada y sentadas a las mesas. Todas mostraban un aspecto delgado y atractivo. Algunas lucían una falda o un traje pantalón, pero la mayoría llevaba vaqueros ceñidos y tops. Nancy se sintió aliviada. En el momento en que le había acometido el ansia de salir llevaba puesto un bonito pantalón que había comprado en Aspen y una chaqueta de terciopelo de Juicy Couture sobre una camiseta que había adquirido en San Francisco, de modo que estaba perfecta.

Nancy observó su imagen reflejada en el espejo, se cepilló el pelo y se quitó el maquillaje con un kleenex. Se había puesto unas gafas de sol, de modo que se aplicó una capa más gruesa de sombra de ojos, se los perfiló con un lápiz, se pintó las pestañas con rímel y los labios con un color más oscuro mientras escuchaba el parloteo en el lavabo de mujeres. Estaba claro que esas mujeres no se alojaban en el hotel sino que eran de los alrededores y habían venido aquí para alternar. A Nancy le pareció perfecto, pues ella había venido con el mismo propósito.

No obstante, tenía que distinguirse de las demás mujeres y colocarse en un lugar donde no tuviera que competir con ellas para atraer la atención de un hombre. Nancy se acercó a la barra y aprovechó mientras el camarero servía a un par de clientes para echar un vistazo a su alrededor y calibrar a los hombres al tiempo que dejaba que éstos la observaran. Luego pidió un martini. Cuando se lo sirvieron, tomó su copa y salió al inmenso espacio de césped artificial de color azul que rodeaba la piscina.

Se sentó en una de las tumbonas blancas y contempló la ciudad que se extendía a sus pies, los miles de millones de lucecitas que brillaban en las calles y los edificios, haciendo que el aire sobre la ciudad resplandeciera.

El primer hombre que salió a la terraza tras ella tenía un cuerpo alto y flaco enfundado en un traje color crudo y una camiseta negra. Lucía unas gruesas gafas con montura de color negro y tenía unas marcadas entradas. Nancy alzó la vista y le miró mientras bebía su martini.

—¿Es usted la chica que estaba detrás del mostrador de recepción?

—No —respondió Nancy—. Esa chica sigue allí. Vaya y lo comprobará.

—Me refiero a la que finge estar durmiendo. La chica desnuda.

—Ya sé a quién se refiere —replicó ella.

—La chica de anoche era igual que usted. Es muy guapa, y usted también. —El hombre se detuvo unos momentos, observando a Nancy, y luego dijo—: Creo que usted y yo no seremos amigos, ¿me equivoco?

—No. Pero gracias por el cumplido.

—De nada. Buenas —dijo el hombre. Y con esto dio media vuelta y regresó al bar.

Al cabo de diez minutos apareció otro hombre. Se acercó a la piscina, se agachó y tocó el agua como para comprobar la temperatura, tras lo cual se enderezó, se volvió y fingió reparar en ella. Era un hombre de piel tostada, con el pelo negro y rizado y Nancy imaginó que sería brasileño. Cuando habló, esa impresión se fue al traste.

—No la había visto —dijo con un acento de Nueva York, o quizá de New Jersey—. ¿Se ha bañado en la piscina?

—No —respondió, tomando rápidamente una decisión—. He salido aquí para estar sola.

—Yo también. ¿Quiere que estemos solos juntos?

—No, prefiero el sistema habitual.

—Vale —dijo el hombre— Hasta luego.

El hombre regresó al bar. Esto no era muy prometedor, pensó Nancy, de modo que entró también de nuevo en el bar. Se colocó junto a la pared, examinó a los hombres que había en la habitación y decidió elegir a uno. Se hallaba a unos pocos pasos a su derecha, observándola, cuando sus miradas se cruzaron. Era un hombre de unos treinta años, con un pelo que debió de ser rubio de niño pero que al cabo de los años se había vuelto castaño, como el de Nancy, y ahora se había aclarado debido al sol.

—Hola —dijo Nancy—. ¿Tengo espinacas pegadas en los dientes?

El hombre se aproximó.

—Siento haberla observado con insistencia. ¿Qué tiene la terraza de particular?

—Hace una noche despejada. Esto es Los Ángeles, y lo lógico sería que estuviera cubierto de esmog.

—Ya —respondió el hombre—. De lo contrario a uno le parecería que no había amortizado su copa.

—Podrían haberlo trasladado en avión a Bakersfield y decirle que era Los Ángeles.

—Allí también hay esmog. Y cuando escampa, sigues estando en Bakersfield.

—Tendré que creérmelo si me lo dice usted. U otra persona.

El hombre avanzó un paso y se apoyó en la pared junto a ella.

—¿Ha venido aquí por negocios?

—¿Yo? —respondió Nancy—. No. He venido para beberme un martini bien frío.

—Y veo que lo ha conseguido —dijo el hombre. Alzó su copa hacia ella, un leve gesto para simular un brindis—. A su salud. —El hombre dio un sorbo a su bebida—. Lo que trato de decir es que es usted preciosa, que si está ocupada durante los próximos días con temas relacionados con el trabajo, o si le interesa conocer a alguien como yo, casarse conmigo y darme hijos.

Nancy le dio un buen repaso, observándole desde las puntas de los pies hasta el rostro y a la inversa. Luego se encogió de hombros.

—Depende. ¿Dónde tendría que vivir?

—Podríamos vivir donde usted quisiera. Ahora mismo, mi base está en Miami. Pero es negociable.

—¿Su base? ¿Acaso está en la marina?

—No. Vendo aparatos de resonancia magnética a médicos y hospitales, y ahí es donde tengo la oficina. Me llamo Brian Corey.

—Encantada de conocerte. Yo me llamo Marsha.

—¿No tienes apellido?

—Corey. Voy a convertirme en Marsha Corey, ¿no es así?

—Cierto —respondió Brian—. ¿Quieres sentarte a mi mesa, o tenemos que guardar las distancias hasta después de la boda?

—Ya que estamos comprometidos, si quieres puedes sentarte a la mía.

Se sentaron a una mesa desocupada que estaba cerca. Brian

acercó una silla para sentarse junto a Nancy y contemplar la vista de la ciudad.

—Odio descender a este tipo de preguntas, ¿pero de dónde eres?

—Ahora vivo aquí.

—¿En este hotel?

—No, aquí viven mis martinis. Hace poco me mudé de Los Ángeles. Antes vivía en Chicago.

—¿Por qué te mudaste aquí?

—Porque tenía frío. Hay muchas canciones sobre Chicago. ¿Pero hay alguna que diga que allí se te helará el culo? No.

—Pensé que quizá viniste para ser actriz.

—O sea que crees que quizá sea estúpida.

—Nada me impide confiar en ello. Pero eres guapa y te trasladaste a Los Ángeles, de modo que era una posibilidad.

—¿Te decepciona que no sea actriz?

—No. Creo que esa carrera no te dejaría el tiempo suficiente para estar conmigo y los niños.

—Muy inteligente por tu parte pensar en el futuro.

—Sí. Y hablando de pensar en el futuro, ¿has hecho planes para cenar?

—Caray, apenas nos hemos comprometido y ya quieres que te prepare la cena.

—No, iba a invitarte a cenar, si te apetece.

—Después de lo de los niños y de mudarme a Miami, lo de la cena resulta bastante fácil. Acepto.

—Podemos ir a La Parapluie, que está en Beverly Hills, donde he reservado una mesa para dentro de una media hora. O podemos tomarnos otra copa y arriesgarnos a que cuando lleguemos allí sea tan tarde que no necesitemos una reserva.

—Menudo dilema. Mi copa está vacía, pero desde que has mencionado cenar empiezo a tener hambre.

—Lo que tú digas, cariño.

Brian Corey había alquilado un coche para realizar sus visitas profesionales y el guardacoches se lo trajo. Brian era un conductor experimentado que supo abandonar Sunset inmediatamente y al cabo de diez minutos llegaron a La Parapluie. Era un restaurante espacioso y ruidoso con las paredes pintadas de blanco, manteles de hilo y alegres cuadros minimalistas, bastante mediocres, pero el camarero trajo a Nancy un martini con una botellita de vodka helado, por lo que la joven pasó por alto el decorado del restaurante.

Mientras se bebían sus copas, Brian dijo:

—He estado pensando en ello desde que te conocí, de modo que tengo que decírtelo: eres guapísima.

—Gracias. Yo también me llevé una grata sorpresa cuando te vi a la luz. Supongo que es un matrimonio ideal. ¿Qué vas a pedir de la carta?

—Sólo he estado aquí en una ocasión, pero pedí pez espada y era excelente.

—En ese caso, lo probaré.

—Pide lo que te apetezca. Esta noche, eres la reina de mis gastos de representación.

—Ante todo debo decirte que no pienso comprarte un aparato de ultrasonidos.

—Entonces espero que accedas a fingir que se te atraganta una espina de pescado, para que todos los médicos que estén aquí se precipiten a socorrerte y pueda venderles mis productos.

—Por supuesto. Si queremos que nuestros hijos vayan a Harvard, tendré que hacerlo cada vez que salgamos.

Mientras cenaban charlaron de cosas alegres e intranscendentes. Nancy Mills se sentía rebosante de energía. Pensó que jamás debió convencerse a sí misma de que debía permanecer encerrada en casa.

Después de cenar trataron de entrar en el bar, pero era pasada medianoche y la multitud de gente en el restaurante se había incrementado. El núcleo de clientes que pedían consumiciones en la barra no era sino el principio de una hilera que se prolongaba hasta el infinito y era prácticamente imposible obtener otra copa. Brian se inclinó hacia Nancy y murmuró:

—Tengo un minibar en mi habitación, y una vista mejor que esta. Está en el octavo piso del Beverly Hilton.

Se dirigieron en coche al Beverly Hilton y tomaron el ascensor hasta la habitación de Brian. No era una suite gigantesca, como confiaba Nancy, sino una bonita habitación individual, con un balcón que daba al patio y desde el que veía el ángulo izquierdo de la piscina. Brian preparó otro martini mientras ella se apoyaba en la barandilla del balcón para contemplar una vista distinta de la ciudad.

Nancy tomó el martini y lo bebió a sorbos.

—Gracias, Brian. Teniendo en cuenta las primitivas condiciones, no es un mal martini.

—Gracias —respondió Brian—. He comprobado que preparo martinis tan bien como el que más.

—Tienes razón —dijo Nancy—. Probablemente sabe a gasolina del encendedor y ni siquiera he notado le diferencia. Supongo que no debería beber tanto. —Pasó frente a Brian, entró en la habitación y depositó su copa en el escritorio.

Toda la aventura de esa velada había conducido hasta este momento, ¿no? Nancy no había llegado aquí caminando en sueños: ella había elegido a Brian. Se acercó a él y le rodeó con sus brazos. Él la abrazó y besó suavemente. Nancy recordó lo mucho que le gustaba esa sensación.

Brian tenía unos brazos gruesos y fuertes, y Nancy detectó la definición de sus músculos, pero también sintió cómo sus manos trazaban unos círculos lentos y suaves que la hacían sentirse pequeña y juguetona como una gata. Los nervios de su columna vertebral y sus omóplatos se estremecieron, esperando ser acariciados, y la joven se movió para que Brian la tocara allí.

Los besos y las caricias aumentaron, adquiriendo rápidamente una gran intensidad debido a la impaciencia de Nancy. Se sentía excitada por la exquisita respuesta a todo cuanto hacía esta noche. Todos sus impulsos se sentían gratificados de inmediato. Más tarde permaneció acostada en el lecho, con las mantas hechas un lío a los pies de la cama, sintiendo el fresco aire nocturno soplar sobre su cuerpo, refrescándola y reconfortándola. Nancy fijó la vista en el techo, sintiendo que su respiración adquiría un ritmo más lento y volvía a normalizarse.

Brian estaba en el balcón, apoyado en la barandilla y mirando hacia abajo. Estaba desnudo de cintura para arriba, pero se había puesto el pantalón para salir al balcón. Ella le observó, analizando la actitud de su cuerpo. Estaba apoyado sobre los codos, la viva imagen de la relajación y la serenidad. Transcurrieron varios minutos. Era el momento oportuno de que entrara y se tumbara junto a ella y le dijera cosas bonitas, o al menos la abrazara de nuevo, pero no lo hizo. Ni siquiera se volvió para mirarla, para ver lo guapa que estaba tendida sobre las sábanas blancas, con su cabellera desparramada alrededor de su cabeza como un halo. La joven empezó a sentirse un poco decepcionada.

Nancy decidió perdonarlo. ¿Era posible que mientras ella yacía en la cama enviándole una señal, no había captado las señales que Brian le estaba enviaba a ella? Quizá Brian deseaba que Nancy se levantara y saliera al balcón.

Entró en el baño y tomó el grueso albornoz blanco del hotel que colgaba de un gancho detrás de la puerta. Se anudó el cinturón y salió al balcón. Brian no pareció oírla acercarse. Nancy le abrazó por detrás y se oprimió contra él, meciéndose ligeramente de un lado a otro.

—Ha sido maravilloso —murmuró.

Brian suspiró profundamente y respondió:

—Sí.

Nancy sintió que sus músculos se tensaba.

—¿Eso es todo? ¿No quieres decirme algo agradable?

Brian se volvió e hizo que ella le soltara. Luego apoyó las manos sobre sus hombros, la miró a los ojos y la besó en la frente.

—Esta noche ha sido fantástica. Creo que eres una persona especial y me siento muy afortunado por haberte conocido.

—¿Pero?

—Debí decírtelo antes. Tengo una novia en Miami. Llevamos más de dos años juntos.

Nancy se encogió de hombros, sabiendo que ese gesto la favorecía y que el escote del albornoz se abriría un poco más.

—No soy tan ingenua, Brian. En cuanto te vi comprendí que yo no era la primera chica que conocías, ni pensé que otras chicas no se sentirían atraídas por ti.

—No he sido honesto contigo, ni con ella. Esta noche ha sido maravillosa, pero no tenía el derecho de estar contigo. Hace unos momentos pensaba en lo injusto que he sido.

Nancy lo abrazó con fuerza.

—Lo comprendo. Este ha sido un encuentro de una noche, y cuando haya terminado, no nos veremos más. ¿Pero por qué estropearlo todo? ¿Y si esta fuera la última noche de tu vida?

—No deja de ser una curiosa forma de enfocarlo.

Ella le sonrió, consciente de lo atractiva que se mostraba.

—Es la única forma de enfocarlo. Si fueran los últimos momentos de tu vida, ¿cómo querrías pasarlos, solo o conmigo, como estamos ahora?

—Contigo.

—¿Estás seguro?

—Absolutamente.

—Entonces sonríe.

Brian sonrió tal como ella le había pedido y la abrazó. Abandonaron el balcón y entraron en la habitación. Al cabo de unos instantes el albornoz cayó al suelo e hicieron de nuevo el amor. En esta ocasión hubo un componente más gratificante que el entusiasmo y la impaciencia de la primera vez. Nancy imaginó que eran amantes que se habían convertido en viejos amigos, que habían aprendido a gozar uno de otro sin el dolor, los sentimientos heridos y los intentos fallidos de conectar que experimentan las personas cuando están locamente enamoradas. Nancy se movía en un ciclo de puro egoísmo, deseando y recibiendo, apreciando y exigiendo. Luego permaneció de nuevo tendida en la cama, sin moverse.

Esperó a que Brian se levantara y volviera a salir al balcón. Luego se deslizó hacia el otro extremo de la cama y apoyó los pies en el suelo junto al montón de ropa. Se vistió en silencio y con eficiencia.

Nancy avanzó hacia la terraza, contemplando más allá de Brian la ciudad que se extendía a sus pies. Todo estaba oscuro y en silencio. Las bombillas que solían apagarse de noche estaban apagadas. La niebla había penetrado del Pacífico, atenuando el resplandor de las farolas y los semáforos.

La joven dio el primer paso sobre la superficie de hormigón de la terraza, seguido de otro, más rápido que el anterior. Si Brian la oyó, supuso que Nancy se acercaría por detrás y lo abrazaría, como había hecho antes. No se movió. Estaba inclinado hacia delante, con los brazos cruzados y los codos apoyados en la barandilla.

Nancy se agachó y le rodeó las rodillas con fuerza, enderezando rápidamente las piernas para arrojarlo al vacío. Brian, que había estado apoyado en la barandilla con la cabeza y el torso sobre ésta antes de que llegara Nancy, empezó a caer por el borde del balcón antes de que pudiera reaccionar. Agitó los brazos frenéticamente sin poder asir nada salvo el aire, y se volvió un poco para mirar a la chica, pero ese movimiento brusco sólo sirvió para acelerar su caída. Al cabo de unos instantes se precipitó al vacío. Mientras caía dijo algo semejante a:

—¿Eh?

Nancy se inclinó sobre la barandilla y le observó precipitarse hacia el suelo.

Brian tardó un buen rato en caer ocho pisos. Nancy observó hasta que se estrelló contra el camino pavimentado del edificio, rebotó un palmo y se quedó inmóvil. Vio una mancha de sangre donde yacía su cuerpo, pero no tenía tiempo para seguir contemplándolo. Tomó el billetero de Brian, limpió con una toalla la copa que había utilizado, los pomos de las puertas y los grifos, y cerró la puerta sigilosamente tras ella.

Comprendió sin tener que pensar en ello que no convenía que la vieran en el ascensor, de modo que tomó la escalera más cercana. Bajó hasta el sótano tan deprisa como pudo. La puerta del parking estaba cerrada, por lo que tuvo que subir un piso, atravesar el vestíbulo y salir del hotel. Evitó al guardacoches, rodeó apresuradamente el edificio hasta la entrada del parking, bajó y encontró el coche que había alquilado Brian con la llave debajo de la visera. Se subió en el vehículo, arrancó y subió la rampa hacia la calle.

Nancy giró hacia el este y luego el norte, y condujo hasta un aparcamiento público en Hollywood Way, cerca del aeropuerto de Burbank. Después de aparcar el coche se encaminó hacia el aeropuerto. Esperó dos horas hasta que el primer vuelo de la mañana llegó a las siete, salió de la terminal entre un grupo de pasajeros que acababan de llegar y esperó su turno para tomar un taxi.

14

Catherine Hobbes colocó las dos fotografías juntas sobre su mesa y las observó detenidamente. Luego tomó el teléfono y marcó el número del despacho de su jefe.

—Mike, soy Hobbes. Tengo algo que creo que debes ver.

Colgó el teléfono y echó a andar por el pasillo hasta el último despacho. Abrió la puerta y avanzó hacia la gigantesca mesa donde el capitán Mike Farber, jefe de homicidios, la esperaba. Catherine extendió un brazo a través de la mesa y depositó ante él la fotografía del permiso de conducir de una mujer joven y rubia.

—Esta es la última fotografía del carné de conducir de Tanya Starling que nos ha enviado la jefatura de tráfico de Illinois. Fue tomada hace menos de un año. —A continuación Catherine colocó la segunda fotografía debajo de la primera—. Esta es la fotografía que la jefatura de tráfico de California nos ha enviado del carné de conducir expedido a nombre de Rachel Sturbridge. Fue tomada hace un mes.

Mike Farber era un hombre alto y fornido de unos cincuenta y cinco años, con el pelo entrecano y cortado a cepillo. Se inclinó hacia delante para examinar las fotografías unos momentos, después de lo cual alzó la vista y miró a la sargento.

—Al parecer ya no buscas a una testigo inocente. ¿Qué quieres hacer sobre esa chica?

—Creo que ha llegado el momento de emitir un nuevo aviso y enviarlo a otros organismos —respondió Catherine.

—Debemos informar inmediatamente a la fiscalía del distrito. Yo me ocuparé de ello. Podemos conseguir una orden de detención por el falso documento de identidad y posiblemente un intento de fuga. De esa forma podremos arrestarla donde aparezca.

—En cierto sentido, ya lo ha hecho —respondió Catherine—. No quiso decirme de dónde llamaba, sólo que estaba en el sur de

California. La compañía telefónica dice que era un teléfono público en la zona del código postal 818. Eso está en el sector noroeste de Los Ángeles. Es donde Rachel Sturbridge vendió su coche. Me gustaría ir allí para tratar de seguirle el rastro.

Farber la observó durante unos momentos, tras lo cual asintió con la cabeza.

—Delega los casos que llevas en otra persona y ve a por ella, Cath.

Catherine Hobbes tardó dos horas en despejar su mesa de trabajo de los casos en los que trabajaba, y los pasó a otros detectives, tras lo cual se preparó para volver a volver a marcharse de Portland. El primer vuelo a Los Ángeles que podía tomar partía por la tarde.

Durante el vuelo siguió analizando la conversación telefónica que había mantenido con Tanya Starling. A juzgar por su voz Tanya parecía muy joven, y un tanto torpe. Catherine había pasado buena parte del tiempo tratando de convencerla de que el ser requerida para interrogarla en un caso de asesinato era un asunto muy grave, que no debía ignorar. Tanya le preocupaba, porque requería una buena dosis de sentido común el evitar que una persona como ella —una sospechosa en potencia que al parecer se había fugado— fuera arrestada sin violencia.

Pero en cuanto Catherine había contemplado las dos fotografías de los permisos de conducir, había empezado a cambiar de parecer acerca de Tanya. Los testigos inocentes y un tanto torpes que no tenían nada que ocultar no poseían dos carnés de conducir bajo distintos nombres.

Cuando el avión se aproximó a Los Ángeles, no pudo evitar recordar que Hugo Poole y Joe Pitt vivían allí. Casi sin darse cuenta, se puso a imaginar que llamaba a Joe para informarle de lo que ocurría. Pitt se ofrecía para acompañarla por la ciudad, con la que Catherine no estaba familiarizada, e incluso ayudarla a obtener la máxima cooperación de la policía local. Cada vez que Catherine pensaba en llamarlo, sacudía la cabeza y desterraba la idea de su mente. Sabía que imaginaba esas cosas sólo porque se había permitido pensar en él en un sentido romántico. Comprendía bien lo que representaba la idea de llamarlo, no un plan de acción racional sino el fundamento de una fantasía.

Joe Pitt lo tenía todo en su contra. Era demasiado mayor para Catherine, y era aficionado al juego. Tenía cuarenta y tantos años pero nunca se había casado, y les hablaba a las mujeres como si se hubiera acostado con ellas. Para colmo, bebía. Era un compañero jovial, un tipo con el que todo el mundo aceptaba encantado beberse unas copas después del trabajo. Cuando Pitt se lo había propuesto, ella siempre se había negado.

Catherine sintió una profunda humillación al pensar ahora en ello. Había logrado convencerlo de que era demasiado remilgada y rígida para irse de copas con él. Lo que Joe Pitt conocía era el rostro cálido y reconfortante del alcohol, las reuniones nocturnas con un grupo amable de gente en las que él invitaba a una ronda y todos se iban a casa felices y relajados. Pero Catherine Hobbes conocía por experiencia los aspectos ingratos del alcohol.

Cuando ella estudiaba en la universidad en California, había conocido también la faceta agradable de tomarse unas copas. Se tomaba muy en serio sus estudios, y los fines de semana iba con sus amigas a fiestas donde el precio de una copa para una chica bonita consistía simplemente en extender la mano para aceptarla. Catherine solía mostrarse más ingeniosa y desenvuelta cuando hablaba, más sexy y desinhibida cuando bailaba. Al menos, así era como se sentía. Pero hacia el final de su primer año universitario, había observado ciertas cosas que la habían alarmado. Algunas mañanas cuando se despertaba pasaba una hora tendida en la cama esperando a que la tremenda jaqueca remitiera y tratando de recordar lo que había hecho la víspera. Era capaz de recordar distintos momentos de la velada, pero a menudo se producían ciertas lagunas que no lograba llenar.

El problema había desaparecido. Catherine no se había curado, sino que había aparecido algo que había absorbido toda su atención. Una noche, poco después de aceptar su primera copa en una fiesta, Kevin Dalton se había acercado y se había puesto a charlar con ella. Catherine no había tomado otra copa esa noche, y a partir del día siguiente, Kevin y ella se habían hecho inseparables. Durante su último curso universitario Catherine no disponía de fines de semana libres para ir a bares o a fiestas con sus amigas porque estaba con Kevin. Se habían casado el verano después de la graduación y habían adquirido un apartamento en Palo Alto. Catherine no había tomado una decisión sobre el alcohol. Simplemente, se había olvidado de beber.

Cinco años más tarde, después de que el matrimonio había detonado y estallado, Catherine se había acordado de beber. El lado duro del alcohol se había apoderado de ella progresivamente. Catherine había empezado a salir cada noche después del trabajo con otros jóvenes agentes de bolsa. Todos trabajaban largas jornadas que comenzaban a las cinco de la mañana, cuando los mercados bursátiles de Nueva York abrían. Todos vivían en el mismo ambiente de pánico controlado, todos cobraban por comisión y todos temían ser despedidos la primera vez que sus cifras de ventas cayeran lo suficiente para que sus jefes se percataran. Pasaban unas horas bebiendo y riendo juntos, después de lo cual se iban a casa sintiéndose algo más animados.

La mayoría de las noches, ella era una de las tres mujeres en un grupo predominantemente masculino. Curiosamente se sentía más cómoda conversando con hombres que con mujeres, y era capaz de beber tantas copas como ellos, escuchando sus chistes y sus quejas y aportando ella misma algún chiste y exponiendo alguna queja. Las otras dos mujeres se iban a casa temprano, tras lo cual el grupo se componía tan sólo de Catherine y los hombres. Con frecuencia, cuando regresaba sola al silencio vacío del apartamento en el que Kevin y ella habían vivido juntos, se servía una última copa de whisky para conciliar el sueño.

Una noche Catherine se quedó hasta tarde, hasta que el grupo quedó reducido a ella y un amigo llamado Nick. Catherine dejó que Nick la acompañara a casa y se acostó con él. Soslayó todo sentimiento de vergüenza convenciéndose de que no había habido nada de malo en ello, de que era algo que simplemente había ocurrido entre dos buenos amigos, pero a partir de ese día ambos se habían sentido turbados al verse en el trabajo, y su amistad se había enfriado hasta quedar reducida a un acuerdo tácito de no volver a mencionar el incidente.

Un par de semanas más tarde, ocurrió con otro de los hombres del grupo. En esta ocasión se trataba de Derek, un agente de bolsa inglés, alto y delgado, de piel cetrina y con dientes mal alineados. Esta vez Catherine ni siquiera había pensado en acostarse con Derek. Éste había pagado la última ronda, había salido con Catherine del bar y la había besado. Derek la había llevado a su apartamento y se habían acostado.

Por la mañana la joven llamó a su supervisor diciendo que estaba indispuesta, y dedicó un buen rato a tratar de comprender por qué se había acostado con Derek. Pero lo único que hizo fue encogerse de hombros y convencerse de que había bebido demasiado; no era culpa suya. Pero no era la primera vez, y por supuesto que era culpa suya. Evocó cada momento de la velada, analizándolo. No había deseado especialmente acostarse con Derek, que no era un buen amigo como Nick y ni siquiera la atraía. El alcohol le había producido una perezosa aquiescencia: había perdido el control de su voluntad exactamente como había perdido el control de sus brazos y sus piernas. Le había resultado demasiado trabajoso ejercer ese control.

Ese mismo día abandonó su trabajo, tiró el licor que tenía en casa por el fregadero, metió sus pertenencias en el coche y regresó a Oregón. El regreso a Oregón constituía una retirada desesperada. Durante cada kilómetro del viaje, Catherine sintió temor. No había conseguido conservar a su marido y había abandonado su carrera como agente de bolsa. Había desarrollado tal afición al olvido y la indiferencia que el alcohol le proporcionaba que había seguido bebiendo incluso después de cometer actos de los que se avergonzaba. Se había acostado con dos hombres que se lo habían propuesto, pero podían haber sido cinco, o diez, o ninguno. Todo le era indiferente. El paisaje que dejaba atrás —el pasado, las personas, los lugares en los que había vivido— estaban tan muertos y eran tan lúgubres como un montón de huesos.

Catherine no podía considerar siquiera la posibilidad de una relación con un hombre como Joe Pitt. No podía arriesgarse, y Pitt no podía aceptar las normas que ella se había impuesto. Él no tenía ningún incentivo que le indujera a aceptar las vulnerabilidades y el pasado de Catherine. Ésta ni siquiera tenía el valor de explicárselo. Cuando el avión aterrizó en Los Ángeles, Catherine se sentía avergonzada de haber pensado siquiera en hablar con Pitt.

Al cabo de unos minutos la sargento echó a andar por la terminal arrastrando su maleta hacia la escalera mecánica que conducía a los mostradores de las compañías de alquiler de coches. En la pared del fondo había siempre unos expositores con libros de bolsillo y revistas. También había el acostumbrado surtido de animales de peluche, sombreros y camisetas, todo ello supuestamente de Hollywood o Beverly Hills. Y delante de la tienda estaban los expositores de periódicos.

The New York Times y *Los Angeles Times* estaban apilados, pero había un ejemplar del *Daily News* expuesto en cuya portada Catherine vio una voluminosa fotografía a color. Era una imagen borrosa captada por una cámara de seguridad, y quizá fuera eso lo que hizo que la sargento se fijara en el parecido. La joven guardaba un parecido demasiado marcado con Tanya para no ser ella. Esta vez lucía un pelo algo más corto, castaño, y un pantalón y un jersey con una capucha.

La sargento leyó los titulares sobre la foto: SE BUSCA A UNA MUJER EN RELACIÓN CON UNA MUERTE SOSPECHOSA EN UN HOTEL. Debajo de la fotografía decía: «Si reconoce a esta mujer, haga el favor de llamar al número...»

Hobbes se dirigió hacia la caja registradora, pero cambió de opinión y regresó para coger un segundo ejemplar. Pagó los periódicos, se sentó en una zona de espera de la terminal, miró de nuevo la fotografía y leyó el artículo.

La mujer había sido vista en un hotel con un joven llamado Brian Corey, quien posteriormente se había arrojado, había caído o había sido lanzado al vacío desde el balcón de su habitación en el octavo piso. El agente que había hablado con el reportero se llamaba James Spengler y estaba asignado a la zona de Hollywood. Cuando Catherine llamó a la comisaría, la derivaron en dos ocasiones a otra sección.

Por fin oyó una voz masculina:

—Homicidios. Spengler.

Respiró hondo y trató de hablar con calma y claridad.

—Soy la sargento Catherine Hobbes del departamento de Policía de Portland, Oregón. Acabo de llegar a Los Ángeles y he visto la foto de portada del *Daily News*.

—Caray, qué rapidez. Lo que ha visto es la edición matutina de mañana —respondió Spengler—. ¿Conoce por casualidad a la mujer de la fotografía?

—Sí.

—¿Sabe su nombre y su dirección?

—Sé varios nombres y direcciones de esa mujer.

15

Nancy Mills se había despertado con el sol que se había colado a través de la persiana haciendo que su almohada reluciera con dolorosa intensidad. Se había vestido rápidamente y había salido, deseosa de moverse. No dejaba de pensar en el asesinato de Brian, aunque hacía un día que había muerto. Caminó durante un rato, desayunó en el Red Robin en el centro comercial, se acercó hasta Promenade Mall y regresó. Pasó buena parte del día paseando, buscando cualquier pretexto para no quedarse quieta en un sitio.

La joven trató de pensar con claridad sobre el asesinato. Recordaba haber sentido cierta satisfacción emocional después de matar a Dennis Poole: el hecho de disparar contra él había servido para purgar el lío de complicados sentimientos que tenía con respecto a Dennis. Luego se había sentido frustrada, interrumpida, al no poder concluir su relación con David Larson como era debido. El encuentro casual con Bill Thayer había sido pura aventura acompañada de una fuerte dosis de temor, y tras unos rápidos cálculos todo había terminado. Pero le había producido una extraña euforia acompañada de una grata excitación. La noche con Brian Corey había sido distinta de todas las demás. Había sido más salvaje, más arriesgada y más excitante.

A Nancy le encantaba estar en compañía de hombres y sentir la fuerza de su capacidad para atraerlos. Le gustaba la forma en que la miraban. Le gustaba practicar el sexo con algunos. Pero luego, siempre detectaba en sí misma un sorprendente resentimiento por lo que le habían arrebatado. Aunque salía confiando en lograr su propósito y se esforzaba en atraerlos, no experimentaba un sentimiento de simpatía hacia ellos, simplemente necesitaba que desearan estar con ella. Con algunos, sospechaba que se sentían superiores a ella porque la habían engatusado y convencido para que se acostara con ellos. Incluso cuando estaba con los más agradables, el acto físico la hacía sentir que la controlaban, provocándole una sensación y luego otra, siempre al capricho de ellos. Aunque era ella quien se esforzaba en seducirlos, Nancy tenía la impresión de que la habían coaccionado.

Había tenido esa sensación con Brian desde el principio. Había gozado atrayéndolo, y pasando una hermosa y tibia noche con él, pero había sentido un placer distinto al saber que lo estaba engatusando, manipulando, maniobrando con paciencia para conducirlo hacia ese balcón.

Era casi la hora de cenar cuando Nancy regresó caminando al apartamento. Sentía aún esa energía que no le daba tregua, pero sabía que debía permanecer prácticamente invisible. Subió los escalones de la entrada y abrió la puerta, atravesó el pequeño vestíbulo, pasando frente a los buzones, y en el momento de entrar en su apartamento la puerta al otro lado del pasillo se abrió.

—¿Nancy?

Era su vecina más cercana. Una mujer de unos sesenta años, que presentaba siempre un aspecto cansado, ojeroso, agobiado, como si cuando la puerta de su apartamento estaba cerrada se entregara a unos quehaceres agotadores. ¿Cómo se llamaba? La placa en la puerta del enorme buzón en la entrada decía señora Tilson. Ambas se habían encontrado varias veces abajo. ¿Cuál era su nombre de pila, May, Mandy, Marcie, Marilyn? No. Simplemente Mary.

—Hola, Mary.

Mary Tilson abrió su puerta del todo y se tocó su pelo castaño con un gesto nervioso.

—¿Tienes un momento?

Nancy entró en el apartamento de Mary. Ésta parecía muy agitada, más agobiada de lo habitual. Ella no había entrado nunca en su apartamento. Comprobó que la distribución era idéntica al suyo, sólo que estaba en el otro lado del edificio, invertido como un reflejo exacto de su apartamento. En el ambiente flotaba un persistente olor a cloro, como si Mary hubiera limpiado recientemente el fregadero con detergente. Nancy sospechaba que era de esas mujeres que se pasaban el día limpiando y fregoteando, y un breve vistazo a su alrededor confirmó sus sospechas. La moqueta de color beis claro estaba como nueva, y en los estantes atestados de horrendos perros de porcelana no se veía una mota de polvo.

Mary se acercó apresuradamente a la lustrosa mesa del comedor, tomó un periódico y regresó rápidamente. Vio que era el *Daily News*, el periódico matutino de menos tirada de Los Ángeles.

—Querida —dijo Mary—, me alegro que hayas llegado. —A Nancy le sorprendió que esa mujer que apenas la conocía se expresara de ese modo—. Yo también acabo de llegar. Me acerqué un momento a la tienda de ultramarinos y compré los dos periódicos, porque me gusta leer la primera edición de la mañana.

—Una idea genial —respondió Nancy.

No le parecía una idea genial, sino patética. Intuía que Mary iba a convertirse en una vecina que no dejaría de importunarla con sus boletines sobre los aspectos insignificantes de su vida cotidiana. Dentro de poco le hablaría sobre sus recetas y los cupones del supermercado. Nancy decidió evitar que volviera a acorralarla de ese modo.

—Sí —dijo Mary—. Adopté esa costumbre con los periódicos dominicales, porque salían el sábado por la tarde y llevaban más contenido. —La mujer parecía esforzarse en dejar de lado esos temas que la hacían sentirse cómoda para abordar un asunto que la incomodaba—. No sé cómo decírtelo, pero creo que tengo el deber de hacerlo. ¿Esta eres tú? —preguntó mostrando el periódico a Nancy.

La joven sostuvo el periódico con ambas manos y contempló la fotografía de la portada. Se dio cuenta de que se hallaba en un estado de estupor que le impedía pensar más allá del simple hecho de la fotografía. ¿Cómo era posible que alguien hubiera tomado su fotografía en el hotel? ¿Cómo había llegado al periódico? La fotografía supuso para Nancy un golpe tan inopinado como brutal, como si un coche hubiera cambiado repentinamente de carril y la hubiera arrollado. Nancy comprendió que tenía que esforzarse en reaccionar, decir algo.

—Caray, menudo titular —dijo.

—¿Eres tú?

—Por supuesto que no —contestó Nancy—. Supongo que hay un montón de chicas que se parecen más o menos a mí. ¿De qué trata el artículo?

Mientras hablaba, trató de leer las dos columnas de texto debajo de la foto, pero estaba demasiado nerviosa para fijar la vista en el texto y demasiado impaciente para descifrarlo. Sabía de qué trataba el artículo. Había reconocido al instante el vestíbulo del hotel Beverly Hills, había reconocido a Brian, se había reconocido a sí misma, había reconocido la ropa que llevaba en esos momentos.

—Dice que el hombre con el que estaba esa mujer la otra noche cayó por una ventana del hotel. —Mary parecía alarmada por la forma en que lo había dicho y emitió una risita nerviosa—. Me alegro de que no seas tú. Habría sido espantoso. El hombre que cayó o se arrojó por la ventana habría sido una persona que tú conocías.

Nancy le devolvió el periódico.

—Gracias por decírmelo. De haber sido yo esa mujer, habría querido saberlo.

—De nada. Cuando lo vi en la tienda, me pareció increíble. Me dije: «Es imposible». Y tenía razón. No eras tú. Qué alivio.

Nancy echó a andar hacia la puerta. Cuando Mary la había llamado ella se había sentido tan agitada y rebosante de una energía nerviosa que había tenido que esforzarse en entrar en el apartamento, y ahora los olores y la impresión de desorden debido a los muebles superfluos y los perros de porcelana y el sinfín de fotografías enmarcadas hicieron que sintiera deseos de salir corriendo.

—Espera un momento.

En la mente de la chica bullía un montón de pensamientos. Se detuvo porque sabía que debía hacerlo. Pero tenía que salir de allí y reflexionar, y su mente pasaba de un tema a otro, sin detenerse para analizar ninguno a fondo. Nancy adoptó una expresión inquisitiva y amable y se volvió hacia Mary.

—¿Qué ocurre?

—Se me ha ocurrido... La mujer de esa fotografía se parece mucho a ti. Quizá deberías llamar a la policía y decirles que no eres tú.

—¿Qué?

—Esa chica es igualita que tú. Otras personas la habrán visto. ¿Y si todos los inquilinos del edificio llaman a la policía, y si los empleados del supermercado y de todos los sitios donde te conocen llaman a la policía para decirles que la mujer de la foto eres tú?

—No se lo reprocharía —respondió Nancy.

—¿No sería preferible que llamaras a la policía y dijeras «Sé que recibirán numerosas llamadas asegurando que soy yo», para que puedan descartarte desde un principio? Así no tendrán que venir a buscarte. Te ahorrarás muchos problemas y contratiempos.

—¿Qué tipo de problemas?

—Según el periódico la policía quiere interrogarte sobre la muerte de ese hombre, que dicen que es sospechosa. Ya sabes a qué me refiero. Si se presentan aquí, quizá te arresten.

—Lo dudo. Soy totalmente inofensiva.

—Hace poco vi un programa en televisión sobre un joven negro al que arrestaron porque se parecía a otro joven negro que había robado en una tienda de licores y había disparado contra varias personas. Se trataba de un maestro que regresaba a su casa en coche después de instruir al equipo de debates, y acabaron condenándolo por asesinato. Cuando el auténtico asesino confesó, ni siquiera se parecía tanto al joven inocente. Mucho menos que la mujer de esa fotografía a ti.

Nancy se encogió de hombros.

—Si mañana tengo tiempo, les llamaré. Así les ahorraré el viaje. Gracias.

—¿Te importa que entre tanto les llame yo en tu lugar?

—¿Por qué?

—Porque mañana por la mañana, cuando esta fotografía esté en todos los hogares de la ciudad, será demasiado tarde. Lo más seguro es que se presente un equipo de los grupos de asalto y derriben la puerta a patadas.

La energía nerviosa que se había apoderado de Nancy desde el momento en que había arrojado a Brian por el balcón empezaba a agobiarla de nuevo. Sintió que los músculos de su cuello y sus hombros se tensaban y crispó los puños como si fueran unas garras para no moverlas.

—No quisiera que lo hicieras.

—Te estoy ofreciendo la oportunidad de hacerlo tú misma.

El nerviosismo y la falta de concentración de Nancy se disiparon al instante. Vio los hechos de los dos últimos días y de los próximos dos días al mismo tiempo. Comprendió que jamás debió salir y entablar amistad con Brian Corey. Había sido un tremendo error.

Sabía que Mary tenía razón sobre la fotografía en el periódico. Mañana, a las siete de la mañana, habría ejemplares en miles de hogares. La gente recordaría haberla visto en tiendas y restaurantes en el centro comercial, en el edificio de apartamentos, en las calles cercanas. Mañana por la mañana quizá fuera un pronóstico optimista. Era una historia sensacional, el tipo de historia que quizás abriera los informativos de esta noche. Tenía que marcharse de Los Ángeles cuanto antes. Sólo le llevaría unos minutos hacer la maleta y coger su dinero. Pero eso no bastaba. No tenía tiempo para conseguir un coche, y menos construirse una nueva identidad.

Nancy miró a Mary.

—Tienes razón.

Sabía que lo que tenía en mente era una forma de perfección. La protegería de toda la gente que deseaba hacerle daño, y le proporcionaría un medio para satisfacer sus necesidades inmediatas. Era tan perfecto que surgió sin que ella lo deseara. No lo planeó. Sencillamente sucedió.

—Tienes razón. No pensé con claridad. De hecho, haré también un favor a la policía al eliminar la necesidad de que investiguen las llamadas de cincuenta personas.

—Al menos será una ayuda. Y si ya les han llamado para decirles que eres tú, conviene que lo hagas cuanto antes.

Nancy esbozó una sonrisa de disculpa y se estremeció.

—Estoy un poco nerviosa. No sé por qué.

—Entonces hagámoslo juntas. Nos tomaremos un té helado, para calmarnos y refrescarnos. Luego haremos la llamada.

Mary se encaminó a la pequeña cocina y Nancy la siguió pegada a sus talones. Los ojos y los oídos de la joven estaban tan sensibilizados debido a los nervios y la excitación que casi le dolían. Vio a Mary alargar la mano para abrir la puerta del frigorífico y se fijó en los mangos negros de los cuchillos de cocina que asomaban por los huecos del taco de madera que había en la encimera. Cogió un cuchillo de gran tamaño antes de que la mano de Mary asiera el pomo de la puerta.

Acuchilló a la mujer por la espalda, en el punto debajo del omoplato izquierdo, donde calculaba que estaba el corazón, pero la hoja se encontró con una costilla y tuvo que empujar el cuchillo hacia arriba sobre la costilla para que se clavara.

Mary agitó los brazos, trató de volverse y gritó:

—¡Oh! ¡Oh! ¡Oh!

Nancy tuvo que silenciarla. Sacó el cuchillo, agarró a Mary del pelo, enroscándoselo alrededor de los dedos, y le inclinó la cabeza hacia atrás. Luego le rebanó el cuello debajo de la mandíbula. Había oído a alguien utilizar el término «de oreja a oreja», de modo que eso hizo, procurando hundir la hoja tan profundamente como pudo.

Mary se llevó las manos al cuello. Se oyó un sonido semejante a un gorgoteo al tiempo que unos borbotones de sangre salpicaban la superficie de metal blanco de la puerta del frigorífico como claveles y se deslizaban hasta el suelo.

Era horrible. ¿Por qué no se moría de una vez? Nancy la sujetó con fuerza, con los dedos enredados aún en su pelo. Rodeó a Mary con el brazo derecho por detrás y le hundió el cuchillo en el torso, justo debajo del centro de la caja torácica. Nancy comprendió que esta vez tampoco había alcanzado el corazón, de modo que empujó el mango del cuchillo hacia abajo para inclinar la hoja hacia arriba, agarró el mango con las dos manos y tiró de él hacia sí.

Las piernas de su víctima se doblaron y cayó al suelo. Nancy le soltó el pelo y retrocedió, dejando el cuchillo clavado en su pecho. Al bajar la vista Nancy vio que tenía los brazos ensangrentados desde los codos hasta las yemas de los dedos, formando unos charquitos que se fundían con la sangre de Mary.

Se volvió y se acercó al fregadero. Abrió el grifo para lavarse los brazos, volviéndose a cada segundo para comprobar si la mujer se había movido. ¿Estaba por fin muerta? Era posible, pero pensó que mientras el charco de sangre siguiera aumentando de tamaño, debía significar que el corazón continuaba bombeando sangre y vertiéndola en el suelo.

Nancy supuso que sus vaqueros y su top probablemente tenían manchas de sangre, pero no las vio y se había limpiado lo suficiente para llevar a cabo la siguiente tarea. Tomó los guantes de goma que Mary había dejado en el fregadero junto al detergente y se los enfundó.

No le costó encontrar el bolso de la mujer. Lo había dejado a la vista, en la encimera junto al teléfono. Nancy lo abrió y examinó su contenido. Estaban las llaves de Mary. La llave del apartamento era idéntica a la de ella. La llave del coche tenía una funda de plástico negra con una H grabada que significaba Honda. Había un pequeño billetero que contenía las tarjetas de crédito, pero no había dinero. Nancy abrió la cremallera de todos los bolsillos interiores del bolso hasta que encontró uno en el que había un monedero con una cremallera. En su interior había unas cuantas monedas y unos billetes de cincuenta dólares.

Observó el resto del apartamento a través de la puerta de la cocina. Vio el cuarto de estar, grotescamente atestado de cachivaches, un dormitorio y un baño, todos situados frente a ella, al otro lado del pasillo. Nancy sabía que no debía entretenerse registrando el apartamento, pero comprendió que no necesitaría mucho tiempo. Si en el dormitorio no hallaba nada de valor, debía de estar oculto en la cocina, en el congelador o dentro de alguna cacerola, o en el azucarero en el estante superior.

El estar cerca de Mary ponía a la joven nerviosa. Aún no estaba segura de que su vecina estuviese muerta, y tenía la sensación de que yacía postrada en el suelo despierta, mirándola y escuchándola mientras Nancy trajinaba de un lado a otro. Como sentía curiosidad por el aspecto que tenía el dormitorio de Mary, comenzó su búsqueda por allí.

Salió apresuradamente al pasillo y se detuvo frente a la puerta del dormitorio. Era tal como había supuesto. Los muebles eran seudovictorianos, pesados y oscuros, con adornos de filigrana. La cama estaba cubierta por un edredón estampado floral y seis almohadones con volantes. Había unos estantes rinconeros que contenían objetos de porcelana y cristal, y unas gruesas cortinas de brocado de un horrendo color verde que cubrían las ventanas.

Encendió la luz. Se arrodilló y miró debajo de la cama, pero comprobó que era donde Mary guardaba los abrigos y las botas de fuera de temporada en unas cajas de plástico transparentes. Después de registrar el armario, miró en la cómoda. Le decepcionó comprobar que en los cajones sólo había ropa, y que el joyero sobre la cómoda no contenía nada que mereciera la pena robar.

Cuando se acercó a la mesilla junto a la cama y abrió el cajón superior, se llevó una sorpresa. En el cajón, dispuesto y al alcance de la mano, Mary guardaba un pequeño revólver de cañón corto. Lo tomó con cautela y lo examinó. Era de color plateado, con la culata de plástico blanco. Apuntó hacia una diana imaginaria y vio las balas en la parte posterior del cilindro. Mary guardaba el revólver cargado. Vaya sorpresa.

A Nancy se le ocurrió que tenía suerte de haber decidido matar a la mujer enseguida y en la cocina. De haber estado Mary aquí, en el pasillo o en la parte del cuarto de estar cercana al dormitorio, quizá habría sido Nancy quien yaciera ahora en el suelo desangrándose. Ese pensamiento hizo que el corazón volviera a latirle aceleradamente. La joven jamás había imaginado que alguien como Mary poseyera un arma de fuego. Se había visto prácticamente obligada a entrar en este apartamento por una mujer que ocultaba un revolver a tres metros de la puerta. Nancy se había salvado por los pelos.

Siguió rebuscando en el cajón. Había una caja de municiones, que tomó. Había también una llave que parecía pertenecer a una caja fuerte, pero a Nancy no se le ocurrió la forma de utilizarla. Encontró en el armario una bolsa de loneta decorada con un horrendo dibujo de una rosa. Después de guardar el revólver y la caja de municiones en la bolsa, Nancy se trasladó a la cocina y cogió el billetero, las llaves y el monedero.

Encontró una bolsa de plástico en un cajón, se quitó los guantes de goma, los echó dentro y lo metió todo en la bolsa de loneta. Se acercó a la mujer, procurando no pisar la sangre, y tocó su pierna desnuda. Estaba fría. Debía de estar muerta. Al mirarla ahora, Nancy pensó que debió de estar histérica al imaginar que Mary no estaba muerta anteriormente.

Nancy se entretuvo unos momentos en tomar dos toallitas de papel del rollo que había sobre la encimera. Con una limpió el mango del cuchillo que estaba clavado en el pecho de Mary. Al pasar junto a la mesa cogió el ejemplar del periódico con su fotografía en la portada. La otra toallita de papel la utilizó para impedir que sus manos dejaran huellas impresas cuando girara el pomo de la puerta. Luego cerró la puerta y se dirigió a su apartamento.

La energía nerviosa de la chica ya no representaba un defecto, sino la fuerza que podía salvarla. Metió rápidamente su ropa y efectos personales en dos maletas, las cerró y las llevó hasta la puerta. Luego se acercó al fregadero y mojó una toalla para secar los platos. Comenzó en la cocina y limpió todas las superficies con la toalla, utilizando la humedad de ésta para comprobar qué superficies había limpiado y cuáles había pasado por alto. Incluso limpió las partes inferiores de los electrodomésticos, tras lo cual colocó las pocas tazas, platos, cacharros y cubiertos que había comprado en el lavavajillas y lo puso en marcha.

Recorrió el resto del pequeño apartamento limpiando cada ventana, cada pomo y cada superficie lisa de todos los muebles. El proceso era ahora más rápido y eficiente que antes, porque había adquirido práctica. No dudó un instante, no se detuvo en ningún momento sin saber qué hacer. Su energía nerviosa la espoleaba. Cuando terminó, hizo una última cosa. Se dirigió a los buzones del vestíbulo, abrió el suyo, limpió la parte interior y exterior y volvió a cerrarlo con llave.

Luego regresó al apartamento, metió sus maletas en una bolsa de basura de plástico para que quienquiera que la viera creyera que sacaba la basura, cerró la puerta y bajó apresuradamente la escalera trasera hasta el parking situado en el sotano del edificio. Tardó unos minutos en dar con el Honda. El coche de Mary quedaba oculto por dos todoterrenos de proporciones elefantiásicas que no cabían en sus espacios e invadían el de su vecina.

Colocó su bolso en el maletero del coche, puso el motor en marcha y escuchó su sonido durante unos momentos mientras localizaba los diversos mandos y regulaba el asiento y los espejos retrovisores para que se ajustaran a su cuerpo más alto. El motor sonaba bien, y el depósito de combustible estaba lleno.

Nancy dio marcha atrás para salir del rectángulo donde estaba aparcado el coche y subió por la rampa hasta la calle. Giró hacia Topanga Canyon y se dirigió hacia la autopista. Tomó la entrada en dirección sur porque si se dirigía hacia la ciudad llegaría al nudo de carreteras en la autopista. Después de fundirse con el río de coches, miró la bolsa de loneta que había junto a su lado, la cual contenía su nuevo billetero, el monedero lleno de dinero y su nuevo revolver.

16

Catherine Hobbes estaba sentada en un coche de policía camuflado, junto al detective James Spengler, observando las calles de San Fernando Valley que desfilaban ante la ventanilla de su lado. Era temprano por la mañana pero ya hacía calor, y el tráfico que provenía del este estaba prácticamente atascado. El sol se reflejaba en los parabrisas, de forma que ella veía una serie de destellos seguidos por un persistente resplandor verde en su retina. Cuando pensaba en la costa Oeste, pensaba en la zona que conocía bien, Portland, Washington, el sur de California hasta San Francisco. Le costaba adaptarse a Los Ángeles.

—Parece tomárselo con calma —comentó Spengler.

—Es una actitud que he desarrollado para evitar que los policías varones me tomen por excesivamente emotiva.

—Vale.

—Le prometo mostrarme eufórica cuando detengan a esa mujer y sepa con certeza que es Tanya Starling —dijo Catherine—. Tendrá la impresión de haber ganado un partido de fútbol. Me pondré a brincar de gozo y a propinarle unos cachetes en el trasero.

—Se fijó en la fotografía en cuanto bajó del avión. Desde luego, parece tratarse de la misma mujer.

—Su foto de una chica es igual que mis fotos de una chica. Pero no sabemos si el apartamento al que nos dirigimos es el de esa mujer. Cada vez que publicamos una fotografía, a mucha gente le parece el vivo retrato de alguien que luego resulta que no se parece en nada.

—Tres llamadas asegurándonos que es la misma persona no suelen fallar.

—Por eso estoy nerviosa —respondió Catherine—. Llevo una hora apretando los dientes y confiando en que se trate de Tanya. Pero he aprendido a no precipitarme en suponer nada sobre ella.

Cuando iniciamos esta investigación, creímos que probablemente era víctima de un secuestro. Aún no estoy segura de si un tipo mató a Dennis Poole porque tenía celos de que estuviera con Tanya y ésta sigue huyendo de ese tipo, o si en realidad huye porque lo ha matado ella misma.

—¿Quiere saber lo que creo?

—Desde luego.

—Su primera versión es la acertada.

—¿Cuál de ellas? Lo he olvidado.

—Asesinaron a Dennis Poole debido a Tanya, pero ella no le mató. Cuando la arresten, comprobará que Tanya era una «mula» que pasaba droga y se largó con la mercancía de otro. O que es una prostituta que tenía un chulo exageradamente posesivo que no estaba dispuesto a dejar que se largara con un cliente.

—¿Una de esas versiones era mi primera versión?

—Me baso en la ley de probabilidades. Usted dijo que se conocieron en un hotel en Aspen y que Tanya fue a visitar a Poole, pero nadie los vio nunca juntos. Lo cual indica que había algún motivo por el que Poole no la exhibía en público. Y las mujeres no suelen cargarse a un tipo de un disparo a menos que estén casadas con él.

—Si quieres matar a alguien más corpulento que tú, y tienes una pistola, la utilizas, seas quien seas.

—Es posible. Pero luego está la muerte de Brian Corey en el Hilton. Se conocieron en un bar, cenaron en Beverly Hills, subieron a la habitación de Corey y se acostaron. Luego, la chica se marcha sola, llevándose el billetero y el coche que había alquilado Corey. ¿Qué impresión le produce eso?

—Que la chica es una prostituta.

—De acuerdo. Y no había ninguna pistola, por lo que ella no pudo haberlo matado. La chica que vi en la fotografía no pudo arrojar a un hombre adulto de un balcón. Tuvo que hacerlo un hombre, o quizá dos hombres, alguien como el chulo. De hecho, debió de ser alguien mucho más fornido que Corey, capaz de reducirlo y silenciarlo. No había señales de forcejeo en la habitación, y ninguno de los huéspedes en esa planta les oyó pelearse.

—Cualquiera puede arrojar a un elefante de un balcón si pilla al animal desprevenido y le empujas en el momento oportuno.

—Joe Pitt está de acuerdo conmigo.

Catherine tuvo que esforzarse en ocultar su sorpresa.

—¿Joe Pitt? ¿Cuándo ha hablado con él?

—Me llamó al ver la fotografía en el periódico. Me dijo que había trabajado con usted en este caso, y que la chica se parecía a la que muestra una de sus cintas. De paso nos pidió que le prestáramos a usted toda nuestra cooperación.

—¿De veras?

—Sí. Pitt me hizo grandes elogios sobre usted. Pero cuando comentamos el asesinato de Brian Corey, Pitt dijo que era imposible que lo hubiera hecho la chica.

—Primero tratemos de arrestarla —replicó—, y luego ya lo averiguaremos.

Catherine desvió la mirada. Se había concentrado en Tanya Starling, pero el hecho de que Spengler mencionara a Joe Pitt la había distraído. No sabía qué pensar. Había experimentado una grata sensación cuando Spengler le había dicho que Pitt la había elogiado, pero luego había tenido la sospecha de que quizá no había elogiado su trabajo como policía. Pitt y Spengler eran hombres, y hablaban como hombres. Y en definitiva, Pitt había dicho a Spengler que no estaba de acuerdo con la teoría de Catherine. Estaba molesta con Pitt por haber llamado a Spengler y haberle hablado sobre ella. ¿Qué derecho tenía a interferir en su investigación? No, eso no era justo: Pitt había reconocido la foto de Tanya en el periódico y tenía la obligación de llamar a la policía. ¿Pero por qué no la había llamado a ella?

—Esta es la calle. El apartamento está ahí mismo.

Avanzaron por la calle y al cabo de unos momentos los otros dos coches camuflados abandonaron Topanga Canyon tras ellos. Spengler aparcó el coche en un espacio junto a los escalones de la entrada, el segundo coche se dirigió hacia la parte posterior del edificio y el tercero se detuvo junto a Spengler.

—Trataremos de arrestarla rápidamente —dijo el policía—.

Luego, mientras la chica nos cuenta quién mató a esos dos hombres, usted tendrá tiempo más que suficiente para felicitarme por haber acertado.

—No suponga que esa joven es inofensiva hasta que le hayan puesto las esposas —dijo Hobbes.

Spengler descendió del coche y tras hablar unos momentos con los dos agentes que ocupaban el otro vehículo junto al suyo, se reunió con Hobbes en los escalones de entrada.

Los dos agentes se apostaron en las salidas del edificio mientras Spengler y la sargento entraban en el vestíbulo. Hobbes se detuvo para leer los nombres en los buzones. En el buzón número 5 aparecía «Mills», sin el nombre de pila. Subieron dos escalones, echaron a andar por el pasillo a la derecha y llamaron a la puerta del apartamento 5. Aguardaron unos segundos, aguzando el oído. Luego Spengler volvió a llamar, con más insistencia. Al cabo de un minuto llamó por tercera vez. Nadie respondió, ni oyeron ningún movimiento en el apartamento.

—Llamemos al apartamento de enfrente —dijo Hobbes. Llamó a la puerta al otro lado del pasillo, esperó unos segundos y volvió a llamar—. En el apartamento número cuatro tampoco hay nadie.

—Vayamos en busca del administrador —dijo Spengler.

—Apartamento uno. Lo miré en los buzones.

Regresaron al vestíbulo, tomaron por el pasillo situado al otro lado y llamaron a la puerta. En ésta había un pequeño letrero pegado con cinta adhesiva que decía R. NORRIS, ADMINISTRADOR. Norris era un hombre sin afeitar de unos cuarenta años que parecía haberse despertado al oír llamar a la puerta.

Catherine Hobbes permaneció en un discreto segundo plano mientras Spengler hablaba:

—Señor Norris, soy el detective Spengler, de la policía de Los Ángeles. —Mostró su placa de identificación para que Norris pudiera comprar la fotografía con su cara—. Lamento molestarle esta mañana, pero tengo una orden de detención de una de sus inquilinas. La señorita Nancy Mills, que ocupa el apartamento cinco. No nos ha abierto la puerta, de modo que quiero que la abra usted.

—La mayoría de los días no está en casa. Le gusta salir a caminar.

—¿Se refiere a que hace *footing*? —preguntó Hobbes avanzando un paso.

—Por la mañana sale a hacer *footing*. Luego, alrededor de las diez, vuelve a salir. No tiene coche.

Hobbes miró a Spengler. Éste sacó del bolsillo de su chaqueta sport unos papeles.

—Señor Norris, aquí tiene una copia de la orden. Le agradecería que nos abriera la puerta del apartamento. Todos nos ahorraremos muchos problemas si no tenemos que derribarla.

Norris miró el mandamiento judicial, sin comprender nada. Al cabo de unos momentos debió de leer la parte que autorizaba el registro del domicilio de Nancy Mills o quizá se rindió.

—Esperen un momento. Iré a por la llave.

Al cabo de unos momentos regresó con un puñado de llaves maestras. Les precedió por el pasillo hasta el apartamento, abrió la puerta y se apartó.

—Gracias, señor Norris —dijo Spengler. Cuando abrió la puerta de par en par, miró dentro y dijo—: Caramba, qué chica tan ordenada.

—No es que sea ordenada, es que se ha marchado —respondió Hobbes—. Se ha largado. —Catherine pasó junto a Spengler, entró en la cocina y examinó los productos de limpieza que había en la encimera.

—¿Está segura?

—Es un apartamento amueblado. Aquí no hay ningún objeto personal. —Hobbes avanzó con cautela por el borde del cuarto de estar hasta el pasillo, con la vista fija en el suelo para no pisar ninguna prueba. Continuó hasta el dormitorio y miró en el armario, que estaba abierto.

Al volverse vio a Spengler detrás de ella, observando los colgadores vacíos que colgaban en el armario. Sacó la radio que llevaba sujeta al cinturón.

—Relajaos, chicos. Nuestra sospechosa se ha esfumado. Debió de ver su fotografía en el periódico.

Catherine oyó un par de voces metálicas a través de la radio.

—De acuerdo. Recibido.

—¿Puede pedir que venga un equipo forense? —preguntó Hobbes—. Quiero asegurarme de que es la chica que ando buscando.

—Dave, llama a la comisaría para transmitir una orden —dijo Spengler a través de la radió—. Diles que necesitamos un equipo forense. Los demás que vengan a ayudarnos a entrevistar al resto de los inquilinos para averiguar si alguien sabe adónde ha ido la sospechosa.

Catherine Hobbes había procurado mantenerse en un discreto segundo plano. Aunque portaba una placa y una pistola, era la invitada de Jim Spengler en Los Ángeles y esta era oficialmente la investigación de la muerte de Brian Corey en un hotel de Los Ángeles. Pero había comprendido casi de inmediato que era una entrevistadora que intimidaba menos a la gente, de forma que empezó a asumir el mando.

El inquilino del apartamento 8 no era capaz de recordar haber visto nunca a la mujer de la fotografía, ni tampoco la pareja que ocupaba el apartamento 9. Los otros sabían muy poco sobre ella. La persona que vivía al otro lado del pasillo de Nancy Mills era con quien Catherine tenía más interés en hablar. Volvió a llamar a la puerta, pero al parecer la vecina no estaba en casa.

Al cabo de veinte minutos llegó el equipo de forenses y se pusieron manos a la obra en el apartamento de Nancy Mills.

La sargento había realizado las suficientes entrevistas para convencerse de que la mujer que se hacía llamar Nancy Mills era muy reservada y apenas había revelado nada de sí misma. Dejó a los otros agentes y regresó al apartamento 5, donde dos hombres y una mujer se arrastraban de rodillas sobre la moqueta del cuarto de estar con guantes de goma, bolsas de plástico, lupas y pinzas, en busca de pruebas físicas. La técnica femenina alzó la vista de la moqueta y Catherine dijo:

—Soy Catherine Hobbes, de la policía de Portland.

—Hola —respondió la mujer—. Me llamo Toni.

—¿Ha observado las rayas? —preguntó Catherine.

—¿Las rayas?

—Sí —dijo Catherine—. Fíjese en esta mesa de café y lo comprenderá. Las verá mucho mejor si examina la mesa desde el costado. —Catherine se arrodilló junto a la mesa de café y Toni se acercó a ella. Examinaron primero la superficie y luego el costado. Ambos mostraban un patrón de estrías—. ¿Ve las rayas?

—Es porque lavaron la mesa —dijo Toni—. La limpiaron con un trapo empapado. Si utilizas pulimento o cera para los muebles, forma una capa. Pero aquí utilizaron un trapo mojado.

—¿Han encontrado algunas huellas dactilares?

—Aún no. Hemos observado esas estrías en todas partes. En los muebles, las ventanas, las mesas e incluso las paredes. Todas las superficies muestran unas estrías, porque las han limpiado con un trapo mojado. En algunos lugares hemos hallado fibras de algodón. Algunas superficies estaban todavía húmedas, lo que indica que las lavaron hace poco. Quizás anoche.

—¿No han encontrado ninguna huella?

—Todavía no —respondió Toni—. Es bastante difícil no dejar ninguna huella impresa en una superficie, por lo que seguro que encontraremos alguna. Pero está claro que la sospechosa trató de impedir que las halláramos. Ahora mismo nos dedicamos a recoger cabellos. Hasta ahora todos miden entre veinticinco y treinta centímetros de largo y son de color castaño claro. —Toni se inclinó y recogió unos cabellos con unas pinzas—. Vaya, vaya.

—¿Qué ocurre?

—Más cabellos. Pero esos no cayeron. Fueron arrancados.

—¿De manera violenta?

—Sí. Mire, incluso sin examinarlos a través de una lupa, vemos unos fragmentos de tejido. Es la raíz. A juzgar por la longitud, probablemente es el pelo de una mujer, pero de una mujer distinta. Éstos son más gruesos y ondulados, como una permanente, y tienen la raíz gris, por lo que el castaño debe de ser teñido.

—Discúlpeme, Toni —dijo Catherine. Se encaminó a la puerta y echó un vistazo al pasillo. Vio a Jim Spengler hablando con el administrador en el vestíbulo y se acercó a ellos.

—Señor Norris —dijo Catherine—, ¿qué puede decirme sobre la inquilina que vive al otro lado del pasillo, en el apartamento cuatro?

—Se llama Mary Tilson. Casi siempre está en casa a estas horas. Me sorprende que ahora no lo esté. Por lo general no sale hasta por la tarde.

—¿Cuántos años tiene?

—Unos sesenta.

—¿Puede describir su pelo?

—¿Su pelo?

—Sí. ¿Es largo y lacio, corto, rubio o moreno?

—Es castaño. No es lacio. Es un poco ondulado, y le llega aproximadamente a la barbilla.

—Gracias. ¿Nos disculpa un momento? —Catherine tomó a Spengler del brazo y se lo llevó aparte—. La técnica forense ha encontrado unos cabellos que han sido arrancados de la cabeza de una mujer, como en una pelea. Miden entre quince y veinte centímetros de longitud, son castaños y ondulados, con la raíz gris.

—¿Cree que pertenecen a la mujer que vive al otro lado del pasillo?

—No estaría de más echar un vistazo a su apartamento. Si la vecina no se encuentra en casa y todo parece normal, mejor que mejor. Pero alguien arrancó unos mechones a otra persona, y Toni dice que no pertenecen a Nancy Mills.

—Señor Norris —dijo Spengler—, ¿quiere hacer el favor de acompañarnos?

Cuando llegaron a la puerta del apartamento 4 el administrador giró la llave en la cerradura. Spengler abrió la puerta unos centímetros y vio algo que le chocó.

—Gracias, señor Norris. Ya puede retirarse.

Cuando Norris se alejó Spengler se volvió hacia Catherine.

—Mal asunto. —Spengler entró en el apartamento seguido por la sargento. Catherine vio a la mujer postrada en el suelo de la cocina en un charco de sangre. Spengler se acercó apresuradamente a ella, pero Hobbes había observado que los bordes del enorme charco de sangre eran oscuros y estaban secos, lo que indicaba que la mujer llevaba bastante tiempo allí. Spengler le tocó la arteria carótida—. Lleva un buen rato muerta. Y tiene un cuchillo como el de un carnicero clavado en el pecho.

—Llamaré a los forenses que están en el otro apartamento.

—Gracias. Que se pongan manos a la obra aquí.

Catherine salió al pasillo.

—Toni, hay un cadáver en el apartamento cuatro —dijo.

—Vaya por Dios. —Toni empezó a guardar sus cosas en la caja que había en el suelo—. Tuve un mal presentimiento —dijo—. Demasiados cabellos. Vamos, chicos. A ver si logramos hallar más pruebas allí.

Jim Spengler reunió a los otros detectives en el vestíbulo para decirles lo que habían descubierto en el apartamento 4. Catherine se acercó a ellos.

—El administrador dice que Nancy Mills no tiene coche —dijo.

—Así es —terció Spengler—. Ron, consigue una descripción del coche de Mary Tilson, registra el aparcamiento y comprueba si su coche ha desaparecido. En caso afirmativo, dales su nombre y haz que difundan por radio la matrícula y la descripción del vehículo. Dave, coge la radio y explícales lo que hemos hallado aquí.

Spengler observó que el equipo de forenses se acercaba a la puerta y se asomaban antes de entrar.

—Toni, ¿quieres que llamemos para pedir refuerzos?

—Gracias, Jim, pero los pediré yo misma en cuanto haya echado un vistazo.

—De acuerdo. —Spengler se volvió hacia los otros policías—. Al, comprueba si falta algo en el apartamento, especialmente tarjetas de crédito o tarjetas de cajeros automáticos. En caso afirmativo, averigua si ya han sido utilizadas.

Los agentes se alejaron, y Catherine se dirigió por el pasillo hacia donde se encontraba el señor Norris.

—Quisiera echar una ojeada al contrato de arrendamiento de Nancy Mills.

Ambos entraron en el apartamento del señor Norris y éste sacó una carpeta del cajón de un escritorio. Contenía los contratos de arrendamiento de cinco páginas de todos los inquilinos. Catherine los hojeó detenidamente hasta que encontró el de Nancy Mills.

—Si quiere puede llevárselo —dijo el señor Norris—. Tengo una fotocopia en el archivo, y la empresa de arrendamiento tiene un duplicado del original.

—Gracias —dijo Catherine—. ¿Puede darme una carpeta o un sobre?

—Desde luego. —El señor Norris le entregó un sobre grande.

—Muchas gracias —dijo ella. Guardó el contrato en el sobre y salió de la habitación. Atravesó el pasillo y encontró a Toni en la cocina del apartamento 4.

—Toni, este es el contrato de arrendamiento de Nancy Mills —dijo Catherine—. Le agradecería que lo llevara al laboratorio y lo examinara por si tiene huellas.

—Muy bien —respondió Toni tomando el sobre. Lo sumergiré en ninhidrina para que muestre los aminoácidos y la llamaré. —Toni guardó el contrato en una caja de cartón junto con su creciente colección de bolsas de plástico que contenían pruebas.

La sargento Hobbes se volvió hacia Spengler, que contemplaba el cadáver de Mary Tilson.

—Supongo que esto confirma que la chica no es la autora de estos crímenes —dijo el detective—. No me la imagino atacando a una mujer de forma tan salvaje y dejándola que se desangre en el suelo.

Catherine salió de la habitación, atravesó el pasillo y salió a la calle, donde se apoyó contra el coche y respiró a sus anchas. Había estado concentrada en el tema desde que había llegado, pero ahora en su mente bullían multitud de ideas y no podía hacer gran cosa hasta que los técnicos de la escena del crimen o los policías que buscaban a la chica le facilitaran algún dato nuevo.

Catherine no dejaba de pensar en Joe Pitt. Estaba tentada de llamarle y decirle lo que pensaba sobre él por inmiscuirse en la relación entre ella y la policía de Los Ángeles. Pero esta era su ciudad, donde Pitt había trabajado de investigador del fiscal del distrito. Ella no tenía ningún derecho a indicarle lo que debía decir a la policía de Los Ángeles, y cualquier detective de homicidios de esta ciudad debía de conocerlo personalmente. Pitt había visto la fotografía en el periódico, había reconocido a Tanya y había tenido que informar a la policía. ¿Pero por qué había llamado a los de homicidios de Los Ángeles en lugar de llamarla a ella? A Catherine se le ocurrieron dos respuestas, sin tener que preguntárselo a Pitt: el periódico le había dicho que llamara a Spengler y eso era lo que había hecho Pitt. Y Catherine le había dicho que no volviera a molestarla, y él había obedecido.

17

Mientras circulaba por la interestatal 15 contempló los hoteles intensamente iluminados que se recortaban contra el cielo a lo lejos, y al cabo de unos minutos la ciudad comenzó a alzarse a su alrededor. La chica temía detenerse, pero estaba rendida. Llevaba levantada desde el amanecer, había pasado el día trajinando de un lado a otro, había tenido que defenderse de las intolerables exigencias de Mary y luego limpiar y ordenar el apartamento. Las horas que llevaba conduciendo desde entonces habían consumido toda su energía nerviosa.

La joven divisó la salida de acceso al hotel Mandalay Bay, la enfiló y avanzó entre el denso tráfico de la carretera. El primer lugar donde pudo doblar a la derecha era la entrada al MGM Grand, de modo que entregó su coche al guardacoches y le observó conducirlo hacia el aparcamiento.

Deseaba registrarse en el hotel y dormir, pero no se atrevía. Si la policía iba tras ella, una de las primeras cosas que harían sería ponerse en contacto con los hoteles de Las Vegas. Estaba hambrienta, así que entró, recorrió el largo paseo donde estaban situados los restaurantes y miró en algunos. Los clientes habían pasado a la fase de copas de la velada, por lo que la joven no se detuvo en ninguno.

Entró en una cafetería situada en el extremo del paseo, compró una porción de tarta de limón que vio en el mostrador y se la comió. Cerró los ojos y apoyó la cabeza en los brazos durante unos momentos. Cuando se despertó vio a un hombre alto vestido con un traje azul oscuro de pie junto a ella. El hombre se inclinó sobre ella y la joven percibió una voz procedente de la radio que llevaba en el bolsillo de la chaqueta.

—¿Se encuentra bien, señorita? —preguntó el hombre.

—¿Qué? Caramba, he debido de quedarme dormida —respondió la chica.

La actitud amable del hombre se disipó en el acto. No se trataba de una emergencia médica.

—No puede quedarse a dormir aquí —dijo. Parecía como si el hombre ya hubiera oído y detectado la mentira que la desconocida aún no había dicho.

Ella se levantó, recogió su bolso y se marchó. Tenía la sensación de que el hombre la seguía, describiéndola a través de la radio. No aminoró el paso hasta abandonar el edificio.

Durante las próximas horas se convirtió en una de las miles de personas que deambulaban de casino en casino. Se había detenido en Las Vegas para descansar, pero eso parecía imposible. Cuando se sintiera demasiado cansada para seguir caminando se sentaría a una mesa en un bar y pediría un refresco. A las seis de la mañana descabezó otro sueñecito en el sofá del lavabo de mujeres en el Caesars, pero la empleada la despertó educadamente cuando la joven cayó en un sueño profundo. Más tarde almorzó en el Aladdin. Cuando unos grupos numerosos de gente empezaron a salir de los hoteles a las diez y media, la joven hizo cola a la entrada del MGM y pidió al guardacoches que le trajera el coche.

La chica condujo por la autopista de Boulder hacia Henderson y se detuvo en un centro comercial. Dejó el coche en el aparcamiento del edificio, donde era menos visible, y se encaminó hacia el complejo de multicines que había en el centro. Compró una entrada para la primera película que iban a dar. Era un filme espantoso sobre dos niños perversos. En la sala había pocas personas, de modo que la joven eligió un asiento en el centro de una fila y se quedó dormida. Pasó toda la tarde allí, trasladándose de una pequeña sala de cine a otra, durmiendo en cada una de ellas un par de horas y despertándose cuando las luces se encendían y la gente abandonaba la sala.

Cuando se sintió con ánimos de sentarse de nuevo al volante, cenó en un Denny's en Henderson. Eran las once y media cuando subió al coche y condujo en dirección este, hacia el desierto. Había malgastado un día entero en Las Vegas, y estaba casi tan cansada como cuando había llegado.

Sus problemas se acumulaban. Había cometido un error fruto de su nerviosismo, pero no era culpa suya. No se había propuesto matar a Mary Tilson. Pero no se le había ocurrido el medio de evitarlo. Mary Tilson no estaba dispuesta a cerrar la boca, no dejaba de agobiarla, y ella no había logrado convencerla para que no llamara a la policía.

La joven era una persona normal y corriente que deseaba lo que todo el mundo: ser feliz. Había sido una buena estudiante en la escuela y había sido aceptada en la Universidad de Illinois. Recordó que la carta había llegado en abril, y la había pegado con cinta adhesiva a la pared de su dormitorio para contemplarla cada mañana al despertarse, y cada noche al acostarse. Esa costumbre había durado hasta junio. De pronto todo había cambiado un domingo.

Recordó haberse despertado y haber contemplado la carta esa mañana: «Estimada Charlene Buckner, me complace informarle...» La joven había pegado la carta por la parte superior con una tirita de cinta adhesiva para poder retirarla en septiembre y llevarla encima en caso de que tuviera que demostrar que había sido admitida.

Permaneció tendida en la cama, como solía hacer, contemplando el tono de la luz, y tocó la pared junto a su cama para comprobar si hacía calor o fresco, porque era el muro exterior de la casa. Sintió que hacía calor. En aquellos segundos intuyó que había ocurrido algo malo. La casa estaba más silenciosa que de costumbre. Constituía un vacío, porque había desaparecido algo importante y nada había llenado aún ese espacio. Sabía lo que era.

Se levantó y se acercó a la puerta del dormitorio de su madre. Los cajones de la cómoda aún estaban abiertos, un poco torcidos sobre sus guías porque su madre los había vaciado apresuradamente.

Charlene recorrió la pequeña vivienda, mirando en todas la habitaciones. No buscaba exactamente a su madre, sino que contemplaba su mundo para comprobar qué aspecto tenía sin ella. En la mesa de la cocina había una nota, sobre la que su madre había colocado un vaso, como si una ráfaga de viento pudiera penetrar en la casa y llevársela. Charlene tomó el vaso y percibió el penetrante olor del whisky, así que lo depositó en el fregadero junto a los otros platos sucios.

Tomó la nota y leyó: «Querida Char, se me ha presentado una oportunidad inesperada y he tenido que aprovecharla. Si necesitas localizarme, escríbeme a casa de mi hermana Rose. Más adelante me pondré en contacto con ella. No olvides pedir a la universidad el dinero de la beca. Besos. Mamá». Su madre había dibujado una carita risueña en la o de «besos». Charlene tiró la nota a la basura y empezó a recogerlo todo.

Enjuagó los platos y los puso a remojar en el fregadero con un poco de agua caliente y detergente mientras salía a recoger el periódico dominical de la acera. Siempre lo hacía para evitar que los vecinos se percataran de que su madre no regresaba a casa hasta tarde y dormía durante buena parte del día. Hacía una mañana cálida y soleada, y en los jardines de los vecinos las plantas florecían. Charlene entró de nuevo en casa y cerró la puerta con llave.

Mientras fregaba los platos comprendió de pronto lo que le había ocurrido. Estaba tan sola como una persona en una balsa en medio del océano. Charlene pensó durante unos minutos en lo que debía de haber sucedido.

Su madre sufría de un tiempo a esta parte una de sus depresiones, debido a su último novio, Ray. Hacía unos dos meses, éste le había pegado y luego se había marchado. Al día siguiente su madre había fingido que se había cansado de él y le había obligado a irse, tras lo cual había chocado con la alacena de la cocina en la oscuridad al ir a por un vaso de agua por la noche para no despertar a Charlene. Pero Charlene se había despertado y la había oído llorar, implorando a Ray que no la dejara.

—Ray, te juro que ese tipo no me interesaba en absoluto. Ocurrió casi sin darme cuenta. No significó nada. Te suplico que no me dejes. No volveré a hacerlo.

Su madre tenía una voz aguda que se oía de lejos, pero él tenía la voz grave y solía hablar entre dientes, por lo que Charlene no había captado lo que éste había dicho. No era necesario.

La madre de Charlene detestaba estar sola. A juzgar por las contradictorias historias que su madre le había contado, Charlene no tenía muy claro cuándo había estado sola, pero suponía que había sido una experiencia terrible, porque su madre estaba dispuesta a hacer lo que fuera con tal de no volver a estar sola. A veces, cuando uno de sus novios la abandonaba, Charlene había oído decir a su madre «haré lo que sea», y la niña había comprendido que lo decía en serio. Charlene estaba segura de saber en qué consistía la oportunidad a la que su madre se refería en la nota. Alguien le había ofrecido la oportunidad de no estar sola.

Al principio a Charlene le chocó, dado que su madre tenía tanto miedo de quedarse sola, era extraño que la hubiera abandonado. Pero su madre era así. Si hacía calor, ella tenía más calor que nadie. Si sólo quedaba un trozo de carne, ella tenía más hambre que los demás. Charlene debía de haber supuesto que eso sucedería, desde el momento en que recibió la carta de la universidad. Su madre también había leído la carta pegada a la pared, y para ella representaba que su hija iba a marcharse.

Charlene no sentía una gran estima por su madre, pero en un sentido profundo y angustioso, la echaba de menos. No obstante, después de otra larga jornada, comprendió que tenía que sobrevivir lo que restaba de junio y graduarse, y luego hallar la forma de sobrevivir a julio y agosto sola e ingresar en la universidad. El comentario sobre la beca en la nota de su madre era la única mención con respecto al dinero. Era su forma de decir que no le había dejado ni un céntimo.

Esa mañana, después de que Charlene se hubo duchado y vestido, se dirigió al único sitio en Wheatfield donde pensó que encontraría trabajo. Era el Dairy Princess situado en la autopista 19. Tenía el mismo aspecto que un Dairy Queen, pero no lo era. Era claramente un fraude. Su dueño contaba con que la gente se daría cuenta de que imitaba al otro establecimiento y se acercaría, como si se tratara de un Dairy Queen. Comprenderían que no lo era, pero perdonarían el pequeño engaño.

El encargado durante el verano era un chico llamado Tim que Charlene recordaba del instituto. Era dos años mayor que ella y ya había comenzado las vacaciones estivales. Frente a la ventanilla de comandas se había formado una cola de gente, y Charlene esperó su turno. Dijo que quería hablar con Tim.

Cuando éste se acercó a la ventana, dijo:

—Hola, Charlene. ¿Qué te apetece tomar?

—Necesito un trabajo. ¿Tienes alguna vacante?

Tim la observó durante largo rato. Charlene se dio cuenta de que el joven se lo estaba pensando; parecía preocupado, como si no supiera qué responder.

—Si estás dispuesta a trabajar duro, queda una vacante.

—De acuerdo —respondió.

Comenzó de inmediato. Al principio sólo trabajaba los fines de semana, porque era cuando la mayoría de las personas pedían helados y hamburguesas. Cuando llegó la fecha de la graduación y comenzó el verano, Charlene empezó a trabajar seis días a la semana, de las doce a las nueve. Cobraba el sueldo mínimo, que no era mucho, pero durante la pausa que hacía por las noches comía algo que le servía de cena, y de vez en cuando un hombre le daba una propina.

Siguiendo el consejo de su madre, Charlene escribió una carta a la secretaría de la universidad, informándoles de que necesitaba una beca. Dijo que el motivo de que no la hubiera solicitado antes era porque su madre no había rellenado nunca la Declaración Confidencial de los Padres sobre sus finanzas, pero que las finanzas de su madre ya no importaban porque su madre se había marchado. Dos semanas después Charlene recibió una carta redactada con gran delicadeza diciendo que era demasiado tarde para concederle una beca ese año, y adjuntaban unos formularios para que solicitara un préstamo federal.

Ella recordaba haberse sentado a la mesa de la cocina de su casa desierta, leyendo los formularios y sintiéndose huérfana y abandonada. Las dos noches siguientes llegó a casa rendida y se puso a rellenar los formularios. La tercera noche, terminó de rellenarlos a medianoche y se dirigió andando hasta el buzón junto a la estafeta para echarlos al correo.

Charlene trabó amistad en el Dairy Princess con una tal Alice. Era una mujer de unos veintinueve años que tenía un niño de corta edad pero vivía con sus padres no lejos de donde vivía Charlene. Cada tarde, a las siete, salían del establecimiento, para alejarse del calor y de los olores, y charlaban mientras Alice se fumaba un cigarrillo. Alice había observado a Charlene mirar insistentemente a Tim cuando éste no se daba cuenta.

Charlene no había permitido que sus pensamientos sobre Tim pasaran de la fase especulativa. Sentía un leve estremecimiento cuando estaban juntos en la pequeña y calurosa cocina y pasaba junto a Tim, rozándole sin querer, cuando se dirigía con un pedido a la ventanilla de recogida. En la vida de Charlene no había sitio para otra persona. Pero Alice había visto a Charlene observar disimuladamente a Tim, y a partir de ese día le dijo que sabía que estaba enamoriscada del joven.

Una noche, cuando Charlene se marchó a la hora habitual, Alice se ofreció para quedarse y cerrar el establecimiento para que Tim pudiera marcharse también. Charlene notó que él caminaba tras ella por la calle, a unos veinte pasos de distancia, de modo que redujo el paso y al poco rato empezaron a caminar juntos.

—Alice me ha contado que tienes dificultades para ahorrar el dinero que necesitas para ir a la universidad —dijo Tim.

Charlene se sintió alarmada y humillada. En el instituto no había formado una amistad estrecha con otras chicas porque siempre convertían una confidencia en un cotilleo. Alice era mucho mayor que ella y había supuesto que no se comportaría de ese modo ni la traicionaría.

—Es cierto —respondió, tratando de reprimir el pánico—. Tengo que mantenerme con lo que gano, porque en estos momentos mi madre está ausente.

—Eso también lo sé. Debe de ser duro.

—No echo de menos la compañía. De todos modos, buena parte del día estoy fuera de casa. Pero estaba acostumbrada a que mi madre se hiciera cargo de todos los gastos.

Caminaron por la calle oscura hacia la casa de Charlene. Hablaron sobre los clientes de ese día que tenían un aspecto raro, o se daban aires de superioridad, y sobre el estrés que suponía para Tim mantener los ingresos del Princess elevados para que el dueño, el señor Kallen, no le diera un informe desfavorable cuando dejara el puesto en otoño. Tim sabía que no le despediría en pleno verano, y sus padres tenían el suficiente dinero para costear su matrícula en Purdue tanto si trabajaba como si no, pero estaba convencido de que un informe desfavorable en su primer empleo como encargado arruinaría su futuro.

Charlene caminaba junto a él, sintiéndose la mar de cómoda mientras Tim hablaba, pero experimentando algo parecido al miedo escénico cada vez que se agotaba un tema y no lo sustituía otro de inmediato. Le avergonzaba el hecho de que los asuntos que ocupaban su mente no fueran teorías o ideas, sólo las obsesiones y problemas personales que la preocupaban, como el hecho de que hacía un tiempo que no pagaba el alquiler de la casa ni los recibos mensuales, que trataba de ignorar los inquietantes avisos de retraso en los pagos, que no respondía al teléfono confiando en que no la echaran de casa antes de septiembre, el temor de que averiguaran que vivía sola en la casa y era demasiado joven para tener derechos. No quería que Tim supiera nada de eso.

Cuando llegaron a casa de Charlene, se quedaron unos momentos en la oscuridad del porche, en silencio. Tim la besó. Para la chica supuso un profundo impacto, un exquisito momento en una vida que se había convertido en una emergencia. Charlene se había acostumbrado a que su día a día estuviera lleno de sudor, olor a grasa quemada y cubos de basura a reventar y enjambres de moscas. Cuando Tim la abrazó, ella tuvo la sensación de flotar, con los ojos cerrados. Cuando la soltó, Charlene permaneció inmóvil durante unos segundos.

—Pienso mucho en ti —dijo el chico—. No dejo de observarte en el Princess.

—¿De veras?

—Sí. Eres la chica más guapa de Wheatfield.

—Claro, como que Wheatfield es tan grande... Debe de haber unas doce chicas. De todos modos, no soy la más guapa.

—Lo digo en serio. Todo el mundo lo sabe. Recuerdo cuando

llegaste al instituto. Yo era un estudiante de penúltimo año. Todos se quedaron impresionados.

Ella bajó la vista, temiendo sonrojarse y que Tim se diera cuenta, aunque estaban debajo del tejado del porche y la luz de la luna no les alcanzaba.

—Gracias —respondió Charlene, sin saber qué decir.

Volvieron a besarse, y la joven sintió que su nerviosismo daba paso a una sensación lánguida y relajada que presintió que podía ser un signo de peligro. Si no se detenía, dejaría que Tim fuera demasiado lejos.

—Es mejor que entre —dijo separándose de Tim—. Gracias por acompañarme a casa. —Luego sonrió—. Y por todo.

Charlene sacó el llavero del bolso y se volvió para abrir la puerta.

—¿Puedo entrar? —preguntó Tim.

—Lo siento. Esta noche no —respondió—. Hasta mañana. —Tras lo cual entró en casa y cerró la puerta con llave.

Al día siguiente Alice observó a Charlene y a Tim durante el día. A las tres, cuando salieron para almorzar, dijo:

—Cuéntame exactamente lo que ocurrió.

Después de dudar unos instantes, Charlene se lo contó a Alice.

—¿Ya está? ¿Eso es todo? —preguntó Alice. Parecía decepcionada,

Charlene se sintió un tanto ofendida, pero comprendió que una mujer doce años mayor que ella, con un hijo, probablemente estaba acostumbrada a algo más. Se sintió tentada de embellecer la historia, pero no sabía qué contarle a Alice que pudiera satisfacerla, de modo que decidió esperar a ver si ocurría algo más.

El sábado, Charlene se quedó hasta tarde para ayudar a Tim a cerrar el establecimiento, para que luego la acompañara de nuevo a casa.

Esta vez, cuando llegaron al porche, Charlene le preguntó:

—¿Te apetece entrar un minuto?

Tim accedió. Ella sintió que se sonrojaba de vergüenza cuando Tim miró a su alrededor. Siempre había sido consciente de que la casa era más pequeña y menos elegante que las de los demás, y los novios de su madre habían sido un problema, porque Charlene no quería presentárselos a nadie y explicar quiénes eran y qué hacían en su casa. Ahora que ya no estaban, la joven había dedicado muchas horas durante los últimos días a limpiar la casa, lavar las cortinas, cambiar los muebles de sitio y colocar unos jarrones con flores frescas del jardín.

Charlene recordó que la situación había cambiado. Sólo tenía diecisiete años y esta era ahora su casa, donde podía hacer lo que quisiera. Tim vivía aún con sus padres y tenía dos años más que ella. Charlene había comprado un pack de seis refrescos de cola y le ofreció una bebida, que sirvió en una de las copas que su madre utilizaba sólo para adultos. Luego se sentó con Tim en el sofá.

Tim la besó, pero no fue como la primera noche. Parecía más impaciente, pero no más cariñoso. Se mostraba insistente, implacable, sin apenas dejar que Charlene recobrara el resuello. La chica se sentía atraída por Tim, pero esta noche le daba un poco de miedo. Dejó que Tim le desabrochara la camisa del uniforme, pero luego éste se la quitó, junto con el sujetador. Después fue inútil que Charlene le sujetara las manos y tratara de impedir que le quitara otras prendas. Tim no le hizo caso.

—Al menos apaga las luces —murmuró Charlene.

Pero Tim se negó.

—No. Me gusta verte así.

Al poco rato Tim la tomó en brazos, la transportó al dormitorio y la depositó en la cama.

—Tim, creo que no deberíamos hacerlo —dijo Charlene—. No quiero hacerlo. Aun soy virgen. Para. No sigas.

Por fin Tim se detuvo unos instantes y Charlene supuso que había comprendido que no era una buena idea, pero él sólo se había detenido para ponerse un condón. Luego la penetró.

Cuando todo terminó, Charlene se envolvió en las mantas y rompió a llorar en silencio. Tim se vistió rápidamente y trató de acariciarle el pelo y su hombro desnudo, murmurando suavemente:

—Por favor, no llores. Lo siento. Me gustas mucho, y no pude contenerme. Creí que yo también te gustaba.

Charlene le odiaba, le amaba y se sentía dolida al mismo tiempo. Deseaba que el muchacho se marchara, que se muriera, que se quedara para siempre, que se mostrara cariñoso con ella ahora que había conseguido lo que quería. De pronto, inopinadamente, dejó de llorar. Era como si hubiera tenido fiebre y ésta hubiera bajado repentinamente.

—Anda, vete —dijo Charlene. Oyó las recias pisadas de Tim sobre el suelo cuando salió de la habitación y luego oyó la puerta de su casa abrir y cerrarse.

Al día siguiente Charlene no fue a trabajar. Al otro, se presentó a la hora habitual y se puso a trabajar sin mirar a Tim ni contestarle cuando éste le decía algo. Durante la pausa de las tres de la tarde Charlene no salió con Alice, porque no soportaba tener que responder a sus preguntas.

A la hora de cerrar Charlene se marchó sin decir palabra. Tim también salió, y echó a andar junto a ella. En cuanto salieron a la calle oscura y estuvieron solos, Tim dijo suavemente:

—Te aseguro que me gustas mucho, Charlene. Quiero que sepas que las dos últimas noches no he pegado ojo. No pretendía que me odiaras. —Siguieron caminando una docena de pasos—. ¿Charlene?

—¿Qué?

—¿No dices nada?

—De acuerdo. —Charlene anduvo en silencio durante unos segundos—. Tú me violaste.

—No es verdad. Es que…

—Me violaste. Te dije que no lo hicieras y no me hiciste caso.

—Pensé que lo decías por decir, que decías «no, no, ah», y luego dejaste de decirlo. Supuse que querías que lo hiciera.

—Estaba llorando, Tim. Ni siquiera te diste cuenta.

—Lo siento. De veras, lo siento mucho —dijo Tim—. No creí hacer nada que tú no quisieras que hiciera. De haberlo sabido no lo habría hecho.

Por fin llegaron a casa de la joven. Ésta subió los escalones del porche y se volvió hacia Tim, pero él permanecía en las sombras junto a la barandilla. Charlene sacó las llaves del bolso y abrió la puerta.

—Entra.

—Da lo mismo —respondió Tim.

—No da lo mismo. Anda, entra de una vez.

Charlene sostuvo la puerta abierta, y la luz de la lámpara que había dejado encendida para no tener que entrar a oscuras iluminaba su rostro. Tim bajó la vista, pero subió los escalones y entró en la casa.

Charlene cerró la puerta con llave. No encendió más luces ni ofreció a Tim una bebida.

—Te portaste de forma odiosa —dijo—. Me gustabas mucho, pero me hiciste daño y me trataste como si mis sentimientos te importaran un bledo. Te comportaste como una bestia o algo peor, e hiciste que me sintiera también como una bestia. Te portaste como un cerdo.

—Me siento fatal. No sé cómo compensarte por ello.

—Ya está hecho. No tiene remedio. Pero no consentiré que me dejes así.

—No puedo volver a dos días atrás. ¿Qué quieres que haga?

—Que lo vuelvas a hacer. La gente dice que la primera vez es horrible para todo el mundo, pero que luego es muy agradable. Quiero que te muestres cariñoso conmigo, que esta vez lo hagas como es debido, no como un animal.

Al cabo de tantos años, Nancy recordaba la expresión en la cara de Tim, de estupor seguido por una expresión de alivio. La trató con delicadeza, como si Charlene fuera de porcelana, como las muñecas en el escaparate de la tienda de antigüedades. Procedía lentamente y con cautela, mostrándose muy paciente. Esta vez fue como Charlene siempre había imaginado que sería, y casi sintió afecto por Tim. Éste se quedó hasta las tres y media, y luego se marchó apresuradamente a casa para acostarse antes de que sus padres se despertaran.

Durante el resto del verano, Charlene dejó que Tim la considerara su novia. En el Dairy Princess, él realizaba todas las tareas más pesadas que comportaba el trabajo de Charlene, tras lo cual limpiaba el establecimiento y la llevaba al bar local al que solían ir, donde los amigos de Tim estaban tomándose unas copas y charlando con chicas mayores que ellos.

Alice empezó a tomar ojeriza a Charlene. Hacía comentarios sobre lo agradable que debía de ser tener a alguien que le hiciera a una el trabajo. En cierta ocasión en que Charlene bostezó, Alice le dijo que procurara dormir más, tras lo cual se acercó a la ventanilla de comandas, dejándola plantada. La joven se sintió como si la hubieran abofeteado. Durante unos días pensó en el episodio, pero luego decidió que Alice le tenía sin cuidado. Charlene sólo tenía que resistir unas semanas más, hasta que el verano concluyera.

A mediados de agosto, sus facturas impagadas pasaron a manos de empresas especializadas en cobros a morosos, y sus métodos para obligarla a pagar se hicieron cada vez más agresivos. Charlene tuvo que desconectar el teléfono para evitar que la llamaran a todas horas, pero cuando volvió a conectarlo para hacer una llamada, comprobó que no funcionaba.

Los clientes del Dairy Princess se habían sumido en ese extraño frenesí que hacía presa en la gente poco antes de que terminara el verano, haciendo que se comportaran de forma exigente y egoísta. Charlene sabía que trataban de exprimir los últimos días de placer antes de que los días adquirieran de nuevo un aspecto sombrío, oscuro y húmedo, de modo que hacían cola ante el Princess empapados en sudor y con gesto hosco, abarrotando el espacio frente al establecimiento cuando se acercaban a él después de realizar alguna actividad que les había dejado insatisfechos. Los dulces restos de helados y bebidas azucaradas que derramaban hacían que las avispas se emborracharan y se mostraran feroces.

Una noche Charlene esperó a que Tim y ella estuvieran solos mientras recogían el establecimiento.

—Tim, estoy embarazada —dijo.

Él la miró boquiabierto y se tambaleó un poco, como si le faltara el aire. Después de aguardar unos segundos, Charlene repitió alzando más la voz:

—Estoy embarazada.

—Ya te he oído —respondió Tim con cierta irritación. Charlene esperó a que lo dijera, y él no la defraudó, preguntando exactamente lo que ella imaginaba que le preguntaría.

—¿Qué piensas hacer?

—No lo sé —contestó Charlene—. ¿Qué piensas hacer tú?

—¿A qué te refieres?

—Eres el único hombre con el que me he acostado —respondió la chica—. No ha habido otro. También es hijo tuyo.

—Ya lo sé. —Esta vez la irritación estaba mezclada con un dejo de tristeza—. Por supuesto, haré lo que pueda. ¿Qué quieres que haga?

La quejumbrosa resignación de Tim la indujo a atormentarle.

—Supongo que podíamos casarnos. Dentro de unos meses cumpliré dieciocho años.

Charlene comprendió que detrás de los ojos desmesuradamente abiertos de Tim pasaba una película a gran velocidad. Trataba de las cosas que él ambicionaba desesperadamente, una carrera, un buen trabajo, prosperidad, una esposa joven y guapa que aparecería en su vida dentro de unos diez años, las cuales jamás llegaría a alcanzar. Tim parecía sentirse indispuesto.

—No sé. Quiero casarme contigo —mintió—. Pero... no sé. Aún no has cumplido los dieciocho años, y yo tengo veinte. A partir del primero de mes ni siquiera tendremos un trabajo.

—¿No nos ayudarían tus padres? Deben de tener dinero.

—No lo sé. Mi padre se cabreará. Mi madre... Dios, no puedo contárselo.

—Es su nieto. Estoy embarazada y ni siquiera puedo comprar vitaminas. —Charlene se sintió muy ufana de esa ocurrencia.

—Santo Dios —exclamó Tim—. Siempre utilizamos un preservativo. ¿Cómo es posible que ocurriera?

Ella le miró enojada.

—Está claro que en una ocasión no funcionó. Debía de tener algún poro.

—Tenemos que pensarlo detenidamente —dijo Tim—. ¿De cuántos meses estás?

—La regla me tenía que venir hace ocho días, y nunca se retrasa más de uno o dos días. Compré una prueba de embarazo, y me la hice ayer. Hoy compré otra, que he utilizado. Quería estar segura, y ahora lo estoy. Llamé al médico porque no me cobra por hablar por teléfono, y dijo que la fiabilidad de la prueba es de casi el cien por cien. —Esbozó una breve sonrisa de tristeza que había practicado para este momento—. Me dio la enhorabuena. —Luego se esforzó en romper a llorar.

Tim la abrazó y acunó suavemente, pero Charlene no dejaba de llorar, de modo que la soltó y terminó de cerrar el establecimiento. Se dirigieron andando hasta la casa de Charlene, pero cuando la joven le dijo que pasara, Tim respondió que necesitaba estar solo para reflexionar.

Durante dos días, Charlene y Tim cambiaron miradas de preocupación en la cocina, donde Alice y los clientes no podían verlos. Tres días más tarde, cuando Charlene llegó al Dairy Princess comprobó que Tim la esperaba junto a la puerta trasera, y dieron un paseo hasta el parque. Tim estaba tan nervioso que Charlene vio que tenía la frente perlada de sudor. Se sentaron en un banco y él dijo:

—He estado pensándolo. Te he traído esto. —Alargó a Charlene un voluminoso sobre blanco que contenía unos billetes verdes—. Mil doscientos dólares —dijo Tim—. Prácticamente todo el dinero que he ahorrado este verano.

—¿Es que tratas de sobornarme? —preguntó Charlene con lágrimas en los ojos—. ¿Por mil doscientos dólares?

—No —respondió Tim—. No es para sobornarte.

—Guárdatelo —dijo Charlene arrojando el sobre en las rodillas de Tim—. No podré mantenerme con eso si tengo el bebé, y no pienso abortar. —Se levantó—. Supuse que ya habrías hablado con tu padre. No puedes impedir que se entere.

Tim la miró horrorizado. Tenía los ojos húmedos, pero no se echó a llorar. Los ojos le lagrimeaban como cuando a uno le propinan un puñetazo en la nariz.

—No irás a hablar con él… Mi padre me matará. Me desheredará. En serio.

—Ya lo veremos. —Charlene echó a andar.

—Espera. Tienes razón. —Cuando la joven le oyó correr para alcanzarla, siguió andando—. Por favor —dijo Tim—. Dame un día más.

A la mañana siguiente, cuando Charlene casi había terminado de vestirse para ir a trabajar oyó una llamada a la puerta. Charlene observó desde las sombras de la cortina que eran dos hombres. Temió que fuera el adjunto del sheriff con una orden de desalojo, pero cuando apartó un poco la cortina vio que se trataba de Tim y un hombre mayor vestido con un traje de ejecutivo, el cual parecía claramente disgustado. Charlene se miró en el espejo sonriendo, se alisó el pelo y fue abrir.

Cuando abrió la puerta, Tim avanzó apresuradamente hacia la chica.

—¿Podemos entrar? —preguntó.

El hombre mayor sostuvo a Tim del brazo, conteniéndolo, y pasó frente a él.

—Soy el padre de Tim. Sé quién eres tú.

—Soy Charlene.

—Tim me ha dicho que te ha dejado preñada.

—Así es.

—Los dos os habéis comportado como unos estúpidos. Ninguno teníais derecho a hacer eso. He venido para resolver la cuestión de una vez por todas, cuando aún estamos a tiempo.

—¿Cómo?

—Tim me ha dicho que te ha ofrecido dinero y que lo rechazaste porque no era suficiente. —El hombre sacó del bolsillo interior de la chaqueta un sobre y se lo ofreció a Charlene. Ésta observó que era el mismo tipo de sobre que el que le había ofrecido Tim.

—¿Cuánto dinero contiene?

—El suficiente para mantenerte durante el embarazo, o para conseguir un aborto. Tres mil dólares. A cambio, quiero que firmes este papel declarando que Tim no es responsable.

—Le agradezco que haya venido para ayudarme —respondió Charlene—. Pero aún no he decidido lo que voy a hacer.

—¿A qué te refieres?

—La primera vez que ocurrió, Tim me forzó.

El padre de Tim se volvió hacia su hijo con los ojos a punto de saltársele de las órbitas. Parecía un toro enfurecido. Tim fijó la vista en Charlene, mirándola como si le hubiera asestado un puñetazo.

—Charlene…

—Tim era mi jefe en el Dairy Princess —dijo ella—. Temía contárselo a alguien, y temía que Tim volviera a forzarme. Era el único empleo que conseguí en la ciudad. Necesito trabajar para pagarme los estudios universitarios, y sólo tengo diecisiete años, por lo que no puedo trabajar en un restaurante que tenga un bar. He pensado en contárselo a otra persona… quizás a un abogado.

El padre de Tim pestañeó como si le doliera el estómago. Charlene imaginó que sospechaba de ella, pero no se atrevía a expresarlo sin saber la verdad. Debía de suponer que esta entrevista era su única oportunidad de resolver las exigencias de Charlene con discreción. La joven comprendió que el padre de Tim pensaba en dejar que su hijo pechara con las consecuencias, pero el riesgo era enorme, mayor de lo que Tim imaginaba. Si Charlene tenía diecisiete años y estaba embarazada, y contaba su historia ante un tribunal, el chico podía acabar en la cárcel.

—Lo siento, Charlene —dijo el padre de Tim adoptando un tono conciliador—. No he comprendido la situación hasta ahora. Quiero costear tus gastos médicos y tu primer año en la universidad, matrícula, alojamiento y comida. Calculo que ascenderá a unos… —El padre de Tim alzó la vista hacia el techo—. Tres mil dólares por los gastos médicos. Más quince mil por la universidad, en total serán dieciocho mil dólares.

—¿Con eso me alcanza?

—Sí. Te seré sincero, eso no incluye los gastos superfluos. Pero será suficiente.

—De acuerdo.

—Firma el papel —dijo el padre de Tim entregando a Charlene el documento y un bolígrafo.

Charlene tomó el papel pero no hizo caso del bolígrafo.

—Cuando regrese con el dinero, habré tenido oportunidad de leerlo.

A última hora de la tarde, Charlene recogió sus cosas y tomó algunos objetos de la casa que le gustaban y cabían en sus dos maletas, tras lo cual contó el dinero que le había dado el padre de Tim. A la mañana siguiente tomó el primer autobús que partía para Chicago.

Esta noche, mientras circulaba por la oscura autopista en el coche de Mary Tilson, Charlene recordó lo mucho que había disfrutado el día que había abandonado Wheatfield en el autobús. El hecho de mentir sobre su embarazo le había procurado cierta satisfacción —planificándolo todo durante el verano para soltárselo luego al padre de Tim delante de éste, sin dar a Tim la oportunidad de negar nada de lo ocurrido—, pero lo que más gozo le había producido había sido el dinero. Charlene recordó el viaje en autobús, observando la larga hilera de postes telefónicos que desfilaban ante la ventanilla mientras pensaba en todas las cosas bonitas que podría adquirir con ese dinero.

18

Catherine Hobbes estaba sentada a una mesa de acero inoxidable en el laboratorio de análisis de la policía, observando a Toni Baldesar verter la resina epoxi en un pequeño recipiente. Toni colocó con cuidado el cuchillo de cocina en la cámara de vapor, depositó el recipiente que contenía la resina sobre la bandeja caliente, cerró la puerta y empezó a calentarlo. Después se volvió hacia Catherine.

—Lo único que podemos hacer es esperar para comprobar si el vapor de la resina epoxi hace que aparezcan huellas latentes. Si éstas se corresponden con las que tomé del contrato de arrendamiento, atraparemos a esa chica.

—No creo que encontremos ninguna huella —respondió la sargento—. Esa chica no trabaja chapuceramente. Tiene la obsesión de limpiar todos los objetos y superficies para asegurarse de no dejar rastro. No creo que dejara sus huellas dactilares en el arma homicida.

—Lo sé, pero le sorprendería la de veces que tengo suerte con este tipo de cosas. Los asesinos pierden los nervios, todo está patas arriba y tienen que pensar en mil detalles al mismo tiempo. A veces creo que el cerebro de una persona pasa por alto los detalles en los que no quiere pensar, especialmente los que suponen mancharse de sangre o tocar de nuevo el cadáver.

—Es posible —contestó Catherine. Tenía una copia agrandada de la fotografía del carné de conducir de Tanya Starling en la mesa frente a ella, y mientras esperaba utilizó un lápiz para rellenar el fondo y hacer que el pelo pareciera más corto—. Y es posible que mi teoría sobre esa joven sea equivocada. Quizá se presentó un hombre en busca de Tanya y mató a Mary Tilson porque ésta vio su rostro.

—Yo lo descartaría —dijo Toni.

—¿Basándose en qué pruebas?

—En ninguna, no hay prueba alguna de que un hombre haya

entrado en ese apartamento desde el día en que instalaron las cañerías —replicó Toni—. No hay huellas, ni pelos, ni marcas de zapatos. Nada.

—Eso es lo que digo a todo el mundo —comentó Catherine—. Hasta el momento las únicas convencidas somos usted y yo.

Toni observó el cuchillo de cocina a través de la ventanita en la parte delantera de la cámara de vapor. La pequeña cámara estaba inundada del vapor de la resina epoxi. Toni accionó un interruptor y un ventilador eliminó el vapor. Abrió la puerta, examinó el cuchillo con una linterna y le dio la vuelta.

—Un tanto a favor de los pesimistas. La chica limpió el mango a fondo.

—¿Qué es lo que tenemos? —inquirió Catherine.

Toni miró el reloj en la pared.

—Son casi las once. Tengo un montón de colada y el fregadero lleno de platos sucios esperándome en casa.

—Siento haberla retenido aquí hasta estas horas de la noche —dijo Catherine.

—Descuide —respondió Toni—. Cuando tenemos un nuevo caso, siempre trato de obtener la máxima información de las pruebas indiciarias que hallamos el primer día. A veces das con algo que contribuye a atrapar al asesino ese día, en lugar de condenarlo dos años más tarde.

—Lo sé. Por eso me he quedado.

Tony vertió con cuidado la resina epoxi caliente de nuevo en un tarro.

—¿Cuánto tiempo hace que es policía?

—Siete años. Cuatro en homicidios.

—Ascendió muy deprisa —comentó Toni limpiando las superficies sobre las que había estado trabajando.

Catherine se encogió de hombros.

—Es un departamento pequeño y suelo aprobar todos los exámenes.

Toni la observó durante unos instantes.

—Seguro que sí.

—¿Cuánto hace que trabaja usted en esto?

—En junio hará quince años. En mi caso, es distinto. Veo cosas atroces, pero no tengo que perseguir a nadie y meterlo en la cárcel. Es menos estresante. —Toni se quitó la bata de laboratorio y la colgó de un gancho—. Y me ahorro el temor.

—De todos modos, gracias por quedarse hasta tan tarde —dijo Catherine.

—Lamento no haber obtenido lo que queríamos, pero seguiremos en ello.

—Gracias a usted, sabemos con certeza que Nancy Mills es Tanya Starling y podemos situarla en el apartamento de la víctima. Eso ya es mucho en un día. —Dobló la fotografía de Tanya Starling mientras se encaminaban hacia la puerta.

—¿Quiere que la acerque al hotel?

—No, gracias —respondió Catherine—. He alquilado un coche. —Salió al pasillo y Toni cerró la puerta del laboratorio con llave—. Buenas noches.

La sargento Hobbes se dirigió a su coche en el aparcamiento de la policía y condujo a través de las oscuras calles hacia su hotel. Hablar con Toni la había hecho recordar sus primeros días como policía. De adolescente no se había propuesto incorporarse al departamento de policía. Había decidido solicitar el ingreso en la academia durante el largo viaje de regreso a casa, después de dejar atrás las ruinas de su vida en California. Había sido un acto de desesperación, el ansia de aferrarse a algo en su vida que tuviera sentido y no requiriese una excusa o una explicación. Los meses que había pasado en la academia, el duro entrenamiento físico y la espartana disciplina que tanto molestaban a los reclutas, había constituido su salvación. A veces pensaba que le había salvado la vida.

Catherine recordaba el primer día después de graduarse en la academia de policía. Se había presentado a trabajar en el departamento de policía con más de una hora de adelanto, vestida con su uniforme, con los zapatos lustrados y su pesado equipo sujeto a su cinturón de cuero. La habían destinado a la comisaría situada en el sector nordeste de la ciudad.

Cuando Catherine había entrado en el vestíbulo y se había acercado al mostrador, un hombre corpulento con un corte de pelo militar y un cuello que rebosaba de su cuello almidonado se había aproximado a ella y había preguntado:

—¿Hobbes?

—Sí.

—Soy el teniente Morton. Acompáñeme.

Catherine le había seguido, observando que sus anchos hombros se movían de un lado a otro mientras andaba balanceándose. Después de entrar en su despacho y cerrar la puerta, el oficial había mirado a la joven con una expresión de ira en sus ojos inyectados en sangre. Su piel mostraba una especie de erupción rosácea que con el tiempo Catherine llegó a deducir que era una reacción a la ira contenida.

—Catherine Hobbes —dijo el teniente.

—Sí, señor —fue lo único que a Catherine se le ocurrió responder.

—Su padre es el teniente Frank Hobbes, y su abuelo fue el primer Frank Hobbes, ¿no es así?

Ella sonrió.

—Sí —contestó sintiendo un momento de orgullo y quizás incluso de alivio.

—Odio las dinastías. —Morton se detuvo, achicando los ojos—. Un cuerpo de policía es una institución gubernamental, lo que significa que nadie en esta ciudad posee más que otra persona. Me da lo mismo de quién sea usted hija o nieta. Es la agente más novata y aquí se la tratará en todos los aspectos como a los demás. ¿Entendido?

—Sí, señor —respondió Catherine—. Nunca pretendí unos privilegios especiales. —Sintió que se le caía el alma a los pies, y se dio cuenta de que empezaba a sonrojarse.

—Además, es mujer —prosiguió Morton—. Lo cual me provoca muchos recelos.

—¿El que yo sea mujer?

—El que sea una mujer y quiera ser policía. En esta comisaría tratamos con muchos delitos callejeros. Todos los días un policía tiene que salir y traer a alguien esposado o perseguir a alguien. El hecho de que la hayan destinado aquí y ejerza su derecho constitucional a lucir ese uniforme tiene serias connotaciones para el resto de mis hombres. Su presencia aquí me lleva a deducir que supone que algún policía varón estará dispuesto y será capaz de realizar el esfuerzo físico que requiere su trabajo y el que le corresponde a usted.

Catherine sabía que tenía la cara encendida, pero no podía hacer nada al respecto y no estaba dispuesta a dejarse amedrentar.

—Yo no...

—Dado que es hija de Frank Hobbes no puede fingir que no sabe lo que hace un policía. No puede imaginar que va a ser capaz de derribar a un monstruo de dos metros de estatura y ciento veinticinco kilos de peso que trafica con metanfetaminas cristalizadas.

—No, señor —contestó Catherine—. La mayoría de los hombres en mi clase en la academia tampoco serían capaces de ello. Pero cualquiera de nosotros estaría dispuesto a ayudar a reducir a una persona así si se presenta la ocasión, y a utilizar nuestro cerebro para procurar que no ocurra con frecuencia.

Morton la miró irritado durante unos segundos, luego sonrió y dijo:

—Ya veo que es hija de Frank. Bienvenida. Ahora preséntese para pasar lista y póngase a trabajar.

19

Nancy Mills circulaba de noche por la autopista, adentrándose en el desierto de Arizona. Había confiado en que a esas alturas dispondría de más dinero. La última vez que había visto a Carl en Chicago, le había asegurado que al cabo de un año tendría más dinero que él. Ya había transcurrido buena parte de un año, ¿y qué era lo que tenía? ¿Cuarenta mil dólares? No, menos. Probablemente le quedaban treinta mil, y conducía el coche de una mujer asesinada por una autopista en la que había letreros advirtiéndole de que había alces. De haberlo sabido, Carl se habría partido de risa.

Carl odiaba la naturaleza. Había confesado a Nancy que no estaba dispuesto a pisar un lugar más agreste que un campo de golf. Decía que las personas aficionadas a practicar el senderismo en lugares inhóspitos y a los animales eran estúpidas. Ahora, al echar la vista atrás, Nancy comprendió que Carl pensaba que la mayoría de personas que conocía eran estúpidas. Comparadas con él, probablemente lo fueran.

Lo había conocido en un restaurante en Chicago. Nancy había terminado sus exámenes finales del semestre de otoño, y había salido a cenar sola para celebrarlo.

Tenía ganas de celebrarlo, porque había sido un semestre muy duro. Charlene había llegado a Chicago en el autobús cuatro días antes. La primera noche había dormido en la estación de autobuses, tras lo cual había alquilado una habitación en el único lugar que podía permitirse, un motel cochambroso no lejos del campus. Cada día pasaba a pie frente al dormitorio del campus para ver si ya estaba abierto, y el cuarto día había entrado furtivamente a las siete de la mañana, cuando la última partida de limpiadoras había terminado de adecentar el lugar después de que los pintores hubieran dado a la colmena de cubículos de ladrillo de cenizas una capa de color verde vómito.

Charlene había temido el primer día en el dormitorio del campus. Había visto el numerito que se montaba en ellos en películas y programas de televisión —las estudiantes felices y contentas, las madres resignadas y llorosas, los padres orgullosos y preocupados—, y sabía que ella no pintaba nada en ese evento. Para Charlene sólo podía representar un desenmascaramiento. Todo el mundo comprobaría que nadie la quería, que no era nada.

Colocó su ropa en una de las dos cómodas en su habitación, dejó una nota para reclamar una de las camas y salió hasta el atardecer, cuando las chicas ya se habían instalado y sus familias se habían ido. Charlene dijo a las chicas de su planta que sus padres vivían en Europa y no habían podido acompañarla.

La universidad empezó mal y se convirtió en una dura prueba. Charlene había confiado que la universidad cambiaría su vida, pero las chicas la ninguneaban, la ciudad era gris y estaba asquerosa y los estudios eran difíciles y monótonos. El mundo era igual en todas partes, y la joven ocupaba el estadio más bajo. Nada de lo que hiciera Charlene Buckner representaría nunca más que un pequeño cambio que probablemente sería temporal y quizá ni siquiera fuera para mejor.

Hacia el término del semestre, empezó a realizar sus primeras incursiones en otra vida, una vida que ella misma había creado. Adquirió dos conjuntos de calidad en Marshall Field's. Uno era un vestido negro de cóctel que llevaba un importante descuento debido a un pequeño desgarrón junto al dobladillo que Charlene arreglaría en un minuto. El otro era una bonita falda negra y tres tops distintos que combinaban con ella.

Compró unos zapatos negros rebajados porque tenían tacones demasiado altos e incómodos para la mayoría de las mujeres. Su madre la había enseñado desde los cuatro años a bailar con zapatos de tacón alto en los concursos de belleza, y a Charlene le encantaban. También adquirió unos zapatos planos del mismo color, y un pequeño y elegante bolso a juego.

La joven hacía las reservas desde el teléfono público del dormitorio utilizando diversos nombres que se inventaba, como Nicole

Davis o Kimberly De Jong. Después de cenar entraba en el bar, y cuando los hombres le preguntaban cómo se llamaba, les daba su último nombre. Durante las largas semanas de clase era Charlene, pero una o dos veces a la semana se convertía por una noche en Nicole, Kimberly o Tiffany.

Charlene descubrió que atraía a los hombres. De vez en cuando salía el viernes por la noche, conocía a un hombre y no regresaba al dormitorio hasta el sábado o el domingo. Si alguien le preguntaba dónde había estado, Charlene respondía que había ido a visitar a una vieja amiga del colegio en Boston, o se había reunido con sus padres para cenar en Nueva York. Pero las otras chicas mostraban escaso interés en ella y casi nunca le preguntaban qué hacía.

A Charlene le encantaban las noches en que se convertía en otra persona. La única decepción era los hombres. Al principio la atraían porque eran algo mayores que ella, pero estaban tan absortos en sus carreras de corredores de bolsa, vendedores o jóvenes ejecutivos que eran incapaces de contarle nada sobre sus vidas que la chica pudiera comprender, salvo que trabajaban muchas horas.

Uno de esos viernes por la noche, en un restaurante llamado Luther's, Charlene había conocido a Carl. La joven se había dirigido al bar desde el comedor cuando había notado que alguien la seguía. De pronto había sentido que le tocaban en el hombro y al volverse había visto a Carl.

—Por favor, siéntese a mi mesa.

Carl era mayor que los otros hombres que Charlene había conocido: aparentaba unos cuarenta y cinco años. No se puede decir que fuera guapo, pero era delgado, tenía buena planta y lucía un traje oscuro fantástico. Durante unos segundos, al volverse, La joven había temido que fuera un empleado del hotel que iba a pedirle que le mostrara el carné de conducir falso que había adquirido frente a la sede del consejo estudiantil. Pero al ver su expresión y sus cejas arqueadas en un gesto de ofrecimiento en lugar del ceño fruncido en un gesto de irritación, Charlene había adoptado la actitud de mujer segura de sí misma que había ensayado, y había aceptado su invitación.

El hombre se presentó como Carl Nelson, dijo que se había fijado en ella mientras cenaba y no quería marcharse sin conocerla. Habló sin turbación ni titubeos, una hazaña que Charlene no imaginaba a ninguno de los hombres jóvenes capaz de realizar. Todo cuanto dijo lo expresó sin el menor esfuerzo. Le dijo que era una joven que merecía ser felicitada por su belleza y que el contemplarla le producía un gran placer.

Charlene se sintió tan halagada que se inventó un nombre para la ocasión. Dijo que se llamaba Tanya Starling. Se le ocurrió porque Tanya siempre le había parecido un nombre extranjero y por tanto claramente sensual. Starling era el correctivo, una palabra que la hacía parecer pequeña y vulnerable, una forma de protegerse de la parte de Tanya.

A Carl le gustó su nombre, y le gustó Tanya. Cuando apareció el camarero, Carl no preguntó a Tanya lo que quería tomar. Pidió dos martinis de vodka, con una oliva. Cuando llegaron las copas, frías y transparentes, Tanya las reconoció. De niña siempre había imaginado a su madre en un lugar elegante como este, con un hombre como Carl, bebiendo un cóctel en una copa que se movía de forma que al alzarla emitía unos destellos.

Carl era abogado. A diferencia de los hombres jóvenes, apenas hablaba de su trabajo, pero estaba claro que ganaba mucho dinero. Tanya no mintió sobre lo que hacía, pero convirtió el hecho de obtener una licenciatura en «estudiar arte en la universidad», para que sonara como el capricho de una mujer hecha y derecha.

Cuando Charlene regresó al dormitorio tuvo que decir a sus compañeras de cuarto que atendería cualquier llamada que se recibiera para su amiga Tanya. Dos días más tarde, Carl la llamó y la llevó a otro restaurante elegante. A partir de ese día la llamó cada pocos días, y cada vez que pensaba en ella. Le enviaba flores porque decía que le recordaban a ella. Empezó a comprarle otros objetos, unos pendientes de zafiros que realzaban sus ojos azules, un vestido que ponía de relieve su esbelta cintura.

Carl la llamó un día a fines de febrero, cuando el suelo estaba cubierto de nieve embarrada que se había fundido en parte y se había congelado, y soplaba un fuerte viento.

—Cielo —dijo Carl—, tengo que ir unos días a Florida por motivos de trabajo. Pensé que te vendrían bien unas minivacaciones, y a mí me encantaría que me acompañaras.

—¿Florida? —fue lo único que Tanya atinó a responder.

—Tengo que reunirme con un cliente en Palm Beach. No me llevará mucho tiempo, pero me quedaré hasta el viernes. ¿Puedes arreglártelas para venir conmigo?

Tanya metió en sus maletas las pocas prendas buenas que tenía, se despidió de sus compañeras de cuarto a primera hora de la mañana y les dijo que regresaría dentro de una semana para los exámenes de mitad del trimestre.

Ese día Tanya comprendió cómo sería vivir con Carl Nelson. Cuando llegaron a Florida les esperaba una limusina para transportarlos al hotel y luego al club de campo para almorzar con el cliente. El cliente tenía unos sesenta años, unos dientes con fundas increíblemente perfectos, unas gafas tintadas de color rojo y un bronceado tan intenso que no había estado de moda en vida de Charlene.

Carl les presentó diciendo:

—Tanya, este es Richard Fellowes. Richard, esta es la chica más guapa en todo el estado de Illinois, y se llama Tanya.

Al cabo de unos instantes Tanya comprendió que Carl la había llevado como elemento decorativo, de modo que imitó la actitud arrogante y aburrida de las modelos más prestigiosas de su infancia, moviéndose con gestos airosos y fingiendo no prestar atención a la conversación entre los dos hombres. Respondía a las preguntas directas y sonreía educadamente a Richard Fellowes cuando le parecía oportuno, pero sonreía con más calidez a Carl.

El almuerzo enseñó a Tanya bastante sobre Carl. Fellowes había tenido una cadena de tintorerías en el medioeste. Carl le había ayudado a vender su participación mayoritaria en el negocio a cambio de unos suculentos beneficios y a mudarse a Palm Beach cuatro años atrás. Fellowes había seguido formando parte del consejo de administración, pero los nuevos propietarios habían decidido vender el negocio y deseaban comprarle las acciones que conservaba.

Carl revisó los documentos con Fellowes mientras la chica contemplaba desde la veranda situada a la sombra el verde césped y el primer hoyo del campo de golf, una extensión de tierra cubierta de hierba y bordeada de árboles que le pareció tan grande como la pista de aterrizaje de un aeropuerto, con una diminuta bandera plantada en el extremo. Lo único que se veía más allá de la bandera era el color azul del océano que Tanya jamás había visto antes.

El abogado tenía una voz grave y tranquilizadora. La chica intuyó que era muy listo, que había visto enseguida lo que buscaba en el contrato y que sabía exactamente la cantidad de detalles que convenía que aclarara a su cliente. Al final, Carl entregó a Fellowes una pluma estilográfica de ónice y le pidió que firmara. Cuando Fellowes preguntó:

—¿Qué es esto?

Carl respondió:

—Pon tus iniciales para darte por enterado que sabes que voy a cobrar también una comisión de la empresa.

Tanya permaneció impasible, sin dejar que su rostro revelara nada. De modo que Carl iba a cobrar de ambas partes.

De regreso al hotel, la chica pensó en comentar a Carl la suntuosidad del club de campo, pero se abstuvo. Quería que él creyera que era sofisticada de nacimiento, una mujer con un buen gusto innato a la que correspondía vivir en esos ambientes porque el lujo no le impresionaba.

Cuando concluyó la semana en Florida, volaron esa misma noche de regreso a Chicago. No hubo la menor discusión sobre si Tanya debía regresar al dormitorio del campus. Carl ordenó al chofer que se dirigiera a su apartamento, situado en un rascacielos frente al lago. El chofer llevó sus maletas hasta el vestíbulo y el conserje las colocó en el ascensor que los transportó al ático. Carl dejó las dos maletas de Tanya en el cuarto de invitados y dijo:

—Puedes utilizar los armarios roperos y el baño de este cuarto. Cuando te hayas desnudado, ven a nuestro dormitorio.

Al cabo de dos semanas Tanya pensó en llamar al despacho del decano de los estudiantes para informarle de que quería que le concedieran una excedencia. Al día siguiente se dirigió a la universidad en taxi, localizó al chico del consejo estudiantil que le había vendido el carné de conducir falso que había utilizado para que la atendieran en los bares, y pidió un documento de identidad a nombre de Tanya Starling.

Tanya quería ser un ama de casa perfecta, pero tardó un tiempo en asimilar lo que Carl deseaba que fuera e hiciera. La joven se puso manos a la obra con la disciplina que le habían enseñado de niña en los concursos de belleza infantil, y la determinación con que había conseguido ingresar en la universidad. Utilizaba el dinero de bolsillo que Carl le daba para comprar cosméticos preparados especialmente para ella, y pedía a los expertos en las tiendas que le mostraran las últimas tendencias y técnicas para aplicarse el maquillaje. Leía los artículos en las revistas femeninas sobre cómo arreglarse y vestirse, y lo que a los hombres les complacía de la conducta de las mujeres aunque no fueran conscientes de ello, y cómo mejorar su piel, su pelo, sus uñas, su cuerpo y sus dotes de conversadora.

Por las noches, cuando Tanya asistía a fiestas y a cenas con Carl, analizaba detenidamente a las otras mujeres. Algunas eran abogadas o clientes, pero la mayoría eran esposas o amantes de hombres de éxito. Todas eran algo mayores que Tanya, y muy elegantes y desenvueltas. Tanya estudiaba los modales y los rasgos de personalidad que envidiaba, y los imitaba.

Desde el principio, algunos de los hombres que Carl conocía procuraban quedarse a solas con Tanya unos momentos para tratar de que accediera a encontrarse con ellos en algún lugar sin él. Ella se afanaba en ser absolutamente fiel a Carl, pero nunca se mostraba desdeñosa o antipática con los hombres que la cortejaban. Comprendía instintivamente que el hecho de convertir a los amigos y colegas de Carl en sus enemigos sólo le traería problemas. A medida que Tanya mejoraba en su nueva vocación, comprendió lo que los hombres pensaban y sentían. Comprendió que por más que tuvieran mentes complejas llenas de datos que ella no era capaz de entender, en su trato con las mujeres eran tan incapaces de pensar más allá de la perspectiva del sexo que Tim.

Carl la vestía con prendas caras, la llevaba a sitios maravillosos y la trataba como si fuera su protegida. Su conversación enseñó mucho a Tanya: qué galerías de arte eran las mejores, qué vinos eran los más adecuados, a qué escritores había que leer, qué orquestas había que escuchar.

Carl era un conversador muy ameno, un hombre tan enamorado de su voz que para él hablar era como cantar. En cuanto llegaba a casa por las tardes, mientras se bebía el martini que Tanya le había preparado, le contaba anécdotas sobre lo que había hecho ese día y lo que había pensado, analizando hábilmente a las personas que había visto. Todos eran actores secundarios en su historia personal, que esencialmente era cómica, porque él siempre triunfaba.

Carl enseñó a Tanya qué propina dar a las personas que la servían, y a tener presente que convenía dar una buena propina cuando aún no habías recibido un servicio, no después, en señal de gratitud por algo que ya habías obtenido. En cierta ocasión, cuando tuvo que dejarla sola durante unos días, abrió un cajón en el dormitorio y le mostró dónde guardaba el revolver.

—Mira, está cargado. —Movió el cilindro a un lado para mostrarle las balas en los orificios. Luego volvió a colocarlo en su sitio—. Conviene pensar que todos están cargados, pero este siempre lo está. Si alguien sabe que me he ausentado y decide que es un buen momento para entrar a robar, empuña el revolver así, con los brazos extendidos frente a ti, y aprieta el gatillo. Dispara tres o cuatro veces. Es un mágnum 357, de modo que te garantizo que con él podrás defenderte de quien sea. Pero da un culatazo muy brusco, por lo que debes sostenerlo con firmeza.

—¿Te refieres a que es legal matar a alguien que trata de asaltarte?

—No es un asesinato si esa persona entra en tu apartamento y trata de lastimarte. Si aún está en el pasillo cuando disparas contra él, mete el cadáver a rastras en casa antes de llamar a la policía. —Carl añadió—: Y si no está muerto, dispara de nuevo contra él, en la cabeza. Si sobrevive, se querellará contra ti.

Durante casi nueve años, Tanya convivió con Carl Nelson y aprendió mucho de él. A cambio, ella se mostraba amable y solícita. Era consciente de que la atracción que Carl sentía hacia ella era sexual, de modo que cultivó esa atracción. El comportamiento de Carl en la cama era semejante a su conversación. Era afable y deseaba seducirla y ser quien llevara la voz cantante, enseñándole cosas que creía que a la joven le gustarían. Lo único que tenía que hacer Tanya era complacerle y mostrarse en todo momento disponible y sumisa, dispuesta a dejarse impresionar.

Un día, poco antes del veintiocho cumpleaños de Tanya, Carl Nelson regresó temprano de la oficina. No se sentó donde solía hacerlo, en el sofá donde Tanya le esperaba, sino en la butaca frente a ella.

—He terminado el caso Zoellner —dijo Carl—. Me voy a pasar una temporada a Europa.

—Estupendo —respondió Tanya—. ¿Quieres que llame a la agencia de viajes para organizarlo todo?

—No, gracias. Ya se han ocupado de ello en la oficina.

Por la forma en que Carl lo dijo, dedujo que pensaba ir solo. Sin ella. Tanya se esforzó en controlarse.

—Te mereces unas vacaciones. ¿Cuándo regresarás?

—Dentro de un año aproximadamente. Voy a tomarme un año sabático. Allí trabajaré un poco, encargándome de los asuntos de los clientes habituales.

—Supongo que te llevarás a una secretaria.

Carl asintió con la cabeza.

—Me acompañará Mia.

Tanya había visto a Mia en el despacho. Tenía diecinueve años y había fracasado como modelo. Era más alta que Tanya —incluso más alta que Carl— y tenía unos ojos verdes espectaculares. Era la sustituta de Tanya Starling.

La joven se levantó y dijo:

—Discúlpame, Carl. Esto es muy duro para mí.

Tanya se dirigió al dormitorio que compartían, se tumbó en la cama y se echó a llorar. Permaneció allí un buen rato. Luego oyó unos ruidos. Era Carl, que había entrado en el espacioso vestidor. Oyó el sonido de las perchas al deslizarse sobre la barra y cajones que se abrían y cerraban.

Tanya se encaminó al baño y pasó unos minutos arreglándose el pelo y el maquillaje. Luego entró en el vestidor de Carl.

—¿Estás haciendo las maletas? —preguntó—. ¿Te marchas pronto?

—Mi vuelo parte mañana a las diez.

Sintió que empezaba a perder el control. Las lágrimas afloraban a sus ojos y las rodillas apenas la sostenían.

—Sacaré mis cosas del apartamento en cuanto pueda —dijo—. Supongo que al conserje no le importará guardarme algunas cosas mientras busco otra vivienda.

—No es necesario que hagas eso, Tanya. De hecho, contaba con que te quedaras en el apartamento durante mi ausencia.

—¿Durante todo el año?

Puede que Carl pensara convivir con su secretaria durante una temporada y luego regresar a ella. A los hombres les encantaba la variedad. A Tanya no le importaba. Su mente había empezado a hacerse a la idea. Quizá le pidiera incluso que fuera a reunirse con él en Europa.

—Claro. Así tendrás tiempo de pensar en lo que quieres hacer con tu vida y tomar una decisión. Eres inteligente y guapa y deberías trabajar en algo. En bienes raíces o decoración. Piénsalo con calma. Me tranquiliza saber que te quedas aquí y que alguien de confianza se ocupará de mantener la casa. Daré instrucciones en la oficina para que paguen los recibos y te envíen una mensualidad.

—Muy bien. —La palabra «mensualidad» era un recordatorio deliberado de que Tanya dependía de Carl, pero en cualquier caso éste tenía que mantener el alquiler y pagar a alguien para que ocupara el apartamento y cuidara de sus peces tropicales, sus pinturas y sus antigüedades.

Pensó en sacar la pistola de Carl del cajón y disparar contra él. Pensó en meter disimuladamente la pistola cargada en su maleta, para que arrestaran a Carl en el aeropuerto de Heathrow o De

Gaulle o donde aterrizara. Pero de pronto detectó en ella un impulso contradictorio. Dejó de sentirse furiosa porque deseaba que Carl se quedara y empezó a sentirse impaciente por que se fuera.

Durante unos minutos Tanya exploró unos sentimientos que no había experimentado con anterioridad. Se sentía humillada, dolida, asombrada, pero comprendió que su situación no era tan sencilla. Carl la había explotado por su atractivo sexual y su docilidad. A cambio, la había educado, llevado a lugares maravillosos y mimado durante nueve años. Lo que hacía que se sintiera asombrada y avergonzada era el hecho de no haber previsto este momento ni haberse preparado para afrontarlo.

La capacidad de Carl de apreciar a las mujeres se limitaba a chicas de unos dieciocho años. Las encontraba interesantes sólo durante esa fase de sus vidas. La suya era una adicción totalmente sexual, pero no porque esas chicas hubieran alcanzado su plenitud. La Tanya Starling que recibía masajes periódicos y descansaba era mejor, incluso más joven, que la solitaria, triste y atemorizada Charlene Buckner, y más atrevida. Tanya había visto a Mia, que iba a suplantarla. Mia era bonita, pero no más que Tanya. Su atracción era su edad: Tanya ya no atraía a Carl.

Carl ya no podía enseñarle cómo vestirse o qué vinos servir, cómo comportarse en un cóctel o cómo complacer a un hombre, porque ya lo sabía. No podía llevarla a un gran hotel para que admirara asombrada las pinturas en el techo abovedado, porque ya había visto unas pinturas tan magníficas como las que más. Tanya ya había oído las historias de Carl, por lo que éste no podía relatárselas de nuevo. Tanya ya no era su protegida, tan sólo una compañera servil que le masajeaba el ego, esforzándose cada día más desesperadamente para mantenerlo engañado para no perder su empleo, el cual comenzaba a ser extremadamente desagradable.

Él la había traicionado, desde luego, pero a la vez la había liberado. La había mantenido a un nivel que Tanya jamás habría sido capaz de plasmar sus vagos sentimientos de insatisfacción en el acto irrevocable de coger la puerta y largarse. Ahora Carl le había dado el pasaporte. No era una sensación agradable, pero a ella le pareció más que oportuna, como una tarea que había estado posponiendo.

Tanya se acostó en el cuarto de invitados, pero cuando al cabo de un par de horas Carl ultimó los preparativos de su viaje y se acostó en la cama con ella, la joven no opuso inconveniente en practicar el sexo con él. Carl parecía pensar que Tanya le debía una noche más, y Tanya no quiso pelearse con él. Eso le dio la oportunidad de observar hasta qué punto había tenido que fingir en la cama, y trató de recordar la época en que aún le parecía excitante acostarse con él. La chica comprendió que esa noche, cuando lo único que le inspiraba Carl era el deseo de que se fuera cuanto antes, no era muy distinta de las últimas cincuenta noches.

A la mañana siguiente, Carl se levantó a las cinco. Extendió un generoso cheque para Tanya y lo dejó sobre la mesa antigua en la entrada. La nota que le escribió decía: «Este cheque es para ti. Por si necesitas algo. Llama al despacho cuando necesites más dinero». Al llegar a la puerta, él se volvió y comprobó que la joven había entrado en la habitación y le observaba. Carl depositó la maleta en el suelo y la abrazó.

—Sé que te sientes un poco asustada, pero no te preocupes. Estoy seguro de que algún día llegarás a ser una mujer de gran éxito.

Ella recordaba su respuesta:

—Dentro de un año, tendré más dinero que tú.

Tanya había mirado la calle a través de la ventana y había visto cómo el taxi se alejaba mientras el tubo de escape emitía un vapor blanco en la fría atmósfera matutina.

Pasó los meses siguientes buscando trabajo de día y un hombre de noche. La caza nocturna era más agradable, pero Tanya no encontró al tipo de hombre que necesitaba. Los hombres ricos estaban casi todos casados, y eran sumamente conscientes de que la catástrofe más costosa que podía ocurrirles era un divorcio. Estaban dispuestos a gastarse mucho dinero con Tanya, pero no a pasar la noche con ella.

La joven atravesó una fase en la que dejó de buscar trabajo y solicitó el reingreso en la universidad, después de lo cual se dedicó a seguir cursos que la ayudaran a prepararse para la carrera de Derecho. El observar a Carl la había enseñado que sus clientes le pagaban mucho dinero por muy poco trabajo, siempre y cuando Carl lograra que siguieran sintiéndose atemorizados.

Tanya había empezado a sentirse optimista cuando un día recibió una llamada telefónica. Creyó reconocer la voz al otro del hilo telefónico como la de Arthur Hinman, uno de los otros socios en el bufete de Carl Nelson.

—¿Puedo hablar con la señorita Starling?

Tanya no estaba segura de que fuera Arthur, de modo que respondió:

—Yo soy la señorita Starling.

—Soy Arthur Hinman, uno de los socios de Carl Nelson en Colefein, Park y Kayslander. La llamo para informarle de que el señor Nelson ha muerto.

—¡Dios mío! ¿Cómo? ¿Dónde?

—Creo que sufrió un ataque cardiaco, pero aún no tengo la certeza. Estaba en España. —Arthur se detuvo unos momentos, que fue el tiempo que duró su duelo por Carl Nelson. Luego dijo—: Nosotros nos encargaremos de que se cumplan sus últimas voluntades, y el alquiler del apartamento vence dentro de poco. Vamos a cerrarlo para hacer el inventario de sus bienes. Eso significa que sus servicios ya no son necesarios.

—Arthur —replicó ella—, no te comportes como si no me conocieras. Has estado aquí docenas de veces. Sabes que no soy la doncella ni nada parecido.

—Lo siento. Comprendo que es un inconveniente. Pero le ruego que desaloje el apartamento antes de mañana al mediodía. Puede dejar la llave al conserje.

Tanya colgó y se puso manos a la obra, arramblando con todo lo que había en el apartamento que sabía que Carl habría echado en falta pero el bufete de abogados no. Los objetos de arte y las antigüedades, la nutrida colección de discos y los libros antiguos probablemente estaban asegurados. El dinero que él guardaba en un zapato en el estante superior de su armario ropero, los gemelos, las agujas de corbata y los botones de las camisas de esmoquin eran lo suficientemente pequeños para que Tanya pudiera llevárselos. Sus relojes seguramente también estaban asegurados, pero nadie podría demostrar que Carl no había perdido uno en Europa, de modo que cogió su Rolex. Luego, de pasada, mientras metía las cosas en su maleta, abrió el cajón que contenía el revolver de Carl y lo guardó en su bolso.

20

Catherine Hobbes se hallaba en la oficina de homicidios de la comisaría de North Hollywood. Había tomado prestada una mesa situada debajo de la pizarra blanca en la que alguien había trazado un burdo diagrama del apartamento de Mary Tilson, con un cadáver que parecía un muñeco de pan de jengibre. Se aisló de los sonidos de los teléfonos que sonaban y las voces de los agentes, abrió el expediente, examinó de nuevo cada una de las fotografías tomadas en el escenario del crimen y luego la lista de huellas dactilares de los dos apartamentos que habían sido identificados hasta el momento. Observó la copia de la huella que pertenecía a Nancy Mills. Al contemplarla, Catherine experimentó una curiosa sensación: eso era algo más que un objeto que había tocado esa mujer. Era más íntimo, su propia huella dactilar.

La sargento había pasado toda su carrera escuchando las voces de los expertos que le aseguraban que no había misterios, y que las pruebas físicas siempre relataban la historia. Este era un mundo físico, cada centímetro cúbico estaba repleto de moléculas. Cualquier movimiento generaba una perturbación que dejaba rastro, y todo cuanto un asesino tocaba se le quedaba adherido. Tenían razón sobre Tanya: había dejado una creciente colección de pruebas indiciarias tras ella. Pero ¿dónde diablos estaba?

Jim Spengler entró en la habitación.

—Le he traído una taza de café —dijo depositando un vasito blanco de cartón en la mesa. Luego se sentó en la silla de tijera junto a Catherine.

—Gracias. Seguro que cuando lleva a cabo los interrogatorios, siempre hace el papel de policía bueno.

—Se lo habría traído antes, pero quería comprobar si se habían producido más homicidios desde que esa chica llegó aquí que pudieran estar relacionados con ella. —Spengler miró las fotografías dispuestas frente a Catherine—. Me han dicho que se ha pasado buena parte de la noche en el laboratorio. ¿Ha descubierto alguna novedad?

—No. Creo que Mary Tilson le abrió la puerta de su apartamento y entraron juntas en la cocina. Deduzco que la señora Tilson se volvió hacia la izquierda, quizá para coger algo de la alacena o del frigorífico. Cuando se volvió, Nancy Mills tomó el cuchillo de cocina del taco de madera y la apuñaló.

—¿No cree que lo hizo un hombre?

—He mirado la lista de huellas que han encontrado los técnicos de Toni. No he visto ninguna huella dactilar masculina en el apartamento, ni identificada ni sin identificar. No he visto que nadie forzara la puerta.

—De modo que la víctima la dejó entrar.

—Una mujer de sesenta años que vivía sola como Mary Tilson se lo habría pensado dos veces antes de dejar que un hombre entrara en el apartamento cuando estuviera sola.

—Quizá le acompañaba Nancy Mills. Y la Tilson les franqueó la entrada a los dos.

—Aunque Nancy Mills hubiera estado acompañada por un hombre, éste no habría entrado en la cocina con Mary Tilson y habría esperado a que la víctima se volviera de espaldas.

—¿Por qué?

—Porque Mary Tilson no se lo habría permitido, y si el hombre hubiera entrado en la cocina, la Tilson no le habría dado la espalda. Si una mujer soltera va a ver a otra mujer soltera, es posible que ambas entren en la cocina mientras charlan. La invitada le ofrece echarle una mano mientras la anfitriona prepara algo que tomar. Si se trata de un extraño, un hombre, no entra en la cocina, se queda en el cuarto de estar. Si Nancy Mills hubiera estado acompañada de un hombre, habría sido ella quien entrara en la cocina, no el hombre.

—¿Por qué no los dos?

—Porque no. Lo sé. He vivido sola el tiempo suficiente para saber cómo funcionan esas cosas. —Catherine se encogió de hombros—. Y no hay pruebas de que hubiera un hombre presente.

—También da por supuesto que la puñalada en la espalda se produjo antes que la del cuello.

—Sí. Si le cortas el cuello a la víctima antes, ésta muere desangrada a los pocos minutos. Si la apuñalas primero, quizá se ponga a forcejear y a hacer ruido. Entonces es cuando tienes que cortarle el cuello, para impedir que grite. Sabemos que la puñalada en la parte inferior del pecho fue la última, porque ahí es dónde tenía clavado el cuchillo. —Catherine miró a Spengler irritada—. Ya sé lo que va a decir. Que ninguna mujer haría eso.

—Seguía pensando en el protocolo de las mujeres que viven solas. Usted dijo que vivió sola durante bastante tiempo, lo que significa que no siempre fue así. ¿Ha estado casada alguna vez?

Ella frunció el ceño. Había cometido una imprudencia, porque no estaba pensando en sí misma, ni en él: estaba pensando en la secuencia de acontecimientos en el escenario del crimen.

—Sí —respondió evitando mirarle a los ojos. ¿Era posible que Spengler ignorara que sacar a colación el matrimonio fracasado de una mujer no podía por menos de causarle dolor?

—¿Cuándo estuvo casada?

—No es asunto suyo. —Catherine seguía sin mirarle.

—Venga, mujer. ¿Qué teme, que me ponga a cotillear? Aquí no la conoce nadie, y sólo le he preguntado cuándo estuvo casada. Es de dominio público. Podría mirarlo en el registro.

Catherine se volvió hacia Spengler, fingiendo estar aburrida del tema.

—Hace mucho tiempo. Éramos jóvenes, recién salidos de la universidad. Fue el típico matrimonio precoz. Al cabo de un par de años los dos nos dimos cuenta de que habíamos cometido un error.

—¿Por qué se separó de su marido?

De acuerdo, pensó ella. El andarse con evasivas sólo haría que Spengler siguiera asediándola a preguntas.

—Mi marido tenía un problema con lo de «renunciar a las otras mujeres».

—Así que se divorció de él. Y así es como llegó a ser una experta en mujeres que viven solas.

—Exacto. El divorcio es un sistema traumático de averiguar cómo coreografiar los asesinatos de mujeres que viven solas, pero funciona.

—De acuerdo —respondió Spengler—. De momento, no tenemos ningún indicio de que lo hiciera un hombre. Pero mi instinto me dice que había un hombre. —Spengler examinó los informes del laboratorio.

Al Ramírez, uno de los policías que habían ido al edificio de apartamentos, dijo desde el otro lado de la habitación:

—¿Sargento Hobbes? Tiene una llamada de su departamento. El comisario Farber.

Catherine se levantó.

—Es mi jefe. ¿Por qué teléfono puedo atender la llamada?

—Por ese que está en la mesa del rincón.

—Gracias. —Catherine se acercó a la mesa y tomó el teléfono. —¿Mike?

Catherine observó que Jim Spengler se puso a hacer algo no lejos de donde se encontraba ella, para escuchar la conversación telefónica.

—Hola, Cath —respondió el comisario—. ¿Qué hay?

—Tanya Starling estuvo aquí, en Los Ángeles, utilizando el nombre de Nancy Mills. Todo indica que anteanoche arrojó a un hombre de un balcón del octavo piso del hotel Hilton en Beverly Hills.

—¿Cómo sabes que lo hizo ella?

—La cámara del hotel captó su imagen.

—¿Arrojando al hombre del balcón?

—No. Ligándoselo en el bar esa noche. La policía de Los Ángeles difundió una fotografía suya con ese hombre. Al parecer Tanya vio la fotografía en el periódico y huyó. Recogió sus cosas, limpió su apartamento, asesinó a la mujer que ocupaba el apartamento frente al suyo y se marchó en el coche de la víctima.

—¿Crees realmente que esa chica es la autora de todos esos crímenes?

—Te expresas como Jim Spengler, el detective de homicidios encargado del caso. —Catherine miró a Spengler, el cual se encogió de hombros—. Que se expresa también como Joe Pitt, y como todos los demás. Puedo situar a Tanya en la habitación del hotel de Dennis Poole en Aspen con una fotografía y unos testigos, y sus cabellos la sitúan en casa de Poole. Tengo unas fotografías que la sitúan en una habitación en el hotel Hilton con la segunda víctima, Brian Corey, y una huella dactilar que la sitúa en el apartamento donde Mary Tilson fue asesinada. Lo que no he hallado es ninguna prueba que indique que estuviera acompañada por un hombre desconocido, o que éste la persiguiera.

—Conozco a algunos profesionales que podrían ir a por ella, liquidar a los testigos y hacerse con las pruebas. Lo único que te pido es que no descartes aún al hombre. Supongo que la policía de Los Ángeles ha enviado la descripción del coche y la matrícula a todos los departamentos.

—Sí. Creo que vamos unas doce horas por detrás de Tanya. Creo que llegará hasta donde pueda en un par de días, y luego dejará el coche abandonado.

—Entonces ¿para qué te necesita la policía de Los Ángeles?

—Supongo que para nada. Me gustaría quedarme un día más por si encuentran el coche de Tanya.

—De acuerdo. Te doy un día. Y te diré cómo quiero que lo emplees. Aún no tenemos la certeza de que el asesinato de Dennis Poole no fuera una represalia contra su primo Hugo, al margen de que lo matara esa chica, que alguien la ayudara o que alguien fuera a por Dennis y Tanya se convirtiera en una testigo incómoda.

—¿Cómo puedo eliminar una represalia contra Hugo Poole?

—Averigua si Hugo Poole ha decidido contraatacar.

Catherine Hobbes aparcó el coche de alquiler en Sheldrake Avenue y marcó el número de la oficina de homicidios en su móvil.

—Spengler.

—Soy yo. Estoy en Sheldrake y veo el cine.

—La escucho.

—De acuerdo. Vamos allá.

Catherine guardó el móvil en un bolsillo dentro de su bolso sin cortar la comunicación, se apeó del coche y echó a andar hacia el viejo cine. Su larga experiencia profesional la hacía recelar de ir andando y sola en ese tipo de barrio: no había nadie caminando por la calle, ni había ningún lugar donde tomar una posición defensiva, sólo los grandes edificios de oficinas de ladrillo cuyas puertas estaban protegidas por barrotes. Catherine pensó que puede que Hugo Poole arrojara una sombra tan temible que impedía que los depredadores menores se acercaran a su puerta.

Cuando ella llegó a la fachada del cine vio a un hombre alto y musculoso, de unos treinta y cinco años, esperando al otro lado del cristal con un puñado de llaves. El hombre abrió la puerta, hizo pasar a Catherine y luego miró a ambos lados de la calle antes de cerrarla de nuevo con llave.

—Soy la sargento Hobbes, de la policía de Portland.

—Lo sé.

—¿Y usted es…?

—No estamos en Portland.

El hombre se volvió y Catherine lo siguió hacia el espacioso y barroco vestíbulo con un mostrador de golosinas vacío y unos desteñidos murales *art deco* en las paredes. El hombre subió por una escalera alfombrada hasta el anfiteatro. A ambos lados del mismo había unos palcos, pero en el centro había un muro de madera dura oscura y pulida. Catherine tardó unos instantes en observar que había dos puertas talladas en la madera. En una había unas desgastadas letras doradas que decían PROYECCIÓN, en la otra no había nada. El hombre llamó a esa puerta y una voz amortiguada dijo:

—Adelante.

El hombre abrió la puerta para que entrara Catherine Hobbes.

—Gracias, Otto —dijo la voz desde el interior, y la sargento entró.

Hugo Poole se hallaba detrás de una vieja y voluminosa mesa de madera que debía de formar parte de los muebles originales del cine. La rodeó sonriendo y dijo:

—Hola, Catherine. ¿O prefiere que la llame Cathy?

—Prefiero que me llame sargento.

—Ya. ¿Debo pedirle que me muestre una orden de registro?

—He venido sólo para charlar con usted. Cuando llamé, supuse que estaría presente Joe Pitt. ¿Va a venir?

—No. Le he pagado por sus servicios y ha retomado su actividad de jugador a tiempo completo. —Poole miró a Catherine con cierta suspicacia, y durante unos momentos ésta se preguntó si él había intuido que su pregunta ocultaba un interés personal. Pero Poole añadió—: No sé si lleva usted un transmisor o no. Con frecuencia ordeno a Otto que registre a los visitantes que puedan traer malas intenciones. Pero en su caso aplicar esa política habría sido muy peligroso.

—En efecto —respondió Catherine—. Peligrosísimo.

—De modo que deduzco que lleva un transmisor.

—Allá usted.

—¿Ha venido para decirme que han logrado atrapar a Tanya Starling?

—No, he venido porque mientras la buscamos aparece continuamente una incómoda sospecha.

—¿A qué se refiere?

—Tanya Starling hace unas cosas que algunos de mis colegas no creen que pudiera, o fuera capaz, de hacer, al menos sola. Creen que su primo Dennis fue asesinado por un hombre que iba a por usted, y que Tanya Starling fue una testigo o una cómplice.

Hugo Poole observó a Catherine con gesto consternado, pero no dijo nada.

—Hace dos días —prosiguió ella—, otro hombre con el que Tanya había estado en un hotel cayó de un balcón del octavo piso. Hay unas imágenes de la chica captadas por la cámara de seguridad del hotel, al igual que en el caso de su primo Dennis. Al día siguiente, la mujer que vivía en el apartamento de enfrente de Tanya fue asesinada con un cuchillo de cocina. La policía de Los Ángeles dice que parece como si un hombre peligroso y enfurecido persiguiera a Tanya y matara a todo aquel que tratara de protegerla.

—He oído esa teoría.

—¿Y qué opina?

—Nada. —Hugo Poole miró a Catherine a los ojos—. Pero no entiendo mucho de esas cosas.

—¿No?

—No. Usted es policía. Yo soy un pequeño hombre de negocios. Pero tengo la impresión de que esas teorías se basan en la idea de que las mujeres no asesinan a la gente.

—Cierto.

—Tengo la impresión de que sus colegas no están dispuestos a ver nada que no sea probable desde el punto de vista estadístico, porque temen quedar como unos idiotas.

—Es posible que tenga razón. Pero es difícil demostrar que nadie persigue a Tanya. Y la única persona que tiene un motivo para perseguirla, y puede considerar conveniente matar a cualquiera que se le acerque, es usted.

—No he abandonado la ciudad desde que estuve en Portland con usted.

—Los dos últimos asesinatos ocurrieron en Los Ángeles. El hotel estaba en Wilshire.

—No me he alojado en ningún hotel últimamente. Ha dicho que hay unas imágenes de Tanya Starling captadas por la cámara de seguridad. ¿Ha visto algunas imágenes mías?

—No, pero tampoco he visto unas imágenes de otra persona.

—Entonces lo hizo esa chica.

Catherine dudó unos momentos.

—Seré sincera con usted, Hugo, pero quiero que usted también lo sea conmigo. Creo que Tanya es la única autora de esos crímenes. Pero si usted se trae entre manos algo que hizo que alguien asesinara a su primo, debo saberlo. Ahora.

Hugo Poole meneó la cabeza y extendió las manos.

—Que yo sepa, no tengo ningún enemigo que trame algo contra mí. No he oído que nadie se atribuyera el asesinato de Dennis y me amenace a mí. Y yo no maté a esas personas ni pagué a nadie para que lo hiciera.

—Me percato de que no ha dicho que nunca ha matado a nadie.

—Y yo me percato de que la policía aún no ha sido capaz de dar con Tanya Starling, aunque esa chica va dejando un reguero de cadáveres.

—Daremos con ella, se lo aseguro.

—¿Puedo hacer algo más por usted?

Ella le observó fijamente.

—No. Sólo quería comprobar si usted sabe algo que yo ignoro.

Hugo se dirigió a la puerta y la abrió.

—En tal caso será mejor que se vaya. A esta hora de la tarde el tráfico se pone imposible en esa zona de la ciudad.

—Gracias por dedicarme unos minutos, Hugo. Cuídese.

Catherine pasó ante Poole, salió al rellano enmoquetado del cine y dejó que Otto la acompañara hasta la salida. Cuando Hobbes salió del cine y echó a andar hacia su coche, sacó el móvil del bolso y fingió marcar un número. Luego preguntó en voz tan baja que nadie que estuviera a más de unos pocos pasos podía oír lo que decía:

—¿Ha captado la conversación?

—Desde luego —respondió Jim Spengler—. No he oído la grabación, claro está, pero supongo que es perfecta.

—Gracias por ayudarme —dijo Catherine—. Aunque no nos haya servido de nada.

—¿Cree que Poole mentía?

—No —respondió Catherine—. No vi nada que me hiciera sospechar que mentía, y es algo que detecto de lejos. Creo que al principio Poole se alegró de verme, porque supuso que había ido a comunicarle que habíamos atrapado a Tanya Starling. —Catherine llegó junto a su coche—. Bien, voy a subir al coche. Llegaré dentro de media hora aproximadamente.

—Un momento —dijo Spengler—. Tengo una noticia.

—¿De qué se trata?

—¿Recuerda que le dije que comprobé si se habían producido otros homicidios desde que Tanya Starling había llegado a la ciudad? Pues bien, cuando usted se marchó, el detective que trabajaba en otro caso vino a hablar conmigo. Estaba investigando el asesinato de un joven ocurrido hace un par de semanas. La víctima era el director de una oficina bancaria de San Francisco llamado William Thayer. Había venido para visitar a su familia. Lo hallaron con un balazo en la cabeza en un área de picnic en las colinas sobre Malibú. Encontraron su coche en el aparcamiento del Topanga Plaza, a un par de kilómetros del edificio de apartamentos donde vivía Nancy. Al parecer el difunto era el director de la oficina bancaria en la que Tanya Starling y Rachel Sturbridge tenían una cuenta conjunta.

—Mierda.

—¿Qué?

—Nada. Hasta pronto.

En el vestíbulo del Empire Theater, Otto cerró de nuevo la puerta con llave. Observó a la sargento Hobbes subir a su coche y alejarse. Al volverse vio a Hugo Poole a su espalda, observando también.

—¿Te dijo algo la sargento al despedirse?

—No. ¿Hay algo que yo deba saber?

Hugo asintió con la cabeza.

—Sí. Han pasado dos meses desde que mataron a mi primo y la policía aún no ha capturado a la mujer que lo asesinó.

—¿No?

—No. La sargento vino aquí para averiguar si lo había matado yo. Vuelve a sospechar de mí.

—¿Quiere que haga algo para agilizar el asunto?

—Trata de localizar a Calvin Dunn. Dile que quiero hablar con él.

21

Eran las tres y media de la mañana y Nancy Mills parecía estar rendida. Llevaba varias horas conduciendo y se hallaba en las afueras de Flagstaff, Arizona. En una noche como esta, la ciudad parecía una avanzada en otro planeta. Nancy vio una calle en el sector sudoeste de la ciudad donde había unos destartalados edificios de apartamentos, aparcó el coche de Mary Tilson junto a la acera frente a un solar desierto y abrió el maletero. Tenía que desprenderse de parte de la carga que transportaba.

Nancy colocó el dinero y sus ropas más modestas y sencillas en una maleta. Metió el revolver Colt Python de Carl en el compartimento con cremallera en el exterior de su maleta, comprobó que la pistola más pequeña que había tomado del dormitorio de Mary Tilson estaba cargada y la guardó en su bolso. Cerró el maletero, luego condujo hasta llegar a un centro comercial y avanzó por la parte trasera de una hilera de tiendas hasta encontrar un contenedor de basura. Arrojó la segunda maleta en ella y partió de nuevo.

La joven se sentía perdida y desesperada, porque no buscaba ningún sitio, ni tenía ningún motivo para creer que se detuviera donde se detuviera estaría segura. Sabía que tenía que hallar la forma de dormir un rato. Cuando dobló por la próxima calle, vio unos coches aparcados junto a la acera, frente a unos edificios de apartamentos. Avanzó lentamente mientras echaba un vistazo a su alrededor. Quizá si aparcaba el coche junto a otros muchos, podría descabezar un sueño en el asiento posterior sin que nadie reparase en ella hasta la mañana siguiente.

Pero no podía quedarse ahí hasta mañana por la mañana. No tardaría en amanecer, el nuevo día comenzaría a clarear y podían descubrirla a plena luz del día en un lugar público.

Tenía que hallar una solución, pero estaba tan cansada que el mero hecho de seguir conduciendo le exigía un esfuerzo enorme.

Condujo durante otro par de kilómetros por una calle bordeada de bungalows de una sola planta y jardines con piedras ornamentales o plantas del desierto en lugar de césped.

Nancy comprendió que era el coche lo que la hacía vulnerable. La policía lo estaría buscando, y sin el coche ella presentaba un aspecto vulgar y corriente, como cualquier otra chica anónima. Eso le dio una idea, y continuó conduciendo, siguiendo los letreros hacia el aeropuerto. Aparcó el coche en el aparcamiento para estacionamiento prolongado, limpió el volante, los tiradores de las puertas y la tapa del maletero, cogió su maleta y tomó el autobús para la terminal.

Entró en la zona de equipaje, se acercó a la hilera de teléfonos de cortesía de hoteles locales, eligió los que estaban más cerca del aeropuerto y empezó a tratar de hallar una habitación disponible. Cuando encontró una en un hotel llamado Sky Inn, el recepcionista le preguntó su nombre. Nancy vaciló unos instantes. La policía buscaba a Rachel Sturbridge y a Tanya Starling, y a estas alturas probablemente también a Nancy Mills, de modo que dijo «Nicole Davis». Era uno de los nombres que había utilizado en la universidad cuando salía sola. Abandonó la terminal y se subió al primer taxi que había en la parada.

Cuando Nancy llegó al Sky Inn, vio que el recepcionista que la había atendido por teléfono era un joven de unos veintitantos años pero que había asumido el talante de un hombre de mediana edad. No sonreía nunca, y lo único que parecía satisfacerle era su propia eficiencia. Hablaba con un tono monocorde, como si leyera, sostuvo la tarjeta de registro de cara a Nancy y señaló con su bolígrafo el precio de la habitación, la hora en que debía desalojarla y el lugar donde debía firmar. Mientras Nancy firmaba, el joven dijo:

—Y necesito una tarjeta de crédito de una de las principales compañías.

Nancy lo miró con la mente en blanco durante unos segundos. Estaba tan rendida que no había pensado en ese detalle. Sacó de su bolso un puñado de billetes. La habitación costaba ciento sesenta y cinco dólares la noche, de modo que depositó doscientos dólares en el mostrador.

—Pagaré en efectivo. No utilizo tarjetas de crédito.

El joven la observó detenidamente por primera vez, pero ella intuyó que era sólo porque le parecía un bicho raro, una persona que había tenido problemas porque no sabía dejar de comprar cosas a crédito. El recepcionista tomó el dinero, se dirigió hacia una habitación al fondo y regresó con el cambio. Entregó a Nancy un pequeño sobre que contenía una llave.

—Suba en el ascensor que está detrás de usted hasta el segundo piso y gire a la derecha.

Cuando Nicole Davis se alejó, el joven se puso a teclear en su ordenador.

Nicole entró en su habitación, corrió los dos cerrojos y puso la cadena, dejó su bolso donde tuviera la pistola a mano, se dio una ducha caliente y cayó rendida en la cama.

Al cabo de varias horas se despertó y se incorporó en la cama, tratando de recordar en qué habitación se hallaba y que ahora era Nicole Davis. Se levantó y descorrió la cortina de la ventana unos centímetros, lo suficiente para que la luz inundara la habitación. Nicole achicó los ojos y miró el aparcamiento. El sol se reflejaba en los tejados y los parabrisas de los coches, deslumbrándola. Retrocedió unos pasos.

Anoche la idea de detenerse aquí para dormir le había parecido brillante. Había estado a punto de derrumbarse, conduciendo un coche que pertenecía a una mujer que había asesinado. Nancy había sentido la necesidad de desprenderse del coche de Mary Tilson, y se encontraba al menos a más de seiscientos kilómetros de Los Ángeles. Pero ahora se sentía perdida.

Se hallaba en un hotel en un lugar que no conocía y no había un medio sencillo de salir de allí. ¿Cuánto tiempo había dormido? Nicole miró el reloj junto a la cama, tras lo cual cogió su reloj de pulsera que había dejado en la mesilla de noche. Era casi mediodía, la hora en que debía desalojar la habitación. La joven recordó que el cretino de recepción se lo había dicho con su voz monocorde. Nicole se acercó a la cama, descolgó el teléfono y pulsó el botón de recepción.

—Soy la señorita Davis, de la habitación… 246. Quisiera quedarme un día más. ¿Es posible?

—Veamos. —Esta vez respondió una joven. Era la voz de una cría—. Humm… Pagó por adelantado en efectivo por una noche. ¿Qué tarjeta de crédito nos dio?

—Ninguna. No llevo tarjetas de crédito, pero puedo bajar dentro de unos minutos y pagarle en efectivo por otra noche.

—Verá, hay un problema. Me temo que la habitación que ocupa está alquilada esta noche. Podemos trasladarla a otra, pero no podrá entrar en ella hasta las cuatro.

—De acuerdo. Esperaré. Llámeme cuando la habitación esté lista.

—Lo siento. Necesitamos que desaloje ahora su habitación. Las chicas de la limpieza tienen que arreglarla y cambiar las sábanas antes de que lleguen los nuevos huéspedes. No pueden esperar hasta las cuatro. ¿Comprende?

—¿De modo que tengo que dejar la habitación ahora y esperar hasta las cuatro para mudarme a otra?

—Me temo que es la única solución que podemos ofrecerle.

Nicole Davis tenía que andarse con mucha cautela. Cerró los ojos para impedir que su frustración desembocara en un arrebato de furia.

—De acuerdo. Ahora bajo.

Nicole se vistió rápidamente y rebuscó en su maleta. Retiró todo el dinero que había metido en ella, así como las joyas que David Larson había regalado a Rachel Sturbridge, y lo guardó todo en su bolso. Cerró la maleta y luego volvió a abrirla. No podía dejar el Colt Python 357 de casi un kilo de peso y un cañón de diez centímetros de longitud en el compartimento exterior de la maleta. Alguien podía rozar contra ella sin querer o detectar su abultada forma. De modo que guardó el arma dentro de la maleta, entre su ropa, y la cerró con llave.

Luego bajó en el ascensor hasta el vestíbulo. Al acercarse al mostrador de recepción y ver a la joven con la que había hablado, Nicole se alegró de haber reprimido su ira. La recepcionista era una chica menuda, rubia, de unos diecisiete años. Sonrió y trató de mostrarse servicial, pero le faltaba iniciativa.

Nicole Davis reservó la primera habitación que quedara disponible y logró convencer a la joven de que aceptara el pago en efectivo de la misma por adelantado. Luego preguntó:

—¿Puedo dejarle mi maleta y salir a dar una vuelta?

Eso era algo que la joven sabía hacer, así que salió de detrás del mostrador con una etiqueta, escribió «N. Davis» en ella, la prendió en la maleta y luego la arrastró sobre sus ruedas hasta un despacho al fondo.

Al salir, Nicole Davis comprobó que no hacía tanto calor como había temido. Lucía un sol espléndido y no se veía una nube en el cielo, pero la altitud en Flagstaff era mayor de lo que estaba acostumbrada en la costa.

Nicole estaba nerviosa. La policía andaba buscándola, y Flagstaff no era lo suficientemente grande para que pudiera ocultarse allí mucho tiempo. Tenía que abandonar la ciudad, pero la forma en que lo hiciera era de una importancia decisiva. No podía tomar un avión o alquilar un coche sin mostrar algún documento de identidad, y la policía estaba esperando que utilizara un carné a nombre de Tanya Starling o Rachel Sturbridge. Cuando pensaba en que la policía la perseguía, siempre imaginaba a la mujer policía de Portland. Esa Catherine Hobbes la había seguido hasta San Francisco, y seguía pensando en ella cada día, esperando que Nicole cometiera el menor error para atraparla.

Necesitaba un coche. No podía adquirir uno en un establecimiento, porque le pedirían que les mostrara su permiso de conducir. Tenía que encontrar un coche en la calle que ostentara un letrero que dijera En Venta. Daría al dueño unos miles de dólares en efectivo y partiría en su nuevo coche. Nicole empezó a observar cada coche que veía aparcado a lo largo de su recorrido en busca de un letrero, pero no encontró ninguno. De pronto dobló una esquina y vio algo mejor: una estación de autobuses.

Nadie que buscara a Tanya Starling imaginaría que tomaría un autobús. Todo cuanto sabían sobre sus hábitos les llevaría a buscarla en los hoteles más caros o suponer que acudiría a un concesionario de coches de lujo. Conocían a Tanya Starling. Pero la persona que conocían era una persona que ella se había inventado. No sabían que Nicole no era rica ni estaba acostumbrada al lujo. No sabían que sabía lo que era ser pobre y estar sola.

La joven entró en la estación de autobuses, se acercó al mostrador y tomó un impreso con el horario de los autobuses. Hoy parecía haber poco movimiento. Había un par de individuos que parecían estar borrachos repantigados en la zona de espera, medio dormidos, un par de ancianos que Nicole dedujo que eran indios y una mujer de mediana edad con dos niños que a juzgar por su edad debían de ser hijos de su hija. El empleado con aspecto aburrido detrás de la ventanilla parecía no tener otra cosa que hacer que mirar a Nicole, de modo que se marchó con el impreso del horario de autobuses.

A diez metros de distancia, Tyler Gilman aminoró la velocidad de su pequeño Mazda azul para detenerse en un semáforo en South Milton, cerca de la estación de autobuses. Miró el reloj del salpicadero. Eran las doce y cuarenta y nueve minutos, y todavía tenía que aparcar y llevar los cinco pedidos de almuerzo antes de la una a las mujeres de la agencia de seguros situada en la próxima manzana.

Tyler dirigió la vista hacia la acera y vio a la chica salir de la estación de autobuses y detenerse bajo el intenso sol, consultando un horario de autobuses que sostenía abierto. La perezosa mirada de Tyler se posó en ella y no quiso apartar los ojos. La joven tenía el pelo castaño y lacio y recogido en un gracioso moño, como el de una bailarina, porque hacía mucho calor en la calle. El sol arrancaba unos reflejos en los mechones que tenía en su delicada y pálida nuca. Como si intuyera que alguien la observaba, la chica alzó de pronto la vista, pero al no ver a Tyler detrás de la luna tintada del Mazda, siguió consultando el horario de autobuses.

Tyler no la había visto bien la primera vez. La chica era mayor que él, no una adolescente de dieciséis o diecisiete años, sino una mujer joven de al menos veinticinco. Tyler sintió una tristeza que comprendió que era irracional. Sabía que tenía escasas probabilidades de atraer a una mujer como esa, al margen de la edad que tuviera, pero el hecho de ser mayor que él la hacía prácticamente inalcanzable. Al mirarla, Tyler se lamentó profundamente de ello. Observó detenidamente sus bien torneadas caderas y pechos, sintiéndose traicionado. No tenía la culpa de desearla: era una mujer creada deliberadamente para estimular su deseo sexual. En su visión periférica, Tyler vio que la luz roja se apagaba y se encendía la verde y pisó el acelerador.

Tyler avanzó hasta la próxima manzana, se detuvo delante de la agencia de seguros y apagó el motor. Al descender del coche, se volvió de nuevo hacia South Milton, pero ya no vio a la mujer. Al sacar del asiento trasero la caja con el pedido de El Taco Rancho, pensó en la reacción que había tenido al ver a la chica. Sabía que era otra peculiaridad de él, por la que podía estarle agradecido a sus padres. Cuando Tyler había empezado a sentir curiosidad por el sexo a los nueve años, sus padres habían insistido en explicarle al alimón todo lo referente al tema. Ambos eran muy religiosos, de modo que todo cuanto existía obedecía al designio de Dios para conseguir otra cosa. Dios deseaba que la gente se reprodujera y multiplicara, así que había creado a las mujeres con una forma que hacía que apenas pudieras apartar las manos de ellas, y en las que no dejabas de pensar, incluso mientras dormías y soñabas.

Tyler cerró la puerta del coche con el pie, se apresuró por la acera y apoyó la espalda en la puerta de la agencia de seguros para entrar con la caja del pedido.

—¡Tyler! ¿Dónde te has metido? —Era la señora Campbell, una mujer fornida, de cara redonda y rubia, que ocupaba la mesa junto a la puerta. Asistía a la misma iglesia que los padres de Tyler, y creía que eso le daba un derecho especial a criticar.

—Tuve que recoger sus pedidos y luego conducir hasta aquí desde el restaurante —replicó Tyler.

—En Domino's, si el pedido no llega al cabo de veinte minutos, no te lo cobran.

—En El Taco Rancho no hacen eso —dijo Tyler—. Tendría que pagarlo yo mismo.

—Quizá si tuvieras que pagarlo te apresurarías más. —La señora Campbell se levantó de su silla, interceptándole el paso y abriendo las cinco bolsas para examinar la comida.

—¿Dónde puedo dejar esto? —preguntó Tyler tratando de esquivar a la señora Campbell.

Ésta le miró irritada, pero señaló una mesa larga en la que había un par de tazas de café. Tyler depositó la caja en ella y se apartó mientras la señora Campbell seguía examinando el contenido de las bolsas.

Las otras cuatro mujeres, que habían oído la voz de la señora Campbell, salieron de sus despachos situados al fondo y acercaron unas sillas a la mesa en la que Tyler había dejado la comida. Dos de ellas eran de edad avanzada, casi a punto de jubilarse, pero las otras dos eran jóvenes, y una estaba embarazada. La otra joven sonrió a Tyler al pasar junto a él, y éste la observó acercarse a la mesa para recoger su almuerzo. Tyler había escrito en las bolsas con un rotulador lo que contenían, de modo que la joven tardó unos segundos en identificar su pedido.

—¿A quién le toca hoy pagar la comida? —preguntó la mujer embarazada.

—A Julie —respondió una de las mujeres de más edad. Nadie le llevó la contraria.

Julie era la señora Campbell.

—¿Cuánto es? —preguntó.

—Treinta y cuatro dólares y once centavos —respondió Tyler mostrando el comprobante de la caja registradora. Estaba seguro de que había sido la señora Campbell quien había hablado con él por teléfono cuando Tyler había tomado el pedido. Ninguna de las otras mujeres tenía una voz parecida a ella.

—Pagaré con tarjeta de crédito —dijo la señora Campbell. Sacó su bolso de su mesa y lo abrió.

—No aceptamos tarjetas de crédito —contestó Tyler—. Mejor dicho, en el restaurante sí, pero aquí no. Le pregunté por teléfono si iba a pagar en efectivo o con tarjeta.

La señora Campbell sacó su billetero.

—Sólo tengo un billete de cien dólares —dijo, intuyendo una victoria.

—No llevo tanto cambio.

La señora Campbell mostraba una expresión triunfal.

—Entonces tendrás que volver mañana para cobrar.

—Pero cuando regrese al restaurante tendré que abonar yo el pedido. Los gerentes contrastan los recibos con los pedidos cada noche, y todo tiene que cuadrar.

La señora Campbell guardó silencio, pero la mujer embarazada dijo:

—No te preocupes. Yo pagaré esta vez, y Julie lo hará mañana en mi lugar. —La mujer se acercó a una mesa, abrió un cajón y sacó un bolso. Tyler aguardó, evitando mirar a la señora Campbell mientras la joven embarazada contaba el dinero, dudaba unos segundos y luego añadía tres billetes de un dólar—. Esto es para ti.

—Gracias —dijo Tyler. La cantidad de dinero no importaba. Esa joven le había salvado.

—Yo no le daría propina —soltó la señora Campbell—. No nos ha traído una porción extra de salsa o salsa picante, y ni siquiera las suficientes servilletas.

Tyler tensó el maxilar y se encaminó hacia la puerta. Sintió que las mejillas le ardían de ira y humillación. Deseaba matar a esa mujer. Deseaba sacar el gato del maletero del coche, volver y aplastarle la cabeza con él. Pero no podía hacerlo. Ni siquiera podía replicar. La señora Campbell pertenecía a la misma iglesia que sus padres.

Cuando Tyler alcanzó la puerta, la señora Campbell dijo:

—Les diré a tus padre cómo desempeñas tu trabajo, y la forma en que tratas a tus mayores.

Cuando el joven abrió la puerta y salió, oyó una voz decir:

—Vamos, Julie, no exageres.

Tyler cerró la puerta a sus espaldas, se dirigió rápidamente hacia su coche, subió a él y lo puso en marcha. Dentro del vehículo recuperó la calma, rodeado por una ráfaga de aire fresco y respirable. El coche era un refugio. Tyler puso la palanca del cambio automático en *drive* y avanzó unos metros, pero de pronto vio a la señora Campbell salir por la puerta y dirigirse hacia él. Tyler arrancó rápidamente, confundiéndose con el tráfico y alejándose de ella.

Tyler dobló por la primera esquina, pasó por la parte posterior de la estación de autobuses, giró hacia la derecha y miró la entrada. La atractiva joven que había visto había desaparecido. Tyler no estaba seguro de por qué había querido volver a verla, pero de pronto lo comprendió. En aquellos momentos se había sentido lo suficientemente lanzado para ofrecerle acompañarla en coche. Probablemente era mejor que no se hubiera topado con ella, para ahorrarse la vergüenza de que ésta le mirara despectivamente.

Tyler culpó de ello también a la señora Campbell. Ésta le había entretenido hasta que la bonita joven había desaparecido, por más que la mujer actuara en nombre de la iglesia. El chico sabía que la joven andaba por ahí cerca, probablemente había entrado en la estación a esperar el autobús para refugiarse del sol, pero Tyler no tenía tiempo para buscarla. Tendría que disculparse con las otras personas que trabajaban en El Taco Rancho por haberse retrasado. Lo peor era que en realidad no odiaba a la señora Campbell, sino la forma en que sus padres lo habían dejado a merced de personas como ella.

Tyler sabía que el próximo domingo, después del servicio reñigioso, la señora Campbell acorralaría a sus padres para decirles que su hijo era perezoso, ineficiente e irrespetuoso, e insinuaría unas causas aún más graves. Se lo contaría también a otras personas, y él notaría que la gente le observaba con recelo. Sus padres no le defenderían. Jamás lo hacían. Creerían a la señora Campbell. Aunque las otras cuatro mujeres de la oficina dijeran que Tyler era una buena persona y un trabajador responsable, no conseguirían nada, porque la señora Campbell se había salvado, y las otras no. Eran miembros de iglesias falsas.

Tyler tenía dieciséis años y trabajaba a tiempo completo mientras sus padres estaban de vacaciones. Siempre obtenía notas excelentes en la escuela, había competido durante todo el invierno en el equipo de lucha libre y había jugado durante toda la primavera en segunda base en el equipo de béisbol, pero sus padres creerían a esa asquerosa bruja en lugar de creerle a él. Le castigarían, arrebatándole algo. Probablemente su coche, porque sabían que Tyler adoraba su coche. Había pertenecido a su madre durante varios años, pero ahora era suyo a condición de que trabajara todo el verano para pagarlo.

Quizás incluso se reunirían con el reverendo Edmonds. Así tendrían la oportunidad de añadir otro castigo a Tyler. Como habían hecho cuando éste había asistido a una fiesta con Diane O'Hara, porque Diane era católica. Y luego habían registrado su habitación y habían encontrado esa revista. Los padres de Tyler eran unas personas crédulas, débiles, más preocupadas por lo que pensaran los miembros de su iglesia que su propio hijo. Nunca le habían protegido de nada: de los maestros injustos, de los chicos mayores que se metían con él y le golpeaban después de clase y de la gente que chismorreaba sobre él.

Tyler deseó poder matar a la señora Campbell sin que le descubrieran, pero sabía que era una estupidez pensar en ello. Había convertido a esa mujer en el blanco de su frustración porque era incapaz de afrontar el hecho de que las personas que más merecían morir eran sus padres. Habían hecho lo que los hermanos de José le habían hecho a éste en la Biblia —entregarlo en manos de sus enemigos—, sólo que sus padres llevaban haciéndolo durante toda su vida. Tyler deseó matarlos a todos, a todas las personas que le atormentaban y a los traidores que le decían lo que tenía que hacer y no le dejaban nunca en paz.

El chico regresó a El Taco Rancho, aparcó en el espacio que tenía asignado junto al contenedor de basura y entró apresuradamente en el restaurante. Era la una y media, y la hora punta del almuerzo había pasado. A nadie pareció importarle que se hubiera retrasado. Danny y Stewart limpiaban la parrilla, y las chicas rellenaban los saleros y los dispensadores de servilletas en el espacio debajo del televisor montado en la pared. María se subió en una silla para cambiar de canal y poner uno en el que una mujer vestida de juez gritaba a una pareja que quería divorciarse.

Tyler se puso a limpiar las mesas y las sillas con un trapo sucio. Algunos clientes rezagados entraron mientras estaba trabajando, pero la mayoría sólo quería beber un refresco frío, así que una de las chicas dejó el televisor para servirles las bebidas y cobrarles. Al cabo de un rato, cuando Tyler estaba pasando la mopa por el suelo, el sonido de la televisión cambió. En lugar de voces sonó una música urgente. Al alzar la visa Tyler vio las palabras «Últimas noticias» en rojo sobre un fondo naranja. Se detuvo para mirar.

En la pantalla aparecieron dos fotografías de la atractiva mujer que Tyler había visto en la estación de autobuses. En una tenía el pelo largo y rubio, y en la otra de un color castaño más oscuro que ahora, pero no cabía duda de que era la misma. El locutor dijo que era una fugitiva, que iba armada y era peligrosa. Tyler sintió una opresión en el pecho debido a la excitación. Él la había visto. Sabía dónde se encontraba. Miró el reloj en la pared. Eran las dos y cincuenta y tres minutos, casi el momento de la pausa de las tres, cuando la mitad de los empleados libraban durante una media hora. Los otros se marchaban a las tres y media y regresaban a las cuatro para preparar la hora punta de la cena.

Pensó en la mujer, pensando que en cierto modo era suya. Si quería ser un buen ciudadano, no tenía más que sacar su móvil y llamar a la policía. Si quería ser un héroe, no tenía más que dirigirse en coche a la estación de autobuses, ejercer su deber de ciudadano y arrestar a esa mujer. La había visto, y sabía que no era peligrosa. El hecho de haberla visto y saber dónde se hallaba le proporcionaba poder, una sensación nueva para Tyler. Tenía que conservarla. Fingió no haber reparado en la noticia de la televisión. Mientras fregaba el suelo, se alejó hacia la ventana de la fachada, donde no podía ver la pantalla del televisor, y pensó en la bonita joven y lo que debía hacer con respecto a ella.

A las tres, Tyler llevó el cubo y la mopa a la parte trasera de la cocina, apoyó el mango de la mopa en la pared y salió por la puerta trasera. Subió a su coche y se dirigió a la estación de autobuses.

Nicole Davis se había detenido para almorzar tranquilamente en un pequeño restaurante mexicano situado a una manzana de la estación de autobuses, y consultó el horario que había cogido. Había un autobús que partía para Santa Fe, Nuevo México, al día siguiente a las diez de la mañana, de modo que había regresado a la estación y había comprado un billete. Después de otra noche de sueño reparador, tomaría el autobús a Santa Fe.

Nicole sabía que probablemente era demasiado temprano para entrar en su nueva habitación, pero de momento había hecho lo que había podido, de modo que echó a andar de regreso al hotel. Tomó la dirección adecuada, pero al cabo de un rato se dio cuenta de que no veía ningún edificio que recordara. Supuso que había pasado la calle por la que debía haber doblado. En cada cruce, Nicole miró a diestra y siniestra, hasta que reconoció el letrero sobre una tienda en la esquina dos manzanas a su izquierda.

Pensó en rectificar su rumbo, pero la calle por la que caminaba tenía una larga hilera de edificios de dos plantas que arrojaban sombra sobre la acera, y las tiendas mostraban en sus escaparates joyas de turquesas y corales engarzadas en plata, tejidos que parecían indios y prendas atractivas.

Mientras avanzaba, la joven comprobó que iba a acceder al hotel por la parte trasera, lo cual no le importó. Pero al aproximarse, se percató de otra cosa. Junto a la zona de entrega de mercancías había cuatro coches aparcados, unos sedanes de fabricación estadounidense con antenas cortas instaladas sobre los maleteros, todos idénticos pero de diversos colores: azul marino, blanco, negro. En uno de ellos había dos hombres. Uno parecía hablar a través de una radio, y el otro tenía la cabeza inclinada hacia delante como si estuviera escribiendo algo.

Nicole se detuvo y retrocedió unos pasos, hasta alejarse de la vista de los ocupantes de los coches. Deseaba echar a correr, pero tenía que controlarse y reprimir su pánico. Se dijo que no había ningún motivo fundado para suponer que habían venido en su busca. Retrocedió por donde había venido a lo largo de dos manzanas, tras lo cual dio media vuelta y echó a andar de nuevo hacia el hotel describiendo un amplio rodeo en torno al edificio, tratando de captar más detalles sin ser vista.

Visto desde la fachada, el hotel parecía exactamente igual. No había coches de policía, ni tipos fornidos merodeando por allí. Cuando Nicole llegó a la zona donde se hallaba el aparcamiento, localizó la ventana de la habitación en la que había pasado la noche. Estaba en el segundo piso, tres ventanas más allá del ascensor. La cortina estaba descorrida, y vio a un hombre pasar frente a la ventana y desaparecer.

Regresó apresuradamente a la estación de autobuses. Mientras caminaba, sacó el horario de autobuses y le echó un vistazo. Había un autobús que partía para Phoenix dentro de treinta minutos. Cuando llegó, compró un billete para ese autobús y luego se sentó en la deprimente sala de espera para refugiarse del sol. Pero al cabo de unos minutos se dio cuenta de que alguien la observaba insistentemente.

Era un adolescente, que debía de haber entrado por la puerta lateral mientras Nicole compraba su billete, y que estaba de pie junto a la pared, contemplándola. Era alto y delgado, con el pelo rubio, y cuando la joven lo miraba, el chico desviaba sus ojos azules, fijándolos en otras personas que había en la estación, o mirando la calle a través de la ventana, pero luego se volvía de nuevo hacia Nicole, sin quitarle ojo hasta que ella volvía a sorprenderle observándola.

Nicole salió y esperó junto a un teléfono público hasta que vio llegar su autobús, del que se apearon los pasajeros de la última etapa del trayecto. Cuando éstos hubieron recogido sus equipajes y el conductor se colocó junto a la puerta para tomar los billetes de los nuevos pasajeros que hacían cola, Nicole se acercó al teléfono y marcó el número de la recepción del hotel.

—Sky Inn. ¿En qué puedo ayudarle? —preguntó la joven recepcionista.

—Le llamo de la policía. ¿Tiene cerca de usted a alguno de los agentes que esperan que aparezca la sospechosa?

—Sí —respondió la chica—. ¿Quiere hablar con uno de ellos?

—No, ya no es necesario —respondió Nicole Davis—. Hemos localizado por radio al policía con el que queríamos hablar. Gracias.

De pronto, el adolescente que la había estado observando salió por la puerta lateral de la estación de autobuses, se detuvo a pocos pasos de Nicole y dijo:

—Sígame. Apresúrese. —Mostraba una expresión ansiosa y atemorizada, y aunque era tan alto como un hombre adulto parecía un chiquillo, un niño.

—¿Qué? —preguntó Nicole.

—La conozco —respondió el joven con tono quedo pero apremiante—. La he visto en la televisión. Puedo sacarla de aquí. Tengo un coche.

Ella le miró unos instantes y luego miró el autobús. Guardó su billete en el bolso y echa a andar hacia el chico. Le siguió desde la estación a lo largo de la manzana, a una distancia de unos tres metros. El chico se acercó a un pequeño Mazda de color azul con las lunas tintadas que estaba aparcado junto a la acera. Abrió la puerta del vehículo y Nicole subió a él.

Cuando el chico se sentó al volante, ella le observó fijamente.

—¿Cuántos años tienes? —preguntó.

Los ojos azules del joven se nublaron, y su rostro dulce y juvenil dejó entrever una profunda decepción.

—Dieciséis. Supongo que ahora ya no querrá que la ayude.

—Sí. Quiero que me ayudes. Por favor.

El chico miró por los retrovisores y arrancó con cautela. Oyeron el sonido de unas sirenas. El joven miró a Nicole de refilón mientras avanzaba por la calle, alejándose de la estación de autobuses.

—La policía se acerca por el otro lado, donde está la estación.

—¿Y nosotros adónde vamos?

—A mi casa.

22

Era la última noche de Catherine Hobbes en Los Ángeles. El coche de Mary Tilson no había aparecido, y Catherine había reservado un billete para el vuelo de mañana por la mañana a Portland. Se sentó al escritorio de su habitación en el hotel e hizo un inventario de los duplicados de los expedientes de los asesinatos de Brian Corey, William Thayer y Mary Tilson antes de guardarlos en su maleta. Mientras ojeaba la colección de fotografías, informes del laboratorio, notas de entrevistas y dibujos, empezó a tener un mal presentimiento. Todo eso había ocurrido en unas pocas semanas desde que Tanya había llegado a Los Ángeles.

La sargento había visto unas cintas de Tanya y había hablado con ella por teléfono. Tanya parecía muy joven e inofensiva, quizás incluso un poco boba, una persona a la que Catherine tenía que explicarle las cosas. Pero lo que se ocultaba tras el bonito rostro de Tanya y su voz suave y femenina era la capacidad y voluntad de causar los horrores que contenían esos expedientes.

En esto sonó una llamada a la puerta que la sobresaltó. Catherine dejó los expedientes sobre el escritorio, se sentó en la cama para sacar su pistola reglamentaria del bolso, se acercó a la puerta y miró a través de la pequeña mirilla el pasillo frente a su habitación.

Catherine ocultó la pistola detrás de su muslo derecho y abrió. En la puerta apareció Joe Pitt, vestido con una chaqueta de sport y una camisa que parecían mejores que los atuendos que ella le había visto lucir.

—¿Usted? —preguntó Catherine—. Creí haberle dado el pasaporte.

—Y lo hizo —respondió Pitt—. Jamás me habían mandado a paseo de forma tan descarada.

—Bien, sólo quería aclararlo. ¿Qué hace aquí?

—Esta visita no me reporta ningún dinero, pero está relacionada con el trabajo. Debo advertirle que no la va a complacer.

—Mientras no me vea obligada a complacerle a usted, puede pasar. —Catherine se apartó de la puerta y Pitt observó que empuñaba una pistola con la mano derecha. Catherine la guardó en su bolso.

Pitt avanzó hasta la zona junto a la ventana, donde había una butaca.

—¿Ha matado a algún botones?

—No cuando están de servicio. —Cerró los expedientes, los colocó ordenadamente sobre el escritorio y se sentó en la cama—. Adelante. Deme un disgusto.

—Esta noche me he enterado de algo que debe saber.

—Hugo Poole le ha enviado para decirme que no ha matado a nadie. Eso ya lo sé.

—Ya no trabajo para Hugo. Me pagó por mis servicios y nos despedimos tan amigos.

—Fue un gran trabajo. Ni siquiera tenía que presentarse.

—Durante los veinte años que trabajé como investigador del fiscal del distrito, nunca me cayó un caso sencillo —respondió Pitt—. Ni uno. Ahora que hay dinero de por medio, ocurre con frecuencia. Es curioso, ¿no le parece?

—No. ¿Qué quería decirme?

—Hugo Poole ha contratado a Calvin Dunn.

—¿Quién es Calvin Dunn?

—Un personaje muy conocido por estos parajes. Si no sabe nada de él, pídale a Jim Spengler que le explique quién es. Dunn es detective. Ignoro si sigue teniendo una licencia o no, pero eso carece de importancia.

Ella se encogió de hombros.

—Así es que Hugo le buscó sustituto. Bueno, pues al igual que no trabajaría con usted, tampoco lo haría con el otro.

Pitt meneó la cabeza.

—Calvin Dunn no quiere trabajar con usted.

—¿A qué se refiere?

—Trabaja para personas que no acudirían a la policía bajo ninguna circunstancia. Si alguien secuestra a un pariente de un criminal o le roba la mercancía, el criminal quiere averiguar quién lo hizo. Calvin Dunn lo averiguará. No es uno de los nuestros. Es uno de ellos. Se mete en la madriguera, y cuando sale tiene los dientes manchados de sangre y el conejo ya no existe.

—¿Cuándo lo contrató Hugo?

—Creo que hoy. O quizás ayer.

Catherine observó la pared durante unos momentos.

—¿Por qué decidió contármelo?

—Porque Calvin Dunn es peligroso. No se dedica a recabar pruebas ni nada parecido. No le interesa que esa chica sea juzgada. Aunque le vea pasar a través de dos detectores de metales sin mayores problemas, tenga por seguro que va armado y no le importaría herirla a usted con tal de atrapar a la chica.

—Gracias. Le agradezco el consejo. Aunque probablemente no seré yo quien se tope con Dunn.

—¿Por qué?

—Tengo que marcharme de Portland por la mañana. Mi jefe me ha dejado quedarme aquí hasta esta noche porque pensamos que quizá la policía de California detendría a la chica en la carretera. Pero en Portland hay otros casos, de modo que quiere que regrese.

Joe Pitt se encogió de hombros.

—Supongo que su jefe tiene razón. La chica podría aparecer en cualquier sitio, y no es probable que se encuentre en Los Ángeles. —Pitt añadió más animadamente—: Ya que mañana va a pasarse el día en los aeropuertos, podría bajar y tomarse una copa conmigo.

—No bebo.

—Entonces tómese un refresco conmigo.

Catherine le observó durante unos momentos, indecisa. Se dio cuenta de que albergaba cierto afecto por Pitt, quizá porque había trabajado con él y creía que no volvería a verlo. Ella empezaba a sentirse muy sola, y hasta un poco deprimida.

—De acuerdo. Pero sólo un ratito. Esta noche tengo que descansar. —Tomó su bolso, se encaminó hacia la puerta y la abrió para dejar pasar a Pitt.

Mientras caminaba junto a él hacia el ascensor, Catherine experimentó una sensación de familiaridad y de pronto comprendió que caminaba junto a un hombre por el pasillo de un hotel. Le recordó su época con Kevin.

Desterró ese pensamiento, irritada por su propia estupidez. Joe Pitt era muy distinto de Kevin. Pitt y Kevin no tenían ningún rasgo en común excepto que medían y pesaban aproximadamente lo mismo. Lo cual Catherine supuso que había bastado para suscitar en ella esa sensación. La voz procedía de la misma distancia sobre su oído, el sonido de sus zapatos sobre la moqueta del hotel era idéntico, y era lo que había vuelto a desencadenar en Catherine la sensación de pérdida.

Era absurdo, porque Catherine no echaba de menos a su ex marido. Lo que añoraba era otra presencia, esa otra persona que veía las cosas al mismo tiempo y reaccionaba igual que tú, de forma que sus pensamientos no eran simples voces que sonaban en su cabeza.

Desde la academia, ella había estado rodeada casi siempre por colegas masculinos, pero nunca había una relación estrecha con ellos, y menos aún romántica. Catherine se había esforzado en ignorar todo sentimiento inoportuno. Era como esforzarse en eliminar un determinado sonido para no oírlo, y escuchar otros sonidos que rivalizaban con aquél. Cuando algún policía le tiraba los tejos de una forma que Catherine no podía pasar por alto, resolvía el tema con sentido del humor. Pero de vez en cuando le sorprendía un sentimiento, un recuerdo, un sonido.

Catherine analizó su vulnerabilidad. Joe Pitt era un tipo varonil e inteligente, y el hecho de que pareciera sentirse atraído por ella la había sorprendido, de tal forma que había activado esa parte prohibida de su mente mientras tenía bajada la guardia. Lo único que tenía que hacer la joven ahora era desconectarla de nuevo.

—Sólo me quedaré diez o quince minutos. Aún tengo que hacer

la maleta, y cuando llegue a casa tengo que ponerme al día con el trabajo que se habrá acumulado.

Pitt oprimió el botón y el ascensor los condujo al vestíbulo. A ella le sorprendió que Pitt se acercara a la barra, pidiera dos refrescos de cola y los transportara a una pequeña mesa para dos.

—Creí que le gustaba beber —comentó Catherine tomando su refresco.

Pitt sacudió la cabeza.

—No soy abstemio, pero esta noche tengo que conducir.

Así que quizá no fuera un bebedor empedernido. Catherine sintió que se desplomaba una de las barreras que hacía que guardara sus distancias con respecto a él. Tenía que construir otras, distraerse, mantener las cosas a un nivel impersonal.

—¿Qué opina del hecho de que Tanya haya matado en esta ocasión a una mujer? Hasta ahora todos habían sido varones.

—¿No piensa nunca en otra cosa que en el caso que lleva entre manos?

—Aún sigo aprendiendo. Usted ha presenciado más asesinatos que yo. Yo he visto hombres solos, o un par de hombres cometer una serie de homicidios. Investigué un caso en que el hombre contaba con la ayuda de su novia. ¿Ha trabajado en algún caso en que una mujer se dedica a asesinar a gente ella solita?

—¿Su afán de aprender es lo único que le interesa de los hombres, o es porque se trata de mí?

—Creo que no le entiendo.

—Me está entrevistando. Tengo la sensación de que lleva una grabadora en el bolso. ¿Por qué no se relaja? Su subconsciente seguirá trabajando en el caso, se lo prometo.

—Es una simple conversación —replicó Catherine—. El caso es lo que usted y yo tenemos en común.

—Tenemos muchas cosas en común. Pero no nos conocemos lo bastante para saber cuáles son esas cosas. Debemos contarnos mutuamente las historias de nuestras vidas.

—No lo creo.

—Empezaré yo. Crecí en Grand Island, Nebraska. Colgué los

estudios en la universidad, pasé cuatro años sirviendo en la fuerza área y luego me hice policía estatal. Después ingresé en la policía de Los Ángeles y por último trabajé como investigador de la fiscalía del distrito. Me jubilé hace un par de años, y ahora soy un investigador privado.

—De acuerdo —respondió Catherine—. Yo me crié en Portland, a pocas manzanas de donde vivo ahora. Me gradué de la universidad, me casé en lugar de incorporarme a la facultad de Derecho, me divorcié y luego ingresé en la academia de policía. No he cambiado de empleo desde que acepté éste.

—¿Lo ve? Nuestras vidas son idénticas.

Ella se echó a reír.

—Una analogía asombrosa.

—Si vuelo mañana a Portland, ¿cenará conmigo?

—No.

—¿Por qué?

—No salgo con colegas con los que trabajo.

—Un momento. Ha dejado muy claro que usted y yo no trabajamos juntos, y que no trabajaremos nunca juntos. No vivimos en la misma ciudad, ni siquiera en el mismo estado. No puedo considerarme un colega.

—Supongo que tiene razón —contestó Catherine—. Pero la gente en Portland sabe quién es usted. Sabe que trabajó en el mismo caso, que viajamos juntos y cotejamos datos. Si aparece por allí al mismo tiempo que yo y me lleva a cenar, me colocará en una situación incómoda.

—¿Por qué?

—La gente pensará que nos acostamos juntos.

—¿Siempre se comporta así, observando todas esas reglas?

—Sí.

—Entonces no creerán eso.

Ella volvió a reírse y meneó la cabeza.

—De acuerdo, saldré con usted. Ahora mismo estoy con usted. Son las nueve y no he cenado. ¿Y usted? ¿Tiene hambre?

—Estoy hambriento.

—Entonces vayamos a la cafetería que hay al otro lado del vestíbulo a ver si hay un reservado libre.

—No —respondió Pitt—. Quiero llevarla a un lugar que me gusta. Tengo el coche aparcado frente al hotel.

—Eso es demasiado complicado. Tendría que arreglarme y se haría muy tarde.

—Está estupenda, y yo no tengo arreglo. Ese lugar no está lejos de aquí, y la comida es mejor que la de la cafetería. Venga. Vamos. —Pitt se levantó, tomó a Catherine del brazo y al cabo de unos momentos salieron del bar.

La llevó al hotel Biltmore, dejó que el guardacoches aparcara el automóvil y condujo a Catherine a través del espectacular vestíbulo hacia Bernard's.

—Esto es muy elegante —comentó ella—. Usted insinuó que iba a llevarme a un lugar interesante e informal.

—No creo que le insinuara que era un sitio informal —replicó Pitt—. La distraje diciéndole que estaba estupenda.

Era un restaurante espacioso e iluminado con luces tenues. Catherine comprobó que iba vestida como la mayoría de las mujeres, con un traje sastre, y empezó a sentirse más cómoda.

Cuando se acercó el camarero, Pitt preguntó:

—¿Quiere tomar una copa antes de cenar?

—No, gracias —respondió Catherine—. Pero tómese usted una si le apetece.

Pitt miró al camarero y negó con la cabeza. Cuando el camarero se alejó, dijo:

—Hábleme de su familia, sus mascotas y sus aficiones. Todas las mujeres tienen.

—Ahora mismo no tengo ninguna mascota, ni dispongo de tiempo para cultivar otras aficiones que leer y hacer ejercicio, que en realidad son dos aspectos del mismo inútil y tardío esfuerzo por mejorar. Pero tengo un padre y una madre. Mi padre es un policía jubilado. Ahora hábleme de usted.

—Mis padres siguen viviendo en Nebraska, preguntándose en qué se equivocaron conmigo.

—¿En qué se equivocaron?

—En nada. Son unas personas estupendas. Todo lo que me he hecho a mí mismo es culpa mía.

—¿Qué se ha hecho a sí mismo?

—No sé... Supongo que he pasado demasiado años sin hacer otra cosa que pensar en casos de asesinato. Cuando entré en la habitación de su hotel y la vi con esos expedientes abiertos sobre la mesa, me recordó a mí mismo. Yo solía tenerlos repartidos por todas partes en las habitaciones de los hoteles, por lo general en la cama. De pronto, un día, me di cuenta de que habían pasado unos veinte años. Había resuelto muchos casos. Había trabajado con muchos fiscales de distrito que habían sido elegidos porque tenían buen aspecto y parecían listos. Pero no me había casado ni había tenido hijos. Ni siquiera poseía una casa.

—Qué triste —dijo Catherine sonriendo—. Seguro que vivía como un monje.

Pitt se echó a reír.

—No he dicho eso. Y cuando me jubilé compré una casa. Es bastante bonita.

A pesar de sus recelos, ella comprendió que Pitt le caía bien. Tenía un concepto realista de la vida y al mismo tiempo un temperamento alegre y optimista que le había ayudado a superar las cosas tristes y desagradables que había visto en su carrera. Catherine le hacía preguntas para oírle hablar.

La joven pidió demasiado comida y se la comió casi toda porque no quería que la cena terminara. Sabía que, cuando terminara, tendría que volver al hotel para hacer la maleta y disponerse a regresar a su ciudad, su casa, su trabajo.

Al cabo de un rato, Pitt pidió al camarero la cuenta. De regreso al hotel de Catherine ella se mostró callada, reflexionando sobre cómo había gestionado su vida. Durante los últimos años se había sentido relativamente satisfecha, porque el no pensar en nada salvo su trabajo era preferible a estar casada con un hombre que a menudo parecía odiarla. La vida que se había construido era satisfactoria, pero esta velada con Joe Pitt era mejor. Catherine se preguntó si el placer que sentía no sería en gran medida una sensación de liberación después de tantos años de disciplina y soledad.

Pitt se detuvo ante el hotel e hizo ademán de apearse para que el guardacoches se llevara el automóvil.

—No, no se baje —dijo Catherine—. Tengo que hacer la maleta y acostarme.

Pitt se apeó y abrió la puerta del copiloto para ayudar a Catherine a bajarse, pero indicó al guardacoches que no le necesitaba.

—En ese caso, le deseo un buen viaje de regreso.

—Gracias por la cena, Joe. —Catherine permaneció unos instantes junto al coche, indecisa. La velada había sido algo que sólo había podido ocurrir de forma inesperada, algo que ella había tratado de evitar y al mismo tiempo no dejaba de pensar en ello. ¿De qué se ocultaba? En esos momentos, su máximo deseo era que Pitt quisiera volver a verla. Catherine se acercó a Pitt, le rodeó el cuello con los brazos, le besó suavemente en los labios y luego se apartó.

—Si viene a Portland en alguna ocasión, saldré con usted.

Acto seguido dio media vuelta, entró en el vestíbulo del hotel y desapareció.

23

Salvo cuando tenía que llegar a algún sitió rápidamente, a Calvin Dunn le gustaba viajar en coche. Hoy conducía uno nuevo, un Lincoln Town Car negro azabache personalizado. Tenía unas placas de acero en los paneles de las puertas y la parte delantera había sido reforzada con barras de acero. El asiento posterior descansaba sobre un suelo falso para que Dunn pudiera transportar ciertas piezas de equipo adicionales sin someterlas a la vista del público.

Ese espacio adicional le permitía administrar diversos tipos de recompensa y castigo. En esos momentos contenía cincuenta mil dólares en efectivo, ocho pares de esposas de plástico, unas gafas de visión nocturna, tres pistolas, una escopeta de cañones recortados y un fusil de 7,62 milímetros con una mira telescópica de cuatro aumentos.

Su atuendo habitual consistía en una chaqueta de sport negra con treinta billetes de cien dólares ocultos en un bolsillo interior provisto de cremallera y una pistola Smith & Wesson de diez milímetros en una funda sujeta al hombro.

Calvin Dunn estaba hoy de buen humor. Su trabajo consistía en hacer cosas que nadie más quería hacer, por lo que su ego no solía verse afectado, pero Hugo Poole le había dado algo que representaba un gran cumplido para él: una gran cantidad de dinero y la perspectiva de recibir más.

Para Calvin era un placer trabajar para un hombre como Hugo Poole. No tenía que explicarle cosas que todo hombre adulto debería saber. Dunn no había tenido que decirle: «O me pagas lo que me debes puntualmente y en efectivo, o volveré a por ti y dejaré tu cuerpo en el desierto para que lo devoren los coyotes». Hugo no había tenido que decirle: «Si me traicionas, te buscaré en la prisión y te clavaré un cepillo de dientes afilado en la sien».

Hugo le había dado los nombres que la chica había utilizado hasta la fecha, y Calvin Dunn se había dirigido a la comisaría en Paston, en el condado de Kern, donde vivía, y había obtenido una fotocopia de la circular de la policía. La circular mostraba unas excelentes fotografías sacadas de los permisos de conducir e indicaba la estatura y el peso exactos de la joven. Había cierto confusión sobre el color de sus ojos, pero si Dunn conseguía acercarse a la chica lo suficiente para comprobarlo, significaba que habría cumplido con su misión.

Una vez fuera de la comisaría, Dunn leyó el texto de la circular, tras lo cual arrancó. Sabía dónde empezar a buscar. Se dirigió al condado de Los Ángeles y halló la dirección del lugar en el Valle de San Fernando cerca de Topanga, donde la chica había vivido bajo el nombre de Nancy Mills. Aparcó el coche donde pudiera verlo desde las ventanas de la fachada del edificio, entró y llamó a la puerta del apartamento del administrador del edificio.

—Me llamo Calvin Dunn, ¿y usted es…?

—Rob Norris.

—Encantado. Quisiera hacerle algunas preguntas sobre una inquilina, una joven que se hacía llamar Nancy Mills.

La mirada de Calvin paralizó al administrador. Los pálidos ojos de Dunn parecían estar fijos en un punto cinco centímetros más profundo que la frente del administrador, dentro de su cráneo. Era una sensación muy incómoda, y el administrador estuvo tentado de cerrar la puerta.

—¿Puedo pasar?

El administrador no sentía el menor deseo de dejarlo pasar pero no confiaba en su capacidad de impedírselo, de modo que respondió:

—De acuerdo.

El administrador retrocedió en el momento preciso para evitar que Calvin Dunn chocara contra él. Cuando éste entró, la violencia dejó de ser una posibilidad remota para convertirse en algo muy presente en la habitación. Intuyó que su tarea consistía en impedir que se hiciera realidad.

El administrador observó a Dunn en su pequeño cuarto de estar, con las manos enlazadas a la espalda como para recalcar lo distinto que sería si no las tuviera enlazadas, mientras se mecía levemente sobre las puntas y los talones de los pies.

—Me temo que tendré que hacerle algunas preguntas a las que ya ha respondido —dijo Dunn.

—De acuerdo.

—Hábleme de Nancy Mills. ¿Cuándo decidió instalarse aquí? ¿Conocía a alguien aquí?

—No. Me telefoneó y dijo que quería vivir cerca del centro comercial.

—¿Cómo pagó el alquiler? ¿Tenía una tarjeta de crédito?

—En efectivo. Era mucho dinero, si sumamos el primero y último alquiler y la fianza. Más de tres mil dólares. Se lo envié a la compañía propietaria de este edificio ese mismo día, porque no quería tener tanto dinero en mi apartamento.

—¿Así sin más? ¿No indagó en sus antecedentes para comprobar si era una inquilina conflictiva?

—¿A qué se refiere?

Dunn se mostró paciente.

—Si se trataba de una sinvergüenza que estafó a su último casero. Una traficante de drogas o una prostituta. Ese es el tipo de persona que suele tener mucho dinero en efectivo.

—Yo no me ocupo de esas averiguaciones. Creo que la compañía las hace a veces. En la solicitud piden numerosos datos. Como las señas de los tres últimos domicilios y números de teléfono. Y también piden referencias, incluyendo a un empleador al que puedan llamar.

—¿Tiene la solicitud que rellenó Nancy Mills?

—No —respondió el administrador—. La compañía la recibe en cuanto el apartamento es alquilado.

—Quiero pedirle que trate de recordar algo sobre esa joven que pueda ayudarme a dar con ella. Por ejemplo, ¿le gusta lucir algún color en particular o un estilo determinado de ropa?

—Tiene un cuerpo esbelto y atractivo, por lo que suele llevar pantalones y tops ajustados. No exageradamente ceñidos, sino ajustados. Nunca vi lo que se ponía cuando salía por las noches, pero en la imagen captada por la cámara del hotel parece vestir lo que solía ponerse habitualmente. Un pantalón y un top amarillos, con una chaqueta a juego también amarilla, con algo escrito en ella.

—¿Se refiere a una marca?

—Esas cosas divertidas que llevan escritas algunas prendas de ropa, para llamar la atención. Puede que incluyera la marca y puede que no.

—Ya. ¿Tenía amigos, alguien con quien hablaba a menudo?

—No lo creo. Creo que solía hablar con Mary Tilson, la mujer que vivía en el apartamento enfrente del que ella ocupaba.

—¿Nadie más? ¿Ningún hombre?

—No que yo viera. Cuando eres el administrador de unos apartamentos, tienes que vigilar también esas cosas. Alquilas un apartamento a una chica con cara de mosquita muerta y de pronto su novio se instala también en el apartamento y los amigotes de éste no hacen más que entrar y salir, armando escándalo y cabreando a los otros inquilinos.

—¿Qué hacía Nancy Mills durante todo el día? ¿Trabajaba?

—Lo ignoro. Salía a hacer *footing* por la mañana, y luego regresaba al apartamento. Más tarde, supongo que salía a dar una vuelta. De vez en cuando aparecía cargada con bolsas de las tiendas.

—Qué interesante. Quisiera que me dejara entrar en su apartamento, para echar un vistazo.

—No puedo hacerlo. La policía no me deja alquilarlo aún.

—Si me ayuda —dijo Dunn con tono quedo—, le pagaré bien por su cooperación. Si no lo hace, yo conseguiré mi propósito, pero usted no.

El administrador se percató de nuevo de la extraña forma en que Calvin Dunn le miraba, fijando los ojos en un punto dentro de su frente.

—De acuerdo.

Se dirigieron al apartamento y Dunn esperó mientras el otro hombre abría la puerta con llave, tras lo cual se agachó para pasar por debajo de la cinta amarilla que la policía había colocado en la puerta y entró en la habitación. Dunn lo examinó todo detenidamente, y observó las superficies de madera sobre las que la policía había vertido polvos para obtener huellas dactilares. No vio ningún lugar en el que hubieran recogido una huella con cinta adhesiva. Luego examinó los muebles.

—¿Fue Nancy Mills quien compró estos muebles? ¿O le alquiló el apartamento amueblado?

—Está amueblado. Creo que la compañía los compra al por mayor. Todos tienen el mismo aspecto. Poseen muchos edificios.

Calvin Dunn dedicó unos minutos a buscar algo que Nancy Mills pudiera haberse dejado, abriendo y cerrando armarios y cajones con el borde de la mano, pero examinándolos superficialmente, convencido de que la policía ya había registrado el lugar a fondo. Luego dijo:

—Ya podemos regresar.

Cuando volvieron al apartamento del administrador, Calvin Dunn sacó del bolsillo interior de su chaqueta tres billetes de cien dólares y se los entregó.

—Esto es por su cooperación.

—Gracias —dijo el administrador.

—De nada. Ahora consígame la solicitud.

—Ya le he dicho…

Calvin Dunn alzó la mano para interrumpirle.

—Quiero que recapacite. Acabo de demostrarle que soy un hombre que digo la verdad. El apartamento no sufrió daño alguno y usted obtuvo su recompensa. Míreme. ¿Qué quiere que sea: su amigo o su enemigo?

—No puedo darle eso —respondió el administrador.

Dunn se abalanzó hacia delante, golpeando al administrador en el pecho con el brazo derecho y lanzándolo sobre su cadera de forma que éste aterrizó de bruces en el suelo. Le sujetó la muñeca con ambas manos y apoyó el pie en la espalda de Norris.

—Sé que conserva una copia de la solicitud. ¿Dónde está?

—En el escritorio —respondió Norris boqueando—. Allí.

—Gracias —dijo Calvin Dunn. —Soltó al administrador, se acercó al escritorio, abrió el cajón donde éste guardaba los archivos y vio que las solicitudes estaban archivadas por orden alfabético. Dunn sacó la fotocopia de la solicitud que había rellenado Nancy Mills y la examinó detenidamente. Luego la dejó sobre el escritorio—. Con eso me basta. No se preocupe, dentro de un par de días su brazo estará como nuevo. —Dunn se encaminó hacia la puerta—. Tiene aspecto de ser demasiado inteligente para contarle a nadie mi visita. ¿No es cierto?

—Sí —respondió el administrador alzando la vista del suelo.

Acto seguido, Calvin Dunn abrió la puerta y se marchó.

24

El chico condujo a Nicole Davis hasta una casa en las afueras de la ciudad, de planta alargada y un solo piso, con una valla baja en la acera y un pequeño y tosco letrero en el césped que decía LOS GILMAN. El joven utilizó un mando a distancia para abrir el garaje, entró con el coche y cerró la puerta tras ellos antes de apearse del vehículo.

Nicole echó un vistazo a su alrededor, contemplando el garaje en la penumbra. Era espacioso, con cabida para tres coches, y el pequeño Mazda ofrecía un aspecto solitario situado en el centro. Cuando el chico se acercó a la pared y encendió la luz del techo, vio una mesa de trabajo junto a la pared del fondo provista de un torno de banco y un tablero de clavijas sobre el que estaban dibujadas las siluetas de herramientas manuales, la mayoría de las cuales colgaban del tablero.

—Los Gilman —comentó Nicole al bajar del coche—. ¿Eres un Gilman?

—Sí. Me llamo Ty. Un diminutivo de Tyler.

—¿Dónde están tus padres?

—No te preocupes por ellos. Están en Lake Havasu. No regresarán hasta dentro de casi una semana. Cuando regresen pasarán unos días en la casa de mi abuela en Scottsdale.

El chico se dirigió a una puerta lateral del garaje, la abrió e hizo pasar a Nicole a la cocina. La chica tomó nota de todo rápidamente. Era una cocina pequeña y un tanto destartalada. En el fregadero había unos cacharros y el suelo estaba sucio. El chico no entró con ella. Al volverse, Nicole lo vio encaminarse hacia el coche. El joven notó que le estaba observando.

—Tengo que regresar al trabajo. Volveré a casa sobre las ocho. Ponte cómoda, pero no dejes que te vea nadie. ¿De acuerdo?

—De acuerdo.

Nicole cerró la puerta de la cocina, oyó al joven abrir la puerta del garaje, arrancar, salir en marcha atrás y cerrar de nuevo el garaje. Después se dirigió a la sala, se arrodilló sobre una butaca y apartó un poco la cortina para observar cómo se alejaba.

La joven echó una ojeada a su alrededor experimentando una sensación de irrealidad. El estar ahí era tan extraño como repentino. Se disponía a tomar el autobús y de pronto se encontraba aquí, sola en esta silenciosa casa en las afueras de la ciudad. El chico había dicho que la había visto por la televisión, de modo que Nicole fue en busca de un televisor. Sospechaba que la familia apenas utilizaba el cuarto de estar. La tapicería de los muebles mostraba unos dibujos horrendos, y no había un libro, una revista ni ningún otro objeto en las mesitas de café.

Mientras exploraba la casa, Nicole pensó en el chico. Su torpeza le inspiraba simpatía. Parecía como si sus manos y sus pies habían crecido demasiado rápidamente y el resto de su cuerpo no estaba en consonancia con sus extremidades. Tenía el pelo rubio, corto, y se lo había atusado con las manos en lugar de peinárselo, lo cual acentuaba involuntariamente su cara de niño y su cuello esmirriado. Nicole casi podía ver sus costillas a través de la camisa, y el pantalón apenas se sostenía sobre sus caderas. El joven tenía unos ojos de mirada franca y curiosa, y su mentón y sus mejillas mostraban aún un aspecto liso y suave, porque no se había afeitado la barba las suficientes veces para que se hiciera áspera e hirsuta.

El chico le había salvado la vida hacía unos minutos. Esa estúpida joven del hotel sin duda había informado a los policías de su llamada, porque éstos no habían tardado nada en dirigirse a la estación de autobuses. Probablemente habían detenido el autobús y habían obligado a todos los pasajeros a apearse para comprobar si Nicole estaba entre ellos.

¿Qué había visto Ty en la televisión que le había inducido a impedir que la policía la detuviera? Nicole siguió buscando el televisor. ¿Había pasado por alto un televisor pequeño en la cocina? No. Sobre la encimera había una caja de golosinas que parecía un cachorro gordito. El reloj en la pared tenía forma de girasol, y en la parte oscura del centro había unas manecillas que indicaban las cinco. Nicole se acercó a una puerta más allá de la despensa y vio un pequeño cuarto de estar con una sola ventana en lo alto de la pared, un sofá, una poltrona y un televisor de gran tamaño.

La joven localizó el mando a distancia y encendió el televisor, pasando de un canal a otro hasta hallar un programa de noticias locales. La locutora mostraba una expresión fingida de pesar y dijo algo que Nicole no logró captar. Cuando fue sustituida por otra joven de pelo oscuro situada delante del Sky Inn, Nicole subió el volumen.

«... una sospechosa de asesinato que según la policía se ha fugado de California. Al parecer llegó a Flagstaff ayer por la tarde y tenía previsto pernoctar una segunda noche en el hotel, pero algo despertó sus sospechas y huyó, dejando su maleta. La policía ha difundido unas fotografías de esa mujer.»

La escena fue sustituida por dos fotografías que Nicole reconoció. Una era la del permiso de conducir que había obtenido hacía varios años a nombre de Tanya Starling, cuando había adquirido su primer coche. La otra correspondía al permiso de conducir expedido en California de Rachel Sturbridge. La joven locutora dijo con tono animado:

«Mide un metro sesenta y cinco de estatura y pesa unos cincuenta y cinco kilos. La última vez que fue vista lucía el pelo castaño y los ojos azules, pero suele ponerse unas lentillas de contacto de distintos colores y teñirse el pelo para modificar su apariencia. Si la ve, informe de inmediato a la policía. El número aparece en la parte inferior de su pantalla. No trate de detenerla usted.»

Nicole siguió pasando de un canal a otro con el mando a distancia.

«La búsqueda de la sospechosa continúa... —La fotografía de Nicole apareció de nuevo en pantalla—... se cree que va armada y... —Esta vez apareció un hombre rechoncho de mediana edad vestido con un uniforme de policía situado sobre una tarima frente a un edificio que ella no reconoció—... cooperarán con las fuerzas de seguridad en California, Oregón.»

Nicole apagó el televisor y percibió un sonido extraño, que al cabo de unos segundos identificó como su respiración, acelerada y trabajosa, amplificada por el intenso silencio que reinaba en la casa. Tenía que pensar. Tenía que trazarse un plan, inventar el medio de salir de allí.

La joven era incapaz de poner sus pensamientos en orden, y sabía que el plan tenía que basarse en saber lo que la policía hacía, de modo que encendió de nuevo el televisor. El policía rechoncho decía:

«... en estos momentos se están registrando todos los edificios de la manzana alrededor de la estación de autobuses donde la sospechosa fue vista. Rogamos a los ciudadanos que tomen unas rutas alternativas para evitar esa zona hasta que la despejemos. Sabemos que la sospechosa compró billetes de autobús para Phoenix y Santa Fe, de modo que hemos informado a las autoridades de ambas ciudades.»

El rechoncho policía escuchó atentamente una pregunta de un reportero y respondió:

«Es posible que la sospechosa haya decidido detenerse para dormir un rato antes de dirigirse a otro lugar.»

—Entonces ¿por qué me estáis persiguiendo, estúpida bola de sebo? —preguntó Nicole.

Apagó de nuevo el televisor. Sólo conseguía ponerla tan nerviosa que no podía pensar con claridad. Las cosas se habían puesto mal ahí, pero ella ya no estaba ahí. Estaba aquí, gracias a Ty.

Nicole pasó media hora examinando la casa para averiguar más detalles sobre el joven. Lo que vio confirmó su primera impresión. Había una madre. Tenía más chándales que una corredora profesional, y unos cuatro o cinco conjuntos de calle, aparte de la ropa que se había llevado. Medía unos cinco centímetros más que Nicole, pero era delgada como Tyler.

Al parecer el padre tenía un trabajo que comportaba más esfuerzo físico que burocrático. Tenía tres pares de botines marrones con punteras de metal, y varios pantalones azul marino parecidos a los pantalones de trabajo que utilizan a veces los conserjes y mecánicos, casi como un uniforme.

El dormitorio de Ty se hallaba en el otro extremo de la casa. Contenía numerosas reliquias de su infancia: su guante y bate de béisbol, trofeos de diversos deportes y unos robots de cinco centímetros de altura dispuestos en una hilera sobre un estante. Pero Ty estaba creciendo. Nicole vio su reproductor de DVD provisto de auriculares, un ordenador, pósters gigantescos de unas raperas femeninas en posturas provocadoras mientras bailaban y gritaban con la boca abierta a través de sus micrófonos inalámbricos. Ty tenía artilugios más caros de los que había poseído Charlene, pero las cosas no habían cambiado mucho.

Nicole se paseó por la casa para comprobar que todo concordaba con lo que había visto hasta el momento. Cuando llegó de nuevo a la cocina, corrió la cortina de la ventana situada sobre el fregadero, por si algún vecino podía verla al otro lado del jardín trasero. Luego lavó los cacharros.

La joven dedujo que se habían acumulado durante dos días, por lo menos. En el fondo de media docena de vasos había restos de leche y en dos platos había yema de huevo pegada. Pensó que la pereza y desorganización de Ty le gustaban. Era poco más que un chiquillo que esperaría a que sus padres estuvieran prácticamente frente a la puerta antes de lavar un plato. Al cabo de un rato, Nicole se lamentó de haber esperado tanto antes de ponerse a hacer las tareas domésticas, porque empezaba a oscurecer y no se atrevía a encender la luz.

Encontró un cubo y una mopa en el cuarto de la colada junto a la cocina y limpió el suelo de la misma. Cogió una esponja y se arrodilló en el suelo para fregar las zonas más sucias y abandonadas cerca del fregadero y los fogones. Cuando terminó con el suelo, miró el reloj en forma de girasol y vio que aún quedaba una hora antes de que regresara Ty.

Ella sabía que no era buena idea encender de nuevo el televisor antes de que el coche de Ty se detuviera en la entrada, porque la pantalla emitiría una luz que los vecinos podían distinguir. Pero no le importó. Había conducido durante todo un día sin detenerse, había dormido sólo un rato por la noche, había caminado por toda la ciudad y había pasado miedo durante tantas horas que estaba harta de sentirlo. Nicole se tumbó en el sofá en el cuarto del televisor, escuchando el silencio sepulcral que reinaba en la casa vacía. Luego se durmió.

Se despertó sobresaltada. La luz de la lámpara la deslumbró y vio junto a ella la figura alta de un hombre. Nicole se incorporó y oyó decir a Ty:

—Soy yo.

—Creo que he debido de quedarme dormida —respondió Nicole.

—Sí, creo que sí.

Nicole se frotó los ojos y se alisó el pelo con ambas manos para asegurarse de que no tuviera un aspecto horrible. Luego se forzó a sonreír.

—¿Cómo ha ido todo, Ty? Me refiero a tu trabajo.

—Ningún problema. Cuando fui a buscarte era la pausa del almuerzo que hago a las tres. Cuando regresé nadie prestó atención.

—¿Dónde trabajas?

—En el restaurante de El Taco Rancho, junto a la interestatal. Ahí fue donde te vi en la televisión. La tienen puesta todo el día. Muchos creen que así la jornada transcurre más deprisa, pero generalmente ven esos programas judiciales falsos donde unas personas se querellan entre sí en la sala de un tribunal y un juez de pega les echa la bronca.

Ella sonrió.

—Yo también odio esos programas.

—Hoy interrumpieron el programa para dar uno de esos avances de noticias. Al principio todos pensaron que habían emitido tu fotografía porque alguien te había secuestrado. —Tyler se encogió de hombros—. Yo me di cuenta enseguida de que la policía te buscaba, porque mostraron dos fotografías de ti con el pelo distinto.

Nicole abrió mucho los ojos, adoptando una expresión de estupor e inocencia, y los fijó en los de Ty.

—Yo no lo hice.

—¿El qué?

—Lo que dicen que hice. Quiero que sepas que soy inocente.

Tyler se miró los pies con aire pensativo y luego asintió con la cabeza.

—Te he traído comida. ¿Tienes hambre?

—Sí —respondió—. Pero no tenías que hacerlo. Hubiera preparado algo para los dos.

—No importa. Cada noche traigo comida del restaurante.

—Espero que no compraras más cantidad de la que sueles comprar. Alguien podría haberse fijado en ese detalle.

—No —contestó Ty—. Yo mismo anoto el pedido, lo pago y cojo el cambio. He comprado dos El Pollo Grandes y un «burrito», que podemos compartir.

—Suena estupendo —respondió Nicole tomando su bolso—. Quiero pagarte lo que te ha costado.

—Deja —replicó Ty—. Ya hablaremos de eso. Anda, ven.

Ella le siguió hasta la cocina. Ty miró a su alrededor.

—¿Has fregado los platos?

—Sí. Y el suelo. Supuse que no habías tenido tiempo de hacerlo últimamente.

Tyler la miró como si le hubiera molestado la leve reprimenda, pero luego se volvió, abrió la alacena, sacó dos vasos, que depositó en la mesa, y dos platos. Se sentaron a la mesa de la cocina y Ty dividió escrupulosamente el contenido de la bolsa de El Taco Rancho.

—Cuando te fuiste puse la televisión —dijo Nicole—. Al parecer me buscan por todas partes. ¿Te enteraste de algo en el lugar donde trabajas? ¿Crees que podré marcharme esta noche?

Tyler terminó de masticar y respondió:

—Vi un montón de policías. Observaban a la gente que iba en coche, deteniendo a algunos de ellos, principalmente a las mujeres que iban solas. —El muchacho se encogió de hombros—. No se han rendido.

—Entonces ¿te importaría que me quedara aquí un poco más?

—Creo que debes hacerlo. Si te pillan, yo también tendré problemas.

—¿Por qué me has ayudado?

Tyler observó a Nicole durante unos segundos, tras lo cual desvió la vista.

—Vi tu fotografía. Pensé que eras muy atractiva. Quería hacerte un favor.

—Podrías ir a la cárcel por ello.

—Lo sé.

Después de cenar se sentaron en uno de los sofás en el cuarto de la televisión y volvieron a ponerla, pero no dieron más boletines especiales. A las once, los informativos locales repitieron toda la historia, con los mismos reporteros apostados frente al hotel, aunque no había nada que ver. Pero uno de ellos mostró también un control a la entrada de la interestatal 40, donde los policías iluminaban con sus linternas los rostros de las mujeres que conducían solas y luego las dejaban proseguir.

Nicole sintió que su pulso se aceleraba de nuevo. Se levantó y dijo:

—Voy a darme una ducha. ¿Te importa?

—No —respondió Ty—. ¿Puedo mirarte mientras te duchas?

Nicole se quedó pasmada unos segundos.

—¿Qué?

—¿Puedo observar mientras te duchas?

—¿Por qué?

Ty se encogió de hombros.

—Quiero verte desnuda.

Nicole trató de reírse, pero emitió una carcajada hueca y falsa.

—Por supuesto que no. Eso no es lo que deseas en realidad.

—Sí, es lo que deseo —insistió Ty—. He estado pensando en ti desde que te vi.

—Soy mucho mayor que tú. Tengo veintiocho años, doce más que tú. Me parecería raro. Me sentiría turbada.

—No te pido mucho. Si yo no hubiera aparecido, a estas horas estarías en la cárcel. O muerta.

—Te agradezco lo que has hecho por mí. Quiero que seamos amigos. Pero no de esa forma.

La expresión de Ty se tornó sombría y hosca. Se sentía frustrado, ninguneado y manipulado, y Nicole observó la ira que traslucían sus ojos.

—¿No has visto nunca a una mujer? —preguntó.

—No. Sólo en películas. En fotografías.

Nicole se sentía desesperada, consternada. No podía permitirse que Tyler se enojara con ella.

—Oye, mira, Ty. No debes sentirte rechazado, ni creer que soy demasiado egoísta para darte lo que deseas. Me gustas. De veras. Y sé que crees que lo que estás pensando es lo que deseas realmente, pero este no es el momento oportuno. Yo no soy la mujer adecuada para ti.

Tyler fijó los ojos en la pared frente a él.

—No te pido la luna. A fin de cuentas te desnudas delante de los médicos y de otra gente que no te han hecho ningún favor.

—Por favor, Ty —respondió Nicole.

—Nada de por favor.

Ella suspiró.

—De acuerdo.

—¿Ahora?

—Si no hay más remedio.

25

Tan pronto como Catherine Hobbes había averiguado que Tanya había sido vista en Flagstaff, había tomado un vuelo para Arizona. Ahora, sentada en el asiento del copiloto del coche de policía, mirando a través de la ventanilla mientras el agente Gutierrez conducía, se preguntó si Tanya había vuelto a escapársele. Por la noche Flagstaff no parecía ser lo bastante grande para ocultar a Tanya Starling. No había suficientes lugares donde los forasteros pudieran pernoctar, o suficientes personas por las calles para que no descubrieran a Tanya. Ni parecía haber suficientes hombres.

Gutierrez aparentaba unos cuarenta años y era el tipo de policía que Hobbes habría asignado para servir de guía a un visitante de haberlo podido elegir ella. Era un hombre correcto, experimentado y pulido como un militar, vestido con un uniforme recién lavado y planchado con una raya perfecta en el pantalón y unos zapatos tan lustrosos que parecían espejos.

El agente pasó frente al hotel y dobló hacia el aparcamiento.

—¿Ve esa ventana con la cortina corrida y las luces encendidas? —preguntó aminorando la marcha.

—¿En el segundo piso, la tercera desde el extremo?

—Exacto. Esa fue la habitación que ocupó.

Catherine se volvió para comprobar los puntos desde los cuales se divisaba la ventana desde la calle más cercana.

—¿Cree que vio a alguien esperándola en la habitación?

—Lo ignoro —contestó Gutierrez— Sé que había algunos coches de policía camuflados aparcados aquí, por lo que pudo verlos. O quizás esa chica tiene la costumbre de llamar a los sitios para averiguar si hay policías antes de aparecer. En cualquier caso, se olió algo. —Aparcó el coche—. ¿Está lista para entrar?

—¿Puede mostrarme antes la estación de autobuses?

—Desde luego. Está cerca de aquí, en South Malpais Lane.

—Gutierrez atravesó el aparcamiento y enfiló de nuevo South Milton, recorrió un par de manzanas y giró a la izquierda—. Está ahí delante. Pero hace unas ocho horas que esa chica estuvo aquí.

—De todos modos, quisiera echar un vistazo —dijo la sargento—. Estoy tratando de conocerla, y quiero ver lo que ella vio.

El agente pasó frente a la entrada de la estación, se detuvo a pocos metros, junto a la acera, y se apeó del coche con Catherine Hobbes. Ésta vio el teléfono público adosado al muro estucado en la fachada del edificio. Podía ser el que utilizó Tanya para llamar al hotel, pero probablemente había otros teléfonos dentro de la estación o detrás, en la zona de estacionamiento. Era demasiado tarde para tomar las huellas digitales de los teléfonos.

Catherine abrió la puerta de cristal y entró en la estación. Era a última hora de la tarde, pero vio que la estación presentaba ya el aspecto deprimente que suelen tener las estaciones de autobuses a las dos de la madrugada, las luces fluorescentes lo suficientemente intensas para hacer que la persona que esté atrapada allí parezca derrotada. Hobbes se acercó al mostrador y tomó uno de los pequeños horarios doblados.

Mientras lo examinaba, Gutierrez dijo:

—El primer billete que compró esa chica fue para el autobús que parte mañana a las diez de la mañana para Santa Fe. Compró uno para el autobús de Phoenix poco antes de que partiera a las tres y cinco de la tarde. Era el próximo autobús que partía.

Hobbes se acercó a la puerta de entrada, salió y contempló la ciudad.

—El hotel se encuentra a unas cuatro manzanas en esa dirección, ¿no es así?

—Correcto —respondió Gutierrez—. Aproximadamente a un kilómetro.

Catherine volvió a entrar en la estación y se acercó a la puerta situada al otro lado de la sala de espera, debajo de un letrero que decía EMBARQUE EN LOS AUTOBUSES. Salió de nuevo y se detuvo debajo del tejado en saliente. En esto se aproximó un autobús por South Malpais que giró en redondo, subiéndose un poco al arcén asfaltado y emitiendo un sonido sibilante cuando se detuvo. Las luces se encendieron y se abrieron las puertas. El letrero sobre el parabrisas que decía FLAGSTAFF cambió a HOLBROOK.

Mientras Catherine observaba, un grupo variopinto de personas bajaron lentamente, una tras otra, por los estrechos escalones del autobús y se detuvieron en la acera. Eran las personas que ella estaba acostumbrada a ver atravesar en oleadas las estaciones de autobuses en Portland: hombres y mujeres de edad avanzada con la vista fija en el suelo mientras andaban, u hombres muy jóvenes y solitarios con el rostro tenso y vigilante, o chicas adolescentes en parejas o tríos, charlando y riendo como si el resto del mundo no pudiera oírlas.

El conductor y un interventor abrieron el compartimento de equipajes situado en un costado del autobús, sacaron las maletas y las colocaron en fila para que los pasajeros las recogieran. A continuación Catherine vio a las personas a las que esperaba, los primeros pasajeros para la siguiente etapa del trayecto del autobús, haciendo cola. Eran semejantes al último grupo, personas demasiado jóvenes o demasiado mayores para conducir, personas que no tenían dinero para comprarse un coche. La sargento se puso en la cola detrás de una mujer que portaba un bolso gigantesco, miró a su alrededor y se acercó al autobús.

—¿Los autobuses municipales paran aquí? —preguntó al interventor.

—No paran en la estación. La parada más cercana está en la esquina de South Milton.

—Gracias.

Gutierrez se acercó a ella, picado por la curiosidad.

—Creo que alguien recogió a la chica —dijo Catherine.

—¿A qué se refiere? ¿Que había alguien esperándola?

—No. La chica vino aquí y compró un billete para Phoenix poco antes de que el autobús partiera. Se dirigió hacia la puerta de entrada, llamó al hotel y luego se puso en esta cola para subir al autobús.

—Correcto, eso es lo que dijeron los testigos.

—Pero cuando la policía estatal detuvo al autobús, la sospechosa no iba en él.

—La sigo.

—Debió de ocurrir algo mientras la chica se hallaba aquí, donde estoy yo, esperando embarcar. Algo hizo que cambiara de opinión y no subiera al autobús. Pero desde este lugar no se ve ninguna alternativa. No hay taxis, ni coches de alquiler ni nada parecido. Si la chica hubiera dado media vuelta y hubiera echado a andar, alguien la habría visto. Las unidades de policía llegaron al cabo de un par de minutos después de que llamara al hotel, y registraron todas las manzanas alrededor de la estación, interrogando a cualquiera que pudiera haberla visto. La única posibilidad es que se encontrara con alguien, y que abandonara la zona en el coche de esa persona.

—¿Cree que pudo hacer eso? Hay que ser muy lista.

—Ya ha visto su fotografía. Parece joven, dulce y vulnerable. —Catherine se volvió para contemplar la entrada de la estación—. Lo único que me pregunto es quién pudo ser. El motivo de que las personas acudan a una estación de autobuses es que no tienen coche.

—Quienquiera que sea, va a llevarse una sorpresa morrocotuda.

Cuando se apartó de la cola junto con Gutierrez y echaron a andar por la calle hacia el coche de policía, Calvin Dunn retrocedió un paso y se colocó detrás del autobús que tenía el motor en marcha para evitar que los faros de un coche que pasaba en esos momentos iluminaran su rostro. Al ver a Hobbes y a Gutierrez detrás de la estación de autobuses, la mujer haciendo cola y alejándose luego con el policía, Dunn había experimentado unos momentos de gran curiosidad. La edad, estatura y peso de la mujer coincidían. Pero al parecer era otra maldita policía.

26

Nicole Davis yacía en la cama con los ojos muy abiertos, contemplando la oscuridad. Los cerró, luego volvió a abrirlos, pero la oscuridad tenía el mismo aspecto. No quería estar ahí, no quería ser quien era. Escuchó la respiración de Tyler que dormía a su lado, roncando un poco en sueños. Ella sabía con que soñaba.

Nicole había previsto exactamente lo que ocurriría cuando Ty hubiera logrado su propósito. Sabía lo que desearía a continuación, sabía que el chico no podría resistirse y que ella no podría detenerlo. Por supuesto que lo sabía, porque por primera vez en su vida Nicole era la más experimentada de los dos y sabía lo que el chico sentiría antes de que lo sintiera. De modo que ella se había convertido al mismo tiempo en la experta seductora y la víctima involuntaria. Ty se había mostrado excitado y feliz ante lo que ocurría, mientras que Nicole había tratado de ser paciente e infundir paciencia a Ty, enseñarle lo que debía hacer.

Nicole tenía la sensación de que el tiempo se había quebrado y desplazado, dos extremos que se unen en el lugar inadecuado, como una brecha en una falla. De haber estado con Ty cuando Nicole tenía dieciséis años, habrían hecho una buena pareja. Ambos habrían vivido la experiencia con la misma impericia. Nicole se había sentido como Ty se mostraba ahora: asombrada. Posteriormente, se habría sentido feliz de haber tenido años atrás, cuando se hallaba al otro lado del abismo, un novio como Ty. A partir de ese momento todo habría sido distinto en sus vidas.

Sintió que un par de lágrimas caían de sus ojos y rodaban por sus mejillas hasta sus orejas. Habían ocurrido muchas cosas desde que había cumplido dieciséis años, y nada había sido como había imaginado.

Los acontecimientos comenzaban a precipitarse. Nicole se veía obligada a tomar decisiones improvisadas, sin tiempo para calibrar las consecuencias. Cada vez que tomaba una iniciativa, la reacción se producía al instante. Si daba un paso, las sirenas de los coches patrulla comenzaban a sonar antes de que pudiera dar un segundo.

Era culpa de esa mujer policía con la que Nicole había hablado por teléfono, la sargento Catherine Hobbes. Probablemente seguía en Portland, pero lo que le ocurría a Nicole en Flagstaff era culpa de esa zorra. Es más, todo cuanto había sucedido desde la muerte de Dennis Poole había sido culpa de Catherine. Ella tenía la culpa de que la policía bloqueara esta noche las carreteras.

La muerte de Dennis había sido el resultado de una disputa entre ambos, una pelea entre iguales. Él se disponía a acusar a Tanya de haberle robado dinero. Podría haber conseguido que la metieran en la cárcel, lo cual habría sido el fin para ella. Tanya le había disparado en defensa propia. Lo único que Catherine tenía que hacer era clasificarlo como un homicidio, rellenar los estúpidos impresos de la policía, entregarlos e irse a casa. Pero en lugar de ello había decidido utilizar a la pobre Tanya Starling para constituirse en una heroína. Era repugnante.

De no haber sido por esa policía, Nicole no habría tenido que protegerse de personas como Bill Thayer o Mary Tilson. No habría tenido que ceder a las fantasías sexuales de un chico de dieciséis años de Arizona. Permaneció acostada en la oscuridad y cerró los ojos hasta quedarse dormida.

Se despertó al amanecer y contempló el rostro dormido de Tyler Gilman que reposaba en la almohada. Mostraba una expresión plácida. Estaba sumido en un sueño profundo, con la boca cerrada y no pestañeaba.

Se levantó sigilosamente y se dirigió al baño, donde había dejado su ropa. Las prendas seguían colgadas del gancho detrás de la puerta, donde Nicole las había colgado mientras se las quitaba. Llevó su ropa a la salita y se vistió en silencio, porque no estaba preparada para volver a acostarse en esos momentos con Tyler. Mientras reflexionaba a solas, sentada en el sofá, abrazándose las rodillas y con los pies desnudos apoyados en el sofá, llegó a la conclusión de que había hecho lo único que podía hacer. De haberse negado, Tyler habría dejado de ayudarla. Ella necesitaba que el chico le hiciera más favores, de lo contrario acabarían atrapándola. Era así de sencillo.

Nicole tenía que decidir qué quería que Ty hiciera por ella. Deseaba marcharse de Flagstaff. Eso suponía esperar varios días, hasta que la policía hubiera registrado todo lo que pretendían registrar en la ciudad, y pedir luego a Ty que la llevara en coche a otra ciudad. Fuera de Arizona.

Dentro de unos días Nicole necesitaría disponer de su propio coche, y comprar ropa nueva que no se pareciese a la que había dejado en el hotel. Tenía que idear la forma de que Ty adquiriese esas cosas sin llamar la atención. Mientras reflexionaba sobre su situación, comprendió que probablemente no era tan mala. Lo único que tenía que hacer era controlar a Tyler Gilman.

Nicole le oyó moverse. Se produjo un ruido cuando Ty se levantó de la cama y apoyó los pies en el suelo. Luego le oyó encaminarse por el pasillo hacia la salita, y sintió la vibración cuando atravesó la habitación hacia ella.

Ty se detuvo ante ella, envuelto en una manta.

—Me desperté y temí que te hubieras ido, que te hubieras marchado mientras yo dormía.

La joven alzó la cabeza lentamente y le miró.

—No me he ido. Anoche me obligaste a hacer una cosa muy seria e importante, que yo no quería hacer. Por eso supusiste eso.

—Lo siento —respondió Ty—. Es decir, no siento lo que hice. Lo siento por ti, me siento fatal.

—Entiendo. Anoche te dije que comprendía por qué deseabas hacer eso. Los hombres sois así. —Nicole se levantó y se encaminó hacia la cocina—. Te prepararé el desayuno. ¿Te gustan los huevos?

—¿Estás enfadada conmigo?

Nicole lo miró con gesto pensativo.

—Es demasiado tarde para eso. Hiciste algo muy importante y arriesgado por mí, y me pediste algo a cambio, eso es todo. Hoy es otro día. ¿Cómo te gustan los huevos?

—¿Dejarás que lo vuelva a hacer?

—No lo sé —respondió ladeando la cabeza—. Ya lo pensaré después de que hayamos desayunado, nos hayamos duchado y lavado los dientes. Ahora ve a sentarte a la mesa.

Ty echó a andar hacia la cocina. Al pasar junto a Nicole, ésta observó que el chico bajaba la vista. No le costaría ningún esfuerzo controlarlo.

27

Calvin Dunn estaba sentado en un sillón orejero en el extremo más alejado del vestíbulo del Sky Inn, de forma que estaba de espaldas a la pared en la esquina junto al hogar de piedra. Esta noche el fuego no estaba encendido, porque la temperatura había sobrepasado hoy los treinta grados y los muros de ladrillo del edificio seguían conservando el calor. Dunn leía el periódico.

Tenía la impresión de que la historia de la asesina múltiple había dejado de ser noticia en Flagstaff. Ya no acaparaba los titulares. Se producían los suficientes accidentes de coche y asesinatos de ciudadanos locales para mantener a la policía ocupada y proporcionar material abundante a los reporteros. Al parecer nadie seguía interesado en la visita que la chica había hecho a la ciudad. Era como una nube que había pasado sin que nadie se hubiera mojado.

Dunn alzó los ojos del periódico y observó al joven recepcionista. Eran más de las dos de la mañana y hacía una hora que había entrado el último cliente en el vestíbulo, pero el empleado se afanaba en parecer siempre muy atareado, tratando de ganar puntos para que lo ascendieran a… ¿qué? ¿Jefe de los recepcionistas del turno de noche? Era el único recepcionista de ese turno. A esas horas apenas tenía nada que hacer, de modo que se dedicó a pulir el mostrador con un bote de Pledge y un trapo. El joven era consciente de la presencia de Calvin Dunn, al que miraba de vez en cuando.

Calvin dobló el periódico, se lo puso debajo del brazo, se levantó y se encaminó hacia el mostrador.

—¿Puedo ayudarlo, señor? —preguntó el recepcionista.

—¿Estaba usted de servicio cuando se registró en este hotel la chica sobre la que he leído en los periódicos?

—Sí, señor. La atendí yo mismo.

Dunn le observó con curiosidad.

—Qué interesante. ¿Qué aspecto tenía esa chica?

Era una pregunta trascendental, que al joven le habrían formulado muchas veces al principio, pero que la gente había dejado de hacer desde que la chica había desaparecido.

—Era muy atractiva. Eso fue en lo primero que me fijé, en lo primero que se habría fijado cualquiera. Pero cuando le pedí una tarjeta de crédito, me dijo que no las utilizaba. No parecía el tipo de persona que no utiliza tarjetas de crédito. No parecía una indigente, ni nada por el estilo.

—Es una delincuente —dijo Calvin Dunn—. Yo habría supuesto que utilizaría una tarjeta de crédito… perteneciente a otra persona, claro está.

—No lo sé —respondió el recepcionista—. Pero llevaba un montón de dinero encima. Lo vi cuando pagó por la habitación. Durante unos momentos pensé que quizás era una estrella de cine que no quería que la reconociesen.

—¿Vio si llevaba una pistola?

—No. Seguramente llevaría una, pero yo no la vi.

—Esa chica pudo haberle matado.

—Lo sé —contestó el joven. Parecía complacido de que alguien hubiera caído por fin en la cuenta.

—Fue usted muy valiente al denunciarla.

—Qué va —respondió el recepcionista—. Estaba en casa y vi su fotografía en la televisión. Llamé a la policía desde mi apartamento.

—A eso me refiero. Fue usted quien la reconoció y llamó a la policía. —Calvin hizo una pausa—. El único que lo hizo.

—¿En serio?

—Sí —respondió—. Esa chica habrá pensado más de una vez en usted durante los últimos días. Por supuesto, otras personas dijeron más tarde que recordaban haberla visto en tal sitio y tal otro. Usted y yo sabemos que principalmente se debe a que la gente odia que ocurra algo gordo ante sus narices y no darse cuenta. De modo que se convencen de que lo han visto. El caso es que usted fue el único que la reconoció y avisó a la policía.

El joven parecía sentirse incómodo.

—¿Es usted policía?

—No —contestó Dunn—. Trabajo para el pariente de una de las víctimas.

—Me preguntaba qué hacía sentado ahí junto a la chimenea, leyendo el periódico, a estas horas, así que pensé que era un policía, que me estaba observando.

—No anda muy desencaminado.

El joven lo miró a los ojos y lo comprendió todo.

—Estaba esperando por si esa chica aparecía, ¿no es así? ¿Cree que es capaz de volver y tratar de matarme?

—Confieso que se me había ocurrido —respondió Calvin.

—Joder.

—Es una mera precaución. La policía vigila la estación de autobuses, los establecimientos de alquiler de coches, el aeropuerto y las rampas de entrada a la autopista. Tienen todos los lugares más previsibles cubiertos. Saben qué aspecto tiene esa chica, y si aparece donde se encuentran, seguramente la atraparán.

—Lo dice como si no creyera que la chica aparezca en esos sitios.

—Tiene otra faceta aparte de la racional, lo cual la distingue de otra gente. Parece incapaz de matar a una mosca, pero de vez en cuando saca una pistola y le dispara a un tío en la cabeza. Eso demuestra que no se comporta necesariamente como otras personas.

—Pero no conseguiría nada matándome.

—Cualquiera sabe qué consiguió matando a esas otras personas. Algunos asesinos gozan matando a la gente, y otros lo hacen porque están cabreados. —Dunn se encogió de hombros—. No deja de sorprenderme que la policía no haya pensado en esa posibilidad. Parece como si creyeran que esa chica está ya a mil kilómetros de aquí.

—¿Usted no lo cree?

—No lo sé, y la policía tampoco.

—¿Va a quedarse aquí hasta que termine mi turno?

—Si a usted no le importa.

—En absoluto —respondió el joven—. Póngase cómodo, como si estuviera en su casa. —El recepcionista le tendió la mano—. Me llamo Donald Holman.

—Lo sé. Calvin Dunn —respondió estrechándosela.

—La luz en el vestíbulo es mejor para leer. Casi nadie se sienta junto a la chimenea en verano.

—Ya me he dado cuenta. Pero es el único sitio donde alguien que mire a través de las ventanas no puede verme.

—En efecto. Bien, si necesita algo mientras estoy de servicio, no dude en decírmelo.

—Una cosa. ¿Sabe si hay una mujer que se aloje en este hotel llamada Catherine Hobbes?

Donald parecía sentirse turbado.

—No se nos permite dar información de las personas que se alojan aquí.

—No le he pedido el número de su habitación. Podría utilizar ese teléfono que hay ahí y pedir a la telefonista que me pasara con su habitación.

—Lo sé —dijo Donald—. Es una norma absurda. Sí, se aloja aquí. Llegó ayer en avión desde Portland para entrevistarme unas horas después de que yo avisara a la policía de que Tanya estaba aquí. Después de ello se presentó la sargento Hobbes, y uno de los policías locales me dijo que quería alojarse en este hotel porque quería ver todo lo que había visto Tanya Starling.

—Quizá sea un método que le da buen resultado. Para mí lo que funciona es ponerlos a ustedes dos en el mismo lugar, y por eso quiero quedarme aquí.

—¿Cree que la sargento Hobbes también corre peligro? —preguntó Donald frunciendo el ceño.

Dunn se encogió de hombros.

—Es una policía a la caza de una asesina múltiple, que está en una ciudad extraña donde se encuentra la delincuente, o se encontraba, y ésta conoce su nombre. Lo que hace que un policía sobreviva no es el hecho de que sea especialmente inteligente, cosa que la mayoría no lo es, ni duros, que pocos de ellos lo son. Es el hecho de que hay un montón de policías, una cantidad ilimitada, como las hormigas. Pero la sargento Hobbes está aquí sola.

—Supongo que tiene razón. Está tan a tiro de la asesina como yo.

Calvin estaba apoyado sobre sus codos en el mostrador, con los brazos cruzados. Se enderezó y metió la mano derecha en el bolsillo interior de su chaqueta. Donald vio la culata de la voluminosa pistola en la funda colgada del hombro, pero la chaqueta volvió a cerrarse y el hombre le mostró un pequeño puñado de billetes de cien dólares.

—Esta noche espero no perderlo de vista hasta que termine su turno, pero quizá no esté aquí mañana. Aquí tiene quinientos dólares, y mi tarjeta. Quisiera que me llamara a mi móvil cada vez que la sargento Hobbes salga del hotel o reciba una visita. Si oye cualquier cosa, le prometo mucho más dinero.

—No sé…

—Acéptelo, por favor. La sargento es una buena amiga, pero es demasiado orgullosa y testaruda para dejarme que la proteja. —Dunn sujetó la muñeca de Donald con firmeza, sin hacerle daño, pero Donald no se atrevía a contraer un solo músculo por temor a que le apretara la muñeca con fuerza y se la partiera. Dunn le metió el dinero en el bolsillo y luego le soltó.

—No debería aceptar ese dinero, ni espiar a una policía.

—Es por el bien de la agente, y el suyo. De ese modo puedo vigilarlos a los dos al mismo tiempo.

—No me parece bien tomar ese dinero…

—Voy a salir a echar un vistazo por el aparcamiento —dijo Calvin—. Y no se preocupe por el dinero. El único motivo de tener dinero es para ayudar a los amigos.

28

Era jueves por la mañana y Nicole estaba sentada delante del ordenador que tenía Tyler en su habitación. El escáner que había junto a la impresora le había dado una idea. Escaneó sobre una hoja de papel el dibujo del fondo de una matrícula de honor que estaba colgada en la pared. Después de hacerlo sobre cuatro hojas de papel, Nicole giró el papel y lo hizo por el reverso.

—Ty —dijo—. Ayúdame a pensar en un nombre.

Ty permaneció tendido en la cama, contemplando el techo.

—¿Qué te parece Tara?

—Es poco común.

—Tú eres poco común.

—No. Quiero algo que suene como el nombre de cualquiera. Quiero desaparecer, Ty. Hacerme invisible durante unos dos años y gozar de la vida.

—¿Victoria? ¿Veronica? ¿Melissa?

—Son demasiado largos. Quizá me llame Anne. Veamos… Foster, no, Forster. Anne Forster.

—Es un buen nombre —dijo Ty—. Muy bueno.

Nicole abrió su bolso, sacó el cedé que llevaba y lo colocó en el ordenador. Abrió el archivo que contenía el certificado de nacimiento en blanco. Seleccionó el tipo de letra que encajaba con el resto del documento y llenó los espacios en blanco para convertir a Anne Forster en una mujer nacida hacía veintidós años, el diecinueve de julio. Luego colocó las hojas de papel con el dibujo de filigrana en la impresora e imprimió el certificado. Ty trató de coger la hoja, pero Nicole se lo impidió.

—No lo toques. Se correrá la tinta.

Ty ladeó la cabeza para contemplar el certificado en la bandeja de la impresora.

—Parece auténtico. ¿Qué nombre debería adoptar yo?

—¿Qué nombre deberías adoptar tú?

—Sí —respondió Ty—. Tiene que parecer también auténtico. ¿Qué te parece Joshua? ¿Joshua Forster?

—Humm... No me suena bien. —Nicole se esforzó en ocultar su sorpresa, pero su mente no se movía con la suficiente rapidez—. ¿Quién eres?

—¿A qué te refieres?

—¿Por qué tienes que llevar el mismo apellido que yo? ¿Quién pretendes ser?

—Tu marido.

Nicole sonrió con gesto condescendiente pero sacudió la cabeza.

—Eres un encanto, Ty. Pero tienes doce años menos que yo. Esa diferencia representa tres cuartas partes de tu vida. Nadie creerá que estamos casados. Lo más seguro es que crean que soy una de esas maestras que se fugan con uno de sus alumnos. Llamarían a la policía.

Observó que los ojos de Ty empezaban a empañarse. El joven se tumbó de nuevo en la cama y fijó la vista en el techo. Nicole había hablado demasiado, y tenía que arreglar las cosas enseguida si no quería tener problemas.

—¿Y si te hicieras pasar por mi hermano? Podrías serlo. Así, si viajamos juntos, a la gente no le llamará la atención.

—No quiero ser tu hermano.

—Por favor, Ty. No insistas en que corramos riesgos inútiles. Nuestras vidas dependen de esto. No podemos ser incautos y atraer la atención de la gente.

—Ni siquiera parezco tu hermano.

Nicole recordó lo que había visto en la habitación de los padres de Ty.

—¿Tu madre se tiñe el pelo para ocultar las canas?

—Sí.

Se levantó y se encaminó hacia el baño contiguo al dormitorio de los padres del chico. Cuanto Ty la alcanzó vio que Nicole abría los armarios y cajones. La chica se arrodilló delante de un armario abierto situado debajo del lavabo y sacó una caja de tinte para el pelo con la fotografía de una guapa mujer en la etiqueta. Luego se levantó, condujo a Ty hasta el espejo y sostuvo la caja junto al pelo del joven.

—Mira. Su color de pelo es exacto al tuyo.

—¿Vas a teñirte el pelo del color del mío?

—Sí.

—Tenemos los ojos de color distinto.

—Mis ojos son de un azul más pálido que los tuyos —respondió Nicole—, pero tengo unas lentillas de contacto azules. Y marrones y verdes. Pero me pondré las azules. Mostraremos un parecido asombroso.

Ty no dijo nada, sino que observó con gesto apenado su imagen en el espejo. Nicole le miró de refilón.

—Los hermanos y hermanas pueden alojarse en la misma habitación de un hotel por las noches. Lo hacen para ahorrar dinero.

Él sonrió.

—Anda, ayúdame.

—¿Ahora?

—Sí, ahora. Ty, sólo nos quedan unos tres días antes de que regresen tus padres. Debemos hacer todos los preparativos antes de que se presenten. Y un detalle por pequeño que sea puede salvarnos. —Nicole abrió la parte superior de la caja.

—¿Y si mi madre ve que falta?

—No lo sé —contestó ella—. Probablemente no se fijará, al menos enseguida. Tiene tres cajas de tinte. Lo que sé es que si no encuentra una caja de tinte para el pelo, seguro que no llamará a la policía. Eso es lo único que me importa. —Nicole empezó a sacar los pequeños frascos y guantes de plástico de la caja y a depositarlos en el lavabo.

—Lo vamos a poner todo perdido.

—Eso seguro.

—Entonces hagámoslo en mi cuarto de baño.

—Pero es más pequeño y oscuro.

—Si mis padres regresan y nos hemos ido, no quiero que deduzcan lo ocurrido de inmediato. Si ven una mancha en la mesa, sabrán el color exacto del que te has teñido el pelo.

Nicole lo miró. Ty no dejaba de sorprenderla. Le siguió hasta su cuarto de baño y colocó el kit en el lavabo. Al quitarse el top que llevaba oyó a Ty contener el aliento.

—No, Ty —dijo—. Ahora no. No puedo arriesgarme a mancharme la ropa. Sólo tengo estas prendas.

—Yo... lo siento —respondió él—. Debí pensar en ello. Dispongo de unas tres horas antes de ir a trabajar. Puedo salir a comprarte ropa. Te la traeré cuando vuelva del trabajo.

—¿Adónde piensas ir?

—No sé. Al centro comercial.

—Ve a una tienda grande, donde nadie se fije en ti, y mete las cosas en una carro de la compra. ¿Hay un Wal-Mart o Target por aquí cerca?

—Sí. Los dos.

—Entonces te daré una lista de lo que necesito, con mis tallas. Compra también algo de ropa para ti, y mézclala, como si fuera para tu familia. ¿De acuerdo?

—Sí.

Nicole entró en la habitación de Ty, tomó una hoja en blanco de la impresora y redactó la lista. Luego cogió su bolso y sacó dinero.

—Aquí tienes seiscientos dólares. Si lo gastas todo en un establecimiento, se fijarán en ti. —Le entregó la lista y observó mientras Ty la leía—. ¿Podrás hacerlo?

—Pues claro —respondió él encogiéndose de hombros con expresión turbada—. He comprado cosas para mi madre.

—Procura no llamar la atención, Ty. Ten cuidado. —Nicole se acercó y le besó lenta y apasionadamente. Luego se apartó y añadió—: Lo que más me preocupa es tu seguridad. Si observas algo dentro o alrededor de la tienda que te parece sospechoso, evítala. No entres.

—De acuerdo —respondió Ty.

—Anda, vete. Compra las tallas exactas que he anotado. Compra prendas oscuras y de color tierra. No te preocupes por la largura de los pantalones. Si son demasiado largos los acortaré. Y cómprame una maleta barata, con ruedas, lo suficientemente grande para que quepa la ropa.

Nicole lo besó de nuevo y Ty la miró un tanto aturdido. No quería ir. La abrazó con fuerza hasta que ella le agarró por las muñecas y le obligó a soltarla. Luego le hizo dar media vuelta y le empujó hacia la puerta.

—¡Anda, vete de una vez! —Nicole tomó una almohada de la cama y se la arrojó. Ty la esquivó ágilmente y se marchó.

Oyó sus pasos al salir y luego el sonido del coche. Entró en el baño, se quitó el resto de la ropa y abrió los frascos. El olor acre y penetrante de las sustancias químicas impregnó el ambiente. Algunas personas detestaban ese olor, pero para Nicole evocaba recuerdos de su infancia. La primera vez que había percibido ese olor tenía cinco años. Charlene y su madre habían llegado al hotel del centro de la ciudad la víspera del concurso de Pequeña Miss Milwaukee y habían bajado al salón de baile para ver a las demás concursantes que acudían acompañadas por sus madres para inscribirse. Mientras observaban a las otras niñas, la madre de Charlene mostraba una expresión profundamente preocupada. Al final, encerró a Charlene en la habitación del hotel, luego se dirigió a una tienda situada al otro lado de la calle y había regresado con dos kits para teñirse el pelo. A la mañana siguiente, Charlene y Sharon Buckner se presentaron en la inauguración del concurso con el pelo del mismo color de pelo dorado y el mismo maquillaje, aplicado con esmero. Parecían casi idénticas, la bonita hija como versión en miniatura de la bonita madre.

Mientras se ponía manos a la obra, Nicole pensó que era un alivio que Ty se hubiese marchado. El proceso de teñirse el pelo no era complicado, pero requería que prestara atención y Ty siempre trataba de distraerla.

Cuando terminó, la joven comprobó, aunque aún tenía el pelo húmedo, que había hecho un trabajo excelente. Sacó de su bolso un pequeño estuche de plástico que contenía las lentillas de contacto, eligió las azules y se las puso. Luego se colocó delante del espejo y dijo:

—Soy una Gilman.

29

Catherine Hobbes esperó a que el agente Gutierrez entrara en la zona de estacionamiento prolongado en el aeropuerto y detuviera el coche.

—Supongo que esto es lo máximo que nos podemos acercar —comentó el agente.

Ambos descendieron del coche patrulla y Catherine se encaminó hacia el pequeño Honda gris de Mary Tilson. Vio unos policías de uniforme junto al perímetro de cinta amarilla que rodeaba el coche. En esos momentos estaban colocando más cinta para obligar a los coches que entraban en el aparcamiento a avanzar por otro pasillo, alejado de los técnicos que trabajaban alrededor del Honda.

Cuando Catherine llegó a la cinta un oficial vestido con un pantalón de paisano, una camisa blanca y la placa de teniente prendida en el bolsillo se acercó para saludarla.

Mientras el teniente hablaba Catherine observó que no dejaba de tomar decisiones. Aunque debió de verla descender del coche patrulla de Gutierrez, tenía que verificar que se trataba efectivamente de Hobbes.

—Hola. ¿Es usted la sargento Hobbes?

—Sí —respondió Catherine.

A continuación el policía tenía que aclararle que él estaba a cargo del asunto.

—Soy el teniente Hartnell.

Catherine alargó la mano.

—Encantada de conocerle.

Observó al oficial decidir que quería que ella pensara que era un tipo espontáneo e informal, no el tipo de hombre que toma una decisión cada vez que abre la boca.

—Steve Hartnell —dijo el teniente mientras le estrechaba la mano.

—Me llamo Catherine. —La sargento sostenía un pequeño bloc de notas y comparó el número de California en la matrícula del Honda con el número que había anotado en su bloc, tras lo cual lo guardó.

—Hemos acordonado la zona alrededor del coche para ver si encontramos huellas, algún objeto que alguien haya dejado caer y demás. La grúa llegará dentro de poco para llevarse el coche y que los técnicos puedan analizarlo más a fondo en busca de pruebas.

—¿Sabe a qué hora dejó la sospechosa el coche aquí?

—El ticket está en el suelo del lado del copiloto, como si la chica lo arrojara allí después de tomarlo y que la barrera automática se elevara. Indica las tres y cuarenta y ocho minutos de la mañana, hace dos noches. En cierto modo, es un alivio. Significa que la sospechosa se dirigió a la terminal y tomó un taxi que la condujo directamente al Sky Inn. No tuvo tiempo de detenerse y matar a una familia de seis miembros.

Catherine hizo caso omiso del último comentario porque estaba pensando en Tanya.

—Debía de estar rendida.

Hartnell la miró como dudando de su cordura.

Al observar la expresión del oficial, Catherine matizó:

—Esa chica mató a una mujer en Los Ángeles por la tarde, limpió el apartamento de arriba abajo, recogió sus cosas y huyó en el coche de la víctima. Debió de detenerse en algún lugar durante un día y partió de nuevo al anochecer, pero no llegó aquí hasta las tres de la mañana de la segunda noche. Deduzco que debía de estar rendida.

—No me inspira la menor compasión —dijo Hartnell.

—Me limito a descartar algunas cosas en mi mente —replicó ella—. No creo que la sospechosa tuviera a alguien con quien ponerse en contacto aquí, alguien que pudiera darle alojamiento o ayudarla a huir. A las cuatro de la mañana esa persona seguramente estaría en casa, y la sospechosa se habría dirigido allí. Pero en lugar de ello abandonó el coche aquí y se dirigió al Sky Inn. Creo que se detuvo aquí probablemente porque se estaba durmiendo al volante.

—Pero alguien la recogió a los pocos minutos de que la chica llamara al hotel desde la estación de autobuses al día siguiente —dijo Hartnell—. Quizás organizó que la recogieran durante el día. Quizá su cómplice trabaja de noche o no estuvo en casa hasta entonces.

—No lo creo —respondió Catherine—. Parece ser una experta en conseguir que la gente la ayude, se interese por ella. Generalmente es un hombre, pero no tiene que serlo necesariamente. Creo que ese es el motivo de que matara a Mary Tilson. La anciana trabó amistad con la joven que vivía en el apartamento enfrente de ella. La invitó a entrar en su cocina y cuando se disponía a prepararle algo para comer o beber Tanya la apuñaló.

—¿Puede desarrollar esa hipótesis? —preguntó Hartnell.

—Creo que debemos concentrarnos en la persona que recogió a Tanya. Si la llevó en coche a algún sitio, debemos averiguar dónde la dejó. Si sigue con ella, debemos persuadirle de que la denuncie.

Hartnell parecía estar tomando otra de sus decisiones.

—Hablaré con el jefe sobre la posibilidad de celebrar una rueda de prensa —dijo midiendo sus palabras.

—Estupendo —contestó Catherine—. También creo que debemos consultar la sección de personas desaparecidas para averiguar si hay alguien con un coche que no ha sido visto en los últimos dos días.

—Buena idea —respondió Hartnell—. Nos veremos más tarde.

Cuando el teniente se dirigió hacia su coche camuflado, ella comprendió que había ido demasiado lejos, tratando de decirle a un oficial de otro estado cómo organizar una investigación. Se había granjeado su antipatía. Catherine le observó arrancar el coche y salir del aparcamiento.

Se volvió para mirar de nuevo el coche y pensó en Tanya. Se había quedado atrapada en Los Ángeles, a punto de ser descubierta debido a la fotografía publicada en la portada del *Daily News*. Debió de reaccionar desesperadamente para salirse del aprieto. Debió de atravesar el pasillo y apuñalar a su vecina de sesenta años hasta matarla y robarle el coche. Luego había conducido hasta donde había podido sin ser descubierta: probablemente sabía que tenía que desembarazarse del coche antes de que amaneciera. Cuando el cansancio la había vencido, Tanya había abandonado el coche aquí. Había elegido un lugar donde dejarlo junto a otros muchos coches, sin que llamara la atención de nadie durante unos días. Tanya había tratado de ganar tiempo. Estaba desesperada. Trataba de huir, y se sentía vulnerable y aterrorizada.

El agente Gutierrez se acercó a Catherine.

—Al parecer la sospechosa no dejó huellas ni ninguna otra prueba indiciaria. El camión grúa acaba de llegar.

—Ya podemos irnos —dijo ella—. ¿Puede acercarme a la comisaría?

—Desde luego.

Gutierrez llevó a Catherine a la comisaría y la dejó delante de la entrada principal.

—¿Qué piensa hacer ahora? —preguntó.

—Voy a intentar convencer al teniente Hartnell para que me dé una oportunidad de hablar con Tanya.

30

Los permisos de conducir eran difíciles de falsificar, y eran un documento de identificación imprescindible. Anne dedujo que el de Rachel Sturbridge de California era el más adecuado para escanearlo. Había sido expedido recientemente y contenía la mayor cantidad y variedad de elementos destinados a disuadir a los falsificadores. Había una amplia fotografía en color de Rachel en el lado izquierdo, una más pequeña en el derecho y numerosos hologramas plateados que se solapaban que constituían los sellos estatales con las letras JDT. Pero fuera de California, la dirección y los números no tenían ningún significado para nadie.

La chica escaneó el carné de Rachel Sturbridge, tecleó en él el nombre de Anne Margaret Forster, su nuevo color de ojos, color de pelo y fecha de nacimiento, lo imprimió, lo recortó y lo insertó en la funda de plástico en su billetero. Gracias al leve empañamiento del plástico, el carné parecía perfecto.

Luego escaneó la fotografía del grupo de alumnos del instituto de Ty y empezó a jugar con las imágenes. Al cabo de unos minutos separó el rostro de Ty de los otros y lo superpuso sobre la imagen del permiso de conducir de California. Tecleó en él el nombre de James Russell Forster, insertó un nuevo número de ocho dígitos en rojo y cambió la fecha de nacimiento. A continuación lo imprimió y recortó.

Anne se quitó la ropa y la lavó junto con la de Ty. Mientras las prendas se secaban en la secadora se dio un baño caliente. Antes de que oscureciera buscó el kit de manicura de la madre de Ty y se arregló las uñas. Por último, aprovechando los últimos rayos de luz diurna, se maquilló y se cepilló el pelo.

Cuando Anne oyó el coche de Ty detenerse en la entrada, se dirigió a la cocina para esperarle. Oyó abrirse la puerta del garaje y el coche entrar en él. Ty cerró la puerta del garaje, se encaminó hacia la puerta de la cocina, la abrió y encendió la luz. Portaba una bolsa de comida de El Taco Rancho.

—Bienvenido a casa, Ty.

Al principio el joven se mostró sorprendido, pero enseguida se repuso de la sorpresa. Se acercó a Anne, mirándole el pelo y los ojos.

—Es increíble.

—¿Te gusta?

—Es asombroso. Pareces mi tía.

—¿Ahora soy tu tía?

—No lo he dicho en ese sentido —respondió Ty—. Te pareces un poco a ella. Pero no como está ahora. Es mi tía Darlene, la hermana de mi madre. Tú eres mucho más joven, pero seguro que cuando mi tía era joven tenía tu aspecto. Según dicen, estaba imponente. Mi padre dice que era un bombón, pero ahora se ha convertido en una pelmaza. —Ty dio una vuelta alrededor de Anne—. Es impresionante. Estás totalmente cambiada, tus ojos y todo lo demás…

—¿Entonces te parece bien?

—Sí. Me pones cachondo.

—Eres un chico de dieciséis años. Todo te pone cachondo.

—Todo lo referente a ti. —Ty depositó la bolsa de comida en la encimera y la abrazó, de modo que Anne tuvo que besarlo. Cuando el chico empezó a deslizar sus manos desde la cintura de Anne, ésta se las sujetó.

—Tengo más cosas que enseñarte. Ven. —Anne condujo a Ty hasta su dormitorio, donde le mostró el nuevo certificado de nacimiento y carné de conducir de James Russell Forster.

Ty tomó los documentos y los examinó.

—Caray, es increíble. Son… perfectos. ¿Puedes hacer uno que ponga que tengo veintiún años?

Anne se echó a reír.

—¿Para poder entrar en los bares?

—Sí.

—Quiero que utilices éste cuando viajes. —Anne sonrió—. Pero más tarde lo intentaré.

—No te pido más. —Ty se acercó al armario, lo abrió y se quitó la camisa de su uniforme. Cuando sacó una camisa limpia, Anne vio algo que le llamó la atención.

—¿Es un fusil?

Ty alargó la mano hacia el rincón del armario y lo tomó por su culata de nogal.

—Sí. ¿Ves? Era el viejo rifle de mi padre, el primero que tuvo, cuando tenía mi edad. Es un treinta cero seis.

Anne acarició la suave culata de madera, el cerrojo y la mira telescópica.

—¿Lo has disparado alguna vez?

—Pues claro. Un millón de veces. Soy un tirador de primera.

—¿Qué has matado con él?

—Ciervos, alces.

—¿Has matado ciervos?

—El año pasado no matamos ninguno. Mi padre tuvo que trabajar los fines de semana durante casi toda la temporada, y yo tuve partidos de entrenamiento de fútbol.

—¿Pero lo has utilizado?

—Sí. Ahora me dirás que me odias porque me he cargado a la mamá de Bambi.

Anne comprendió que debía de haber sufrido un lapso de concentración y Ty había observado su disgusto al averiguar que éste se dedicaba a cazar.

—No hay nada en ti que no me guste, Ty —respondió Anne apoyando la mano en el brazo del chico—. Eres una persona especial.

Él dejó de nuevo el fusil en el fondo del armario, se volvió hacia Anne y dijo:

—Mierda. Olvidé traer todas las cosas que he comprado. Están en el maletero. —Salió apresuradamente de la habitación y al cabo de unos minutos regresó con tres grandes bolsas.

—Me han quedado unos sesenta dólares del dinero que me diste —dijo sacando el dinero del bolsillo.

—Quédatelo. Tendré que darte más, para que compres unas provisiones para el viaje de mañana.

Ty la observó.

—¿Nos marchamos mañana?

Anne se encogió de hombros.

—Cuanto más tiempo esperemos, más seguros estaremos. Pero quiero largarme de aquí al menos dos días antes de que regresen tus padres. ¿Cómo es que no te llaman nunca? —preguntó Anne frunciendo el ceño.

—Lo hacen de vez en cuando. Cuando estuvieron en Lake Havasu me llamaron unas cinco veces. Creo que sentían remordimientos de conciencia. O quizá querían asegurarse de que iba a volver al trabajo. Desde entonces yo les he llamado dos veces con el móvil.

Anne sonrió.

—¿De modo que no querías que oyera lo que les decías? ¿Les llamas «mamá» y «papá»?

—No —respondió Ty—. Pero no quiero líos. Si te oyeran hablar o creyeran que había alguien aquí conmigo, la habríamos cagado. —¿Adónde iremos? —preguntó—. No hemos hablado de ello.

—No lo sé.

—¿Adónde habías pensado ir antes?

—Antes tampoco lo sabía. Tenemos que largarnos de Flagstaff, de esta zona del país, donde la gente puede descubrirme. Aparte de eso, me da lo mismo. Todos los lugares tienen algo agradable.

—Pero tenemos que dirigirnos hacia algún sitio.

—Se me ocurre una idea. Después de cenar, ¿por qué no entras en Internet y tratas de trazar una ruta hacia el este, con mapas y todo lo demás?

—De acuerdo —respondió Ty—. Trazaré un par de rutas, por si la primera es demasiado peligrosa.

—Buena idea —contestó Anne. Luego añadió—: Jim.

—Gracias, Anne.

Después de cenar, Anne despejó la mesa y se dirigió a la salita para examinar la ropa que Ty había comprado. Miró el contenido de la primera bolsa con cierta inquietud, pero vio dos pantalones —uno negro, que era perfecto, y uno marrón, que era horrible—, unos vaqueros y unas deportivas Nike. Las etiquetas indicaban que Ty había comprado las tallas que ella le había dado. Anne dio un suspiro de alivio.

En otra bolsa había seis pares de calcetines, seis braguitas y tres sujetadores, supuestamente comprados por el precio de dos. Anne imaginó a Ty entrando en esa sección de la tienda para adquirir esos artículos y sonrió. Él se había comprado una chaqueta, como para aplacar su turbación.

La tercera bolsa contenía un par de camisetas, una de las cuales ostentaba el dibujo de un gato y decía «Boxeo tailandés»; la otra decía «Hotel Jugoso». Por suerte la sudadera que combinaba con ellas no ponía nada. Había otros tops, uno de un tono rosa espantoso, otro azul celeste y el tercero del color verde que la gente solía ponerse el día de San Patricio. Ninguno de ellos encajaban con el estilo de Anne, pero salvo el verde, ninguno llamaba la atención y todos parecían ser de su talla. Anne nunca había lucido ninguna prenda semejante a esos tops. Cuantas más vueltas le daba a la ropa, más animada se sentía.

Anne se percató de que Ty estaba en la puerta, observándola con gesto de preocupación, y dijo:

—Esto es fabuloso, Ty. Lo has hecho muy bien, mucho mejor de lo que suponía. —Tras estas palabras le echó los brazos al cuello y lo abrazó.

—¿Las tallas son las adecuadas?

—Aún no me he probado ninguna prenda, pero las etiquetas indican que me compraste lo que te pedí.

—¿Qué te parece la maleta?

Anne la sacó de la bolsa, abrió la cremallera y respondió:

—Es perfecta. Muchas gracias.

La chica se afanó en retirar todas las etiquetas y alfileres, tirándolos al cubo de basura junto con las bolsas de plástico. Luego se dirigió al dormitorio de los padres de Ty para probarse la ropa. Lo hizo rápidamente, y comprobó que todas las prendas le serían útiles. Anne había hallado pocas cosas en el frigorífico, y nada de lo que Ty traía a casa de El Taco Rancho era mínimamente comestible, de modo que había perdido peso. Se puso el pantalón negro y el top color azul cielo y regresó al dormitorio de Ty.

Abrió el armario ropero y se miró en el espejo de cuerpo entero adosado a la puerta del armario. Hoy había hecho un buen trabajo. Observó sus ojos, su pelo y su ropa. Parecía de nuevo otra persona y se sintió fuerte. Oyó el sonido de la impresora de chorro de tinta imprimiendo una hoja de papel y alzó los ojos ligeramente para contemplar en el espejo la zona de la habitación que estaba a su espalda.

Ty estaba imprimiendo mapas y direcciones, pero no miraba la impresora. Miraba a Anne fijamente, con ardor, confiando en que ella volviera a ceder a sus deseos.

Se miró en el espejo.

—Me quedan bien —dijo. Miró a Ty a los ojos. Tenía que tenerlo contento un tiempo más. Empezó a quitarse lenta y deliberadamente sus nuevas ropas.

Dos horas más tarde Anne yacía en el sofá, envuelta en el albornoz de Ty, con la cabeza de éste sobre su regazo. Él sostenía el mando a distancia, pasando de un canal a otro, cuando ella dijo:

—Para.

El policía con la barriga cervecera que asomaba sobre la hebilla plateada de su cinturón se hallaba de nuevo detrás del estrado.

Detrás del jefe había cuatro hombres de aspecto severo vestidos con traje de calle y una mujer que lucía un traje pantalón azul marino y una blusa de seda blanca cuyos puños y cuello asomaban debajo de la chaqueta. A Anne le gustó el conjunto. Pensó que el azul marino le sentaría bien, ahora que había vuelto a aclararse el pelo.

—¿Nicole?

—Anne. Aprende a llamarme Anne. Acostúmbrate, Jimmy, porque mañana partimos. Somos Anne y James Forster.

—¿Crees que…?

—Calla —dijo Anne—. Quiero oír eso. —Le arrebató el mando a distancia y aumentó el volumen.

El jefe dijo:

—… y ahora quiero que la sargento Catherine Hobbes, de la policía de Portland, Oregón, tome el micrófono.

—Cielo santo —murmuró Anne—. Es ella.

—¿Quién?

—¡Sargento! —gritó una voz fuera de cámara.

—Estaré encantada de responder a sus preguntas después de la conferencia —dijo Catherine Hobbes—. Sólo quiero dirigirme un momento a Tanya Starling, Tanya, hemos hablado por teléfono, de modo que supongo que reconocerá mi voz.

—¡No lo dudes, zorra!

—Si está en algún lugar donde puede oírme, quiero rogarle que se entregue ahora. Si no puede acudir a una comisaría, llame al nueve uno uno y unos agentes irán a recogerla para conducirla a una comisaría. En estos momentos los cuerpos de policía de quince estados la están buscando, y no tardarán en encontrarla.

Se produjo una pausa y Anne dijo:

—¡Que te den!

—Sé que está asustada —prosiguió Catherine Hobbes—. Pero todo lo que le dije por teléfono sigue en pie. Le garantizo que no le ocurrirá nada si se entrega voluntariamente.

—¿Lo ves? Me está amenazando —comentó Anne—, tratando de atemorizarme y de paso aparecer en televisión.

Tyler la miró asombrado. Nunca la había visto perder el control de sus emociones. Parecía estar más que furiosa.

—Me está acosando. No me dejará en paz hasta que dé conmigo y ordene a sus polis que me maten.

—No me parece —observó Tyler.

Catherine Hobbes abandonó el estrado y el jefe de policía ocupó su lugar.

—Creemos que alguien recogió a Tanya Starling y se la llevó en coche de la estación de autobuses en Flagstaff —dijo—. Ruego encarecidamente a esa persona que llame de inmediato a la policía. Es preciso que sepamos adónde la llevó, qué nombre utiliza ahora la sospechosa y cualquier dato que pueda agilizar su detención. Le advierto que su aspecto engaña. Creemos que va armada y es muy peligrosa. Si en estos momentos está con ella, corre peligro. Aléjese de ella cuanto antes y llame al nueve uno uno. No tema que le arrestemos. Entendemos que simplemente quiso ayudar a una persona extraña que se hallaba en un apuro.

—¡Embustero! —exclamó Anne Forster—. ¡Está mintiendo!

—¿También él?

—Todos. Esa policía es la peor, porque ha decidido que yo la convierta en una heroína.

—Todo irá bien.

—No. La gente cree que el demonio es un personaje de dibujos animados, rojo y con cuernos, pero no es así. Es una persona como esa tía, una santurrona que se cree que todo lo que te hace es justo porque debes ser castigada. Trata de tentarme. Dice «entréguese» como si me pidiera que fuera al médico para hacerme una revisión. Pero en cuanto averigüen dónde estoy, los policías vendrán a por mí y nadie volverá a verme jamás. Me llevarán al desierto y me pegarán un tiro.

—¿Lo crees realmente?

—¿Prefieres creerla a ella antes que a mí? ¿Acaso vino ella a tu casa porque se lo pediste, y se acostó contigo para demostrarte que es una persona sincera?

—Está claro que no, pero…

—¿Pero qué?

—No te preocupes por ella —respondió Tyler—. No puede hacerte nada.

—Al verla sólo piensas en que es atractiva, que habla con voz suave, por lo que deduces que dice la verdad. Pero no es así. Mírala bien. ¿La ves ahí de pie? Ése es el aspecto que tiene la muerte.

La rueda de prensa desapareció de la pantalla y el televisor permaneció encendido, pero ninguno de los dos lo miraba o escuchaba, de modo que al cabo de media hora lo apagaron, se dirigieron a la habitación de Tyler y se tumbaron en la cama.

Anne se despertó a la mañana siguiente temprano y empezó a hacer los preparativos para su marcha. Después de hacer la maleta, abrió el armario y los cajones de la cómoda de Tyler y metió también sus cosas en una maleta. Cuando hablaban se afanaban en llamarse mutuamente Anne y Jim.

Más tarde, Anne envió a Tyler a hacer unos recados. El primero consistía en llenar el depósito del Mazda.

—Jimmy, cuando uno pretende largarse de un lugar, procura no correr ningún riesgo inútil, y se prepara bien. Detenernos más tarde para repostar cerca de aquí yendo yo en el coche sería una estupidez, de modo que no lo haremos. Lo harás solo antes de que partamos, para no exponernos.

—Vale —respondió Ty.

—Y pásate por la tienda de ultramarinos. He hecho una breve lista, y aquí tienes el dinero. Compra doce botellas de agua como mínimo, nueces, cacahuetes, anacardos y almendras, chocolatinas, manzanas y peras.

—¿Para qué quieres todo eso?

—Para el viaje. No sabemos cuánto tiempo estaremos en ruta. Con este calor necesitaremos agua, y las nueces contienen grasa y proteínas, de modo que impedirán que sintamos hambre, aparte de que se conservan bien. A propósito, Jimmy. No te limites a echar gasolina. Comprueba el aceite, el agua, la presión de los neumáticos y demás. Sólo tendremos una oportunidad.

—Iré enseguida —dijo Ty—. ¿A qué hora quieres que partamos?

—Esta noche. Cuando salgas del trabajo.

—¿Por qué entonces?

—Porque si vas a trabajar eso nos dará más tiempo antes de que alguien note algo que le llame la atención. Antes de marcharte, di a tu jefe que quieres tomarte libre la noche de mañana y pasado mañana. Dile que tus padres han tenido una avería de coche en Lake Havasu y tienes que ir a recogerlos y dejar el otro coche allí para que lo reparen.

—No creo que le haga gracia.

—Dile: «Lo siento, pero no tengo más remedio que ir. Si quiere despedirme por ello, adelante».

Ty miró a Anne con admiración.

—Eso está muy bien.

—En cualquier caso, evitará que a la gente le choque tu ausencia hasta que regresen tus padres, lo cual nos dará dos días de ventaja. Anda, vete.

Tyler salió y Anne le oyó arrancar el coche. La chica eligió las prendas que se pondría para el viaje y las colocó sobre la cama: el pantalón negro y el top azul, con la sudadera al alcance de la mano por si sentía frío mientras circulaban de noche. Luego preparó también la ropa para Tyler.

Ahora que se había acostumbrado al ordenador y escáner del chico y sabía crear certificados de nacimiento y permisos de conducir, Anne hizo varias copias a nombre de Barbara Harvey, Robin Hayes, Michelle Taylor, Laura Kelly y Judith Nathan. Empleó varias horas en llevar a cabo los quehaceres domésticos con diligencia, como había hecho en otros lugares donde había vivido. Consiguió terminar de limpiar las superficies del dormitorio principal y cuarto de baño, el cuarto de estar y la salita antes de que Tyler regresara con las provisiones.

Luego preparó un filete y una patata asada para el almuerzo de Tyler, que sirvió en los platos de la mejor vajilla que encontró en la alacena, y utilizó una copa de cristal fino para servirle la leche.

—No merecemos menos, Jimmy. Quiero que sepas que así es como pienso cuidar de ti cuando nos instalemos en algún lugar.

Antes del mediodía, Ty se fue a trabajar. Anne se despidió de él tan cariñosamente que durante unos instantes temió haberse pasado y que el chico se negara a marcharse para su última noche de trabajo. Cuando se fue, Anne limpió el resto de la casa para eliminar todo rastro de su presencia, terminó de hacer el equipaje, se duchó y se lavó el pelo y luego registró la ducha en busca de algún pelo que le pudiera haber caído. Aunque sabía que su pelo era exactamente del mismo color que el de la madre de Tyler, no quería correr ningún riesgo.

Anne se vistió, se arregló y se sentó a solas en la casa en la que había oscurecido. Cuando Tyler entró por la puerta de la cocina fue en busca de la joven. La encontró en su dormitorio, sentada en la cama, muy seria. Junto a ella estaba el fusil de Ty y dos cajas de munición 30-06.

—¿Qué ocurre, Anne? ¿Te pasa algo?

—Ya lo sabes —respondió ella—. Lo viste anoche.

—¿A qué te refieres?

—Me he pasado el día tratando de convencerme de que la próxima vez todo irá mejor, que todo será distinto. Pero no es cierto. Sólo nos queda una solución.

—¿A qué te refieres?

—Tenemos que librarnos de ella.

31

Catherine Hobbes llevaba dieciocho horas en la comisaría de Flagstaff y estaba cansada. Había ayudado a desentrañar las pistas que aparecían cada vez que Tanya daba un paso: el coche abandonado, los testigos en el hotel y en las tiendas situadas entre el hotel y la estación de autobuses. Poco antes de la rueda de prensa, Catherine había sido presa de una energía nerviosa que había durado hasta que había terminado de hablar delante de las cámaras, la cual la había dejado rendida y preocupada. Posteriormente había pasado varias horas analizando las docenas de llamadas de personas que aseguraban haber visto a la sospechosa, mientras esperaba una llamada de Tanya, confiando en haber dicho algo que convenciera a la joven de llamar a la policía.

Era imposible adivinar si Tanya se ocultaba en un lugar donde no había un televisor, o si había logrado huir más allá del alcance de la emisión televisiva, o si había oído el ruego de Catherine pero lo había ignorado.

Todo cuanto hacía Tanya Starling descolocaba a Catherine Hobbes. Por lo general los asesinos múltiples se atenían a patrones y eran presa de pulsiones que les hacían cometer una serie de asesinatos empleando el mismo método, a menudo minuciosamente elaborado, y las víctimas solían ser similares. Tanya nunca hacía lo mismo dos veces seguidas. Quizá mataba a la gente por temor.

Era desconcertante, porque no actuaba como si tuviese miedo. No se ocultaba de sus víctimas, sino que parecía ir en su busca. Acudía a centros vacacionales, hoteles y restaurantes en busca de ellas. Tanya parecía tener gran facilidad para trabar relaciones con extraños. Las cultivaba, hacía que confiaran en ella. Les convencía de que era inteligente, atractiva y amable, y los otros no se percataban de que había algo anómalo en ella. Era como una máquina a la que le faltaba una pieza crucial. El motor runruneaba y las ruedas giraban, pero no funcionaba como era debido.

Hobbes había tratado de dirigirse una vez más a Tanya. La joven parecía ser egocéntrica, lo cual significaba que si empleaban la táctica idónea con ella, quizá se dejara convencer para entregarse voluntariamente. Catherine había realizado dos intentos, y ambos habían fracasado.

Sobre las once y media, después de que volvieran a dar la rueda de prensa en el informativo de las once, las llamadas telefónicas habían aumentado durante un rato, pero luego habían ido disminuyendo hasta cesar por completo. Los policías en la comisaría habían empezado a observar a Catherine con curiosidad, preguntándose cuándo iba a rendirse.

Hobbes se levantó, se desperezó, salió de la comisaría y se montó en el coche que había alquilado. Condujo por Route 66, tras lo cual dobló por South Milton Street hacia el hotel. Iba a ser otra noche en que llegaría al hotel después de que hubieran cerrado la cocina, y era demasiado tarde para cenar.

La sargento se dijo que no era una tragedia. Había algo desagradable y deprimente en ir a cenar sola a un restaurante de noche. A esas horas las personas en los restaurantes estaban en grupos o en parejas, y siempre parecían mirarla de forma rara. Los hombres o bien pensaban en ofrecerle su compañía o elaboraban teorías sobre el motivo de que estuviera sola. Las mujeres pensaban que era digna de lástima o que se traía algo entre manos, posiblemente atraer la atención de sus maridos.

Catherine sabía que era esa sensación de soledad lo que había hecho que pensara de nuevo en Joe Pitt. Durante los últimos días Pitt aparecía cada vez más a menudo en su conciencia. Catherine aún no estaba segura de qué rumbo tomaría su relación, pero le echaba de menos. Pitt la había llamado a Portland al día siguiente de su improvisada cena, y habían estado hablando por teléfono media hora, como dos adolescentes. Pero cuando ella había recibido la noticia de que Tanya había sido vista en Flagstaff, se había marchado de Portland sin comunicárselo a Pitt. No estaba acostumbrada a llamar a los hombres, pero quizá debería hacerlo.

Emitió un bufido silencioso mientras circulaba, riéndose de sí misma por sus estrictas reglas y exigencias. Se había enamoriscado estúpidamente de Pitt. Cuando llegara a su habitación del hotel, daría el paso y le llamaría. Él seguramente estaría fuera a esas horas, haciendo todo lo que a Catherine no le gustaba imaginar que estaría haciendo. Pero quizá no. Si respondía a la llamada, Catherine le preguntaría su opinión sobre lo que ella pensaba acerca de los motivos de Tanya. Hablar con alguien sensato sobre el tema la ayudaría a conservar un poco de su dignidad. Al divisar el letrero del hotel, enfiló la entrada al aparcamiento.

Se oyó un golpe en el coche como un martillazo, cuyo impacto hizo que la carrocería temblara ligeramente; Catherine lo sintió en su espalda y sus pies. Se llevó tal sobresalto que movió el volante bruscamente y el coche dio una sacudida cuando ella rectificó la maniobra. Luego pisó el acelerador.

Debía de ser una piedra. Alguien había lanzado una piedra contra su coche, y lo único que tenía que hacer ella era alejarse del alcance de tiro de quienquiera la había atacado y comprobar quién era. Miró en el retrovisor, pero no vio la piedra ni la persona que la había arrojado. Sin duda se trataba de un cretino que se había propuesto atemorizar a una mujer joven e indefensa de fuera de la ciudad que se alojaba en el hotel.

Hobbes decidió hacer lo que habría hecho de haberse encontrado en Portland. Avanzó con el coche unos treinta metros para alejarse del alcance de tiro de ese imbécil, frenó y giró en el parking para enfilar la parte delantera del automóvil hacia quien le había arrojado la piedra, tras lo cual encendió las luces largas.

El coche dio una leve sacudida debido al giro brusco pero enseguida se enderezó; el olor a goma quemada de los neumáticos impregnó el aire. No vio ninguna forma humana, y no había ningún sitio donde ocultarse, sólo un cuidado césped a ambos lados de la entrada al parking. Catherine se volvió en su asiento y estiró el cuello tratando de localizar al autor. Sus ojos se posaron en el agujero delante de la ventanilla trasera. Había un nítido y redondo orificio de bala en el borde del techo.

La sargento vio la ventanilla lateral a su espalda estallar hacia dentro, desparramando fragmentos de cristal semejantes a minúsculos cubos de luz sobre el asiento posterior, hiriéndola en la mejilla y la sien derechas y causándole un dolor que a los pocos segundos se intensificó.

Catherine supuso que quienquiera que fuera utilizaba un fusil de caza, porque el lapso de tiempo entre los disparos era demasiado largo para haber sido hechos con un fusil semiautomático de asalto. Tuvo la sensación de que el tiempo se eternizaba mientras esperaba el siguiente impacto.

¡Pum! El próximo disparo alcanzó la puerta trasera del lado del conductor. Catherine giró el coche a la derecha y aceleró de nuevo, agachando la cabeza y encogiendo el cuerpo cuanto pudo sin dejar de mirar por el parabrisas para no chocar contra algún objeto.

Sabía que el tirador se disponía a efectuar el siguiente disparo contra la ventanilla trasera mientras ella trataba de alejarse de él. Eso la convertía en una diana tan fácil de alcanzar como si se hubiera quedado quieta, de modo que mientras esperaba el siguiente disparo, giró el volante bruscamente hacia la izquierda.

Oyó el lejano disparo del fusil, que erró el tiro, giró el coche hacia la derecha y avanzó por el pasillo entre dos hileras de vehículos aparcados. Al llegar al extremo del pasillo dio la vuelta e interpuso otras dos hileras de coches entre el tirador y ella, después de lo cual se metió en un espacio vacío.

Catherine apagó el motor y las luces, abrió su puerta y salió a la acera. Mientras empuñaba su pistola con la mano derecha marcó su móvil con la izquierda. Después de medio tono, la operadora respondió:

—Emergencias.

—Soy la sargento Catherine Hobbes de la policía de Portland. Estoy en el aparcamiento del Sky Inn en South Milton Street en Flagstaff y una persona está disparando contra mí con un fusil. El tirador se halla en el lado oeste del hotel, disparando desde lejos.

Se produjo otra violenta detonación cuando una bala impactó en el maletero del coche, y luego otro disparo de fusil.

—Por la procedencia de los disparos calculo que el tirador se encuentra a unos doscientos metros al oeste del hotel —dijo Catherine—. Probablemente en un lugar elevado.

—Enviaremos de inmediato unas unidades al lugar donde se encuentra. ¿Está herida?

—No. Estoy agachada junto al coche en el aparcamiento, y voy a desplazarme a un lugar donde creo que el tirador no podrá verme. Recuerde a los policías que no deben descartar la posibilidad de que el tirador sea una mujer.

Cerró el móvil, lo guardó en el bolsillo y echó a correr a través del pasillo despejado. Oyó el sonido de una bala alojándose en el asfalto a su espalda, seguido de un disparo que alcanzó a un enorme camión situado en la siguiente hilera de vehículos. Catherine corrió a situarse junto a la parte delantera del camión, donde la altura del mismo impediría que su atacante la localizara.

El coche negro de Calvin Dunn aceleró al salir de la entrada de servicio del aparcamiento situado al otro lado del hotel, avanzó durante un par de manzanas por South Milton y se detuvo junto a la acera. Calvin se apeó de un salto y echó a correr. Se ocultó entre dos edificios y avanzó a la carrera por el callejón detrás de la hilera de establecimientos. No estaba seguro de dónde se hallaba apostado el tirador, porque los disparos habían provenido de lejos y las detonaciones habían reverberado entre los edificios, pero había visto el coche de Catherine Hobbes y dedujo dónde se habría refugiado la sargento. Tenía que llegar al lugar exacto sin tropezarse con el tirador.

Mientras corría, mantuvo su cuerpo entre las densas sombras junto a los muros posteriores de los edificios, donde la luz de los vehículos y las farolas no podían alcanzarle. Cuando Calvin llegó al extremo de una tienda muy grande provista de un espacio para el estacionamiento, calculó que debía de hallarse cerca del tirador. Los edificios en esa zona eran elevados, y desde los que estaban en la próxima manzana no se veía bien el hotel. Dunn aminoró el paso y empezó a cazar con sus oídos.

Siguió avanzando apresuradamente entre las sombras hacia la zona donde sabía que se encontraría el tirador, mirando hacia lo alto y buscando con la vista siluetas humanas o movimientos. Sabía que esta vez buscaba la forma menuda y delgada de una mujer joven. Aparte de eso, la talla y el sexo no importaban. Una persona con un arma constituía una amenaza.

De golpe, Dunn percibió un cambio en los bordes de una sombra situada en lo alto de la escalera de incendios de un edificio de cuatro plantas frente a él. Lo que parecía una parte de la verja de hierro negra se movió, y la sombra de gran tamaño situada detrás de ésta también se desplazó. Se oyó el sonido seco del disparo de un fusil, y en el fogonazo que surgió de la boca del arma apareció un hombre que desapareció al cabo de unos segundos.

Calvin Dunn avanzó otros cinco metros mientras el hombre miraba a través de la mira telescópica para comprobar si había alcanzado su objetivo, y otros tres mientras el tirador alzaba el cerrojo y tiraba de él hacia atrás para expulsar el casquillo gastado, empujándolo de nuevo hacia delante para alojar los siguientes cartuchos y hacia abajo para cerrarlo.

Cuando el casquillo caliente salió volando del fusil y cayó en el pavimento, diez metros más abajo, Calvin Dunn se hallaba lo bastante cerca para extender la mano y atraparlo. Al mirar hacia arriba comprobó que la escalera de mano estaba suspendida debajo de la escalera de incendios. La sostenía un pesado cable que la mantenía fuera del alcance de un ladrón cuando no había nadie sobre ella, pero dedujo cómo se había subido a ella el tirador.

Dunn se quitó su chaqueta de sport, envolvió en ella su pistola y la dejó en un portal. Luego se encaramó sobre un contenedor de basura, tomó la barra que se deslizaba a través de la tapa del contenedor para cerrarlo, la introdujo entre los dos peldaños inferiores, esperó a que sonara el siguiente disparo y tiró de la escalera de mano hacia abajo. Luego empezó a subir por ella con cautela y sigilosamente.

Calvin vio al francotirador en el descansillo del tercer piso de la escalera de incendios observar a través de la mira telescópica el lejano aparcamiento del hotel. Mientras subía por la escalera, el individuo disparó de nuevo. Sabía por experiencia que el ruido del fusil produciría un zumbido que dejaría sordo al tirador durante unos segundos mientras trataba de estabilizar el arma después del culatazo, y que posteriormente haría ruido al manipular el cerrojo. Dunn aprovechó el momento para subir unos peldaños más.

El tirador se preparó de nuevo, sosteniendo una de las barras verticales de la barandilla con la mano izquierda para crear un punto de apoyo firme para la culata del fusil. Dunn casi le había alcanzado. Subió lenta y sigilosamente, observando cómo el tirador apuntaba con cuidado a su objetivo. Le oyó exhalar una bocanada de aire y disparar. El tirador abrió el cerrojo para expulsar el casquillo, pero él comprendió por el sonido que el fusil ya no tenía munición. El tirador liberó el cargador, lo retiró de la parte inferior del fusil y metió la mano en el bolsillo de su chaqueta para coger más municiones, cuando de pronto oyó los pasos de Calvin en los peldaños de acero de la escalera de incendios.

El tirador estaba sentado, por lo que le era imposible levantarse. Metió un par de balas en el cargador y se giró rápidamente para apuntar a Dunn con el fusil, pero éste ya le había alcanzado. Calvin tiró rápidamente del cañón para estimular el acto reflejo del otro de tirar del arma hacia sí, y luego lo empujó hacia arriba con tal violencia que la culata golpeó al individuo en la cara.

La voz que gritó «¡ay!» sonaba joven. Era un chiquillo, y se llevó la mano izquierda a su rostro ensangrentado. Dunn le arrebató el fusil, que el joven empuñaba con la mano derecha, lo giró y maniobró el cerrojo para introducir la primera bala en la recámara.

El hombre se situó con la espalda apoyada en la pared del edificio y contempló el juvenil rostro, manchado de sangre que brotaba de la nariz y la boca.

—Escúchame bien. Voy a darte una oportunidad para que me digas dónde se encuentra exactamente Tanya Starling en estos momentos. No malgastes esa oportunidad.

La respuesta sorprendió incluso a Calvin. El chico abrió su boca ensangrentada, mostrando que había perdido los dos dientes delanteros, respiró hondo y gritó:

—¡Tanya! —Era un grito más atronador de lo que Dunn habría supuesto que el chico era capaz de emitir, un alarido como el de un animal—. ¡Me han atrapado! ¡Vete!

Dunn apretó el gatillo, el fusil dio un culatazo y la bala atravesó el pecho del chico. Calvin se inclinó sobre él y observó la ubicación del orificio. Estaba muerto.

Dunn dejó el arma en la escalera de incendios junto al cadáver y bajó por ella hasta alcanzar la escalera de mano. Se detuvo unos momentos para esperar a que el coche de la policía que había visto a la entrada del callejón llegara hasta allí.

32

Catherine Hobbes ocupaba una incómoda silla de madera en la sala de interrogatorios mientras el teniente Hartnell estaba sentado ante la mesa para interrogar a Calvin Dunn. Cuando Catherine miró a Calvin, comprendió la advertencia que le había hecho Joe Pitt. Su rostro, enmarcado por un pelo entrecano, era liso, con escasas arrugas, y carente de toda emoción. Sus pálidos ojos no revelaban inquietud alguna, ni indicaban que poseyera una vida interior. Se limitaban a observar atentamente.

En cuando Catherine oyó el nombre del individuo que había matado al francotirador, había solicitado estar presente cuando fuera interrogado. Hartnell había respondido:

—Puede contemplar el vídeo en el monitor, e incluso le facilitaremos una copia más tarde.

Pero ella había insistido:

—Quiero que me vea.

Luego había explicado a Hartnell lo que Joe Pitt le había dicho sobre Dunn.

Mientras el teniente se disponía a comenzar, Catherine observó a Calvin Dunn. Éste tomó nota de cada persona en la habitación y miró la videocámara suspendida del techo, pero nada de lo que vio le sorprendió. Fijó sus ojos en Hartnell, y ella notó que eso hacía que el oficial se sintiera incómodo.

—Su nombre, por favor —dijo Hartnell.

—Calvin Dunn.

—Soy el teniente Hartnell, de la policía de Flagstaff. Quiero hacerle unas preguntas sobre lo ocurrido esta noche. Debe saber que tiene derecho a negarse a responderlas. Lo que diga puede ser utilizado en su contra en los tribunales. Asimismo tiene derecho a que su abogado esté presente mientras hablamos. Si no puede contratar a un abogado, nosotros le procuraremos uno antes de proceder con el interrogatorio. ¿Ha entendido sus derechos?

Calvin Dunn no apartó los ojos de Hartnell mientras escuchaba la perorata.

—Sí —respondió—. Creo que de momento no necesito ningún abogado, gracias.

A Hartnell no le gustó la exagerada muestra de cortesía.

—Supongo que lo dice porque cree que no será acusado de haber cometido un delito.

—No puedo controlar el que me acusen o no de algo. Pero no me condenarán por ello. Esa posibilidad no existe.

—¿Por qué está tan seguro?

—Porque en esa escalera de incendios sólo había un fusil, que era el que portaba el difunto. Yo subí a esa escalera desarmado. Mientras forcejeaba con él para arrebatarle el fusil e impedir que lo utilizara contra mí o contra otros, el arma se disparó.

—Señor Dunn, su permiso de conducir dice que vive en Los Ángeles. ¿Qué ha venido a hacer a Flagstaff?

—Soy un investigador privado con licencia. Busco a Tanya Starling.

—¿Por qué fue al Sky Inn esta noche? ¿Se aloja en el hotel?

—No. Esperaba que apareciera Tanya Starling.

—¿Por qué? Hace varios días que no la han visto en el hotel.

—Exacto, no la han visto —respondió Dunn—. Lo que no significa que no estuviera allí, o en las inmediaciones, sin que nadie la viera, observando lo que ocurría.

—De acuerdo. Aunque sabía que no la había visto en el hotel, fue a esperar allí por si aparecía. ¿Por qué motivo?

—Debido a esa señorita —contestó Dunn señalando con el índice directamente al corazón de Catherine. Ella estuvo a punto de estremecerse, pero reprimió el impulso—. En principio fui allí porque era donde habían visto a Tanya Starling por última vez, pero luego tuve una corazonada, y verifiqué que la señorita Hobbes se alojaba en el hotel. Lo cual me pareció motivo suficiente para estar ahí.

—Explíquese.

Calvin miró a Catherine. Sus pálidos ojos la hacían sentirse incómoda, pero le devolvió la mirada.

—Uno no busca a un asesino confiando en dar con él. Tiene que pensar en lo que le impulsa a asesinar.

—¿Puede explicarlo con más detalle?

—Desde luego. Algunas personas matan una vez porque se enfurecen y no recapacitan. Otras lo hacen porque les proporciona placer, como el sexo. Tanya Starling no pertenece a ninguna de esas categorías. Lo hace para resolver sus problemas.

—¿Resolver sus problemas? ¿Qué tipo de problemas?

—Los que se le presenten. Va por la vida haciendo lo que le apetece hasta que alguien se convierte en un problema. Y lo resuelve matándolo.

—¿Y cómo es que esa teoría le llevó esta noche a esperar en el aparcamiento del Sky Inn?

—El lugar donde uno debe estar no es donde estuvo la última víctima, sino donde estará la próxima.

—¿Creyó que Tanya Starling iría al hotel para atacar a la sargento Hobbes?

—Era probable.

—¿Cuánto tiempo estaba dispuesto a permanecer allí?

Calvin Dunn se volvió hacia la sargento Hobbes.

—¿Cuánto tiempo habría permanecido usted?

Mientras los otros guardaban silencio, Catherine comprendió que tenía que responder.

—No lo sé.

—Yo tampoco —dijo Dunn volviéndose hacia Hartnell.

—¿Qué haría pensar a Tanya Starling que matar a la sargento Hobbes resolvería sus problemas?

—La señorita Hobbes fue quien investigó el primer asesinato de Tanya y desde entonces la persigue. De no ser por la sargento Hobbes, nadie se preocuparía por Tanya Starling. La gente no siente en general un gran aprecio por la policía. Pero puede estar seguro de que hay una persona que sabe exactamente quién es usted y lo que ha hecho en todos los casos. Supuse que Tanya debía de saber quién la perseguía.

Hartnell permaneció callado, con los labios fruncidos.

—Debió de llevarse un chasco al comprobar que el tirador no era Tanya.

—Por supuesto que era Tanya —replicó Dunn—. Ese chico en la escalera de incendios lo hizo por ella.

—Lamento arrojar ciertas dudas sobre sus teorías, pero han asesinado a personas que no tienen nada que ver con Tanya.

—¿Disparó el chico contra alguien aparte de la señorita Hobbes? ¿Han encontrado orificios de bala en cualquiera de los otros cien coches que estaban en el aparcamiento del hotel o los doscientos que circulaban por la calle mientras ese chico esperaba a la señorita Hobbes?

Hartnell miró brevemente a Catherine, que comprendió que deseaba echarla de la habitación. Pero el teniente siguió hablando con tono sereno y deliberado:

—Señor Dunn, recuerde que soy quien hace las preguntas.

—Me he limitado a explicar que ese chico lo hizo por Tanya.

—Ya lo he captado —respondió Hartnell—. Hablemos de usted. ¿Había visto al francotirador antes de encontrárselo en la escalera de incendios?

—Es probable. Puede que fuera una de las personas que pasó esta noche por el aparcamiento del hotel un poco antes de lo ocurrido. Yo buscaba principalmente a una mujer, pero observé a todas las personas que pasaron por allí.

—¿Qué supone que hacía allí ese chico?

—Lo ignoro.

—Vamos, señor Dunn. Tiene una teoría sobre todo. ¿Cree que buscaba a la sargento Hobbes?

—Lo más probable es que buscara su coche.

—¿Cómo sabía qué aspecto tenía el coche de la sargento? ¿Cómo podía saberlo?

—Supongo que vio en televisión la rueda de prensa celebrada frente a la comisaría y pasó por el aparcamiento en busca de un coche de alquiler. No imagino que hubiera muchos.

Hartnell comprendió que Dunn tenía razón, lo cual le hizo sentirse más frustrado.

—De acuerdo. Usted se hallaba en el aparcamiento del Sky Inn sobre las once y media, cuando oyó los primeros disparos. ¿Es así?

—Casi. Creo que eran aproximadamente las doce menos veinte.

—Cuéntenos el resto de la historia. ¿Qué hizo usted entonces?

—Vi el coche que conducía la señorita Hobbes aproximarse por la calle con el intermitente indicando que iba a entrar en el aparcamiento, de modo que observé los coches que iban detrás para comprobar si Tanya la seguía. El primer disparo pareció haber impactado en la juntura del techo con la ventanilla trasera. La señorita Hobbes pisó el acelerador, frenó y dio la vuelta. El segundo disparo alcanzó la ventanilla lateral y atravesó el coche, de modo que la sargento Hobbes se lanzó a toda marcha a través del aparcamiento. Pero como la bala había alcanzado las dos ventanillas, no pude adivinar de dónde había procedido el disparo.

—¿Trató de ayudarla?

—¿A qué?

—A ponerse a salvo.

—La señorita Hobbes hizo lo que habría hecho yo, que fue lanzarse a toda velocidad para protegerse detrás de algo que la ocultara a ojos del tirador. Condujo zigzagueando un poco para que éste no la alcanzara.

—¿Llamó usted a la policía?

—No. Sabía que lo haría la señorita Hobbes.

—Entonces ¿qué hizo?

—Rodeé en coche el edificio del hotel y tomé por un callejón, luego conduje hacia el lugar donde supuse que se hallaba el tirador.

—¿Y creyó que el tirador era Tanya Starling?

—En esos momentos no tenía a otros candidatos en mente, pero no sabía quién era.

—Pero su teoría que le aconsejaba estar allí le indicó que se trataba de Tanya Starling. De modo que no llamó a la policía ni trató de ayudar a la posible víctima a ponerse a salvo o advertir a cualquiera que pudiera entrar en el aparcamiento del riesgo que corría. ¿Qué es lo que hizo?

—Fui a por el tirador.

—¿Y dónde lo encontró?

—Apostado en la escalera de incendios de uno de los edificios altos, a unas dos manzanas del hotel.

—¿Qué hacía cuando usted lo encontró?

—Disparar.

—¿No trató de huir?

—No. Tenía una buena vista desde lo alto de la escalera. Probablemente supuso que vería cualquier coche de la policía y tendría tiempo suficiente para alejarse.

—¿Y usted qué opina? ¿Tenía razón el chico?

—Aunque estuviera equivocado, habría estado en ese balcón con un treinta cero seis y un par de cajas de municiones cuando los primeros coches de la policía entraran en el callejón. Y ustedes habrían organizado uno de esos funerales con gaitas.

Hartnell apretó los dientes. Catherine vio cómo los músculos de su maxilar se contraían y relajaban.

—De modo que cuando usted llegó, el chico seguía disparando.

—Sí. De lo contrario probablemente se habría percatado de mi presencia, pero tenía los ojos fijos en la mira telescópica.

—¿Por qué no disparó usted contra él? Encontramos una pistola en su chaqueta.

—Tengo autorización del sheriff del condado de Delacruz, California, para desempeñar las funciones de agente auxiliar, y si encontraron la pistola debieron de encontrar junto a ella un permiso de portar el arma oculta. Arizona y California tienen un acuerdo recíproco.

—Responda a mi pregunta. ¿Por qué no disparó contra él?

—Porque traté de arrestarlo vivo.

—¿Por qué?

—Para que me dijera dónde se encontraba Tanya Starling.

—Así que volvemos a Tanya Starling.

—Es el tema que nos ocupa.

—¿Quién le contrató para que la buscara?

—Un pariente de la víctima.

—¿Cómo se llama su cliente?

—Es un miembro de la familia Poole.

—Hugo Poole le contrató para matarla, ¿no es así?

—Me contrató para encontrarla.

—Usted creyó que el chico apostado en la escalera de incendios era Tanya Starling, de modo que subió la escalera con la intención de matarla. Debió de llevarse un chasco tremendo al comprobar que ni siquiera era una mujer, sino un chico.

—Veo que la charla amistosa ha terminado —respondió Dunn—. Ahora puede procurarme un abogado costeado por ustedes, y yo me mostraré dispuesto a continuar.

Hartnell se volvió hacia un policía uniformado que estaba junto a Catherine y dijo:

—Enciérrelo de momento en el calabozo.

Calvin Dunn se levantó y se volvió hacia Catherine mientras el policía le colocaba las esposas en las muñecas a la espalda.

—Cuídese durante los próximos días, bonita. Porque al parecer no podré protegerla.

33

Anne Forster oyó la noticia por la radio a las siete de la mañana, cuando ya había entrado en Nuevo México y había recorrido un buen tramo. Tenía sintonizada la emisora que se oía mejor, el programa matutino de Albuquerque dirigido a los conductores madrugadores.

La mujer que hacía de comparsa al chistoso locutor matutino leyó el boletín.

—Se ha producido un giro imprevisto en la búsqueda de Tanya Starling, la mujer a quien la policía desea interrogar en relación con múltiples asesinatos en diversos estados. Anoche en Flagstaff, Arizona, un francotirador disparó contra una agente de la policía de Portland, Oregón, la cual se ocupa del caso. La policía dice que el francotirador disparó contra la sargento Catherine Hobbes en el aparcamiento del hotel donde ésta se aloja. El francotirador resultó muerto en un intento de detenerlo, y aún no ha sido identificado. No se sabe nada sobre el paradero de Tanya Starling.

—Lo siento, Ty —murmuró Anne. Las palabras sonaban bien, con un tono levemente entrecortado. Las pronunció de nuevo, y sonaron aún mejor. Esa voz de niña mala habría hecho que Tyler se derritiera. El pensamiento indujo a Anne a echarle de menos durante unos instantes.

A Anne le irritó que la mujer que hablaba por la radio tratara de insinuar que ella tenía la culpa de todo. ¿Acaso debía sentirse culpable de que Catherine Hobbes hubiera matado a un chico de dieciséis años? Miró los objetos que Ty había dejado en el coche cuando se había apeado armado con el fusil. Había dejado su gorra de béisbol, unas monedas que temía que tintinearan en su bolsillo y su chaqueta. Metió la mano derecha en el bolsillo de la chaqueta y encontró el móvil.

Lo dejó en el asiento y tomó su bolso. Encontró el pequeño bloc de notas en el que había anotado los números de teléfono de Catherine Hobbes en Portland, Oregón. Marcó el número del teléfono de su casa y escuchó la voz del contestador invitándola a dejar un mensaje.

—Hola, Catherine —dijo Anne—. Soy yo de nuevo. Estoy pensando en usted. —A la joven le gustó ese comienzo. No lo había ensayado ni planeado, pero sonaba inquietante—. Acabo de oír por la radio que ha matado al chico. Vio la rueda de prensa por televisión durante la cual usted y ese policía gordinflón le garantizaron que no le ocurriría nada malo. Le dije que podía fiarse de usted. Pero usted le mató. Ha sido una cerdada. Adiós, Catherine. Seguiré pensando en usted.

Cortó la comunicación y sonrió: eso había estado muy bien. De haber hecho que la llamada sonara más inquietante, habría parecido intencionado. Anne dejó el teléfono abierto y lo arrojó por la ventana sobre el pavimento. Esta ruta —la interestatal 40— era una de las carreteras más concurridas que comunicaban el este con el oeste. Dentro de unos segundos uno de los gigantescos camiones de catorce ruedas que llevaba horas viendo circular por la carretera aparecería y trituraría el móvil de Ty.

Anne se puso la gorra de béisbol del chico de forma que la visera le escudara los ojos mientras conducía hacia el este, hacia el amanecer. Se miró al espejo en la parte posterior de la visera del coche. Estaba mona. Quizá debería lucir gorras y sombreros más a menudo.

Cuando llegó a Albuquerque, Anne miró los letreros y tomó por la salida que decía Norte I-25. No estaba segura de adónde se dirigía, pero al poco rato empezó a ver unos letreros que indicaban varias ciudades, como los platos en una carta: Santa Fe, Colorado Springs, Denver, Cheyenne. Convenía que empezara a evitar las poblaciones pequeñas, donde los habitantes recordaban a todas las personas que habían visto durante sus aburridas vidas.

—Esa chica ha vuelto a llamarme. —Catherine Hobbes estaba en el despacho del teniente Hartnell, sosteniendo aún su móvil.

Hartnell alzó la vista del expediente que había sobre su mesa.

—¿Tanya?

—Sí. Llamó a mi casa de Portland hace una media hora y dejó un mensaje.

—¿Puedo oírlo?

Catherine levantó su móvil, pulsó las teclas para que volviera a sonar el mensaje, y se lo entregó. Después de escucharlo, Hartnell sacó una pequeña grabadora del cajón de su mesa, la conectó y pulsó la tecla 1 del móvil de Catherine para volver a oír el mensaje junto al micrófono. Luego pulsó la tecla 2 para conservarlo y le devolvió el móvil.

—Al parecer cree que usted atacó al joven.

—Así es —respondió la sargento—. La compañía telefónica dice que la llamada provenía de un móvil, y el lugar era Albuquerque. Este es el número. —Catherine se lo entregó a Hartnell en la hoja de un bloc de notas—. Dicen que pertenece a Tyler Gilman, de Darling, Arizona.

—Eso está cerca de aquí, en las afueras de la ciudad —dijo Hartnell. Se levantó, se acercó a la puerta y llamó a alguien. Cuando apareció uno de los policías, dijo—: Quiero que averigüe lo que pueda sobre Tyler Gilman. La dirección es en Darling. Creo que o es otra víctima o nuestro francotirador. —El teniente se volvió y regresó a su mesa.

—Bien —dijo Catherine—, gracias por dejarme participar en la investigación. Será mejor que me vaya.

—¿Se marcha?

—La llamada procedía de Albuquerque. Confío en hallar billete en un avión.

—¿Sabe que la sospechosa convenció al chico para que tratara de asesinarla a usted?

—Imagínese. Tanya es capaz de convencer a alguien para que haga eso y yo apenas logro que los hombres con los que salgo me abran la puerta para dejarme pasar.

Hartnell no se rió.

—Si lo sabe, debería tomar ciertas precauciones.

—Me paso la vida con otros policías.

—Piense en mañana o pasado mañana —insistió Hartnell—. Esa chica podría volver a intentarlo. Un hombre al que usted no había visto nunca podría acercarse a usted y meterle una bala en la cabeza, para ganar puntos ante Tanya.

—Es cierto —respondió ella—. Este siempre ha sido un trabajo muy desagradecido. —Se acercó a la mesa de Hartnell, se inclinó sobre ella y extendió la mano—. Gracias por todo.

34

Anne Forster estaba agotada de conducir, pero al mismo tiempo excitada. Denver era una ciudad grande y llena de gente, con mucho tráfico. Había multitud de peatones en las calles del centro que se cruzaban sin apenas mirarse, al igual que en Chicago y Los Ángeles. Sus memorias debían de estar tan atestadas de rostros que los que veían en la calle tan sólo dejaban una impresión que al cabo de unos segundos se difuminaba y desvanecía.

Cuando Anne se aproximó a la zona central de la ciudad desde la I-25, vio un letrero que decía Parque Municipal y abandonó la autopista. Al llegar a la entrada del parque, se detuvo en un aparcamiento y apagó el motor. Había centenares de personas en su campo visual, de todo tipo y condición, la mayoría con aspecto relajado y feliz, caminando o sentadas, lanzando discos voladores, persiguiendo a niños. Anne descendió del coche para ocultar su bolso en el maletero, pero de pasada echó un vistazo al asiento posterior. Había traído una manta del dormitorio de Tyler por si quería echar una siesta mientras el joven conducía. Anne ocultó la pequeña pistola que había tomado del apartamento de Mary Tilson en el bolsillo de su chaqueta, cerró el maletero, cogió la manta y se tumbó sobre ella en el inmenso césped, a la sombra de un elevado árbol.

Enrolló su chaqueta y la utilizó a modo de almohada. Sabía que no tenía aspecto de pobre ni de chiflada, que nadie se opondría a que descabezara un sueñecito a la sombra de un árbol en el parque. Lo único que le preocupaba era la remota posibilidad de que alguien que hubiese visto su fotografía en la televisión la reconociera pese a su pelo teñido o sus ropas nuevas, o que un coche patrulla se fijara en el coche de Tyler entre los centenares de vehículos que había en el aparcamiento. Anne escuchó los sonidos de la gente y al poco rato se quedó dormida.

Durmió profundamente hasta las siete, cuando un coche se aproximó al aparcamiento emitiendo una música estridente por los potentes altavoces de su equipo estereofónico. Se incorporó apresuradamente, alargó una mano hacia la chaqueta y miró a su alrededor. Las jóvenes madres con sus hijitos y los hombres y mujeres de edad avanzada ya se habían ido a casa. Habían sido sustituidos por adolescentes, en su mayoría parejas que paseaban tranquilamente o pandas de chavales que recorrían el parque en busca de chicas. Decidió marcharse.

Se levantó, se puso la chaqueta de Tyler con cuidado para que nadie viera la pistola en el bolsillo y dobló la manta. Alzó la vista para contemplar los árboles gigantescos y decidió que Denver le gustaba. Sería el lugar donde volvería a sentirse segura. Anne se encaminó hacia el coche, guardó la manta en el maletero, sacó su bolso y se dirigió al lavabo público para lavarse la cara y cepillarse el cabello.

Condujo hasta que encontró un restaurante que le gustó, un restaurante de carretera con reservados de vinilo. Pidió una cena copiosa y mientras comía pensó en los pasos que debía dar, cada uno en su lugar en el orden lógico de las cosas.

El medio de sobrevivir era buscar alguien en quien convertirse. Anne había leído en algún sitio que el mejor lugar donde hallar el tipo de información que necesitaba era en la basura de la gente, y decidió que el tipo de nombre que más le convenía era el de la dueña de una casa de clase media. Atravesó elegantes zonas residenciales hasta que vio calles en las que había contenedores instalados junto a las aceras, pero Anne no se detuvo, sino que siguió conduciendo hasta que llegó a los límites de la zona de recogida de basura al día siguiente.

Eligió los barrios como si fuera a comprar una casa. Quería casas que estuvieran recién pintadas, edificios bien construidos con bonitos jardines sin que mostraran el menor signo de abandono o desperfectos. Evitaba las mansiones de los ricos, porque sospechaba que la gente rica tendrían patrullas de seguridad vigilando el barrio por la noche.

A la una de la mañana, después de seleccionar la manzana que le convenía, Anne aparcó el coche y se acercó a unos contenedores de basura. Empezó a levantar las tapas y a tocar las bolsas de basura. Las más pesadas, sólidas y pegajosas no le interesaban. Las que parecían contener papel las cogía. Prosiguió con esa tarea durante una hora, recogiendo bolsas de basura y colocándolas en el maletero del coche. Cuando hubo recogido todas las que cabían en el vehículo, se dirigió a un centro comercial y aparcó lejos de las luces, junto a un contenedor de basura.

Utilizando la linterna que había en el maletero del Mazda de Ty, Anne empezó a examinar las bolsas de basura, trabajando con rapidez. Colocó a un lado todos los papeles que parecían facturas o recibos. Luego tiró las bolsas al contenedor y fue a por más. Hizo otros cuatro viajes, repitiendo la misma operación. Al amanecer había amontonado en el asiento trasero del coche una voluminosa pila de facturas y recibos de otras personas.

Cuando amaneció, aparcó el vehículo a la sombra de un elevado edificio que servía de almacén, desprovisto de ventanas, y examinó las facturas y los recibos. Al cabo de una hora había examinado todos los papeles pero no había hallado la información que necesitaba.

A las siete se dirigió a un sector del parque municipal en el que no había estado antes, buscó un lugar donde aparcar y se tumbó en la manta debajo de un árbol para dormir un rato. A las tres, el sol se había movido lo suficiente de forma que Anne yacía al sol. Se despertó deslumbrada por el resplandor y se palpó la cara. La tenía caliente pero no le escocía, por lo que confió en no haber cogido una insolación. Tenía que andarse con cuidado, porque toda la gente que vivía en la calle tenía el rostro quemado por el sol. Ella tenía que ofrecer el aspecto de una mujer de clase media durante tanto tiempo como fuera posible.

Se dirigió al lavabo público más cercano y se miró en el espejo mientras se lavaba la cara y los dientes. Seguía presentando una apariencia respetable y limpia. Pero temerosa de los efectos nocivos del sol, se dirigió a una farmacia y compró un filtro solar, champú, acondicionador y crema hidratante, tras lo cual regresó en el coche al parque y entró en un lavabo cerca del zoo. Se lavó el pelo, y también el cuerpo con una esponja, se aplicó la crema hidratante en la piel y se cambió de ropa.

Luego se encaminó hacia el teléfono público que había junto al lavabo y buscó en la guía telefónica la dirección de tres hospitales. Esta noche iba a ser dura para Anne, pero pensó que tenía más probabilidades de éxito que la pasada.

Se dirigió hacia el primero de los hospitales, un edificio enorme recientemente ampliado dotado de varias alas y caminos de acceso. Eligió uno y condujo alrededor del perímetro del hospital. Había contenedores de basura alrededor de todo el edificio, pero todos tenían las tapas cerradas con candado. Cuando Anne llegó al camino de acceso por el que había entrado, se marchó. No había pensado con claridad. Seguramente el hospital tenía que cerrar los contenedores de basura para evitar que los drogadictos acudieran en busca de frascos semivacíos de analgésicos y narcóticos.

Amplió su búsqueda hasta el barrio circundante. Siempre había edificios de consultas médicas a un par de manzanas de un hospital importante. Por más que el hospital observara unas normas estrictas, no todos los empleados que trabajaban en esas consultas médicas podían andarse con tantos miramientos. A la gente esas cosas les tenía sin cuidado.

Anne pasó toda la noche buscando y registrando los contenedores situados frente a los edificios de despachos que rodeaban los tres grandes hospitales. A las cuatro de la mañana encontró algo que podía ser lo que andaba buscando: una copia con papel carbón de la lista de control de la consulta de un médico. En ella el médico había señalado los exámenes que había realizado y las pruebas que había pedido para un paciente. En la hoja figuraban el nombre, fecha de nacimiento y número de la seguridad social del paciente. No iba a serle tan útil como había confiado, porque el paciente se llamaba Charles Woodward y tenía setenta y un años. Pero Anne guardó la hoja en su bolsillo y prosiguió con su tarea.

A las siete regresó al parque para dormir un rato. Cuando se despertó a las cuatro para comer, respiraba trabajosamente, casi jadeaba. Tenía la angustiosa certeza de que había dejado que el tiempo transcurriera sin hacer las cosas que debía hacer, o no con la suficiente diligencia. Comprendió que el tiempo apremiaba. Había partido de Flagstaff el viernes, y había tardado toda la noche y buena parte del día siguiente en llegar aquí. Había llegado a Denver el sábado por la tarde, de modo que hoy era lunes. Tenía que apresurarse.

Se dirigió en coche a un establecimiento donde alquilaban buzones de correos, pagó en efectivo para alquilar un buzón a nombre de Solara Estates y se llevó un par de tarjetas de visita para recordar las señas. Cuando anocheció, fue a un Kmart enorme y adquirió una llave inglesa, un destornillador y unos alicates.

Condujo hasta una calle donde había talleres de reparación de automóviles y tiendas de silenciadores y de neumáticos. La joven se fijó en uno de los coches aparcados frente a un taller de reparaciones. Estaba cubierto con una lona, y al mirar debajo de ella Anne comprobó que habían desmontado el capó y el motor. Robó las placas de la matrícula, condujo hasta un callejón oscuro no lejos de allí y las utilizó para sustituir las placas de Arizona del coche de su amigo Tyler.

Luego se dirigió en coche a un centro comercial en Aurora, entró en el lavabo de mujeres cerca de donde se hallaban los restaurantes de comida rápida, se lavó, se peinó y se retocó el maquillaje. A continuación fue a Nordstrom's, donde compró un bolso, un pantalón negro, unos zapatos y unos tops como los que solía lucir y se cambió. Al contemplarse en el espejo Anne pensó que había resistido asombrosamente bien. Dormir en el parque durante el día no era algo que le gustara hacer, pero ello le había permitido descansar más profundamente que desde que había abandonado Chicago. El esfuerzo de recorrer la ciudad y acarrear bolsas de basura por la noche —o quizá la única comida que hacía al día— había impedido que engordara. Tenía buen aspecto, incluso saludable.

Cuando regresó a su coche abrió la maleta y se puso unos pendientes de brillantes de mediana calidad que Dennis Poole le había regalado, junto con una pulsera a juego. Guardó el permiso de conducir de Anne Forster en la carterita para documentos de identidad que incluía su nuevo bolso negro y guardó también en él cien dólares. Metió todo lo demás en el maletero y guardó las llaves en su bolsillo.

Por la tarde Anne vio un bar para *singles* cerca de Larimer Square. Había una cola de gente ante la fachada, lo cual le permitió observar a las personas que creían que los seguratas y los porteros del local debían permitirles entrar. Era muy pronto aún para que los empleados tomaran decisiones difíciles. Sólo negaron la entrada a una pareja de hombres jóvenes, que al parecer habían hecho algo indebido la noche anterior.

—Lo siento, tíos. Si el jefe vuelve a veros después de lo de anoche, ya puedo empezar a buscar otro trabajo.

Pero no negaron la entrada a ninguna mujer, lo cual era una buena señal.

Cuando ella llegó a la cabeza de la cola, mostró su carné de conducir de confección casera que llevaba en la cartera, pero el segurata apenas le echó un vistazo antes de indicarle que podía pasar. En el interior del local, la luz era muy tenue y la música atronadora. Había un pinchadiscos en una cabina situada sobre la pista de baile que elegía los cortes y manejaba las luces de colores que ametrallaban al personal. Frente a la barra había una cola imponente, y los cinco camareros se afanaban en leer los labios de la gente y servir las bebidas metódicamente.

Anne tenía que sostener una copa en la mano, de modo que pidió un 7UP con una rodajita de lima, lo cual bajo las luces cambiantes parecía un gin tonic. En cuanto se alejó de la barra, los hombres empezaron a sacarla a bailar y ella aceptó. Tenía una idea muy clara de lo que debía conseguir esa noche, de modo que aprovechó el hecho de bailar para dar unas vueltas por la pista y observar la forma en que la gente se agrupaba y reconfiguraba.

Mientras bailaba, Anne vio grupos de chicas solas sentadas a unas mesas en una esquina de la sala, alejadas de la pista de baile y de la puerta de entrada. Los hombres merodeaban por esa zona o pasaban de largo, examinando el material mientras fingían no hacerlo, y las mujeres les evaluaban a ellos y tomaban sus decisiones fingiendo no hacerlo.

Cuando Anne había bailado lo suficiente para convencerse de que las jóvenes sentadas a las mesas se habían acostumbrado a ella, pidió otro 7UP y se dirigió a la zona femenina para sentarse en un banco tapizado adosado a la pared detrás de las mesas. Empezó a tratar de trabar relación con las mujeres que había a su alrededor.

—Es un sitio estupendo —dijo a una de ellas.

La mujer fingió no haberla oído debido al estruendo de la música. Anne se dirigió a la mujer que estaba sentada al otro lado, una rubia delgada que parecía estar sola.

—Me encantan tus zapatos. ¿Te importaría decirme dónde los has comprado?

—Zero Gravity.

—¿Dónde está esa tienda? Acabo de llegar de Florida. —Anne se rió—. No sé nada.

—Está en Colfax, no lejos del edificio del capitolio. Es una tienda genial.

—Te lo agradezco. ¿Conoces un buen establecimiento donde pueda comprarme una chaqueta? Ya han sacado las colecciones de otoño y he pensado en comprarme una. Debido a la altitud de esta ciudad, estoy siempre muerta de frío.

—Zero Gravity es también una buena tienda para ese tipo de prendas. Y hay un centro comercial en Aurora donde venden de todo. —La mujer apartó los ojos de Anne para mirar a alguien que se había detenido frente a ellas.

—¿Quieres bailar? —preguntó el hombre mirando a Anne.

Ella se volvió hacia la mujer rubia y le preguntó:

—¿Puedes vigilarme el bolso unos momentos?

—Claro —respondió la joven manifestando desgana—. Por supuesto.

Se levantó y bailó con el chico que se lo había pedido. Era alto, flaco y joven, tan joven que Anne se preguntó si había utilizado un carné de identidad falso para entrar en el bar. Ella le sonrió, preguntándose si la mujer rubia que había elegido era la que le convenía. Si se había equivocado en su elección, la mujer desaparecía con su bolso, el permiso de conducir falso y los cien dólares.

Cuando la canción terminó, el joven le preguntó:

—¿Te apetece volver a bailar?

—No puedo. He dejado mi bolso con esa chica.

Anne regresó y comprobó que la rubia seguía allí.

—Gracias por vigilarme el bolso —dijo.

Se afanó en configurar la velada de acuerdo a sus deseos. Conversó con la joven e hizo algunos comentarios para hacerla reír. Cuando los ocupantes de una mesa se marcharon, Anne y la rubia se sentaron en ella. Ambas se sentían cada vez más a gusto en su mutua compañía, y sus sonrisas y carcajadas atrajeron a otro hombre. La rubia se levantó para bailar con él.

—Ahora te toca a ti vigilarme el bolso —dijo a Anne.

—Desde luego.

Ella esperó hasta que la joven desapareció entre la numerosa multitud de bailarines, sacó un pequeño bloc y un bolígrafo y metió la mano dentro del bolso. Mantuvo el bolso debajo de la mesa, con la cabeza alzada y los ojos fijos en los bailarines, de modo que aunque las luces se encendieran de pronto habría sido difícil afirmar que lo estaba registrando. Sólo bajó la vista cuando sus dedos identificaron un objeto dentro del bolso.

El permiso de conducir indicaba el nombre de la rubia como Laura Murray, su dirección en el número 5619 de LaRoche Avenue en Alameda, y su fecha de nacimiento el 19 de agosto de 1983. Anne se apresuró a copiar los datos y luego encontró la tarjeta del seguro médico, que indicaba un número de identificación que comenzaba por XDX y terminaba con un número de la seguridad social. Anne miró dentro del billetero para comprobar las compañías emisoras de las tarjetas de crédito. Después cerró el bolso y guardó el bloc y el bolígrafo. Toda la operación le había llevado apenas sesenta segundos.

La joven regresó al cabo de diez minutos y encontró a Anne un tanto aburrida y cansada. Charlaron durante unos minutos y ambas se dirigieron al lavabo de mujeres. Cuando regresaron, el joven que había bailado antes con la rubia la sacó de nuevo a bailar. En esos momentos, Anne captó la atención de la rubia, señaló el reloj y agitó la mano en un gesto de despedida. La rubia sonrió y agitó también la mano.

Salió a la calle, en la que soplaba una fresca brisa nocturna, y pasó ante el portero sintiéndose muy animada. Iba a funcionar. Estaba convencida. Regresó al lugar donde había dejado aparcado el coche, sacó su bolso, en el que llevaba la pistola y el dinero, y se dirigió a una tienda 7-Eleven que tenía una teléfono público en la pared de la fachada. Buscó en la guía una copistería de autoservicio que estuviera abierta toda la noche y alquilara ordenadores y se dirigió allí.

Cuando llegó a la copistería, se alegró de comprobar que era un establecimiento que atendía a estudiantes universitarios. Todos los clientes eran de su edad o más jóvenes, y había al menos dos docenas de personas, aunque era más de medianoche. Una docena de jóvenes utilizaban las copiadoras, las cortadoras y las máquinas de plastificar. Otra docena de personas utilizaban los ordenadores. Anne se sentó ante uno y se puso manos a la obra.

Buscó en varias páginas web de bancos hasta encontrar una que permitía solicitar una tarjeta Visa a través de la red. Cuando apareció la solicitud en la pantalla verificó los datos para asegurarse de que no era uno de los bancos que ya había concedido crédito a Laura Murray. Escribió el nombre, la dirección, la fecha de nacimiento, el número de la seguridad social y el número del carné de conducir de Laura. Dijo que Laura trabajaba como joven ejecutiva en período de formación, que había comenzado hacía un mes por si el historial bancario crédito averiguaba que había tenido otro trabajo, y que ganaba aproximadamente cincuenta y un mil dólares al año. Luego vino la pregunta: «¿Se ha mudado durante los dos últimos años?» Anne respondió afirmativamente, tecleó «Solara Estates», el número del buzón de correos y la dirección del establecimiento que alquilaba los buzones. Escribió la fecha de hoy e indicó esas señas como sus señas actuales.

Anne había observado que la solicitud que había rellenado contenía la pregunta «¿Desea solicitar una segunda tarjeta para otra persona en esta cuenta?», lo cual le dio una idea. Solicitó dos tarjetas a nombre de Charles Woodward, el anciano cuyo historial médico había robado. Después de teclear su nombre, su número de la seguridad social y su fecha de nacimiento, indicó que estaba jubilado. Su renta anual ascendía a ochenta y siete mil dólares. Sí, Charles Woodward deseaba otra tarjeta en su cuenta. Era para uno de los nombres que Anne se había inventado para ella misma, Judith Nathan. Dijo que su nombre completo era Judith Woodward Nathan, y que ambos vivían en Solara Estates.

Después de volver a cerciorarse de que nadie le prestaba atención en la copistería, Anne utilizó las imágenes escaneadas de los permisos de conducir expedidos en Illinois, California y Arizona para crear los fondos de los documentos para los permisos de conducir de Judith Nathan y Laura Murray. Utilizó una copiadora para copiar el dorso de los permisos, una máquina de plastificar para unirlos a las partes frontales y una cortadora de precisión para recortarlos al tamaño exacto. No eran lo suficientemente perfectos como para engañar a un policía en los estados donde habían sido expedidos, pero si los guardaba en la carterita de plástico dentro de su billetero parecían auténticos.

Cuando amaneció, la joven compró el *Denver Post* y buscó un apartamento amueblado. El lugar que encontró era un viejo motel que había perdido su clientela de viajeros y se había reciclado ofreciendo alquilar habitaciones semanales a precios económicos. Después de varios días de tener que dormir de día en un parque, Anne no se puso a buscar defectos a su nueva vivienda. Estaba encantada de disponer de una ducha con una puerta provista de una cerradura, e incluso había un televisor.

Se dirigió en coche a una ferretería y compró cuatro cerrojos. La primera noche que pasó en la habitación alquilada, instaló dos de los cerrojos en la parte superior e inferior de la puerta, y un cerrojo en cada una de las dos ventanas. Cuando terminó, se acostó con la pistola de Mary Tilson debajo de una segunda almohada junto a su cabeza.

Anne dormía diez horas al día, hacía ejercicio, se daba duchas prolongadas, se aplicaba tratamientos faciales, se hidrataba la piel y se hacía la manicura. Miraba la televisión, pensaba y planificaba. Sólo salía para comprar comida y la prensa y comprobar si tenía correo en su buzón de Solara Estates.

El décimo día, encontró su primera tarjeta de crédito, a nombre de Laura Murray, en su buzón, y el decimotercero, la de Judith Nathan. El vigésimo primer día, estaba preparada para ponerse de nuevo en camino. Judith Nathan hizo la maleta y emprendió el largo viaje a Portland, Oregón.

35

Eran las cinco y media de la mañana. Catherine estaba frente al ventanal de su comedor, bebiendo café y contemplando la ciudad de Portland. Cada día desde que había regresado de Albuquerque, había ido a trabajar a las cinco y media de la mañana para poder pasar un par de horas antes de iniciar su turno tratando de descifrar las pistas que no conducían a ninguna parte del caso Tanya. Había transcurrido un mes desde que Tanya la había llamado a esta casa desde Albuquerque y luego había vuelto a desaparecer, y Catherine había empezado a darle vueltas a una nueva posibilidad.

No todos los asesinos múltiples eran capturados. Catherine había supuesto que Tanya aparecería en Albuquerque, pero no había garantía alguna de que la reconocieran de nuevo en algún sitio. Al cabo del tiempo la gente diría: «Quizá haya muerto». O: «Quizás esté en la cárcel por otro delito que ha cometido». Pero no sería así, y de vez en cuando, cuando sintiera de nuevo la pulsión, Tanya volvería a asesinar a otra persona.

Catherine dejó la taza de café en el fregadero y fue en busca de un impermeable ligero con capucha que conservaba para chubascos imprevistos. Se lo echó al brazo, consultó su reloj y volvió a mirarse en el espejo junto a la escalera. El traje gris tenía buen aspecto, y llevó a cabo un inventario táctil de su atuendo: el cinturón con su placa dorada prendida a la derecha de la hebilla, las esposas en la cadera, la pistola en el cinto a la derecha de su columna vertebral debajo de la chaqueta entallada.

Catherine bajó y entró en el garaje, se montó en su Acura azul verdoso y reconoció que se estaba dejando arrastrar por su bajo estado de ánimo. Ni siquiera había evitado pensar en qué día era. El divorcio había ocurrido hacía tanto tiempo que esa fecha ya no debería importarle. Era el veintiuno de agosto, el cumpleaños de Kevin. Hoy cumplía… ¿cuántos? Treinta y cinco años.

Cada año que pasaba se sentía menos afectada por esa fecha, y al cabo de ocho años Kevin había dejado de ser una realidad. Existía sólo como una parte de la mente de Catherine, un punto alterado en su cerebro. ¿Cómo lo llamaban los médicos? Una lesión. En medicina todo era una lesión, desde un ligero rasguño hasta un tumor mortal.

Lo más difícil de creer ahora era que Kevin hubiera constituido durante tanto tiempo la otra parte de la conversación. Catherine había estado con él varios años y había hablado con él sin disimulo y, al cabo del tiempo, sin censura ni la menor reserva. Cuando, en un momento dado durante esos años, ella había dicho algo divertido o profundo, era Kevin —y probablemente la única persona— quien lo había oído. Durante unos años después del divorcio, Catherine había caído en momentos de distracción en que había estado a punto de describir algo, recordando luego que Kevin ya no estaba presente. En otros momentos, cuando ella hablaba con otra persona —un amigo, un colega— de repente caía en la cuenta de que estaba diciendo algo que había oído decir a Kevin.

El cumpleaños no era un recuerdo grato. Había sido en el veintisiete cumpleaños de Kevin que se había producido la silenciosa explosión. Catherine se había tomado media jornada libre en la correduría. Poco antes del mediodía había salido apresuradamente, había comprado una tarta de cumpleaños y se había dirigido al despacho de su marido para darle una sorpresa. Catherine recordaba que al asir el pomo de la puerta de su despacho situado en la quinta planta, había tenido un mal presentimiento. Se había sentido rara, casi mareada, y lo había atribuido al viaje en ascensor, pero en el fondo sabía que ese no era el motivo. Se había sentido como si tratara de aferrarse a algo mientras se producía un sutil temblor del universo, un terremoto.

Catherine había abierto la puerta exterior y al entrar había percibido un profundo silencio. El centro de ventas no era el lugar al que accedían los clientes, porque la compañía se dedicaba a proyectos de construcción de gran magnitud. Durante la hora del almuerzo siempre se quedaba alguien para vigilar la oficina, pero las mesas estaban vacías. Se le ocurrió que quizá habían cerrado la oficina y habían invitado a Kevin a almorzar. Era un grupo compuesto por gente joven y afable, y él era un ejecutivo que gozaba de gran popularidad. Catherine pensó que debía haber llamado antes en lugar de presentarse por sorpresa, y así habría participado también en el almuerzo. A Kevin le habría encantado.

Ese pensamiento le dio una idea. Quizá había una nota en alguna parte, escrita apresuradamente, indicándole adónde habían ido. Probablemente era Paula, la recepcionista, quien había hecho la reserva, por lo que miró primero el bloc de notas en su mesa y luego el Rolodex, para comprobar si la tarjeta que asomaba correspondía a un restaurante. Pero no era así.

Catherine pasó frente a las mesas vacías en el despacho exterior y a través del laberinto de cubículos desiertos hasta llegar al pasillo que conducía a los despachos de los ejecutivos de ventas. Llamó a la puerta del despacho de Kevin y entró.

Él no estaba en su despacho. Catherine se acercó a la mesa para comprobar si había anotado algo en su calendario. Había unas líneas garabateadas: sus citas matutinas, una reunión a las cuatro. Depositó la tarta en la mesa y se sentó en la silla para teclear en el ordenador: «Feliz cumpleaños, Kev. Me he acercado unos momentos para decirte que te quiero. Hasta luego, Catherine». Subrayó el mensaje, lo puso en letras grandes y en rojo, y lo dejó en la pantalla del ordenador.

La joven se sintió satisfecha de su mensaje, porque daba a entender que se había pasado unos minutos en lugar de haberse tomado media jornada libre inútilmente. A Kevin le complacería en lugar de sentirse decepcionado o culpable. Catherine se levantó, salió del despacho y oyó algo a pocos metros, en el pasillo. Parecía una voz femenina, como si una de las comerciales se hubiera quedado y estuviera hablando por teléfono. Catherine oyó de nuevo la voz, que era claramente la de una mujer. Quizá supiera dónde se hallaba Kevin.

Siguió la procedencia del sonido hasta llegar a una puerta en el pasillo. Acercó la oreja a la puerta. Y entonces lo comprendió todo. No cabía la menor duda, ninguna posibilidad de que Catherine se salvara. Ella no tenía derecho a abrir la puerta, pero lo hizo.

Era el despacho de Diana Kessler, evidentemente. Diana estaba inclinada sobre su mesa, con la falda arremangada hasta la cintura, y Kevin estaba detrás de ella. No habían oído a Catherine abrir la puerta. Se detuvo, paralizada y muda de estupor, durante dos o tres segundos antes de retroceder un paso y cerrar de nuevo la puerta. Recordaba la sensación fría y hueca que había sentido en el pecho, el nudo en la garganta. Se había quedado inmóvil, escuchando las voces alarmadas de Kevin y Diana, sus movimientos torpes y apresurados, sus pasos rápidos.

Cuando su marido había abierto la puerta y la había visto, había abierto los ojos desmesuradamente en un gesto de temor. Luego había tratado de recobrar la compostura, esbozando una sonrisa forzada.

—¡Cariño! ¿Has venido a darme una sorpresa? Me alegro de que…

—Lo he visto —interrumpió a Kevin—. Abrí la puerta cuando estabas con ella. —Dio media vuelta y echó a andar por el pasillo hacia el despacho exterior.

—Espera. Por favor. Deja que te explique.

—No hay nada que explicar.

Kevin insistió con tono jovial pero poco convincente:

—Vuelve. No sé qué imaginas haber visto, pero lo has interpretado mal. Estás equivocada.

Catherine se detuvo, se volvió y le fulminó con la mirada.

—Creo que no me has entendido, Kevin. Lo he visto. No estoy «equivocada».

Él la miró con el ceño fruncido, mostrando una expresión de preocupación y tristeza. Apoyó las manos en los brazos de Catherine, como había hecho mil veces, y la miró a los ojos.

—Diana puede confirmártelo. Lo has interpretado mal. Hablemos. Los tres.

Kevin parecía haber perdido la chaveta.

—No quiero hablar con Diana, y ello no quiere hablar conmigo. Ahora deja que me vaya.

Le obligó a soltarla, dio media vuelta y salió de la oficina. Esa había sido la explosión que la había propulsado lejos de la presencia y de la vida de Kevin.

Al recordarlo, Catherine solía resumir la historia como si hubiera pillado un día a su marido y no le hubiera vuelto a ver. Pero no había sido tan sencillo. Durante varios meses se habían producido escenas surrealistas con Kevin. Habían tenido reuniones para firmar el acuerdo económico, dos reuniones supuestamente fortuitas en las que él se había presentado en casa para recoger sus cosas, y otras que Catherine no recordaba con claridad. Pero había tenido que escuchar sus desmentidos, luego sus excusas y luego su ira.

Durante esos meses todas sus amistades mutuas parecían haber descubierto la necesidad de confesar a Catherine que sabían que Kevin se acostaba con una u otra chica. Dos incluso habían confesado haberlo hecho ellas mismas. Estaban convencidas de pertenecer también al amplio grupo de mujeres que habían sido víctimas de Kevin. Todo había terminado hacía ocho años, y esas personas habían desaparecido de su vida.

36

Catherine se dirigió en su coche a la comisaría. Portland no era una ciudad gigantesca, de modo que, si se levantaba lo suficientemente temprano, nunca tenía problemas para atravesar el río y llegar al departamento de homicidios en quince minutos.

Llegó antes de las seis y se puso a trabajar de inmediato en la siguiente fase de la búsqueda. Hoy iba a enviar copias de las fotografías de Tanya Starling a las jefaturas de tráfico de todas las ciudades más importantes del país, advirtiéndoles que probablemente dentro de poco Tanya Starling solicitaría un nuevo permiso de conducir.

Casi había terminado con las circulares cuando alzó la vista y vio al capitán Farber dirigirse hacia su mesa.

—Catherine, necesito que esta mañana ayudes a Tony Cerino.

Cerino estaba especializado en denuncias sobre personas desaparecidas. Ella lo vio en la entrada del despacho de homicidios, justo detrás de Mike Farber, de modo que se abstuvo de protestar. En lugar de ello se volvió hacia Cerino y preguntó:

—¿Qué quieres que haga, Tony?

Cerino se aproximó.

—Tengo una persona que hace tres días que ha desaparecido. A primera vista es un caso bastante claro, pero cuando Ronny Moore hizo las entrevistas, tuvo la sensación de que había algo raro. Quiero llevar a la segunda entrevista a un agente de homicidios.

—¿Tan raro parece el asunto? —preguntó ella encogiéndose de hombros.

—Verás, el marido dice que su esposa sólo hace tres días que ha desaparecido. Los padres dicen que por lo general ésta les llama todos los días, pero hace una semana que no lo ha hecho. Fueron ellos quienes presentaron la denuncia.

Catherine guardó las circulares en una carpeta y la metió en un cajón de su mesa.

—Ya podemos irnos —dijo.

La casa era un chalé pintado de verde con un porche en la fachada cubierto por un tejado. Parecía idéntica a la mayoría de casas en la calle, pero esta tenía una valla de tela metálica que lindaba con la acera. Catherine llevaba el suficiente tiempo en la policía para abrir la valla con cautela y esperar a ver qué clase de perro respondía a la intromisión, pero Cerino dijo:

—El perro pertenecía a un propietario anterior.

Cerino llamó a la puerta de entrada y les abrió un hombre. Era de complexión menuda pero musculoso, con el pelo rubio peinado al estilo «cortinilla» sobre su calva, y el tipo de expresión que ella catalogaba como habitualmente insatisfecha. Lucía unos vaqueros azules y un suéter de manga corta ajustado que realzaba sus bíceps. La sargento esbozó una sonrisa forzada.

—¿Es usted el señor Olson?

—Sí —respondió el hombre. Tenía un tono hosco pero Catherine observó que parecía relajado, como si hubiera dormido bien.

—Soy la sargento Hobbes, y este es el sargento Cerino. ¿Podemos entrar y hablar con usted?

El hombre abrió la puerta y les dejó pasar, tras lo cual fue a sentarse en una desvencijada butaca orejera en el cuarto de estar. Ese gesto prácticamente confirmó la impresión que Catherine tenía de él, por lo humano que era: ese hombre se hallaba en una pesadilla y se había sentado instintivamente en la vieja butaca para sentirse confortado. Pero había algo en sus movimientos que resultaba chocante. Se movía de forma mecánica, como si tuviera las extremidades rígidas.

—Siéntense —dijo Olson.

Cerino se sentó en el sofá situado a la izquierda y Catherine ocupó la butaca frente a Olson, con la espalda erguida y ambos pies apoyados en el suelo.

—Han hallado su cadáver, ¿no es así? —preguntó Olson.

Ella le miró a los ojos y lo comprendió. No tenía aún ninguna prueba de que este caso comportara algo más que una mujer que se había marchado tres días para escapar de un matrimonio desgraciado. Los padres de ella habían explicado a Ronny Moore, el primer policía asignado al caso, que su hija solía discutir a menudo con su marido y lo había abandonado varias veces, por lo que esto podía tratarse de otra pelea. Pero la sargento comprendió que no era así.

Catherine Hobbes se rebulló casi imperceptiblemente en su silla para evitar que la parte trasera de su chaqueta le impidiera sacar su pistola.

—No —respondió—. Estamos llevando a cabo una investigación preliminar. Confiamos en que su esposa no haya sufrido daño alguno. Por lo general, cuando una persona desaparece tan sólo durante dos o tres días, regresa voluntariamente. —Catherine hizo una pausa—. ¿Sabe si hay algún motivo para que su esposa no se fuera por voluntad propia?

El rostro de Olson asumió una expresión de frustración, como si tratara de hacerse entender por personas que apenas hablaban su idioma.

—Se marchó por voluntad propia. Fue a comprar al supermercado. Debía haber regresado al cabo de dos horas como mucho, pero han pasado tres días. Lo que creo es que había un tipo en el aparcamiento esperando a alguien como ella. Mi esposa fue a dejar las bolsas en el maletero, sin prestar atención a lo que ocurría a su alrededor, y ese tipo se le acercó por detrás con una pistola.

Catherine mantuvo una expresión atenta y afable, y comprendió que acababa de oír la historia en la que Olson insistiría. También comprendió que cuando hallaran el cadáver de la esposa, presentaría orificios de bala.

—Espero que no haya sucedido eso —dijo la sargento—. Discúlpenos, pero tenemos que hacerle unas preguntas personales. Forma parte del procedimiento. ¿Le había abandonado su esposa en otras ocasiones?

—No —contestó Olson—. Mi esposa no me ha abandonado. Ha desaparecido.

—Me refiero a si se había marchado alguna vez sin decirle adónde iba y había pasado la noche fuera.

—Ya he respondido a esa pregunta. No lo había hecho nunca. Hace tres días dijo que iba al supermercado y no regresó a casa.

—¿A qué supermercado?

—El Safeway, en Fremont Street. Al menos, es al que suele ir.

Catherine se volvió hacia Cerino, que respondió:

—Hemos registrado el aparcamiento y todos los aparcamientos en las inmediaciones.

Se volvió de nuevo hacia Olson.

—¿Tuvo alguna discusión con su esposa uno o dos días antes de que ella fuera al supermercado?

—No. No discutíamos. Nos llevábamos muy bien.

—¿No discutían nunca?

—De vez en cuando. Pero nunca por nada importante, y ese día no discutimos —respondió Olson—. Mire, si yo tuviera motivos para creer que mi esposa se había cabreado y se había largado, no habría llamado a la policía para hacer el ridículo.

—¿Llamó usted a la policía?

—No exactamente. Los padres de mi esposa llamaron antes, pero yo lo habría hecho hoy.

—Pero usted creía que su esposa regresaría al cabo de un par de horas. Al ver que transcurría un día sin que apareciese su esposa, ¿no temió que le hubiera ocurrido algo?

—Sí. Pero siempre he oído decir que la policía no considera que una persona ha desaparecido hasta que han transcurrido al menos tres días.

—De modo que no nos llamó. ¿Qué es lo que hizo?

—Llamé a otras personas. Me acerqué al supermercado para ver si su coche estaba allí. Ese tipo de cosas.

—¿A quién llamó?

—Veamos... A unas personas que trabajaban con mi esposa. Los vecinos que viven enfrente.

—¿Llamó a los padres de su esposa?

—Sí. No. Creo que ellos me llamaron a mí.

Catherine le entregó un bolígrafo y una hoja que arrancó de su bloc de notas.

—¿Quiere hacer el favor de escribir los nombres de todas las personas a las que llamó?

—Caray.

—Y si recuerda sus números de teléfono, nos sería muy útil.

Olson arrugó el ceño y se puso a escribir, luego tachó algo y siguió escribiendo.

—Esto no es tan fácil como parece. Yo estaba trastornado, y es probable que me olvide de algunas personas. —Olson la miró furibundo—. ¿A qué viene todo esto?

Catherine tomó el papel. Había sólo tres nombres, uno de ellos tachado.

—Si recuerda a alguien más, puede añadir el nombre más tarde.

Olson se encogió de hombros.

—¿Por qué no se dedican a buscar a mi esposa?

—Otras personas lo hacen —respondió—. Entrevistarán a mucha gente, haciendo preguntas y comparando los resultados.

—Ya entiendo. De modo que sospechan de mí. Cada vez que matan a una mujer, es el marido.

—Espero que no sea el caso —contestó ella—. La mayoría de las veces, cuando recibimos una llamada denunciando la desaparición de alguien, el asunto se resuelve felizmente. A veces las personas se deprimen. Se sienten disgustadas o agobiadas por algo en sus vidas. Se marchan un tiempo para reflexionar. Son posibilidades que debemos explorar siempre.

—De acuerdo. Lo comprendo. Es que estoy muy preocupado por ella…

Cerino intervino en la conversación.

—¿Tomaba su esposa algún medicamento? ¿Insulina, litio, antidepresivos, un medicamento que debía tomar regularmente?

—No.

—¿No consumía ningún tipo de droga? ¿Tenía problemas con el alcohol?

—No.

—Ha dicho que su matrimonio funcionaba bien —dijo Cerino mirando su bloc como para tachar todo lo que había enumerado en una lista—. ¿Incluye eso todos los aspectos? ¿Ninguno de ustedes mantenía una relación sexual fuera del matrimonio que usted sepa?

—Desde luego que no.

Catherine miró a Cerino.

—Quisiera echar un vistazo —dijo.

—Con su permiso —dijo Cerino dirigiéndose a Olson—, queremos examinar la casa para ver si hallamos alguna pista que apunte en otra dirección.

Catherine observó a Olson. La camiseta le quedaba muy ajustada alrededor del pecho y durante unos instantes contuvo el aliento, tras lo cual siguió respirando con normalidad. La sargento hizo una indicación con la cabeza a Cerino.

—¿Nos da su permiso? —inquirió su compañero.

—¿Para qué que quieren registrar la casa? Ya les he dicho que mi esposa salió para ir a comprar al supermercado y no ha regresado.

—Es uno de los numerosos pasos que debemos dar en un caso como este —respondió Catherine—. Forma parte del protocolo.

—No se me ocurre ninguna razón por la que deban registrar mi casa.

—A mí se me ocurren varias. Una esposa que planea en secreto abandonar a su marido puede dejar alguna pista, como cartas de otro hombre o folletos de algún lugar. Una persona que decide suicidarse puede dejar una nota o un diario secreto.

Olson tenía la frente húmeda y los músculos de la mandíbula crispados. Parecía como si la temperatura de la habitación hubiese aumentado de pronto varios grados.

—Mi esposa podría encontrarse a menos de dos kilómetros de aquí, implorando que no la matasen.

Comprendió que oía pequeñas pistas de lo que había ocurrido realmente; la mente de Olson soltaba lo primero que se le ocurría. La esposa se encontraba en efecto a menos de dos kilómetros. Quizá le había suplicado que no la matase.

—Sólo tiene que decir que sí —dijo Catherine—, para que podamos empezar. Si coopera con nosotros todo se resolverá más rápidamente.

—No es lógico —protestó Olson—. No hacen nada para dar con su paradero.

Catherine miró a Cerino. Había encontrado un punto débil e incrementó la presión.

—Sargento, haga el favor de llamar por radio solicitando un equipo forense. Si habla con el capitán, seguro que los tendremos aquí dentro de quince minutos.

Cerino no entendía muy bien qué se proponía Catherine. La miró mientras se levantaba lentamente, pues no le hacía gracia dejarla a solas con Olson.

—Ya se lo he dicho —insistió el hombre—, no quiero que me pongan la casa patas arriba.

—No pondrán su casa patas arriba —le aseguró Catherine—. No tendrán que hacerlo.

—¿A qué se refiere?

—Pueden eliminar ciertas cosas rápidamente. Pueden rociar luminol sobre una superficie para comprobar si aparecen manchas de sangre. La mancha reluce bajo una luz negra. Por más que la hayan fregado, reluce.

Mientras ella hablaba, el rostro de Olson adquirió una expresión impávida, en blanco, como la de un jugador de póquer. Catherine dedujo que había tocado otro punto vulnerable. Fuera lo que fuese que había sucedido, había sucedido aquí. Había sangre en alguna parte de la casa.

—Adelante, sargento. Supongo que necesitaremos una orden.

Cerino salió por la puerta principal.

Al quedarse solo con Catherine, la furia de Olson se hizo más evidente.

—Parece que no me oye. No pueden hacer eso.

—Señor Olson —respondió ella—, lamento que se niegue a cooperar, pero no estamos violando sus derechos. Existe la sospecha de que se haya cometido un crimen y mi compañero ha ido a solicitar una orden de registro. En cuanto nos lo concedan, podremos…

El ataque de Olson fue tan repentino que Catherine apenas pudo reaccionar. Se inclinó a un lado y se agachó, y el puñetazo del hombre la alcanzó en la frente en lugar de la nariz y la boca. Catherine se arrojó al suelo, esquivándolo antes que Olson pudiera abalanzarse sobre ella. Él pasó sobre Catherine, chocando con el respaldo de la silla y derribándola al suelo. Olson apartó la silla, se levantó y dio un paso para echar a correr hacia la parte trasera de la casa.

Catherine alargó la pierna, haciendo que la punta del pie derecho de Olson tropezara con ella cuando se disponía a dar un segundo paso, y éste cayó de bruces. Mientras yacía en el suelo de parquet, ella oyó a Cerino abrir la puerta de entrada.

La sargento se arrojó sobre las piernas de Olson y le sujetó mientras éste trataba de liberarse. Cerino se apresuró a sentarse sobre la espalda del hombre. Los tres forcejearon en silencio durante unos segundos. Tomó las esposas de su cinturón y se las pasó a Cerino, que colocó una en la muñeca izquierda de Olson y luego tiró de la derecha hacia atrás, para colocarle la otra esposa.

Catherine recitó a Olson sus derechos.

—¿Ha entendido sus derechos? —le preguntó golpeándole con fuerza en la pierna con los nudillos—. ¿Los ha entendido?

—Sí.

Cerino se volvió para mirarla.

—¿Estás bien? Parece que has recibido un fuerte puñetazo en la frente.

—Sobreviviré. Dame tus esposas.

—Ten —respondió Cerino.

Catherine las tomó y las colocó alrededor de los tobillos de Olson.

—Ya está. Vigílalo unos momentos. —Se levantó y se alejó unos pasos, y en vista de que Olson no se movía ni trataba de liberarse, se dirigió al coche de policía e hizo una llamada.

—Uno-Cebra-Quince —dijo—. Necesitamos una unidad para transportar a un prisionero y necesitamos un equipo forense. La dirección es Vancouver 59422.

Entró de nuevo en la casa y se encaminó hacia la cocina. Al principio no tocó nada, sino que se limitó a observar. La cocina estaba muy limpia y ordenada. Todo estaba en su lugar, recién lavado y recogido. Abrió el frigorífico sin tocar el tirador. Los estantes estaban repletos de artículos dispuestos ordenadamente: frascos que aún tenían la arandela de plástico alrededor de las tapas porque no habían sido abiertos, fruta y verduras frescas. Catherine miró a través del lado transparente del cajón de la carne los paquetes que estaban encima de la pila. Había un filete y unas costillas de cordero fechados el 19 de septiembre. Dos días atrás.

Siguió registrando la casa. Subió la escalera hacia los dormitorios. Había una habitación de invitados ordenada y vacía. La cama estaba perfectamente hecha, con las sábanas tirantes y con las esquinas recogidas debajo del cubrecama. Catherine pasó al dormitorio principal. La habitación estaba limpia. Había dos cómodas, pero sólo la más alta sin un espejo —la del marido— tenía unos objetos sobre su superficie. Catherine miró en el armario ropero. La ropa de Olson y su esposa colgaban de unas perchas, separadas por un espacio vacío.

Entró en el baño. Había algunos objetos pertenecientes a la mujer que había desaparecido, pero habían sido arrinconados en un pequeño espacio al fondo de la larga encimera de azulejos.

Ella estaba segura de que Olson había querido desprenderse de las cosas de su esposa, pero al hacerlo habría demostrado que sabía que ésta no iba a regresar. Probablemente lo habría hecho cuando hallaran el cadáver. Pero Catherine tuvo otra intuición con respecto a Olson. Se había mostrado tranquilo y controlado hasta el último momento, cuando había comprendido que había perdido la batalla y Catherine iba a ordenar que registraran la casa. Entonces había sido presa del pánico. El motivo que le había impulsado a huir era porque había algo allí que Olson sabía que le condenaría. Algo de gran tamaño y tan obvio que durante un registro no podía por menos de aparecer. Catherine imaginó de qué se trataba.

Bajó la escalera y se dirigió al garaje. En él había dos vehículos, y un espacio vacío para el Toyota Camry que Myra Olson había cogido supuestamente para ir al supermercado. Al observar el suelo, vio unos restos de manchas en el cemento que habían sido lavadas. No parecían sangre, pero no estaba segura. Catherine se fijó en los dos vehículos. Uno era un Lexus sedán y el otro un imponente Cadillac Escalade.

Catherine se acercó al Escalade. Había trabajado en homicidios durante cuatros años y sabía exactamente lo que buscaba. En la parte posterior del todoterreno, cerca de la puerta trasera, habría una lona plastificada o una alfombra, redondeada, probablemente sujeta. Quizá habría una pala. Catherine abrió la puerta del conductor para que se encendiera la luz, le dio al seguro para abrir el resto de las puertas y miró en el interior. La parte posterior estaba vacía, a excepción de una manta doblada en el suelo de la zona trasera destinada a bultos. Catherine cerró la puerta.

En esto oyó un ruido. Parecían gemidos. Sonaba lejos, pero era imposible. Catherine se detuvo y aguzó el oído. Entonces oyó un sonido sofocado, como si alguien diera unos golpes con el puño.

La sargento siguió la procedencia del sonido. Avanzó lentamente, aguzando el oído, sintiendo que el corazón le latía aceleradamente. El sonido cesó y Catherine se detuvo también. Apoyó la mano en el maletero del Lexus. Esta vez, cuando se produjo un sonido como si alguien golpeara con el puño, Catherine lo sintió desde la palma de la mano hasta la parte superior del brazo, como una descarga eléctrica.

—Ya le oigo —gritó—. Espere un momento. —Catherine dio una palmada en la superficie del vehículo, se volvió y entró corriendo en la casa.

Cerino había alzado a John Olson para sentarlo en el sofá, pero seguía teniendo las muñecas y los tobillos esposados para que no pudiera atacarle.

—¿Has comprobado si lleva encima las llaves de un coche? —le preguntó a Cerino.

—No lleva llaves —respondió su compañero—. Ni tampoco un billetero.

—¿Dónde están las llaves del coche, señor Olson?

—No lo sé —respondió éste con expresión airada, resentida.

A ella le maravilló su reacción. Estaba atrapado, esposado y a punto de ser denunciado, y sin embargo se refocilaba de modo sádico negándole lo que le pedía. Catherine recordó la dirección en que había echado a correr después de golpearla, y siguió su trayectoria.

Entró en la cocina, examinando las encimeras y abriendo los cajones. Mientras la registraba, sacó su móvil y llamó al número de emergencia.

—Soy la sargento Catherine Hobbes. Necesito que envíen una ambulancia al número 59422 de Vancouver. Tenemos una víctima lesionada. Gracias.

Se encaminó hacia la puerta trasera. Había unas chaquetas colgadas de unos ganchos junto a ella. Catherine palpó los bolsillos de una chaqueta y sintió la forma dura de un billetero y oyó un tintineo. Metió la mano en el bolsillo y sacó unas llaves.

Se dirigió apresuradamente al garaje. Al principio intentó abrir el maletero con la llave equivocada, y por fin encontró la adecuada. Los muelles de la tapa del maletero hicieron que se alzara unos centímetros y Catherine percibió al instante el olor del pánico: orines y sudor. Levantó la tapa del todo.

La mujer se alzó hacia la luz como un cadáver ahogado elevándose desde el fondo del mar hacia la superficie de unas aguas en calma. Tenía unas manchas resecas de la sangre que había brotado de su nariz y sus labios, y un corte en el nacimiento del pelo. La sangre se había deslizado por ambos lados de su rostro mientras permanecía encerrada en la oscuridad. Parecía haber dejado de sangrar hacía bastante tiempo, por lo que la sangre tenía un aspecto cuarteado como pintura vieja. Estaba desnuda, y Catherine observó unos moratones en sus brazos, costillas y caderas. Tenía las muñecas atadas a la espalda. Tenía también los codos sujetos con otra cuerda, para inmovilizarle aún más los brazos. La ayudó a incorporarse y desató las cuerdas.

—¿Se siente bien, Myra?

La mujer asintió con la cabeza y el mentón empezó a temblarle.

—Soy la sargento Hobbes. Todo ha terminado. Se pondrá bien.

—¿Ha matado mi marido a mis padres? Me dijo que los había matado. Había sacado un seguro de vida para todos.

—No. Sus padres están bien. Fueron ellos los que nos llamaron.

—Mi marido me dijo que los había matado, y que iba a matarme hoy. —La mujer rompió a llorar.

—No se preocupe, Myra. Sus padres están perfectamente, los verá más tarde. No se preocupe. Su marido no volverá a hacer daño a nadie. No debe preocuparse por nada. Salgamos de aquí.

Catherine ayudó a Myra a sacar un pie del maletero del coche y apoyarlo en el suelo del garaje, y luego el otro. Abrió el Escalade, tomó la manta y la cubrió con ella.

—Está a salvo —dijo Catherine—. Todo ha terminado.

Rodeó a la mujer con los brazos, acunándola con suavidad. A lo lejos se oyó una sirena.

37

Cuando Catherine llegó a casa vio que tenía un mensaje en el contestador. Marcó su clave y escuchó.

—Catherine, soy Joe Pitt. Dijiste que saldrías conmigo si iba a Portland. Pues bien, estoy aquí. Me gustaría verte esta noche, reservaré una mesa para cada media hora desde las ocho hasta las diez en diversos restaurantes. Llámame cuando llegues. Me alojo en el hotel Westin. —Pitt recitó el número de teléfono, pero Catherine no estaba preparada para anotarlo.

La joven escuchó de nuevo el mensaje, escribió el número de teléfono y lo marcó.

—Hola —dijo cuando respondió Pitt—. Pareces muy seguro de ti mismo, ¿eh?

—No. Que yo sepa, no ha ocurrido nada en nuestra historia para infundirme la menor seguridad en mí mismo —respondió—. No conseguí que me dijeras cuándo podrías verme si venía, de modo que decidí venir ahora y esperar hasta que aceptes cenar conmigo.

—Bonito discurso. Estaría loca si no aceptara. ¿Cómo debo vestirme y de cuánto tiempo dispongo?

—Vístete muy elegante. Tienes quince minutos.

—Quizá pueda llegar a tu hotel a las ocho, así que mantén la reserva de las ocho y media.

—Hasta luego.

Cuando Catherine llegó al hotel, Joe Pitt la esperaba en la entrada vestido con un traje oscuro. Ella se alegró de haberle tomado la palabra y haberse puesto el único vestido elegante que se había comprado recientemente, un vestido de cóctel negro. Se había puesto también el collar de oro que había pertenecido a su abuela. En cuanto la vió, Pitt salió a la acera.

—Llévese el coche de la señora y traiga el mío —le dijo al guardacoches entregándole un tique.

Catherine se apeó y observó cómo su coche desaparecía por la rampa del garaje.

—¿No quieres que te vean en el modesto Acura de una mujer trabajadora?

El guardacoches regresó con un Cadillac.

—No conseguirás impresionarme con ese coche —dijo ella sonriéndole socarronamente—. Yo solía detenerlos montada en un destartalado Crown Victoria Interceptor.

—Yo también —contestó Pitt—. Pero siempre deseé tener uno.

Se dirigieron al restaurante y el *maître* les condujo a una mesa. Ordenaron lo que les apetecía y mientras cenaban hablaron sobre el ataque que había sufrido Catherine al perseguir a Tanya en Flagstaff y al no haber conseguido detenerla en Albuquerque.

—Me sorprende que no me hayas comentado lo de hoy —dijo Joe Pitt.

Ella arrugó el ceño.

—¿Ya te has enterado?

—Sí —respondió Pitt—. Pero me encantaría escuchar la historia de nuevo si te apetece contármela.

—¿Cómo es que lo has averiguado?

—Llamé a tu despacho hacia el mediodía, tratando de localizarte. Hablé con Mike Farber, y él me lo contó.

Catherine le miró cariacontecida.

—¿Por eso has venido? ¿Porque te enteraste del caso Olson y te compadeciste de mí?

—¿Compadecerme de ti? —preguntó Pitt—. He venido porque pensé que estarías de buen humor y me dejarías celebrarlo contigo. Eres una heroína. Dentro de un par de días las agencias de noticias recogerán los artículos de prensa y las emisoras de radio emitirán las noticias de televisión. —Pitt se inclinó hacia atrás para dejar que el camarero retirara los platos.

—Espero que publiquen mi foto —dijo Catherine—. Así podré cobrar un cheque en mi banco sin tener que mostrar la licencia de conducir.

—No lo creo. Pero la próxima vez que tus jefes se pongan a repartir ascensos, quizá te caiga una recompensa. Necesitan a gente como tú, y lo saben.

—¿Por qué dices «como tú»? Yo soy yo, los otros son los otros, cada cual es como es.

—«Como tú» significa policías que salvan a una posible víctima de asesinato antes de que el tipo la mate. Cuando los jefes ven a una agente joven y guapa que salva a una víctima maltratada por su marido (probablemente por los pelos), sienten deseos de dar una fiesta. Tú demuestras que lo que hacen tiene sentido. Con esa venda en la frente que tratas por todos los medios de ocultar debajo del pelo, eres una foto que no podrían comprar con todo el oro del mundo.

—Es una tirita, y me la puse yo misma —replicó Catherine sonriendo—. ¿Quieres una?

—No, gracias.

—Al menos sueltas unas sandeces menos chocantes.

—¿Sandeces? Hacía tiempo que no oía esa palabra.

—Las señoras no dicen «gilipolleces».

—¿Ah, no?

—Al menos a alguien que recorre muchos kilómetros en avión para ir a verlas y las lleva a un restaurante elegante.

—Si los cumplidos te molestan, dejaré de hablar de ello. —Pitt alzó su copa de vino—. Me limitaré a brindar por tu valor y sagacidad.

Ella alzó su copa de agua.

—Y yo por tu exquisito gusto.

Después de beber unos sorbos, dejaron sus copas sobre la mesa. Pitt la observó detenidamente.

—No bebes nunca. ¿Lo has hecho alguna vez?

—Sí —respondió Catherine—. Cuando era joven. Pero hace años que no bebo.

—¿Eres alcohólica?

—¿Qué? —preguntó sorprendida.

—Muchos amigos míos que no prueban el alcohol son alcohólicos. Muchos son policías. Pensé que quizá lo fueras.

Enojada, Catherine se puso a la defensiva durante unos segundos, pero al mirar a Pitt no detectó nada en él sino una sincera preocupación.

—No lo sé —respondió—. Digamos que el alcohol me induce a hacer unas cosas que no quiero hacer, de modo que dejé de beber.

—Me alegro por ti —dijo Pitt—. Pero no por mí. Tendré que seducirte con mi ingenio y mi encanto personal.

Ella sonrió.

—Supongo que tu estrategia no incluye el factor sorpresa. Pero me gustaron tus elogios.

—Fue admiración —contestó Pitt—. Lo dije en serio.

—Ahora que conozco tus intenciones, tendré que mostrarme un tanto escéptica.

Él la miró con expresión seria, pensativa.

—Mis intenciones han sido evidentes desde el principio. No he venido aquí para charlar con una estimada colega. Te he pedido que salieras conmigo.

—Eso de pedirme que saliera contigo resulta un tanto ambiguo —respondió Catherine.

—Será para ti.

—Para todo el mundo.

—Para mí, no, y sólo yo sé con qué intención lo dije. Cuando alguien te pide que salgas con él, puedes aceptar o no, y el hecho de que aceptes significa lo que tú quieres que signifique.

—¿Y el hecho de pedirlo qué significa?

—Que te he observado y escuchado y pensado en ti lo suficiente para haber tomado una decisión con respecto a ti. No quiero perder el tiempo.

Catherine tomó su copa de agua y bebió un largo trago. Luego la dejó en la mesa y respondió:

—Eso es lo que significó cuando acepté.

Pitt la miró a los ojos durante unos instantes antes de sonreír de nuevo. Localizó al camarero y le hizo una indicación con la cabeza.

—Tráigame la cuenta —dijo.

Una hora más tarde, Joe Pitt se volvió de costado, se apoyó en el codo y miró a Catherine, que tenía la cabeza apoyada en la almohada junto a él.

—¿Qué te hizo cambiar de opinión sobre mí?

—No he cambiado de opinión sobre ti. Eres justamente como siempre pensé que eras.

—Siempre parecía que no te gustaba mi forma de ser, pero aquí estás.

—Sí, aquí estoy. Desnuda en la cama de un hotel con un hombre con el que he salido por primera vez. Supongo que eso significa que soy patética.

—Si pretendes que te regale los oídos, puedo ofrecerte unos cuantos miles de halagos que he estado reprimiendo.

—Ahórrame el bochorno.

—No puedes arrepentirte de esto.

—No me arrepiento, me alegro de estar aquí. Temía que quisieras hablar de ello.

—¿No te gusta hablar de sexo?

—No. No hay nada que nadie pueda decir sobre el sexo que no resulte bochornoso y estúpido. Sí, he gozado tanto como tú. Sí, eres el amante perfecto. Como si no lo supieras. Si no te lo digo, después de tantos años de práctica te habrías pegado un tiro.

—Quiero que te sientas feliz, sobre esta noche, sobre mí, sobre ti. Sin que te arrepientas de nada.

—Me arrepiento de una cosa. Y es que cuando dejé que examinaras el escenario del crimen del caso Poole, todos los chicos pensaron: «Humm. Esa tía no está mal. Veamos cuánto tarda el viejo Joe en llevársela a la cama». Y aquí estoy. Tenían razón, lo cual me fastidia.

—¿A qué chicos te refieres?

—A Jim Spengler y a los de homicidios en Los Ángeles, a tu amigo Doug Crowley en San Francisco. A mis amigos aquí.

—¿Crees que uno puede darle demasiada importancia a lo que los demás piensen o dejen de pensar?

—No.

—Ya. Deduzco que no haces estas cosas con frecuencia.

—Prácticamente nunca.

—Confío en que eso cambie.

—Si tú quieres, cambiará.

—¿De veras?

—Sí. Tomo las grandes decisiones después de meditarlas detenidamente, con los ojos bien abiertos. No estaría aquí de no pensar que me interesa una relación más duradera.

—¿Estarías dispuesta a mantener una relación exclusiva conmigo?

—Vas muy deprisa —respondió Catherine.

—Yo también tomo las grandes decisiones con los ojos bien abiertos. ¿Qué contestas?

—Sólo si estás dispuesto a ser sincero. Si no funciona, nos daremos cuenta enseguida.

—¿Y entonces qué?

—Lo dejamos estar.

—Me parece civilizado.

—Y práctico. Ninguno de nosotros tiene que enterrar un cadáver.

—Trato hecho —dijo Joe—. Desde hace unas horas, no llevo puesto el reloj, tú y yo hemos iniciado una relación exclusiva, con intenciones serias. —Pitt guardó silencio unos momentos mientras contemplaba el techo—. Siempre has insistido en mantener nuestra relación en el terreno profesional, por lo que apenas sabemos nada uno del otro. A partir de ahora tendremos que empezar a hablar de cosas personales. ¿Cuántos hijos quieres tener?

Catherine le obligó a tumbarse de espaldas, se apoyó sobre su pecho y le besó.

—Tengo que presentarte a mis padres antes de que recuperes el juicio y desaparezcas.

38

Era increíble. Judith Nathan apenas daba crédito a lo que veía en la pantalla. Se levantó y se acercó al mueble donde estaba el televisor, mirando atentamente para asegurarse de que no era una persona que se pareciese a ella. No, era Catherine Hobbes, sin lugar a dudas. Acaba de descender de un coche de policía camuflado junto con un agente muy alto. Catherine rodeó el coche y entre ambos sacaron a otro individuo del asiento posterior. Era un hombre más bajo que el policía que lucía un suéter de manga corta demasiado ajustado. Parecía dedicarse a alzar pesas.

La imagen mostró a Hobbes y al otro policía, situados frente a una comisaría, y Judith dedujo que habían transcurrido unas horas. Hobbes dijo:

«Durante nuestra visita el señor Olson perdió los nervios y trató de huir. Registramos la casa y encontramos a la señora Olson maniatada en el maletero del coche del señor Olson. Los médicos del hospital dicen que está estable y se curará de sus lesiones. —Hobbes prestó atención a una pregunta prácticamente inaudible que le hizo un reportero y se tocó la frente, donde parecía tener un moratón y un rasguño—. ¿Esto? Sí —respondió sonriendo—. Pudo haber sido peor».

A continuación, Catherine dio media vuelta y entró en la comisaría.

«Zorra —dijo Judith Nathan—. Zorra asquerosa.»

Catherine Hobbes se estaba convirtiendo en una celebridad. De un tiempo a esta parte aparecía cada día ante las cámaras de televisión. ¿Quién podía creerse que la frágil Hobbes había forcejeado con ese hombre y lo había reducido ella solita? ¿Qué hacía entretanto su corpulento compañero? El hombre que llevaban esposado ni siquiera parecía una mala persona, sólo un tipo corriente y normal que utilizaban como chivo expiatorio. Catherine Hobbes estaba dispuesta a destruirlo con tal de gozar de otro momento de gloria. Qué asco.

Todo se había convertido en un desastre. Judith no había tenido tiempo de empezar a vivir. Cada vez que se instalaba en un nuevo lugar, aparecía de nuevo Catherine Hobbes, mintiendo sobre Judith, distribuyendo su fotografía por todas partes donde ésta trataba de establecerse. Cada vez que Judith se trasladaba a algún lugar, al cabo de unos momentos aparecía la sargento Hobbes. Judith había pensado que regresar a Portland era una buena idea, porque era el último sitio donde nadie imaginaría que iba a establecerse. Pero el precio era que tenía que vivir en la misma ciudad que Catherine Hobbes.

Esa noche Judith no consiguió pegar ojo. Permanecer libre no parecía una empresa tan difícil. Muchas personas habían cometido delitos y nunca las habían atrapado. Al parecer todo dependía de quién te persiguiera. La persona que iba a por Judith, que se desplazaba de un lado a otro convenciendo a la gente que lo dejara todo para ponerse a buscar a la pequeña y solitaria Tanya Starling, era Catherine Hobbes.

El videoclip de la sargento en la televisión se repetía una y otra vez en la memoria de Judith. Era como uno de esos sueños que tenía a veces que le recordaba algo importante que había olvidado. Había algo que debía hacer que no había hecho.

Por la mañana Judith Nathan salió de su habitación del hotel, compró un periódico en el vestíbulo y salió en busca de un apartamento. No tardó en encontrar uno, e indicó Solara Estates en Denver como su último domicilio. Puesto que acababa de llegar y aún no había abierto una cuenta en un banco, la casera no tuvo inconveniente en que le pagara el alquiler y la fianza en efectivo.

La chica se dirigió en el Mazda de Tyler a ver un garaje en alquiler situado a un par de kilómetros del edificio de su nuevo apartamento. La entrada daba a un callejón, y el alquiler era barato, de modo que pagó al dueño seis meses de alquiler por adelantado en efectivo. Luego fue a una ferretería y compró un buen candado de combinación para el cerrojo en la puerta del garaje.

Durante los próximos días fue a establecimientos donde podía adquirir las cosas que necesitaba para amueblar su apartamento: muebles sin montar, unas cuantas lámparas y un televisor. El apartamento disponía de un frigorífico y una cocina, de modo que compró comestibles.

Judith se sintió satisfecha, por lo que llenó el depósito del Mazda de Tyler, se dirigió al garaje que había alquilado, aparcó y cerró la puerta con el candado. Mientras se encaminaba hacia su casa, empezó a planificar sus próximos movimientos. Había llegado el momento de averiguar qué se traía Catherine entre manos.

39

Hugo Poole estaba en su despacho junto a la sala de proyección del Empire Theater. Estaba pensando seriamente en ir a un club esta noche, para que lo vieran. Desde que Dennis había sido asesinado, Hugo prácticamente había permanecido encerrado, lo cual no era bueno para el negocio. En el preciso momento en que se levantó, empezó a sonar el teléfono. Descolgó y dijo:

—¿Sí?

—¿Hugo Poole?

—El mismo.

—Soy Calvin Dunn.

—¿Qué ocurre?

—Llamo para averiguar qué hace Joe Pitt en Portland.

—¿Joe Pitt? No lo sé.

—¿No? —preguntó Calvin—. Celebro comprobar que no lo sabe. No me gustaría pensar que está tratando de competir conmigo.

—¿Competir? ¿Por qué? ¿Para hacer apuestas sobre cuál de los dos se acuesta con ella?

—A veces las personas que son más listas que los demás se complican la vida. Tratan de idear la forma de embaucarle a uno.

—Yo no soy así, Calvin. Pagué a Pitt lo que le debía y le di las gracias por sus servicios antes de llamarle a usted. ¿Dónde le ha visto?

—Se aloja en el mismo hotel que yo —respondió Dunn—. Si usted no le ha enviado, significa que forma parte del asunto. Me cambiaré de hotel. Esa chica se ha cargado ya a unas cuatro personas, por lo que es posible que alguien haya contratado a Pitt para que dé con ella. Ya le avisaré cuando el tema esté zanjado.

Poole colgó el teléfono y miró la pared de su despacho. Estaba claro que había logrado apaciguar el resentimiento de Calvin. Dunn tenía fama de ser muy bueno en lo suyo, pero era muy temperamental. A Hugo no le gustaba tener que tolerar arrebatos de envidia y brotes de egocentrismo.

La llamada le hizo preguntarse qué hacía Pitt en Portland. Quizás el motivo fuera esa policía de aspecto frágil y menudo, Catherine Hobbes. Era soltera y muy atractiva. Podía tratarse de algo totalmente inocente: Pitt había ido a Portland para pasar unos días con Catherine. Hugo alargó la mano hacia el teléfono, pero se detuvo. No era buena idea volver a llamar. Calvin había visto a Hobbes en Flagstaff, y era lo suficientemente inteligente para adivinar el resto. Si Hugo estaba en lo cierto, no ganaba nada haciendo esa llamada, y si estaba equivocado, su posición frente a Calvin Dunn se debilitaría.

Calvin Dunn no era el tipo de persona que Hugo quería en su nómina. Se había resistido durante mucho tiempo. Se había hecho el propósito de esperar a que la policía de Portland resolviera el caso, y luego había tratado de contratar a Joe Pitt, un renombrado detective que conocía las complejidades de la vida en Los Ángeles que podían haber propiciado un asesinato en Portland. ¿Qué más se podía pedir? Hugo se había mostrado tan paciente como había podido, pero todo tenía un límite.

Hugo tenía que asegurarse de que sus enemigos en Los Ángeles no pensaran que alguien como él estaba dispuesto a permitir que asesinaran a un miembro de su familia sin pagar por ello. Tenía que asegurarse de que a sus amigos no se les ocurriera la misma idea y decidieran hacer causa común con sus enemigos. Tenía que asegurarse de que las vidas de las personas que trabajaban para él no se vieran comprometidas por el rumor de que Hugo era incapaz de protegerlos o vengarlos. Llevaba mucho tiempo en este mundo y veía venir todas las jugadas. Había concedido a las autoridades todo el tiempo que había podido. Luego había contratado a Calvin Dunn.

Por otra parte, Hugo le debía a su tía Ellen tomar cartas en el asunto. Era su tía porque había estado brevemente casada con el hermano de su padre. Ellen apenas había conocido a la madre de Hugo, que no había vivido nunca con su padre ni se había casado con él. Hugo había sido concebido como consecuencia de un ligue a última hora de la noche en un bar. Cuando la madre de Hugo murió, Ellen había asistido al funeral y luego había llevado al niño de regreso al apartamento para que recogiera sus cosas y se fuera a vivir con ella.

Ellen lo había instalado en una habitación para que la compartiera con su hijo, Dennis, y le había explicado que eran primos. A partir de entonces los había tratado a ambos exactamente igual. Todo lo que le compraba a Dennis, se lo compraba también a Hugo. Cada vez que Ellen salía, llevaba tres fotografías en su cartera: de su ex marido, de Dennis y de Hugo.

Cuando Hugo cumplió diecisiete años, había abandonado Ohio y se había ido a vivir a California. No había vuelto a ver a su tía Ellen durante varios años, y un buen día la había llamado para preguntarle cómo estaba. Tía Ellen había llorado tanto que apenas había entendido lo que decía, salvo que estaba preocupaba por él. Hugo le había dicho que le mandaría un regalo, y le había enviado un cheque por valor de cincuenta mil dólares.

Hugo había seguido telefoneando a tía Ellen y enviándole cheques. Buena parte de la conversación giraba siempre en torno a Dennis, sobre un título que había obtenido, un trabajo que había conseguido, un ascenso que le habían dado. Cuando Dennis había montado su negocio de informática, tía Ellen había puesto la mitad del capital, procedente de los cheques de Hugo.

Unos días después de que él averiguara que Dennis había montado su propio negocio, éste le había llamado.

—¿Eres Hugo?

—Sí.

—Soy Dennis.

—Hola, Dennis. Tu madre me ha contado que las cosas te van muy bien, que has montado un negocio. Estoy orgulloso de ti.

—Gracias —respondió Dennis—. Por eso te llamo al cabo de tanto tiempo. Quería hablarte de ello. Es un negocio de venta de artículos de informática. La parte técnica se me da bien, pero necesito ayuda. Me pregunto si querrías trabajar conmigo. Podrías ser el vicepresidente y ayudarme a tratar con la gente.

Hugo se había quedado estupefacto unos instantes. Tía Ellen no había explicado a Dennis de dónde procedía el dinero. Dennis simplemente había pensado que puesto que había tenido suerte deseaba compartirla con su primo. Hugo tenía que responder a su ofrecimiento.

—Dennis, quiero que sepas que me siento halagado. Me alegra que hayas pensado en mí. Pero no puedo aceptar.

—¿Por qué?

—Por tres razones. Tengo un buen trabajo aquí, estoy a gusto en Los Ángeles y no sé nada sobre informática. Pero te agradezco la oferta.

Hugo recordaba haberse sorprendido al oír su propia voz. Las personas siempre decían que cuando hablaban con sus padres regresaban a su infancia, se volvían niños de nuevo. Él no tenía padres. Ese día, cuando había hablado con Dennis, había regresado hasta la encrucijada en el camino —el día en que había abandonado Ohio— y había hecho la otra elección. Hablaba como el Hugo que habría existido de haberse quedado en Ohio.

Puede que él fuera un fracaso y motivo de bochorno para personas como su tía Ellen y su primo Dennis, pero en esta parte del mundo todos le consideraban un gran triunfador. Era un lugar donde todo estaba en venta. Si alguien sabía el nombre de lo que deseaba, o era capaz de describirlo, podía pagar a alguien para que se lo proporcionara. Al menos Hugo podía hacer eso. Podía atrapar a la persona que había matado al pobre, ignorante e ingenuo de Dennis.

40

En cuanto le instalaron la línea telefónica, Judith compró un ordenador portátil y una impresora y contrató el servicio de Internet. Consultó la guía telefónica *online* y tecleó el número de teléfono de Catherine Hobbes para averiguar su dirección. Cuando lo consiguió, el nerviosismo hizo presa en ella.

Estaba a punto de anochecer, y Judith siempre se ponía nerviosa a esa hora. Era el momento en que otras mujeres se vestían con sus mejores galas y se maquillaban con esmero. A la joven siempre le había encantado vestirse elegantemente para salir por la noche. Incluso de niña, cuando participaba en los concursos de belleza infantiles, fingía que se arreglaba para ir a bailar en lugar de avanzar por entre los decorados para salir al escenario. Poco antes de salir por la noche era cuando una mujer presentaba su mejor aspecto, cuando estaba más guapa y se sentía más animada e ilusionada.

Judith Nathan no podía vestirse elegantemente esa noche. Se puso el pantalón negro y las zapatillas deportivas, el jersey azul y la chaqueta que Tyler le había dejado, tras lo cual se enfundó la gorra de béisbol del chico y salió a dar un paseo. La noche en Portland era más fresca y húmeda de lo que le gustaba, pero sabía que si Catherine había podido aclimatarse ella también lo conseguiría. Echó a andar hacia el barrio de Adair Hill, situada en el lado occidental del río, al sur del centro de la ciudad, porque era donde residía la sargento Hobbes. Era una larga caminata, pero Judith se entretuvo observando a los pocos rezagados que regresaban de sus trabajos, mientras otros salían de sus casas elegantemente vestidos y subían a sus coches para dirigirse a restaurantes y bares.

Las personas no se fijaban en Judith Nathan cuando pasaba junto a ellos, con el pelo oculto por la gorra de béisbol de Tyler y las manos enfundadas en los bolsillos. En la oscuridad no era sino una forma humana, e incluso cuando los faros de un coche la iluminaban y su silueta femenina se perfilaba, no era más que una mujer joven que había salido a dar una vuelta después del trabajo para mantenerse en forma.

Judith observó atentamente el barrio, pero no vio nada que le pareciera amenazante. Parecía el tipo de zona residencial donde la gente salía a caminar, aunque en esos momentos no había nadie por las calles que pudiera verla. Al este y al noroeste del río Willamette, el trazado urbanístico de Portland estaba dispuesto en sentido norte-sur y este-oeste. Era sólo aquí, más abajo de West Burnside Street, que las calles se desviaban un poco, y la calle donde vivía Catherine describía una curva para ascender por la colina.

A ella le gustó ese detalle, porque las curvas en la carretera impedían que los faros de los coches se detuvieran en ella más de un par de segundos. Antes de que un coche doblara un recodo Judith divisaba los conos de los faros iluminando los árboles, y luego aparecían dos faros como unos ojos que se abrían durante tan sólo un segundo antes de pasar de largo.

Catherine probablemente caminaba por esa calle a menudo, pensó. Quizás incluso hacía *footing*. Judith no había practicado sus sesiones de *footing* matutinas desde que había tenido que abandonar Los Ángeles, y mientras trepaba por la cuesta sintió la tensión en sus pantorrillas y muslos.

Como iba a pie, pudo observar los números de las casas y examinar de cerca todas las viviendas frente a las que pasaba. El núcleo del barrio consistía en casas antiguas construidas en las décadas de 1920 y 1930, cuyos detalles y proporciones eran distintos de las casas de reciente construcción. Las viviendas antiguas tenían puertas estrechas, que formaban un arco pronunciado, y aguilones puntiagudos con ventanas pequeñas divididas en varios paneles. Los árboles y las plantas habían crecido a lo largo de toda una vida y cubrían espesamente los muros, de modo que algunas casas parecían ilustraciones de libros de cuentos infantiles.

A medida que el camino se hacía más empinado, el número de árboles disminuía y los jardines ostentaban menos plantas y eran menos impenetrables. En la cima, el terreno se nivelaba formando un promontorio redondeado, en el cual había una hilera de casas pequeñas y prácticamente idénticas que parecían estar empotradas en la colina. Todas las casas constaban de dos plantas, con un garaje a ras de suelo. A la izquierda de cada casa había unos escalones que daban acceso a la puerta trasera.

Judith llegó por fin al número 4767. Era una casa encalada con una puerta de color amarillo vivo. Las luces estaban apagadas, salvo un par de luces automáticas en el exterior dotadas de sensores para que se encendieran al anochecer. Se detuvo al otro lado de la calle, donde las luces no podían alcanzarla, y observó la casa durante largo rato. Luego siguió adelante.

Tres noches más tarde, Judith empezó a preguntarse qué tipo de vida hacía la sargento Hobbes. Había algo raro, porque cada noche, cuando ella pasaba frente a la casa de Catherine en Adair Hill, no se veía ninguna luz en las ventanas. Judith salía cada vez más tarde a pasear, pero la policía no parecía estar nunca en casa. Judith empezó a temer que Catherine Hobbes se hubiera desplazado a otra ciudad en busca del rastro de Tanya Starling. Ella no quería que hiciera eso. Catherine Hobbes tenía que estar en casa. Tenía que estar acostada en el piso superior, sumida en un sueño plácido y profundo.

La cuarta noche, Judith llegó a la manzana donde vivía Catherine Hobbes a la una y media de la mañana, justo cuando la puerta del garaje situado debajo del cuarto de estar de Catherine se abría y entraba un coche de pequeño tamaño. La joven se situó sobre la franja de césped delante de la casa contigua y se arrodilló detrás de un fragante arbusto en flor para observar. Comprobó que el coche era un flamante Acura, de color azul verdoso. Sin saber muy bien cómo había llegado a esa conclusión, Judith dedujo que Catherine había elegido ese modelo y ese color para que no se pareciese a los coches de policía camuflados en los que solía ir a trabajar. Vio a la sargento apearse del coche en el garaje iluminado, atravesarlo y pulsar un interruptor en la pared. A medida que la puerta del garaje descendía, la cabeza, los hombros, el torso, las piernas y los pies de Catherine desaparecieron.

Las luces en la planta baja de la casa de Catherine se encendieron. Judith pasó de largo, contemplando las otras casas en la hilera. Observó que todas debían de haber sido construidas por un contratista a partir de un solo proyecto. Todas tenían balcones que daban al río, salvo la de Hobbes, que en lugar del balcón tenía unas ventanas saledizas.

Judith vio unas lámparas halógenas idénticas en el centro de los techos de dos de las casas, y en las otras habían sido sustituidas por otro tipo de luces en el mismo lugar. Las puertas del garaje eran lo suficientemente amplias para dos coches. Las escaleras del piso superior estaban situadas en el lado izquierdo de las casas. Cuando Judith regresó andando a su casa, su cuerpo parecía ingrávido, caminaba con paso ligero y tenía la sensación de que el día comenzaba en lugar de declinar. Las cosas empezaban a aclararse. Eso era realmente lo único que ella pedía, comprender lo que debía hacer.

Por la mañana compró el *Tribune* y el *Oregonian* y miró los anuncios de venta de coches Acura. Su única opción eran los concesionarios, porque quería que su coche fuera de un color determinado y ningún dueño particular que tenía uno de ese color quería desprenderse de él. El coche de Judith tenía que ser exactamente como ella deseaba. Decidió aparcar el tema durante un tiempo mientras se concentraba en instalarse en la nueva ciudad. Procuraba mantenerse ocupada durante buena parte del día, pues eso le proporcionaba cierta satisfacción. Había recuperado de nuevo la sensación de que todo cuanto hacía la conducía hacia un objetivo práctico.

Dos días más tarde, al oscurecer, decidió que era el momento de salir por la noche. Tenía un problema especial, porque su fotografía había aparecido en televisión reiteradas veces, probablemente con mayor frecuencia en Portland. Lucía un color y corte de pelo distinto, pero debía andarse con cuidado.

En Portland había pocas ocasiones en que uno no tuviera que equiparse para la lluvia, de modo que Judith decidió ponerse una gabardina negra con el cuello levantado para ocultar parte de su rostro, y cogió un pequeño paraguas. Se probó el traje y la gabardina y examinó su aspecto en el espejo. Luego se calzó unos zapatos planos y se encaminó hacia el bar que había elegido. Se llamaba *Underground*, y estaba decorado como una estación de metro londinense.

Judith Nathan echó a andar muy decidida en la oscuridad. Era el momento indicado. Llevaba el revólver de Mary Tilson en el bolsillo de la gabardina, sujetando la culata con la mano derecha. Mientras caminaba se entretuvo observando a los hombres con los que se cruzaba en la calle, imaginando que todos la reconocían por haber visto su fotografía. Imaginó la reacción de cada uno al verla —echando a correr hacia ella o señalándola con el dedo y dando voces—, y luego se imaginaba cómo sacaría la pistola del bolsillo de la gabardina, apuntaría y dispararía. La pistola que llevaba no era como el mágnum 357 de Carl. Tendría que disparar cinco o seis veces para silenciar a un hombre adulto. Le metería tres balazos en el pecho para abatirlo, y luego lo remataría con uno en la cabeza. Estaba segura de poder hacerlo.

Judith localizó el bar y al acercarse lo examinó detenidamente. Era imposible determinar nada sutil desde fuera, pero vio que estaba abarrotado y que la iluminación provenía de forma indirecta de unos pequeños focos situados detrás de la barra y de unos recipientes con velas en las mesas. Vio que los hombres lucían chaquetas de sport y las mujeres vestidos o trajes de chaqueta.

La joven entró por la puerta principal y utilizó a un grupo de hombres altos para pertrecharse detrás de ellos mientras verificaba sus impresiones. Era el tipo de local al que la gente acudía después del trabajo. La mayoría de los clientes compraban sus bebidas en el mostrador y se quedaban charlando allí en lugar de sentarse a las mesas y esperar a que les sirviera la camarera. La parte más complicada era que Judith tenía que entrar, seleccionar al hombre y entablar con él una relación casi instantánea. Judith miró a los tres hombres que había frente a ella y luego chocó deliberadamente con uno de ellos.

El hombre medía aproximadamente un metro ochenta de estatura y tenía un cuerpo musculoso que exhibió al quitarse la chaqueta de sport junto a la puerta. Su única imperfección era que tenía una piel horrorosa. Tenía el rostro áspero y cubierto de cicatrices de acné. Judith le sonrió y dijo:

—Lo siento. Trataba de acercarme al mostrador. Si le he hecho daño, le invito a una copa.

El hombre pareció superar varios años de timidez para decir:

—Por favor. La invito yo.

—Muy amable —respondió ella—. Un vodka con martini. —Luego echó un vistazo a su alrededor y añadió—: Estoy al lado de la puerta. ¿Podrá localizarme si me siento a una mesa?

—Desde luego.

Eso dio a la chica la oportunidad de elegir un rincón en penumbra e instalarse en él mientras esperaba. Se sentó a una mesa y apagó la vela de un soplo.

La situación no dejaba de presentar ciertos riesgos para ella. No sabía nada sobre ese hombre, pero había crecido en un mundo en el que muchas chicas eran violadas echándoles drogas como GHB y Rohipnol en sus bebidas, de modo que observar su copa constituía un acto reflejo para Judith. Vio al barman helar una copa de martini, verter una porción de vodka y vermut en la coctelera plateada y llenar la copa. Judith no apartó la vista de las manos del desconocido mientras éste sostenía las dos bebidas en alto y se encaminaba hacia ella a través de la multitud.

Cuando el hombre se sentó a la pequeña mesa que Judith había elegido, ella le dirigió otra sonrisa experta al aceptar la copa y beber un trago. Judith sintió el líquido transparente y helado deslizarse por su garganta y una súbita sensación de bienestar cuando le alcanzó el estómago. Siempre había imaginado esa reacción como una pequeña magia, una repentina sensación de calor que explotaba debajo de su corazón y se extendía hasta los dedos de sus manos y sus pies.

—Muchas gracias —dijo.

—De nada. Me llamo Greg. ¿Cómo te llamas?

—Judy —contestó—. Este martini está muy rico.

Fue suficiente para desencadenar la retahíla de frases y preguntas intrascendentes que el hombre tenía preparadas.

—No te he había visto por aquí —dijo—. ¿Conocías este local? ¿Te has criado en Portland? Yo sí. ¿A qué te dedicas? Yo diseño software. ¿En qué universidad estudiaste? ¿Sales con alguien fijo?

El hombre formuló las preguntas con tal rapidez que era como una serie de golpes combinados que había ensayado para impedir que se produjera un momento de silencio incómodo.

Judith tenía que ayudarle a evitar esos silencios, de modo que respondió a todas las preguntas, algunas como si bloqueara o esquivara sus golpes, pero otras con más cautela.

—En estos momentos no trabajo —dijo—. Quiero ser empresaria, pero aún no he decidido en qué tipo de negocio meterme. Los negocios son algo complicado.

—¿Qué has hecho con anterioridad? —preguntó Greg.

—He intentado un par de cosas, pero no he dado con lo que me conviene. Lancé una revista, y quise montar un servicio de adquisición de regalos para hombres pero no conseguí la financiación. Si se te ocurre alguna idea que pueda servirme, me encantará oírla.

Judith también respondió a la pregunta sobre la universidad.

—Estudié en el este, en la Universidad de Boston. Sólo estuve unos tres años, y luego me marché.

—¿Por qué motivo?

—Por un pragmatismo fatal.

—¿Qué es un pragmatismo fatal?

—Una noche salí sola, como hoy. Y conocí a un hombre.

—Lo siento. No he debido entremeterme en tus asuntos.

—No lo sientas. No tiene nada de misterioso. Era un hombre mayor que yo. Tenía dinero. Yo comparé lo que hacía, sentirme ninguneada por las cretinas con las que compartía habitación y sudar la gota gorda preparándome para los exámenes, con lo que hacía él. Su vida era decididamente mejor, de modo que decidí hacer lo que hacía él.

—¿Qué ocurrió? ¿Te casaste con ese hombre?

—No. Rompimos y yo me mudé.

Judith lo conquistó al cabo de dos minutos. Puesto que era un hombre tímido, ella le reveló lo suficiente para dejar bien claro que mantener una relación con un hombre al que había conocido en una situación similar tenía un precedente. Pero para progresar en su relación tenía que ayudarle a adquirir una mayor autoestima. Tenía que hacerle sentir que cuando estaba con ella se convertía en un hombre inteligente y atractivo.

—Háblame sobre tu trabajo como diseñador de software —dijo Judith.

—A mí me gusta mucho, pero probablemente resulte aburrido para otras personas.

—Eso ya es una garantía —comentó ella—. Si fuera divertido, todo el mundo trataría de hacerlo.

—Tienes razón —respondió Greg.

Judith observó que empezaba a confiar en ella lo suficiente para olvidar sus temores de parecer aburrido e insulso.

—En realidad es más apasionante de lo que parece —dijo Greg—. El código que escribimos nos coloca a la vanguardia y cambia muchas cosas a gran velocidad.

—¿En la vida de la gente?

—A veces. Tienes una serie de aparatos listos, dotados de una capacidad increíble. Cada dos años el siguiente chip dobla la velocidad del aparato, y en cuanto dispones de un nuevo aparato puedes construir cien millones más. La competencia, que es la parte dura, consiste en que alguien tiene que idear una aplicación supernovedosa y luego escribir un código para que un ordenador pueda utilizarla. Es como… —Greg se detuvo—. No sé, porque en cuanto lo digo, alguien ha empezado ya a hacerlo. Pongamos que quieres controlar tu casa con tu móvil.

—¿Controlar mi casa? ¿Por qué?

—Es un ejemplo. Regular la temperatura, cerrar y abrir las puertas, encender y apagar las luces y los electrodomésticos, ver lo que está haciendo el perro, programar el despertador. No hay nada de tecnología nueva en eso. Se trata de simples operaciones utilizando piezas de material del que ya disponemos. Pero alguien tiene que diseñar un nuevo chip para el móvil y programarlo para que envíe señales inteligibles a un receptor telefónico en la casa con un chip que sirva de interruptor, y recibir mensajes que le indique el estatus de cada uno de los aparatos. No puedes modificar el termostato si no sabes cuál es la temperatura.

—¿Y eso es lo que haces?

—Es un ejemplo tonto, pero más o menos es eso. Lo que hacemos es mucho más complicado. Buena parte de ello está relacionado con la defensa.

—Qué interesante. Ese tipo de tecnología amplía las cosas que una persona puede hacer. Nos hace más fuertes e inteligentes. ¿A eso te referías al decir que nos colocaba a la vanguardia?

—A mi entender, la vanguardia es el próximo paso, idear un código generado por ordenador.

—¿Ese es el siguiente paso?

—Eso creo yo. Es en lo que trabajo. La idea es que el ordenador sea diseñado y programado para reconocer los puntos en el mundo alrededor del mismo donde pueda haber una aplicación. El ordenador dirá: «Estás haciendo esta tarea de esta forma. ¿Por qué no la haces de otra forma y te ahorras un paso?» O bien: «¿Puedes combinar esta tarea y la otra?» ¿Comprendes? Se trata de ordenadores que propongan sus propias aplicaciones.

—Es una idea genial. —Judith lo tenía atrapado. Greg era totalmente suyo, una pertenencia como un par de zapatos o un automóvil.

—Cuando dispongamos de ese aparato que analiza tus operaciones para realizarlas —prosiguió Greg—, le proporcionamos la capacidad de escribir un código. Los ordenadores realizan la mayoría de operaciones más rápidamente que nosotros, y tienen memorias digitales teóricamente ilimitadas. Podemos disponer de un ordenador que vea y analice una tarea, entrar en su memoria o en la red y hallar programas existentes que puedan llevar a cabo esa tarea, adaptarla a la medida del usuario en un par de segundos y realizar el trabajo.

—¿Pero eso no hará que te quedes sin trabajo? —preguntó la chica.

Greg se mostró encantado, entusiasmado con el raro placer de que una mujer atractiva escuchara lo que decía.

—Hará que no tengamos que hacer una parte del trabajo, la más aburrida, como escribir un código derivado, las pruebas, la búsqueda de virus y poner parches, pero nos permitirá hacer centenares de otros trabajos.

—Caramba —exclamó Judith—. Te envidio el que trabajes en cosas tan interesantes. Seguro que por las mañanas saltas de la cama impaciente por llegar a la oficina.

—Es cierto. —Greg había apurado su whisky, pero no se dio cuenta hasta que se llevó la copa a los labios y el cubito de hielo tintineó contra sus dientes—. Creo que debemos pedir otra copa, ¿no te parece?

Judith miró su martini con expresión juiciosa.

—No suelo beber más de uno, pero tampoco suelo conversar con personas tan interesantes como tú. De acuerdo.

La joven observó a Greg traer otras dos bebidas a la mesa. Greg se bebió la suya mientras charlaban, pero Judith Nathan sólo se acercaba su copa a los labios para humedecérselos de vez en cuando.

Judith creó una velada especial para Greg. Lo que éste decía era brillante, porque ella se mostraba impresionada. Cuando Greg trataba de decir algo relativamente divertido, resultaba de lo más cómico, porque Judith se reía a carcajadas. Greg se sentía físicamente atractivo, porque ella se fijaba en los puntos de los que él se sentía orgulloso. Cuando Judith se reía, le tocaba los bíceps o se apoyaba en su hombro. Cuando Greg hablaba, Judith le miraba a los ojos, sin que éste reparara en que se había percatado de su piel áspera y cubierta de cicatrices de acné.

La chica dedujo que durante su adolescencia Greg había empezado a hacer culturismo para compensar su falta de atractivo físico. Había estudiado para compensar el hecho de que no era inteligente ni seductor. Era un hombre que había aprendido bien una lección —que su salvación residía en el esfuerzo paciente y constante—, y poco a poco iba desarrollando cierta confianza en sí mismo.

Cuando algunos clientes empezaron a abandonar el bar, Judith dijo:

—Se hace tarde, Greg. Me alegro de haberte conocido. Empezaba a pensar que ya no quedaban hombres lo bastante inteligentes para hablar de algo que no hubieran dado por televisión. —Judith apartó su silla de la mesa.

—Ha sido un placer conversar contigo —respondió Greg—. ¿Te importaría darme tu número de teléfono?

—Por supuesto que no —contestó Judith—. Pensé que no ibas a pedírmelo. —Sacó un bolígrafo del bolso, lo escribió en una servilleta de papel y se la entregó. Luego se levantó. Greg hizo lo propio, pero ella no se movió—. Quiero asegurarme de que eres capaz de leerlo. ¿Puedes leerlo?

Greg sostuvo la servilleta en alto y leyó el número a la tenue luz del bar.

—Sí.

—Perfecto. Entonces si no me llamas sabré que no es por ese motivo.

Tras estas palabras, Judith dio media vuelta y se encaminó hacia la puerta. Antes de salir, se volvió y miró a Greg. Éste seguía junto a la mesa, copiando el número de teléfono de Judith en su Palm Pilot. Ella siguió avanzando, procurando no toparse cara a cara con ninguno de los clientes que se hallaban junto a la puerta.

El aire nocturno había refrescado y después de que recorriera un par de manzanas empezó a llover. Judith comprobó que le apetecía andar, de modo que abrió su paraguas y siguió adelante. Le llevó cuarenta y cinco minutos llegar a su casa, y durante el trayecto la lluvia arreció. Cuando por fin llegó al apartamento estaba empapada, de modo que entró apresuradamente, cerró la puerta con llave y se desnudó en la entrada. Luego se dirigió al cuarto de baño y se dio un baño bien caliente y prolongado. Comprendió que había vuelto a ganar. Hacía mucho tiempo que no se sentía tan bien.

41

Por la mañana seguía lloviendo cuando Greg llamó a Judy Nathan. Habló como si hubiera leído en un artículo que a las mujeres les gusta que las sorprendan en los momentos más impensados, pero ella toleró la llamada. Tras aceptar su invitación a cenar, dijo:

—Un momento. Se me acaba de ocurrir una idea. Los del tiempo dicen que va a llover todo el día y toda la noche, y no merece la pena que nos vistamos elegantemente para chapotear a través de la lluvia. ¿Por qué no cenamos en mi casa? Te prometo que será una cena sencilla. En cualquier caso, vivo en un apartamento muy pequeño y no dispongo de los utensilios para preparar algo muy elaborado. Anda, di que sí. Lo pasaremos bien.

Greg protestó débilmente, pero Judith no le hizo caso.

—Perfecto —dijo—. Me hace mucha ilusión. Ven a las siete, y no te pongas de tiros largos.

—¿Dónde vives?

Judith le dio las señas y cuando se disponía a colgar Greg dijo:

—Hay otra cosa que te quería comentar.

—¿De qué se trata?

—¿Quieres un trabajo?

—¿Qué?

—Un trabajo. En nuestra compañía, Prolix Software Design, hay una vacante. El sueldo no es muy elevado, pero no está mal, y de este modo podrás fundar tu propio negocio.

—¿Tú crees?

—Puedes ahorrar dinero, o al menos dejar de gastar tu capital, y aprenderás más sobre la ciudad y el ambiente laboral.

—Lo pensaré más tarde —respondió Judith—. En estos momentos estoy ocupada planificando la cena.

—De acuerdo —contestó él con tono risueño—. Pero tenlo presente.

—Desde luego. Nos veremos a las siete.

El reloj que había sobre los fogones de la cocina indicaba las siete en punto cuando sonó el interfono.

—Supongo que eres tú —dijo, y oyó a Greg responder:

—Espero no llegar tarde.

—¿Crees que me pondría a cenar sin ti? —replicó ella, y le abrió para que pudiera entrar.

Luego abrió la puerta del apartamento y esperó en el pasillo a que él apareciese.

Greg subió la escalera llevando un ramo de flores envuelto en el papel característico de Fleuriste, y una bolsa de papel de un delicatessen que contenía dos botellas de vino, uno tinto y el otro blanco. Judith se alzó de puntillas para besarlo en la mejilla.

—Veo que tus padres te han educado como Dios manda.

—Gracias. Llamaré a mi madre para decírselo —respondió Greg mirando nerviosamente a su alrededor.

Judith tomó las flores y las botellas.

—No están mojadas. ¿Ha dejado de llover?

—No. Las llevaba debajo de mi gabardina.

Greg se quitó la gabardina y ella observó que la había obedecido hasta el extremo de no ponerse corbata, pero llevaba un pantalón con raya, un jersey de cachemir y zapatos demasiado buenos para ponérselos cuando llovía.

—Qué zapatos tan bonitos.

—¿Qué? Ah, gracias. Los compré hace un año en las rebajas.

—No te creo —replicó Judith—. Están nuevos. Alguien te ha dicho que a las mujeres nos impresionan los zapatos buenos. Quítatelos, y los calcetines también. Te daré unos secos.

Greg esperó mientras la joven tomaba su gabardina e iba a colgarla en su dormitorio, tras lo cual sacó unos calcetines de lana de un cajón. Greg los sostuvo en la mano, examinándolos. Eran justamente de su talla.

—¿Cómo es que tienes unos calcetines de esta talla?

—En cierta ocasión no me fijé que alguien había colocado unos calcetines de hombre en el expositor de calcetines de mujer, y compré unos cuantos pares apresuradamente. —Judith había comprado los calcetines esa mañana mientras preparaba la velada.

Greg se puso los calcetines secos y la siguió hasta la cocina. La cocina estaba separada del cuarto de estar tan sólo por un mostrador alto y dos taburetes. Ella había sacado la mesa de comer y las sillas de la cocina, trasladándolas al otro lado del mostrador.

—Si te apetece, puedo ofrecerte un whisky antes de cenar —dijo Judith—. Observé que era tu bebida.

—Gracias —respondió Greg.

Judith le sirvió un whisky con agua comparable a la bebida que había pedido la noche anterior. Luego depositó unos canapés y caviar en la mesita de café y se sentó en el sofá junto a él.

—No pensé que iba a ser un banquete.

—Dije que iba a ser una cena sencilla. El caviar no hay que cocinarlo. Sólo abrir el tarro. ¿Cómo te ha ido en el trabajo?

—Se me ha hecho algo pesado —respondió Greg—. Me he pasado el día pensando en el momento de volver a verte.

Judith sonrió.

—Caray. ¿De dónde sacas esas cosas? ¿Acaso existe una revista de hombres que te indica lo que debes decir en cada momento? Pensé que todas llevaban fotos de chicas desnudas.

—Si existe esa revista, no dudaré en suscribirme a ella —contestó Greg—. Siempre digo lo que no debo porque me pongo nervioso. Contigo me siento feliz, por eso no meto la pata.

—Otra buena frase. Creo que fundaré una revista de hombres y te pediré que escribas para ella.

—¿Has pensado en el trabajo que te he ofrecido?

—Aún no. Pero lo haré. ¿De qué se trata?

—Es un trabajo de apoyo, te encargarías de los archivos, correspondencia y atender el teléfono. Pero en las empresas pequeñas puedes ascender rápidamente. Si aprendes a sacarte de encima tanto trabajo como puedas, al poco tiempo será la tarea que deberás desarrollar y contratarán a otra persona para que atienda el teléfono.

—¿Cuántas personas hay en la compañía?

—Sólo treinta. En nuestra sección hay diez. Hay diez empleados en ventas y diez en administración. Todos son jóvenes y se llevan estupendamente.

—¿Yo trabajaría para ti?

—No. En administración.

—No sé qué decirte. Tengo que pensarlo. —Judith se levantó—. Voy a preparar la cena. Si quieres contemplar mis aptitudes culinarias, no tienes más que inclinarte sobre el mostrador.

Greg la siguió hasta la pequeña cocina.

—Te prometí un ambiente acogedor. Y lo es, ¿no te parece?

—Me gusta, y me gusta cómo has arreglado el apartamento.

Judith sonrió. Había dedicado buena parte del día a comprar los grabados que colgaban en las paredes, la vajilla y la cubertería que había en la mesa, los utensilios de cocina y la comida, las sábanas en la cama y el cobertor.

La cena, más que prepararla Judith, apareció como por arte de magia. Las colas de langosta y los filetes de ternera estaban hechos a la plancha, los espárragos estaban hervidos y las copas de vino escanciadas. A ella nunca le había interesado la cocina, por lo que mientras había vivido en el apartamento sobre el lago en Chicago había ideado unos platos básicos que preparaba simplemente aplicándoles calor y mantequilla. Sirvió vino a Greg varias veces pero ella bebió poca cantidad. Cuando terminaron de comer el primer y segundo plato, Judith sacó una bandeja de pastelitos y napoleones que había adquirido en una pastelería en el centro.

Greg había experimentado tan pocas ocasiones en que una mujer había tratado de impresionarle que apenas fue capaz de reprimir su gozo durante toda la velada. Después de cenar, Judith entró en el cuarto de estar con unas copas de coñac, pero Greg dijo:

—Si bebo eso, no podré regresar a casa en coche.

—¿Quién ha dicho que quiero que te vayas a casa? —preguntó ella, luego se sentó en el sofá y le besó.

Más tarde, Judith estaba tumbada boca arriba en la cama, escuchando la respiración de Greg. De vez en cuando, después de un largo suspiro él emitía un pequeño ronquido, pero a ella no le importó. Sabía que cuando quisiera dormir, podría hacerlo. Se sentía satisfecha de su labor. Hacía tan sólo veinticuatro horas que había elegido a Greg, y sabía que a estas alturas él estaba dispuesto a hacer lo que ella le pidiera.

Lo complicado nunca había sido lograr que un hombre se sintiera atraído por ella. Todos los hombres parecían predestinados a ir siempre a la caza de una pareja sexual, como espectros inquietos y solitarios. El problema consistía en elegir al hombre adecuado, pero Judith estaba prácticamente segura de haber acertado con Greg. Parecía convencido de vivir el romance de su vida, el romance que hacía que todas las normas convencionales y precauciones parecieran ridículas.

A la mañana siguiente, mientras desayunaban lo que ella había comprado ayer a sabiendas de que Greg estaría ahí para compartirlo con ella, él dijo:

—Espero que aceptes ese trabajo.

—He decidido no hacerlo.

—¿Cuándo?

—Anoche. En el mismo momento en que decidí que no quería que te fueras a casa.

—¿Por qué?

—Odio las complicaciones.

—¿Qué complicaciones?

—Si tú y yo rompemos, no soportaría seguir trabajando allí. Si tú y yo no rompemos, otros quizá no soporten trabajar allí.

Greg dejó correr el asunto. Judith tuvo que esperar una semana antes de que él abordara el tema que ella esperaba. Una noche, cuando la acompañó a casa después de una romántica cena en una restaurante, Greg dijo:

—Nunca me comentas que has ido a algún sitio en coche. ¿No tienes coche?

—No.

—¿Por qué?

—Me gustaría tenerlo —respondió Judith—. Sé exactamente el coche que quiero. Pero no puedo comprarlo.

—¿Por qué? ¿Por un problema de dinero?

—No —contestó Judith—. ¿Puedes guardar un secreto?

—Claro. Algún día te contaré todos los secretos que he guardado.

—En serio. ¿Me lo prometes?

—De acuerdo.

—Verás, tengo un montón de multas de la época en que estudiaba en Boston. Como no había ningún sitio legal donde aparcar, acumulé muchas multas durante los tres años que estuve allí, las cuales ascienden a unos siete mil dólares. Si no llegabas puntualmente a clase, no aprobabas, de modo que no tenía elección.

—¿Así que eres una reiterada infractora de las normas de aparcamiento?

—Sí. Me marché de Boston y supuse que el tema había quedado zanjado. Pero averigüé que un juez había emitido una orden de arresto contra mí. En cierta ocasión traté de registrar un coche en Colorado, y mi nombre apareció en el ordenador. No me permitieron registrar el coche a menos que pagara las multas. Como en aquella época no tenía dinero, no pude hacerlo.

—Jamás había oído nada semejante —dijo Greg—. Al menos, por aparcar en un sitio indebido.

—Ni yo hasta que me ocurrió a mí. Pero así es. Puedo adquirir un coche, pero no puedo registrarlo a mi nombre ni obtener una póliza de seguro.

—No quisiera sugerir lo obvio, ¿pero has pensado en solventar el problema liquidando las multas?

—Por supuesto. Al principio no me lo tomé en serio. Supuse que todo el mundo lo hacía. Luego me enfurecí, porque comprendí que es una forma de que la ciudad saque dinero a los estudiantes desarraigados procedentes de otros lugares. Luego pensé que era preferible que pagara las multas. Pero cuando llegué a Colorado la deuda ascendía a más de siete mil dólares. Los recargos de las multas habían estado aumentando durante siete u ocho años. Debía unos quince mil dólares, y puesto que hay una orden de arresto contra mí, tendría que contratar a un abogado y comparecer ante un tribunal en Boston. Podrían meterme en la cárcel como castigo ejemplar. En cualquier caso, ahora ya sabes por qué no tengo coche.

—Es un mal asunto —dijo Greg—. Deja que piense en ello.

—No te pido que lo resuelvas —respondió Judith—. El problema es mío.

Tres días más tarde, cuando se dirigían al cine, Greg comentó:

—Si lo he entendido bien, me dijiste que tenías el dinero para comprarte un coche, ¿no es así?

Judith se encogió de hombros.

—Sí, tengo el dinero. Pero no puedo comprarlo.

—Se me ha ocurrido una idea. Dame el dinero y yo compraré el coche. Añadiré tu coche a mi póliza de seguro, que de esa forma será más barata. Los segundos coches cuestan muy poco de asegurar.

—Pero mi coche estaría registrado a tu nombre. ¿Qué pasará si te cansas de mí?

—Que conducirás un coche registrado y asegurado en mi nombre. ¿Qué pasará si decides empotrar el coche contra la fachada de una guardería?

—Supongo que debemos confiar uno en el otro.

Judith se esforzó en que las lágrimas afloraran a sus ojos, apoyó la mano en la rodilla de Greg para que éste se volviera hacia ella y lo besó en la áspera piel de su mejilla.

—Creo que esto es lo mejor que alguien ha hecho para mí.

—Así tendrás que portarte siempre bien conmigo. ¿Qué tipo de coche quieres?

—Un Acura. De color azul verdoso.

42

Catherine Hobbes estaba en el vestíbulo del aeropuerto, con la mano apoyada en el brazo de Joe Pitt.

—No puedo pasar de aquí.

—Eres policía —respondió Pitt—. Podrías mostrar tu placa a los tipos de seguridad para que te dejaran acompañarme hasta la puerta de salida.

—¿Y si te pongo las esposas y digo que tengo que escoltarte para que comparezcas en un juicio en California?

—Ya me gustaría que me escoltaras a California.

—A mí también. Pero no puedo marcharme en estos momentos. Tengo tres casos calientes y uno que se está enfriando, que es el peor. Es el caso en el que ambos estamos interesados.

—El único caso que me interesa eres tú. Mi cliente me despidió, ¿recuerdas? Luego me sustituyó por un psicópata profesional.

—A mí no me han sustituido, y debo cumplir con mi obligación antes de viajar por esos mundos con un tipo como tú. No te entretengas o perderás el avión.

Pitt la atrajo hacia él y ella le rodeó el cuello con los brazos y le besó apasionadamente.

—Eso no facilita las cosas —dijo Pitt.

—¿Quién dijo que iba a ser fácil? —replicó Catherine—. Anda, vete.

Ella le observó mientras Pitt subía apresuradamente por la escalera mecánica, salvando los escalones de tres en tres hasta detenerse detrás de una mujer que se hallaba un escalón más arriba que él. Luego se volvió y saludó con la mano. Al cabo de unos momentos llegó a lo alto de la escalera y desapareció.

Catherine salió de la terminal y atravesó la calle hacia su coche. Se había disculpado ante al capitán diciéndole que debía acompañar a Joe Pitt al aeropuerto y que después iría a la comisaría de

North Thompson Street. La disculpa no había suscitado las sospechas del capitán, pero no había sido totalmente honesta. Ella había omitido decir que desde que su colaboración había concluido había estado saliendo con Pitt.

Por enésima vez Catherine pensó que las palabras para describir las relaciones entre personas del sexo opuesto siempre eran inadecuadas. Catherine no salía con Joe Pitt. Había pensado en él durante largo tiempo y luego había empezado a dormir en la habitación del hotel de Pitt y regresar cada mañana a su casa apresuradamente para arreglarse para ir a trabajar, o bien pasaba la velada con él y regresaba a casa a la una o las dos de la madrugada para descansar tres o cuatro horas. Eso no era salir con un hombre. Cuando uno de ellos tenía hambre, decía «vamos a comer», y Catherine cogía su coche e iban a un buen restaurante, porque Portland era su ciudad. Las noches en que llovía y el restaurante quedaba cerca de casa de Catherine, dormían en su casa en lugar de ir al hotel de Pitt.

Las palabras siempre eran inadecuadas. Si seguían adelante con su relación, llegaría un momento en que la gente diría que Joe Pitt era el chico de Catherine, aunque tenía más de cuarenta años y era mucho más que su chico, y Catherine sería su chica, aunque hacía tiempo que había dejado de ser una chica y había estado casada y divorciada. La única vez que las palabras se ajustaban a la verdad era cuando la gente modificaba su conducta para adecuarse a las palabras. Cuando las personas se casaban trataban de llenar el espacio creado por la palabra, se comportaban tal como habían prometido hacerlo, excepto Kevin, su ex marido.

¿Se casaría con Joe Pitt? Al conocerlo había experimentado la típica reacción. Se había preguntado «¿será este el hombre de mi vida?» Pero había entrado en Internet para averiguar más datos sobre Pitt, había preguntado a agentes masculinos veteranos si sabían algo de él, había escuchado lo que le habían dicho y había deducido que Pitt no sería el marido ideal. Pero puede que ese fuera otro ejemplo de que las palabras establecen expectativas que no son reales. En esos momentos Joe era el hombre de su vida. Ese era el único término que según Catherine describía su relación: el hombre de su vida.

Catherine condujo a través del tráfico de primeras horas de la mañana hacia North Thompson Street para ponerse a trabajar. Solía acudir a la comisaría muy temprano para tratar de dar con el paradero de Tanya Starling, cuando tenía la mente despejada y gozaba de silencio y soledad. Hoy empezaría tarde. Sólo podía dedicar media hora a revisar la información que tenía sobre Tanya y examinar los boletines y las circulares en busca de algo relacionado con el caso antes de que empezaran a llegar los otros agentes de homicidios. Esta mañana su bandeja de correspondencia estaba llena, pero no contenía ninguna señal de que Tanya Starling hubiera sido vista en alguna parte.

La sargento tenía una teoría sobre la situación. Suponía que Tanya llevaba una vida muy discreta en un apartamento en una ciudad remota, tras crearse otra identidad. Probablemente se había teñido el pelo de nuevo, había adquirido documentos de identidad falsos y se había inventado un motivo para estar donde estaba. Procuraría esperar el tiempo suficiente para que todos los departamentos de policía del país entero quedaran sepultados bajo circulares sobre otras personas.

Catherine la conocía, pero la sensación de conocerla era como estar amordazada. Las cosas que sabía no podía demostrárselas a nadie ni llevarlas al terreno práctico. Tanya había nacido con una mente relativamente ágil, y al margen de lo que la había llevado a ser una asesina —o quizá la experiencia misma de asesinar— la había convertido en una persona ávida de aprender. Tanya estaba aprendiendo a un ritmo vertiginoso. Cada día que pasaba era libre para aprender más cosas con el fin de seguir libre. Cada vez que mataba a alguien lo hacía de forma distinta. Los otros agentes habían interpretado su gama de métodos como prueba de que otra persona era la autora de los asesinatos y Tanya no era más que una comparsa. Catherine había comprendido desde lo de Los Ángeles que no era así, ningún hombre había entrado en el apartamento de Mary Tilson, y en los vídeos de seguridad no aparecía ningún hombre entrando en la habitación del hotel de Brian Corey. Ella no tenía ningún acompañante. Empleaba métodos distintos cada vez porque estaba aprendiendo.

Tanya había aprendido varias cosas entre Portland y Flagstaff que la hacían más peligrosa. Había aprendido a aislar a las víctimas, había aprendido que había muchas formas de impedir el riego sanguíneo al corazón y al cerebro, y había aprendido que podía inducir a otras personas a matar por ella. A estas alturas podía ocurrir cualquier cosa.

A las diez, un nuevo caso de homicidio llegó a la mesa de la sargento Hobbes. La noche anterior se había producido un robo en la casa de Arlington Heights en la que vivían Marjorie y Jack Hammond. Cuando Catherine llegó a la casa, Marjorie Hammond se presentó tan bien vestida, peinada y maquillada que ella pensó que parecía como si hubiera estado posando para un retrato. El informe del policía que había respondido a la llamada indicaba que Marjorie Hammond tenía cuarenta y dos años, pero como algunas mujeres muy bellas, no parecía tener edad.

Marjorie había estado presente cuando su marido había disparado contra un intruso en la oscuridad de la casa, por la noche, y luego había tratado inútilmente de detener la hemorragia hasta que la ambulancia había llegado. La entrada principal y el vestíbulo estaban aún acordonados, de modo que la señora Hammond recibió a Catherine en la puerta de la cocina. Ella aguardó en una habitación impecable y soleada situada en la parte trasera de la casa hasta que la señora Hammond trajo el té en una bandeja lacada china.

—Sé que es difícil hablar sobre lo ocurrido anoche —dijo Catherine—, pero comprenda que debemos tratar de explicar todos los pormenores del caso.

—Lo comprendo.

—¿Le importa que grabe nuestra conversación? Me será muy útil a la hora de redactar mi informe.

—No.

Catherine sacó la grabadora del bolsillo para que la señora Hammond pudiera verla, la conectó y dijo:

—Soy la sargento Catherine Hobbes. Estoy grabando mi entrevista con la señora Marjorie Hammond en... a las once y media de la mañana del cinco de octubre. —Guardó de nuevo la grabadora en el bolsillo de su chaqueta—. Veamos. Su marido y usted dijeron anoche a los policías que respondieron a la llamada que no habían visto nunca al intruso. ¿Es cierto?

—Sí.

—A propósito, ¿dónde se encuentra su marido ahora?

—¿Jack? —La señora Hammond parecía asombrada—. Está trabajando. Supuse que le convenía retomar cuanto antes su ritmo normal para ayudarle a superar la experiencia. El hombre es un animal de costumbres.

—¿Usted cree?

—Por supuesto. Sus hábitos de trabajo dependen de ello, e incluso las cosas que hacen por placer las hacen siempre igual. Cuando has visto cincuenta partidos de fútbol, ¿qué novedad puede haber en el partido cincuenta y uno o en el cinco mil? Pero al parecer a los hombres les infunde una sensación de seguridad.

—¿Y usted? ¿Cómo está afrontando la experiencia?

—La superaré.

Al mirarla, Catherine intuyó que no sería tan fácil. Parecía demasiado peripuesta, demasiado perfecta. Su marido debería estar presente.

—Entrevistaré a su marido por separado —dijo Catherine. Había señales de alarma por todas partes, pero ella aún no había descifrado su significado—. Cuénteme lo que ocurrió.

—Jack trabajó anoche hasta tarde. Había asistido a una feria en Seattle. Vende herramientas eléctricas, principalmente para la industria de la construcción, y había ido a mostrar una nueva línea. Yo estaba acostada arriba, dormida. Jack llegó a casa sobre la medianoche, subió al dormitorio y se disponía a acostarse.

—¿La despertó?

—Sí. Le oí desnudarse en el baño, de modo que encendí la lámpara de la mesilla y le llamé. Entonces me di cuenta de que había otra persona en la casa.

Catherine dirigió la vista hacia la puerta al otro lado de la habitación y miró el panel de alarma situado junto a la puerta trasera.

—¿El sistema de alarma estaba conectado?

—Mi marido lo conectó al entrar. Debí hacerlo antes de subir a acostarme, pero me olvidé porque es Jack quien suele hacerlo, de modo que no pensé en ello.

—¿Su marido viaja a menudo por negocios?

—No. A veces acude a congresos, o tiene que asistir a un cursillo de formación para demostrar las nuevas herramientas. De vez en cuando tiene que desplazarse a otra ciudad para realizar una venta y pasa la noche allí. Pero son pocas noches al año.

—¿A qué hora le esperaba usted anoche?

—En realidad, no sabía que regresaría. Pensé que volvería esta noche. Pero despachó sus reuniones temprano y tomó un vuelo ayer.

—Y cuando su marido se ausenta, ¿suele olvidarse usted de conectar la alarma?

—Generalmente, no. Pero anoche tenía sueño. Eso es todo.

—De acuerdo. Ha dicho que notó que había otra persona en la casa. ¿Cómo se dio cuenta?

—Fue Jack quien se dio cuenta. Cuando le dije que estaba despierta, me respondió y luego bajó la escalera. Había dejado su maleta en la entrada para no despertarme acarreándola escaleras arriba, pero al comprobar que yo estaba despierta bajó a buscarla. Cuando llegó arriba, oyó un ruido. Se dirigió apresuradamente a su cómoda, donde guarda la pistola. Me dijo que llamara al nueve uno uno y bajó para registrar la casa.

Catherine vivía de nuevo la experiencia de oír mentir a una persona, pero no sabía exactamente de qué mentira se trataba. El secreto que todos los agentes de policía conocen pero que otras personas ignoran es que la verdad y las mentiras no son mutuamente excluyentes. Siempre están mezcladas en un revoltijo que es preciso desentrañar. Toda persona que relata una historia a un policía miente. A veces lo hacen tan sólo para parecer más valientes o cabales de lo que lo han sido en una crisis, y a veces se inventan todos los incidentes para ocultar el hecho de haber cometido un crimen. Pero al hablar con ellas, Catherine siempre detectaba en sus rostros y sus cuerpos los mismos signos de que mentían.

—¿Así que su marido bajó solo a registrar la casa?

—Sí.

—¿Dónde estaba usted y qué hacía?

—Primero le pedí que no lo hiciera, pero no me hizo caso. Luego descolgué el teléfono y lo llevé conmigo hasta el descansillo de la escalera.

—¿Encendió las luces?

—No.

—¿Por qué?

—Habíamos oído a alguien haciendo ruido abajo.

—¿Qué clase de ruido?

—Unos pasos.

—¿Caminando o corriendo?

—Al principio creo que caminando. Luego, cuando Jack bajó, creo que ese individuo se puso a correr. Trataba de hallar un lugar donde ocultarse antes de que Jack lo descubriera.

—¿Qué ocurrió luego?

—Cuando Jack bajó empezó a registrar la casa. El hombre salió del armario para atacarlo y Jack disparó contra él.

—¿Cuántas veces?

—Una. No, dos. Llamamos a la policía.

—¿Quién?

—Yo.

—Y dijo a los agentes que respondieron a la llamada que no conocían a Samuel Daily.

—Ah, sí, así se llamaba. Recuerdo que el policía miró en su billetero para averiguar su nombre. No, no lo conocíamos.

—Antes de que llegara su marido, ¿el intruso la tocó? —preguntó Catherine midiendo bien sus palabras.

—No —respondió la señora Hammond.

—A veces las mujeres no dicen nada cuando les ocurre eso. No sé si porque están demasiado traumatizadas para recordarlo con claridad, o porque lo borran de su mente, o si lo hacen porque creen equivocadamente que ellas tienen la culpa. Quizá temen que sus maridos lo interpreten de manera errónea. Pero usted afirma que ese hombre no le puso la mano encima, ¿no es así?

—Sí. Ya se lo he dicho —respondió la señora Hammond—. Estaba acostada arriba, durmiendo. Ese hombre estaba abajo.

—¿Tiene idea de qué buscaba?

—Lo ignoro.

Catherine se estaba acercando, y se dio cuenta de que conforme el nerviosismo de la señora Hammond se acrecentaba, empezaba a olvidarse de la grabadora.

—Sam Daily es la parte de este caso que no encaja —dijo la sargento—. No tenía antecedentes penales. Tenía un buen trabajo. Era el gerente de turnos en un importante supermercado. Se trata de Mighty Food Mart en Tillamook. —Hizo una pausa—. ¿Ha comprado usted allí alguna vez?

—No.

—¿Está segura? Eso podría explicar muchas cosas.

—¿Qué explicaría? —La señora Hammond se mostraba confundida, recelosa.

—Al parecer, Sam Daily no robó nada en su casa, ni siquiera parece haberlo intentado. Y se presentó aquí una de las pocas noches en que su marido estaba ausente. De haberse fijado en usted en la tienda, quizá la estuviera acechando. Cuando un cliente paga con un cheque, en la tienda tienen su nombre y dirección. Quizá la vigilaba y al ver a su marido salir con una maleta, o comprobar que su coche no estaba, vino a por usted.

La mente de la señora Hammond parecía esforzarse en analizar esa sugerencia.

—Quizás estuve en ese supermercado en un par de ocasiones. No es la tienda en la que suelo comprar habitualmente. Pero usted debe de tener razón. Tengo suerte de que mi marido regresara a casa anoche. —La señora Hammond trataba de asimilar la historia, interiorizarla.

—En todo caso, es una teoría —respondió Catherine—. Es posible que Samuel Daily quisiera inmovilizar a su marido o matarlo, para poder atacarla a usted sexualmente. Algunos de esos tipos incluso obligan al marido a contemplar la escena.

—Qué horror —dijo la señora Hammond.

—En efecto. Tendremos que esperar a obtener el resto de la información para averiguar qué conjeturas son las acertadas.

—¿A qué se refiere?

Catherine observó el rostro de Marjorie Hammond.

—No se preocupe. Lo examinaremos todo. Examinaremos sus documentos financieros, tarjetas de crédito, cheques cancelados y demás, para averiguar cuándo estuvo usted en ese establecimiento, y luego comprobaremos la nómina del supermercado para ver si Samuel Daily acudió a trabajar en esas fechas. Entrevistaremos a los vecinos de ustedes para saber si le habían visto merodeando por aquí. Preguntaremos a los colegas de Daily si éste guardaba fotos de usted, o si se ausentaba inesperadamente, durante unas horas al día quizá para espiarla a usted. Examinaremos sus llamadas telefónicas para averiguar si llamó a algún número para averiguar el itinerario de viaje de su marido.

Marjorie Hammond parecía sentirse indispuesta.

—¿Con qué objeto? Sabemos que estuvo aquí, y está muerto. Todo ha terminado.

Catherine comprendió entonces cuál era la mentira. Tenía que seguir presionándola.

—No para la policía. Es un caso abierto. Los forenses estuvieron aquí desde las doce y media de la noche hasta aproximadamente las nueve de la mañana, ¿no es así? Aún no he visto su informe. Confío en que esclarezca muchas incógnitas.

—Quiero ver a mi abogado —dijo la señora Hammond.

—¿Qué?

—Apague la grabadora. No seguiré hablando con usted sin que mi abogado esté presente.

—¿Tiene un abogado?

—Contrataré a uno.

—De acuerdo. Le leeré sus derechos y luego apagaré la grabadora. —Después de recitarle sus derechos, desconectó la grabadora y la guardó de nuevo en su bolsillo—. Como es natural —añadió—, tendrá que acompañarme a la comisaría y esperar a que llegue su abogado para proseguir con nuestra conversación. —Catherine se levantó y sacó sus esposas—. Vuélvase, por favor.

Marjorie Hammond la miró atónita.

—No he hecho nada.

—Creo que no disparó contra nadie —respondió Catherine—. Lo único que hizo fue retozar con Samuel Daily. Su marido regresó antes de lo previsto y los pilló juntos.

—No —protestó la señora Hammond—. No es cierto. Nada de eso es cierto. Todo es mentira.

La sargento conectó la grabadora que tenía en el bolsillo.

—Dijo que quería que estuviera presente su abogado. Supongo que sabe que cuando le leí sus derechos significa que no está obligada a decirme nada. Ya tendrá ocasión de decir lo que quiera en presencia de su abogado.

—Sí, lo sé. Pero le aseguro que esa historia que se ha inventado es mentira. No he hecho nada. Entre Sam Daily y yo no había nada.

Catherine comprendió que la señora Hammond avanzaba por un precipicio y no tardaría en despeñarse.

—Descuide. Si lo que dice es cierto, las pruebas físicas lo demostrarán.

—¿Qué pruebas físicas?

—Las que hayan recogido los técnicos en el escenario del crimen. Buscan manchas de sangre, pelos, fibras, huellas dactilares. Si no han hallado ninguna muestra del ADN de Sam Daily en su dormitorio, su ropa o la cama, y no han hallado rastros del suyo en él, me refiero a pelos, saliva y demás, o bien restos de su maquillaje, probablemente el caso quedará cerrado tal como usted ha dicho.

Catherine le colocó las esposas en las muñecas y las cerró. La señora Hammond habló de nuevo, pero esta vez su voz tenía un tono distinto. Era poco más que un murmullo.

—Sargento, se lo ruego.

—¿Qué?

—No deje que hagan eso.

—¿Por qué?

—Le he dicho la verdad. Es la verdad.

—¿Se refiere a que es lo que usted desearía que fuera la verdad?

—Es lo que ocurrió. Mi marido no llegó y nos sorprendió juntos. Regresó a casa y se dispuso a acostarse. Sam se ocultó en el armario de la planta baja y cuando Jack abrió la puerta, se abalanzó sobre él. La pistola de Jack se disparó. Fue un accidente. Un terrible accidente.

—¿Se refiere a que Jack no pretendía oprimir el gatillo?

—No. Es decir, sí, supongo que sí. Pero fue porque creyó que Sam era un ladrón e iba a matarlo. La casa estaba a oscuras, ¿y cómo iba a saber Jack que Sam no iba armado con un cuchillo o una pistola? Pensó que tenía que disparar, para protegerse, pero ninguno de los dos quería lastimar al otro. Fue un trágico malentendido. Un accidente.

—¿De modo que su marido, Jack, pensó que el otro iba a atacarlo y Sam pensó que iba a morir asesinado y salió del armario para defenderse?

—Sí. —La señora Hammond se sentó en el sofá, llorando, doblada hacia delante y temblando—. Sí. Yo tuve la culpa.

Catherine la miró. La mujer parecía tan desesperada que durante unos instantes la sensación predominante que experimentó ella fue alivio de no ser Marjorie Hammond. No era esa mujer doblada hacia delante y sollozando, sentada en el borde del sofá con las muñecas esposadas a su espalda, incapaz incluso de enjugarse las lágrimas que rodaban por su rostro.

Catherine sabía que iba a cometer una imprudencia, que iba a quebrantar las normas del departamento. Pero se agachó y utilizó su llave para abrir las esposas. Luego las retiró, las guardó en su bolso y entregó a la señora Hammond una servilleta de papel.

—Tenga —dijo.

La señora Hammond se mecía de un lado a otro mientras seguía llorando en silencio.

—Fue una estupidez —dijo con voz casi inaudible—. No hicimos nada malo.

—Entonces ¿por qué?

—No lo sé. Ocurrió sin más. Yo solía ver a Sam en el supermercado cada semana, y nos saludábamos. A veces charlábamos unos minutos mientras Sam confirmaba un cheque, o yo le preguntaba dónde estaba un determinado producto. No había mala intención. Una tarde, cuando salí, fui a tomar café a un Starbucks en el centro, cerca de Pioneer Square, y Sam estaba allí. Se me acercó mientras yo esperaba ante el mostrador y nos sentamos juntos a una mesa. Pasamos unas dos horas allí, conversando como no lo habíamos hecho nunca en la tienda, sobre nuestras vidas, nuestros pensamientos y sentimientos. Sam me dijo que siempre iba allí los días que libraba, los martes y los jueves, a la una, después de comer, cuando terminaba de hacer sus recados. Al cabo de una semana aproximadamente, me encontraba cerca de allí y entré.

—¿Lo hizo porque sabía que Sam estaría allí?

—No, ni siquiera recordé que era jueves. Vi el letrero y me acordé que era un lugar muy agradable. Cuando entré vi a Sam y comprendí que el motivo de que me pareciera agradable era debido a él. En esta ocasión fui yo quien se sentó junto a él. —La señora Hammond se detuvo y rompió de nuevo a llorar—. Sam era encantador. Era bueno e inteligente y había tenido una vida muy desgraciada. Él y yo hablamos de todo, y la tarde transcurrió en un suspiro.

—¿Cuánto tiempo duró esa relación?

—Un par de meses. Me dije que no era una buena idea tomar café con un hombre, de modo que el martes no fui. Pero el jueves me dije que no tenía nada de malo, y estaba convencida de ello. Fui, y Sam alzó la vista del periódico que estaba leyendo y dijo que se alegraba de verme allí. Se fijaba en numerosos detalles de mi persona, hasta el punto de adivinar mi estado de ánimo. Le interesaba todo lo que yo decía. Al poco tiempo empecé a esperar con impaciencia el momento de volver a encontrarme con él.

—¿Sam también estaba casado?

—No. Hacía unos años había estado comprometido con una chica, pero ésta había decidido romper y Sam había tardado mucho en superarlo.

—¿Pero sabía que usted estaba casada?

—Por supuesto. Jack era el centro de mi vida, de modo que buena parte de nuestra conversación giraba alrededor de Jack y yo. A veces yo le contaba a Sam nuestras disputas y diferencias. Un día me di cuenta de que había adoptado la costumbre de contarle cosas que ni siquiera le revelaba a Jack. Cuando había problemas Sam no tenía siempre las respuestas, lo cual me tranquilizaba, pues si las respuestas hubieran sido tan fáciles, yo misma habría dado con ellas. O aunque existiera una respuesta, él sabía que yo también la conocía, pero no quería confesármelo a mí misma. En esas ocasiones Sam se limitaba a escucharme y dejaba que yo misma hallara la solución. Yo trataba de hacer lo mismo por él.

—¿Cuándo empezaron a verse Sam y usted fuera de Starbucks?

—Al cabo de un par de meses. Yo tuve la culpa. Permití que ocurriera. Un día me sentí más animada de lo habitual y comprendí que el motivo era que Sam me conocía a fondo y no obstante yo le caía bien. Cuando él vio lo animada que estaba ese día, creo que el contraste le afectó. Se mostró muy callado e incluso deprimido. Le pregunté qué ocurría, y me lo dijo. Dijo que su vida era vacía, que necesitaba algo más.

—¿Algo más?

—Una relación con una mujer. Dijo que no quería destrozar mi matrimonio ni que rompiera con Jack. Sabía que eso era lo más importante de mi vida. Sólo quería estar conmigo. —La señora Hammond sollozó durante unos minutos, mientras Catherine aguardaba pacientemente. Luego alzó la vista y prosiguió casi con tono implorante—: ¿No lo entiende? Jack y yo éramos felices, y eso era lo que Sam deseaba y yo lo deseaba para él. Me quedé mirándolo y de pronto me dije «¿por qué no?» No se me ocurrió ninguna respuesta real. La única respuesta era que no debía hacerlo. Sam lo deseaba intensamente, y yo también. Él sabía que yo jamás abandonaría a Jack. De modo que cuando volví a decir «¿por qué no?», esta vez lo hice en voz alta. Sam y yo abandonamos la cafetería y nos dirigimos a un hotel situado al otro lado de Pioneer Square.

—Ese fue el comienzo. ¿Cuánto duró?

—Seguimos viéndonos los martes y los jueves por la tarde, a la una. A veces íbamos a su apartamento. A veces íbamos en coche a un hotel donde Sam había reservado una habitación. Duró unos seis meses, desde marzo hasta ahora. En varias ocasiones me arrepentí y quise romper con él. Pero no pude.

—¿Cuándo ocurrió?

—Unas cuantas veces. Recuerdo un día en que estábamos junto al coche, frente a un hotel en Fairview, y nos despedimos por última vez, y llovía. Yo lloraba porque le quería, y ambos estábamos empapados, y de pronto vi que por sus mejillas rodaban también unas lágrimas. No eran gotas de lluvia. De modo que me desdije y nos besamos y entramos en el hotel, aunque sabíamos que yo llegaría tarde a casa y tendría que contarle a Jack una mentira. Sabía que iba a utilizar una de las escasas mentiras que podía contarle. No puedes mentir a alguien sobre el motivo de haberte retrasado un jueves por la tarde más que un par de veces, si no quieres que te descubra. Sé que Jack se habría sentido profundamente herido. —El decirlo pareció recordar a Marjorie Hammond lo que iba a suceder y rompió de nuevo a llorar.

—Lo siento —dijo Catherine.

—Todo se ha echado a perder, y no puedo hacer nada por remediarlo. Sam ha muerto. He destrozado la vida de Jack. Y la mía también.

Catherine necesitaba que la señora Hammond le relatara el resto de la historia antes de que cesara de hablar.

—¿Anoche fue la primera vez que Sam se quedó a dormir en su casa?

—No. Lo había hecho en algunas ocasiones. Yo no podía ir a su apartamento por las noches, porque Jack podía llamar a casa desde su hotel. Pero esta vez Jack no llamó. Regresó a casa para reunirse conmigo. Cuando Sam y yo oímos al coche detenerse frente a la casa, sentí terror. Miré por la ventana del dormitorio y vi los faros iluminando la puerta del garaje, y luego ésta empezó a abrirse. Hice que Sam recogiera sus ropas y bajara apresuradamente para esconderse, para que cuando Jack subiera, Sam, pudiera salir de la casa sigilosamente.

—¿Pero Jack le oyó?

—Sam debió de tropezar en la oscuridad o se le cayó un zapato o algo parecido. Dije a Jack que eran imaginaciones suyas, pero no me hizo caso. Me encaminé hacia el descansillo de la escalera y le grité que no se pusiera a registrar la casa, no sólo para convencerle, sino para advertir a Sam, pero no dio resultado. Jack abrió la puerta del armario y Sam se abalanzó sobre él. —La señora Hammond miró a Catherine con los ojos hinchados y enrojecidos; su rostro estaba contraído en un rictus de angustia—. Ocurrió tal como se lo conté al principio.

—Lo siento mucho —respondió Catherine. Condujo a la señora Hammond con delicadeza hacia su coche sin ponerle de nuevo las esposas y la llevó a la comisaría para obtener una declaración firmada.

Cuando la sargento terminó de redactar la declaración y su informe y firmó la transcripción de la grabación, era demasiado tarde para responder a los mensajes telefónicos que se habían acumulado en su mesa. Llamó a Joe Pitt por el móvil mientras se dirigía en coche hacia Adair Hill.

—Regresas a casa muy tarde —comentó Pitt—. ¿Has resuelto otro asesinato?

—La verdad es que sí. Pero es una historia triste. —Catherine le contó lo ocurrido y de pronto exclamó—: ¡Por poco me la pego! Lo siento, Joe, tengo que sujetar el volante con las dos manos. Buenas noches.

—Buenas noches. Te quiero.

Cerró el móvil justo al oír la última frase, y se maldijo por haber colgado precipitadamente. ¿Había dicho Joe eso? En tal caso, ¿a qué se refería? Había sonado automático, a frase hecha. Catherine pensó en ello mientras circulaba por la serpenteante carretera. Decidió no darle importancia. Si Joe había pretendido decirle que la quería, volvería a hacerlo.

Se detuvo ante la casa de sus padres y entró.

—¿Mamá? —dijo.

Su madre salió de la cocina.

—Hola, cielo. ¿Acabas de salir del trabajo?

—Sí —contestó Catherine—. Hace varios días que no os veo y se me ocurrió pasar para alegraros vuestras insulsas vidas.

—O sea, que no te apetecía prepararte tú misma la cena.

—Exacto. ¿Dónde está papá?

—Arriba. No tardará en bajar. ¿Quieres unas sobras de pavo?

—Sí. Ya lo cojo yo. —Catherine entró en la cocina, cogió un plato, sacó el Tupperware que contenía unas rodajas de pechuga de pavo, añadió un poco de brécol y lo metió en el microondas.

Su madre la observó.

—¿Cómo te va con tu nuevo chico?

Catherine se volvió fingiendo asombro.

—¿Lo has visto en tu bola de cristal?

—No es difícil adivinarlo. Las cinco últimas noches llamé a tu casa y comprobé que no estabas. ¿Quieres hablarme de ello?

—Te lo contaré todo. Se llama Joe Pitt y ha venido a pasar unos días. No debería salir con él. Es demasiado viejo y rico y tiene una fama de golfo que probablemente se ha ganado a pulso. Como es natural, cada vez me siento más atraída por él. Ya te lo comunicaré cuando necesite venir a llorar en tu hombro y contarte cómo terminó el asunto.

—Pues qué bien —respondió su madre—. Procuraré hacerte un hueco.

En esto se oyeron los pasos cansinos de su padre en la escalera, y al cabo de unos instantes apareció éste.

—Ah, la princesa ha vuelto.

—Hola, papá.

Su padre se sentó en la silla junto a ella, sonriendo.

—¿Has trabajado hasta tarde?

—Sí —respondió Catherine.

—¿Un caso interesante?

—Nada que no hayas visto cien veces. El marido regresa inesperadamente de un viaje de negocios. Confía en su mujer, de modo que piensa que el tipo que está oculto en el armario es un ladrón.

—Pum, pum —dice su padre—. Es un trabajo nefasto. Te lo vengo diciendo desde que eras una niña.

—Prácticamente desde que nací —convino ella—. Esto está muy rico —dijo a su madre—. Debe de ser agradable que la inviten a una de vez en cuando a cenar.

—Entonces responde al maldito teléfono —replicó su padre—. Lo hemos intentado.

—Lo siento —respondió Catherine—. Estaba ocupada tratando de construirme una vida.

—¿Con alguien que conocemos?

—No. Durante un tiempo fue policía, luego investigador para la fiscalía del distrito de Los Ángeles. Se jubiló y ahora trabaja de investigador privado.

—Suena demasiado viejo para ti.

—Lo es.

—Claro que tú también vas cumpliendo años.

—Gracias por haberlo notado. Supongo que he perdido mi lozanía.

—La segunda juventud es más hermosa que la primera —comentó su padre—. Te veo un tanto abatida. ¿Es debido a ese caso?

—Ya sabes cómo es. La mitad de las personas que ves están muertas. La otra mitad las ves en el peor día de sus vidas. Acabas harta.

Su padre se levantó, besó a su hija en la frente y se dirigió al cuarto de estar. Al cabo de unos momentos Catherine le oyó encender el televisor.

Terminó de cenar, enjuagó su plato y sus cubiertos y los metió en el lavavajillas junto con los platos y cubiertos de la cena de sus padres. Charló un rato con su madre sobre las cosas que habían ocurrido en la vida de sus padres. Luego su madre y ella entraron en el cuarto de estar y miraron junto con su padre el absurdo programa que ponían en la televisión.

De pronto Catherine notó que se le cerraban los ojos. Se levantó, besó a sus padres y condujo hasta su casa, situada en lo alto de la colina. Cuando entró en el garaje creyó observar un movimiento más allá del espacio iluminado por las luces de la fachada de su casa. Pero sabía que solía ocurrir cuando una persona llevaba varios días sin dormir lo suficiente; la mente creaba al monstruo que temía.

43

Judith Nathan llenó la pequeña mochila con los bidones de un litro que había comprado y la levantó. No había imaginado que pesara tanto, ni que fuera tan dura y estuviera llena de bultos. Sacó todo lo que contenía, envolvió los bidones en una toalla, los metió de nuevo en la mochila e introdujo otra toalla doblada en el espacio entre los bidones y su espalda. Luego se colgó las correas de los hombros para repetir la prueba, y se sintió más cómoda.

Vestida con su pantalón negro y sus zapatillas deportivas, Judith se enfundó su jersey negro y su gabardina. Se miró en el espejo, tras lo cual consultó su reloj. Eran poco más de las dos de la mañana.

Sacó el cargador de la pistola de Mary Tilson para cerciorarse de que estaba cargado. Guardó el arma en el bolsillo derecho de su gabardina y se miró de nuevo en el espejo para asegurarse de que no se veía. Sacó otras seis balas de la caja y las guardó en el bolsillo izquierdo. Luego salió y cerró la puerta con llave.

Ella siempre había sido capaz de animarse saliendo por la noche. A veces, cuando tenía unos seis años, esperaba a que su madre y el novio de turno de ésta regresaran de pasar una velada recorriendo bares y se dormían. Entonces se vestía con lo primero que encontraba, abría la puerta principal sigilosamente y salía. La primera vez, empezó por detenerse en el porche delantero, mirando a su alrededor y aguzando el oído.

La noche no era negra, como parecía siempre desde el interior de la casa iluminada. Se componía de azules grisáceos, verdes oscuros y el resplandor blanco de la luna. La niña vio los árboles, las aceras y las casas que le resultaban familiares, pero todo estaba silencioso, todo estaba inmóvil. Las personas no habían desaparecido tan sólo. En la quietud de la noche no existían. El mundo estaba en silencio.

Al principio se agachaba en el porche con la espalda apoyada en la fachada de la casa, lejos de la barandilla y lo suficientemente cerca de la puerta para poder refugiarse en la casa si surgía algo de las sombras para devorarla. Esa noche, y las siguientes, la niña permaneció allí un buen rato hasta asegurarse de que eso no iba a ocurrir, y entonces se acercaba a la barandilla.

Más tarde se aventuró hasta los escalones del porche, lo cual representaba una gran diferencia. El tejado del porche la ocultaba en las sombras, pero también ocultaba las estrellas y el cielo e impedía que la niña sintiera la suave ráfaga de aire. Lo que ella oía cuando se alejaba de la casa era un silencio que poseía un gran alcance, que provenía de una inmensa distancia, de todos los lugares a los que llegaba la oscuridad.

Al término del verano la niña había empezado a alejarse de la casa hasta alcanzar la acera, penetrando en un mundo nuevo. Cuando cumplió los ocho años adquirió la costumbre de escabullirse cada noche para caminar por las calles. Primero recorría las calles de su barrio, contemplando las casas que había visto siempre a la luz del día. Luego caminaba hasta la escuela. Esa caminata nocturna constituía una gira de todos los lugares en los que la niña había estado de día. Le ofrecía la oportunidad de revisitar los escenarios donde ocurrían cosas. Por la noche, esos lugares sólo le pertenecían a ella.

La niña fijaba la vista en un punto en los escalones de hormigón de la escuela recordando que era desde allí que Marlene Mastich había declarado que Charlene tenía el pelo sucio. Marlene se había plantado justamente allí, ni un milímetro a la izquierda o a la derecha, para decírselo a las otras chicas. Pero en esos momentos ese punto, ese escalón, toda la escuela, pertenecían a Charlene, y las demás personas no eran sino recuerdos, perturbaciones que la desagradable jornada había dejado en su mente. Las personas ya no eran reales, sólo el lugar donde habían estado. En el mundo nocturno tan sólo existía Charlene. Los árboles eran reales, las tiendas a oscuras con las verjas de hierro ante sus escaparates eran reales, y Charlene era real. Nada más.

Esta noche Charlene era Judith Nathan, y había llegado el momento de pasar a la acción. Judith rodeó el edificio hasta llegar a la hilera de cobertizos para coches situado en la parte posterior. No le preocupaba despertar a alguno de los ocupantes de las casas. Todos los cobertizos para coches tenían una jaula en la parte trasera donde la gente guardaba trastos, y detrás estaba el cuarto de la colada. La primera habitación en la que dormía cualquiera de los vecinos se hallaba en el piso superior, y pertenecía a Judith Nathan.

Judith condujo su Acura a través de la ciudad hasta llegar al comienzo de la calle donde vivía Catherine Hobbes. Luego aparcó a una manzana de allí, en una hilera de coches que supuso que pertenecían a las personas que dormían en una hilera de grandes edificios de apartamentos. Judith se colgó la mochila a la espalda, se encaminó hacia el arranque de la calle donde vivía la sargento Hobbes y empezó a subir la cuesta.

Las casas que vio mientras subía estaban todas a oscuras y en silencio. Al cabo de unos minutos de caminar, Judith empezó a sentir de nuevo la curiosa sensación que solía confortarla de niña: que en el mundo no había nadie excepto ella. En el terreno llano del centro de la ciudad siempre había gente circulando en coche de un lado para otro, establecimientos con las luces encendidas. Pero aquí arriba, en la calle serpenteante y llena de árboles que arrojaban sombras donde todos los vecinos dormían, ella estaba sola.

Judith había recorrido este lugar en varias ocasiones desde que había llegado a Portland, pero ahora experimentaba una sensación distinta. Estaba tomando posesión del lugar. El barrio estaba instalado en las escasas horas de noche cerrada, cuando todo el mundo estaba sumido en la inconsciencia.

Judith caminaba cómodamente, aunque su pequeña mochila pesaba bastante. Estaba acostumbrada a hacer ejercicio y a recorrer largas distancias practicando *footing*. El peso de la mochila hacía que le pareciera que respiraba trabajosamente, pero el peso adicional lo absorbía en sus muslos y pantorrillas en lugar de la espalda, de modo que no se debía al esfuerzo.

Por fin alcanzó la hilera de casas situadas en la cima de la colina y se sentó en la acera, al otro lado de la calle, para observarlas. Bostezó para destaparse los oídos y percibir cada sonido con claridad.

Eran las dos y cuarenta y cinco minutos de la mañana, y seguía reinando un silencio sepulcral. Cuando estuvo dispuesta, Judith se levantó y comprobó que sobre la colina soplaba una leve brisa. Mejor que mejor. Eso la favorecía.

La chica atravesó la calle lentamente, procurando no alterar el silencio perfecto. Subió los peldaños junto a la casa de Catherine y se dirigió hacia la puerta trasera. Miró a través de la ventana de la cocina. Era una cocina bonita. El color de las paredes parecía ser un amarillo claro, pero era difícil determinar el tono exacto en la oscuridad. Judith vio que en esa casa, como en las demás, no había detectores de humo en la cocina, donde los fogones encendidos los activaban continuamente. Judith se quitó la mochila, sacó un bidón, abrió el pitorro y vertió un poco de líquido inflamable para encender barbacoas de carbón vegetal sobre la puerta y la base de madera debajo de ésta.

Vertió el resto del líquido inflamable sobre las tablillas de la casa, dejando que los charcos del mismo empaparan las repisas de todas las ventanas. Guardó de nuevo el bidón en la mochila, abrió otro y siguió avanzando por el costado de la casa, buscando cosas que había observado en sus visitas anteriores. Cuando llegó a una puerta estrecha empotrada en el muro frente a la casa, la abrió lenta y cautelosamente para verificar que cubría un calentador de gas. Sacó la llave inglesa de su mochila, separó el tubo de gas del calentador y cerró la puerta. Luego vertió un poco de líquido inflamable sobre la puerta y los muros al lado y debajo de ésta.

Judith trató de derramar un chorro uniforme de líquido inflamable mientras caminaba junto a la casa, empapando las escasas hileras inferiores de chilla. Cada vez que vaciaba un bidón, lo guardaba de nuevo en la mochila y abría otro. Procedía pausadamente, procurando esmerarse. Había una puerta principal al nivel de la calle que sabía que daba acceso a un pequeño pasillo con una puerta lateral al garaje. A partir de ahí había una escalera que conducía a las habitaciones del piso superior. Ella la había visto la noche en que había observado a Catherine aparcar el coche en el garaje y abrir la puerta para subir al piso superior. Judith vertió todo el contenido de un bidón de líquido inflamable sobre la puerta principal y alrededor de ella y otro bidón sobre la puerta del garaje.

Aún le quedaba un par de bidones, de modo que vertió su contenido sobre las tablillas dispuestas junto a la casa mientras subía de nuevo los escalones colina arriba hacia la puerta trasera. Luego Judith se colocó la mochila. Ahora parecía increíblemente ligera. Sacó unas cerillas y aguzó de nuevo el oído. Pero no oyó nada, ni siquiera el runrún distante del tráfico que circulaba por el centro de la ciudad.

Ella quería hacer esto de una determinada forma. Quería que los fuegos en la parte posterior de la casa ardieran sin que nadie reparara en ellos durante un rato. Decidió encenderlos en primer lugar, empezando por el fuego que bloquearía la puerta trasera y avanzaría hacia la cocina, donde no había detectores de humo. Al cabo de un rato el fuego se propagaría hasta la madera empapada de petróleo en los costados y parte delantera de la casa, bloqueando las demás salidas. Constituían los niveles inferiores de la casa y daban al río, sobre el cual esta noche soplaba viento. Cuando la parte posterior de la casa comenzara a ser devorada por las llamas, el fuego en la parte delantera se propagaría escaleras arriba para unirse a ellas.

Judith encendió una cerilla, percibiendo el sonido al rasparla y luego el silbido cuando prendió. Arrojó la cerilla en el charco de líquido inflamable que se había formado al pie de la puerta trasera. El líquido prendió y las llamas empezaron a deslizarse sobre la superficie de la puerta de madera. Avanzó unos pasos y encendió otra cerilla, que aplicó a la tablilla inferior, junto al suelo de hormigón.

Las tablas saturadas de líquido inflamable empezaron a arder, y las llamas se propagaron por la parte posterior de la casa con mayor rapidez de lo que caminaba. No había calculado bien. Las llamas se le habían adelantado. Judith se detuvo, dio media vuelta y retrocedió apresuradamente sobre sus pasos a lo largo de la parte trasera de la casa. No tenía tiempo de seguir adelante, porque la pequeña casa era ya presa del fuego. Las llamas arrancaban las capas viejas de pintura para alcanzar la madera seca que había debajo, ennegreciéndola y devorándola.

Bajó apresuradamente los escalones junto a la casa hacia la calle. Sintió la brisa agitar los pelillos sobre su frente, y comprendió que debía escapar. El fuego se propagaba con excesiva rapidez. Por fin llegó abajo. Tenía que bloquear las salidas delanteras, de lo contrario todo se iría al traste, de modo que encendió otra cerilla y la arrojó frente a la puerta del garaje. Judith observó cómo las llamas se encendían y trepaban por la superficie de la puerta del garaje.

Se volvió y echó a andar por la calle. Las llamas se agitaban voraces de un color amarillo vivo y la sombra de la joven se extendía ante ella sobre el asfalto desierto de la calle. Judith apretó el paso. Tenía que alejarse de ese sector antes de que los coches de bomberos y los de la policía aparecieran. Tras recorrer unos pocos metros se dio cuenta de cuanto más apretaba el paso mejor se sentía, de modo que echó a correr moviendo los brazos enérgicamente y apoyándose en las puntas de los pies para tomar ímpetu.

La acera era muy peligrosa, llena de ladrillos torcidos y grietas que podían hacerla tropezar, de modo que Judith se trasladó al centro de la calle. Siguió corriendo a toda velocidad, dirigiéndose hacia la primera curva que la alejaría del resplandor del fuego. Cuando dobló el primer recodo, la luz se hizo más tenue. Judith siguió corriendo durante unos segundos, pero de pronto el resplandor volvió a intensificarse.

Se volvió para mirar. Eran unos faros que iluminaban los troncos de los árboles. Oyó al coche aproximarse a gran velocidad. El coche se detuvo a pocos pasos de ella y el conductor se apeó y agachó detrás de la puerta abierta. Empuñaba una pistola.

—Detente —dijo.

—¿Cómo? ¿Qué quiere? —preguntó Judith.

—A ti —respondió el hombre—. Te estaba esperando, bonita. Te he estado observando y esperando, y ya te tengo.

—¿Quién es usted?

—Me llamo Calvin Dunn —contestó el hombre—. Deja la mochila en el suelo y aléjate de ella.

Calvin Dunn. Era el nombre que había publicado la prensa, el hombre que había matado a Tyler. Judith comprendió que no tenía más remedio que obedecerle. Dejó la mochila en el suelo y se alejó unos pasos en sentido lateral para colocarse de espaldas al resplandor de la casa en llamas, tratando de ver los ojos de Dunn.

Éste no apartaba la vista de ella.

—De acuerdo —dijo Calvin—. Párate.

Judith vio el reflejo del fuego en sus ojos, el destello en su retina. Calvin Dunn se alejó dos pasos del coche. Fijó los ojos en la mochila.

Judith introdujo la mano derecha en el bolsillo de su gabardina y agarró la pistola. Por un leve cambio en la postura de Calvin Dunn intuyó que la mente de éste había comprendido su error. Le vio fijar la vista de nuevo en ella al tiempo que su cuerpo se tensaba y trataba de alzar la pistola.

Judith disparó a través del bolsillo de su gabardina. El proyectil alcanzó a Calvin Dunn en el pecho, pero éste no cayó al suelo, por lo que Judith se apartó de un salto. Dunn disparó contra la chica, pero ésta se parapetó en el parachoques de un coche aparcado. Oyó a Dunn correr tras ella, de modo que se alzó y disparó de nuevo contra él. En esta ocasión, cuando la bala le alcanzó, Dunn se detuvo como si la pérdida de sangre le hubiera debilitado, y Judith disparó otras dos veces. Dunn cayó sobre el pavimento y ella se acercó para dispararle una bala en la nuca.

El retorno del silencio pareció despertarla del trance y Judith echó a correr de nuevo. Tras avanzar una docena de pasos por el centro de la calle, empuñando aún la pistola, se acordó de su mochila. No podía dejarla en el suelo junto al cadáver de Dunn. Dio media vuelta, retrocedió apresuradamente, recogió su mochila y echó a correr por la calle sosteniéndola en la mano. Vio el fondo de la calle bañado por la luz de las farolas y guardó la pistola en el bolsillo mientras corría hacia la luz. Cuando hubo bajado la cuesta trató de aminorar el paso, pero sus piernas se negaban a obedecerla. Siguió avanzando a la carrera hasta doblar el recodo y llegar junto a su coche. Rebuscó en su bolsillo hasta dar con las llaves y al cabo de unos segundos consiguió arrancar y se alejó.

Catherine se hallaba en medio de un sueño que había tenido en repetidas ocasiones. En él adquiría una casa inmensa, llena de interminables pasillos, áticos y habitaciones secretas. Sabía que la casa contenía algo que ella había olvidado atender, algo que empeoraba con cada segundo que transcurría. De pronto oyó un disparo, seguido de otro. Su mente se esforzó en encajar los disparos en el sueño. Luego se produjeron tres detonaciones seguidas, y ella ya no se hallaba en la casa de su sueño. Estaba acostada en su cama. Durante unos momentos sintió el alivio que le produjo el despertarse, la certeza de que las impresiones no habían sido reales. Pero algo andaba mal.

Catherine abrió los ojos y observó un resplandor detrás de las persianas de su habitación. Miró el reloj, pero sólo eran las tres y diez. Se incorporó. La luz que se filtraba a través de las rendijas en las persianas parpadeaba y se movía como si... Catherine se levantó apresuradamente y comprobó que el aire era caliente e irrespirable. Se arrojó al suelo y empezó a arrastrarse. En esos momentos el detector de humo en el techo comenzó a emitir un sonido agudo. Catherine se esforzó en reprimir la sensación de pánico.

Detrás de todas las ventanas parpadeaban unas luces. Tenía que alcanzar la parte delantera de la casa, donde había más salidas. Se arrastró hasta el armario ropero y tomó varias prendas de las perchas. Cogió un pantalón —de seda negro perteneciente a su mejor traje— y un abrigo tres cuartos azul marino que se ponía cuando refrescaba. Después de ponérselos se arrastró hasta la puerta del dormitorio. Alzó la mano y tocó el pomo con cautela. Estaba tibio, como si empezara a calentarse, pero podía asirlo. De modo que lo giró con cuidado y abrió la puerta.

Catherine vio el cielo a través de las ventanas saledizas de la habitación situada en la parte delantera de la casa, pero las llamas reptaban por las paredes a ambos lados de la estancia. Las únicas ventanas que no eran pasto de las llamas eran las saledizas, y no podían abrirse. La joven se incorporó un poco y corrió hacia la mesa del comedor. Tomó una de las sillas y la arrojó contra la ventana salediza. Ésta se partió en añicos y ella terminó de romper el cristal con la silla.

Luego envolvió la mano y el antebrazo derechos en el mantel, utilizándolo para retirar los fragmentos de cristal del alféizar de la ventana, lo extendió sobre el alféizar para protegerse mientras sacaba los pies por la ventana, deslizó el resto del cuerpo a través de ella y se detuvo unos segundos. Extendió los brazos, miró hacia abajo y saltó.

44

El despertador de Judith Nathan emitió un insistente zumbido. La chica alargó la mano sobre la almohada para desconectarlo y se incorporó en la cama. Apenas había dormido dos horas, pero había querido despertarse a las seis. Fue al cuarto de estar, encendió el televisor y se sentó enfrente.

Los informativos locales de la mañana comenzaron con una sintonía opresivamente vigorosa, mostrando breves imágenes de carreteras y edificios de oficinas en el centro de la ciudad, junto con primeros planos de la pareja de locutores, hombre y mujer, que leía las noticias.

—Buenos días —dijo el hombre—. La noticia que abre este informativo es un incendio provocado en el sector de Adair Hill, el cual está relacionado con un asesinato. —Judith se enderezó presa de una intensa excitación. ¿Había atrapado a Catherine Hobbes en el fuego?—. Nuestro reportero, Dave Turner, se ha desplazado esta madrugada al lugar de los hechos para informar del caso junto a la agente Joyce Billings.

La pantalla mostró la imagen de una mujer de cincuenta y tantos años luciendo un uniforme azul de policía que parecía quedarle estrecho, la cual miró con gesto hosco el micrófono que le acercaron a la cara.

—El fuego que estalló en la casa ha sido sofocado. Los bomberos dicen que la casa ha quedado totalmente destruida, pero han podido contener el fuego e impedir que se propagara a otros edificios. Los investigadores del departamento de incendios han declarado que se trata de un incendio provocado. Han hallado pruebas concluyentes que demuestran que el autor o los autores utilizaron líquidos inflamables.

La voz del hombre que sostenía el micrófono preguntó:

—¿Es cierto que en esa casa vivía una policía?

—Sí. Se trata de una agente que ha participado en numerosos casos de los que se ha hablado mucho en los medios durante los últimos meses. No sabemos si esto tiene algo que ver con uno de esos casos.

—¿Qué puede decirnos sobre el tiroteo?

—Sobre las tres de la mañana recibimos llamadas denunciando el incendio y disparos que se habían producido aproximadamente a una manzana de aquí. Los coches de bomberos fueron los primeros en llegar al lugar de los hechos y comprobaron que la calle estaba bloqueada por lo que al principio parecía un coche averiado. Los bomberos lograron retirar el vehículo de la calle y hallaron el cadáver de un varón caucásico de unos cuarenta años postrado en el suelo cerca del coche. Junto a él había una pistola. Creemos que murió a causa de unos disparos durante un tiroteo con un agresor cuya identidad desconocemos. No daremos a conocer el nombre de la víctima hasta haber notificado a su familia.

—¿Era un sospechoso?

—No —respondió la agente—. No era un sospechoso en la investigación. —La agente se volvió y la cámara tomó un plano del brazo y el rostro del joven reportero que había formulado las preguntas. Detrás de éste Judith vio el coche de Calvin Dunn, aparcado junto a la acera. Había varios policías agolpados alrededor del vehículo, tomando medidas con una larga cinta métrica y charlando entre sí. Entre ellos había una figura más baja, posiblemente femenina, vestida con unas prendas negras.

—Les habla Dave Turner, en vivo para la cadena KALP News… —Judith mantuvo la vista clavada en la figura vestida de negro. Era claramente una mujer, pero quizá se trataba de una vecina curiosa…— desde el escenario de un incendio muy misterioso. —El locutor adoptó una expresión seria y la mujer situada detrás de él se volvió para comentar algo a otra persona. Era Catherine Hobbes.

—¡Mierda! —exclamó Judith Nathan—. ¿Cómo lograste escapar de ahí, zorra?

Catherine desapareció y la escena pasó al estudio, donde la pareja de locutores seguía sentada detrás de su mesa. Pero daba lo mismo. Judith sabía cómo había logrado sobrevivir. Lo había temido desde el momento en que había ocurrido. Habían sido los disparos. Por culpa del estúpido de Calvin Dunn.

Dunn debió de estar sentado en su coche, cerca de la casa de Catherine, esperando. Judith había pasado a pie frente a la casa hacía unas noches, pero no lo había visto allí. Dunn debía de saber que Judith iría a por Catherine en plena noche, cuando ésta estuviera sumida en un sueño profundo. Era lógico. Catherine Hobbes era una policía armada, que se pasaba el día rodeada por otros policías armados.

Probablemente Dunn no había visto llegar a Judith. Ésta no había visto su coche, por lo que dedujo que debía de estar aparcado al otro lado del recodo, donde Catherine tampoco pudiera verlo. Pero Dunn había visto el fuego. Había bajado la cuesta en coche y había visto a Judith alejándose de la casa a la carrera. Lo único que Dunn no había visto esa noche con la suficiente antelación era el lugar donde ella ocultaba su pistola. Había supuesto que la llevaba en la mochila.

Cambió de canal, pasando de una a otra cadena local para escuchar sus versiones de la historia. Algunas mostraban a la misma portavoz de la policía desde distintos ángulos, y otras tomas de la casa en llamas y los bomberos.

Al menos Judith había mostrado a Catherine cómo se sentía una persona a la que perseguían. Había querido que supiera lo que representaba estar sola y aterrorizada, tener que escapar para sobrevivir. Supuso que había logrado su propósito. Era un buen comienzo.

45

La sargento Hobbes entró apresuradamente en los grandes almacenes con un sobre lleno de dinero. Todos sus documentos, su talonario y sus tarjetas de crédito se habían quemado junto con su bolso cuando su casa había ardido. El dinero que llevaba ahora procedía de los fondos para emergencias del departamento de policía. Ella había tenido que obtener la autorización escrita del capitán para conseguir el préstamo.

Catherine llevaba aún el pantalón de seda negro y el abrigo tres cuartos. Abby Stern, una de las otras agentes, siempre guardaba una blusa limpia en la oficina, que le había prestado.

Catherine podía haber ido a casa de sus padres, tanto para pedirles que le prestaran dinero como algunas ropas. Pero había estado muy ocupada con los bomberos y los agentes de policía, y apenas había tenido tiempo de llamar a sus padres a las siete para contarles lo del incendio antes de que lo vieran en televisión. Ella suponía que era más un problema de eficiencia más que de tiempo. Sabía que su madre habría insistido en que se quedara con ellos, cosa que Catherine no quería. Habrían discutido y su padre habría tenido que esgrimir su antigua autoridad para obligarla a dejar de discutir con su madre. Eso sólo podía ocurrir si Catherine hacía exactamente lo que su madre decía. La única forma de evitarlo era alquilar un apartamento en algún lugar alejado antes de dejar que estallara la discusión.

Mientras realizaba sus compras, la sargento sostenía una radio de la policía, porque su móvil se había quemado con todo lo demás y tenía que permanecer en contacto con la comisaría mientras proseguía la búsqueda de Tanya.

Catherine adquirió unas prendas de ropa interior y tres conjuntos que pudiera ponerse para ir a trabajar. Los requisitos consistían en que la chaqueta fuera un tanto holgada para ocultar la pistola que llevaba a veces debajo, y que el pantalón le permitiera correr o forcejear con alguien en caso de que fuera necesario. Aparte de eso, el conjunto tenía que ser lo suficientemente estiloso para no destacar entre la multitud. La última compra consistió en dos pares de zapatos. A Catherine le llevó más tiempo elegirlos que a los trajes, pero terminó pronto.

Mientras se dirigía apresuradamente hacia la puerta de la tienda, se sintió satisfecha de lo que había comprado. Cuando había adquirido su primer uniforme en la academia, le había asombrado comprobar que los uniformes presentaban un corte varonil y los zapatos sólo existían en tallas masculinas. Cuando se había colocado su primer chaleco antibalas había comprobado que tampoco los hacían para mujeres, y llevar un chaleco antibalas que te viene grande no es una buena idea.

Catherine supuso que estaba aún un tanto traumatizada. Anoche se había sentido aterrorizada, y sentir miedo nunca era una experiencia positiva para ella. La debilitaba y recordaba que no era lo que deseaba ser. Por lo demás, tener que abandonar tu casa debido a un incendio siempre representa mucho trajín, y había ocurrido en un momento en que Catherine debía concentrarse en su trabajo. Tanya había estado anoche en Portland, con el propósito de matarla. Esta era la gran oportunidad para atraparla.

Cuando llegó a su coche camuflado, cayó en la cuenta de que la pérdida de su casa había constituido un buen ejercicio mental para ella. Había perdido de pronto todos los documentos que una persona suele acumular a lo largo de su vida, y ello le recordó lo importantes que eran. No había podido sacar dinero de su cuenta en el banco, comprar ropa nueva o alquilar una habitación donde dormir. Técnicamente, había conducido hasta el centro comercial de forma ilegal porque no llevaba un permiso de conducir.

Tanya Starling llevaba meses viajando a través del país, bajo media docena de nombres distintos. Había comprado y vendido coches, abierto y cerrado cuentas bancarias, firmado contratos de alquiler, y todo ello sin apenas levantar sospechas. Catherine había comprendido desde que se había hecho policía que por lo general una persona no suele examinar detenidamente el documento de identidad de otra. Mira la fotografía, lee una parte del nombre y lo da por bueno, siempre y cuando no haya ocurrido nada que le haga sospechar. Al parecer Tanya había perfeccionado sus dotes para conseguir que la gente confiara en ella. Parecía inmune al nerviosismo que hace que los demás intuyan alguna anomalía.

Tanya estaba aprendiendo rápidamente, lo cual era inquietante. Aprender era una de las cosas que hacían algunos de los peores asesinos múltiples. Adquirían cada vez una mayor eficiencia y pericia a la hora de perpetrar sus crímenes —hacían lo importante y dejaban de hacer las cosas superfluas que podían conducir a su captura—, y las probabilidades de atraparlos menguaban. A medida que eso ocurría, los asesinos perdían todo sentido de la moderación.

Su crueldad para con sus víctimas no era personal; era fría, casi científica. Estudiaban las reacciones de sus víctimas y las suyas propias, y a medida que sus estudios progresaban, su crueldad se hacía más pronunciada. Hacía unos meses, Tanya había apretado el gatillo de una pistola y le había disparado a Dennis Poole en la nuca. Le había procurado la forma más fácil de morir, sin que experimentara temor, sin que el dolor alcanzara la conciencia antes de que el cerebro se desintegrara.

Cuando Catherine llegó al despacho, vio que el primer mensaje telefónico sobre su mesa era de Joe Pitt, pero en esos momentos no tenía tiempo de llamarlo. Tenía que ocuparse de las fotografías de Tanya. Una de las medidas más eficaces que Catherine había tomado había sido difundir la fotografía de Tanya. Tanya había sido reconocida al menos una vez en Flagstaff, y antes de eso en Los Ángeles. Catherine quería difundir esas fotografías, y asegurarse de que las cadenas de televisión que mostraran los vídeos de su casa ardiendo en los informativos del mediodía mostraran también la fotografía de la chica.

Catherine se dispuso a preparar las circulares con la foto de Tanya y las fotografías de Rachel Sturbridge. En esta ocasión, la sargento añadió a la lista de posibles crímenes el incendio de su casa y el asesinato de Calvin Dunn. Mientras observaba la pantalla de su ordenador, tratando de ampliar las fotografías lo más posible, Catherine se percató de que había alguien detrás de ella. Al volverse vio al capitán.

—Hola, jefe.

—Hobbes. Ven a mi despacho.

Guardó la imagen y le siguió hasta el espacioso despacho situado al fondo del pasillo y se sentó en el sofá frente a la mesa del comisario, donde se sentaban las visitas.

—Veo que te has comprado ropa con los fondos de emergencia. ¿Necesitas algo más?

—He solicitado duplicados de todos mis documentos. He pedido una nueva arma y una nueva placa de identificación. No los recibiré hasta dentro de un par de días.

Farber tomó el teléfono, miró la lista de números pegados a la mesa junto a éste y marcó una extensión.

—Soy el capitán Farber de homicidios. Tengo en mi despacho a una policía cuya casa fue incendiada anoche con el propósito de asesinarla. Exacto. Catherine Hobbes. Necesito que trabaje en unos casos, de modo que quiero que le envíen una nueva pistola, una placa y una tarjeta de identificación cuanto antes, hace diez minutos. Gracias. Se lo agradezco. —Farber colgó—. Lo recibirás todo dentro de una hora. ¿Quién pegó fuego a tu casa?

—Tanya Starling.

—¿No fue el tipo que ocultó a su esposa en el maletero del coche?

—¿John Olson? No. Le han denegado la libertad bajo fianza, y es un loco solitario sin la menor posibilidad de conseguir dinero para pagar a un asesino para que me mate. Fue Tanya Starling, que está, o estuvo, en Portland.

—¿En qué te basas?

—Di mi tarjeta de visita a su casera en San Francisco, y ella facilitó mis números telefónicos a Tanya. Tanya utilizó el número de mi móvil y del teléfono de mi casa para llamarme. Supongo que consiguió mis señas a través del número de mi teléfono fijo. No es complicado. Cualquiera puede hacerlo en Internet. Luego está el tema del incendio provocado. Los investigadores del departamento de incendios me han dicho que el autor roció la fachada de mi casa con alcohol para barbacoa y le prendió fuego con cerillas. Tanya no había provocado ningún fuego hasta la fecha. De haberse tratado de un profesional habría utilizado un temporizador para hallarse a cien kilómetros de distancia cuando estallara el fuego, o se las habría ingeniado para que pareciera un accidente.

—¿Necesito decir que esos argumentos no son concluyentes?

—Obtendremos más. Creo que de momento Calvin Dunn es nuestra mejor prueba.

—¿Qué puedes decirme de él?

—Yo estuve presente durante el interrogatorio después de que Dunn matara a Tyler Gilman. Dunn declaró que había estado vigilando mi hotel esa noche porque creía que Tanya se presentaría para matarme. Cuando alguien empezó a disparar contra mi coche con un fusil, Dunn persiguió al tirador.

—¿Y?

—Dunn persiguió al tirador porque creía que era Tanya. Le habían contratado para atraparla, no para salvarme la vida, de modo que no lo intentó. No hizo nada para ayudarme a ponerme a cubierto, y no disparó contra el francotirador para obligarle a agachar la cabeza. No llamó a la policía. Quería que los disparos de fusil continuaran tanto tiempo como fuera posible, para poder localizar a la francotiradora y atraparla. Estoy segura de que anoche hizo lo mismo. Al ver que mi casa ardía fue en busca de Tanya.

—En ese caso, Dunn debió de conseguir su propósito. ¿Tienes alguna idea de cómo lo mató Tanya?

—Es posible. Puede que él viera el fuego y luego viera a una mujer corriendo para alejarse de allí. No podía estar seguro de que no era yo. Quizá vaciló para no disparar contra una mujer que no fuera Tanya, y ésta se le adelantó. O quizá Dunn vio que era Tanya pero no se le ocurrió que hubiera ido armada para provocar un fuego.

—No sé si creer esos argumentos.

—El caso es que si otra persona que no fuera Tanya hubiera prendido fuego a mi casa y me hubiera asado viva mientras yo dormía, Dunn no habría ido a por ella.

—¿Estás convencida de ello?

—Sí. Dunn ya había pasado por eso en Flagstaff. Habrás observado que anoche no hizo otra cosa, no trató de salvarme, no llamó a los bomberos, no despertó a los vecinos. Si yo hubiera muerto, Dunn habría asistido al funeral para ver si Tanya aparecía.

Farber observó a Catherine durante unos momentos.

—¿Quieres que te retire del caso?

—¿Qué? Por supuesto que no.

—¿Quieres que asigne a otra persona para que trabaje en este caso contigo?

—Cuando aparezca una nueva pista, querré un batallón de ayudantes. Un ejército. Pero de momento, lo único que podemos hacer es difundir las fotografías de Tanya para que la gente la reconozca mientras siga en esta zona, o nos digan dónde y cuándo la vieron.

—¿Qué probabilidades crees que tenemos?

—Lo ignoro. Otras personas la han reconocido con anterioridad, pero cada vez que Tanya aparece comete menos errores. Tengo sus huellas dactilares, pero eso no me ayuda a dar con su paradero, porque no concuerdan con ningunas huellas archivadas en las bases de datos. No la han arrestado nunca, no ha servido en el ejército ni ha solicitado ninguna licencia profesional. Pero creo que si interrogo a la gente y hago que los medios publiquen su fotografía, es posible que alguien recuerde haberla visto y me diga dónde se encuentra exactamente. —Catherine se levantó—. Tengo que dar con ella cuanto antes, Mike. Ha matado a varias personas, y cada vez lo hace mejor.

46

Cada día, a las once, cuando los demás inquilinos habían ido a trabajar y los pasillos estaban desiertos, Judith Nathan se enfundaba una camiseta y unos vaqueros y se dirigía a su buzón en el vestíbulo del edificio donde vivía. Hoy encontró propaganda de una agencia de contactos, una hoja de cupones de establecimientos locales donde vendían objetos como muebles de jardín y mangueras, y un voluminoso sobre de color marrón. Judith lo sacó del buzón, leyó el remite y se encaminó apresuradamente a su apartamento para abrirlo.

El sobre contenía correspondencia que le habían remitido los de Solara Estates en Denver, donde había alquilado un buzón de correos. Tras echar un rápido vistazo a la propaganda y las facturas encontró el sobre blanco que esperaba recibir. Judith lo sostuvo dejando que sus dedos le indicaran que la respuesta a su solicitud había sido positiva. Luego lo rasgó apresuradamente. Era su nueva tarjeta de crédito. La que había solicitado como segunda tarjeta en la cuenta de la joven a la que había conocido en un local en Denver. Y llevaba su nombre grabado en la parte inferior: Catherine Hobbes.

Era maravilloso haberla conseguido. La dirección para enviarle las facturas era el buzón de correos de Solara Estates en Denver, de modo que sólo Judith recibiría las facturas de su tarjeta. Nadie más sabría siquiera que existía. Sostuvo la tarjeta mientras rebuscaba en su mesa debajo de la impresora. Por fin encontró el permiso de conducir que había confeccionado para que encajara con su tarjeta de crédito, y lo miró. Contenía detalles muy acertados que Judith había añadido a los últimos carnés de identidad que había fabricado. Este ostentaba una pequeña pegatina redonda que decía que si se mataba en una accidente estaba dispuesta a donar sus órganos.

Judith llevaba mucho tiempo preparándose para este día. Había obtenido un carné de biblioteca a nombre de Catherine Hobbes en la biblioteca de Lake Oswego, a pocos kilómetros de Portland, y había solicitado la tarjeta de miembro de un gimnasio. Había confeccionado una tarjeta de la seguridad social. Guardó todos sus documentos de identificación en un pequeño billetero, de forma que el carné de conducir con su fotografía quedara visible detrás de la funda de plástico transparente cuando abriera el billetero, practicó abriéndolo varias veces para sacar su tarjeta de crédito, de modo que un observador pudiera ver las demás tarjetas con el nombre de Catherine Hobbes grabado en ellas.

Judith salió por la tarde para jugar con su nueva tarjeta de crédito. Pensó en el nuevo nombre, repitiéndoselo varias veces, y pensó en el nuevo *look* que deseaba adquirir. Se dirigió en coche al centro comercial y subió en la escalera mecánica hasta la cuarta planta, donde estaba la ropa de marca. Judith se sintió atraída por un traje pantalón gris marengo porque había visto a Catherine Hobbes luciendo uno parecido en televisión. El único traje pantalón que Judith recordaba haber tenido era uno que había comprado en cierta ocasión para volar a Nueva York con Carl, el cual no había vuelto a ponerse. Nunca había desempeñado el tipo de trabajo que requería que las mujeres vistieran trajes sastres. Buena parte de su ropa consistía en vestidos que Judith elegía porque encajaban con el estilo de prendas que luciría la persona en la que deseaba convertirse, una mujer glamurosa y femenina. Durante el día solía lucir tops y pantalones. Pero cuando se miró en el espejo del probador de la tienda que le ofrecía cuatro perspectivas de su persona, decidió que le gustaba el aspecto que presentaba.

Catherine Hobbes era policía, y probablemente llevaba una pistola encima. ¿Eran estos trajes pantalón lo suficientemente holgados para ocultar una pistola? ¿Dónde? Alzó y bajó los brazos y se volvió para mirarse por detrás. Algunos hombres policía llevaban la pistola en una funda colgada del hombro, pero eso era imposible para una mujer que luciera una chaqueta entallada. Judith suponía que Catherine Hobbes llevaría una pequeña pistola en una funda prendida probablemente a la espalda, donde la chaqueta la ocultaría cuando se levantara, o quizás un poco a la derecha, donde pudiera alcanzarla con facilidad. Observó el pantalón. Incluso era posible que Catherine Hobbes llevara una pistola en una funda sujeta al tobillo. Había sitio de sobra.

Judith siguió probándose trajes hasta que encontró cuatro que le gustaban. Eligió las chaquetas una talla mayor para que resultaran lo suficientemente holgadas, tras lo cual llevó todas sus compras al mostrador, donde la cajera tomó su tarjeta de crédito a nombre de Catherine Hobbes y le pidió, con gesto de disculpa, que le mostrara su carné de conducir. Judith abrió su billetero y se lo mostró. La joven lo miró, dijo «gracias» y cargó el importe de las compras a la tarjeta.

Firmó el comprobante, llevó los trajes que había comprado hasta su coche y fue a almorzar en La Mousse para celebrar el haber obtenido su nueva tarjeta. Luego adquirió unos zapatos que hicieran juego con los trajes. Imaginaba que Catherine Hobbes llevaría unos zapatos planos elegantes pero que le permitieran echar a correr en caso necesario.

Cuando Judith regresó a su apartamento, encendió el televisor mientras colgaba sus nuevos trajes y esperó a que dieran los informativos de las cinco. Luego se levantó para mirar las noticias. El locutor dijo:

—Desde hace meses la sargento Catherine Hobbes, una agente de homicidios de la policía de Portland, busca a una mujer joven sospechosa de haber asesinado a Dennis Poole, un hombre de negocios local. La policía cree que fue esa mujer quien prendió fuego anoche a la casa de la sargento Hobbes en Adair Hill y luego mató a tiros a un investigador privado de Los Ángeles. Esta es la fotografía más reciente de esa mujer, tomada hace unos meses para obtener un carné de conducir en California.

Judith miró la fotografía de Rachel Sturbridge que apareció en el televisor. Llevaba el pelo largo y en la foto parecía casi negro. Los ojos mostraban su color auténtico, azul pálido, y la cara parecía un tanto gruesa. La parte femenina de la pareja que compartía las tareas informativas dijo:

—Según la descripción que tenemos de esa mujer, mide un metro sesenta y cinco de estatura, pesa unos cincuenta y cinco kilos y tiene el pelo castaño y los ojos azules. Se cree que va armada y es peligrosa. La policía advierte que si la ven, no intenten detenerla. Llamen al nueve uno uno y la policía se encargará de arrestarla.

Judith observó la pantalla con curiosidad, pero era una curiosidad desapasionada. Se había cambiado el color del pelo en Arizona para que se asemejase al de Ty, de modo que ahora era rubio, y lucía unas lentillas de contacto azules, por lo que sus ojos mostraban un azul más intenso. Había perdido algunos kilos y lucía una vestimenta muy distinta. Judith entró en el baño, se miró en el espejo y se sintió segura. Apagó el televisor y tomó el teléfono para llamar a Greg a su despacho.

—Hola, Greg. ¿Trabajarás hasta tarde esta noche?

—No. Al menos si mi interlocutora es quien espero que sea.

—Yo también lo espero, porque de lo contrario te habrás equivocado de persona —respondió Judith—. Se me ocurre una idea. Si te pasas por aquí después del trabajo, te invito a cenar en un restaurante.

—¿Que me invitas a cenar en un restaurante? —preguntó Greg—. No es necesario que lo hagas.

—Ya lo sé, pero me apetece. Me has invitado a cenar fuera durante varias semanas, y ahora me toca a mí invitarte a ti.

—De acuerdo —contestó Greg sin demasiada convicción—. ¿Cómo quieres que me vista?

—Tal como vas vestido en estos momentos. Ya te he dicho que quiero que vengas directamente de la oficina.

Una hora más tarde, cuando sonó el timbre, ella preguntó a través del interfono:

—¿Vienes directamente de la oficina?

—Sí.

Judith pulsó el botón para abrir el portal y esperó a Greg en el pasillo. Cuando éste subió por la escalera enmoquetada, Judith vio que llevaba de nuevo un ramo de flores. Le hizo pasar y cerró la puerta.

—¿Es que cultiváis flores en la oficina?

—No. Pero las venden de camino.

—No pareces muy seguro de ti mismo.

—Supongo que tienes razón —respondió Greg—. Temo despertarme y comprobar que no existes.

—En tal caso, no me lo digas. Anda, vamos a cenar.

Judith lo llevó en coche a un restaurante llamado Sybil's. Lo había elegido porque era un local tranquilo y la luz era tenue. Mientras Greg se ausentaba para ir al lavabo, Judith apartó la vela del centro de la mesa para que la luz no iluminara sus rostros y echó un vistazo a su alrededor. Había adquirido la costumbre de observar los rostros de las personas que la rodeaban por si detectaba alguna señal de que la habían reconocido. Esta noche se sentía cómoda, porque era demasiado temprano para que el restaurante estuviera abarrotado y los camareros conducían a los primeros clientes a los reservados junto a las paredes, dejando las mesas del centro vacías y los pasillos despejados para transitar por ellos. Más tarde el comedor se llenaría.

Judith sabía que Greg se sentía a gusto cuando la luz era tenue. Mientras comían, dedujo que él se sentía feliz porque ocupaban ese reservado, y pensó que era patético que un buenazo como Greg se sintiera acomplejado debido a su rostro picado de acné. Sabía que Greg le agradecía que se esmerara en que la luz no pusiera de relieve las cicatrices de su rostro. Probablemente pensaba que Judith era la persona más sensible y considerada que había conocido, porque ella trataba de protegerlo sin aludir nunca al tema. A Greg jamás se le habría ocurrido que Judith lo hacía porque no quería que la gente observara su propio rostro atentamente.

Cuando el camarero les presentó la cuenta en una carpeta de cuero, Judith sacó su tarjeta a nombre de Catherine Hobbes, la depositó sobre la factura y cerró la carpeta. El camarero la recogió rápidamente y desapareció. Al cabo de unos minutos regresó con ella, Judith firmó el comprobante y Greg y ella abandonaron el restaurante.

Después de cenar dieron un paseo y Judith fingió descubrir un local llamado The Mine donde tocaban grupos musicales que prometían para sondear la reacción del público a sus nuevas canciones.

Pero esta era una noche de entresemana, de modo que la banda estaba formada por un grupo de hombres de mediana edad, de aspecto obrero, que interpretaban viejos éxitos de rock con escaso entusiasmo. No importaba que estuvieran desmotivados, sólo importaba que Judith había salido esa noche con un hombre que la adoraba y que ella pagaba todo cuanto consumían con una tarjeta de crédito a nombre de Catherine Hobbes.

Pidió un whisky para Greg y un martini para ella. Mientras saboreaban sus bebidas, Judith le observó y decidió sacar el máximo provecho de Greg, aun a riesgo de perderlo y dejar de seguir beneficiándose de él. En cuanto apuraron sus copas, la chica le obligó a levantarse y bailar con ella. Como casi todos los hombres altos, Greg no era un buen bailarín, pero al menos sus movimientos resultaban tan sólo rígidos. Greg era consciente de que su propósito era hacer de pareja a Judith para que pudiera bailar, de modo que cumplió dócilmente con su cometido hasta que ella le permitió sentarse de nuevo a la mesa y tomarse otra copa.

Judith llevó a Greg a su apartamento y le hizo quedarse a pasar la noche. A ella le gustaba tanto salir que le obligó a salir cada noche durante el resto de la semana. Insistió en que cada dos veces que salieran Greg le permitiera pagar por todo, y cuando lo hacía, Judith utilizaba la tarjeta de crédito de Catherine Hobbes.

El martes siguiente, Judith salió y compró un montón de revistas. Cuando regresó a casa pasó horas contemplando fotografías de mujeres hasta encontrar la que le convenía. A continuación recortó la página de la revista y la llevó a una peluquería, donde pidió al estilista que copiara exactamente el corte de pelo y el color rubio rojizo de la mujer que aparecía en la fotografía. Fue un proceso de tres fases y tuvo que soportar las peroratas del estilista sobre los daños que causaría a su pelo si se lo teñía con frecuencia. Cuando salió de la peluquería, Judith regresó en coche a su apartamento y observó largo rato su imagen en el espejo, sosteniendo un espejo de mano para contemplarse desde distintos ángulos.

—Catherine —murmuró.

47

La compañía de seguros de Catherine Hobbes la ayudó a alquilar un apartamento no lejos de la comisaría. Estaba situado en Northeast Russell Street, a unas dos manzanas del Hospital Legacy Emmanuel. Los inquilinos del edificio de apartamentos eran jóvenes enfermeras, internos y técnicos de servicios hospitalarios. Utilizaban el lugar por turnos: a cualquier hora del día o de la noche que entrara Catherine, veía a personas con uniformes de médico entrando o saliendo del edificio.

Catherine aún no había decidido qué hacer con la casa que había ardido. El seguro de incendios sufragaría los gastos de reconstruirla, pero Catherine no estaba segura de querer reconstruirla. A veces se despertaba presa del mismo pánico que había experimentado la noche en que había visto el resplandor de las llamas detrás de las persianas cerradas. En esos momentos le reconfortaba vivir en un apartamento en un gigantesco edificio rodeada por personas, y oír el gratificante sonido de sus pasos en los pasillos a todas horas.

Ella llevaba siete años ejerciendo de policía. Había visto a personas traumatizadas —testigos y víctimas— sufrir diversos tipos de efectos secundarios, y comprendió que el suyo era muy leve. Pero también sabía que mientras Tanya Starling siguiera empeñada en matarla, no era buena idea reconstruir la casa y vivir allí sola.

Cuando Catherine había hablado por teléfono con Joe Pitt sobre el incendio de su casa, se había echado a llorar.

—¿Qué ocurre? —le había preguntado Pitt—. ¿Te has lesionado?

—No. Lloro por mi casa.

—¿Por qué? ¿No estaba asegurada?

—Por supuesto. Pero la echo de menos.

—Puedes reconstruirla, exactamente como era antes, pero de un material incombustible y dotada de un moderno sistema de alarma.

—No será lo mismo. Además, ni siquiera sé si quiero reconstruirla. Bien mirado, no es que fuera una casa maravillosa, pero yo le tenía cariño.

—Mientras piensas en ello, iré a Portland y alquilaré una casa durante un tiempo. Puedes vivir conmigo.

Eso planteaba aún más complicaciones. Catherine había estado manteniendo a Joe Pitt a distancia. Había impedido que éste volara a Portland en cuanto había averiguado que su casa había ardido. Pitt la llamaba todos los días repitiendo su ofrecimiento: alquilarían una casa o apartamento juntos y él la protegería. Catherine apreciaba ese instinto en los hombres, esa infundada certeza de que su mera corpulencia y agresividad impediría que ocurriera desastre alguno.

Joe Pitt era el primer hombre del que Catherine se había enamorado en mucho tiempo, y se había propuesto andarse con cautela: no quería sucumbir de pronto y depender de él, y temía que una intimidad artificial resultara más perjudicial para su relación a estas alturas que una distancia excesiva.

—En cuanto termines los casos que llevas entre manos y te apetezca venir, me encantará verte en Portland —dijo ella—. Cuando disponga de unos días libres, iré a verte a Los Ángeles. Pero en estos momentos no quiero vivir contigo. Y no pienso moverme de aquí hasta que haya atrapado a Tanya.

Catherine había dejado de calificar el caso como «el asesinato de Dennis Poole». Cuando pensaba en él, cosa que ocurría constantemente, lo consideraba el caso «Tanya Starling». Tanya había evolucionado. Mataba con más facilidad, y con mayor frecuencia, pero posteriormente desaparecía como por arte de magia. Seguiría matando hasta que alguien la detuviera, lo cual parecía una empresa cada vez más difícil.

Durante los próximos días Catherine se quedó hasta tarde en el despacho, revisando todas las pistas de que disponía, llamando por teléfono a los testigos que habían visto a Tanya Starling en cualquiera de sus guisas. Llamó a vecinos, a las personas que habían adquirido los coches de Tanya, a empleados de hoteles. Les preguntó todo lo que pensó que pudiera ayudarla a dar con el paradero de Tanya. Catherine buscaba algún rasgo peculiar, un comportamiento compulsivo, unas preferencias y costumbres que limitaran el territorio de búsqueda o le proporcionara una idea de dónde buscar y qué buscar.

Habló con agentes de homicidios en Los Ángeles, San Francisco y Flagstaff para pedirles que le enviaran cualquier nuevo dato obtenido en los lugares de los hechos, y les preguntó si tenían alguna teoría, alguna pista sobre el caso. Cuando disponía de tiempo, Catherine remitía fotografías de Tanya Starling a empresas que pudieran tener tratos con ella bajo un nuevo nombre: bancos, compañías de alquiler de coches, hoteles.

Cuando Catherine regresaba a su apartamento por la noche hallaba varios mensajes telefónicos. Cada noche empleaba un buen rato en tratar de convencer a sus padres de que estaba perfectamente, de que era preferible que viviera en un pequeño apartamento sin apenas muebles, que comía bien y dormía las horas necesarias. Rechazaba constantemente la oferta de Joe Pitt de ayudarla, protegerla y consolarla de diversas maneras. Ella estaba cada vez más empeñada en atrapar a Tanya Starling, y cada vez estaba más aislada. La compañía y confort que le ofrecían los demás no haría sino distraerla de su propósito.

La tercera noche después del incendio, Catherine acababa de regresar a su nuevo apartamento cuando el sonido de un timbre la sobresaltó. Sonaba con tanta insistencia que sus músculos se tensaron, pero al cabo de unos instantes comprendió que era el interfono situado en la pared junto a la puerta. Catherine pulsó el botón al tiempo que decía:

—¿Sí?

—¿Catherine? —preguntó la voz de su interlocutor—. ¿Eres tú metida en esa caja?

Catherine se rió.

—¿Joe?

—Supongo que serás tú —respondió Pitt—. Si es un mal momento puedo volver en otro peor.

Catherine pulsó el otro botón para abrir el portal.

—Anda, entra.

Tras esperar unos segundos en su apartamento, abrió la puerta, se encaminó hacia el ascensor y aguardó allí. Estaba enojada consigo mismo. Había confiado demasiadas cosas a Joe por teléfono, dando la impresión de estar más débil y triste de lo que estaba en realidad. Le había obligado a dejarlo todo para volar a Portland y confortarla cuando ambos tenían asuntos importantes que resolver. Catherine había consumido una llamada de socorro, había desperdiciado una de sus oportunidades de decir: «Tengo problemas y te necesito en estos momentos a mi lado».

La puerta del ascensor se abrió y apareció Joe Pitt. Estaba sonriendo, sosteniendo un maletín en una mano y una caja blanca y alargada en la otra. La besó en la mejilla y le entregó la caja.

—Gracias. ¿Son rosas?

—Me siento un poco avergonzado, porque suelo mostrarme más original, de modo que no se lo cuentes a las otras chicas.

—No diré una palabra. —Catherine lo condujo a su apartamento y abrió la puerta—. No quiero destruir tu leyenda.

—Sabía que lo entenderías.

Cerró la puerta y corrió el cerrojo, tras lo cual depositó la caja en la mesa del comedor y la abrió. Contenía una docena de rosas de tallo largo con pétalos de color rosa y naranja.

—Son preciosas, Joe —dijo Catherine. Le rodeó el cuello con los brazos y le besó larga y apasionadamente. Al cabo de unos momentos se apartó y bajó la vista—. ¿Estás esposado a tu maletín?

—Estaba sumido en un ensueño erótico que me distrajo e hizo que me olvidara —respondió Pitt. Dejó el maletín en la mesa, lo abrió y sacó un salero y un barrita de pan recién horneada—. Alguien tenía que traer pan y sal para inaugurar tu nuevo apartamento, de modo que lo compré de camino al aeropuerto.

—Gracias —dijo ella—. Piensas como mi abuela.

Pitt se volvió y echó una hojeada a los escasos muebles funcionales y las paredes desnudas.

—Un lugar muy interesante. Se parece a los apartamentos en

Los Ángeles que ocupan las prostitutas procedentes del antiguo bloque soviético. Les gusta esta estética fría y desprovista de detalles superfluos. Por supuesto, sólo los he visto por motivos profesionales.

—¿Suyos?

—Míos —respondió Pitt.

—Menos mal —dijo Catherine—. Yo también pienso como mi abuela, y tú y yo hemos hecho un pacto.

—No lo he olvidado —respondió Pitt—. Ha sido duro estar separado de ti.

Catherine intuyó que Pitt iba a abordar de nuevo la posibilidad de vivir juntos, de modo que insistió en el tema del maletín.

—¿Es tu maletín de viaje?

—No. Dejé mi maleta en el hotel mientras esperaba a que regresaras del trabajo. —Pitt sacó del maletín un abultado puñado de carpetas—. Son algunas cosas que pueden serte útiles. Me pasé por el despacho de Jim Spengler y cogí unas copias de las transcripciones de las entrevistas a personas que vieron a Nancy Mills en Los Ángeles. Jim mandó también hacer unas fotos de los vídeos de seguridad del Promenade Mall. Una de ellas sitúa a Nancy Mills allí a la misma hora que el director de la oficina bancaria en la que Rachel Sturbridge tenía una cuenta en San Francisco, y con quien se encontró allí y a quien luego asesinó. Hay también un análisis de un experto en perfiles de homicidas, y unos informes de un experto en manchas de sangre y un perito en balística.

Catherine miró la pila de carpetas, tras lo cual tomó la del experto en perfiles de homicidas y echó un rápido vistazo a la primera página.

—Esto no es del departamento de policía de Los Ángeles. Dice «Propiedad de Investigaciones Pitt». ¿Pagaste a ese experto en perfiles? Esta carpeta también dice «Pitt». Y ésta.

Joe hizo un gesto ambiguo para despachar el tema.

—Pedí a unas personas que había utilizado en algunos casos que echaran un vistazo a lo que teníamos, eso es todo. Casi todo son cosas que tú misma has descifrado, y no hay nada que te indique dónde está Tanya, pero a veces un pequeño dato en un informe puede darte una idea.

Catherine lo miró.

—¿Flores y expedientes? ¡Qué combinación tan romántica!

Joe Pitt se encogió de hombros.

—Es nuestra profesión, Cath. Es inútil fingir que no eres quien eres, o que yo no soy quien soy. Nos dedicamos a cazar asesinos. Espero que encuentres algún dato ahí que te ayude a atraparla.

—Estás preocupado por mí.

—Naturalmente.

—Es culpa mía, Joe, y lo siento. No he dejado de lamentarme por teléfono contigo sobre el caso y el incendio de mi casa, y estoy segura de que he sobredimensionado el episodio para hacer que te compadecieras de mí. Me sentía tan compenetrada contigo desde el punto de vista intelectual y tan lejos de ti en kilómetros que olvidé mostrarme más comedida. Estabas demasiado lejos para hacer otra cosa salvo escucharme. Te di la tabarra, pero no para que vinieras a resolverme mis problemas. Sólo quería hablarte de ellos. ¿Comprendes?

—Pues claro. Reaccioné a lo que ocurrió, no a lo que me contaste. Esa chica ha tratado de matarte en dos ocasiones. Quiero que la atrapes cuanto antes.

—Yo también. —Catherine tomó las rosas, las llevó a la cocina y se puso a rebuscar en los armarios.

—¿Qué buscas?

—Acabo de darme cuenta de que no tengo un jarrón. —Abrió el frigorífico, sacó un recipiente alto que contenía restos de salsa italiana, lo lavó en el fregadero, lo llenó de agua, recortó los tallos de las rosas y las dispuso en él.

—Una preciosidad —comentó Joe observándola.

Catherine lo miró unos instantes.

—Me alegro mucho de verte, Joe. Siempre me alegra verte. Pero no te he hecho venir hasta aquí para que cuides de mí.

—No he venido por eso. He aprovechado la primera excusa para venir a verte.

—¿Cuánto tiempo piensas dedicar a ese menester?

—Tengo un billete de regreso para el lunes. Debo reunirme con un tipo que conoce ciertos detalles de un caso en el que estoy trabajando.

—Tres días. Supongo que es suficiente tiempo.

—¿Para qué? —preguntó Pitt.

Catherine le tomó la mano.

—Voy a acompañarte a tu hotel, y voy a esmerarme para que te alegres infinitamente de haberme traído esas rosas en persona.

Catherine y Joe pasaron los tres próximos días aislados. Era el aislamiento de Catherine, pero ella se había abierto para dejar entrar a Joe. Durante las horas de luz diurna repasaban juntos los informes de los peritos, compilando y valorando posibles vías de investigación. Por las noches cenaban en restaurantes junto al río y charlaban sobre sus familias, sus creencias sobre el amor, sus teorías sobre las conductas de los testigos y las pruebas forenses. Luego regresaban a pie al hotel de Joe cogidos de la mano y hacían el amor hasta que oían en los pasillos los pasos del personal del turno de mañana del hotel.

La última mañana, Catherine acompañó a Joe en coche al aeropuerto. Cuando se detuvieron frente a la terminal del pequeño coche gris que ella había alquilado, Joe preguntó:

—¿Cuándo volveremos a vernos?

—Cuando uno de los dos pueda ir a reunirse con el otro —respondió Catherine—. En cuanto pueda marcharme de aquí, iré a verte.

Mientras conducía de regreso a su apartamento para arreglarse para ir a trabajar, Catherine comprobó que estaba llorando. Dio unas vueltas alrededor de la manzana mientras se enjugaba los ojos, aparcó el coche de alquiler en la calle delante de su edificio, sacó su bolsa de fin de semana y abrió la puerta de su apartamento. Lo primero que vio fue el tarro con las rosas. El fin de semana con Joe había comenzado y terminado tan rápidamente que los pétalos estaban aún intactos y había unos capullos que todavía no se habían abierto. De no ser por las rosas, Catherine habría pensado que todo era fruto de su imaginación.

Pasó los próximos días trabajando más intensamente que antes, siguiendo las pistas y teorías más prometedoras que Joe y ella habían desarrollado, y cuando éstas fallaban, siguiendo las pistas menos prometedoras. Todas servían para verificar las pruebas de que ya disponía. Ninguna parecía conducirla al siguiente paso, encontrar el lugar en el que se encontraba ahora Tanya Starling.

Una noche, aproximadamente dos semanas después del incendio, Catherine llamó al número de su banco y escuchó el largo menú:

«Para solicitar talonarios, pulse cuatro. Para consultas sobre facturas de tarjetas de crédito, pulse cinco».

Catherine supuso que le convenía más pulsar el cinco. Después de una pausa, respondió una mujer.

—Me llamo Nan. ¿En qué puedo ayudarle?

—Mi casa se quemó hace unas dos semanas y al día siguiente llamé para que repusieran mi tarjeta de crédito. Aún no la he recibido, y quería asegurarme de que no había ningún problema.

—¿Su nombre, por favor?

—Catherine Hobbes, H-O-B-B-E-S.

—¿Su tarjeta quedó destruida en el incendio?

—Sí. Y solicité otra inmediatamente después de producirse el incendio, de lo cual hace casi dos semanas.

—¿Dos semanas? Debe de haber habido algún problema. Deje que lo compruebe. ¿Puede darme el número de su cuenta?

—No. Cuando se quemó mi casa, se destruyeron todas las viejas facturas y demás documentos.

—¿Número de la seguridad social?

Catherine recitó el número y escuchó el sonido de las teclas del ordenador.

—No estoy segura de qué ha ocurrido. Al parecer trataron de llamarla para verificar su información antes de enviarle una nueva tarjeta por correo, pero no pudieron localizarla. ¿Puede darme su nueva dirección y número telefónico?

—Sí. —Catherine se los dio. Luego añadió—: Cuando les llamé antes, les di mis señas y número de teléfono de mi lugar de trabajo. Soy policía.

—Es posible que la persona que atendió la llamada en la comisaría dijera «policía» y nuestro empleado pensó que era una broma. Procuraremos tramitar su solicitud rápidamente para que reciba su nueva tarjeta lo antes posible. Tendrá un nuevo número. Siempre lo hacemos cuando la persona ya no tiene la otra.

—¿Cuándo cree que la recibiré?

—Mañana o pasado mañana, si no se producen más problemas, los cuales son bastante raros. Lamento mucho el lío. ¿Ha pedido también nuevos talonarios?

—Sí, pero le agradecería que comprobara si se están tramitando.

—Lo haré encantada. Otra cosa. Si es usted policía, ya habrá pensado en ello, pero suelo aconsejar a la gente que pida informes a los tres servicios de crédito para asegurarse de que todas sus tarjetas han sido destruidas y nadie pueda utilizarlas. Puedo asegurarle que durante estos días no se ha cargado ninguna compra en su cuenta en este banco, pero de todos modos le aconsejo que haga esa gestión.

—Es una buena idea —respondió—. Lo haré.

Catherine dejó que transcurriera un día, y otro. Recibió su nueva tarjeta de crédito y se olvidó de los informes de los servicios de crédito. Pero al término de la semana se acordó mientras estaba en el despacho y llamó a los tres números de teléfono para solicitar los informes pertinentes.

Dos días más tarde, cuando Catherine regresó a casa después del trabajo, encontró los informes en su buzón en el vestíbulo del edificio de apartamentos. Los llevó a su apartamento, se sentó a la mesa de la cocina y los abrió con cierto recelo. Durante los ocho últimos años, todo lo referente a su crédito le hacía sentirse siempre incómoda. Era un remanente del convenio que había alcanzado con su ex marido después del fracaso de su matrimonio.

Kevin había sido un optimista. Cuando el matrimonio se había roto, Catherine había podido comprobar el alcance del optimismo de Kevin. Éste llevaba mucho tiempo rebasando los límites en las cuentas de sus tarjetas de crédito, basándose en la teoría de que sus futuros aumentos de sueldo harían que sus deudas parecieran insignificantes. Cuando Catherine se había divorciado de él, las financieras se habían apresurado a informarla de que ella era tan responsable como Kevin de las crecientes deudas en las que éste había incurrido. A ella le había costado un tiempo separar legalmente su parte correspondiente de la deuda de la de Kevin, obtener una segunda hipoteca sobre la casa que había adquirido en Portland y liquidar su deuda con todas las financieras.

Había sido un proceso penoso para Catherine, no sólo porque era una época en que necesitaba dinero, sino porque no podía dejar de pensar el motivo del endeudamiento. Kevin le había asegurado que se había endeudado por ella. Puesto que no le había dado más detalles, Catherine había examinado las facturas de los dos últimos años. Las tarjetas de crédito habían sido utilizadas para almuerzos y cenas en restaurantes en los que ella nunca había estado, y en hoteles en Palo Alto, la ciudad donde habían vivido. Las aventuras extraconyugales de Kevin le habían salido muy caras.

Hoy, cuando la joven leyó los informes de los tres servicios de crédito, se sintió aliviada al comprobar que su crédito no había sufrido merma alguna. Supuso que el haber liquidado su cuota correspondiente de la deuda de su ex marido había cicatrizado las heridas que su matrimonio con él había causado en su puntuación. Quizá había conseguido incluso unos puntos adicionales por ser una ingenua.

Catherine repasó minuciosamente la lista de cuentas abiertas. Había un par de tarjetas de crédito de grandes almacenes de las que se había olvidado. Las había aceptado años atrás porque ofrecían importantes descuentos a los clientes que abrieran cuentas de crédito. Una de ellas se la habían ofrecido cuando Catherine había adquirido su primera cama después del matrimonio. Costaba mil cien dólares, y al obtener la tarjeta se había ahorrado unos doscientos. La otra vez fue cuando Catherine estaba aún en la academia cobrando una miseria y se había visto obligada a salir a cenar con una pareja que había ido a visitarla que conocía de los tiempos en que estaba casada con Kevin. Catherine sabía que esas personas seguían en contacto con él, y quería que le dijeran que ella presentaba un aspecto magnífico, de modo que se había comprado un vestido, un abrigo y unos zapatos que no podía permitirse.

Había una cuenta que Catherine no recordaba haber abierto. Era una Visa. Miró la compañía que la había emitido. El emisor era el Banco del Atlántico. Catherine sintió que el alma se le caía a los pies. ¿Kevin? ¿Cómo había podido hacerle eso? Catherine ya había pagado por las amiguitas de su marido. La joven se repitió la pregunta: ¿Cómo había podido Kevin hacerle eso? Era imposible. Ella lo hubiera averiguado durante los ocho últimos años. Miró la fecha. No era de hacía ocho años. La cuenta había sido abierta hacía un mes.

Miró los datos. Había algo que no encajaba. El número de la seguridad social no era el suyo. Y decía «tarjeta adicional». ¿Qué significaba? ¿Era posible que fuera la tarjeta de crédito de otra persona que había sido añadida a su crédito por error?

Catherine examinó los informes de los otros dos servicios de crédito. La tarjeta figuraba en ambos. El de Experion decía «Número de la seguridad social del titular de la tarjeta» y mostraba un segundo número de la seguridad social. Eso explicaba lo de la «tarjeta adicional». La tarjeta Visa de Catherine Hobbes estaba en la cuenta de otra persona. Catherine abrió los ojos como platos a medida que su mente empezó a registrar todas las implicaciones. Una persona que huía de la justicia podía obtener una tarjeta de crédito a su nombre y otra adicional bajo un nombre falso. Podía viajar bajo el nombre falso y todos los establecimientos que verificaran la autenticidad de la tarjeta de crédito obtendrían una respuesta afirmativa.

Alargó la mano para coger el teléfono, pero se detuvo. Era demasiado tarde para localizar a su jefe salvo en su casa, y no estaba segura de lo que pensaba ni de lo que quería decirle. Cuando decidió lo que iba a hacer, hizo ademán de levantarse para ir al cuarto de invitados y encender el ordenador, pero de pronto recordó que ya no estaba en su casa y que el ordenador no se hallaba a cincuenta pasos de allí. Estaba en un pequeño apartamento, y el único ordenador era el portátil que había pedido prestado en el trabajo. Catherine se acercó al voluminoso maletín que había traído, lo abrió y sacó el ordenador portátil.

Lo enchufó en la línea telefónica, lo encendió y esperó a que se conectara a Internet. Al cabo de un buen rato la conexión no pudo establecerse y tuvo que intentarlo de nuevo. Catherine estaba tan impaciente que estuvo a punto de desenchufar el ordenador y conectar de nuevo el teléfono, pero se obligó a esperar. Era inútil organizar un escándalo por algo que quizá consistiera en un error relativamente inofensivo por parte de los servicios de crédito.

Cuando logró entrar en Internet, Catherine buscó la página web del Banco del Atlántico. Hizo clic con el ratón sobre las cuentas de tarjetas de crédito, luego sobre «acceso a su cuenta,» y dio el número de cuenta que figuraba en sus informes de crédito y el número de la seguridad social del titular de la tarjeta. Apareció una casilla que decía «contraseña». La joven maldijo, pero luego reflexionó unos segundos. Tecleó «ninguna». Apareció una nueva página preguntando «¿desea crear una contraseña?» Catherine había estado en lo cierto: nadie había utilizado hasta ahora una contraseña. Hizo clic sobre la casilla del «sí». Luego tecleó «Steelhead», el nombre de su primer perro.

A continuación aparecieron los cargos del presente mes en la cuenta. En ésta figuraba el nombre de dos mujeres, Laura Murray y Catherine Hobbes. Bajo «Cargos de Laura Murray» no había nada. Bajo «Cargos de Catherine Hobbes» había un montón de compras: «Sección de ropa de mujer de Stahlmeyer's, 2,436.91$. Sybil's, 266.78$. The Mine, 93.08$. Tess's Shoes, 404.00$. La Mousse, 56.88$». Todas las compras habían sido realizadas durante las dos últimas semanas. Catherine copió la factura en un correo electrónico y se lo envió a sí misma, tras lo cual la examinó de nuevo.

Todas las tiendas se hallaban en Portland. Estaban situadas en el lado oeste del río, en el centro de la ciudad. Ella estaba segura de quién se trataba. Tanya había cometido su error.

Catherine se basaba en una intuición. La parte defendible era algo que todos los policías sabían y que el jefe comprendería: los policías sabían que existían las coincidencias, pero no el oportuno cúmulo de coincidencias que las personas que se habían metido en un problema solían esgrimir. Cuando aparecían coincidencias en el curso de una investigación, eran consideradas con escepticismo. Aunque no había ninguna otra Catherine Hobbes registrada en la base de datos de votantes en Oregón, y ninguna aparte de Catherine que tuviera un número de teléfono, registrado o no, ello no significaba que durante el último mes no hubiera llegado ninguna. Pero las probabilidades eran remotas.

La parte que Catherine intuía que era menos defendible sería difícil de explicar al jefe, y era la parte más interesante. Ella tenía un presentimiento con respecto a Tanya Starling. Había observado que Tanya cambiaba de identidad con mayor frecuencia de lo que exigían las circunstancias. Cambiaba de nombre cada vez que llegaba a una nueva ciudad, cada vez que ocurría algo que consideraba desagradable o pernicioso. A Catherine le recordaba la necesidad que sentían algunas personas de ducharse y cambiarse la ropa cada vez que tenían una mala experiencia. La sargento estaba convencida de que a Tanya le parecía excitante, quizás incluso divertido. Tanya se había hecho una experta en obtener identidades falsas.

Otra cosa que Tanya hacía repetidamente era tratar de perjudicar a Catherine Hobbes. ¿Era concebible que apareciese una misteriosa tarjeta de crédito a nombre de Catherine y no estuviera relacionada con Tanya Starling? Sí, pero era improbable. Pero ¿cómo lo había logrado Tanya? Una posibilidad era que se hubiera hecho pasar por la mujer que figuraba como la titular de la tarjeta.

Llamó al departamento de policía de Denver y habló con una mujer que se identificó como la agente Yoon. La agente escuchó atentamente su historia y le dijo que averiguaría si existía una mujer llamada Laura Murray que vivía en el número 5619 de LaRoche Avenue en Alameda. En caso afirmativo, la agente Yoon trataría de averiguar si aquélla tenía alguna idea de cómo habían utilizado su número de identidad y de la seguridad social para conseguir una tarjeta de crédito a nombre de Catherine Hobbes.

La agente Yoon llamó a Catherine Hobbes la tarde siguiente.

—Existe una Laura Murray —dijo—, que en estos momentos está sentada delante de mi mesa.

—¿De veras? —preguntó Catherine—. ¿Es alguien que pudo haber contribuido a solicitar la tarjeta, o una víctima inocente?

—No sabe nada del asunto. Tiene veintidós años, carece de antecedentes penales y no ha cometido ningún hecho delictivo salvo que le han puesto dos multas, una por exceso de velocidad y otra por aparcar en lugar indebido. Tiene un buen trabajo y ha vivido aquí toda su vida.

—Le enviaré por fax unas fotografías —dijo Catherine—, para ver si esa mujer las reconoce.

Al cabo de cinco minutos, Catherine habló de nuevo con la agente Yoon.

—Laura Murray recuerda a esa mujer —dijo la sargento—. Se conocieron en un local nocturno hace aproximadamente dos meses en Denver, cerca de Larimer Square. Dice que cuando la chica de la fotografía bailó con un hombre, pidió a Laura que le vigilara el bolso. Luego, cuando Laura se levantó para bailar, la chica de la fotografía vigió el bolso de Laura.

—Gracias —respondió Catherine—. Me ha sido de mucha ayuda. ¿Le importa que hable con Laura?

Al cabo de unos momentos, sonó otra voz a través del teléfono. Era una voz juvenil y nerviosa.

—¿Sí?

—Hola, Laura. Soy la sargento Catherine Hobbes, del departamento de policía de Portland. Quiero darle las gracias por su cooperación. Es muy importante para nosotros. Deseo pedirle que nos ayude un poco más.

—¿Qué quiere de mí?

—En primer lugar, no trate de hacer nada con esa tarjeta de crédito. No llame a la compañía ni trate de cancelarla. De momento no queremos que esa mujer averigüe lo que sabemos sobre la tarjeta.

Cuando la investigación haya concluido la tarjeta será anulada y usted no será responsable de ninguna deuda. ¿Puedo contar con su colaboración?

—Sí. —Laura no parecía muy convencida.

—Otra cosa que necesito es que me cuente todo lo que recuerde de su encuentro con esa mujer, todo lo que ella le dijo, su aspecto, cómo iba vestida. Cualquier detalle, por pequeño que sea, puede sernos útil.

48

Judith abrió los ojos y escuchó la lluvia que caía frente a la ventana de su apartamento. Le gustaba que lloviera de vez en cuando durante dos o tres días. Le parecía que el mundo se purificaba de la suciedad y los organismos muertos, de las desgracias y los errores. Aquí llovía casi la mitad de los días del año.

Se incorporó en la cama y miró a través de la ventana. La lluvia se deslizaba por ella, y Judith la oyó precipitarse sobre el suelo como una pequeña cascada. Se levantó, oprimió el botón de la cafetera, se dirigió descalza hasta los pies de la escalera enmoquetada, donde el administrador le dejaba cada mañana el periódico, y se lo llevó a su apartamento.

Se bebió el café, sentada en el sofá con las piernas cruzadas al estilo oriental, sin prestar atención al periódico. Oír la lluvia que caía fuera la hacía sentirse segura y confortable. Era una sensación que no había experimentado hasta que se había hecho adulta. Cuando era Charlene nunca le habían gustado los días lluviosos.

En Wheatfield a veces llovía durante varios días seguidos, en primavera y otoño. Su madre odiaba la lluvia, odiaba mojarse y pasar frío, por lo que nunca salía cuando llovía. También odiaba estar atrapada en casa, de modo que se despertaba ya irritada. Su caballera rubia presentaba un amasijo de tirabuzones que Charlene no imaginaba que pudiera haberse formado en el breve espacio de tiempo entre anoche, cuando había salido, y el día siguiente. Parecía una cuerda desenrollada.

El bonito y juvenil rostro de su madre estaba tibio y sonrosado por haber permanecido oprimido contra la almohada, mostrando las impresiones de las arrugas en la funda de la almohada. Su madre se levantaba y aguardaba junto a la cafetera de filtro, observando con gesto hosco cómo subía burbujeando el café hacia el pequeño recipiente de cristal en la parte superior. Luego tomaba la cajetilla verde y blanca de cigarrillos mentolados de la encimera, encendía uno con el fuego del fogón y se lo dejaba colgando en la comisura de la boca mientras servía el café y se acercaba a la ventana delantera para ver si estaba lloviendo.

Años más tarde, Charlene había caído en la cuenta de que su madre se comportaba exactamente como una gata. Aunque supiera que estaba lloviendo, porque había visto la lluvia caer frente a la ventana del baño, e incluso se había despertado al oírla descender por los canalones, tenía que acercarse a la ventana para comprobar si ahí fuera llovía también.

Tras unos minutos de silencio, mientras contemplaba irritada la lluvia y su mal humor iba en aumento, la madre de Charlene empezaba. Observaba a Charlene con franca curiosidad y le preguntaba:

—¿Has ensayado para el concurso de belleza de la semana que viene?

Charlene respondía que hacer los deberes le ocupaba mucho tiempo, pero que había ensayado.

—Quiero oír la canción de la orilla del mar.

Charlene se la cantaba, quizá no tan bien como sabía, porque desde el primer instante veía que la expresión de su madre no expresaba admiración ni complacencia. Cantar para ella era como implorar perdón mientras subes los escalones de la horca.

Su madre escuchaba las últimas notas de la canción como si fueran una señal para que reaccionara.

—¿Por qué habré invertido miles de dólares y miles de horas de mi tiempo en ti? Cantas como un loro adiestrado. Bailas como una vaca. ¿Cómo vas a hacer un papel medianamente decente la semana que viene? Dios, debería tratar de recuperar el dinero de la inscripción. ¿Has visto el cutis que tienes? ¿Se te ha ocurrido alguna vez comer verdura en lugar de caramelos? Pareces el fantasma de un fantasma.

Después de que su madre hubiera pasado un buen rato hablando sobre el próximo concurso de belleza, que había inducido a Charlene a creer que era el último tren para salir de la pobreza, pasaba a comentar diversos temas. «Tu habitación...» «Tu ropa...»

«Tu...» Conforme avanzaba la mañana, su voz subía de volumen y se hacía más aguda hasta que, durante una pausa para recobrar el resuello, Charlene oía al novio de turno hacer que crujieran los muelles en el dormitorio y que sonara la hebilla metálica de su cinturón cuando se enfundaba el pantalón. A continuación sonaba un golpe seco cuando el novio de su madre introducía la punta del pie en el zapato y daba una patada en el suelo para meter todo el pie.

Al poco rato aparecía él, dirigiéndose hacia la puerta para marcharse, deteniéndose a veces para balbucir una excusa y otras prefiriendo la lluvia al ruido. Entonces su madre echaba la culpa a Charlene.

—Siempre haces que parezca una bruja. Si me prestaras atención y obedecieras no tendría que alzar la voz. Santo cielo, tienes el pelo hecho un asco. Me gasto cientos de dólares en cortes de pelo y tintes, en champús y acondicionadores, y pareces la novia de Frankenstein. Te advierto que si no te clasificas bien en ese concurso, si no te nombran miss Hennepin County o no quedas al menos entre las cinco finalistas, no querré saber más de ti. A partir de ese momento tendrás que hacerte tú misma de preparadora, agente, profesora, doncella y chofer. ¿Y entonces qué será de ti? Serás miss Nada. Miss Pequeña Nulidad.

La madre de Charlene se sentaba en el sofá con los brazos cruzados y obligaba a su hija a realizar una serie de tareas domésticas o ensayar la función, según su estado de ánimo y el estado en que se hallaba la modesta vivienda.

Su madre solía dejar a Charlene en paz cuando su novio regresaba. Entonces estallaba una pelea. Por lo general la pelea beneficiaba a la niña, pero no siempre. Charlene recordaba a un novio de su madre llamado Donny, que era alto, delgado y de carácter tranquilo, con las extremidades muy largas. Provenía de una ciudad del sur —¿quizá Tennessee?—, y hablaba con un marcado acento sureño. Un domingo por la tarde, durante uno de los berrinches de la madre de Charlene, había aparecido de improviso.

Al oír la puerta su madre se había vuelto y se había encarado con Donny.

—¡Y tú también, que eres un inútil…!

Donny había movido el brazo con tal rapidez que Charlene no estaba segura de haberlo visto o haber oído sólo el bofetón mientras su imaginación aportaba el brusco movimiento del dorso de la mano sobre la boca de su madre. Su madre cayó hacia atrás en el suelo de la cocina, bien porque había adivinado las intenciones de su novio y había tratado de protegerse, o debido al violento impacto.

Charlene recordaba la cara de Donny durante el episodio. Al oír lo que decía la madre de Charlene éste había cerrado ligeramente los ojos, pero por lo demás su rostro había permanecido impasible. Tan sólo había movido su largo brazo, como si se tratara de un acto reflejo. Era como un caballo que sacude la cola para ahuyentar a una mosca.

Charlene observó a su madre. Al cabo de unos segundos, ella se incorporó sobre un codo, mirando a su novio fijamente con la nariz y la boca chorreando sangre. Su expresión de ira y desprecio se había disipado. Se quedó ahí postrada, pestañeando, boquiabierta, con la mirada ausente y sorprendida, tan atontada como una persona a la que ha arrollado un camión.

Donny prosiguió hacia el dormitorio, y Charlene se dio cuenta de que el episodio no le había hecho detenerse más de un par de segundos. Donny entró en la habitación y cerró la puerta. Al cabo de unos minutos, la madre de Charlene consiguió incorporarse. Al cabo de diez minutos Charlene oyó a Donny roncar.

Su madre se había tendido en el sofá y había pasado una hora llorando amargamente, compadeciéndose de sí misma. Charlene había sentido deseos de acercarse y preguntarle:

—¿Qué esperabas? ¿Acaso estás ciega y sorda? Convives, te acuestas y te emborrachas con él, ¿y no se te había ocurrido que esto podía ocurrir?

Pero no lo hizo.

A Charlene, Donny le caía mejor que la mayoría de novios de su madre, porque era un tipo abierto y sencillo. No tenía el deseo de alcanzar una situación de ventaja que hacía que los otros se convirtieran en víctimas patéticas de las manipulaciones de su madre. Durante buena parte de la infancia de la niña, las escenas que montaba su madre los días de lluvia eran representadas con uno de sus novios que tenían un temperamento diferente al de Donny, como Paul o Mike. La madre de Charlene se encaraba con su novio, prácticamente escupiendo veneno, y éste reaccionaba debidamente. Se comportaba tal como lo hacía la madre de Charlene, como si no fuera otra persona, sino el espejo y el eco de ésta. Al cabo de unos minutos ambos se ponían a gritar simultáneamente distintas versiones de lo que había motivado la disputa, seguido por una lista de las cosas negativas que uno y otro habían hecho en otras ocasiones, seguido de sus defectos y manías, y por último se espetaban una andanada de insultos.

La cosa continuaba durante todo el largo y lluvioso día hasta la noche, porque su madre se negaba a salir cuando llovía. Si el tiempo no mejoraba, la niña soportaba el mal humor de su madre durante dos días. Entre ataque y ataque contra el novio, la madre de Charlene dirigía a su hija virulentas arengas por todo lo que era y todo lo que debería ser y no era.

Charlene no había aprendido a gozar de los placeres de un día lluvioso hasta que se había transformado en Tanya Starling y se había mudado al apartamento del rascacielos en Chicago con Carl. Carl era un experto en gozar de la vida. Los días de lluvia, si no estaba ocupado con un caso legal o tenía que hacer algo urgente, solía quedarse en casa. Tanya y él se pasaban el día en la cama, haciendo el amor.

Cuando le entraba hambre, Carl se levantaba de la cama, se ponía un pantalón, unos zapatos y un chubasquero y se dirigía al ascensor. Al cabo de veinte minutos regresaba con cruasanes, bollos, donuts rellenos de nata y jalea y un café especial de la panadería de la esquina.

Judith recordaba que, en cuanto oía cerrarse la puerta del apartamento, se levantaba para aprovechar al máximo esos veinte minutos. Se bañaba rápidamente, dejando que el agua corriera mientras se lavaba los dientes. Se maquillaba, se cepillaba el pelo y se ponía algo que le favoreciera pero sin dar la impresión de que se había esforzado en arreglarse. Mientras evocaba esos recuerdos, experimentó una intensa sensación de pérdida, no por Carl sino por los días con Carl. Lo que había perdido era la forma en que se había sentido y había vivido.

Judith tomó el teléfono y llamó a casa de Greg. Oyó su voz responder:

—¿Sí?

—Hola —dijo ella—. ¿Habías planeado hacer algo importante en la oficina esta mañana?

—Es importante, pero no de una importancia vital. ¿Puedo hacer algo por ti?

—Sí. Venir aquí y pasar una mañana lluviosa conmigo. Haré que tus sueños se conviertan en realidad. Al menos, uno de ellos.

Colgó. Luego se dirigió al baño y se quitó el pijama. Se arregló con la misma eficiencia que empleaba en los viejos tiempos en que Carl salía a comprar pasteles. Sabía que Greg tardaría unos veinticinco minutos en llegar a su casa en coche a esa hora de la mañana y lloviendo.

Hoy Judith estaba decidida a vivir la vida que deseaba para sí. Era una vida precaria, porque una estúpida circunstancia podía arrojarla en manos de sus enemigos en el momento más impensado, pero eso no importaba ahora. Era posible que la perfección siempre fuera fugaz, un período limitado en que las cosas alcanzaban su punto idóneo. La vida que la joven había imaginado sólo podía existir si ella se sentía hermosa y vital, ya no una muchacha sino una mujer hecha y derecha, alguien que había sido lo suficientemente amada para tomarse esas maniobras típicas entre un hombre y una mujer a la ligera, como un baile, sin sentirse abrumada o atemorizada por ello. El resto era eterno: las noches de beber martinis con su brillo helado y aceitoso, incluso la forma de las cosas que no cambiaba nunca; el hombre, cuyo atractivo residía únicamente en que era el hombre del momento; las luces suaves y románticas y la música; un día iluminado por el tenue sol que se filtraba a través de la lluvia.

En esta fantasía ella jamás había imaginado que el momento perfecto degeneraría en una vejez decrépita, eso era imposible. De momento, durante estos instantes —tanto si el ahora duraba un par de años o estaba a punto de concluir— las cosas habían alcanzado la perfección.

Judith saboreó la mañana lluviosa, y por la tarde Greg y ella echaron una siestecita en su cama, escuchando medio dormidos el sonido de la lluvia. Judith se despertó en dos ocasiones, una para alzar el pesado brazo de Greg y colocarlo de forma que pudiera apoyar la espalda sobre su pecho y sentir el calor de su piel. La otra, para levantarse de la cama y recoger el periódico que aún no había leído.

Cogió un bolígrafo para trazar un círculo alrededor de algunos locales nocturnos, tras lo cual los examinó para planificar la velada. Empezarían por cenar en Ringside, porque las noches lluviosas a ella no le gustaba calzarse unos zapatos de tacón y mojarse uno de sus mejores vestidos. Un reservado en un asador, con platos grandes y calientes y una percha al lado para los abrigos, era lo que le apetecía esta noche. Luego eligió cuatro *nightclubs* situados a pocas manzanas entre sí, para que Greg y ella pudieran trasladarse fácilmente de uno a otro.

Preparó café, bebió la primera taza sola y dejó que el aroma penetrara en el dormitorio para despertar a Greg. Cuando le oyó moverse, sirvió una taza de café y se la llevó. Él se incorporó, tomó la taza, bebió un sorbo y dijo:

—Estoy tratando de descifrar qué parte de este día es real.

—Todo es real —respondió Judith—. Las partes buenas, fueran las que fuesen, ya han ocurrido u ocurrirán.

—¿Qué hora es?

—La hora de beberte el café y despertarte. Después será la hora de que te duches y te arregles para salir a cenar conmigo. Puedes tomártelo con calma, porque yo también lo haré.

—Parece que lo tienes todo planeado.

—Así es. Quiero caminar bajo la lluvia para verla y olerla sin mojarme demasiado. Quiero comer, beber y bailar un poco. ¿Estás dispuesto a seguirme?

—Por supuesto. —Greg la miró—. ¿Te he dicho que me encanta cómo llevas el pelo?

—Tuve la impresión de que no te disgustaba —respondió Judith—. Yo me ducharé primero, porque tardaré más que tú.

A las nueve llegaron a Ringside y colgaron sus paraguas y gabardinas en la percha junto al reservado. Judith no había almorzado, sólo había picado un poco de queso y fruta. Greg y ella comieron unos chuletones y bebieron vino tinto, tras lo cual charlaron hasta que estuvieron dispuestos a afrontar de nuevo la lluvia.

Se dirigieron a pie hasta The Mine, escuchando el sonido de las gotas de lluvia sobre sus paraguas. Caminaban junto a las fachadas de las tiendas, lejos del bordillo, para evitar que un coche al pasar atravesara un charco y les salpicara. Inopinadamente, Greg arrastró a Judith hasta el portal de una tienda. Ella creyó que lo hacía para evitar que se mojara. Pero al cabo de unos segundos comprobó que lo había hecho para besarla en la intimidad del portal, lejos de las luces y de la lluvia.

Esa noche la música en The Mine era excelente. Tocaba un grupo llamado Danae que contaba con numerosos seguidores, por lo que reinaba un ambiente animado y entusiasta. El grupo se esforzaba en dar lo mejor de sí. A ella no le importó que Greg observara detenidamente a las chicas del grupo. En otro momento quizá le habrían molestado los ajustados vaqueros que lucía la chica del bajo o la camiseta rota y breve de la que tocaba la batería, pero esta noche no. Todo contribuía a que la gente mantuviera la vista fija en el escenario en lugar de observarla a ella. Judith gozaba de una parte de su momento perfecto, y no quería que nada la perturbara.

49

Catherine Hobbes sabía exactamente cómo quería llevar a cabo su caza. Los únicos éxitos que había cosechado hasta la fecha eran el resultado de haber difundido las fotografías de Tanya Starling y de Rachel Sturbridge. En esta ocasión había impreso quinientas circulares con las dos fotografías en color, la descripción física y la lista de asesinatos. Las palabras «armada y peligrosa» estaban impresas en letras grandes y más oscuras.

Durante la primera parte de la tarde, policías uniformados habían ido a visitar los establecimientos en los que había sido utilizada la tarjeta de crédito de Catherine, dejando circulares y hablando con empleados y camareros para averiguar qué recordaban sobre la joven. La sargento había ido personalmente a los grandes almacenes Stahlmeyer's.

La encargada de la sección de ropa de mujer había consultado el archivo computerizado para comprobar qué compras había realizado Tanya. Cuando condujo a Catherine a la parte derecha de la cuarta planta y empezó a mostrarle los artículos que la chica había comprado, Catherine sintió que se le erizaba el vello de la nuca.

Tanya había adquirido trajes pantalón de marca. Dos de ellos eran casi exactos a los que Catherine había comprado en Stahlmeyer's la semana pasada, confeccionados de forma que las chaquetas en lugar de ser entalladas eran un tanto holgadas. Tenían un corte semejante al de un traje masculino, para que se pudiera llevar un arma oculta debajo de ellas. Tanya seguía su ejemplo.

Catherine salió para coger la cámara digital del maletero del coche camuflado, tras lo cual se llevó una muestra de cada uno de los cuatro trajes que Tanya había comprado a un probador y los fotografió. Las blusas que Tanya había seleccionado para lucir con ellos eran de corte clásico, muy parecidas a las que había adquirido Catherine.

Catherine dedujo que Tanya la habría visto por televisión en Arizona y probablemente en Portland. No era difícil hallar prendas como las que utilizaba Hobbes en una gran ciudad. Pero ¿por qué las había comprado? ¿Qué pretendía esa chica imitando a Catherine Hobbes? ¿Tenía eso algo que ver con el hecho de que aceptaran la tarjeta de crédito?

Puede que Tanya se propusiera cometer otro asesinato y luego burlarse de ella. Quizás alquilara un coche a nombre de Catherine con el que fugarse, o dejara el comprobante de una compra hecha a nombre de Catherine en el escenario de un crimen.

La idea de que Tanya hubiera convertido sus asesinatos en un juego era angustiosa. La lista de asesinos que se burlaban de la policía y les dejaban enigmas para que los descifraran era tan larga como espeluznante. Desde el momento en que empezaban a burlarse de la policía hasta que eran capturados, se hacían más activos y prolíficos. Ella confiaba en que fuera lo que fuese que pretendiera Tanya, no se dispusiera a matar a otra persona sólo para atormentar a la sargento Hobbes.

Catherine regresó a la comisaría, descargó las fotografías en su ordenador e hizo copias para los policías del turno de noche de la comisaría del centro. Luego subió a la segunda planta, al despacho de la brigada antivicio, donde se encontró con Rhonda Scucci.

Rhonda alzó la vista de un expediente que estaba leyendo y dijo:

—Hola, Cath. ¿Qué te trae por aquí?

—Hola, Rhonda. Esta noche tengo que salir disfrazada de otra persona.

—¿De qué estamos hablando? ¿Puta? ¿Camello?

—De una mujer soltera, unos cinco años más joven que yo, si la luz es lo suficientemente tenue. Trabaja de nueve a cinco en una oficina. Quizá salga con una o dos amigas. No ha quedado citada con un hombre. ¿Conoces The Mine? ¿Metro? Es el tipo de local que frecuenta. Lo único que tengo que hacer es no llamar la atención para que no me reconozcan.

—Sí, hay muchos en los alrededores de este edificio. Pero no te preocupes. Conozco esos locales. ¿Qué quieres? ¿Una falda y una blusa? ¿Unos zapatos? Esta noche probablemente necesites una gabardina, para proteger nuestra inversión.

—Aceptaré lo que me ofrezcas. Pero lo más importante es una peluca. El pelo es muy importante.

—¿De modo que el sospechoso ha visto tu rostro?

—Sí.

—Joder, Cath. ¿Un sospechoso de homicidio? ¿Eso es lo que te piden ahora que hagas?

—Descuida, llevaré refuerzos.

—Pues procura que se mantengan cerca. —Rhonda la condujo a un almacén y abrió la puerta con llave. Parecía como si antes hubiera sido un trastero para artículos de limpieza, pero ahora los estantes estaban repletos de material electrónico como micrófonos, grabadoras y videocámaras, junto con una amplio surtido de ropas masculinas y femeninas colgadas de unas perchas. Rhonda eligió algunas prendas y se las mostró hasta que convinieron en el atuendo que debía lucir. Luego la ayudó a probarse unas pelucas.

La tercera era la más adecuada. Catherine lo comprendió en cuanto se miró en el espejo. El pelo era castaño oscuro, largo y lacio, con la raya en medio. No era una peluca llamativa, y si agachaba un poco la cabeza el pelo le caería sobre la cara para ocultar sus facciones.

—¿Qué te parece?

—¿Qué más te da? Vas a ponértela para impresionar a un asesino. ¿Quieres que muera excitado?

50

La sargento recorría las calles del barrio donde Tanya Starling había utilizado la tarjeta de crédito a nombre de Catherine Hobbes. Catherine solía frecuentarlo durante las vacaciones de la universidad. Una parte de la atracción del barrio residía en que ya en esa época había numerosos bares llenos de gente joven y soltera, y otra en que no formaba parte del distrito policial de su padre. Ella se afanaba en no pisar los sectores de la ciudad donde pudiera toparse con Frank Hobbes cuando éste estaba de servicio.

Luego se había casado con Kevin y se había trasladado a Palo Alto. Cuando su matrimonio había fracasado y ella había regresado a casa para hacerse también policía, no le habían asignado sectores elegantes como éste. Había pasado largo tiempo patrullando los sectores de la ciudad donde se cometían robos o asesinatos o la gente adquiría papelinas de droga de diez dólares.

El aspecto de la zona apenas había cambiado, pero estaba más concurrida, era más cara y más elegante que cuando ella iba a la universidad. Catherine pensó que lo mismo podía decirse del resto de Portland. A lo largo del tiempo se había ido llenando con la gente que había destrozado California.

Ésta era la tercera noche de una lluvia persistente, y no era fin de semana, pero no importaba. Hombres y mujeres de veintitantos o treintañeros, algunos vestidos con la indumentaria que habían llevado en la oficina, entraban en los restaurantes y se reunían en los bares, agolpándose ante el mostrador mientras bebían copas en locales acogedores con las paredes artesonadas.

Catherine tenía que volver a acostumbrarse al barrio, e intuir en qué establecimientos había utilizado Tanya la tarjeta de crédito. Examinó las entradas de los locales nocturnos, observó los ventanales junto a los que podía sentarse y confiar en ver a Tanya, o donde la chica pudiera estar sentada en esos momentos.

Todas las compras que Tanya había hecho con la tarjeta de crédito habían sido en establecimientos entre la Avenida Once y la Quince, en un radio que comprendía Lovejoy Street al norte y Glisan Street al sur. La lluvia ofrecía a Catherine la oportunidad de recorrer las calles observando los edificios y a la gente, llevando un paraguas y luciendo una gabardina con una capucha que ocultaba su rostro. En Portland, la lluvia no hacía que nadie se quedara en casa, pero la indumentaria de lluvia que vestía Catherine le permitía observar los rostros de la gente sin arriesgarse a que la observaran a ella.

Esta noche la sargento Hobbes patrulló las calles de forma sistemática, asimilando los patrones del tráfico. Comenzó en la esquina de la Once y Glisan y se dirigió hacia el norte hasta Lovejoy, tras lo cual dobló a la izquierda y de nuevo a siniestra para encaminarse hacia el sur por la Doce. Cada vez que llegaba a uno de los establecimientos que había visitado Tanya —The Mine, Sybil's, Metro, La Mousse—, se detenía unos momentos, observando las puertas, examinando los edificios.

Una de las cosas que Catherine trataba de hacer era calibrar el ambiente y la clientela. Tenía que intuir si el establecimiento atraería a Tanya Starling o si había estado en él y no le había gustado, por lo que no volvería a poner los pies allí. Todo indicaba que a Tanya le gustaba el lujo —los bares de los hoteles de categoría, los restaurantes elegantes— y la ropa que había comprado en Portland era cara. La Mousse y Sybil's eran esencialmente el tipo de restaurantes que Tanya frecuentaba en cada ciudad, por lo que Catherine los daba por descontado.

Dedicó más tiempo a registrar los aparcamientos y las calles cercanas en busca del coche de Tyler Gilman. A estas alturas, era posible que Tanya lo hubiera vendido o abandonado, como había hecho con otros coches, pero hasta que el vehículo apareciera, existía la posibilidad de que lo hubiera conservado y viniera en él a este barrio una noche lluviosa de entresemana. El pequeño Mazda azul era el tipo de coche que la chica pensaría que no llamaría la atención, y no querría presentarse en un restaurante o un local nocturno calada hasta los huesos. Querría presentar un buen aspecto para atraer al próximo hombre.

Catherine no había hallado nada que indicara que Tanya se hubiera ganado la vida salvo aceptando regalos de los hombres. Al parecer había vivido en un apartamento en un rascacielos en Chicago durante largo tiempo. El administrador del edificio había dicho que no sabía cuánto tiempo había vivido Tanya allí, pero recordaba haberla visto de vez en cuando durante varios años. El apartamento había sido alquilado por un hombre llamado Carl Nelson, y el nombre de Tanya no había figurado en el contrato ni en el buzón. Hacía aproximadamente un año, Carl Nelson había muerto de un ataque cardiaco durante un viaje a Europa.

Después de la muerte de Nelson, Tanya había ido a Aspen y había conocido a Dennis Poole. Él la había mantenido, le había dado dinero y le había hecho regalos costosos. Al parecer Tanya siempre buscaba un hombre que la mantuviera, y posteriormente siempre tenía que mudarse de ciudad.

Lo lógico habría sido que Tanya hubiera abandonado Portland. Había tratado de asesinar a Catherine y había matado a Calvin Dunn, por lo que Portland no era un lugar seguro para ella. En estos momentos lo lógico habría sido que se hallara en otra ciudad, pero estaba vez el asunto presentaba una faceta distinta. Las compras realizadas con la tarjeta de Catherine Hobbes habían comenzado después de que la casa de la sargento ardiera, no antes. Catherine tenía que basarse en lo que hacía Tanya, no en lo que habría tenido que hacer por lógica.

Siguió recorriendo las calles, con la capucha puesta. Avanzaba por la sombra y pasaba rápidamente de largo ante los escaparates iluminados, se detenía luego en los portales de los establecimientos cerrados o debajo de las marquesinas de las paradas de autobús, donde su presencia no suscitaría sospechas.

Una parte de la atención de Catherine estaba centrada en detectar la presencia de Tanya. Cada vez que se acercaba a un restaurante del que salía una pareja joven, abriendo el paraguas o encaminándose hacia el lugar donde su coche estaba aparcado, ella observaba a la mujer. Cada vez que había una joven visible a través de la ventana de un establecimiento, Catherine fijaba la mirada en ella hasta descubrir algún rasgo que no concordaba. Cuando un coche pasaba junto a ella buscando un lugar donde aparcar, Catherine escudriñaba su interior en busca de Tanya.

También tomaba nota sobre la forma de ampliar su búsqueda. El método ideal sería apostar a un policía de paisano en la barra de cada uno de los locales nocturnos y restaurantes del barrio durante unas semanas, sin que hiciera otra cosa que vigilar la puerta por si aparecía Tanya. Era imposible, desde luego, pero ella pensó que quizá lograra convencer a su jefe de que le prestara un equipo de policías. Si había un policía durante varias noches en Metro, Sybil's, The Mine y La Mousse, todos conectados por radio a una furgoneta de vigilancia apostada en el centro del barrio, quizás obtuvieran algún resultado. Si Catherine elegía a los policías más idóneos, quizá Tanya tratara de ligarse a alguno de ellos.

Decidió que el aparcamiento detrás de Sybil's, en la calle Catorce cerca de Irving, sería un buen lugar para la furgoneta. De día el aparcamiento era utilizado por un banco y tres establecimientos más pequeños, pero por la noche el único que estaba abierto era Sybil's. Aunque Sybil's estuviera abarrotado, siempre quedaban algunos espacios libres en el aparcamiento. Una furgoneta blanca camuflada aparcada en el extremo opuesto, junto a la entrada trasera, parecería pertenecer al restaurante o a uno de sus proveedores.

La sargento Hobbes llegó a The Mine, situado en la esquina de la Quince y Johnson, a las once y veinte. El local carecía de ventanas, pero cada vez que la puerta se abría para que entraran más clientes, Catherine veía el interior, la atestada pista de baile, y durante unos instantes percibía el sonido estruendoso y sincopado de la música, que enmudecía cuando la puerta se cerraba. El local estaba tenuemente iluminado, salvo el escenario, que ella no alcanzaba a ver desde fuera.

Al aproximarse, Catherine tuvo una sutil sensación que se intensificaba con cada paso que daba: no pases de largo, mira en su interior. The Mine no era el tipo de restaurante al que una persona podía acudir una segunda vez al cabo de uno o dos meses. Era un local nocturno. Tanya podía ir allí cada noche. El lugar estaba abarrotado, y las luces eran suaves y parpadeantes. Catherine decidió echarle un vistazo. Cuando se encaminó hacia la puerta, la lluvia arreció ligeramente, haciendo que tres chicas que habían salido para fumar un cigarrillo se apresuraran hacia la puerta. Se quitó la capucha, cerró su paraguas y entró con ellas.

La música era atronadora, y Catherine sintió el ritmo percutor del bajo en la boca del estómago. Miró involuntariamente hacia el escenario, un acto reflejo del cerebro porque necesitaba averiguar de dónde provenía el estruendo. Observó que era un grupo compuesto por chicas, y volvió a escrutar a la multitud.

La clientela era de la edad y del estilo en el que Tanya encajaba. Había unas doscientas personas de ambos sexos en la espaciosa sala, sus rostros iluminados a veces por el resplandor de los focos en el escenario, otras a oscuras durante largo rato. Mientras ella escudriñaba las caras —sonriendo, riendo, tratando de charlar entre sí a pesar del estrépito de la música— sintió un escalofrío de temor por ellos. Eran semejantes a Tanya, de rostro juvenil y atentos, entre veintiuno y treinta años, llevaban un buen corte de pelo y vestían como si desempeñaran trabajos de oficinistas. Tanya podía moverse entre ellos y confundirse con ellos hasta el punto de no llamar la atención y ser invisible, hasta que uno de ellos muriera asesinado. Podía ocurrir cualquier noche que Tanya sintiera el deseo de matar. Podía ocurrir en estos momentos.

Catherine empezó a abrirse paso entre la multitud, moviéndose por el borde entre la pista de baile y el círculo exterior de clientes apostados frente a la barra para pedir una copa. Después de avanzar unos pasos, alargaba la mano entre dos personas repitiendo «disculpen, perdón, disculpen» mientras avanzaba. Su voz formaba parte de la mezcolanza de voces esforzándose en hacerse oír entre la música sin conseguirlo, por lo que la sargento Hobbes tenía que hallarse a un paso de la siguiente persona para oír lo que decía. Poco a poco Catherine consiguió alcanzar el destino que se había fijado, el lavabo de mujeres.

Sabía que en un gentío de esa magnitud habría una cola de mujeres esperando utilizar el lavabo. Al margen de todo lo demás, si Tanya se encontraba ahí, en algún momento tendría que ponerse en esa cola para entrar en los servicios. Divisó la cola y empezó a moverse en sentido lateral entre la gente, observando los rostros de las mujeres que hacían cola. Tanya no se hallaba entre ellas.

Catherine dedicó unos minutos a examinar más detenidamente la distribución de The Mine. En el extremo del edificio donde se hallaba había dos salidas de incendios, y probablemente otra detrás del escenario. Catherine tomó nota de ordenar que vigilaran esas salidas de incendios, por si alguien veía a Tanya aquí. Luego se volvió y empezó a abrirse camino entre la masa de cuerpos que avanzaban hacia la puerta. De pronto un hombre alto le interceptó el paso.

—Disculpe —dijo ella.

—Ven a bailar conmigo —Era un hombre guapo, y lo sabía.

—No, gracias. Debo irme.

—Anda, mujer —insistió el hombre. Su seguridad en sí mismo aumentó hasta hacerse repulsiva—. Sabes que lo estás deseando.

Ella observó a la derecha del hombre algo que no encajaba, un rostro que apenas vislumbró unos segundos y un repentino movimiento contrario al ritmo de la música. Vio a una pareja entre la multitud frente a ella dirigirse hacia la puerta.

—Disculpe —dijo Catherine mientras trataba de esquivar al hombre.

Pero él la sujetó de un brazo.

—Por favor. Estoy enamorado de ti. Quiero casarme contigo.

Catherine observó el brazo del hombre que sujetaba el suyo y luego le miró a los ojos.

—¿Quiere llevarse una sorpresa realmente desagradable?

El hombre la soltó, alzó las dos manos y retrocedió. Ella utilizó el espacio abierto entre ellos para avanzar rápidamente seis pasos antes de toparse con el siguiente obstáculo.

—Disculpen —dijo a un grupo de mujeres jóvenes que acababan de entrar. La mujer que estaba más cerca se volvió para mirarla, sólo un aura de pelo rubio que enmarcaba una expresión totalmente ausente.

—No podrán entrar a menos que dejen salir.

La mujer se apartó un palmo a regañadientes. Catherine pasó junto a ella y junto a otras dos mujeres, y salió a la calle. Entrecerró los ojos para mirar a través de la lluvia, luego miró hacia el otro lado de la calle, pero no vio a la pareja. Los había perdido.

Trató de analizar la impresión que había tenido. No podía decir que la mujer se pareciese a Tanya, puesto que no había podido ver sus rasgos en la penumbra. Había sido la impresión de un movimiento furtivo lo que la había impulsado a acercarse para observarla más de cerca.

Echó de nuevo a andar, en esta ocasión hacia Metro. Se había percatado de algo que no había asimilado plenamente hasta hacía unos momentos. Todos los establecimientos donde había sido utilizada la tarjeta de crédito de Catherine Hobbes tenían una cosa en común. En todos ellos la iluminación era muy tenue. Catherine confiaba en que cuando los policías fueron a visitarlos esta tarde hubieran pedido a los propietarios de los establecimientos que colocaran las circulares donde la gente pudiera verlos.

51

Judith estaba sentada a su mesa favorita en el Underground. Era el bar donde había conocido a Greg, y la mesa era la misma a la que se habían sentado y conversado durante largo rato esa primera noche. La chica se estaba tomando su segundo martini, que probablemente sería el último. La noche era maravillosa, y no quería que le entrara sueño. Tenía la sensación de que por fin había conseguido reunir todos los elementos de la vida que había ambicionado desde niña.

Cuando ella tenía ocho o diez años no se había dado cuenta de que lo que imaginaba era una sola noche que se repetía hasta la saciedad. Había decidido que de mayor se alejaría de su madre y dejaría de ser Charlene Buckner. Sabía exactamente quién deseaba ser: una mujer que lucía una ropa fantástica y sostenía su copa con una mano bien arreglada y adornada con espléndidas joyas. Bailaría con un hombre alto y fuerte que la adoraba.

Ahora había alcanzado su sueño. Charlene había crecido, en estos momentos era Judith y había vivido esa velada especial centenares de veces. Se inclinó hacia Greg y murmuró:

—Tengo ganas de ir al lavabo desde que estuvimos en The Mine, pero no quería hacer cola. Iré ahora.

Como estaba muy cerca de él, lo besó en la mejilla antes de levantarse.

Él sonrió y se encogió de hombros.

—Aquí estaré.

Se encaminó hacia el fondo de la sala cerca del bar, donde había un pasillo. Pasó frente a un teléfono público, luego frente a la puerta del lavabo de hombres y se dirigió hacia el de mujeres situado al fondo. Sólo había una mujer esperando entrar, de modo que ella también aguardó. Se colocó de cara a la pared, fingiendo leer lo que había escrito, echando de vez en cuando un vistazo hacia el teléfono público para no tener que cruzar una mirada con la otra mujer.

Judith oyó que la puerta se abría y se cerraba, vio a la chica que había ocupado el lavabo pasar frente a ella y oyó entrar a la que había llegado antes que ella. Era un alivio quedarse a solas. Judith esperó, apoyada en la pared. Detestaba sentirse atrapada en un sitio con personas que no tuvieran otra cosa que hacer que mirar su rostro. Habían transcurrido unas tres semanas desde que las cadenas locales de televisión habían mostrado las fotografías de sus antiguos permisos de conducir. La gente solía olvidarse rápidamente de las cosas, pero bastaba que una sola persona la reconociera para hundir a Judith.

La puerta se abrió de nuevo, la mujer pasó frente a ella y Judith entró. Era un espacio pequeño, como medio cuarto de baño de una casa, pero estaba limpio y ofrecía la necesaria privacidad. Las paredes estaban empapeladas con viejos pósters de cine, menús de restaurantes olvidados y folletos de viajes. Tiró de la cadena, se acercó al lavabo y se detuvo en seco.

El póster pegado a la izquierda del espejo, que Judith había creído que era como los otros, era muy distinto. En él aparecían las archiconocidas fotografías de Tanya Starling y Rachel Sturbridge. Pero ahora había una tercera. Su rostro, sacado del permiso de conducir de California, lucía un nuevo peinado generado por ordenador.

Judith se miró en el espejo y luego la fotografía. Había sido manipulada. El pelo que mostraba la fotografía era como el suyo, como el de Catherine Hobbes.

En su mente bullía un centenar de ideas. ¿Se habrían fijado las dos mujeres que acababan de estar en el lavabo en la fotografía y la habrían reconocido? Habían entrado aquí, y seguramente se miraron en el espejo. ¿Era posible que no hubieran visto las fotos? ¿Qué decía el cartel? Leyó el texto debajo de su rostro. «La policía la busca para interrogarla...» Eso no parecía demasiado grave. «Homicidio, un incendio provocado, el robo de un coche...» Eso era peor. Puede que esas mujeres no hubieran leído el texto. «Armada y peligrosa». ¿Era posible que alguien no viera esas palabras?

¿Era concebible que hubieran visto esto y no relacionaran las fotografías con ella?

Trató de calmarse. Quizá había tenido suerte. Sus fotografías habían aparecido en toda la zona occidental del país, de forma intermitente, y casi nadie la había reconocido. Judith no había hablado con ninguna de esas dos mujeres, ni siquiera había cruzado una mirada con ellas. La cola de un lavabo era uno de los lugares donde la gente procuraba no mirarse entre sí. Nadie quería que le pillaran observando a una persona junto a la que tenía que permanecer cinco o diez minutos. Y Judith había sido prudente.

Arrancó el póster de la pared y se dispuso a tirarlo a la papelera, pero cambió de parecer. Quienquiera que lo había colocado allí serían quien vaciara la papelera, y lo más probable es que volviera a pegarlo en la pared. Judith lo dobló apresuradamente tres veces y lo guardó en su bolso. No, ése no era el sitio adecuado. Cubría la culata de su pistola, justo cuando quizá tuviera que echar mano de ella. La joven sacó de nuevo el póster doblado, lo metió en un bolsillo lateral de su bolso, se miró por última vez en el espejo y abrió la puerta.

Había otra chica esperando entrar. Agachó la cabeza y pasó frente a ella, apretando el paso. Se acercó a la siguiente puerta, que ostentaba una silueta de color azul de un hombre. ¿Y si hubieran colocado allí también el cartel? Si estaba en el lavabo de mujeres, ¿por qué no iban a poner otro en el de los hombres? Judith estaba sola en el pasillo, pero su soledad quizá durara tan sólo unos segundos. Abrió la puerta del lavabo de hombres rápidamente, miró dentro para verificar que estaba vacío, y cerró la puerta.

Efectivamente, el cartel estaba pegado en la pared. Judith lo arrancó, lo dobló y lo guardó en el bolsillo lateral de su bolso junto con el otro. Luego se acercó a la puerta, la abrió unos centímetros y comprobó que el pasillo seguía desierto. Salió y echó a andar, hasta que de pronto oyó abrirse a su espalda la puerta del lavabo de mujeres. Judith ya tendría que haber abandonado este pasillo, y la mujer que estaba detrás de ella lo sabía. ¿La habría visto salir del lavabo de hombres?

Sintió que el terror hacía presa en ella e imaginó diversos desastres que exigían en estos momentos toda su atención. Tenía que pasar frente al bar. ¿Quién había colocado los carteles en los lavabos? El barman, la camarera o ese tipo siniestro situado en el otro extremo del mostrador que tenía al menos cuarenta años y era demasiado viejo para ser otra cosa que el dueño. Judith no podía dejar que vieran su rostro, pero tampoco podía volverse hacia la chica que la seguía por el pasillo. Al menos ella no había visto el cartel. No, eso era demasiado fácil. Si había entrado antes en el lavabo ya lo había visto, y sabía que alguien lo había arrancado.

Llegó al extremo del pasillo. Pasó apresuradamente frente a la barra y se encaminó hacia la mesa donde la esperaba Greg, que la miró satisfecho. Su felicidad era un inoportuno recordatorio de que Judith también se había sentido feliz, hacía cinco minutos. Ahora su presencia la irritaba, algo que ella había olvidado pero tenía que tolerar. Al aproximarse a la mesa planificó lo que iba a decir. Tenía que ser algo más convincente que «vámonos». Judith no quería entablar una discusión, no podía permitírselo. Diría algo que contuviera un motivo tajante. «Tengo que regresar a casa ahora mismo.» Algo por el estilo.

Observó que durante su ausencia Greg había pedido otras copas. Estaba bebiendo un whisky con agua, y junto al martini que Judith no había apurado había otro. Era irritante. ¿Cómo podía Greg tener tan poca sensibilidad? Una mujer delgada como ella no podía beber demasiado, y esta noche era peligroso.

—Tengo que marcharme —dijo.

—¿Qué? —Greg dejó su copa y apartó la silla para que Judith pudiera sentarse.

—Quiero marcharme ahora mismo. —Tomó su abrigo de la silla vacía y luego el paraguas.

—¿Estás indispuesta? ¿Ha ocurrido algo?

Greg parecía tan consternado, tan estúpido y torpe, que ella sintió que perdía toda la estima que había sentido por él. Puede que fuera muy listo en materia de negocios, pero carecía de instinto, de intuición. Si seguía mostrando esa expresión de preocupación, la gente se fijaría en él. Parecía un gigantesco y estúpido animal con pezuñas, dispuesto a unirse a la desbandada, de modo que Judith decidió iniciarla. Dio un paso hacia la puerta.

—Espera, antes tengo que pagar. —Greg recogió la nota, sacó su billetero, extrajo una tarjeta de crédito y trató de captar la atención de la camarera.

Ella le arrebató la nota de las manos al tiempo que sacaba su cartera del bolsillo lateral del bolso. Sacó tres billetes de veinte dólares, depositó la nota y el dinero sobre la mesa y prosiguió hacia la puerta. Al llegar allí se detuvo unos segundos mientras Greg extendía su largo brazo sobre ella para abrirle la puerta. Judith salió apresuradamente.

—¿Qué ocurre?

—Tenía que salir de allí. Estoy cansada de ese lugar. —Al salir a la calle Judith se calmó. La hermosa oscuridad de la noche la hacía sentirse de nuevo anónima.

—¿Ha ocurrido algo que te asustara?

—Claro que no. —Esperó a que Greg dejara de mirarla y se volvió para observarlo.

Greg tenía la vista fija al frente, sobre la acera, mientras los músculos de su maxilar se tensaban y relajaban rítmicamente.

—Entonces ¿a qué venía tanta prisa?

—He tenido un mal presentimiento ahí dentro. —Le observó—. Me apetecía ir porque es el lugar donde nos conocimos y me trae buenos recuerdos. Pero cuando llegamos, comprobé que no era como yo lo recordaba.

Greg se volvió hacia ella, y Judith detectó que su expresión era falsa. ¿Era condescendencia, trataba de tomarla en serio pero pensaba que era una estúpida? Quizá fingía prestar atención a lo que Judith decía. Algunos hombres escuchan pacientemente todas las majaderías que puede decir una mujer, esperando a que termine, para que se libere de su energía nerviosa y se muestre dispuesta a practicar el sexo con él. ¿O acaso ocultaba Greg algo peor?

Judith sintió que el corazón le daba un vuelco, pero luego siguió latiendo normalmente. ¿Cómo pudo haberlo olvidado? Greg había ido al lavabo poco después de que llegaran tras abandonar The Mine. Había pedido las copas y se había dirigido al lavabo de hombres. Había regresado enseguida, antes de que les sirvieran las copas. La camarera había aceptado una propina, pero había empezado a preparar la nota de las bebidas. Judith trató de analizar los detalles, confiando en obtener una imagen más nítida del rostro de Greg cuando había regresado del lavabo. ¿Se mostraba preocupado? ¿Sorprendido? Trató de pensar con claridad, pero los dos martinis hacían que su mente reaccionara con lentitud y torpeza. Hasta se había equivocado en el cálculo. Había olvidado que durante la cena Greg y ella habían bebido vino. Maldita sea.

Se esforzó en concentrarse. Greg había ido al lavabo. No existía ninguna prueba definitiva de que hubiera visto las fotografías junto al espejo y hubiera leído las cosas que Catherine Hobbes había escrito sobre ella. Era posible que hubiera echado una ojeada al montón de sandeces que ponía el cartel pegado en la pared sin fijarse en nada de ello. Los hombres orinaban de pie, por lo que durante buena parte del tiempo no habría estado de cara al póster sino de cara a la otra pared, o quizás observando lo que hacía. Pero ¿cómo no iba a ver el póster junto al espejo? Quizá se comportaba de modo distinto a otras personas debido a su rostro cubierto de cicatrices de acné. Quizás estaba tan obsesionado con contemplar su imagen reflejada que no se fijaba en cosas como un póster, o quizás odiaba tanto su rostro que evitaba mirarse en los espejos.

Judith le miró de refilón mientras caminaba.

—Debí comprender que era mejor no regresar allí. Era un bonito recuerdo, y no debí estropearlo.

—¿Cuál era el problema?

—Fue una impresión. Ese tipo siniestro que estaba en la barra no dejaba de mirarme. Luego fui al lavabo y había unas chicas con aspecto de pelanduscas, esperando entrar. Entonces pensé que quizá me engañaba. La última vez que había estado allí, había sido yo quien se había ligado a un tío, con quien me había acostado en nuestra primera cita. Quería recordar ese local como un sitio romántico, pero esta noche todo se torció... No sé, fue deprimente.

—Entonces supongo que hemos hecho bien en irnos. —Cuando llegaron al coche de Greg, éste abrió la puerta para que Judith subiera.

—No te molesta, ¿verdad?

—En absoluto —contestó Greg—. ¿Adónde quieres ir ahora, a casa?

Reaccionó rápida e instintivamente.

—A tu casa —respondió—. Quiero ir contigo. —Judith se preguntó entonces por qué.

Comprendió que era porque debía permanecer con él, observarlo por si detectaba alguna señal sospechosa. Si dejaba que Greg se fuera solo a casa, Judith perdería su control sobre él. No sabía si Greg había visto el póster, pero en caso afirmativo, no era buena idea dejarlo solo para que pensara en ello. Lo imaginó reflexionando dándole vueltas al asunto, tratando de tomar una decisión, y haciendo por fin la llamada fatídica: «Creo que la persona a la que buscan es mi novia».

Subieron al coche y Greg enfiló la calle.

—¿A mi casa? Estupendo. Naturalmente, de haber sabido que ibas a venir habría arreglado un poco el apartamento. Confío en que te muestres tolerante.

—Soy razonablemente tolerante. Pero si encuentro a una chica en la cama comiendo patatas fritas y esperando que regreses a casa, tú y yo tendremos unas palabras.

—No. Nada de patatas fritas.

—Entonces todo irá bien.

Judith le había estado observando, y estaba casi segura de que todo iba bien entre ellos. Greg no era tan buen actor como para mentirle sobre algo de esa importancia, y ella no creía que tuviera la temeridad de intentarlo. Él se comportaba con toda normalidad desde que Judith le había explicado el motivo de que quisiera abandonar el Underground. Greg no había visto el póster en el lavabo de hombres; de haberlo visto, le habría echado un vistazo superficial sin fijarse en ningún detalle. Si la hubiera reconocido y hubiera leído el texto, la habría sacado del bar y habría dicho alguna estupidez articulando cada palabra pausadamente. Se lo habría dicho mirándola a los ojos, sujetándola por los hombros para impedir que ella se volviera, expresándose con la irritante y plúmbea lentitud que suelen utilizar los hombres estúpidos cuando se ponen serios. Al fin le habría prometido apoyarla en todo.

Lo que Greg no podía saber, porque las personas como él nunca se daban cuenta de esas cosas hasta que era demasiado tarde, era que su apoyo ya no le servía de nada a Judith. Era como sostenerle la mano cuando se les venía encima un tsunami, su espumosa cresta alzándose treinta metros sobre ellos, arrastrando barcos y las tablas partidas de embarcaderos durante los últimos y trágicos segundos.

Uno de los novios de la madre de Charlene era así. Se llamaba Michael. Había visto a Charlene soportar los gritos y arrebatos de su madre, sus ridículos castigos, y había tratado de congraciarse con la niña.

—Si quieres hablar de ello, cuenta conmigo.

Charlene tenía a la sazón unos diez años y había tomado en serio sus palabras. Ningún hombre adulto le había ofrecido nunca nada, por lo que supuso que Michael se refería a que escucharía su problema y luego lo solventaría. Pero Michael no había querido decir más de lo que había dicho. Que la escucharía durante un rato, tras lo cual menearía la cabeza y diría:

—Lo siento.

Nunca había querido darle a entender que intentaría, o que podía, hacer que la madre de Charlene dejara de comportarse de ese modo.

Greg era como todos. Judith comprobaría que él se había percatado de sus problemas cuando le dijera que podía contar con él. Significaba que podía contar con él para que meneara la cabeza en un gesto de lástima hacia Judith mientras Catherine Hobbes y los policías la hundían y trituraban.

Decidió concederse más tiempo para tomar una decisión con respecto a Greg. Era un hombre amable y cariñoso, y aún no había visto las fotografías. Pensó que debía tener en cuenta la situación de Greg, porque vivía un momento frágil y perfecto, al igual que ella.

Pero Greg acabaría averiguándolo todo. Residía en Portland, acudía cada día a la oficina, hablaba con gente, hacía la compra, miraba la televisión, leía la prensa. El único motivo de que no lo supiera todavía se debía a que Judith ocupaba buena parte de su tiempo. Greg y sus amigos trabajaban sesenta horas a la semana, y cada segundo que no estaba ocupado con su trabajo, lo dedicaba a ella. Judith le obligaba a ir a verla en cuanto salía del despacho, y hoy ni siquiera le había dejado pasarse por su casa.

Había mantenido a Greg en una burbuja artificial junto a ella, donde no recibiera ninguna información. Pero con cada hora que transcurría, la barrera que impedía que llegaran las noticias se tornaba más frágil. Greg tendría que ir a trabajar. Tendría que abrir su periódico, encender el televisor. Ella no podía salvarlo para siempre. ¿Hasta cuándo? Haciendo un gran esfuerzo, quizá pudiera preservarlo hasta mañana por la mañana. Pero no más.

Miró por la ventanilla del coche, observando a las personas que transitaban por la calle a través de los charcos. Se preguntó hasta qué punto representaban una amenaza para ella. Si su fotografía estaba colocada en el Underground, probablemente también lo estaba en otros establecimientos cercanos. Esas personas habían visto su fotografía, y muchas habían leído las cosas espantosas que Catherine Hobbes había escrito sobre ella. ¿Estarían pensando en esos momentos en ella, o habían echado simplemente una ojeada al póster (¿de qué se trataba esta vez, de una mujer desaparecida o de una mujer que se había fugado llevándose a su hijo?) y habían continuado con sus quehaceres? No podía adivinarlo. Todas eran potencialmente peligrosas y constituían una amenaza para ella. Si en estos momentos vieran su rostro, ese hecho podía matarla.

Judith observó a Greg. Sus ojos se movían dentro de sus cuencas, mirando los coches que avanzaban lentamente ante ellos, los coches que pasaban de largo rápidamente, los retrovisores, la carretera. Vería el póster. Reconocería las fotografías. Greg se convertiría en un problema.

—Greg, me parece que no he sido contigo todo lo sincera que debiera.

—¿Ah, no? —Greg la miró horrorizado. Probablemente le había sonado como el preámbulo de un discurso de despedida.

Judith empezaba a odiarlo.

—Estoy enamorada de ti —dijo.

Greg siguió con la vista fija en la carretera, tras lo cual se volvió hacia Judith y respondió:

—Hace tiempo que pienso en eso. Quería decírtelo.

—¿Y por qué no lo hiciste?

—Temía que te pareciera demasiado precipitado y te enfadaras.

«Temía.» Era patético. Un tipo tan grandote y musculoso. Su vientre duro y plano, sus manos fuertes y su éxito en los negocios no parecían ayudarle. Greg era incapaz de afrontar el riesgo de abandonar esa timidez que le protegía so pena de encontrarse solo.

—No estoy enfadada. Me siento conmovida.

—Debí ser yo el primer en decirlo —dijo—. Deseaba hacerlo, pero pensé que debía aguardar cierto tiempo para que no pensaras que te estaba presionando, o que era demasiado prematuro para haberme enamorado de ti.

—No te preocupes —respondió ella—. Quizá he dicho más de lo debido porque hemos pasado un día tan maravilloso, o porque los martinis me han soltado la lengua. Pero me alegro de haberlo hecho.

—Yo también.

¡Cómo no iba Greg a responder «yo también»! Era inevitable. Imaginar que no lo diría eso era como imaginar que tamborilearía sólo con tres de sus dedos en lugar de cuatro.

Judith dejó que él la llevara a su apartamento. Había estado allí un par de ocasiones, por la noche, como hoy, después de que hubieran pasado la velada juntos. Su apartamento estaba más cerca que el de ella.

Greg vivía en el piso superior de un edificio comercial en Northwest Vaughn, en un espacio semejante a la buhardilla de un pintor, con el techo elevado, vigas de acero y grandes ventanales orientados al sur. Puesto que él no era un pintor, no estaba obligado a tener buen gusto. En un extremo de la habitación había colocado una canasta de baloncesto, y en el otro una cinta andadora, unas pesas y demás aparatos para hacer ejercicio. Las fotografías en las paredes consistían principalmente en anuncios que basaban su atractivo en chicas desnudas situadas en lugares raros. Dos aparecían subidas a unas motos. Una, luciendo una blusa desabrochada con las mangas arremangadas y unos vaqueros con las perneras cortadas, sostenía una motosierra. Otras estaban tumbadas como gatas sobre los capós y los techos de flamantes coches. Greg disponía de un área de trabajo con una mesa de casi cuatro metros, dividida entre el equipo del ordenador y pilas de papeles, gráficos y planos. Detrás de una mampara había una cama de matrimonio de grandes dimensiones con una colcha sintética semejante a la piel de un oso.

Esta noche la buhardilla presentaba su acostumbrado aspecto desordenado. Revistas, libros, calcetines, papeles y camisetas se mezclaban en un montón circular alrededor de la cesta de la colada, llena a rebosar. En la sección de la espaciosa habitación reservada a la cocina, sobre la encimera, estaban apilados los platos sucios de dos días, latas de cerveza y un bol medio lleno de palomitas de maíz rancias.

Judith observó a Greg dirigirse hacia el extremo del apartamento y entrar en el baño, tras lo cual se paseó por el espacio vacío, mirándolo con otros ojos. Había eliminado prácticamente todas las dudas que tenía sobre él, pero aún quedaba un último residuo, de modo que se acercó y aplicó la oreja a la puerta del baño, para asegurarse de que no estaba hablando por el móvil. No oyó su voz, de manera que siguió examinando el apartamento.

Greg salió del baño, arrojó su billetero y llaves sobre la larga mesa cerca de donde Judith había dejado el bolso, y se dispuso a preparar unas copas.

—No prepares una para mí —dijo ella.

—¿Seguro?

—Sí. Ya estoy un poco achispada. Si bebo más no podrás despertarme y aprovecharte de mí.

Mientras hablaba, la chica observó el rostro de Greg, y comprobó que se sentía feliz, animado, pero a la vez tranquilo y satisfecho. Greg creía que Judith le quería sinceramente, que quizás incluso le amaba.

Greg se acercó a ella, le tomó la mano, la besó suavemente en la mejilla y luego en el cuello, haciéndole cosquillas. A ella le complació, y pensó que iba a echarle de menos. Cuando pensaba en Greg se sentía halagada, pero al mismo tiempo experimentaba la sorprendida y distante curiosidad que le inspiraban los perros. Él la quería de la forma en que te quiere un perro, sin comparación con la casi indiferencia que Judith sentía por él. Greg siempre parecía temblar de gozo, como hacen los perros, deseando ponerse a brincar de alegría. Debía de ser maravilloso sentir ese gozo.

El hombre condujo a Judith hacia el espacio rodeado por una mampara que constituía su dormitorio y volvió a besarla. Judith miró la cama.

—Ahora me toca a mí ir al baño. Procura ordenar un poco esto, para darle un aspecto romántico y que parezca un lugar en el que una chica se sentiría a gusto.

Greg la soltó y la observó dirigirse al baño.

Judith se detuvo frente al espejo del baño y se miró. Sentía un zumbido en los oídos debido al alcohol que había ingerido, y estaba un poco atontada. Su boca mostraba los restos de la sonrisa forzada que había esbozado para Greg, haciendo que sus músculos faciales se sintieran tensos. Judith se arrepintió de nuevo de haberse bebido los martinis. ¿Tenía la mente lo suficientemente despejada para lo que iba a hacer? Había muchos detalles a tener en cuenta, en los que debía pensar ahora mismo. No tenía opción. Esta noche era la única noche.

Hasta el momento, esta noche ella no había tocado nada salvo el pomo de la puerta. ¿Había dejado algunas huellas dactilares en este apartamento? Era posible, hacía tres semanas, y seguro que Greg no las habría limpiado. ¿Tenía él alguna fotografía de Judith? No. En cierta ocasión había comentado que le gustaría tener una para colocarla sobre su mesa de trabajo, pero Judith había aducido una excusa y él no había vuelto a pedírselo. ¿Había alguien que les hubiera visto juntos? Probablemente miles de personas, pero eran extraños, una masa anónima de gente que acude a restaurantes o teatros o transita por las calles por las que habían caminado Greg y Judith. La chica había evitado conocer a los amigos de Greg de la oficina.

Pobre Greg. No se había dado cuenta de dónde se metía. De haber sido más fuerte, más inteligente, quizás ella se hubiera arriesgado con él. Pero era más de medianoche. Dentro de unas horas Greg iría a su despacho, leería el periódico, encendería el televisor, hablaría con gente. Judith tenía que impedírselo. Tenía que preservarla eternamente en su estado actual. Como en una instantánea. Se produciría un flash y quedaría congelado, sin darse cuenta de nada, confiado y feliz.

Se miró en el espejo y esbozó una sonrisa. Abrió la puerta, salió a la buhardilla y recogió su bolso. Al asomarse por la mampara vio a Greg acostado en la cama, cubierto por la sábana, con la colcha doblada a los pies del lecho. Judith dejó el bolso junto a la cama, bajó las luces, se desnudó y colocó su ropa ordenadamente sobre la silla. Concedió a Greg un buen rato para contemplarla; Judith sabía que gozaba haciéndolo.

Se acercó a la percha donde habían dejado colgados sus abrigos, tomó un chal, se metió en la cama y colocó el chal debajo de la cabeza de Greg.

—¿Qué es eso? ¿Qué haces?

—Un chal. Voy a vendarte los ojos. No te resistas.

Cuando terminó de ponérselo Judith se sentó a horcajadas sobre Greg.

—¿Vas a matarme?

Durante unos segundos ella se quedó desconcertada.

—Es algo agradable. No mires o lo estropearás todo.

Judith sacó la pistola de su bolso. Acercó la suave colcha de pelo sintético y envolvió la pistola en ella, empuñándola con la mano izquierda, y la apoyó delicadamente en la sien de Greg. Cuando él sintió el suave tacto del pelo, sonrió.

52

Catherine Hobbes examinó la mampara manchada de sangre junto a la cama de Gregory McDonald. El equipo del forense se había llevado el cadáver hacía un rato, pero ese espacio iba ser propiedad del perito en manchas de sangre durante un par de días, por lo que ella tenía que mantenerse en un segundo plano y observar desde fuera. No necesitaba acercarse más. Hobbes, o cualquier agente de homicidios experimentado, habría podido ver desde el extremo de la mampara lo que había ocurrido.

Al parecer el asesino había vendado los ojos de Gregory McDonald con un chal. Luego había envuelto la pistola en la colcha, la había apoyado en la sien izquierda del hombre y había apretado el gatillo. La sangre había brotado principalmente del orificio de salida en el lado derecho de la cabeza, y buena parte de las salpicaduras habían sido absorbidas por la colcha, aunque el asesino también se habría manchado de sangre. La parte superior de la cama y la almohada debajo de la cabeza de la víctima estaban empapadas en sangre. Tras un simple vistazo al baño, Catherine había deducido que el asesino había tenido que lavarse antes de abandonar el apartamento.

La sargento se alejó y examinó el apartamento. Lo que vio hacía que el asesinato pareciera aún peor, más absurdo. Gregory McDonald era un diseñador de software que se ganaba bien la vida, con un título en ingeniería, pero el apartamento estaba decorado en un estilo barroco propio de un universitario, con una canasta de baloncesto y latas de cerveza vacías incluidas. Según Catherine, todo indicaba que la víctima no había tenido tiempo de alcanzar la edad adulta.

Mientras ella pensaba en los datos simples y escuetos —un hombre soltero que había sido hallado desnudo en la cama con un tiro en la sien, pero sin que apareciese la pistola en el escenario del crimen, y un asesino que se había lavado después de matarlo— empezó a experimentar una profunda desazón.

En esto sonó su móvil; lo sacó del bolso.

—Catherine Hobbes.

—Hola, Cath. —Era el jefe—. Estoy moviendo mis fichas sobre el tablero. ¿Dónde estás?

—En el apartamento de Gregory McDonald. ¿Qué quieres?

—Quédate allí. Voy a asignarte también este caso. Una de las huellas recogidas por los técnicos de los azulejos en la ducha pertenece a tu chica.

—Me lo temía. —Catherine se arrepintió al instante de haberlo dicho. No era necesario que recordara a su jefe que ella había pronosticado esto. El capitán le había dado todos los policías de que disponía para que registraran la zona donde Tanya había utilizado sus tarjetas de crédito. Tenía que pensar en el futuro, no en el pasado—. Jefe, ¿podríamos retrasar un par de días el publicar la noticia de la huella dactilar?

—¿Por qué? ¿Crees que si esa chica lo averigua volverá a largarse?

—No lo sé, pero es una posibilidad. Estoy segura de que mira los informativos de televisión.

—De acuerdo. De momento no daremos la noticia a la prensa.

—Gracias.

Catherine le oyó colgar, de modo que cerró su móvil y lo guardó. Luego dijo en voz alta para que todos los policías en el apartamento la oyeran:

—Atención todo el mundo. Una de las huellas dactilares en los azulejos de la ducha pertenece a Tanya Starling. De momento no comunicaremos la noticia a la prensa. Tenemos a una asesina que de vez en cuando se tiñe el pelo. En cuanto encuentren cabellos que no pertenezcan a la víctima, hagan el favor de llamarme. Tengo que saber de qué color lleva Tanya el pelo esta semana.

Se acercó a la puerta del baño y miró dentro. Las paredes alicatadas, el lavabo y el espejo estaban casi ennegrecidos debido a los polvos utilizados para recoger huellas. A los técnicos del escenario del crimen les encantaban los espejos y los azulejos. Cualquier superficie que se limpiara con frecuencia y fuera lisa y reluciente era ideal para preservar huellas dactilares.

Catherine se detuvo e imaginó la escena, colocándose en el lugar de Tanya. Tanya había estado en el dormitorio con Gregory McDonald. Éste había estado desnudo, y ella probablemente también. Tanya le había ventado los ojos en plan juguetón. Pero lo había hecho porque quería que Gregory se quedara quieto y no tratara de arrebatarle la pistola o de protegerse refugiándose detrás de algo. Había envuelto la pistola en la colcha para sofocar el sonido y había oprimido el gatillo.

El sonido no había sido tan silencioso como esperaba ella. El disparo debió de sonar como un cañonazo en el apartamento. Catherine casi pudo oír la detonación en su mente.

Imaginó que sentía el culatazo de la pistola y oía el zumbido en sus oídos. La colcha no había sofocado el sonido. Tanya estaba asustada, y Gregory presentaba un aspecto terrible. La chica cubrió con la almohada lo que quedaba del rostro de Gregory. Se dio cuenta de que estaba desnuda y se sintió vulnerable; tenía un brazo manchado de sangre, una sangre casi caliente, y sintió náuseas. No sabía qué hacer. Quería vestirse y salir corriendo, pero tenía la cara, el pelo, el pecho y el vientre manchados con la sangre de Gregory McDonald. Había estado junto a él, o quizá sentada sobre él a horcajadas, y se levantó de la cama y se agachó, apuntando la pistola hacia la puerta del apartamento.

Permaneció allí largo rato, aguzando el oído. Quizá durante diez minutos, o sólo cinco, pero a ella le pareció una eternidad. Aguardaba percibir el sonido que le indicaría que alguien había oído el disparo. Tanya se dirigió cautelosamente a la ventana y observó la calle. Probablemente sabía que si se acercaba un vecino para investigar, ya habría llamado a la puerta con insistencia. Si alguien había avisado a la policía de Portland, los agentes no habrían tardado tanto en acudir. Tanya se tranquilizó, porque conocía el secreto de los disparos en una ciudad. Cuando las personas oían un disparo se decían que era el tubo de escape de un coche o un petardo. Sólo cuando oían múltiples disparos no podían convencerse de que se trataba de algo inofensivo.

Entró en el baño y se miró en el espejo. Estaba salpicada de sangre de Gregory y tenía que lavarse. Abrió el grifo de la ducha, lo reguló a una temperatura soportable, y se metió en la ducha. Se lavó de pies a cabeza, tanto la piel como el pelo, permaneciendo un buen rato en la ducha, para asegurarse de haber eliminado todas las manchas de sangre de su cuerpo y que los residuos rosáceos de la sangre diluida en el agua habían desaparecido por el desagüe. Quizá sabía también que al disparar una pistola quedaban restos de pólvora quemada y metales pesados sobre la piel, de modo que se había restregado con fuerza. Tanya salió de la ducha y se secó con la toalla más limpia que encontró, tras lo cual secó con ella el suelo, los grifos y todo lo que recordaba haber tocado. Lo único que pasó por alto fueron los azulejos de la ducha. ¿Había olvidado que al salir había perdido unos instantes el equilibrio, o que se había apoyado en ellos para secarse un pie? Tanya regresó al dormitorio con la toalla, la metió en la cesta de la colada debajo de la ropa de Gregory, o quizá la arrojó al suelo y luego recogió unas prendas y las colocó sobre la toalla que había utilizado.

Luego se vistió. Si el arma era un revolver, lo guardó en su bolso. Si el arma era semiautomática, buscó el cartucho y lo guardó en el bolso junto con el arma. Se acercó de nuevo a la ventana de la fachada y miró fuera para asegurarse de que no se veían policías en la calle frente al edificio. Al comprobar que no había, exploró el apartamento, probablemente con una linterna. Buscaba dinero, joyas o cualquier objeto de valor. Empleó un buen raro en registrar el apartamento, utilizando probablemente algo como un calcetín de Gregory para enfundárselo en la mano antes de abrir los cajones. No se molestó en hacerlo porque necesitara dinero desesperadamente sino porque no había motivo para no hacerlo, y tras el sonido de un disparo no convenía que se oyeran los pasos de alguien abandonando el edificio hasta que hubiera transcurrido largo rato.

Catherine sabía que Tanya había averiguado a estas alturas que la única razón de que la policía capturara a los delincuentes era porque éstos no se detenían el tiempo suficiente para pensar, para prepararlo todo y actuar con normalidad. Echaban a correr, sudorosos y con aspecto de sospechosos. Cuando Tanya estuvo lista, volvió a mirar por la ventana, cogió las llaves del coche de Gregory McDonald, bajó la escalera y partió en su coche. El coche no había aparecido aún, pero Catherine estaba segura de que aparecería ese mismo día, aparcado en un centro comercial, un aeropuerto o un aparcamiento público.

La sargento se alejó del cuarto de baño y se acercó a los técnicos que estaban recogiendo huellas en la larga encimera junto a la ventana.

—Si aún no lo ha hecho nadie, quiero que alguien extraiga el sifón de la ducha para comprobar si contiene cabellos. Estoy casi segura de que el motivo de que Tanya tocó los azulejos fue porque después de matarlo se duchó. Otro lugar que conviene examinar es la cesta de la colada. Debería haber una toalla húmeda oculta entre la ropa.

Catherine se dirigió a la escalera, sin tocar la barandilla, salió del edificio y alzó la vista para observar las ventanas del apartamento de Gregory McDonald. Nadie pudo haber visto nada desde la calle, y los edificios situados enfrente eran más bajos. Al parecer todavía eran utilizados con fines industriales y aún no formaban parte del aburguesamiento que había invadido el barrio, pero ella averiguaría quién los ocupaba e interrogaría a sus ocupantes.

Tras dudar unos instantes, sacó el móvil y marcó un número de Los Ángeles.

Respondió una mujer con una voz más juvenil que la de Catherine.

—Investigaciones Pitt. ¿Qué podemos hacer por usted?

—Soy Catherine Hobbes —contestó—. ¿Está Joe?

—No, lo siento. Ha salido, pero pasaré la llamada a su móvil.

—No es necesario —dijo.

—Debo hacerlo —respondió la joven. Creyó detectar cierto tono de regocijo en su voz—. Nos ha dicho que si no le pasamos una llamada suya, la persona responsable tendrá serios problemas. Espere un momento, por favor.

Al cabo de unos instantes oyó la voz de Joe.

—¿Catherine?

—Sí —respondió ella—, soy yo. ¿Es cierto que amenazas a tus empleados?

—Claro. ¿Acaso tú no lo haces?

—No tengo empleados. Te llamo para darte malas noticias. Tanya ha vuelto a hacerlo. No sé por qué te molesto con esto, pero supuse que te habías ganado el derecho a compartir mis penas.

—¿Quién es la víctima?

—Un hombre joven llamado Gregory McDonald. Era ingeniero de informática. Murió de un disparo en la cabeza cuando estaba acostado en la cama, en su apartamento, con ella.

—De modo que es como el asesinato de algunos de los otros, de Dennis Poole y el tipo en el hotel aquí.

—Eso es lo que creo. Aún no sé si fue el ligue de una noche o el fin trágico de una relación. Hace pocos minutos me informaron de que una de las huellas en el apartamento pertenece a Tanya, de modo que acabo de empezar. Nadie ha comprobado todavía si los vieron juntos y demás detalles.

—¿Te importa que vaya a reunirme contigo esta noche o mañana para echar un vistazo?

—Sí —respondió Catherine—. Pues claro que me importa. Este es mi caso, y mi trabajo, y tú me distraes. Tengo que seguir las pistas de que disponemos, y más tarde quizá pueda explicarte de qué se trata.

—Eso significa que esa chica sigue allí —dijo Joe—. Procura esmerarte, y ten cuidado. Te quiero.

—¿Por qué haces eso? —preguntó ella.

—¿El qué?

—Decir que me quieres cuando estoy a punto de colgar. Podría escucharte toda la vida, pero nunca me lo dices excepto en los momentos más inoportunos como este.

—Creo que eso no es verdad. ¿Lo es?

—Sí, Joe, es verdad. La primera vez, pensé que era una mala conexión telefónica. Ahora creo que lo dices por decir, como «cuídate», ¿o pretendes decirme en serio que me quieres?

—Te estoy diciendo que te quiero. Te lo volveré a decir. Te quiero.

—Me alegro —respondió Catherine—. Porque yo también te quiero. Ahora debo colgar y experimentar unos segundos de intensa felicidad antes de dirigirme al depósito y examinar el cadáver de un hombre con un balazo en la cabeza. Adiós. —Pulsó el botón para terminar la llamada, guardó el móvil en su bolso y subió al coche pensando en Joe Pitt.

Mientras se dirigía al despacho del forense, Catherine se preparó para el espectáculo que sabía que la aguardaba. Los disparos en la cabeza eran tremendos, pero tenía que examinar todo lo que había hecho, tocado o dejado Tanya. Quizás esta vez había cometido algún error. Quizás esta vez había olvidado eliminar algún detalle que le indicara dónde dar con ella.

53

Judith se había quedado en la cama prácticamente todo el día. Había dormido casi doce horas de un tirón, dejando que el agotamiento la mantuviera inconsciente y el tiempo transcurriera de forma que las imágenes y los sonidos no aparecieran tan claros y nítidos en su memoria. Cuando se despertó permaneció acostada recordando, pero sus pensamientos no estaban relacionados con lo de anoche. Una vez tomada la ingrata decisión, no había motivo para seguir dándole vueltas.

Pensó en que las cosas nunca salían como ella deseaba. Siempre había sido así, y era porque siempre había alguien que no quería que ella fuera feliz. Lo curioso era que las personas que siempre pretendían lastimarla eran mujeres.

Judith no esperaba mucho de los hombres. Eran unos seres indiferentes y desconsiderados. Eran insensibles y egoístas. Algunos incluso tenían algún que otro problema sexual, un programa que les daba vueltas en la cabeza y les inducía a comportarse de cierta forma, y pretendían que ella se comportara de una forma exactamente complementaria. De hecho todos compartían en cierta medida ese rasgo, pensaban en el sexo continuamente, y toda relación que Judith había mantenido con hombres había tenido ese componente. Aun cuando fuera imposible que mantuvieran relaciones sexuales con una determinada mujer, los hombres no dejaban de pensar en ello. Todas esas cosas formaban parte del mundo conocido. Nadie trataba de ocultarlo.

Las mujeres tenían sobrados motivos para estar del mismo lado, pero en la práctica no era así. Siempre competían entre sí. En la vida de Judith, los hombres habían resultado difíciles o decepcionantes, pero las personas que la habían atormentado habían sido siempre mujeres. Empezando por su madre.

Sharon Buckner nunca había sido capaz de centrarse y mudarse a Chicago o a Milwaukee para conseguir un trabajo serio. Cada noche, desde que tenía dieciséis años, se había vestido con sus mejores galas y había logrado que la llevaran a alguna ciudad importante para bailar, beber y divertirse, pero la idea de ponerse a trabajar allí le parecía inconcebible.

Charlene tenía unos diez años cuando averiguó de dónde procedía su nombre. Por entonces Charles Kepler se había casado y había abandonado la ciudad —se sentía avergonzado de su ciudad, según decía Sharon Buckner— pero el resto de los ciudadanos no se habían marchado. Ese día Charlene comprendió que desde que había nacido, todas las personas adultas que la rodeaban —sus vecinos, sus maestros— no habían dejado de observarla conociendo los aspectos más íntimos de su vida.

Cuando Charlene era una niña e hizo su debut en el circuito de los concursos de belleza infantiles, sus bonitas facciones hicieron que la gente se fijara en Sharon. Ésta se convirtió en la atractiva madre de la bonita niña. Pero cuando Charlene ingresó en la escuela secundaria, la situación cambió. Las niñas que participaban en esos concursos tenían entre trece y diecisiete años. Charlene obtuvo el título de Miss Junior Hogan County y Miss Junior Carroway County, en ambas ocasiones dando unas señas falsas, y por último Miss Junior Central Illinois. Pero su madre dejó de sentirse complacida.

Ambas tenían por entonces diez años más, y el paso del tiempo había sido más benévolo con Charlene que con Sharon. Charlene era quien llamaba ahora la atención; era la rival de Sharon, su enemiga. Su madre empezó a hacer comentarios despectivos sobre el peso, el pelo, el cutis y la forma de ser de Charlene. Empezó a burlarse de las respuestas que ella daba a las preguntas del presentador del espectáculo. Charlene sabía que eran correctas, porque los presentadores sólo formulaban unas veinticinco preguntas y a lo largo de los años la jovencita había memorizado las mejores respuestas de las ganadoras.

Tuvo que dejar de participar en los concursos de belleza a los quince años porque su madre se negó a seguir inscribiéndola en ellos. Charlene se alegró de no tener que compartir muchas horas con su madre en espacios reducidos, pero le hizo sentirse más vulnerable ante las insoportables chicas de la escuela. Ya no gozaba de la vida secreta que le permitía lucir bonitos vestidos largos y, la mayoría de las veces, una corona. Cuando ese mundo desapareció, Charlene se quedó sin nada.

Las chicas de la escuela siempre se habían mostrado frías y antipáticas con Charlene, pero desde el comienzo de la escuela secundaria se comportaron de forma decididamente cruel. Cada vez que ella trataba de hablar con una chica ésta le decía que era odiosa y prepotente. Cuando hablaba con un chico era una puta. Cuando no hablaba con nadie era una cretina que se creía superior a los demás. Cuando aprobaba un examen era una vanidosa que daba coba a los profesores. Charlene almorzaba sola, se dirigía a pie y regresaba de la escuela sola.

Mientras pensaba hoy en eso, Judith decidió que si alguna vez disponía de tiempo, se desplazaría a Illinois para tratar de localizar a algunas de esas chicas. Suponía que Gail Halpren ya se habría casado y tendría un par de hijos. Judith iría a su casa y llamaría a la puerta. Cuando Gail abriera, le diría: «¿Te acuerdas de mí? Yo era Charlene Buckner. He pensado que mereces que te dé las gracias por la forma en que me trataste en la escuela secundaria». Luego sacaría la pistola. O iría en busca de Terry Nugent. Terry probablemente estaría en Chicago, ejerciendo de abogada o corredora de bolsa. Judith la esperaría en un aparcamiento subterráneo. «¿No eres Terry Nugent, de Wheatfield? Sí, soy yo. Pero no hablemos de esos tiempos. Podemos pasar toda la eternidad hablando de ellos en el infierno.» Pum.

Cuando Judith se fue a vivir con Carl, las otras mujeres eran esposas y novias de hombres importantes. Ninguna sentía simpatía por Judith, pero los motivos eran más claros. Las fiestas en las que se movía ese grupo de gente también eran concursos de belleza; las mujeres se exhibían luciendo sonrisas tan falsas como rígidas y unos ojos desmesuradamente abiertos que traslucían temor. La joven se comportaba de modo más convincente que ellas, y por eso la odiaban.

Ahora la policía andaba tras ella, y la persona que había organizado esa cacería era otra mujer. Judith odiaba a Catherine Hobbes, pero sabía que en parte su odio era simple indignación ante lo desigual de la situación. Catherine Hobbes presentaba un aspecto impecable, muy tiesa y bien vestida. Tenía un talante desenvuelto e imperturbable que la hacía parecer inteligente y formada. Y estaba respaldada por el poder.

Se levantó de la cama, al mirar por la ventana comprobó que hacía un día despejado, entró en el baño para darse una ducha y luego se vistió. Lucía un elegante conjunto formado por una falda y un jersey, como si fuera a trabajar en una oficina, pero metió la vieja gorra de béisbol y la cazadora de Tyler Gilman en su mochila, que llevó con ella al coche.

Judith deseaba saber si la policía había encontrado ya el cadáver de Greg. Supuso que podía averiguarlo pasando en coche frente al apartamento para ver si había coches de la policía, pero no quería ir allí. No sabía si la policía creía el viejo dicho de que los asesinos siempre regresaban al escenario del crimen. En caso afirmativo, estarían esperándola.

Se dirigió en coche al norte y al este por el Broadway Bridge, hacia la comisaría situada en North Thompson Street. Aparcó su Acura en un espacio libre en North Tillamook y rodeó la manzana a pie. Al aproximarse al edificio, trató de asimilar todos los detalles. Vio varios coches, algunos de ellos de policía, entrando y saliendo del aparcamiento junto al edificio. Era una zona concurrida, y Judith no era la única transeúnte. La chica había observado en otras ocasiones que las personas que entraban y salían de las comisarías siempre mostraban un aire apresurado y preocupado, nunca complacido. Esta tarde, ninguna mostraba la menor curiosidad hacia otras personas.

Mucho antes de llegar al edificio, ella vio lo que buscaba: debajo del edificio había una rampa de acceso. Supuso que había un aparcamiento subterráneo donde los policías estacionaban sus coches. Judith pasó frente a la entrada, miró en su interior y tomó una decisión.

Siguió la rampa hasta el nivel inferior. Los coches aparcados ahí debían de pertenecer a los policías, pero en cuanto Judith llegó allí, empezó a perder la esperanza de localizar el vehículo que andaba buscando. Había multitud de coches y Judith contaba sólo con una teoría sobre Catherine Hobbes para apoyarse en ella.

Había supuesto que Catherine Hobbes estaba tan segura de sí misma y de sus gustos que habría sustituido el coche que había ardido en el incendio por otro igual: un Acura de color azul verdoso sufragado por su póliza de incendios.

Echó a andar entre dos hileras de coches, examinándolos detenidamente, pero no vio ningún Acura ni ningún coche azul verdoso de ninguna marca. Pensó que era posible que Catherine no hubiera ido hoy a trabajar, o que hubiera aparcado en una calle cercana como había hecho ella, o que hubiera salido y utilizado su propio coche en lugar de uno de la policía. Todo eso era posible, pero que fuera posible no significa que fuera probable.

Siguió buscando. Caminó hasta el fondo del pasillo entre los coches, recorrió el siguiente y regresó al punto de partida. Intuía que había pasado todo el tiempo que se podía permitir en el aparcamiento. De pronto oyó un ruido, y al alzar la vista vio a un conductor en un Ford Explorer bajar la rampa y aparcar en un espacio libre. Se trataba evidentemente de un policía —con un corte de pelo casi al cero, corpulento y con bigote—, y tenía prisa. Descendió del coche, sacó de la parte posterior del vehículo un maletín y una chaqueta y la miró.

—¿Puedo ayudarla a buscar algo? —Era como todos los policías. Trataba de no parecer que sospechaba de Judith, y no tenía motivos para sospechar nada, pero no podía evitarlo. No obstante, Judith adivinó que pensaba en un delito que ella no había cometido. No la había reconocido. Quizá la reconocería más tarde, cuando ya se hubiera marchado.

—Esta es la comisaría, ¿no es así? —preguntó.

—Sí, pero no puede aparcar aquí. Tiene que subir a la planta baja y entrar por ahí. Ahí hay un aparcamiento para visitas.

—Gracias. He aparcado en la calle —respondió ella. Siguió andando, sintiendo que su corazón había empezado a latir aceleradamente cuando el peligro ya había pasado. Casi había alcanzado la rampa cuando cayó en la cuenta de que quizá hubiera visto el coche mientras hablaba con el policía. Había un Dodge Neon de color gris con una matrícula que ponía Enterprise Rent-a-Car. Era posible que Catherine no hubiera comprado aún otro coche para sustituir al antiguo. Quizá conducía un coche de alquiler. Judith sabía que no podía regresar para observarlo más detenidamente. Salió del parking y se encaminó hacia la puerta principal de la comisaría, pero en el último momento pasó de largo y echó a andar apresuradamente por la calle.

Al llegar donde había dejado su coche subió a él y se alejó. A las cinco regresó a North Thompson Street y aparcó donde pudiera observar la entrada desde lejos. Poco después de las seis vio salir un gran número de coches, pero el de Catherine no estaba entre ellos. Judith supuso que quizs el turno había cambiado, pero ella era la sargento Catherine Hobbes. No tenía que cumplir el mismo horario que los policías de tráfico. A las ocho vio salir otro grupo de coches, y a las diez un tercero, pero no vio el pequeño Dodge Neon gris.

La chica pensó que quizás estuviera equivocada. Puede que el coche de alquiler no fuera de Catherine. Quizás otro policía había dejado su coche en el taller de reparación y conducía uno de alquiler hasta que le entregaran el suyo. Judith pensó que quizás estaba perdiendo el tiempo. Empezaba a estar aburrida y hambrienta y tenía ganas de ir al lavabo. Puso su coche en marcha y se alejó de la acera. Cuando se disponía a enfilar la calle, alejándose de la comisaría, miró en el retrovisor para asegurarse de poder hacer la maniobra. De pronto vio al Dodge Neon subir por la rampa y dirigirse hacia ella.

Esperó y dejó que el Dodge Neon pasara de largo. Vio que lo conducía una mujer, que parecía tener el pelo como Catherine Hobbes, pero la penumbra le impedía ver sus facciones. Judith dejó que el Neon la adelantara y luego arrancó. Lo siguió a cierta distancia, esperando unos segundos antes de doblar a la derecha para seguirlo por North Tillamook. Luego aguardó a que otros dos coches hubiera pasado antes de doblar por segunda vez hacia North Interstate Avenue.

Judith siguió al coche cuando éste giró de nuevo a la derecha hacia Northeast Russell Street. Consiguió mantener a uno de los dos coches entre ella y el Neon mientras pasaban frente al gran hospital situado en el lado izquierdo de Northeast Russell. Luego el Neon puso el intermitente para indicar que iba a doblar hacia la izquierda. Pasó por la derecha lentamente, observando a la conductora, y comprobó que era Catherine Hobbes. Judith avanzó durante una manzana, observando al coche en el retrovisor cuando éste giró por un callejón junto a un moderno edificio de ladrillo.

Tan pronto como el coche desapareció detrás del edificio, dio la vuelta, regresó y aparcó donde pudiera observar las ventanas. Pero mientras observaba, vio a dos mujeres vestidas con batas del hospital salir de éste y al llegar a la acera encaminarse hacia los escalones de la entrada. Una de las mujeres rebuscó en su bolso hasta encontrar unas llaves. Pero antes de que pudiera utilizarlas, un joven vestido también con un uniforme del hospital apareció en el vestíbulo, salió y mantuvo la puerta abierta hasta que las mujeres entraron, después de lo cual dejó que la puerta se cerrara y se dirigió al hospital.

Judith vio a Catherine subir unos escalones en el iluminado vestíbulo, al parecer procedente del fondo del edificio. Pasó frente al ascensor y subió la escalera.

Se apeó del coche y se aproximó, sin perder de vista al edificio de apartamentos. Al cabo de unos momentos se encendieron las luces en una ventana del tercer piso.

54

La noche siguiente, Catherine se dirigió a Adair Hill y aparcó el coche de alquiler frente a la casa de sus padres. Subió los escalones del porche y trató de girar el pomo de la puerta. Pero estaba cerrada. Había confiado en que lo estuviera, pero no pudo por menos de sentir una sensación de frío y tristeza al sacar al llave y abrir la puerta.

—¿Hola? —preguntó—. ¿Hay alguien en casa?

—¿Dónde íbamos a estar? —Era su padre. Salió de la cocina y dejó que su hija le besara en la mejilla.

—No lo sé —respondió Catherine—. Ya sois lo bastante mayorcitos para tomar vuestras propias decisiones y apechugar con las consecuencias.

—Gracias, cariño —dijo su madre desde la cocina—. Me alegro de que hayas venido a vernos. ¿Han cerrado la comisaría y te han echado?

—No, me he marchado voluntariamente. —Entró en la cocina, seguido por su padre. Besó a su madre, sorprendida de nuevo por la increíble suavidad que había adquirido la tez de su madre en los últimos años, y disfrutando el ligero perfume a jabón de gardenias que percibía desde que era una niña.

Catherine se sentó a la mesa de la cocina y aceptó la taza de café que su padre depositó ante ella. Él se sentó sosteniendo un vaso de agua y la observó con suspicacia.

—¿Has tenido un día duro, hija?

Se encogió de hombros.

—Ya no sé qué decirte. Desde que hallamos a ese hombre ayer y la huella dactilar de Tanya en la ducha, no ha aparecido nada más. Quizá sea mejor. Al menos no estamos rodeados de cadáveres. Pero no tengo la sensación de que estemos ganando.

—Nunca se tiene esa sensación hasta que todo ha terminado —dijo su padre—. Pero supuse que a estar alturas ya habría reconocido alguien a esa chica.

Mientras padre e hija conversaban, la madre de Catherine empezó a ponerse nerviosa.

—¿Cómo va tu vida aparte del trabajo? —inquirió—. ¿Ha ocurrido algo interesante?

—No que yo sepa. Soy la misma divorciada amargada de hace años.

—Apenas te pasas por aquí. ¿Ha venido a verte Joe Pitt?

El padre de Catherine pareció recordar de pronto que tenía que hacer algo. Se levantó y se llevó su vaso de agua a otra habitación.

—Hace un par de semanas. Regresó a Los Ángeles porque tiene varios casos entre manos. Nos hablamos por teléfono con frecuencia.

—¿De qué habláis?

—¿A qué te refieres?

—No sé... Creo que me refiero a si estás enamorada de él.

—O si él está enamorado de mí.

—Las dos cosas.

—Titular: «La madre desea que su hija se case».

—O no —replicó Martha Hobbes—. Quizás estés acostumbrada a estar soltera. ¿Lo único que deseas en la vida es ser policía?

—¿Te parece una idea tan extraña?

—Lo mío es de risa. Me pasé veinticinco años esperando que tu padre se jubilara sin que nadie le metiera una bala en el cuerpo y ahora me preocupas tú. Puede que el matrimonio no sea tan malo comparado con que unos asesinos prendan fuego a tu casa y traten de matarte.

—Ya he estado casada, ¿recuerdas? Fue entonces cuando comprendí que quería ser policía. Averigüé que mi marido se acostaba con todas las mujeres que se le ponían a tiro.

—¿Te parece eso divertido? —preguntó su madre mirándola fijamente.

—Más divertido que hace un tiempo —contestó Catherine—. Créeme, durante las últimas semanas he empezado a pensar como tú.

—¿Te refieres a que vas en serio con él?

—Sí, muy en serio. Pero no pienso en el matrimonio. No pensaba en salir con él hasta que olvidé deliberadamente todo lo que mi madre me había dicho sobre los hombres.

—Joe vive en Los Ángeles, ¿no es así? ¿Qué harías si te pidiera que te mudaras allí?

—No me lo ha pedido.

—Eso no significa que no debas pensar en ello hasta que te lo pida.

—No te entiendo. ¿Has decidido que quieres que me mude a Los Ángeles o no quieres que lo haga?

—Quiero que seas feliz.

—Vale. Soy feliz.

—Me refiero a realmente feliz.

—Madre, procura ser feliz tú. Haz feliz a papá. En estos momentos no puedo sentirme «realmente feliz». Tengo algo muy parecido a un novio. Ya veremos adónde nos lleva, pero de momento no nos lleva a ninguna parte. Las relaciones a distancia son tal como suele decirse, es decir, horribles. Joe y yo bromeamos sobre ello y decimos «te añoro». Casi todas las veces que hablo con él por teléfono tengo la sensación de que está mirando un partido en la televisión con el sonido bajado.

—Muy bien. ¿Tanto te ha costado?

—¿Qué?

—Responder a lo que te había preguntado.

Catherine cerró los ojos y respiró hondo dos veces, tras lo cual volvió a abrir los ojos.

—No, supongo que no.

En esto entró su padre llevando un periódico.

—¿Has hablado con las salas de urgencias?

—¿Qué?

—Esa chica mató a un tipo alto y corpulento, ¿no es así? A veces cuando matan a alguien se lesionan. Durante el forcejeo vuelan astillas de madera o fragmentos de cristal, algunas personas que creían que estaban muertas resultan que no lo están. Esa chica podría estar lesionada.

—No lo está. El hombre tenía los ojos vendados y yacía desnudo en la cama. Toda la sangre que hemos hallado en el apartamento es suya.

—Ya —respondió su padre—. ¿Y alguna multa por aparcar en lugar indebido? Yo atrapé a varios sospechosos observando qué coches aparcados cerca del escenario del crimen tenían una multa. En el papel hay una descripción del coche y el número de matrícula.

—Ya lo he comprobado.

—¿Y vídeos de seguridad? Ese apartamento está en un barrio principalmente comercial.

—Esto también lo he comprobado.

—Buena chica. —Su padre salió de nuevo de la cocina.

—¿Entiendes alguna vez lo que dice tu padre? —preguntó su madre.

—Siempre. Trata de pensar en algún medio de agilizar la investigación que estoy realizando.

—Me alegra saberlo —murmuró su madre—. A veces pienso que le sigues el juego para no herirle.

—No lo hago, pero lo haría.

Su madre sirvió una porción de tarta de cerezas en un plato y lo depositó frente a Catherine. Ella lo cortó por la mitad y devolvió la otra mitad a la bandeja sin comentarios. Luego se comió su parte y escuchó a su madre mientras le contaba lo que había ocurrido en el barrio durante los últimos días.

Los cotilleos producían a Catherine una curiosa y reconfortante sensación. La calmaban y demostraban que los ritmos del mundo real seguían intactos. El sol secaba los jardines empapados de lluvia, las rosas florecían y Lydia Burns había echado una carta en un buzón y había dejado caer las llaves accidentalmente en él.

A las once Catherine entró en el cuarto de estar, donde su padre estaba mirando los informativos locales. Éste alzó la vista y le preguntó:

—¿Has hecho que unos policías uniformados mostraran la fotografía de esa chica en las pequeñas tiendas de barrio?

—¿He pasado algo por alto? —preguntó Catherine.

—Esa chica tendrá que comprar comida y pasta dentífrica en algún sitio. Los supermercados están llenos de gente que hacen cola y se observan mutuamente, aparte de cuatro o cinco encargados que vigilan a los clientes. Quizá decida comprar en una de esas pequeñas tiendas regentadas por matrimonios de emigrantes que no distinguen a una joven americana de otra, o temen meterse en problemas.

—Ya lo miraré. Gracias, papá. —Le besó en la mejilla.

—¿Te vas? —preguntó su padre.

—Sí. Ya me he comido mi porción gratis de tarta, de modo que me marcho.

—Pasé en el coche para ver el edificio donde vives.

—¿Y te pareció horrible?

—No trabajo para el *Architectural Digest*. Me complace que tenga el portal cerrado con un interfono y que haya mucha gente entrando y saliendo de él. Parecían médicos.

—Son internos —dijo Catherine—. Los médicos que ya tienen cierta edad disponen de su propia vivienda.

—Cuando aparques en ese aparcamiento detrás del edificio, echa un vistazo alrededor antes de apearte del coche y ándate con cuidado.

—Siempre lo hago —respondió—. Buenas noches.

—Buenas noches, hija.

Salió y se detuvo en el porche. Observó detalladamente la configuración de árboles y casas que le resultaban tan familiares que constituían el paisaje de sus sueños. Todo seguía igual desde que tenía uso de razón, y no había una sombra que no hubiera memorizado. Echó a andar lentamente hacia su coche, mirando a diestra y siniestra de la tranquila calle.

El día después de que Tanya prendiera fuego a su casa, Catherine había solicitado que apostaran un coche camuflado junto a la casa de sus padres, en la curva de la carretera, para que un policía pudiera ver la cara de cualquiera que pasara en coche o a pie. Al cabo de una semana no había una justificación de peso para que el coche siguiera apostado allí. Nada indicaba que Tanya hubiera ido en busca de los padres de Catherine, pero esta noche tenía un mal presentimiento.

Siguió andando hacia su coche, se detuvo junto a él y metió la mano en el bolso, fingiendo buscar las llaves mientras aguzaba la vista y el oído. No oyó ningún sonido extraño, ni vio nada sospechoso. Se entretuvo unos minutos, para dar a Tanya la oportunidad de tomar la iniciativa. Pero no ocurrió nada.

Subió al coche, arrancó, encendió los faros y subió un trecho por la colina. Dio la vuelta en el lugar donde se habría ocultado de haber sido Tanya, cuesta arriba junto a los elevados setos de Tolliver. Luego descendió lentamente hacia la carretera, girando el volante ligeramente de vez en cuando para iluminar con los faros los lugares más idóneos donde esconderse en la estrecha calle.

Trató de estimular su mente para que su mal presentimiento se intensificara y pudiera identificarlo. Si había visto algo demasiado sutil para interpretarlo, se había desvanecido: en su mente no se formó ninguna imagen inquietante. Cuando llegó a los pies de la cuesta y giró a la izquierda hacia el puente, lo comprendió: era una cuestión de tiempo.

Había escuchado las historias de su padre y otros policías y había leído los expedientes de centenares de casos sobre asesinos múltiples. La mayoría de ellos eran varones, y casi todos mataban con el fin de llevar a cabo una fantasía mezcla de violencia y sexo. Muchos parecían buscar un determinado tipo de víctima. Otros parecían tratar de reproducir exactamente la misma escena que habían creado en su imaginación. Catherine no tenía claro qué se proponía Tanya cuando asesinaba a alguien. Tenía la impresión de que era algo relacionado con el poder. Quizás en su pasado se había sentido impotente, y la habían lastimado y violado. Catherine tenía la sensación de que con los asesinatos Tanya había creado un método para sentirse segura.

Todo indicaba que a la chica le movía el miedo. Cada vez que mataba a alguien su temor aumentaba, por lo que tenía que volver a matar para sentirse segura. Cada vez que Tanya notaba que perdía el control, mataba a alguien para demostrarse que no era así. Lo que inquietaba a Catherine esta noche era que se había habituado al ritmo de Tanya, y tenía la impresión de que había llegado el momento de que cometiera un nuevo asesinato.

Entró en el aparcamiento detrás del edificio de apartamentos y recordó el consejo que le había dado su padre. Dio la vuelta con el pequeño coche de alquiler por todo el perímetro, dejando que los faros iluminaran los pequeños arbustos que crecían junto a la acera. Eligió un espacio en el centro y descendió del coche, sosteniendo el bolso y las llaves con la mano izquierda para tener la derecha libre para echar mano de la pistola.

Después de echar una última ojeada a su alrededor, abrió la puerta trasera del edificio, entró y la cerró tras ella, deteniéndose hasta oír el clic de la cerradura. Echó a andar por el vestíbulo hacia la escalera situada en la parte delantera del edificio en lugar de subir en el ascensor. Cuando entró en su apartamento en la tercera planta, cerró la puerta con llave y corrió el cerrojo. Luego fue a darse una ducha.

55

Judith alzó el paquete de la cama y trató de quitarle el grueso envoltorio de plástico. Fue a la cocina en busca de un cuchillo para carne, regresó al dormitorio y practicó un corte en la parte superior. El paquete decía «Uniforme de hospital, talla pequeña, homologada por el OSHA». Sostuvo el pantalón frente al espejo de cuerpo entero y lo observó detenidamente. ¿No le quedarían las perneras un poco largas? Había comprado el equipo esta tarde en una tienda de uniformes especializada en atuendos médicos, y no había querido entretenerse mucho ni formular preguntas.

Judith había tomado el paquete, había pagado en efectivo y se había marchado. Se quitó los vaqueros y la camiseta, se puso el uniforme y se miró en el espejo. Tenía la sensación de haberse puesto un pijama almidonado, pero le favorecía. La chica se volvió un poco para mirarse por detrás, y siguió volviéndose hasta situarse de nuevo de cara al espejo. Se sentía muy satisfecha. Lo único esencial era que el uniforme le quedara bien: ninguna enfermera luciría uno que no fuera de su talla. Judith tenía el aspecto de una enfermera muy atractiva.

Había elegido el color granate porque no quería destacar en la oscuridad. Algunos hombres y mujeres que había visto caminar por Russell Street desde el hospital lucían una camisa y un pantalón blancos, y cuando un coche doblaba la esquina parecían relucir a la luz de los faros. Los que llevaban un uniforme azul oscuro o granate eran casi invisibles.

Judith se calzó unos zapatos cómodos que había adquirido y volvió a comprobar la largura del pantalón. El pantalón le llegaba a los zapatos, apoyándose un centímetro en ellos. Era el largo adecuado. Entonces alzó la holgada camisa y contempló su vientre desnudo. Era el único lugar para llevar una pistola. La holgada camisa lo ocultaría.

Se miró en el espejo. Adoptó una expresión seria, como una enfermera que se apresura por un pasillo para acudir a la habitación de un paciente. Luego asumió una expresión neutra, y decidió que era la más adecuada. No iba a tener que aplicar un desfibrilador en el pecho de un enfermo. Sería tan sólo una joven que acababa de concluir su turno de noche.

Utilizó una cinta elástica a juego con su uniforme para recogerse el pelo en una cola de caballo, tras lo cual se puso unas gafas con los cristales transparentes que había comprado en una tienda especializada en artículos para artes y oficios. Eran unas gafas para proteger los ojos de las personas que realizaban trabajos de artesanía, pero parecían unas gafas normales. Pensó que le daban un aspecto elegante.

Se quitó la camisa y tomó el rollo de cinta adhesiva que había comprado. La enrolló alrededor de su cintura dos veces, y luego otras dos para sujetar la pistola de Mary Tilson y llevarla sobre la cintura del pantalón sin que le resultara incómoda. Luego se puso de nuevo la holgada camisa y se miró en el espejo. La pistola no resaltaba.

Se enfundó una chaqueta impermeable con capucha que había adquirido al llegar a Portland, y decidió que presentaba un aspecto perfecto. En Portland podía llover en el momento más impensado, y Judith había observado que las personas a la que quería asemejarse se ponían chaquetas por la noche.

Examinó el bolso de tela con asa larga que había utilizado en Denver, para comprobar si encajaba con su uniforme de trabajo. Podía guardar en él la cinta adhesiva y el cuchillo de cocina.

Luego echó un vistazo alrededor de su pequeño apartamento para asegurarse de haber completado sus preparativos. Ya había hecho la maleta. Si tenía que echar a correr, podría hacerlo sin mayores problemas. El apartamento presentaba un aspecto ordenado, casi vacío, y aseado. Judith dobló sus vaqueros y su camiseta, los metió en una bolsa de papel y la cogió junto con la maleta.

Experimentó una sensación de euforia cuando salió de su apartamento y bajó por la escalera trasera hacia la calle. La noche estaba despejada y tranquila, un poco como las noches que tanto le gustaban de pequeña. Reinaba un vacío silencioso, íntimo. Nada se movía en un radio de unas dos manzanas, y los edificios de apartamentos bloqueaban las luces de las calles amplias y concurridas de la zona sur.

Judith metió la maleta y la ropa en el maletero del coche y arrancó. Miró el reloj en el salpicadero. Eran las once y cuarto, la hora de ponerse en marcha. Dejó que el coche avanzara lentamente por el callejón detrás del edificio y luego aceleró progresivamente al tiempo que enfilaba la calle.

Atravesó el Broadway Bridge en North Interestate Avenue y continuó hacia Northeast Russell. Cuando dobló la esquina vio la gigantesca silueta del Hospital Legacy Emanuel. Tomó por la calle cerca del lado este del hospital y aparcó.

Miró de nuevo el reloj del coche. Eran las once y cuarenta y cinco minutos. Cuando había seguido a Catherine por esta calle hasta su apartamento había observado que la actividad se incrementaba alrededor de medianoche, cuando dedujo que cambiaban los turnos del hospital. Quería adelantarse diez minutos al cambio, para llegar cuando las personas que ocupaban el edificio donde Catherine tenía su apartamento lo abandonaran. Se apeó del coche, guardó las llaves en el bolsillo del pantalón de su uniforme y se colgó el bolso del hombro.

Cuando se aproximó al edificio de apartamentos en el que vivía Catherine un joven vestido con un uniforme del hospital de color verde apareció en el vestíbulo. Cuando el joven salió apresuradamente del edificio y pasó junto a ella Judith bajó la vista como si buscara algo en su bolso, pero luego siguió adelante, detuvo la puerta antes de que se cerrara y entró. El corazón le latía aceleradamente. Había salvado el primer obstáculo.

Pero ahora se hallaba en el iluminado vestíbulo, donde la gente podía verla desde fuera, y cualquiera que bajara la escalera para salir tenía que pasar junto a ella. Se acercó rápidamente a la hilera de buzones y leyó las etiquetas Dymo pegadas sobre éstos. Había uno que decía HOBBES. Era el apartamento 3F.

Abrió la puerta de acceso a la escalera y empezó a subir hacia el tercer piso. Al menos, mientras subía por la escalera desierta nadie la veía. Pero al llegar al rellano del tercer piso volvió a tensarse. Abrió un poco la puerta del pasillo del tercer piso y aguzó el oído. No oyó voces, ni pasos, ningún sonido que indicara que había alguien despierto. Judith entró en el pasillo con cautela. Puesto que no había estado nunca en ese edificio, tenía que pensar mientras caminaba. Avanzó por el pasillo mirando a su alrededor, buscando cualquier oportunidad que le permitiera hacer lo que quería hacer, atenta a oír a alguien que pretendiera impedírselo. Al llegar al apartamento 3D, se detuvo por si oía algún sonido que indicara que había personas despiertas, luego hizo lo propio al llegar al 3E, pero no oyó nada. Prosiguió más lenta y sigilosamente hasta alcanzar el apartamento 3F.

Cuando había seguido anoche a Catherine hasta su apartamento, había visto una hilera de ventanas con las luces encendidas. Judith dedujo que el apartamento de la sargento debía de ser espacioso, compuesto por al menos tres habitaciones que daban a un lado del edificio, y probablemente el dormitorio estaba al fondo, lejos de los ruidos de la calle. Pero no podía estar segura. Quizá Catherine se hallara en estos momentos al otro lado de esa puerta. La asesina se llevó la mano al vientre y palpó la forma dura y tranquilizadora de la pistola debajo de su camisa. Avanzó unos pasos y acercó la oreja a la puerta. El apartamento de Catherine estaba tan silencioso como los otros.

Judith se preparó, tras lo cual tocó con cuidado el pomo de la puerta del apartamento 3F y trató de girarlo, por si Catherine hubiera olvidado cerrar la puerta con llave. El pomo no cedió. Observó detenidamente la cerradura. Era inútil que tratara de introducir una tarjeta de crédito entre la puerta y la cerradura, o tratara de abrirla con el cuchillo de cocina. Vio que se trataba de una cerradura recia y cara que estaba encajada demasiado profundamente en el receptáculo para poder abrirla.

Siguió avanzando por el pasillo. Vio una puerta que no ponía nada y trató de abrirla. La puerta cedió. Dentro Judith vio una serie de cortacircuitos, detergentes, líquidos para limpiar moquetas, mochos y trapos. Se detuvo en el umbral, reflexionando. Podía hacer saltar los cortacircuitos. Los inquilinos saldrían de sus apartamentos y uno de ellos examinaría el panel y volvería a colocar los cortacircuitos en la posición correcta. Pero eso no daría resultado a menos que la persona que lo hiciera fuera Catherine. Si estaba dormida, no se enteraría de lo ocurrido. ¿Qué podía despertarla? Una alarma de incendios, pero eso atraería a los bomberos y a la policía. Judith cerró la puerta del trastero y siguió adelante.

El único obstáculo que se interponía entre ella y Catherine era la puerta de madera de su apartamento. Judith tenía que idear la forma de atravesar esa puerta. ¿No había ningún medio de conseguirlo? ¿Había alguna salida de acceso al tejado? Quizá pudiera hallar una cuerda o confeccionar una, o una tubería, y descolgarse por la fachada hasta alcanzar la ventana del apartamento de Catherine. Podría mirar dentro y verla acostada en la cama, durmiendo. Podría apretujarse contra la ventana como una criatura nocturna. Luego, cuando estuviera lista, dispararía a través del cristal. No. Eso requería unas dotes atléticas que Judith no poseía. Era una locura.

Judith siguió avanzando, escudriñando todo cuando veía. Las ventanas al fondo del pasillo podían abrirse, pero eso no le servía de nada. La chica examinó el techo. Era una placa de yeso. Si dispusiera de una escalera, podría alcanzar el techo junto al apartamento de Catherine, hacer un corte en el yeso con el cuchillo, encaramarse, practicar un agujero en el techo junto al apartamento que ocupaba la sargento y descolgarse por él. Era una idea más disparatada que la primera: haría demasiado ruido y se arriesgaba a que la pillaran.

En comparación, las puertas empezaban a parecerle obstáculos menos insalvables. A fin de cuentas, eran de madera. Quizá a Judith le tomaría no más un par de horas lograr practicar un agujero en una de ellas con el cuchillo, meter la mano a través y girar el pomo de la cerradura.

En caso necesario, podía permanecer allí —oculta en el trastero del tercer piso situado frente al apartamento de Catherine— hasta el amanecer. Podía esperar y vigilar hasta que la sargento saliera. Judith pensó que era la primera estrategia sensata que se le había ocurrido. Había solventado la parte más difícil, entrar por el portal sin que nadie la observara. Si permanecía dentro del edificio, acabaría presentándose la oportunidad que buscaba. La chica decidió completar su gira del edificio antes de desistir y ocultarse en el trastero.

Se dirigió de nuevo a la escalera, bajó al vestíbulo y miró la triple hilera de buzones. Si las etiquetas Dymo le indicaban dónde vivían los inquilinos, quizás una que no pusiera nada le indicaría qué apartamentos estaban vacíos. Si conseguía localizar uno, quizá pudiera entrar y aguardar en un lugar seguro.

—¿Tiene algún problema? —inquirió una voz masculina detrás de ella.

Judith se volvió, tensándose en el acto y dispuesta a pelear. Era un hombre de unos cincuenta o sesenta años, vestido de uniforme, pero no era un uniforme médico como el de ella. Tenía una incipiente calvicie y era rechoncho. Parecía un conserje.

—He olvidado mis llaves —respondió Judith.

—¿La llave de su apartamento?

En esos momentos el hombre no le producía la sensación de constituir una amenaza, pero ella sabía que se engañaba. No podía cometer el menor error.

—Sí. Creí que la llevaba en el bolso, pero no es así. Confío en no haberla perdido.

—¿Cómo ha logrado entrar en el edificio?

—Cuando subí los peldaños de la fachada salió una persona, que sostuvo la puerta para que yo entrara. No me di cuenta de que había olvidado mi llave hasta llegar a mi apartamento.

—¿Tiene algún documento de identidad?

—Desde luego.

Judith comenzó a trazar un plan. Era una serie de imágenes que desfilaban por su mente como fogonazos. Dispararía y rodearía el cadáver del conserje para salir a la calle. Se encaminaría apresuradamente por Northeast Russell Street hacia el hospital. Si alguien la observaba, entraría en el edificio como si llegara tarde para el turno de noche, luego saldría del hospital por la entrada del aparcamiento junto con los rezagados que quedaran, se dirigiría hacia su coche y se largaría.

Abrió su billetero y lo sostuvo para que el conserje viera el permiso de conducir y la tarjeta de crédito de Catherine Hobbes.

—¿Lo ve? —preguntó señalando los buzones—. Esa soy yo, Catherine Hobbes. —Judith acercó la mano a la pistola que llevaba sujeta con cinta adhesiva a su cuerpo.

—Me llamo Dewey —respondió el hombre extendiendo la mano—. Soy el encargado de reparar las averías y otros menesteres de estos apartamentos y otros tres que pertenecen a la misma compañía.

—Encantada —dijo ella forzando una sonrisa acongojada mientras le estrechaba la mano—. Probablemente nos veremos con frecuencia mientras duermo en el vestíbulo.

—No se preocupe —contestó Dewey—. Tengo una llave maestra del edificio. Le abriré la puerta de su apartamento.

—¿De veras? —ella abrió los ojos desmesuradamente al tiempo que esbozaba una amplia sonrisa de auténtico gozo—. Eso es estupendo. No sabe lo mal que me sentía. Muchas gracias.

—De nada. ¿Qué apartamento me ha dicho que ocupa?

—El Tres-F. Pero en mi piso viven seis o siete internos, la mita de los cuales estarán durmiendo para reponerse de un turno de cuarenta y ocho horas. ¿No cree que haremos menos ruido si subimos por la escalera?

—No pasa nada —respondió el hombre—. Recibo todo tipo de llamadas para que acuda en plena noche, y el ascensor nunca despierta a nadie. Cuando se trata de un escape de agua en un piso superior hay que apresurarse, para que el agua no atraviese los techos. ¿Es usted enfermera?

—¿Qué?

— Enfermera. ¿Es usted enfermera?

Judith trató de decir algo que el hombre comprendiera.

—Sí. Enfermera de quirófano. —Estaba segura de que cualquiera que se hubiera sometido a una intervención quirúrgica habría estado inconsciente.

—¿Se refiere a cuando el cirujano dice «fórceps» y usted repite «fórceps» y se los pasa?

—Exacto. Aunque a veces le paso la llave inglesa o la podadera en broma.

Dewey se echó a reír. Miró los números que se iluminaban sobre la puerta del ascensor: 2 y luego 3.

Judith comprendió que tenía que poner fin a su charla con Dewey antes de que la puerta del ascensor se abriera, y prevenir cualquier problema. Sacó del bolsillo en la parte exterior de su bolso un billete de veinte dólares.

—Quiero darle propina por haberme sacado de un aprieto.

—No tiene importancia —respondió Dewey.

—Por favor, acéptelo —dijo Judith—. Insisto. —Tenía que quitárselo de encima o el hombre esperaría que ella le invitara a entrar, le ofreciera un refresco y comprobara que sus grifos no goteaban. Tenía que controlar la situación y prevenir cualquier posibilidad de cometer un desliz.

El ascensor se detuvo y la puerta se abrió. Ella se encaminó de puntillas hasta la puerta del apartamento 3F, exagerando el acto de proceder sigilosamente.

Dewey sacó su manojo de llaves y probó una, pero la cerradura de la puerta del apartamento de Catherine no la admitía. Mientras Judith aguardaba, le pareció que las llaves hacían mucho ruido. ¿Y si Catherine oía el tintineo de las llaves frente a su puerta? Aunque el conserje lograra abrir la puerta y ella entrara, quizá se encontrara a Catherine apuntándola con una pistola. Dewey sacó otra llave del llavero semejante a la primera y trató de introducirla en la cerradura. La puerta cedió, Judith avanzó un paso y la abrió unos centímetros. Luego se inclinó hacia Dewey y dijo:

—Gracias.

A continuación entró en el apartamento y cerró la puerta.

Estaba a oscuras. No se oía el menor movimiento en su interior. Judith permaneció inmóvil, aguzando el oído. Oyó las recias pisadas de Dewey alejándose por el pasillo. Al cabo de unos segundos oyó abrirse la puerta del ascensor y luego cerrarse. Había salvado el último obstáculo. Había entrado en el apartamento de Catherine Hobbes.

56

Judith sintió alivio, pero era sólo momentáneo. Aún no estaba segura de que Catherine no la hubiera oído entrar. Aguzó el oído y esperó largo rato, y luego empezó a orientarse en la oscuridad. El apartamento era espacioso, y ante ella estaba el amplio ventanal que había visto en la fachada del edificio. Judith se hallaba en la entrada embaldosada en la que Catherine había dejado unos zapatos que seguramente se habían mojado ayer con la lluvia.

Sorteó los zapatos y atravesó la mullida alfombra hacia la ventana. Se movió lentamente, pues no quería entrar apresuradamente en el dormitorio. Sólo eran las doce y cuarto. Probablemente había empleados del hospital del turno de día en el edificio que aún no se habían acostado, y algunos del turno de noche que quizá partieran más tarde para el hospital.

Se detuvo ante la ventana y contempló la calle. Vio una furgoneta blanca que debía de pertenecer a Dewey. Tenía persianas en la ventanilla trasera, probablemente para impedir que los ladrones entraran en el vehículo y le robaran las herramientas mientras el conserje estaba en un edificio de apartamento reparando un calentador de gas u otra cosa.

Judith sabía que cuando esto terminara, la descripción de ella que Dewey facilitaría a la policía no les sería de mucha utilidad. Les haría perder un día entero tratando de localizar a todas las inquilinas femeninas que Dewey no conocía para que él las viera, luego le mostrarían las fotografías del carné de las empleadas del hospital y probablemente entrevistarían a los dependientes de las tiendas donde una persona podía adquirir un uniforme de hospital. Sería una solemne pérdida de tiempo.

Judith quería esperar a que Dewey abandonara el edificio. No veía la necesidad de lastimarlo, y sabía que si él regresaba tendría que hacerlo. Siguió vigilando durante unos minutos. Los coches circulaban por la calle. El barrio había alcanzado una hora de la noche en la que no había transeúntes, todo el mundo había sacado a pasear al perro y las horas de visita del hospital habían terminado hacía mucho rato.

El cuerpo bajo y rechoncho de Dewey apareció debajo de la ventana de la fachada, bajando los peldaños de la entrada como si ejecutara un pequeño baile. Judith le vio alcanzar la acera, echar a andar por ella y atravesar la calle hacia su furgoneta. Cuando el conserje subió a ella Judith observó que la furgoneta se bamboleaba un poco, como si él se moviera en la parte de atrás, pero luego se encendieron las luces traseras. La furgoneta avanzó unos metros, alejándose de la acera, enfiló la calle y desapareció. Dewey se había marchado.

Contempló la calle durante unos momentos más. Dewey no regresó, y nadie apareció para ocupar su lugar. Judith consultó su reloj. Aún no era la una. Se apartó de la ventana y escudriñó las partes más oscuras del apartamento.

El lugar estaba austeramente amueblado, como el que Judith había alquilado en la zona oeste, al otro lado del río. Catherine ni siquiera había añadido unas fotografías. Trataba su apartamento como si fuera la habitación de un hotel, un lugar al que venía a dormir. Sin duda la sargento planeaba reconstruir su casa pronto, y decorarla a su gusto. Judith se enfureció al pensar en que la compañía de seguros pagaría para que Catherine dispusiera de una flamante casa más lujosa y confortable. ¿Para eso había arriesgado Judith su vida?

Se dirigió lentamente desde la ventana hacia un pequeño pasillo situado al otro lado de la habitación. Sus ojos se habían adaptado a la oscuridad. Divisaba cada forma, cada línea con nitidez, pero todo estaba desprovisto de color. El tiempo también había cambiado para ella: si Judith daba un paso y no daba otro durante otros quince segundos, no tenía importancia. No tenía que arriesgarse a producir una rápida sucesión de sonidos que no encajaran con la lenta corriente de la noche. No tardaría en alcanzar la puerta del dormitorio de Catherine.

Judith vio a la mujer acostada en el centro de una cama de matrimonio. Catherine era más menuda de lo que ella había deducido por las fotos que había visto en televisión. O quizá se debía a las conversaciones telefónicas. Catherine siempre se expresaba con tono autoritario, como una maestra alta y estricta. Pero la sargento era de esas personas que cuando dormían parecían niños, con los ojos cerrados oprimiendo las pestañas contra las mejillas, haciendo que parecieran más alargados, la piel de la frente y alrededor de los ojos suave y relajada, el cuerpo vuelto de costado con la manta cubriéndoles hasta la barbilla.

La chica vio el bolso de Catherine sobre la cómoda. Se acercó a él silenciosamente y lo abrió. Palpó el billetero de Hobbes, una pequeña cartera que parecía estar llena de tarjetas de visita y un estuche delgado de cuero que contenía credenciales. Judith decidió examinar más tarde esos objetos. De momento no quería apartar los ojos de Catherine.

Desde este ángulo, Judith observó que Catherine había dejado unas cosas debajo de la cama, en el lado donde dormía, lejos de la puerta. Vio una larga linterna de cuatro pilas, unas zapatillas y la pistola, enfundada en una cartuchera que apenas cubría el protector del gatillo y seis centímetros del cañón.

Se encaminó lentamente hacia el dormitorio, se agachó, recogió la pistola y la linterna, se incorporó y retrocedió dos pasos. Era una semiautomática, y tuvo que palparla para familiarizarse con ella. Retiró el seguro y luego alzó el arma para apuntarla a la cabeza de Catherine.

—Catherine —murmuró.

Judith observó el rostro de la mujer cuando el murmullo alcanzó su cerebro. Su cuerpo dio una pequeña sacudida involuntaria, sus ojos se abrieron bruscamente y su cabeza hizo un movimiento hacia un lado y el otro como si se estremeciera mientras trataba de localizar la sombra junto a su cama. Catherine empezó a incorporarse.

Encendió la potente linterna para cegarla.

—Estate quieta —dijo—. No te muevas.

—Hola, Tanya —respondió Catherine. Tenía la voz un poco ronca por haber estado dormida, pero se esforzó en que sonara artificialmente sosegada.

Judith sabía que Catherine tenía miedo. Observó que su corazón palpitaba aceleradamente, haciendo que la ligera chaqueta del pijama se agitara un poco, casi como le viera el corazón.

—No soy Tanya. Hace mucho que dejé de ser Tanya.

—¿Quién eres ahora?

—Túmbate de nuevo, esta vez boca abajo.

—No te conviene hacer esto.

—Y a ti no te conviene hacer que me enfurezca. Sabes que no vacilaré en apretar el gatillo.

Catherine se tumbó de nuevo boca abajo.

—No conseguirás nada con esto. A eso me refería. Hace tiempo que trato de que te entregues sin que sufras daño alguno. Irrumpir en mi casa no te favorecerá, y es peligroso.

—Coloca las manos a la espalda. Cruza las muñecas.

Judith la observó mientras obedecía, luego se inclinó y la cubrió con la manta, dejando sus brazos y sus manos fuera.

—Has venido aquí para hablar conmigo, ¿no? —preguntó la sargento—. Bien, te escucho. Procuraré hacer lo que pueda por ayudarte.

Se produjo un silencio. Catherine empezó a sentir que se apoderaba de ella una sensación de pesadez. Durante unos segundos había sentido un intenso pavor, cuando había oído el murmullo en la oscuridad, y luego había vislumbrado la silueta que confirmaba que no era una pesadilla. Pero ahora el pavor y la angustia se habían disipado, dando paso a un terror frío. Un terror que despojaba a sus músculos de fuerza y hacía que sus nervios emitieran lentamente las señales. Un terror que hacía que sintiera sus piernas y brazos pesados, sin fuerza. Se esforzó en controlar su voz. Sabía que tenía que seguir hablando.

—¿Qué puedo decirte?

—Nada. —La voz sonaba ahora detrás de ella, más allá de los pies de la cama. Era una mala señal. Dennis Poole había muerto de un disparo en la parte posterior de la cabeza. El banquero en Los

Ángeles había muerto de un disparo en la parte posterior de la cabeza. A Gregory McDonald lo habían hallado en la cama, con los ojos vendados y un disparo en la cabeza.

Catherine volvió a intentarlo. Era fácil matar a alguien que estaba tendido boca abajo y en silencio. Tenía que seguir hablando para conservar la vida.

—Si sólo planearas matarme, no me habrías despertado. Te arriesgaste, por lo que deduzco que querías mi ayuda. Fue una sabia decisión. Lo mejor que puedes hacer es venir conmigo a la comisaría para responder a unas preguntas.

—¿Responder a unas preguntas? —replicó Judith con tono áspero, indignado—. ¿Sigues fingiendo que sólo quieres que responda a unas preguntas?

Catherine comprendió que había empleado una forma de expresarse que podía costarle la vida. Tenía que andarse con mucha cautela para no ofenderla, no dar la impresión de que mentía. Tenía que mantener el mismo tono, sin retroceder.

—Soy policía. Lo que digo tiene que reflejar lo que dice la ley. No has sido acusada de nada. La policía te busca para interrogarte, aquí, en Arizona y en California, y eso es lo que he dicho.

—Y cuando haya respondido a las preguntas, podré irme, ¿no es así?

Catherine respondió midiendo bien sus palabras.

—No lo creo. Eres sospechosa, de modo que probablemente te detendrán. Puedes esperar a responder a las preguntas hasta que se presente tu abogado.

—No he venido aquí para que me interrogues.

—Entonces ¿por qué has venido?

—He venido a por ti. Tú misma me lo pediste.

—Te pedí que te entregaras para salvarte.

Sonó una carcajada breve y sorda, como una pequeña tos que Catherine oyó procedente de los pies de la cama. Esperó a oír el disparo, a sentir el dolor. Pero en lugar de eso la oyó decir:

—Si esta noche voy contigo a la comisaría, tal como me has pedido, ¿pretendes decirme que no obtendrías ningún beneficio de ello?

—Por supuesto que lo obtendría.

—¿Qué tipo de beneficio?

—Algunas personas a las que respeto se sentirían muy orgullosas de mí.

—¿Quiénes?

—Otros policías. Sobre todo uno. Está jubilado, pero se enteraría de ello.

—¿Nada más?

—Cuando logramos convencer a una persona que está en una situación comprometida de que se entregue voluntariamente, todo el mundo está más seguro. Y ningún policía ha tenido que hacer nada que le produzca pesadillas.

—Dios, qué mentirosa eres —dijo Judith—. Serías una heroína. Te ascenderían, mostrarían al alcalde en televisión prendiéndote una medalla. Esa medalla sería mi vida. Podrías prender mi vida en la solapa de tu chaqueta. Cada vez que te la pusieras te acordarías de mí.

—Eso es lo que trato de impedir que ocurra, que pierdas la vida.

—Calla y no te muevas hasta que te dé permiso. —Catherine la oyó encaminarse hacia el armario ropero. Oyó sonido de perchas deslizándose sobre el colgador y otros sonidos, como el frufrú de los tejidos. Luego oyó más sonidos de unas perchas moviéndose sobre el colgador y un par de cajones al abrirse y cerrarse. Por fin, al cabo de largo rato, Judith dijo—: Muy bien, Catherine. No te has movido. Ahora escúchame bien. Trasládate hasta el centro de la cama y túmbate boca arriba. No te incorpores.

Catherine había prestado atención a los sonidos, pero no se le había ocurrido la forma de aprovecharse de una posible distracción por parte de Tanya. Estar tendida boca abajo debajo de la pesada manta, con las manos cruzadas a la espalda, le impedía moverse rápidamente, y en todo caso cualquier movimiento podría resultar fatal. Ahora, al colocarse boca arriba y tener los brazos libres, Catherine retiró la manta y miró a su alrededor en busca de Tanya. Ésta seguía a los pies de la cama, donde la sargento no tenía la menor esperanza de alcanzarla antes de que la asesina le disparara. Tanya había aprendido mucho en poco tiempo.

Catherine la vio arrojar algo hacia ella y se estremeció, pero lo que aterrizó sobre ella era una vieja camiseta con el escudo de la Universidad de California en el pecho.

—Póntela.

Catherine la sostuvo con ambas manos, utilizando el escudo de la universidad para localizar la parte delantera, se la puso, introdujo los brazos a través de las mangas y se la estiró por la espalda. Sabia que tenía que ponerse de nuevo a hablar para seguir siendo un ser humano en la mente de Tanya.

—¿Por qué quieres que me ponga esto?

—Para divertirme.

Esas palabras hicieron que sintiera de nuevo un terror intenso, pasivo. Quizá Tanya había doblado también ese recodo. Los psicópatas se expresaban de esa forma. Las cosas les parecían divertidas. Tanya le arrojó otro objeto. Éste aterrizó sobre el vientre de Catherine, haciéndola estremecerse. Al tocarlo comprobó que era de algodón. Eran unos viejos vaqueros. Mientras se los ponía, tumbada de espaldas, comprendió que la chica había cometido un error. La ropa hacía que Catherine se sintiera más fuerte, menos vulnerable e impotente.

—De acuerdo. Puedes incorporarte.

Catherine obedeció. La luz se encendió y vio a Tanya. Catherine sintió que dejaba de respirar durante una fracción de segundo, como si su pecho no pudiera expandirse para aspirar aire. Tanya se hallaba a los pies de la cama, empuñando la pistola de Catherine. Se había quitado la ropa que llevaba y lucía uno de los trajes de la sargento.

Tanya sonrió. Se abrió la chaqueta. Tenía la placa de Catherine prendida en el cinturón, donde la llevaba a veces.

—Soy Catherine —dijo Tanya—. O puede que Cathy. Creo que seré Cathy.

Catherine comprendió que debía haberlo previsto. Durante todo el tiempo, Tanya había estado perdida, tratando de inventarse una persona en la que convertirse. Cada vez que lo había intentado había tenido éxito durante un tiempo, hasta que la descubrían y la perseguían. Era lógico que hiciera esto. Al fin había decidido dejar de ser la persona que huía. Ahora quería ser la perseguidora, la persona dotada de poder y autoridad.

—No hagas eso —dijo.

—¿No crees que sería una Cathy convincente?

—No puedes adoptar ese nombre, porque hará que te descubran y quizá te maten. La gente comprenderá que me ha ocurrido algo malo.

—¿Y qué? ¿Se pondrán a buscarme? Ya me buscan ahora.

—Tienes que empezar a pensar con claridad sobre cómo poner fin a esto.

—Ya lo he hecho. —Tanya se había convertido en Cathy. No tenía que tomar ninguna decisión—. Bueno, Catherine. Escúchame bien. Tú y yo vamos a salir. Caminaremos juntas aproximadamente una manzana y subiremos a mi coche. Durante el trayecto no dirás una palabra, ni harás el menor ruido. Si crees que haciendo ruido lograrás despertar a alguien, yo despertaré a los demás matándote.

—¿Adónde vamos?

—Ya te lo he dicho. Hacia mi coche.

—¿Y luego?

—Iremos a dar una vuelta en el coche. Al menos, es lo que me gustaría hacer. Claro que si me causas algún problema, no podré seguir paseándote. Te quedarás donde estés.

—¿Por qué haces esto? ¿Crees que soy la única persona que te busca? Sólo soy una policía en una ciudad. Las fuerzas policiales de todo el país te andan buscando.

Cathy alzó la pistola y la apuntó hacia la cabeza de Catherine Hobbes. Su rostro mostraba una expresión de fría impaciencia. La sargento esperó a oír el disparo. Desde esa distancia Cathy no podía errar el tiro, sino que la alcanzaría en la frente.

Catherine deseaba cerrar los ojos, pero comprendió instintivamente que era una mala idea, una señal de resignación, de sumisión. Se esforzó en no pestañear y fijó la vista en los ojos no de Tanya (tenía que aceptar la nueva realidad), sino de Cathy. Trató de impedir que sus ojos traslucieran temor e ira, que reflejaran sólo una expresión de calma. Ambas mujeres permanecieron inmóviles durante unos segundos, toda una eternidad, mientras Cathy tomaba una decisión.

Bajó la pistola unos centímetros y dijo:

—Tienes razón. He venido para hablar. Tengo que tomar una decisión sobre cómo quiero poner fin a esto. Me llevará un tiempo tomar una decisión y llegar a un acuerdo contigo, y no podemos hacerlo en este apartamento. Es demasiado peligroso que permanezca aquí. Recuerda lo que te he dicho. Ni digas nada ni hagas ruido. —Cathy señaló la puerta—. Levántate. Ponte esas zapatillas y dirígete hacia la puerta.

Catherine miró el armario ropero.

—Mis zapatillas deportivas están ahí dentro. ¿Te importa que me las ponga?

—Sí. Haz lo que te he dicho. Sin hacer ruido.

Catherine se calzó las zapatillas y echó a andar. Las suelas de las zapatillas sonaban con cada paso que daba. Cathy mentía. Quería que Catherine se pusiera las zapatillas para que no pudiera correr o pelear. Cathy no tenía el menor interés en hablar. Sus métodos de matar se habían hecho tan sofisticados que había aprendido a hacer que la víctima la ayudara. Había comprendido que cualquier persona a la que encañonara con una pistola la ayudaría a que la engañara. Por más que la víctima detestara su tono falso, creería lo que le dijera porque eso le ofrecía unos minutos más de esperanza, unos minutos en que podía seguir siendo una persona que iba a sobrevivir en lugar de una persona que iba a morir. La sargento pensó que quizá fuera la primera vez que Cathy ponía en práctica esa mentira. Todo lo que hacía una asesina como ella era un experimento. En estos momentos estaba aprendiendo algo nuevo, preparándose para la próxima persona.

Catherine se encaminó hacia la puerta del apartamento y se detuvo ante ella. A partir de ese momento, tenía que esforzarse en conservar la calma, en observar cada punto del mundo que la rodeaba con inmediatez y precisión —con sus ojos en lugar de su mente—, y tratar de construir una ventaja. El aceptar a esa mujer como «Cathy» había sido el primer intento de reconocer la fluidez de los acontecimientos. Cada segundo a partir de ahora, tendría que volver a hacerlo.

Las cosas no eran como habían sido, ni como deberían ser. Eran como habían devenido. Catherine se detuvo y dejó que Cathy abriera la puerta del apartamento. La sargento pensaba de nuevo como una policía, no como una joven aterrorizada a la que habían arrancado de su cama. Quería asegurarse de que si moría esta noche, el equipo forense encontraría aquí las huellas dactilares de la persona que la había matado.

Catherine observó a Cathy asir el pomo de la puerta con la mano izquierda y abrirla. Luego las dos mujeres salieron al pasillo. Mientras Cathy cerraba la puerta, la otra la observó disimuladamente. La chica había tomado un kleenex de la caja en el dormitorio y limpió el pomo de la puerta con él.

Catherine se encaminó hacia el ascensor, pero Cathy la tocó en el brazo y meneó la cabeza. Echaron a andar hacia la escalera. De nuevo, utilizó la mano izquierda para abrir la puerta mientras empuñaba la pistola con la derecha. Catherine salió a la escalera y se detuvo en silencio mientras ella cerraba la puerta con su mano izquierda y limpiaba el pomo con el kleenex. No había motivo de que limpiara sus huellas dactilares a menos que Catherine fuera a morir.

Ambas mujeres bajaron los dos tramos de escalera hasta la planta baja, y Catherine se detuvo. Pensó en la posibilidad de que éste fuera el lugar donde dar el paso. Era un espacio vertical, iluminado y cerrado, con las paredes de ladrillo y escalones de acero, de forma que una bala no podía atravesar una pared y matar a un inquilino que estuviera dormido. La sargento se entretuvo demasiado dándole vueltas, y el momento pasó. Cathy había abierto la puerta y la esperaba apuntándola con la pistola.

Durante unos segundos se enfureció consigo misma, pero eso también pasó: la oportunidad tenía que ser la adecuada. Una intuición no era algo mágico, sino una conclusión que partía de centenares de pequeños cálculos hechos al mismo tiempo: la distancia entre el cuerpo de Cathy y el suyo, el ímpetu y el equilibrio, el movimiento ocular y la precisión de foco. Si las circunstancias habían sido las idóneas, Catherine no lo había detectado. El momento no había llegado aún. Salió al vestíbulo.

Catherine se dirigió hacia la puerta de entrada y esperó. Cathy oprimió la barra de metal para abrir la puerta y la condujo fuera. Bajaron los escalones hasta la acera.

—Sigue andando —murmuró Cathy—. Cruza la calle.

Catherine escudriñó la ruta ante sí, tratando de hallar algo que pudiera resultarle útil. ¿Podía utilizar algo a modo de un arma? ¿Para distraer a Cathy? ¿Había algún lugar oscuro donde pudiera echar a correr y huir? En ese lado de la calle vio tan sólo una acera amplia, unos pocos árboles jóvenes demasiado delgados para ocultarse detrás de ellos y unos cuantos coches. Catherine ansiaba el consuelo de un plan. Cuando comprendió que lo que anhelaba era la tranquilidad que le proporcionaría un plan, lo abandonó. Tenía que hacer que la situación siguiera siendo difícil, no tranquilizadora. Tenía que seguir buscando, identificando, valorándolo todo segundo tras segundo. El momento llegaría, y sólo tendría que reconocerlo y actuar de inmediato.

Aminoró el paso y se volvió ligeramente para ver a Cathy, tras lo cual volvió de nuevo la cabeza al frente para no alarmarla. Sintió que respiraba con dificultad, lo cual la angustió. Lo que había visto era inquietante. La chica no sólo lucía uno de los trajes nuevos de Catherine, con la chaqueta desabrochada, para que ella viera que llevaba su placa al cinto, sino que portaba también el bolso de Catherine y se había peinado para parecerse a ésta.

Mientras seguía avanzando Cathy planeaba matar a Catherine y adoptar su nombre, su identidad, su arma, su aspecto, en suma, ocupar su lugar. El hecho de que la sargento contemplara esa eventualidad a la luz de una farola hacía que pareciese peor que el mero hecho de morir. Cathy se proponía eliminarla por completo; no sólo iba a matarla sino a devorarla.

Miró frente a sí tratando de adivinar cuál de los coches aparcados junto a la acera era el de Cathy. De pronto contuvo el aliento.

Era un flamante Acura de color azul verdoso. Exacto al que había ardido en el incendio.

Catherine comprendió entonces que la otra se había sumergido en un mundo de fantasía, que había perdido toda noción de la realidad. No había nada que la vinculara al mundo real salvo un perverso interés en jugar en los espacios entre las cosas, moviéndose, engañando a la gente, ocultándose, transformándose.

Sabía adónde conducía esto, como si la simple previsión fuera clarividencia. Cathy había tratado de asemejarse a Catherine todo lo posible para mostrar el permiso de conducir o la placa de identidad de policía y conseguir que la mayoría de las personas creyeran que eran suyos. Probablemente había aprendido a manipular a los extraños lo suficiente para convencerlos de que era una agente de policía: las personas que se encontraban con un policía no solían sospechar de su identidad, sino que se mostraban defensivos con respecto a la suya, deseosos de obtener la aprobación del policía.

Lo siguiente era las esposas. Las esposas estaban en el bolso, y Cathy había utilizado el bolso para ocultar su pistola. Debió de ver o palpar el estuche de cuero que contenía las esposas. No podía conducir a Catherine a ningún lugar sin ponérselas.

Las esposas introducían un límite de tiempo. Cathy se acercaría al coche y luego sacaría las esposas. Esposaría a Catherine con las muñecas a la espalda y la obligaría a montarse en el coche. Ella tenía que tomar la iniciativa antes de que eso ocurriera, antes de que se acercaran al coche. Cathy era lo suficientemente inteligente para saber que antes de que la esposara y obligara a subirse al coche, Catherine se arriesgaría a morir en una pelea.

Miró adelante tratando de detectar algo que le resultara útil, pero no había nada. Seguía viendo la misma acera amplia y lisa, unas pocos árboles muy espaciados y unos cuantos coches. No había cubos de basura, ni trozos de metal o madera, nada que ella pudiera utilizar a modo de un arma. El Acura azul verdoso se hallaba a unos diez metros.

La sargento se volvió rápidamente y asestó un puñetazo a Cathy. Su puño rozó el mentón de la asesina, tras lo cual la golpeó en el cuello y la clavícula. Cathy trastabilló hacia atrás, y la pistola se disparó. La bala rebotó en la acera, arrancando un pedazo de la misma a los pies de ambas mujeres, y salió volando a través de la noche.

Cathy alzó rápidamente la pistola. Catherine no tuvo tiempo de golpearla para obligarla a soltarla, de modo que se abalanzó por debajo de la pistola y golpeó a Cathy en el pecho. La chica agarró con la mano izquierda a Catherine por el pelo, tirando de él, pero Hobbes siguió arremetiendo contra ella, con los pies firmemente plantados en el suelo, y Cathy cayó hacia atrás. Se golpeó la espalda contra la puerta de un coche aparcado y la pistola volvió a dispararse. Como no pudo girar el cañón con la suficiente rapidez para apuntarlo de nuevo contra Catherine, la golpeó con él en la cabeza.

El dolor explotó en un fogonazo rojo ante los ojos de Catherine, que sintió cómo se incrementaba y expandía. Asestó un puñetazo a Cathy en el vientre y tocó un objeto duro. Comprendió que era una pistola. Cathy se había sujetado una pistola a la cintura debajo de la ropa. Golpeó a Cathy en el rostro con la mano izquierda mientras con la derecha le arrancaba la pistola que llevaba adherida al cuerpo, la empuñaba y oprimía el gatillo.

Catherine Hobbes bajó del avión en el Aeropuerto Internacional de Los Ángeles, se apresuró a través de la terminal llevando su maletín de viaje y se unió a las personas que subían una tras otra por la escalera mecánica. Estaba impaciente por llegar a la zona de recogida de equipajes, donde Joe Pitt la estaría aguardando.

Frente a ella había un hombre alto, por lo que tuvo que mirar sobre su hombro para contemplar a través del muro de cristal la zona de espera a los pies de la escalera. Sonrió al ver a Pitt situado debajo de los aparatos de televisión que mostraban las llegadas de los vuelos. Lo vio de perfil, conversando con alguien, y estiró el cuello para ver a la otra persona.

Junto a Pitt había una mujer joven y rubia que sujetaba el mango extensible de una pequeña maleta. Estaba claro que Joe le gustaba. Alzó una mano para alisarse el pelo en dos ocasiones, abriendo mucho los ojos al mirarlo e inclinándose hacia él y riéndose de algo que Joe había dicho. Por fin abrió el bolso, sacó lo que parecía una tarjeta de visita y se la ofreció con gesto airoso. Pitt la tomó.

Catherine sintió un vacío en el estómago y la boca reseca. Intuyó que lo que contemplaba era el fin de su relación con Pitt, al igual que había contemplado el fin de su matrimonio. Catherine se hallaba de nuevo fuera, mirando el interior de una habitación, viendo lo que no debía ver. Sabía que probablemente Joe no había planeado nada de esto. Había ido al aeropuerto para recogerla, y mientras esperaba, había entablado conversación con esa mujer. Se limitaba a ser Joe Pitt, simplemente. Una de las razones por las que era una compañía tan agradable era porque las mujeres le gustaban. Pitt tenía un punto de vista optimista y ligeramente cínico de las cosas que las hacía reír. Catherine estaba convencida de que Pitt no había ido en busca de esa joven. Simplemente se había topado con ella —probablemente la había observado con admiración o había dicho algo halagador— y a ella le había caído bien.

Siempre habría mujeres como esa, que siempre se sentirían atraídas por Joe Pitt. Si Catherine estaba con él, esos momentos formarían siempre parte de su vida. Se producirían reiteradamente, y Catherine siempre se preguntaría si Joe la había traicionado. Sabía sobre Joe lo suficiente para haberlo comprendido desde el principio, y había decidido que podía vivir con esa sensación. Pero eso era algo más que una sensación. ¿Cómo había sido capaz de elegir otro hombre que le sería infiel? Debía de existir en alguna parte un hombre que se contentara con Catherine Hobbes, pero ese hombre no era Joe Pitt.

Catherine se volvió mientras subía por la escalera mecánica. Quizá pudiera escabullirse entre los otros pasajeros, retroceder a través de la terminal y cambiar su billete de regreso por el próximo vuelo a Portland. Podría llamar a Joe a su móvil. Le diría: «¿Joe? He decidido no ir a Los Ángeles. Ha ocurrido un imprevisto y no puedo marcharme». Pero ¿en qué estaba pensando? Una mujer —nada menos que armada— subiendo por una escalera mecánica contra corriente constituía una infracción de seguridad, y probablemente cerrarían toda la terminal mientras la arrestaban.

Era demasiado tarde para hacer nada. Catherine llegó al pie de la escalera mecánica, miró hacia abajo y dio un paso hacia delante. Ni siquiera podía detenerse, pues haría que los otros pasajeros se amontonaran detrás de ella. Alzó la vista y vio a Joe, solo. Se encaminó hacia él y observó su expresión al verla. Joe se apresuró hacia ella sonriendo de gozo como si se dispusiera a abrazarla.

Catherine se volvió para mantenerlo a cierta distancia y echó a andar junto a él hacia la puerta de acceso a la calle.

—Hola, Joe —dijo—. Lo siento si me he retrasado. Espero que no te sintieras demasiado solo mientras me esperabas.

—No —respondió Joe—. Me encontré con una mujer que conocía de los tiempos de la fiscalía del distrito. Es una reportera de homicidios del *Times* de Los Ángeles, la que cubrió los asesinatos cometidos por Tanya aquí. —Joe sacó de su bolsillo la tarjeta de visita que Catherine le había visto aceptar hacía unos momentos y se la mostró—. Me pidió que te diera su tarjeta. Quiere entrevistarte con respecto al caso.

Ella miró la tarjeta, se detuvo y se volvió hacia Joe.

—¿Es que no vas a besarme? —preguntó.